진주탑

김내성 탐정 번안 소설

아인雅人 김내성

뒤마의 소설 『몽테크리스토 백작』을 번안한
『진주탑』의 표지.

김내성의 아동문학 『백가면』과 『똘똘이의 모험』.

장편소설 『청춘 극장』,
『인생 화보』 『실낙원의 별』(왼쪽부터).

영화 〈인생 화보〉의 한 장면.

창작집 『비밀의 문』과 『괴기의 화첩』.

〈한국문학의 재발견-작고문인선집〉을 펴내며

한국현대문학은 지난 백여 년 동안 상당한 문학적 축적을 이루었다. 한국의 근대사는 새로운 문학의 씨가 싹을 틔워 성장하고 좋은 결실을 맺기에는 너무나 가혹한 난세였지만, 한국현대문학은 많은 꽃을 피웠고 괄목할 만한 결실을 축적했다. 뿐만 아니라 스스로의 힘으로 시대정신과 문화의 중심에 서서 한편으로 시대의 어둠에 항거했고 또 한편으로는 시대의 아픔을 위무해왔다.

이제 한국현대문학사는 한눈으로 대중할 수 없는 당당하고 커다란 흐름이 되었다. 백여 년의 세월은 그것을 뒤돌아보는 것조차 점점 어렵게 만들며, 엄청난 양적인 팽창은 보존과 기억의 영역 밖으로 넘쳐나고 있다. 그리하여 문학사의 주류를 형성하는 일부 시인·작가들의 작품을 제외한 나머지 많은 문학적 유산들은 자칫 일실의 위험에 처해 있는 것처럼 보인다.

물론 문학사적 선택의 폭은 세월이 흐르면서 점점 좁아질 수밖에 없고, 보편적 의의를 지니지 못한 작품들은 망각의 뒤편으로 사라지는 것이 순리다. 그러나 아주 없어져서는 안 된다. 그것들은 그것들 나름대로 소중한 문학적 유물이다. 그것들은 미래의 새로운 문학의 씨앗을 품고 있을 수도 있고, 새로운 창조의 촉매 기능을 숨기고 있을 수도 있다. 단지 유의미한 과거라는 차원에서라도 그것들은 잘 정리되고 보존되어야 한다.

이러한 당위적 인식이, 2006년 한국문화예술위원회의 문학소위원회에서 정식으로 논의되었다. 그 결과, 한국의 문화예술의 바탕을 공고히

하기 위한 공적 작업의 일환으로, 문학사의 변두리에 방치되어 있다시피 한 한국문학의 유산들을 체계적으로 정리, 보존하기로 결정되었다. 그리고 작업의 과정에서 새로운 의미나 새로운 자료가 재발견될 가능성도 예측되었다.

그러나 방대한 문학적 유산을 정리하고 보존하는 것은 시간과 경비와 품이 많이 드는 어려운 일이다. 최초로 이 선집을 구상하고 기획하고 실천에 옮겼던 한국문화예술위원회의 위원들과 담당자들, 그리고 문학적 안목과 학문적 성실성을 갖고 참여해준 연구자들, 또 문학출판의 권위와 경륜을 바탕으로 출판을 맡아준 현대문학사가 있었기에 이 어려운 일이 가능하게 되었다. 이런 사업을 해낼 수 있을 만큼 우리의 문화적 역량이 성장했다는 뿌듯함도 느낀다.

〈한국문학의 재발견-작고문인선집〉은 한국현대문학의 내일을 위해서 한국현대문학의 어제를 잘 보관해둘 수 있는 공간으로서 마련된 것이다. 문인이나 문학연구자들뿐만 아니라 더 많은 사람들이 이 공간에서 시대를 달리하며 새로운 의미와 가치를 발견하기를 기대해본다.

2009년 1월

출판위원 염무웅, 이남호, 강진호, 방민호

해방 직후의 인기 라디오 연속극이자 이색적인 번안 소설 『진주탑』을 새롭게 펴낸다. 갓 해방을 맞이한 한국인의 가슴을 파고든 『진주탑』은 새로운 시대정신과 상상력을 내세우며 세간의 이목을 독차지했을 뿐 아니라 그 뒤로도 오랫동안 여러 장르와 매체를 넘나들며 지금 우리 시대의 문화적 기억 속으로 유전된 명편 가운데 하나다.

아인 김내성은 한국 최초의 추리소설 전문 작가다. 누구도 가지 않은 새 영역을 홀로 일구기 시작했고 여느 작가와는 견주기 어려울 만한 몫을 해냈다. 그러나 정작 그 명성에 걸맞은 대접을 받지 못한 채 어느 문학사에도 이름을 올리지 못했다.

김내성에 대한 지나친 외면과 냉대는 비단 추리소설이 한국 문학의 주변부로 밀려났기 때문만도 아니다. 어쩌면 이 점이 한결 문제적일는지도 모를 일이다. 김내성은 해방 이후에 훨씬 다채로운 작품 활동을 펼쳤으며, 다양한 경로를 통해 여러 세대 및 계층의 감수성과 호흡을 같이한 드문 작가 가운데 한 사람이다. 그러나 김내성이 받아 온 갈채는 대중 작가라는 낙인 아래 철저히 지워졌으며, 그의 생애와 작품 또한 제대로 정리된 바 없을 정도다. 이 책을 펴내면서 작가 연보와 작품집 목록에 많은 공을 들인 것도 그래서다.

한국의 번안 소설은 늘 대중 속에서 태어나 대중과 함께 자랐다. 한때의 유행을 붙좇거나 흉내 내기로 그치는 것이 아니라 당대인의 의식과 감각을 적극적으로 창안하고 날카롭게 벼렸다. 서양이나 일본에 뿌리를 두고 있으면서도 언제나 참신한 상상력과 독창성을 아낌없이 발휘할 수 있었던 것은 그런 까닭이다. 갈팡질팡하고 어지럽기 십상인 역사의 고비마다 번안 소설이 나서서 숨은 길을 찾아내고 새 장을 열었다는 점을 놓쳐서는 안 된다.

김내성의『진주탑』도 그 가운데 하나다. 이를테면 그것은 신생 한국에서 새롭게 거듭난 세계 문학이다. 김내성은 높은 안목과 일관성을 갖추고 번역이나 번안을 선택한 작가다. 특히 해방기에 거둔 값진 결실이라 할『진주탑』은 번안 소설의 가치를 재발견하는 한편 긴 호흡과 넓은 시야를 필요로 하는 장편소설의 부흥을 위해 고른 요긴한 지렛대였다.

실제로 김내성은『진주탑』을 통해 당대의 한국인들이 명작 추리소설과 만나는 매력적인 방법을 제시했을 뿐만 아니라 자신의 문학 세계를 활짝 펼치면서 최고의 인기 연재소설 작가로 발돋움할 수 있었다. 게다가 라디오와 텔레비전 연속극, 영화 등으로 바탕을 넓혀 간 원천이 되었으니 현대 대중문화의 숨은 동력과 향배를 가늠하는 잣대라 해도 좋다. 매 시대마다 새 옷을 갈아입으면서 고쳐 읽고 다시 쓰는 작품이란 그리 흔치 않은 터다. 지금 우리 시대에『진주탑』이 다시 읽히는 저력도 바로 여기에 있지 않을까?

이 책은 한국문화예술위원회의 창의적인 기획과 과감한 지원에 의해 비로소 빛을 볼 수 있었다. 독자의 눈길을 끌기 어려운 작가, 낡고 오래된 문자를 발굴하여 복원하는 일이란 사회적 합의와 공공의 역량 투자를 전제로 하지 않고서는 대단히 어려운 과제다. 이제 그 발판을 다지고 적잖은 기금을 마련하여 실현시킬 수 있었다는 것은 그만큼 한국 사회가 문화적, 예술적 가치에 대한 응원과 뒷받침을 아끼지 않았다는 뜻이다.

지금 우리 시대는 지난 세대의 삶과 일상의 기록조차 거의 사라져 가는 경계다. 아주 짧은 시일 안에 수많은 기억과 유품들이 감쪽같이 사라질 판이다. 자칫하면 귀중한 작품들이 문학사에서 영원히 잊히고 묻힌다. 그렇게 되기 전에 우리가 해야 할 일들이 하나둘이 아니다. 그것은 물론 눈앞의 이익이나 경제 효과만을 좇아서는 결코 기대할 수 없는 터다. 따라서 더 지속적이면서도 집중적인 기획과 성과가 이어져야 한다. 그것이야말로 지금 우리 시대의 한국인들이 떠맡은 역사적 책임 가운데 하나라 믿는다.

마침 올해는 김내성이 태어난 지 백 년이 되는 해다. 『진주탑』의 복원을 실마리 삼아 김내성 문학의 전모와 마주할 수 있는 전집이 출간되기를, 새로운 시각에서 다시 읽고 즐길 수 있는 지금 우리 시대의 문학 가운데 하나로 만날 수 있기를 기대한다.

2009년 1월

여시재如是齋에서

박진영

* 일러두기

1. 이 책은 1947년 백조사白潮社에서 간행된 초판을 바탕으로 삼았다. 그 밖에 1950년대에 청운사靑雲社와 육영사育英社, 삼중당三中堂, 그리고 1960년대에 진문출판사眞文出版社에서 다시 간행한 판본들을 두루 검토하고 대조하여 엄격한 교정과 교열을 거친 결정판이자 비평적 정본이다.
2. 표기법과 띄어쓰기, 외국어와 외래어 등은 지금의 한글 맞춤법과 표준어 규정에 맞게 고쳤다. 그러나 라디오 방송 소설로 집필된 원문의 어투와 어감을 살리기 위해 일부의 입말 투는 지금의 어문 규정에 맞지 않더라도 그대로 두었다.
3. 옛말이나 의성어, 의태어, 센말과 여린말 등은 가능한 한 원문을 따랐다. 특히 이북 지역의 사투리는 가능한 한 살리고자 했다.
4. 병기된 한자는 원문 그대로 두는 것을 원칙으로 삼았으나 몇몇 잘못은 바로잡았다. 또한 고유명사 등 필요한 경우에는 엮은이가 한자 표기를 보충했으며, 한자가 불필요하게 반복되는 경우에는 맨 처음에 나오는 낱말에만 한자를 병기하고 그 뒤에는 덧붙이지 않았다.
5. 식민지 시대 경성부京城府의 행정 구역 단위 가운데 하나로 쓰인 '정町'은 1946년에 개편된 명칭인 '동洞'으로 통일했다. 원문에서는 두 명칭이 일관성 없이 섞여 사용되고 있다.
6. 구두점과 문장부호는 간행 당시의 관례를 존중하여 가능한 한 그대로 두었다. 다만 말줄임표나 긴 줄표가 다른 문장 부호와 함께 쓰일 때에는 지금의 규범에 따라 고쳤으며, 불필요하게 남발된 쉼표 역시 지금의 어법을 고려하여 조정했다.
7. 지금 우리 시대의 독자에게 낯설거나 뜻풀이가 필요한 낱말, 또는 본문에 한자가 병기되지 않아 뜻이 모호한 낱말 등은 처음 나올 때에 한해 뜻풀이를 덧붙였다. 뜻풀이하는 낱말이 한자어일 경우에는 그 낱말의 어근만을 제시했으며, 순 우리말을 어근으로 삼는 경우에는 기본형을 제시했다. 순 우리말과 한자 또는 한자어가 결합된 경우에는 어원을 드러낼 필요가 있을 때에만 한자를 병기했으며, 그렇지 않은 경우에는 굳이 드러내지 않았다.
8. 분명한 오류와 오식은 바로잡았으며, 그렇지 않은 경우에는 여러 종의 우리말 사전을 참고하여 정확한 본딧말을 확인하고 이를 각주에서 밝혔다.

차례

보은報恩 편

복수復讐 편

『진주탑』은 작년 9월 3일부터 시작되어 목하目下 서울 중앙 방송국 (지금의 KBS―편저자 주)에서 매 화요일마다 방송하는 장편소설이다.

이 뒤마의 원작은 불란서 혁명의 말기인 나파륜(那破崙: 나폴레옹을 음역音譯한 이름―편저자 주)의 백일정치百日政治 전후를 배경으로 한, 실로 위대한 구상과 현란한 스토리를 가진 세계적 걸작임은 이미 주지하는 바이거니와 이 소설에는 현대 대중 소설이 걷고 있는 모든 요소가 완성에 가까우리만큼, 그리고 아낌없이 내포되어 있다.

나는 중학 시대에 이 소설을 읽고 실로 폭풍우와 같은 열광적 분위기 속에서 얼마 동안을 그 현란 무쌍, 휘황찬란한 흥분과 함께 예술의 삼매 경을 방황한 적이 있거니와 그 후 나는 기회만 있으면 이 방대한 원작을 조선적으로, 그리고 가장 평이한 문체로 요리하여 이십 년 전 내가 맛본 그 열광적 흥분을 극히 광범위한 일반 대중과 같이 나누고자 하는 욕망 을 항상 갖고 있었다.

그러던 차에 작년 8월 서울 중앙 방송국의 요청을 받았다. 그것은 나 에게 있어서는 천재일우千載―遇의 기회가 아닐 수 없다. 이리하여 드디 어 『진주탑』은 9월 3일부터 방송을 시작하게 되었으나 여기는 실로 창작 이상의 수많은 고심이 있었다는 것을 부기附記하지 않을 수 없다. 창작이 면 취재取材도 비교적 자유롭게 할 수 있겠지만 정치적으로 경제적으로 배경을 달리한 불란서 혁명을 삼일 운동으로 끌고 오기까지에는 정말 눈 물겨운 고심이 숨어 있다. 따라서 조선의 현실과 맞지 않는 점이 전혀 없을 수 없었다. 예를 들면 조선인 검사 대리가 사상범을 취급한다든가 조선인 검사정檢事正이 존재해 있었다든가 하는 점이다.

그리고 이 소설은 방송을 위주하여 집필했기 때문에 눈으로 읽기보다도 귀로 듣기 쉽도록 문장에 있어서는 평이와 리듬을 항상 염두에 두었다. 감탄사가 비교적 많은 것도 이러한 이유에서다.

『진주탑』 방송에 있어서는 친절한 청취자 제위諸位로부터 방송국을 통하여 수많은 격려의 서신을 받았다. 이 조그만 지면을 통하여 감사를 드린다.

끝으로 『진주탑』이 방송 소설로서 어느 정도 성공을 보았다면 그것은 결코 필자의 탓이 아니고 이 소설을 읽어주신 박학朴學 씨와 이백수李白水 씨의 명낭독名朗讀의 덕택임을 특기特記해두는 바이다.

1947년 4월 26일
성북동 일우—隅에서
저자

『진주탑』은 종횡무진 한 구상과 심오한 깊이를 가진 장편소설이다.

이 뒤마의 원작은 불란서 혁명의 말기인 나파륜의 백일 정치 전후를 배경으로 한, 실로 위대한 구상과 현란한 스토리를 가진 세계적 걸작임은 이미 주지하는 바이거니와 이 소설에는 현대 대중 소설이 걸고 있는 모든 요소가 완성에 가까우리만큼, 그리고 아낌없이 내포되어 있다.

나는 중학 시대에 이 소설을 읽고 실로 폭풍우와 같은 열광적 분위기 속에서 얼마 동안을 그 현란 무쌍, 휘황찬란한 흥분과 함께 예술의 삼매경을 방황한 적이 있거니와 그 후 나는 기회만 있으면 이 방대한 원작을 우리나라의 것으로, 그리고 가장 평이한 문체로 요리하여 이십 년 전 내가 맛본 그 열광적 흥분을 극히 광범위한 일반 대중과 같이 나누고자 하는 욕망을 항상 갖고 있었다.

그러던 차에 기회가 있어 붓을 들어보니 여기는 실로 창작 이상의 수많은 고심이 있었다는 것을 부기하지 않을 수 없다. 창작이면 취재도 비교적 자유롭게 할 수 있겠지만 정치적으로 경제적으로 배경을 달리한 불란서 혁명을 삼일 운동으로 끌고 오기까지에는 정말 눈물겨운 고심이 숨어 있었다. 따라서 우리나라의 현실과 맞지 않는 점이 전혀 없을 수 없었다. 예를 들면 한인 검사 대리가 사상범을 취급한다든가 한인 검사정이 존재해 있었다든가 하는 점이다.

그리고 이 소설은 방송을 위주 하여 집필했기 때문에 눈으로 읽기보다도 귀로 듣기 쉽도록 문장에 있어서는 평이와 리듬을 항상 염두에 두었다. 감탄사가 비교적 많은 것도 이러한 이유에서다.

저자

육이오 동란으로 말미암아 출판사에서 지형紙型을 분실하여 이번 새로이 조판하는 기회에 내용의 불비不備한 점을 수정 보완한 것을 부기하여두는 바이다.

1952년 2월
부산 동대신동東大新洞에서
저자

보은報恩 편

1. 상선 태양환太陽丸

때는 기미己未년 이월 이십칠일— 인제 이틀만 무사히 지나면 삼천만 조선 민중이 자주 독립을 위하여 일제히 일어설 삼월 일일 전전날 아침이었다.

그날 아침 서선西鮮의 유일한 항구 남포* 부두에는 태양환太陽丸이라는 깃발을 펄펄 휘날리며 한 척의 상선이 천천히 입항하였다.

언제나 배가 항구로 들어올 때면 해상에선 보지 못하던 활기를 띠건만 그러나 이 태양환만은 어째 그런지 배 전체가 깊은 우수에 잠겨 있었다. 아마도 무슨 말 못 할 불길을 신고 온 모양이다.

태양환의 배 임자 모영택毛榮澤 씨는 아까부터 부두에 서서 무슨 불길을 신고 온 듯한 태양환이 어서 들어오기를 목을 늘여 기다리다가 배가 닿자마자

"봉룡이, 어째 그리 풀들이 죽었나? 무슨 일이 생겼는가?"

* 남포南浦: 평안남도 남서부에 있는 항구 도시. '진남포鎭南浦'로 불리다가 1952년에 개칭되었다.

하고 맨 먼저 배에서 뛰어내린 한 사람의 젊은이를 향하여 걸어갔다.

아직 연세는 스물이 될락 말락 한 젊은이였으나 태양환의 일등 운전사인 이봉룡李鳳龍은 미목眉目이 수려하고 체구가 바위처럼 건장한 청년이었다.

"주인님, 불행한 일이 한 가지 생겼습니다. 대련*을 출발한 지 열두 시간 만에 김金 선장이 뇌막염으로 세상을 떠났습니다."

"김 선장이 세상을 떠났다?"

"네—."

이봉룡은 그리고 뱃사람들을 향하여

"돛을 내리고 닻을 주어라!"

하고 커다란 소리로 명령을 하였다. 선원들은 곧 봉룡의 명령에 복종을 한다. 김 선장을 잃은 이 태양환의 선원들이 아직 갓 스물도 못 된 이 봉룡의 명령을 추호도 거역하지 않고 순순히 복종하는 것을 본 모영택 선주船主의 얼굴에는 적지 않은 만족의 빛이 떠돌았다.

"봉룡이, 그래, 장례식은 정중히 했는가?"

"네, 전과 같이 머리와 발에다 서른여섯 근짜리 추를 달아서 수장水葬을 했습니다. 그러나 생각하면 그처럼 용감하시던 선장이 그렇게 갑자기 돌아가실 줄은 정말 몰랐습니다."

"음, 그러나 늙은이가 젊은이보다 먼저 죽는 것은 인간의 상도**거든. 그래야 후배에게도 승진의 길이 열릴 게 아닌가? 그래, 짐은 무사한가?"

"네, 짐은 조금도 손상 없이 무사히 싣고 왔습니다. 아, 장현도張鉉道 씨가 지금 배에서 내려옵니다. 자세한 말씀을 주인님께 들려줄 것입니다.

---

* 대련大連: 다롄. 중국 랴오둥 반도遼東半島의 남쪽 끝에 있는 항만 도시. 1898년에 제정帝政 러시아에 조차借租되었다가 1907년에 일본으로 조차권이 넘어가서 제2차 세계대전 후 중국에 반환되었다.
** 상도常道: 항상 변하지 않는 떳떳한 도리. 항상 지켜야 할 도리.

그럼 전 잠깐 배에 올라가서 선원들을 감독하고 오겠습니다.”

이봉룡은 다시 배로 뛰어 올라갔다. 그리고 그와 엇바꾸어 이 태양환에서 회계 사무를 맡아보는 장현도가 모 선주 앞으로 다가왔다.

여기 새로이 등장한 장현도로 말하면 나이 스물대여섯, 어딘가 음침한 얼굴의 소유자로서 아랫사람에게는 뽐내기를 좋아하고 윗사람에게 아첨을 잘하는 인물이었다. 선원들이 가장 싫어하는 회계 사무를 맡아보는 탓도 있겠지만 이봉룡이가 선원들에게 사랑을 받는 것과는 정반대로 그는 배에서도 그리 평판이 좋지를 못했다. 장현도는 굽실하고 절을 하며

“주인님, 안녕하셨습니까? 김 선장이 돌아가셨다는 말을 들으셨지요?”

“들었소. 그처럼 용감하던 선장이……”

“참으로 천만뜻밖입니다. 우리 모 상회毛商會에는 없어선 안 될 인물이었는데요.”

“그러나 그 대신 봉룡이가 있으니까 일에는 별로 지장이 없을 것이오. 보시오. 저처럼 자기의 일을 누구한테 묻지 않고 척척 해나가고 있으니까.”

“네—.”

하고 장현도는 그때 그 어떤 증오의 눈초리로 배 위의 봉룡을 한번 힐끗 바라보고 나서

“그러나 아직도 좀 나이 어렸어요. 김 선장이 돌아가시기가 바쁘게 벌써 자기가 선장이나 된 것처럼……”

“그러나 그것은 일등 운전사로서의 책임이 있으니까 그랬겠지요. 그리고 사실 말이지, 나이는 좀 어리다고 해도 일에 있어서는 죽은 선장에게 지지 않을 것이오. 나이 어리다고 해서 선장이 되지 말라는 법은 없으니까……”

그 순간 장현도의 얼굴에는 한 점의 검은 구름이 스치고 지나갔다.

"그리고 대련을 출발하여 곧장 남포로 돌아오는 것이 아니고 상해上海
에 들러 왔답니다. 그래서 사흘이나 늦어졌습니다. 도무지 하는 일이 어
디 마음이 뇌야지요."

"상해에 들러 왔다고? 그건 또 무슨 이유로?"

"나야 압니까? 봉룡이 선장더러 물어보시구려."

"봉룡이, 이리 좀 내려오게."

모영택 씨는 봉룡일 불러 내렸다. 장현도는 서너 걸음 물러서서 봉룡
이에게 자리를 내주었다.

"부르셨습니까, 주인님?"

"음, 한 가지 물어볼 말이 있는데…… 자네는 무슨 이유로 상해에 들
러 왔는가?"

"그것은 저도 모릅니다. 저는 다만 선장의 최후의 명령을 지켰을 따
름입니다. 김 선장은 돌아가실 때 제게 조그만 보따리를 한 개 주시면서
하시는 말씀이 이월 이십사일 오후 일곱 시쯤 해서 상해 부두에 도산島山
선생이 뵐 터이니 틀림없이 보따리를 전하라고 하셨습니다."

그때 모영택 씨는 눈을 둥그렇게 뜨고 사방을 한번 돌아본 후에 나지
막한 목소리로 물었다.

"저 안도산安島山 선생 말인가?"

"네."

"음—!"

하고 감개무량한 듯이 한 번 깊은 신음을 하면서

"그래, 안 선생께서 안녕하시더냐?"

"네."

"보따리를 드렸는가?"

"네, 드렸더니 안 선생께서 제 손을 꽉 부여잡고 김 선장이 돌아가신 것을 애석히 생각하며, 먼 길에 수고가 많았소! 하고 말씀하시었습니다."

"음!"

"그리고 이 배는 누구 배냐고 물으시길래 진남포* 모 상회의 주인 모영택 씨의 배라고 대답하였더니 안 선생께서는 아, 그런가! 그의 부친과는 동향이어서 잘 아신다고 하면서 돌아가거든 주인님께 인사를 여쭈라고 말씀하셨습니다."

"음, 뜻도 하지 않은 자네의 입에서 안 선생의 안부를 들을 줄은 꿈밖이었네! 안 선생은 내 돌아가신 가친**과는 절친한 사이였네."

하고 모영택 씨는 봉룡의 손을 잡으며

"자네는 훌륭한 일을 하였네! 그러나 안 선생과 만났었다는 말을 절대로 입 밖에 내서는 아니 돼! 위험한 일이니까……."

"어째서 제 몸이 위험합니까? 저는 그 보따리 속에 무엇이 들었는지도 모르는데요. 아, 세관에서 관리들이 나왔습니다. 잠깐 실례하겠습니다."

봉룡은 관리들 옆으로 달려가고 장현도는 모영택 씨 옆으로 다가왔다.

"어떻습니까, 주인님? 상해에 들러 온 데 대해서 무슨 훌륭한 이유가 있습니까?"

"훌륭한 이유가 있소. 봉룡은 다만 김 선장의 명령을 복종했을 따름이오."

"아, 김 선장의 말이 났으니 말이지, 선장으로부터 주인님께 보내는

---

* 진남포: 평안남도 남서부에 있는 항구 도시. 1952년 '남포'로 개칭되었다.
** 가친家親: 남에게 자기 아버지를 높여 이르는 말. 가군家君. 가대인家大人. 가엄家嚴. 엄군嚴君. 엄부嚴父. 엄친嚴親.

편지를 갖고 오지 않았습디까?"

"누구가?"

"봉룡이 말입니다. 선장이 봉룡이에게 무슨 보따리 하나와 편지 한 장을 주는 것을 선장실 앞으로 지나가다가 얼핏 본 성싶었었는데……그럼 내가 아마 잘못 봤나봅니다. 봉룡이에게는 그런 말씀을 하지 마십시오. 제가 잘못 본 것 같으니까요."

"그래, 봉룡인 그 보따리를 어떡했는지 장 군은 모르오?"

"상해 부두에서 어떤 점잖은 신사에게 주는 것을……."

그 말을 들은 순간 모영택 씨는 마음으로 적이 당황해하면서 대답하였다.

"내게는 아무런 편지도 없었소."

"네네, 그렇습니까. 암만 생각해도 제가 잘못 봤습니다."

그러면서 장현도는 저편으로 가버리고 말았다. 그때 세관 관리들과 사무를 끝마치고 온 봉룡이에게

"봉룡이, 인젠 일이 다 끝난 것 같으니 같이 가서 점심이나 할까?"

"고맙습니다. 그러나 주인님, 제게는 제가 바다에서 돌아오기를 하늘처럼 기다리는 늙은 아버지가 계십니다. 용서하십쇼."

"아, 참말, 내가 깜짝 잊었군. 자네는 남포 바다에서 둘도 없는 효자였었것다! 그럼 먼저 아버지를 만나뵙고 그담엔 내 집으로 좀 와주겠나?"

"주인님, 또 한 가지 청이 있습니다. 아버지보다 못지않게 저를 기다리고 있는 사람이 또 한 사람 있습니다."

"아참, 그렇군! 태양환의 소식이 궁금해서 세 번씩이나 나를 찾아온 옥분이— 해변에 핀 한 떨기 해당화처럼 어여쁜 계옥분桂玉粉! 봉룡이, 자네는 행복한 사람일세……! 아, 그리고 돈이 필요하거든 좀 갖다 쓰

게."

"괜찮습니다. 제게는 아직 석 달분 월급이 그대로 남아 있습니다."

"자네는 언제 봐야 착실한 절약가거든."

"주인님, 제게는 가난한 아버지가 있지 않습니까?"

"음, 자네는 정말 효잘세— 그런데 저, 김 선장이 세상을 하직할 때 내게 무슨 편지 같은 것을 전하지 않던가?"

"없습니다. 원체 갑자기 돌아가셔서…… 아, 정말, 생각난 김에 지금 말씀드립니다만 한 열흘 동안 제게 휴가를 주실 수 없을까요?"

"아, 그동안 옥분이와 결혼식을 거행할 셈인가?"

"네, 그렇습니다. 그리고 서울엘 잠깐 다녀올 셈으로……."

"어서 맘대로 쉬게나. 선장이 없는 태양환이 어떻게 출범을 하겠나?"

"선장이라고요……?"

봉룡은 꿈이나 아닌가 하고 펄떡 뛰면서

"주인님 말씀이 정말이십니까? 절 정말 태양환의 선장을 시켜주실 셈입니까?"

"자넬 선장을 시켜서 안 된다는 법은 없지 않은가?"

"아아, 주인님!"

봉룡은 눈물을 글썽글썽하면서

"감사합니다!"

"정직한 사람은 하늘이 돕는 법이다. 자아, 어서 가서 아버지를 만나 뵙고 옥분일 만나보고 그리고 그담엔 나한테 와주게."

"고맙습니다. 주인님!"

"그런데 봉룡이."

"네?"

"만일 자네가 선장이 된다면 저 장현도를 그대로 두어줄 텐가?"

"장현도 씨와는 언젠가 한번 쌈을 한 담부터는 사이가 좀 멀어졌습니다만 주인님께서 신용하는 사람이라면 저는 절대로 존경을 하겠습니다."

"음, 자네는 아무리 봐야 정직한 청년이야. 자아, 그럼 어서 다녀오게."

"그럼 다녀오겠습니다."

태양환의 선주 모영택 씨는 만족한 얼굴로 멀리 감실감실 사라지는 봉룡이의 행복스런 뒷모양을 언제까지나 바라보고 섰을 때 거기서 얼마 떨어지지 않은 장소에서 역시 봉룡의 뒷모양을 물끄러미 바라보고 선 사나이가 한 사람 있었으니 그는 지금 악마와 손을 잡고 한 사람의 무고한 젊은이를 행복의 꼭대기에서 절망의 구렁 속으로 떨어트리기를 마음 깊이 음모하고 있는 태양환의 회계 장현도 그 사람이었다.

2. 해당화

태양환의 선장이 된다, 그리운 아버지를 뵙는다, 사랑하는 옥분이와 머지않아 결혼을 한다─아아, 그것은 생각만 하여도 가슴이 오주주하니 떨리는 커─다란 행복이 아닐 수 없었다.

봉룡은 발바닥이 땅에 붙을 사이도 없는 듯이 아버지의 처소를 향하여 어린애처럼 줄달음을 쳤다. 칠십이 넘은 봉룡의 늙은 아버지는 비석리碑石里 어떤 오막살이 한 칸을 얻어가지고 손수 끼니를 끓여 먹고 있었다.

"아버지!"

하고 부르짖으며 고리쇠'가 떨어져 나갈 듯이 방문을 열어젖히고 뛰어 들어간 봉룡의 눈앞에는 지금 수수죽 한 그릇을 앞에 놓고 간신히 목숨을 유지하려는 늙은 아버지의 처참한 자태가 벌어져 있었다.

노인은 수저를 든 채 잘 보이지 않는 눈을 더듬어 꿈결처럼 아들을 멍하니 바라보고 앉았다.

"아버지! 접니다! 봉룡입니다!"

그러면서 봉룡은 아버지의 해골같이 쇠약한 몸뚱이를 끌어안았다.

"오오, 봉룡이가 돌아왔구나!"

그때야 노인은 그것이 자기 아들인 줄을 비로소 깨달은 것처럼

"이번에는…… 이번에는 꼭 널 다시 만나보지 못하고 죽는 줄로만 알았더니……."

"아버지, 왜 그런 말씀을 하십니까? 인제부터 우리는 행복한 살림을 하게 된답니다."

"행복하게 된다고……? 다시는 바다에 안 나간다는 말이냐? 네가 내 옆에서 떠나지 않는다는 말이냐?"

"아닙니다, 아버지. 바다엔 또 나가지만…… 저, 김 선장이 돌아가셨 답니다. 그래서 제가…… 제가 선장이 될 것 같습니다. 그렇게만 되면 월급은 천 냥(백 원)이나 되고 또 이익 배당도 있고…… 아버지, 기뻐하 세요, 네!"

"음…… 그러나 운이 너무 좋은 것도 좋지 않은 일이야."

그때야 비로소 봉룡은 아버지 앞에 놓인 수수죽 그릇을 보았다.

"아버지, 그런데 수수죽은 왜 잡수십니까? 저번 제가 떠날 때에 석 달분 식찬** 값을 드리고 갔었는데요."

"음, 그러나 방세를 자꾸만 재촉을 해서 그 돈으로……."

"아아, 아버지!"

* 고리쇠: 쇠로 만든 고리. 쇠고리.
** 식찬食饌: 반찬飯饌.

봉룡은 가슴이 터질 것 같았다.

"그러면 방세를 제하고 석 달 동안에 단돈 예순 냥(육 원) 가지고 사셨다는 말씀입니까?"

"나야 무슨 그리 많은 돈이 필요하느냐?"

"아버지, 용서하십시오!"

"아무것도 생각 말고 인제부터 네가 잘된다니 그것만 생각하기로 하자."

"그렇습니다, 아버지! 인제는 제게도 희망이 있습니다. 그리고 얼마간 돈도 생겼습니다. 자아, 이것으로 무엇이든지 아버지 사시고 싶은 걸 사십시오."

그러면서 봉룡은 주머니에서 석 달분 월급을 고스란히 내놨다.

"그것이 누구 것인고?"

노인은 놀란다.

"제 것입니다! 아버지 것입니다! 아니, 우리 두 사람의 것입니다!"

"오오!"

노인의 얼굴에는 생기가 돌았다.

그때 이 집 주인 박돌朴乭이가 들어왔다. 박돌이는 바깥채 구멍가게에서 조그만 밑천으로 천 장사를 하는 상인이었다.

"아, 이거 봉룡이 아닌가?"

장사치는 언제든지 인사가 깍듯한 법이다. 그러나 봉룡은 대답이 없었다. 그동안을 참지 못하여 석 달 동안 자기 아버지에게 수수죽을 먹인 박돌이 아닌가!

"인제 부두엘 나갔다가 저 장현도를 만났더니, 아, 봉룡이가 태양환의 선장이 된다질 않겠습니까? 아, 어찌나 기쁜지 글쎄, 남의 일 같지가 않습니다그려."

"고마우이. 우리 집안일을 그처럼 친절히 생각해주시니……."

아들 대신 노인이 대답을 하였다. 박돌이는 그 순간 약간 얼굴을 붉히며

"봉룡이가 선장이 된다는 말을 들으면 저 옥분이도 기뻐할 것이오."

그때 봉룡은 비로소 생각이 난 듯이

"아, 아버지, 저 잠깐 억냥틀億兩機里에 다녀오겠습니다."

"오냐, 어서 다녀오너라. 네 아내가 얼마나 기뻐하겠니?"

이 말을 들은 박돌이는 비웃는 어조로

"아내라고요? 아니, 옥분이가 벌써 봉룡이의 아내가 됐었던가요?"

"아직 된 것은 아닙니다만 아마 십중팔구 내 아내가 될 것입니다."

하고 봉룡은 자신 있는 대답을 하였다.

"글쎄, 그건 두고 봐야 알지만…… 하여튼 예쁜 꽃에는 나비들이 자꾸만 희롱하는 법이라네. 그러니까 그만큼 주의를 안 하면 떼여버리기가 일쑤거든."

"그러나 옥분이만은 그런 여자가 아닙니다! 나는 그것을 믿습니다!"

"암, 그래야지. 아내를 얻을 땐 믿는 것이 제일 맘 편한 일일밖에…… 자아, 어서 다녀오게."

"그럼, 아버지, 다녀오겠습니다."

봉룡은 헤아릴 수 없는 그 어떤 불안을 느끼면서 밖으로 뛰어나갔다.

이윽고 박돌이도 노인네 방에서 나왔다. 그리고 그길로 박돌이는 저편 골목 전선대* 뒤에서 기다리고 있는 장현도를 만났다.

"박돌이, 그래, 봉룡일 만나봤나?"

"음, 지금 만나고 오는 길인데 봉룡이가 선장이 되는 건 기정사실인

| * 전선電線대: 전봇대.

모양이데. 그렇게만 되면 봉룡이 녀석도 인젠 팔자를 고친 셈이 아닌가! 적어도 남포 바닥에서 손을 꼽는 태양환의 선장이야, 선장님."

"흥! 돼봐야 알지 뭘 그래? 내가 손가락 하나만 달싹하면 극락세계로부터 지옥으로 떨어져, 지옥으로."

"뭐라고? 지옥이라고?"

"아무것도 아닐세. 나 혼잣말이네— 그래, 봉룡이 녀석은 여전히 억낭틀 옥분이한테 반했던가?"

"아, 반하고말고. 두말할 것 있겠나? 지금도 옥분일 만난다고 뛰어나갔는데— 그러나 잘못하다가는 떼이기가 십상팔구지."

"떼이다니? 아, 여보게, 박돌이, 좀 자세한 이야길 알려주게나!"

장현도는 귀밑이 으쓱해지며 바싹 박돌이에게 달라붙었다.

"나도 자세한 건 모르지만 옥분이가 억낭틀 해변가에 조개를 주우러 나오면 그 뒤로 어떤 남자가 한 사람 꼭 따라다니는 걸 봤어."

"음, 옥분일 손아귀에 넣을 셈인가?"

"나이가 스물한두 살쯤 되어 보이는 젊은인데 잘못하다가는 그 녀석한테 떼이기가 쉬울걸."

"음, 잘 알았네! 봉룡인 인제 억낭틀로 갔었댔지?"

"응, 나보다 한 걸음 먼저 집을 나왔으니까—."

"그럼, 박돌이, 우리도 그리로 가보세. 길거리 주막에 들러서 한잔 먹세나. 한잔 먹으면서 기다리노라면 봉룡이 녀석이 돌아올 것이 아닌가? 그리고 그 녀석의 얼굴만 보면 일이 어느 정도로 진행되는지 대개는 짐작할 테니까."

"그래, 가보세. 그러나 술값은 자네가 내야 하네."

"염려 말래도 그래."

이리하여 장현도와 박돌이는 억낭틀 한길 가 어떤 주막으로 들어가서 술상을 펴놓고 봉룡이가 옥분이의 집으로부터 돌아오기를 기다리고 있었다.

그보다 약 한 시간 전—.

뒤뜰이자 곧 해변가인 억낭틀 옥분이의 집에서는 그때 한 사람의 젊은이가 타오르는 듯한 정열을 가지고 금년 열일곱 살인 옥분을 달래고 있었던 것이니 젊은이의 이름을 송춘식宋春植이라고 불렀다.

"이거 봐, 옥분아! 내일모레가 삼월 초하루— 삼월 삼짇날에는 강남 갔던 제비도 돌아온다는데 옥분이의 마음은 언제나 내게로 돌아온다는 말인가? 지나간 십 년 동안 나는 네가 어서어서 커주기만 바라고…… 그리고 이 춘식이의 색시가 돼줄 것으로만 믿고……."

"누가 저한테 시집가겠다고 그랬었나, 뭐? 그저 오랫동안 한 동리에서 살고 어머니가 살아 있을 적부터 가까이 지내고 그래서 난……난 정말 절 오라버니같이 생각하고 있었는데…… 자꾸만 나보고 그런 소리만 하면 어떡해요?"

바위에 부딪치는 거센 파도 소리 때문에 두 젊은이의 이야기는 가끔가다 끊어져버리기가 일쑤였다.

"그래도 너, 너의 어머니까지 허락해준 우리들의 사이를…… 꼭 네 맘 하나 때문에…… 이거 봐, 옥분아, 우리들처럼 고기잡이를 해서 먹고 사는 어부들은 옛적부터 다른 데 시집 장갈 가지 않고 우리들끼리 혼인을 해 내려온 것을 넌 설마 잊지는 않았겠지?"

"그건 오라버니가 잘못 생각하는 거지 뭐야요? 옛적부터 그렇다고 꼭 그래야만 된다는 법이 있어요? 자꾸만 그러면 난 싫어요!"

옥분이는 바위에 비스듬히 몸을 기대며 자주 갑사댕기*를 잴근잴근

* 갑사甲紗댕기: 품질이 좋은, 얇고 성긴 여름용 비단으로 만든 댕기.

깨문다.

춘식이의 얼굴에는 점점 질투의 빛이 떠돌기 시작하였다.

"잘 알았다. 네 맘을 잘 알았다! 나도 저 봉룡이처럼 화륜선*을 타고 중국으로 장사를 다니는 선부**가 되면 그만 아닌가!"

그 말을 듣는 순간 옥분이의 초롱 같은 두 눈동자가 반짝 빛났다.

"난 오라버닐 좋은 사람으로 생각했더니…… 그런 줄 알면서…… 그런 줄 알면서 왜 자꾸만 못살게 굴어요? 아아, 저 무서운 눈초리!"

옥분이는 무서워서 기대었던 바위에서 몸을 일으켰다. 증오에 불타는 춘식이의 두 눈이 옥분이의 코앞에서 번쩍 빛났다. 춘식이의 허리띠에 찬 장두칼*** — 농어의 배를 째고 상어의 배를 가르던 장두칼이 옥분이의 눈에는 끝없이 무섭게 보였다.

"아아, 저 무서운 얼굴! 오라버닌 지금 무서운 생각을 하고 있지 않아요? 그이를…… 그이를 그 장두칼로……."

"그렇다! 그것이 우리 어부들의 최후의 해결책이다!"

"안 됩니다. 안 돼요!"

옥분은 눈물을 흘리면서 춘식이의 결심을 만류하였다.

"오라버닌 이 세상에서 그일 내놓곤 제일 내가 믿고 따르는 사람인데……."

"흥, 그이를 내놓고 말인가? 옥분아, 한 번 더 내 귀밑에 똑똑히 말해 봐라!"

"몇 번이든…… 몇 번이든 말할 테예요. 그인…… 그인 내 남편이 될 사람이에요!"

---

* 화륜선火輪船: 증기 기관의 동력으로 움직이는 배. 기선汽船. 윤선輪船.
** 선부船夫: 뱃사공.
*** 장두칼: 식칼.

"그래, 언제든지 변하지 않고 봉룡일 사랑할 수가 있다는 말인가?"

"내 목숨이 끊길 때까지!"

"만일 봉룡이가 바다에서 죽고 돌아오지 않는다면 어떡할 셈이야?"

"나도…… 나도 죽어버릴 테예요!"

"만일 봉룡이가 널 버린다면……."

"그럴 리는…… 그럴 리는 절대로 없어요. 하늘이 무너지고 땅이 꺼져도 그런 일은 없어요!"

그때 앞뜰에서

"옥분이, 옥분이!"

하고 부르는 소리가 들렸다.

"아, 저것은 봉룡이의 목소리가 아냐요?"

아아, 그 순간에 있어서의 옥분이의 얼굴― 그것은 이 세상이 가질 수 있는 가장 크고 가장 행복에 넘치는 기쁨을 내포하고 있는 얼굴이었다.

"보세요! 그이는…… 그이는 하늘이 무너져도 날 잊어버리지는 않아요!"

그 한마디를 남겨놓고 뛰어 들어가는 옥분이의 나풀거리는 자주 갑사댕기가 춘식이의 눈에는 세상에서 가장 밉고 가장 예뻐 보였다.

어느새 춘식이의 손은 허리띠에 찬 장두칼을 꽉 부여잡고 있었다.

3. 고소장

장두칼을 꽉 부여잡은 채 온몸을 부들부들 떨고 선 춘식이의 눈앞에서 옥분은 봉룡일 만났다.

"아, 봉룡이!"

"옥분이!"

커—다란 감격이 두 사람의 젊은 영혼을 자지러들 듯이 행복케 하였다. 석 달 만에 처음 보는 옥분이의 모습이었으며 봉룡이의 자태였기 때문에—.

바다와 육지에 서로 멀리 떨어져 살면서 하나는 멀리 육지가 보일 때마다, 하나는 거센 파도 소리가 들릴 때마다 서로서로의 평온과 안식을 달과 해에 빌었다.

두 사람은 말이 없다. 아니, 말을 필요로 하지 않았다. '보고 싶었소!', '잘 있었소?' 하는 말이 그들에게 있어서는 너무나 평범했기 때문이었다.

"그런데 옥분이, 저이가 누군가?"

하고 봉룡이는 비로소 자기들 옆에 한 사람의 사나이가 선 것을 발견하였다.

"아, 저이는 춘식이라고, 내가 오라버니처럼 믿고 있는 이야. 봉룡일 내놓고는 내가 세상에서 젤로 믿는 이야."

"아, 그렇습니까? 이봉룡이라고 부릅니다."

그러나 춘식은 봉룡의 인사에는 대답도 않고 그저 온몸을 부들부들 떨고 있을 따름이었다.

봉룡은 보았다. 춘식이라고 부르는 그 사나이의 바른편 손이 꽉 부여잡고 있는 장두칼을 보았다.

"옥분이, 나를 적으로 생각하는 그 어떤 사나이를 옥분이 옆에서 발견할 줄은 몰랐어."

"적이라고……? 누가 봉룡일 적으로…… 저이는…… 저이는 내가 오라버니처럼 믿고 있는……."

그러면서 옥분이는 차디찬 눈초리로 춘식을 쏘아보았다. 그 명령하

는 것 같은 옥분이의 눈초리를 보자 춘식은 그만 풀이 죽어서 쥐었던 장
두칼을 놓으면서

"나는 송춘식이오."

하는 한마디를 남겨놓고 쏜살처럼 한길로 뛰어나갔다.

"아아, 저 녀석을…… 저 봉룡이를 옥분이의 옆에서 떼어놔 줄 사람
은 없는가?"

춘식은 그렇게 부르짖으면서 얼마 동안을 미친 듯이 달리고 있노라
니까 그때

"이거 춘식이가 아닌가? 뭘 그리 미친 듯이 줄달음을 치는 거야? 자
아, 그만큼 달음박질을 했으면 목도 웬만치 마를 듯하니 들어와 한잔 하
게."

춘식은 발걸음을 멈추고 한길 가 주막 안을 들여다보았다. 봉룡이의
집 주인 박돌이와 태양환의 회계 장현도가 춘식을 바라보며 빙글빙글 웃
고 앉았다.

"흥, 암만 봐도 봉룡이한테 떼인 모양이로군!"

장현도는 그러면서 박돌이의 옆구리를 쿡 찔렀다.

"음, 춘식이로 말하면 억낭틀 어촌에서도 용감한 청년이지. 그만한
청년이 제 동리 처녀를 다른 녀석한테 채이다니 원, 될 법한 노릇인가?"

춘식은 그때 화를 벌컥 내며

"듣기 싫어요! 옥분이가 누구를 사랑하건 그건 옥분이 맘대로 할 것
이지 옥분이가 누구의 물건인가요?"

"거야 물론 자네가 그렇게 생각한다면 뭐 다시 두말할 것도 없지만도
그래도 자넨 억낭틀 고기잡이꾼 가운데서도 제로라고* 머리를 저으면서

| * 제로라하다: 어떤 분야를 대표할 만하다. 내로라하다.

다니던 사람이기 말이네."

그때 장현도는 박돌이의 말을 받아

"모두가 그 봉룡이 녀석이 돌아온 탓이지. 그 녀석만 돌아오지 않았으면 춘식이도 저 꼴은 안 당할 게 아닌가. 자아, 춘식이, 이 술 한잔 들게. 이 술 한잔 들면 맘이 수르르 풀린단 말이야. 응? 자아……"

그러나 춘식은 성난 사자처럼 푸르락거리면서 술잔으로 주막 기둥을 내갈겼다.

"하아, 이 사람, 이 서방한테 뺨을 맞고 장 서방한테 분풀이 할 셈인가? 하하하…… 그런데 저게…… 저게 옥분이와 봉룡이가 아닌가?"

술상 옆에 쭈그리고 앉았던 춘식이는 후닥닥 머리를 들어 한길을 내다보았다.

나들이옷으로 갈아입은 옥분이가 봉룡이 뒤로 머리를 소그듬하고* 따라온다. 둔한 송곳으로 가슴속을 쿡쿡 찌르는 것 같은 춘식이었다.

"아, 봉룡이!"

하고 박돌은 봉룡을 불렀다.

"아, 그래, 원앙 같은 부부라더니 자넬 두고 한 말일세그려."

"원, 별말씀을 다……"

"암만 봐도 옥분인 봉룡이의 색시라야만 제격인걸! 그래, 예장**은 언제 싸고 또 혼례식은 언제쯤 지낼 텐가?"

"뭐, 예장이랄 건 없습니다만 내일쯤 여러분들께 술이나 한잔씩 대접하려고 생각하고 있습니다."

"그래, 혼례식도 곧 지낼 테지?"

---

* 소그듬하다: 고개를 얌전하게 조금 앞으로 숙이다.
** 예장禮裝: 혼인할 때 사주단자四柱單子의 교환이 끝난 후 정혼이 이루어진 증거로 신랑 집에서 신부 집으로 보내는 예물이나 그 의례. 납빙納聘. 납징納徵. 납폐納幣. 채례采禮.

"네, 혼례식은 이삼 일 후에 지낼까 합니다. 제가 내일 밤, 잠깐 서울 다녀올 일이 생겨서요. 서울 다녀와서 지낼까 합니다."

그때 장현도가 긴장한 얼굴을 지으며

"서울……? 서울은 또 무슨 일로요……?"

"저, 선장이 돌아가실 때 무슨 부탁을 한 가지 받았기 때문에요. 이삼 일 내로 돌아오겠습니다."

"아, 그래요?"

하고 장현도는 아무것도 모르는 것처럼 대답하였다. 그러나 이윽고 봉룡이와 옥분이가 저편 한길 모퉁이로 사라지는 뒷모양을 물끄러미 바라보면서 혼잣말로

"으음, 편지를 전하려는구나! 상해 부두에서 도산 선생에게서 받은 편지를 서울에 전달하려는구나…… 아, 그렇다! 편지! 편지! 아아, 봉룡이여! 너는 아직 태양환의 선장이 될 수는 없어!"

하고 악마의 웃음을 입가에 지었다.

좌석을 돌아다보니 박돌은 혀가 잘 돌아가지 않을 만큼 취해서 쓰러졌고 춘식은 정신없는 사람인 양 멍하니 앉았다.

"춘식이, 자네, 옥분일 그처럼도 좋아했었나?"

"하늘같이…… 땅같이 좋아했어요!"

"그래, 그처럼 옥분일 좋아하면서 바보처럼 멍하니 바라만 본다는 말인가……? 흥! 억냥틀 고기잡이꾼도 인젠 다 죽었어!"

"아니에요. 나는 봉룡이 녀석을 죽이려고 했어요. 그러나 봉룡이가 죽으면 옥분이도 따라 죽습니다…… 그래서……."

"흥, 따라 죽는다고……? 그건 말뿐이야."

"아니에요. 그것은 아직 옥분일 모르는 말이에요. 옥분인 꼭 따라 죽을 사람이에요!"

그때 장현도는 춘식이의 옆으로 다가앉으며

"내가 자넬 그 무서운 번민으로부터 건져줄까……? 응, 어때……?"

"정말입니까?"

춘식은 귀가 번쩍 뜨였다.

"정말이고말고. 문제는 봉룡이가 옥분이와 결혼을 못 하도록 하면 그만이 아닌가? 구태여 죽일 필요는 없다는 말이야."

"그래요. 봉룡이가 죽으면 옥분이도 죽습니다. 그래, 그 방법은 무엇입니까? 가르쳐줘요!"

"음, 가르쳐주마…… 문제는 옥분이와 봉룡이 사이에 넘을래야 넘을 수 없는 높은 돌담을 하나 쌓아 올리면 그만이니까……."

"돌담이라고요?"

"그렇지, 봉룡일 감옥으로 정뱰* 보내면 그만이란 말이야!"

"안 되네, 안 돼. 봉룡일 감옥으로 잡아넣으면 안 되네, 안 돼."

하고 그때 곯아떨어져서 쓰러져 있던 박돌이가 까부라진** 혀끝으로 말을 가로막았다.

"이 자식, 곯아떨어진 줄 알았더니 아직 정신이 있나 보다? 자넨 상관 말고 어서 술이나 한잔 더 먹고 자게."

그러면서 장현도는 박돌이의 입에다 대포를 두어 잔 부어 넣었다.

"아, 글쎄, 봉룡이가 뭘 잘못했기에 감옥엘 넣는다는 말이야, 응……? 사람을 죽였나, 돈을 훔쳤나……? 봉룡이로 말하면 남포 바닥에 둘도 없는 효자고……."

---

* 정배定配: 죄인을 지방이나 섬으로 보내 정해진 기간 동안 그 지역 내에서 감시를 받으며 생활하게 하는 형벌. 찬배竄配.
** 까부라지다: 작은 물건의 운두 따위가 조금 구부러지다. 기운이 빠져 몸이 고부라지거나 생기가 없이 나른해지다.

"아, 글쎄, 좀 가만 못 있겠나? 자넨 간참* 말고 잠이나 자게."

"음…… 음……."

하고 박돌인 다시 곯아떨어졌다. 그때 장현도는 주인을 불러 벼루와 종이와 붓을 빌려가지고 이번에는 목소리를 낮추어 속삭이듯이

"춘식이, 잘 들어두게— 봉룡이가 말이네, 독립단獨立團의 한 사람이라고 검사에게 고소를 하면 된다는 말이야."

"고소라고요? 내가 하지요……! 그런데 무슨 증거가 있어요?"

춘식은 흥분한 어조로 조급히 물었다. 장현도는 적잖게 만족한 웃음을 입가에 띠면서

"있지! 그런데 가만있게. 내가 고소장을 하나 견본으로 써볼 테니 잘 보아두게. 쓰는 데는 바른손으로 쓰질 말고 왼손으로 써야 해. 그래야 누구가 쓴지 모르게 필적을 감출 수가 있으니까—"

그러면서 장현도는 왼손으로 두루마리에다 다음과 같은 고소장을 써 보였다.

검사 각하. 대일본 제국에 대하여 충성을 아끼지 않는 소생은 대련과 상해를 거쳐 오늘 아침 진남포에 귀항한 태양환의 일등 운전사 이봉룡이라는 자가 상해 부두에서 안창호安昌浩 씨에게 신서**를 전달하고 다시 동씨***로부터 서울로 향하는 신서를 받은 사실이 있다는 것을 아룁니다. 그 죄상의 증거품인 신서는 이봉룡 자신이나 또는 그 부친의 처소나 그렇지 않으면 태양환 그의 선실에서 발견될 것이라 믿는 바올시다.

---

* 간참看參: 자기와 별로 관계없는 일이나 말 따위에 끼어들어 쓸데없이 아는 체하거나 간섭함. 참견參見. 참섭參涉.
** 신서信書: 편지便紙.
*** 동씨同氏: 앞에서 말한 그 사람.

춘식은 나지막한 목소리로 고소장을 읽어보았다.

"어때? 그만했으면 만사가 해결되지 않는가?"

하고 장현도가 춘식이의 얼굴을 들여다보고 있을 때

"못쓴다, 못써! 무고한 사람을 감옥으로 보내선 못쓴다, 못써!"

하고 박돌이가 또 중얼대기 시작하였다.

"하하하…… 박돌이, 누가 정말인 줄 알고 그러나? 농담이야, 농담. 자아, 이것 봐!"

하고 슬쩍 장현도는 자기가 쓴 고소장을 손으로 비비어서 술상 밑으로 내던졌다. 그러고는 춘식을 향하여

"춘식이, 내가 왜 봉룡일 그와 같은 무서운 모함에 쓸어 넣겠나 말이야? 봉룡인 내 친구가 아닌가? 그리고 지금 행복에 날뛰고 있는 봉룡일 왜, 글쎄, 내가…… 모두가 농담이래도 그래."

"그러나 현도 씨도 나처럼 봉룡일 미워하지 않습니까? 무슨 이윤지는 몰라도 미워하는 것만은 사실이 아닙니까?"

"내가 봉룡일 왜 미워한다는 말인가? 그처럼 친절하고 그처럼 믿음성 있는 친구를……."

"못쓴다, 못써. 아무리 선장이 되고 싶어도 그것만은…… 그것만은 못쓴대도!"

또 박돌이가 중얼거린다.

"선장? 이 사람, 박돌이, 무슨 말을 그렇게 하나? 술이 아직 좀 모자라는 모양인가?"

"음, 저 진실한 청년 봉룡이와 해당화처럼 예쁜 옥분일 위하여 축배를 드세."

"에이, 이 주망태*! 인젠 그만 먹고 가세, 가."

장현도는 박돌을 일으켜가지고 주막을 나섰다. 주막을 나올 때 그는

술상 밑에 꽁지어** 내던진 고소장을 무서운 눈초리로 열심히 들여다보고 앉은 춘식을 힐끗 곁눈으로 바라보며 빙그레 웃음을 지었다.

"춘식이, 자넨 안 갈 텐가? 거리로 들어가서 한잔 더 안 해보겠나?"

"나는 그만두겠어요. 집으로 돌아가겠어요."

그러면서 춘식은 술상 밑에서 꽁꽁 꽁진 고소장을 얼른 집어서 자기 주머니 속에 쓸어 넣는 것을 장현도는 놓치지 않고 보았다.

'자아, 그물은 쳐났다! 기다리기만 하면 고기는 저절로 걸려들 것이 아닌가?'

장현도는 그렇게 마음속으로 부르짖었다.

과연 그 조그만 종잇조각이 가져오는 비극은 너무나 크고도 무서운 그것이었다.

4. 암흑의 사자使者

아아, 마침내 악마의 제자가 되어버린 장현도와 송춘식이었다.

장현도가 꽁꽁 꽁지어 술상 밑으로 내던진 저 무서운 음모의 고소장을 송춘식이가 집어서 얼른 주머니 속에 넣던 바로 그 이튿날은 인제 하룻밤만 무사히 지나면 삼천만 조선 민중의 자유를 부르짖는 우렁찬 만세 성이 삼천리강토 방방곡곡을 떠나갈 듯이 뒤흔들 기미년 이월 이십팔일이었다.

그리고 그와 동시에 이날은 이 이야기의 주인공인 이봉룡이의 운명

---

* 주망태: 술에 몹시 취하여 정신을 가누지 못하는 상태나 그런 사람. 술을 늘 대중없이 많이 마시는 사람. 고주망태. 모주망태.
** 꽁지다: 꼬기다. 종이나 천 따위의 얇은 물체를 비비거나 접어서 잔금이 생기게 하다. 꼬기다.

이 광명의 세계로부터 암흑의 구렁 속으로 추락하는 무서운 날이기도 하였다.

비발도* 등대 밑엔 오늘따라 파도 소리가 유난히도 거세다.

그날 아침 비석리 봉룡이의 오막살이집에서는 조그만 예장 짐이 한 짐 대문 밖을 나서서 억낭틀 계옥분네 집으로 옮기어갔다.

"봉룡이의 예장 짐은 나밖에 질 사람이 없대도 그래. 남포 바닥에선 제일가는 효자야, 효자."

그래서 예장 짐은 박돌이가 지고 갔다.

박돌이는 어저께 억낭틀 한길 가 주막에서 곤드레만드레 취해 넘어졌을 때 장현도와 송춘식이가 주고받던 무서운 이야기를 분명히 들은 것 같기도 했지만 또 한편 생각하면 그것은 자기가 잠든 사이에 꾼 꿈 이야기 같기도 하였다. 하여튼 꿈이건 생시건 간에 그것은 너무나 무서운 이야기였기 때문에 그러한 비밀을 알면서도 잠자코 있지 않으면 아니 될 자기 자신이 한편 무섭기도 하고 한편 양심에 거리끼기도 하여서 조금이라도 발뺌이 될까 하고 봉룡이의 예장 짐을 자청하여 진 영리한 박돌이었던 것이다.

부모가 없는 옥분이의 집에서는 이웃집에 사는 춘식이 어머니가 예장 짐을 받았다. 예장 짐을 받고 나서 옥분이는 경대 앞에 조용히 앉아서 눈물을 흘렸다. 서글픈 눈물이기도 하였으나 또 한편 한량없이 기쁜 눈물이기도 하였다.

'그렇다. 그이는 나의 남편인 동시에 나의 부모이기도 한 사람인데…… 아이, 내가 왜 울까……? 기쁘면 웃음이 날 텐데 왜 눈물이 날꼬……?'

---

* 비발도飛潑島: 평안남도 남포직할시의 남포항 연안에 있는 작은 섬. 1915년 진남포 시가지와 비발도 사이의 간석지를 이용한 개거식開渠式 축항이 진행되어 인공적으로 육지와 연결되었다.

옥분은 분홍색 명주 저고리 고름으로 눈물을 한 방울씩 꼭꼭 찍어
냈다.

'그이는 오늘 밤 서울을 다녀온다는데…… 서울을 다녀오면 곧 식을
지낸다는데…… 정말 내가 봉룡이의 색시가 되나……?'

옥분인 마음속으로 그렇게 종알거려보았다. 봉룡이의 색시가 된다는
것이 아무리 생각해도 꿈같은 일이었으며 꿈같은 행복이었다.

그러한 옥분을 박돌이는 차마 정면으로 바라볼 수가 없었다. 그는 옥
분을 가엾다고 생각하면서 춘식이 어머니가 따라주는 소주 몇 잔을 들이
키고는 비석리 봉룡이의 집으로 총총히 돌아갔다.

그즈음 봉룡이의 집에서는 간단한 주연이 베풀어져 있었다. 장현도
를 비롯하여 태반이 태양환의 선원들이었다.

그런데 이 초라한 연석'에 선주 모영택 씨가 참석하였다는 사실은 봉
룡이에게 있어서는 더할 수 없는 영광일 뿐 아니라 태양환의 선장은 틀
림없이 봉룡이가 되리라는 예측을 사람들에게 주지 않을 수 없었다. 봉
룡이의 늙은 아버지는 이 모영택 씨를 하늘처럼 위하고 맞이하였다.

춘식이도 이 연석에 와 있었다. 그만두겠다고 굳이 사양하는 춘식이
를 장현도는

"춘식이, 자네가 안 가면 도리어 수상히 생각하지 않겠나? 그래, 자
네는 봉룡이에게 무슨 상스럽지 못한 짓이나 한 것이 아닌가?"

하고 협박조로 대드는 바람에 할 수 없이 끌려온 춘식이었다. 춘식은
술잔을 들면서 그 무엇을 두려워하는 눈초리로 대문 밖을 때때로 내다보
곤 하였다.

박돌이가 춘식이와 장현도 사이에 자리를 잡고 앉았을 때 모영택 씨

＊연석宴席: 잔치를 베푸는 자리. 연좌宴座. 연회석.

는 물었다.

"그래, 신부가 얼마나 기뻐합디까?"

"네, 기뻐서…… 너무 기뻐서 울고 있었지요."

봉룡이는 만족한 얼굴로 모 선주를 쳐다보았다. 박돌이는

"그러나 기쁜 일이 너무 한꺼번에 닥쳐오면 도리어…… 도리어 나쁜 일이 생긴다고들……"

그때 옆에 앉은 장현도가 박돌이의 넓적다리를 힘껏 꼬집었다. 그리고 무서운 눈초리로 박돌이를 노려보았다.

바로 그때였다. 춘식이의 얼굴이 갑자기 해말쑥하니 핏기를 잃는 것과 거의 동시에 자동차 멎는 엔진 소리가 들리자 일인日人 경부* 한 사람이 무장을 한 네 사람의 경관을 이끌고 대문 안으로 선뜻 들어섰다. 불안과 공포가 사람들의 얼굴을 무섭게 스치고 지나갔다.

"이봉룡이란 사람이 누구요?"

그 순간 사람들의 시선이 일제히 봉룡이에게로 쏠렸다. 봉룡은 몸을 일으키며

"저올시다."

무척 놀라면서도 또 한편 무척 침착한 대답이었다. 대답이 떨어지기가 바쁘게 두 사람은 총검을 겨누고 두 사람은 와닥닥 달려들어 봉룡이의 두 손목에 쇠 수갑을 채칵 하고 채웠다.

"대체…… 대체 무슨 이유로 나를 체포하는 것이오?"

봉룡은 수갑 채운 손목에 힘을 주면서 역시 일본 말로 물었다.

"이유는 나도 모른다. 가면 알겠지."

"가기는 어디로 간다는 말입니까?"

---

* 경부警部: 대한 제국 및 식민지 시대의 판임判任 경찰 관직 가운데 하나.

"수갑을 차고 가는 델 아직 몰라? 잔말 말고 어서 자동찰 타라."

그것은 실로 일찰나―刹那의 일이었다. 늙은 아버지는 부들부들 떨면서 경부를 붙잡고 갖은 호소를 다하였으나 하등 소용이 있을 리 만무하다.

마지막으로 모영택 씨가 명함을 내놓고 이봉룡 체포 이유를 점잖게 물었을 때

"아마 세관에서 무슨 소속이 잘못된 때문인 것 같소."

그러면서 경부는 봉룡을 자동차에 태웠다.

"아버지, 염려 마세요. 무슨 세관의 수속이 잘못된 때문이라면 곧 석방이 될 것이니까요. 아버지, 조금도 염려 마시고 계셔요."

그 말이 채 끝나기도 전에 자동차는 떠나버리고 말았다.

"야, 봉룡아! 봉룡아!"

아버지는 한길 바닥에 펄썩 주저앉아서 아들의 이름을 미친 듯이 불렀다.

"과히 염려 마시고 들어가 계십시오. 내 가서 자세한 걸 좀 알아보고 오겠습니다."

모영택 씨는 그러면서 자동차의 뒤를 따라 당황히 걸어갔다. 그리고 송춘식이도 어느 틈에 어물어물 없어지고 말았다.

이리하여 모였던 선원들도 하나씩 하나씩 사라지고 남은 것은 박돌이와 장현도 두 사람뿐이었다.

"흥, 난 꿈인 줄만 알았더니 어저께 얘기가 바로 이것이었구나! 그러나 나는 저 불쌍한 노인과 가엾은 옥분이를 그대로 둘 수는 없어!"

하고 중얼거리는 박돌이의 손목을 장현도는 꽉 부여잡으며 낮으나마 힘 있는 목소리로 말하였다.

"입을 닥쳐라! 영원히 닥쳐라! 그렇지 않으면 너도…… 알지?"

바로 그때 자동차의 뒤를 따라갔던 모영택 씨가 헐레벌떡 달려왔다.

"사건은 우리가 생각하는 이상으로 중대합니다! 봉룡인 고소를 당했습니다."

"고소라고요? 아니, 우리 봉룡이가 무슨 일로 고소를 당한단 말이오?"

"독립단의 한 사람으로서 고소를 당했습니다."

"오오!"

노인은 다시 땅바닥에 힘없이 주저앉았다. 장현도는 박돌이의 손목을 한 번 더 꽉 쥐면서 역시 낮은 목소리로

"봐라! 공연히 봉룡이의 편을 들다가는 박돌이 너도 봉룡이와 동진 줄 알고…… 그만했으면 알지?"

그 한마디는 소심한 박돌이에게 있어서는 너무나 무서운 협박이었다. 생각만 하여도 눈앞이 아찔해지는 것 같았다.

이윽고 남포 바닥에는 이봉룡이가 독립단의 한 사람으로서 체포당하였다는 소문이 쫙 돌았다.

"하여튼 좀 더 자세한 것을 알아봅시다. 잘은 모르지만 유동운劉東雲이라는 검사 대리檢事代理를 내가 아는데 그이를 좀 찾아보고 오겠습니다."

하고 모영택 씨는 노인에게 인사를 하였다. 그리고 이번에는 박돌을 불러서 이 불의의 사실을 옥분이에게 알리도록 명령한 후에 장현도와 함께 해안 통으로 걸어가면서

"그런데 태양환의 선장이 없어서 큰일이오. 봉룡이가 언제 석방될는지 알 수 없는 일이니까."

"주인님, 과히 염려할 것은 없습지요. 봉룡이가 나올 때까지 제가 어떻게 해보겠습니다. 알고 보면 선장 노릇이란 별로 어려운 게 아니니까

요. 그러노라면 봉룡이도 석방될 것이고……."

"고맙소. 그러면 장 군이 이번 배에는 책임을 지고 모든 것을 실수 없이 지휘해주시오."

"주인님, 염려 마십시오."

"그러면 나는 검사 대리 유동운 씨를 좀 만나봐야겠소. 여기서 실례할 테요."

"네, 그럼, 주인님, 다녀오십시오. 전 배에 좀 나가보겠습니다."

거기서 모영택 씨와 헤어진 장현도는 그때야 비로소 회심會心의 웃음을 마음 놓고 입가에 띠면서

"만사는 뜻대로 됐다! 하여튼 임시 선장은 한자리 벌어놓고…… 저 바보 같은 박돌이 녀석만 입을 열지 않는다면 임시는 왜 임시야? 진짜배기 선장이지!"

하고 중얼거렸다.

그즈음 옥분이는 예장 감을 장롱에 차근차근 챙겨 넣으면서 닥쳐올 신혼 생활의 이모저모를 행복스럽게 머리에 그려보고 있었다.

'오늘 밤 서울로 떠나기 전에 그이가 꼭 들러서 갈 텐데…….'

그러면서 옥분이는 뒷문으로 해변가를 내다보았다. 벌써 점심때가 가까웠다. 바다 위에 햇빛이 눈부시다.

옥분인 봉룡을 알면서부터 바다가 무척 무서워졌다. 언제 어느 때 저 사정없는 거센 파도가 봉룡일 집어삼킬는지 알 수 없는 일이기 때문이다. 그래서 옥분인 밤 자리에 누울 때, 아침 자리에서 일어날 때 반드시 용궁님께 축원을 드리곤 하였다. 지금도 옥분인 장롱 앞에 앉은 채 사르르 눈을 감고 용궁님께 축원을 드리는 것이다.

'감사하신 용궁님! 그이를 오늘날까지 무고하게 하여주신 용궁님께 옥분은 또 한 가지 원이 있삽니다. 그이는 오늘 밤 무슨 피치 못할 일이

있어 서울을 다녀온다는데 그이에겐 서울이 초행이오니 신령하신 용궁님! 그이를 서울까지 무사히 인도하여주시옵고 다시 이 옥분이 옆으로 돌려보내주시옵기 간절히 비나이다. 간절히 간절히 옥분은 비나이다! 그리고 또 한 가지…….'

바로 그때였다. 옥분이의 축원이 채 끝나기 전에

"아, 옥분이, 큰일 났어! 봉룡이가…… 봉룡이가……."

하고 외치며 헐레벌떡 뛰어 들어온 것은 아침에 예장 짐을 지고 왔던 박돌이가 아닌가.

"예? 봉룡이가…… 봉룡이가 어떻다고요?"

옥분인 챙기던 옷감을 내던지고 장롱 앞에서 발딱 일어났다.

"아, 저…… 저, 봉룡이가 경관들에게 붙들려 갔어!"

"경관들에게요……?"

옥분은 눈앞이 캄캄해졌다.

"음, 저, 저, 봉룡이가 독립단의 한 사람이라고 박승*을 지어가지고…… 인제 방금 자동차로…… 아, 숨이 찬걸! 단숨에 뛰어왔더니……."

아아, 신령하신 용궁님은 무얼 하고 계시는고……?

전신에 힘을 잃고 쓰러지려는 몸을 장롱으로 의지한 계옥분은 무심하게 흐느적거리는 황해 바다의 푸른 물결을 얼마 동안 오들오들 떨리는 눈동자로 쏘아보고 섰다가 무엇을 생각했는지 후닥닥 문밖으로 뛰어나갔다.

"아, 옥분이, 어딜 가는가? 옥분이……!"

그러나 대답이 있을 리 없다. 길게 땋아 늘인 머리채 끝에서 자주 갑

---

*박승縛繩: 죄인을 잡아 묶는 노끈. 포승捕繩. 포승줄.

사댕기가 오쫄오쫄 춤추면서 멀리 조그맣게 조그맣게 사라진다.

봉룡이의 곁으로! 봉룡이의 옆으로!

5. 운명의 기로

장현도와 송춘식— 이 두 악마의 무서운 음모로 말미암아 진실한 젊은이 이봉룡의 신체가 검사국*에 구속된 바로 그날 이 남포 바닥에는 또 한 쌍의 약혼 피로연이 있었던 것이니 그것은 지금 요정 동명관에서 열린 청년 검사 대리 유동운과 그의 약혼자 오정숙吳貞淑이와의 그것이었다.

정숙의 부친 오봉서吳朋書는 서북선** 일대에 걸쳐 다섯 군의 군수와 평북 지사를 역임한 정치객으로서 지금은 모든 관직에서 떠나 삼화 공원三和公園 아래 있는 호화로운 저택에서 사교가인 아내와 어여쁜 딸 정숙과 그리고 수많은 재산을 향락하면서 한가로이 여생을 보내고 있었다.

그러한 명망 높은 집 무남독녀 외딸인 오정숙과 전도가 유망한 검사 대리 유동운과의 이 호화로운 장래를 촉망囑望하지 않는 사람은 없었다.

그것은 그날 오전 이봉룡이가 경찰에 체포되기 직전까지 비석리 오막살이 방에서 벌어졌던 초라한 주석과는 좋은 대조가 되는 호화로운 약혼 피로연이었던 것이다.

"정숙아, 네 남편 될 사람은 전도가 유망한 분이다. 너도 남편을 잘 보조하여서 남편으로 하여금 충분히 나라에 봉사하도록 노력하지 않아

---

* 검사국檢事局: 식민지 시대에 검사가 일을 맡아보던 곳. 대개 재판소에 부속 설치되었다.
** 서북선西北鮮: 조선의 서북 지역을 일컫는 말.

서는 안 된다."

이것은 이날 아버지 오붕서가 딸에게 한 말이었다.

"그러나 아버지, 전 어쩐지 검사는 무서워요. 사람에게 무서운 형벌을 주고 또 사형을 내리고…… 생각만 해도 전 무서워요. 왜 의사가 되지 않았어요?"

그러면서 정숙은 아버지 옆에 앉은 검사 대리 유동운을 방그레 웃으면서 바라보았다. 유동운은 그러한 정숙을 마음속으로 무척 귀여워하였다.

"그런 게 아니라 네 남편 유동운 군으로 말하면 정신적으로, 법적으로, 또는 정치적으로 의사가 되어주는 거니까 그 점을 잘 이해하여야만 되는 것이야."

그러나 정숙은 아버지의 말이 귀에 잘 들어오지를 않았다. 정치범, 더구나 조국 조선을 위하여 생명을 내걸고 뛰어다니는 혁명가들을 악착齷齪하게도 컴컴한 철창 속으로 집어넣고 무서운 교수대로 끌고 가는 그러한 권리를 가진 남편의 직업이 정숙에게는 너무나 무서웠던 때문이다.

이 약혼에 있어서 아버지는 사위 유동운이가 장래에는 한 사람의 훌륭한 사법관으로서 상당한 지위에까지 올라갈 수 있는 출중한 두뇌와 불타는 야망을 가진 재사才士인 것을 믿었다.

그러나 정숙은 남편의 그러한 직업이라든가 출세라든가에 흥미를 느꼈다는 것보다도 남편이 열렬한 애국자요 숨은 혁명가인 유민세劉民世 씨의 아들이라는 데 좀 더 존경의 염*을 가졌던 것이다.

그러나 이 아버지와 이 아들이 서로 사상이 다르고 인생에 대한 철학이 같지 않은 줄을 어린 정숙은 아직 잘 몰랐던 것이다.

"유 군, 서울 계신 자네 부친으로 말하면 지금도 당국의 요시찰인**으

| * 염念: 무엇을 하려고 하는 생각이나 마음.

로 있는 분이니까 그런 사실을 잘 염두에 넣어두고 자네는 다만 자네의 직분만을 충실히 지켜나가야만 하네. 만일 자네의 행동에 조금만치라도 그 어떤 티가 있다면 자네의 출세, 자네의 장래는 그 순간부터 허물어지는 것이야. 알겠나?"

정숙의 아버지 오봉서는 그런 말을 곧잘 사위에게 하였다. 그럴 때마다 출세와 야망에 불타는 젊은 검사 대리는

"염려하실 것 없습니다. 저와 아버지는 서로 생각이 다르고 생활의 철학이 다릅니다."

"음, 잘 주의하게. 그렇지 않아도 당국에서는 요시찰인의 아들이라 해서 색안경으로 보는 경향이 없지도 않으니까 말이네. 자네만 실수를 안 한다면 내가 뒤에서 얼마든지 자넬 보아줄 테니까 말하자면 자네의 전도는 저 황해 바다처럼 양양한 것이야."

"감사합니다. 아버지는 아버지고 저는 저올시다. 저는 정숙 씨를 행복하게 하기 위하여 온갖 노력을 아끼지 않겠습니다."

그런 말을 하는 남편을 바라보고 정숙은 무척 행복하였다.

그때 한 사람의 경부가 들어와서 검사 대리 유동운의 귀에 입을 대고 무엇을 잠깐 동안 속삭이더니 같이 밖으로 나갔다가 얼마 후에 다시 유동운이가 들어왔다. 그 순간 검사 대리의 얼굴이 어딘가 약간 창백해 보였다.

"무슨 일이 생겼나요?"

정숙은 약간 불안한 안색을 지으며 이렇게 물었다.

"네, 좀 중대한 사건이 하나 발생하였습니다."

"중대한 사건이라고요?"

** 요시찰인要視察人: 사상이나 보안 문제 따위와 관련하여 행정 당국이나 경찰이 감시하여야 할 사람. 요시찰要視察. 요시찰인물要視察人物.

"그렇습니다. 독립단의 음모 사건이 발각되었습니다."

"에? 독립단의 음모……?"

정숙은 놀라 부르짖었다.

"이것이 바로 그 고소장입니다."

유동운은 그러면서 주머니에서 조그만 종잇조각이 든 봉투를 끄집어
내어 낮은 음성으로 읽기 시작하였다.

"검사 각하. 대일본 제국에 대하여 충성을 아끼지 않는 소생은 대련
과 상해를 거쳐 오늘 아침 진남포에 귀항한 태양환의 일등 운전사 이봉
룡이라는 자가 상해 부두에서 안창호 씨에게 신서를 전달하고 다시 동씨
로부터 서울로 향하는 신서를 받은 사실이 있다는 것을 아룁니다. 그 죄
상의 증거품인 신서는 이봉룡 자신이나 또는 그 부친의 처소나 그렇지
않으면 태양환 그의 선실에서 발견될 것이라 믿는 바올시다."

다— 읽고 난 유동운은 고소장을 다시 주머니에 쓸어 넣으면서

"검사가 지금 출장을 가서 없습니다. 그래서 이 고소장이 내게로 돌
아왔는데 인제 그 경관의 말을 들으면 벌써 범인은 체포되었습니다. 그
래서 대단히 미안합니다만 사건이 사건이니만큼 제가 잠깐 다녀와야겠
습니다. 곧 다녀올 테니 연회는 이대로 진행시켜 주십시오."

"음, 그럼 다녀올 수밖에…… 우리는 이대로 기다릴 테니까 신문訊問
이 끝나는 대로 곧 돌아와주게."

"네."

하고 유동운은 당황히 복도로 나갔다. 정숙은 그 뒤를 따라 나가면서

"동운 씨, 오늘은 저희 두 사람의 행복을 약속하는 약혼식 날인데,
저…… 저, 될 수 있는 대로 관대하게 처분해주세요, 네?"

이와 같은 정숙의 고운 맘씨를 귀엽게 생각하면서 유동운은

"염려 마시오. 정숙 씨의 그 아름다운 맘씨를 위해서라도 될 수만 있

다면 관대한 처분을 하겠소. 오늘은 우리 두 사람에게 있어서 가장 즐거운 날!"

그러면서 정숙의 손목을 남몰래 꼭 쥐었다가 놓았다.

"고맙습니다!"

정숙은 머리를 숙였다. 그리고 유동운 검사 대리는 마음속에 가장 행복된 천국을 그림 그리며 창황*히 뛰어나갔다.

금년 스물일곱 살인 유동운은 벌써 사법관으로서 장래를 촉망하는 견실한 지위에 있을 뿐 아니라 문벌과 명망과 재산을 아울러 지닌 오봉서의 외딸을 아내로 삼으려는 실로 행복의 천국을 거닐고 있는 사람이다. 그러한 유동운에게 단 한 가지 걱정이 있다면 그것은 소위 불온한 사상의 소유자로서 당국의 감시를 받고 있는 아버지 때문에 혹시나 자기의 출세의 길이 막히지나 않을까 하는 염려뿐이었다.

이윽고 밖에서 기다리던 경부와 함께 재판소를 향하여 걸어가며

"그래, 지금까지 판명된 사실은 뭣인가?"

"사나이의 주머니에서 한 뭉치의 서류를 압수하여 유 선생 책상 위에 놔두었습니다."

"그 서류를 보았는가?"

"유 선생이 보시기 전에 누가 그 서류에 손을 대겠습니까? 잘 봉함을 하여뒀습니다."

"음, 그리고……?"

"그러고는 고소장에서도 보신 바와 같이 피고는 태양환의 일등 운전사— 저 모 상회에서 일을 보는 사나이입니다."

"모 상회라면 저 모영택 씨의 상회 말인가?"

| * 창황蒼黃: 미처 어찌할 사이 없이 매우 급작스러움. 창졸倉卒.

"네, 그렇습니다."

검사 대리 유동운은 모영택 씨를 그리 마음에 흡족한 사람으로는 치지 않는다. 어째 그러냐 하면 모영택 씨에게는 어딘가 자기 아버지에게서 보는 것과 비슷한 점이 있기 때문이다. 겉으로는 그렇지도 않았으나 내심으로는 소위 자기네 관직에 있는 사람들을 비웃는 것과 같은 일종의 우월감을 갖고 있는 태도를 취하기 때문이었다.

바로 그때 모영택 씨가 헐레벌떡 따라오면서 검사 대리를 불렀다.

"아, 유 검사, 잘 만났습니다! 그런데 제집에 있는 봉룡이가 체포를 당했습니다그려."

"알고 있습니다. 그래서 지금 그일 취조하러 가는 길입니다."

"아, 그렇습니까. 유 검사께서는 모르시겠습니다만 봉룡이란 청년으로 말하면 아주 정직하고 선량하고 자기의 직무에 남달리 충실한 사나입니다. 유 검사께서도 그 점을 잘 참고하셔서 될 수 있는 대로 관대한 처분을 바라 마지않습니다."

모영택 씨는 자기 아들이나 구하러 온 사람처럼 허리를 굽히고 여러 번 부탁을 하였다. 그러나 거기 대한 유 검사의 대답은 너무나 차다.

"그처럼 선량하고 정직하고 직무에 충실한 사람도 정치적으로 대범죄인이 되지 말라는 법은 없으니까요."

"아, 거야 물론 그런 수도 없지 않을 테지만요. 저 봉룡이만은 정말로…… 유 검사, 저 불쌍한 봉룡이를 한시바삐 돌려보내주십시오! 부탁합니다!"

"글쎄올시다, 죄 있는 사람을 벌하지 말아달라는 말씀이라면 그건 절더러 검사 대리를 그만둬달라는 말씀과 마찬가지 뜻이겠지요."

그 한마디를 돌 던지듯이 뱉은 후에 유동운은 검사국 뜰 안으로 들어가버렸다. 돌부처인 양 멍하니 선 모영택 씨를 한길 바닥에 남겨놓고—.

유 검사는 컴컴한 복도를 천천히 걸어 들어가면서 깊이 한 번 심호흡을 하였다. 그러고는 지금 약혼 피로연에서 자기가 돌아오기를 기다리고 있을 정숙의 어여쁜 자태를 머리에 그려보았다.

검사국 내외에는 헌병대와 경관대가 엄중한 경계망을 치고 있었다.

"범인은 어디 있느냐?"

"취조실에 있습니다."

유 검사는 취조실 밖을 지나가면서 유리문으로 방 안을 들여다보았다. 스물이 될락 말락 한 한 사람의 청년이 손에다 수갑을 차고 경관대에 포위되어 있으면서도 자기의 죄 없는 것을 굳게 믿는 듯이 침착한 태도로 부처님처럼 서 있는 것을 보았다.

봉룡이에게 대한 유동운 검사 대리의 인상은 대단히 좋았다. 총명을 말하는 넓은 이마와 솔직하고 선량함을 증명하는 부드러운 입술과― 그러나 유 검사는 이와 같은 첫인상에 속은 경험이 때때로 있는 사실을 다시금 돌이켜 생각해보면서 자기 방으로 들어가 자기의 사무 탁* 앞에 몸을 던졌다.

"범인을 이리로 데리고 오게."

"네."

경부는 밖으로 나갔다.

이윽고 조용히 문이 열리며 태양환의 선장과 계옥분의 남편이 그의 행복과 함께 약속되어 있는 이봉룡이의 창백한 얼굴이 침착한 미소를 입가에 띠면서 검사 대리 유동운 앞에 천천히 나타났던 것이니 아아, 이 어이한 운명의 장난인고? 동일 동시에 같은 행복과 같은 기쁨을 비록 하나는 초라하고 하나는 호화롭기는 하였을망정 똑같은 약혼 피로연에서 느

| * 탁卓: 식탁이나 원탁, 탁자, 탁구대 따위를 통틀어 이르는 말.

끼던 두 사람의 젊은이가 이 컴컴한 검사국 일실*에서 하나는 심판관으로서, 하나는 그 심판을 받는 죄수로서 대면하지 않으면 안 되게 된 아아, 운명의 악착한 희롱이여!

6. 가면의 악마

태양환의 일등 운전사 이봉룡은 마침내 검사 대리 유동운 앞에 섰다. 아니, 개인의 힘으로써는 어찌할 수 없는 하나의 강력하고 음참**한 권력 앞에 선 자신을 봉룡은 불현듯 깨닫지 않을 수 없었다.

"직업과 성명은?"

유동운은 봉룡이에 대한 일건 서류***를 뒤적거리면서 표정 없는 질문을 시작하였다.

"이봉룡이라고 부릅니다. 그리고 직업은 모 상회 소유인 태양환의 일등 운전사입니다."

"연령은?"

"열아홉 살입니다."

"체포 당시에는 어디서 뭘 하고 있었나?"

"장래 내 아내가 될 사람과의 약혼을 기념하는 조그만 주석에 있었습니다."

"응? 약혼을 기념하는 주석에 있었다고?"

검사 대리는 놀랐다. 그것은 자기의 입장과 너무나 똑같은 환경이었

---

* 일실—室: 하나의 방. 한 칸의 방.
** 음참陰慘: 음침하고 참혹함.
*** 일건 서류—件書類: 하나의 소송 사건에 관한 모든 서류. 각종 조서와 판결서, 소송 관계인이 제출한 서류 따위를 묶어서 철한 장부. 일건 기록—件記錄.

기 때문이다.

"예, 제게는 삼 년 전부터 서로 사랑하는 처녀가 한 사람 있었습니다."

"음—."

유동운은 적잖은 동정의 염을 금치 못하면서 다시 물었다.

"군의 정치적 의견은?"

"정치적 의견이라고요?"

"말하자면 일본의 조선 통치에 대한 군의 의견은 어떤가 말이야?"

"아아, 이야기하기도 부끄럽습니다만 저는 지금까지 의견이라는 것을 가져본 적이 없습니다. 제가 혹시 의견이라는 것을 가져본 적이 있다면 그건 정치적인 것이 아니고 저의 일개인의 의견이지요. 말하자면 저는 늙은 홀아버지를 사랑하고 모영택 씨를 존경하고 계옥분을 귀여워한 것— 이 세 가지밖에는 없습니다."

청년이라기보다도 아직 소년에서 발을 채 뽑지 못한 이 나어린 피고의 입으로부터 이처럼 순진하고 소박한 진술을 듣는 순간 유동운은 적잖게 기분이 명랑해졌다. 될 수 있는 대로 관대한 처분을 해달라는 정숙의 청을 충분히 들어줄 수 있는 것 같아서 유동운은 무척 행복스러웠다.

"그런데 군은 적을 가진 적이 있는가? 원수를……."

"적이라고요? 원수라고요? 없습니다. 저 같은 미천한 사람을 누가 적으로, 원수로 생각하겠습니까?"

"그러나 열아홉 살에 선장이 되고 사랑하는 사람과 결혼을 한다는 것은 이 세상에서 결코 작은 행복은 아니니까…… 그러한 행복을 질투하는 사람은 없는가 말이야?"

"그러나 검사 나리, 설사 그런 사람이 실상 있더라도 그것을 알아서 무슨 필요가 있겠습니까? 모르고 지나는 것이 제게는 한층 더 행복이올시다."

"음, 군은 보건대 훌륭한 청년인 것 같아. 그래서 재판소의 규칙에는 어그러지지만 군이 어째서 체포를 당했는지 그 이유를 알려주마."

그러면서 유동운은 주머니에서 고소장을 꺼내어 봉룡이 앞에 놓았다. 봉룡은 묵묵히 고소장을 읽는다.

"그래, 군은 그 필적이 누구의 것인지 알지 못하겠나?"

"전연 알 수 없습니다. 그러나 어쩌면 이처럼 대담한 글을 썼을까요?"

봉룡은 한편 놀라며 한편으론 무척 세상을 두려워하지 않을 수 없었다.

"자아, 그러면 내가 묻는 말에 대하여 솔직히 대답을 해야 될 텐데, 말하자면 재판관으로서가 아니라 친구로서의 입장에서 묻는 것이니까."

"고맙습니다. 제가 아는 것은 숨기지 않고 대답하겠습니다."

"그러면 이 고소장에 대해서 군이 알고 있는 사실을 숨김없이 말해보라."

"네, 실상은 이렇게 된 것입니다. 대련을 떠난 지 얼마 안 되어서 김 선장이 뇌막염에 걸려서 돌아가시기 직전에 저를 불러서 하시는 말씀이 '군의 명예를 걸어서 실행하여줘야 할 중대한 일이 한 가지 있다'고 하시면서 '내가 죽으면 이 태양환의 모든 지휘는 군이 하여야만 된다. 그런데 군은 배를 상해에다 갖다 대고 이 편지와 보따리를 상해 부두에서 안도산 선생에게 수교*하라. 그러면 선생께서도 군에게 무슨 편지 같은 것을 줄 테니 거기 대한 사명은 내 대신 군이 잘 이행하여주기 바란다'고 말씀하셨습니다."

---

* 수교手交: 손으로 직접 건네거나 전해줌.

"그래, 군은 어떻게 했는가?"

"선장의 명령대로 복종하였습니다. 더구나 임종 시의 유언은 더한층 신성합니다. 그뿐 아니라 우리들 해원*들에게 있어서는 윗사람의 명령은 절대로 복종하지 않으면 안 됩니다. 그래서 저 보따리와 편지를 상해 부두에서 안 선생께 드리고 다시 안 선생으로부터 서울 가는 그 어떤 편지를 부탁 받았습니다. 저는 오늘 밤 그 편지를 가지고 서울로 가려고 하던 중에 체포를 당한 것입니다."

"음, 모두가 사실같이 생각된다. 만일 군에게 죄가 있다면 그것은 주의가 부족한 때문에 생긴 죄일 뿐이다. 그리고 그 부주의로 말하더라도 선장의 명령으로 해서 정당화할 수 있는 것이니까…… 자아, 그러면 안 선생에게서 받은 편지를 날 주고 군은 돌아가도 좋다. 물론 호출이 있으면 곧 출정出廷해야 되지만……."

"그러면 전 인젠 자유로운 몸이 되었습니까?"

봉룡은 기뻐서 날뛰며 부르짖었다.

"음, 물론 자유다! 그러나 그 편질랑 이리 내주어야만 된다."

"그건 지금 나리 앞에 있는 서류 속에 들어 있지 않습니까? 아까 전부 압수를 당했습니다."

"아, 그런가. 그래, 서울 누구한테 가는 편진가?"

그러면서 유동운은 책상 위에 있는 일건 서류를 뒤져보았다.

"서울 안국동安國洞 유민세 씹니다."

"뭐? 유민세……?"

그렇게 부르짖으면서 검사 대리는 의자에서 벌떡 몸을 일으키었다. 그 어떤 강렬한 공포로 말미암아 그의 얼굴은 새파랗게 변해졌다. 그는

---

* 해원海員: 선장 이외에 배에서 일하는 모든 뱃사람.

손을 뻗쳐 일건 서류 속에서 한 장의 봉투를 뽑아 들면서

"안국동 십삼 번지, 유민세 전!"

하고 꿈결처럼 중얼거렸다.

"그렇습니다. 그이를 아십니까?"

봉룡은 놀라면서 물었다.

"모른다! 정부에 충성을 다하는 한 사람의 사법관이 이런 반역자와 무슨 관계가 있다는 말인가?"

"반역자라고요?"

봉룡은 그 순간 눈앞이 캄캄해졌다.

"아까도 말씀 드렸습니다만 전 정말 그 편지의 내용이 무엇인지도 모르고 있었습니다."

"음, 그러나 군은 이 편지의 수신인의 이름을 알고 있지 않는가?"

"그건 이 편지를 전하려면 할 수 없는 일이 아니오니까?"

"그래, 군은 이 편지를 누구에게도 보이지 않았는가?"

그러면서 편지를 읽는 유동운의 얼굴빛은 한층 더 종잇장처럼 핏기를 잃어가는 것이었다.

"맹세합니다! 누구에게도 보이지 않았습니다!"

"그래, 군도 편지의 내용을 전연 모른다는 것이 사실인가?"

"사실입니다! 신명에 맹세합니다…… 그런데 왜 그러십니까? 안색이 대단히 나쁘신 것 같은데 어디가 편찮으십니까? 몸이 대단히 괴로우시면 사람을 불러드릴까요?"

"안 된다! 군은 입을 꼭 다물고 잠자코 있으면 그만이다. 잠깐 현기증이 났을 따름이니까……."

엄숙한 어조로 명령하였다. 그리고 만일 이 편지 겉봉에 쓰인 유민세 씨가 바로 자기 아버지라는 사실이 세상에 알려진다면 아아, 그것은 너

무나 무서운 일이었다. 자기의 양양한 전도는 그 당장에 파멸될 것이 아닌가!

그 순간 유동운은 그 무엇을 결심한 사람처럼 엄숙한 어조로 입을 열었다.

"군을 곧 자유로운 몸으로 돌려보내주려던 나의 호의를 실행하지 못하게 된 것을 나는 유감히 생각한다. 사건은 대단히 중대하다! 나는 예심판사*의 의향을 들어보지 않고는 마음대로 군을 돌려보낼 수는 없다— 그런데 될 수만 있으면 나는 나의 힘자라는 데까지 군을 위하여 노력하고자 한다는 것을 알아주기 바란다."

"오오, 나리! 나리는 제게 있어서 재판관이기보다도 저를 끝없이 생각하여주시는 친구올시다!"

"그러면 군은 얼마 동안 이곳에 머물러 있지 않으면 안 되게 될 텐데 나로서는 최선의 노력을 다하여 그 기한을 짧게 하도록 힘을 쓸 터이다. 그런데 군에 대한 중요한 물적 증거는 이 편지다. 자아, 이렇게 불을 살라버릴 테니 보게!"

유동운은 문제의 편지를 봉룡의 눈앞에 있는 스토브 속에 집어넣어 불살라버렸다.

"자아, 이만했으면 군을 무서운 범죄자로 만들어버릴 중요한 물적 증거품은 없어지고 말았다! 군, 안심해도 좋아!"

"오오, 나리! 나리는 인간 이상의 참다운 분이올시다! 은혜는 일생을 두고 아니, 백골이 되도록 잊을 수 없습니다!"

봉룡은 폭풍우와 같은 감격에 휩쓸려 전신을 부들부들 떨었다.

"그러면 군은 나를 신용할 인간이라고 생각하는가?"

---

* 예심 판사豫審判事: 구舊 형사 소송법에서 예심을 담당하는 판사.

"네, 네! 무엇이든지 명령해주십시오. 나리의 명령이라면 무엇이든지 복종하겠습니다!"

"아니, 내가 군에게 명령하는 것이 아니라 군을 위하여 충고하는 것이니까."

"네, 잘 알겠습니다! 무엇이든지 명령하신 것과 마찬가지로 복종하겠습니다!"

"그러면 내 말을 잘 들어두게. 나 대신 다른 사람이 군을 신문할지도 모를 테니까 그때는 모든 것을 솔직히 이야기하되 단 한 가지, 인제 불에 태운 편지에 대한 이야기만은 절대로 비밀히 해야만 한다! 알겠나?"

"알겠습니다!"

"맹세를 하겠나?"

"맹세합니다!"

재판관이 도리어 피고에게 애원하는 것 같은 한 장면이었다.

"자아, 그러면 편지가 이 세상에 있었다는 사실을 아는 사람은 군과 나 두 사람뿐이다. 다시는 군의 눈앞에 그 무서운 편지가 나타나지 않을 테니 군은 어디까지든 모른다고 부인하면 된다. 극력 부인만 하면 군은 무죄 방면이 될 것이다!"

"부인하겠습니다! 어디까지든지 부인하겠습니다!"

그때 유동운은 초인종을 불러 경부를 불러들였다. 그리고 경부에게 몇 마디 입속말을 하고 나서 봉룡이에게

"경부를 따라 나가라!"

하고 명령을 하였다.

경부의 뒤를 따라 나가면서 고개를 돌려 봉룡은 다시 한 번 깊은 감사의 눈동자를 검사에게 던졌다.

"오오!"

봉룡이가 눈앞에서 사라지자 유동운은 기절이나 할 듯이 팔걸이의자에 펄썩 주저앉으면서 괴롭게 신음을 하였다.

'아아, 사람의 운명이란 실로 헤아릴 수 없다! 만일 일본인 검사가 출장을 안 갔었다면, 그리고 자기 대신 예심 판사가 이 사건에 손을 대었다면 벌써 나는…… 이 유동운의 일생은 파멸되었을 것이다! 편지! 아버지의 이름이 씌어져 있는 그 무서운 편지는 나를 영원히 낙오자의 무리로 쓸어 넣고 말았을 것이 아닌가! 아아, 아버지, 아버지! 당신은 언제까지나 나의 행복과 출세를 방해하려는 것입니까? 그러나 그것은 너무나 무서운 편집니다! 삼천만 민중이 일시에 일어선다는 무서운 내용을 가진 편지! 그러나 날짜는 대체 언젠고? 삼천만 민중이 자주 독립을 부르짖으며 일제히 일어서는 그 날짜가 쓰이지 않았다……! 가만있자, 오늘이 며칠인고……? 이월 이십팔일!'

그때 유동운은 무엇을 생각했는지 벌떡 의자에서 다시금 몸을 일으켰다.

'그렇다! 하마터면 나를 파멸의 구렁 속으로 쓸어 넣을 뻔한 이 편지가 도리어 나를 행복의 세계로 끌어올릴 다시없는 실마리가 될 수도 있지 않은가! 그렇다! 검사 대리 유동운이여! 너는 언제까지나 이 조그마한 항구처에서 썩어버릴 그런 인물은 아닐 것이 아닌가! 자아, 출마出馬다! 검사 대리 유동운이의 출세의 기회는 왔다!'

야망에 불타는 검사 대리의 입가에는 그 순간 악마와도 같은 회심의 웃음이 빙그레 지어졌다.

7. 해상 감옥

자기 일신의 행복과 영달을 위하여 한 사람의 무고한 청년 이봉룡을 영원히 이 세상에서 장사시키려 하는 검사 대리 유동운이었다.

그러하거늘 그런 줄은 꿈에도 모르는 불쌍한 이봉룡은 컴컴한 유치장 한 모퉁이에서 저 고마운 검사 대리로부터 언제나 다사로운 구원의 손이 뻗쳐질까를 어린애처럼 목을 늘여 기다리었다.

그날 밤 열 시가 가까웠을 무렵에 칼과 권총을 찬 네 사람의 헌병이 유치장 앞에 나타났다. 봉룡은 감격하여

"아, 저, 절 데리러 오셨습니까?"

"그렇다."

"저, 검사 대리가 불렀었습니까?"

"아마 그런 것 같다."

"네, 가겠습니다. 검사 대리의 말씀이라면 가겠습니다!"

아아, 그것이 지옥으로부터 염마대왕*이 부르는 무서운 사자인 줄은 꿈에도 모르는 봉룡은 저 인자하고 고마운 검사 대리가 자기를 도로 광명의 사바**로 불러내려는 아름다운 천사만 같이 보이었던 것이니 이윽고 봉룡이가 문밖에서 기다리고 있는 경부와 함께 한 대의 호송 마차에 올라탈 때도 마음은 공중을 날아다니는 종달새처럼 가벼웠다.

캄캄한 밤하늘에 잔별***이 유난히 아름답다. 옥분이가 사는 억냥틀을 멀리 바른편으로 바라보고 불쌍한 아버지가 계시는 비석리를 왼편짝으

---

* 염마대왕閻魔大王: 지옥에 떨어지는 사람이 지은 생전의 선악을 심판하는 저승의 왕. 염라閻羅. 염라왕閻羅王. 염라대왕閻羅大王. 염마閻魔. 염마왕閻魔王. 염왕閻王.
** 사바娑婆: 괴로움이 많은 인간 세계. 석가모니불이 교화教化하는 세계. 사계娑界. 사바세계娑婆世界. 사파娑婆.
*** 잔별: 작은 별.

로 우러러보면서 무기미한* 호송 마차는 이윽고 쓸쓸한 해안통을 지나고 캄캄한 축항**을 지나서 바로 비발도 등대 앞에서 멎었다.

"내려라. 그리고 저 배를 타라!"

비발도 바위 옆에 조그만 전마선***이 한 척 대기하고 있었다.

"절, 절 어디로 데리고 가시는 것입니까?"

그 어떤 불안이 갑자기 순진한 봉룡의 가슴을 무겁게 덮어 눌렀다.

"잔말 말고 어서 타! 알 때가 오겠지."

그러면서 헌병 한 사람이 등을 힘껏 떠밀었다. 그 바람에 봉룡은 바위 위를 미침질**** 하듯이 미끄러져 내려오면서 배 안에 쓰러졌다.

쓰러지면서 봉룡은 저 무서운 이름― 편지의 수신인 유민세라는 이름만 입 밖에 내지 않는 한 조금도 염려할 것이 없다고 말한 검사 대리, 그리고 그 위험한 증거물인 편지를 자기 눈앞에서 불살라버린 친절하고도 고마운 검사 대리를 머리에 그림 그려보았다.

전마선은 물결을 헤치며 컴컴한 어귀로 자꾸만 저어 나간다.

"여보세요, 저를 어디로 데리고 가는지 알려주세요. 아무것도 모르는 제가 반역자라고 고소되었다는데 저는, 저는 선량한 시민입니다. 저는 태양환의 충실한 선원입니다. 여보세요, 여보세요!"

봉룡은 헌병들에게 애소*****하기를 마지않았다. 그때 헌병 한 사람이 빙글거리며

"그렇게 알고 싶거든 지금 저기 저 어귀에 마성魔城처럼 솟아 있는 해상 감옥海上監獄을 바라보아라!"

* 무기미하다: 아무런 느낌이나 기운이 없는 상태에 있거나 그렇게 되다.
** 축항築港: 항구를 구축하는 일이나 그 항구.
*** 전마선傳馬船: 큰 배와 육지 또는 배와 배 사이의 연락을 맡는 작은 배.
**** 미침질: 미끄럼질.
***** 애소哀訴: 슬프게 하소연함. 애호哀呼. 탄소歎訴, 嘆訴.

"엣⋯⋯? 해상 감옥이라고요⋯⋯?"

봉룡은 기절이나 할 듯이 놀랐다.

기암절벽으로 된 조그만 섬— 그 섬에는 음참과 공포를 한 아름 지닌 해상 감옥이 마치 악마의 성곽인 양 바다 위에 시커멓게 솟아 있는 것을 선원인 봉룡은 너무나 잘 알고 있다. 그것은 사상적으로나 정치적으로나 다시는 세상 구경을 하지 못할 중죄 범인들을 수용하는 무서운 감옥이다. 옥문이 한 번 열려 그 안으로 들어간 죄인으로서 이 세상에 다시 나왔다는 사실을 사람들은 듣지도 못하고 보지도 못하였다. 봉룡은 다음 순간 헌병의 손을 잡으며

"오오, 해상 감옥! 나리! 그러면 저를 저 해상 감옥에 잡아넣으려고 데리고 가는 것입니까?"

"아마 그런 모양이네."

"그러면 검사 대리의 약속은 대관절 어떻게 되는 것입니까?"

"무슨 약속이 있었는지 우리는 알 수 없다. 우리가 알고 있는 것은 다만 너를 해상 감옥으로 데리고 간다는 사실뿐이다. 아, 아, 아, 이놈 봐! 이놈이⋯⋯."

그 순간 비조*처럼 물속으로 뛰어 들어가는 봉룡의 뒷다리를 헌병들이 꽉 붙잡았던 것이다.

"아아, 하마터면 이놈을 놓칠 뻔했었다. 어디, 한 번만 더 요동을 해 봐라. 이 권총알이 튀어 나갈 것이다!"

하고 따귀가 날아가게 연거푸 내갈겼다. 칼자루로 봉룡의 어깨를 내갈긴다. 봉룡은 쓰러졌다.

얼마 후 배는 험준한 바위섬에 도착하였다. 그리고 한참 동안 바위를

---

* 비조飛鳥: 날아다니는 새.

올라가노라니까 해상 감옥의 무시무시한 옥문이 눈앞에 나타났다.

이윽고 육중한 돌문이 열리며 봉룡은 안으로 끌려 들어갔다. 그리고 한 사람의 옥정*의 안내를 받아 냉기가 심한 무서운 감방에 수용되었다. 비분의 눈물이 비 오듯이 하루 밤새도록 봉룡의 얼굴을 적시었다.

"아아, 옥분이, 사랑하는 옥분이! 아버지, 불쌍하신 아버지!"

봉룡은 미친 듯이 그렇게 부르짖으며 안타까워서 가슴을 쥐어뜯고 넓적다리를 손톱으로 꼬집어냈다.

"전옥**을 만나게 해다오! 할 말이 있으니 제발 전옥을 만나게 해다오!"

봉룡은 끼니를 가지고 오는 옥정을 볼 때마다 미친 듯이 애원을 하였으나 애원은 언제든지 애원만으로 끝일 따름이었다.

"이거 봐, 젊은이. 너무 그러다가는 저 늙은 중처럼 정말 미쳐버리고 마는 거야! 자기를 놔주면 백만 원을 주겠다고 야단을 치는 늙은 중이 바로 이 방에 있었다는 말이야."

"그래, 그 늙은 중은 지금은 자유로운 몸이 되어 세상으로 뇌 나갔다는 말이오?"

"뇌 나갔느냐고……? 흐흐흥…… 밤낮을 구별할 수 없는 컴컴한 지굴*** 감방監房으로 옮아갔어. 그러니까 젊은이도 지굴 속 방으로 옮아가지 않으려면 좀 얌전하게 하고 있으라는 말이야."

며칠 후 봉룡은 옥정을 붙잡고 이런 말을 하였다.

"언제 남포에 갈 일이 있으면 억낭틀 옥분이에게 편지 한 장만 전해주소. 그러면 삼백 원을 드리리다."

---

* 옥정獄丁: 옥에 갇힌 사람을 맡아 지키는 사람. 옥사쟁이. 옥졸獄卒.
** 전옥典獄: 죄를 지은 사람을 가두는 옥獄. 교도소의 우두머리.
*** 지굴地窟: 땅굴.

그러나 옥정은 머리를 흔들었다.

"안 돼! 안 돼! 삼백 원 벌려다가 내가 감옥살이를 하게 되면 셈이 안 돼!"

그때 봉룡은 눈을 부릅뜨고

"어디, 그럼 두고 봐라! 네가 내 말을 들어주지 않는 한 나는 네가 끼니를 가지고 들어올 때 이 문틈에 숨었다가 이 두 손으로 네 목을 눌러 죽이고 말 테다!"

그 말을 듣고 있던 옥정은 눈이 둥그레지며 한 걸음 뒤로 물러서면서

"이 자식도 또 미쳤군! 어쩌면 이 방에 들어오는 자식은 모두가 똑같이 미쳐버릴까?"

그런 일이 있은 지 며칠 만에 봉룡은 전옥의 명령이라 해서 컴컴한 지굴 속 감방으로 옮아가는 몸이 되었다.

봉룡은 이번엔 정말로 미칠 것 같았다. 습기로 말미암아 미끈적거리는 담벼락을 소경처럼 손으로 더듬으면서 지옥처럼 캄캄하고 무시무시한 방 안을 하루 종일 미친 듯이 뺑뺑 돌았다.

한편 봉룡을 이 무서운 해상 감옥으로 보낸 검사 대리 유동운은 그길로 아직 약혼식이 채 끝나지 않은 동명관으로 돌아오자 장인이 될 오봉서를 별실로 모시고 가서

"아버지, 실로 중대한 사건이 생겨서 오늘 밤 급행차로 서울로 곧 다녀와야겠습니다. 그런데 지방의 명망가이신 아버지의 소개장을 한 장 얻어가지고 가야겠는데요……."

"소개장이라고?"

"예, 총독 각하께 면회를 할 수 있는 소개장을 한 장 써주십시오."

"음, 쓰라면 쓰기도 하겠지만 그러나 무슨 중대한 보고라면 상관을 통해서 하는 것이 순서가 아닌가?"

"그러나 아버지, 그렇게 되면 사건에 대한 공은 모두 상관이 차지하고 제게 돌아오는 것은 말하자면 먹다 남은 찌꺼기밖에 안 남지요. 그러니까 제가 직접 총독 각하를 만나뵙고 제가 제 손으로 제 공을 세우겠습니다. 그렇게만 된다면 아버지, 제 일생은 넉넉히 보장이 되고도 남을 것입니다. 따라서 제 아내가 될 정숙 씨의 일생도……."

사위의 일생보다도 딸의 일생이 보장된다는 이 한마디에 오봉서는 더욱 마음이 흡족하였다.

"그렇게 좋은 일이라면 쓰지. 소개장을 쓰마!"

이리하여 총독 면회에 있어서 모든 번거로운 수속을 밟지 않고도 신속히 면회할 수 있는 간곡하고도 정중한 한 장의 소개장이 유동운의 손에 쥐어졌다.

"아버지, 그럼 다녀오겠습니다. 날짜는 분명치 않으오나 수일 내에 조선 천지가 진동할 만한 중대 사건이 일어날 것만은 이 자리에서 여쭐 수 있겠습니다."

"음, 다녀오게."

그때 장래의 아내가 될 정숙이가 들어왔다.

"아, 정숙 씨, 좀 긴급한 사정이 생겨서 이번 급행차로 서울을 다녀와야겠소."

"아니, 갑자기 무슨 그런 긴급한 일이 생겼어요?"

"그건 재판상의 비밀로 되어 있으니 자세한 것은 다녀와서 이야기하겠소."

정숙은 어지간히 불만한 표정으로 뛰어나가는 남편의 뒷모양을 물끄러미 바라보았다.

이리하여 출세와 영달에 눈이 어두운 젊은 검사 대리 유동운이 재판소 옆에 있는 사택으로 가서 간단한 여행의 준비를 차리려고 요정 동명관을 뛰어나왔을 바로 그때 저편 전선대 뒤에서 그 누구를 기다리고 있는 듯한 어여쁜 얼굴을 가진 한 사람의 소녀가 뛰쳐나왔던 것이니 그것은 조금 전에 억낭틀 자기 집에서 봉룡이가 경관에 붙들리어 갔다는 박돌이의 이야기를 듣고 미친 듯이 뛰쳐나온 계옥분이었다.

"여보시오, 잠깐만…… 저 실례이지만 검사 대리신가요?"

"예, 제가 유동운이오. 그런데 당신, 누군데?"

그러나 유동운은 벌써 그 어여쁜 소녀가 누군지를 알아차렸던 것이다. 아까 자기가 취조를 한 봉룡이의 약혼자인 것을 짐작하지 못할 유동운은 아니었다.

"저, 아까 경관에게 붙들려 간 이봉룡이란 사람은 어떻게 됐나요?"

"아, 그렇소? 잘 알았소. 그러나 그 사람은 중대한 죄인이오. 내 힘으론 도저히 어떡할 수가 없는 사람이오."

유동운의 대답은 몹시 거칠고 무척 차다.

옥분은 두 손으로 얼굴을 가리고 흐득흐득 느껴 울기 시작하였다. 울면서 유동운이가 그대로 지나가려는 것을 한 번 더 불렀다.

"저…… 저…… 어딜 가면 그분의 생사를 알 수가 있을까요?"

"나도 알 수 없소. 벌써 사건은 내 손에서 떠나버렸으니까요."

그 차디찬 한마디를 남겨놓고 유동운은 마치 자기편이 죄인인 것처럼 소녀의 눈앞에서 총총히 사라지고 말았다.

"아아!"

비탄과 절망의 구렁으로 휩쓸려 들어가면서 옥분은 쓰러지려는 몸을 비틀비틀 전선대에 기대었다.

"아, 옥분이……."

낯익은 목소리가 그때 옥분의 등 뒤에서 들렸다. 그것은 억낭틀에서부터 옥분의 뒤를 따라온 악마 송춘식이었다.

"이거 봐, 옥분이! 울면 뭘 하니? 어서 나하고 같이 집에 가."

춘식은 옥분이의 어깨를 부드럽게 흔들었다.

그날 밤, 그렇다, 그것은 이월 이십팔일 날 밤이었다. 불쌍한 계집애 계옥분은 방 등불의 기름이 다 쫄아들 때까지 하룻밤을 울어 새웠고, 그 옆에서 송춘식은 침이 마르도록 옥분을 달래 새웠고, 그리고 검사 대리 유동운은 경성 행 급행열차 속에서 커—다란 야망에 가슴을 졸이면서 뜬 눈으로 하룻밤을 새웠던 것이니 아아, 마침내 왔다!

세계의 역사를 찬란하게 장식하는 기미년 삼월 일일의 빛나는 아침 은 마침내 왔다!

8. 숨은 애국자

기미년 삼월 일일은 마침내 왔다. 민족 자결과 자주 독립의 깃발을 휘두르며 악착한 쇠사슬로부터 벗어나려고 우렁차게 일어선 삼천만 민 중의 끓는 핏줄기여!

그날 오전 열한 시 사십 분경, 왜성대* 호화로운 총독실에는 장곡천** 총독이 경시 총감***을 대동하고 한 사람의 청년과 마주 앉아 있었던 것 이니 그 청년이야말로 야망에 불타는 가슴을 부여안고 멀리 진남포로부

---

* 왜성대倭城臺: 지금의 서울시 중구 예장동藝場洞 일대. 조선 시대에는 군사들의 무예 훈련장인 예장藝場
  이 있었으나, 구한말에 남산 기슭에 자리 잡은 주한 일본 공사관을 중심으로 일본인 집단 거주지가 형성되
  었다. 1924년까지 주한 일본 공사관과 한국 통감부, 조선 총독부 청사가 있었으며, 1939년까지 조선 통감
  과 총독의 관저가 있었다.
** 장곡천長谷川: 하세가와 요시미치長谷川好道(1850~1924). 일본의 육군 대장. 1906년 조선 주차군駐箚軍
  사령관 겸 임시 통감 대리로 한국 점령에 참여했으며, 제2대 조선 총독(1916~1919)으로 무단 통치武斷統
  治 정책을 펼쳤다.
*** 경시 총감警視總監: 경시청警視廳의 우두머리. 일정한 분야의 사무를 총체적으로 감독하고 관리하는
  직위나 그런 직위에 있는 사람을 '총감總監'이라 한다.

터 밤을 새워 상경한 검사 대리 유동운이었다.

"그대가 저 지방의 명망가인 오붕서 군의 사위!"

긴 소개장을 읽고 난 총독은 그렇게 중얼거리면서 청년을 바라보았다.

"각하, 틀림없삽니다."

유동운은 정중히 허리를 굽혔다.

"그리고 또 그대가 바로 저 유민세 군의 아들……."

"그렇습니다, 각하. 틀림없삽니다."

"음, 오붕서 군의 사위는 괜찮으나 유민세 군의 아들은 좀 재미가 없는걸. 알다시피 군의 부친은 일본의 조선 통치에 반감을 가진……."

"그러하오나 각하, 아들은 반드시 아버지를 닮으라는 법은 없을 것입니다. 아버지는 아들을 낳을 수 있사오나 아들의 사상을 낳을 수는 없을 것입니다. 그 때문에 아버지와 저는 어렸을 적부터 사상적 충돌이 많았고 현재는 서로가 각자의 생활 노선을 걷고 있삽니다."

타오르는 듯한 기백과 굳센 신념이 젊은 검사 대리의 이마에 아로새겨져 있음을 총독은 보았다.

"음, 군의 그 굳은 신념에 대해서는 이 소개장에도 상세히 기록되어 있지만…… 그래, 군이 멀리서 가지고 온 중대한 보고라는 것은……?"

"아, 각하!"

총독이 마침내 마음을 움직여 자기의 보고에 귀를 기울이려 하는 것을 본 유동운은 감격에 넘치는 어조로

"각하, 소생의 보는 바로서는 사태는 몹시 절박한 것 같삽니다. 머지 않아 조선 천지를 진동시킬 불상사가……."

"응? 조선 천지를 진동시킬 불상사라고 군은 지금 말했었나?"

총독의 눈썹이 움직이었다. 옆에 배석陪席하고 있던 총감도 긴장한

얼굴을 지었다.

"각하, 틀림없이 그렇게 여쭈었소이다!"

"음, 어서 이야기를 계속하게."

"각하, 윌슨 대통령의 잠꼬대로 알았던 민족 자결의 파문은 마침내 조선 삼천만 민중을 일어서게 하였습니다!"

"응? 일어서다니……?"

총독과 총감은 놀라 이구동성으로 물었다.

"각하, 실로 놀라운 일이올시다. 해외 해내海外海內를 막론하고 동일 동시에 삼천만 민중은 일어설 것입니다."

"그것이 사실인가?"

"각하, 실로 유감된 일이오나 사실이올시다."

"음, 일전에도 시내 모처에서 독립 운동자들의 비밀 회합이 있었다지만 그러나 그처럼 광범위의 반역 사건이 우리의 귀에 들어오기 전에 군의 입으로부터 들을 줄은 뜻밖이다!"

그러면서 총독은 직무 태만을 질책이나 하듯이 총감을 바라다보았다. 총감은 적잖은 불만의 표정을 지으며

"군은 자기의 그 중대한 보고에 책임을 가져야 하는 것이다! 알겠나?"

하고 유동운의 얼굴을 무서운 눈초리로 쪼아 보았다.

"황송하옵게도 총독 각하 앞에서 이러한 중대 사건에 대하여 허위의 보고를 아뢰는 죄과가 어떠한 것이라는 것쯤은 불초* 검사의 말석을 더럽히는 소생으로서 가히 추측하지 못할 바는 아니올시다!"

신념에 넘치는 유동운의 대답이었다.

---

* 불초不肖: 어버이의 덕망이나 유업을 이어받지 못함. 또는 그렇게 못나고 어리석은 사람. 불초자不肖子.

"그러면 좀 더 자세한 것을 각하께 여쭈어보라."

총감은 미안한 듯이 얼굴을 붉혔다.

"각하, 실은 전부터 불온한 사상의 소유자로서 소생이 감시의 눈을 게을리 하지 않던 젊은 선원 한 사람이 최근에 열릴 파리 강화 회의*에 타전**할 조선 독립 선언서朝鮮獨立宣言書를 비밀리에 상해 가정부假政府***에 운반한 사실이 발각되었습니다."

"뭐, 독립 선언서……?"

총독과 총감은 벌렸던 입이 잘 닫히지 않음을 안타까워하였다.

"그렇습니다. 날짜는 분명치 않으오나 모일 모시 모처에서 독립 선언서를 세상에 공포하고 해내 해외가 상호하여 민족 자결, 자주 독립을 부르짖으려는 굉장한 운동이올시다."

"음, 그래, 모일 모시라는 것만 알고 분명한 날짜는 모르는가?"

"대단히 유감된 일이오나 날짜는 분명치 않소이다."

그때 총감은 적잖은 적의敵意를 젊은 검사 대리에게 느끼며 물었다.

"그래, 군은 그러한 중대 사건의 단서를 잡은 데 있어서 무슨 서면 같은 증거물을 손에 넣었다는 말인가?"

"그런 것은 없습니다. 모두가 그 젊은 선원의 입으로부터 직접 들은 사실이올시다."

그러면서 유동운은 자기 아버지의 성명 삼 자가 씌어 있던 불에 태운 신서를 문득 머리에 그려보았다.

"그 젊은 선원은 지금 어디 있는가?"

---

* 파리 강화 회의巴里講和會議: 제1차 세계대전의 전후 문제 처리를 위해 1919년에 영국과 프랑스, 미국 등의 전승국들이 프랑스 파리에서 개최한 강화 회의. 파리 평화 회의.
** 타전打電: 전보나 무전을 침. 타보打報.
*** 가정부假政府: 국제법 차원에서 적법한 정부로 인정받지 못한 사실상의 정부. 임시 정부臨時政府.

"감옥에 있습니다."

"음, 그것이 사실이라면 실로 중대한 사건이다! 그런데 이 사건과 신申 판사 암살 사건 사이에 그 어떤 관련성이 있는 것이 아닐까?"

"신 판사 암살 사건이라고요?"

유동운은 마음속으로 적잖게 당황해하였다. 유동운의 선배요 서울 법조계에서도 세도가이던 신상욱申象旭 판사를 암살한 범인이 누구인지를 유동운은 짐작하고 있었기 때문이다.

"총감, 범인을 한시바삐 체포하도록 하시오. 신 판사로 말하면 총독·정치에 충성을 맹세한 사람이오."

"네, 엄중한 수배를 하도록 명령해놓았습니다…… 그리고 그날 밤 신 판사를 불러낸 수상한 인물의 인상만은 포착하였습니다. 나이는 오십 미만, 검은 외투를 입고 코 밑에 카이저수염*을 기르고 단장**을 든 사나이입니다."

그 말을 들은 유동운은 숨이 막힐 것 같았다. 그 범인이 체포를 당하는 순간 무서운 야망을 품은 유동운의 전도는 다시금 캄캄해질 것이 분명하다.

'아아, 아버지, 당신은 하나밖에 없는 이 아들의 출세를 어이하여 이처럼도 방해하시나이까……?'

젊은 검사 대리는 마음속으로 아버지를 저주하였다.

"그것은 하여튼 총감, 일 변방에 있는 하급 사법관의 입으로 이처럼 중대한 사건의 보고가 있는 사실을 총감은 어떻게 생각하시오?"

총감은 괴로운 듯이 책임감을 느끼며

---

* 카이저Kaiser수염鬚髥: 양쪽 끝이 위로 굽어 올라간 콧수염. 독일 황제 빌헬름Wilhelm 2세(1859~1941)의 수염 모양에서 유래한 말이다.
** 단장短杖: 짧은 지팡이.

"그러나 저로서는 도저히 믿어지지 않는 사실이올시다. 그처럼 광범한 불상사가 발생할 것을 나의 충실한 부하가 지금까지 모르고 있을 리는 만무하니까요."

바로 그때였다. 비서관 한 사람이 커—다란 봉서*를 들고 얼굴이 새파래져서 뛰어 들어왔다.

"각하, 실로…… 실로 놀라운 일이올시다! 이것을…… 이것을 보십시오!"

"그것이 뭣인고?"

"각하께 보내온 독립…… 독립 선언서올시다!"

"뭐, 독립 선언서?"

똑같은 말이 총독과 총감의 입으로부터 무섭게 튀어나왔다. 총독은 떨리는 손씨**와 떨리는 목소리로 봉서를 뜯어 읽기 시작하였다.

"…… 독립 선언서— 오등吾等은 자玆에 아我 조선朝鮮의 독립국獨立國임과 조선인朝鮮人의 자주민自主民임을 선언宣言하노라. 차此로써 세계 만물世界萬物에 고告하여 인류 평등人類平等의 대의大義를 극명克明하며……."

총독은 채 읽지 못하고

"장소는 어디냐?"

하고 방 안이 떠나갈 듯이 고함을 쳤다.

"명월관 지점 태화관***이올시다!"

"태화관……? 총감! 아아, 이 어찌 된 일이오?"

---

* 봉서封書: 겉봉을 봉한 편지.
** 손씨: 솜씨. 여기에서는 '손길' 이나 '손놀림' 이라는 뜻으로 쓰였다.
*** 명월관明月館과 태화관泰和館: 삼일 운동의 시발점이 된 고급 요릿집. 1919년 3월 1일 오후 2시 태화관에서 민족 대표 33인의 이름으로 조선 독립 선언서가 낭독되었다. 명월관은 1909년 궁내부 전선과장典膳課長 출신의 안순환安淳煥이 종로구 인사동에 연 한국 최초의 고급 요릿집이며, 태화관은 1918년 명월관 화재 후 이완용李完用 소유의 정자 태화정太和亭을 인수하여 낸 명월관의 분점이나 별관 격이다. 처음에는 태화관太華館이었으나 훗날 태화관泰和館으로 이름을 바꾸었다.

총독은 전신을 부들부들 떨면서 총감을 쏘아보았다.

"면목 없는 일이올시다! 용서하여주십시오! 곧 적당한 수배를 하겠습니다!"

그 한마디를 남겨놓고 총감은 당황히 뛰쳐나갔다.

이윽고 왜성대에서 내려다볼 수 있는 서울 장안의 거리거리에는 우렁찬 만세 성이 글자 그대로 천지를 진동시키기 시작하였다. 경관대, 헌병대, 기마대가 총검을 비껴들고 열광된 군중을 무섭게 제지하고 있는 것이 한눈에 내려다보인다.

"오오!"

하고 총독은 비명도 아니요 감탄사도 아닌 일종의 괴상한 목소리를 연거푸 내면서 실신한 사람처럼 멍하니 섰다가

"아, 유 군!"

하고 유동운의 손목을 꽉 부여잡았다.

"군의 공로와 충성은 잊을 수가 없다! 수많은 경관과 수많은 기밀비機密費를 가진 총감의 공로보다도 변방에 있는 한 사람의 사법관의 공로가 이처럼 크다는 것을 나는 비로소 알았다!"

"각하, 그것은 분에 넘치는 말씀이올시다!"

마침내 하늘의 별을 딴 유동운이었다.

"자아, 그럼 군은 먼 길에 피곤할 테니 돌아가 쉬게. 아마 부친이 계신 곳으로 돌아갈 테지?"

"아니올시다, 각하. 저는 금강 호텔에 들어 있습니다."

"그럼 아직 부친은 못 만나뵈었는가?"

"각하, 저는 오늘 아침 여덟 시 차에 내려서 각하를 뵈려고 세 시간 동안을 문밖에서 기다렸습니다."

"아아, 그랬던가! 수고가 많았네! 그러나 부친을 만나뵐 테지?"

"만나지 않고 곧장 내려가겠습니다."

"음, 그게 좋아. 그러는 것이 좋아! 군은 부친과 사이가 좋지 못하니까. 군의 충성을 잊지 않고 있을 테니 안심하고 내려가게."

"각하, 소생은 각하의 그 후의만으로 충분하옵니다! 그 이상 각하께 바라는 것이 무엇이 있사오리오?"

"음, 잘 알겠네. 어서 돌아가 쉬게."

"그럼, 각하, 소생은 물러가겠습니다."

거리에는 조선 독립 만세를 부르는 흥분한 군중이 물결처럼 흐느적거리고 있었다. 그 우렁찬 만세 성이 유동운의 가슴 한복판을 아프게 찌르는 것 같았으나 그러나 단 한 번의 만세 소리를 입에 담은 적이 없이 숙소인 금강 호텔로 총총히 돌아와서 식사를 하고 있을 때 검은 외투에 단장을 들고 카이저수염을 기른 오십객*이 유동운을 찾아왔다는 말을 사환 애가 가지고 들어왔다.

"카이저수염을 기르고 단장을 든 사람이 나를 찾아왔다고?"

그것은 아버지 유민세 씨의 풍채임에 틀림없었다. 유동운은 놀랐다.

"아니, 아비를 이처럼 기다리게 하여야만 검사 대리의 체면이 서는가?"

그러면서 사환 아이의 등 뒤로 아버지가 따라 들어왔다.

"아, 아버지! 아버지가 어떻게……."

"왜, 아비가 아들을 찾아와서는 뭐 안 되는 이유가 있는가?"

"아니, 아버지, 그런 것은 아니지만……."

"아무리 봐도 넌 날 만나는 게 그리 달갑지 않은 모양이로구나."

그러면서 아버지는 담배를 붙인다.

---

* 오십객五十客: 나이가 오십 전후인 남자.

"원, 아버지도 별말씀을……."

"그래, 어저께 약혼식을 한다던 사람이 오늘은 벌써 서울에 와 있다……?"

"아버지, 그것은 모두가 아버지를 위해섭니다."

"흥, 날 위해서라고? 어디, 재판장의 말씀을 좀 들어볼까?"

"상해 안도산 선생으로부터 아버지에게 보낸 편지가 다행히 제 손에 들어왔답니다. 만일 그것이 다른 사람의 손으로 발각이 됐던들 아버지는 지금쯤은……."

"왜, 지금쯤은 총살을 당했을 것 같으냐?"

"총살은 모르지만…… 그런데 아버지는 오늘 태화관에 안 가셨습니까?"

"태화관에 모인 사람만이 큰일을 하는 것은 아니야! 그런데 그 편지는 어떡했는가?"

"불살라버렸습니다. 그대로 두었다가는 아버지의 몸이……."

"흥, 대단히 고마운걸. 넌 제 몸보다 항상 아버지의 몸을 더 잘 돌보아주는 효자였으니까!"

숨은 애국자 유민세 씨의 대답은 무척 날카롭다.

"그러나 아버지, 신 판사를 암살한 범인은 검은 외투를 입고 카이저수염을 기르고 단장을 든 오십객이라는 사실을 당국은 짐작하고 있답니다!"

그러면서 아들은 아버지의 표정을 유심히 바라보았다.

"응? 놈들이 벌써 그것을 안다고?"

호탕한 성격의 소유자인 유민세 씨도 아들이 뱉은 그 한마디에는 놀라지 않을 수가 없었다.

한길 밖에는 끓일 줄 모르는 만세 성이다.

"자아, 그러면 나도 오늘은 좀 바쁜 날이니까 가보아야겠다. 내 아들이 총독 각하와 교제를 하는데 그런 아들을 내가 박대해서는 안 되겠기에 바쁜 틈을 타서 찾아본 것이다. 아따! 이놈의 수염과 단장과 검은 외투가 말썽이라지?"

유민세 씨는 젊은이와 같은 가벼운 손씨로 아들의 면도칼을 빌려 수염을 깎고 아들의 회색 외투를 빌려 입고 단장을 그대로 두고 문을 나서면서

"자아, 이만했으면 됐는가?"

"네, 감쪽같습니다!"

"그런데 마지막으로 네게 한마디 해둘 말이 있다. 그것은 머지않아 세상이 바뀌어서 네가 나의 도움을 받지 않으면 아니 될 때까지 너와 나와는 영원한 적이라는 그 한마디다!"

9. 우월 대사愚月大師

어언간 일 년이 지났다. 삼천리강산이 떠나갈 듯이 우렁차게 만세 성이 멀어진 지 어언간 일 년이 지났을 무렵에 형무 검찰관刑務檢察官이 해상 감옥을 순찰한 일이 있었다. 인간미가 비교적 풍부한 경찰관이었다.

검찰관이 이 해상 감옥을 순찰하였을 때 그가 가장 흥미와 관심을 가지고 접한 것은 캄캄한 지굴 감방에 수감되어 있는 두 사람의 죄수였던 것이니 그 하나는 수많은 보물이 매장되어 있는 장소를 안다고 자기를 놓아만 주면 그 보물의 절반을 주겠다는 미치광이 늙은 중이었으며, 또 하나는 늙은 아버지와 사랑하는 옥분이와 그리고 태양환의 선장이라는 빛나는 자리를 고스란히 놓아두고 어느 귀신이 잡아왔는지 영문 모르게 붙들려 온 이봉룡 그 사람이었다.

절망과 의혹과 분노와 저주 속에서 일 년이라는 긴 세월을 박쥐인 양 캄캄한 지굴 감방에서 무섭게 신음하며 하늘과 땅과 그리고 신에게밖에 이 억울한 사정을 호소할 방도를 갖지 못한 봉룡의 눈앞에

　"그대는 나에게 무슨 희망을 말하고 싶지 않으냐?"

　하고 물으면서 나타난 검찰관을 봉룡은 하늘이 자기를 가호*하려고 내려 보낸 천사와도 같이 반가웠다.

　"저는 다른 아무런 희망도 없습니다. 다만 저는 무슨 이유로써 이곳에 들어왔는지 그것이 알고 싶습니다. 그리고 만일 저에게 죄가 있다면 당장에라도 총살을 하여주십시오. 그리고 만일 아무런 죄도 없다면 저를 곧 자유로운 몸으로 돌려보내주십시오. 저에게는 불쌍한 늙은 아버지가 계십니다. 내 아내가 될 사랑하는 사람이 있습니다. 나리, 저는 결코 저를 관대하게 처분하여주십사는 것이 아니올시다. 저를 정당하니 재판하여주십시오. 그리고 저를 심판한 재판관을 만나게 하여주십시오!"

　이러한 봉룡이의 호소를 검찰관은 정당하게 들었는지 머리를 끄덕끄덕하면서

　"음, 한번 서류를 조사해보마."

　그 말이 떨어지자 봉룡은 감격하여

　"나리, 나리의 음성은 분명히 저를 동정하고 계십니다! 나리, 단 한마디, 저에게 희망을 가지라고 분부하여주십시오!"

　"그런 말은 할 수 없는 것이야. 다만 그대에 관한 기록을 한번 조사하여보겠다는 것만은 약속을 하마."

　"아, 그렇습니까! 그렇게만 해주신다면 저는…… 저는 자유로운 몸이 될 수 있습니다!"

---

*가호加護: 보호하여줌. 신 또는 부처가 힘을 베풀어 보호하고 도와줌. 두호斗護.

"그대는 누구의 손에 체포되었는가?"

"진남포에 계시는 유동운 검사 대립니다. 그분과 서로 의논을 하여 주시면 잘 아실 것입니다."

"그러나 유동운 군은 일 년 전에 해주海州로 전근을 가고 지금은 없는데……"

"전근이라고요? 아아, 저를 도와줄 단 한 사람까지 인제는 멀리로 가 버리고 말았습니다그려."

"유동운 군은 그대를 미워할 그 어떤 이유는 없는가?"

"천만의 말씀을…… 그분은 저에게 무척 친절히 하여주신 분입니다. 그분의 말씀이면 무엇이든지 믿어도 좋습니다."

"음, 잘 알겠다. 기다려보게."

"오오!"

하고 봉룡은 감격하여 땅바닥에 읍하며 두 손을 하늘 높이 올리고 검찰관을 주님의 사자처럼 전송하였다.

이윽고 봉룡의 감방에서 나온 검찰관은 미치광이 중 우월 대사愚月大師의 지굴 감방을 찾았다.

이 우월 대사는 지금으로부터 오 년 전 비밀 결사를 조직한 중대한 정치범의 죄목으로 돌연 이 무서운 해상 감옥으로 호송된 노인이었다.

"그대는 무슨 희망은 없는가?"

하고 물었을 때

"나를 가리켜 미친 사람이라고 생각하는 당신네들에게 대하여 하등의 희망이 있을 리 없소. 그러나 당신이 만일 나를 미친 사람이 아니라고 생각한다면 단 한 가지 부탁이 있소."

"그것을 말해보라."

"그것은 만일 나를 자유로운 몸으로 돌려보내준다면 나는 정부에 일억 원의 막대한 금액을 바칠 터이오. 아니, 나를 다만 그 보물이 매장되어 있는 장소까지 데리고 갔다가 내 말이 거짓이라면 다시 이 감옥으로 돌려보내도 무방하니까…… 아니, 그것도 내가 도망할 염려가 있어서 안 된다면 그러면 내가 그 장소를 알려드릴 테니 당신네들이 가서 그 보물을 발견하여 와도 무방할 것이고……."

그러나 검찰관은 그때 빙그레하고 입가에 웃음을 띠면서

"그런 허황한 이야기는 두었다 하고 식사 같은 것에 무슨 불평이나 없는가 말이야?"

"흥, 당신도 역시 나를 미친 사람으로 취급을 하는구려. 어서 나가시오. 어서 내 눈앞에서 사라지시오!"

우월 대사는 그 한마디를 뱉듯이 남겨놓고 방바닥에 누워버리고 말았다.

이윽고 검찰관은 전옥실*로 나오기가 바쁘게 봉룡이와의 약속을 이행하기 위하여 수감자 명부를 꺼내 보았다. 거기에는 다음과 같이 기록되어 있었다.

이봉룡— 과격한 독립단원. 삼일 만세 소동에 있어서 상해 가정부와 사이에 연락을 도모한 자. 엄중한 감시하에 극비밀히 감금할 것.

아무리 인간성이 풍부한 검찰관일지라도 이와 같은 죄인을 구해낼 수는 도저히 없음을 깨닫고 그는 그 밑에다 '사면赦免의 방도 전무全無—'라고 써놓았다.

한편 봉룡은 검찰관의 구원의 손이 뻗치기를 목을 늘여 기다렸다. 그

---

* 전옥실典獄室: 식민지 시대의 형무소에서 전옥이 사무를 보는 방.

러나 한 달이 지나고 일 년이 지나고 삼 년, 오 년이 지나도 검찰관의 구원의 손은 좀처럼 뻗을 줄을 몰랐다.

봉룡은 인제는 인간으로서 할 수 있는 온갖 희망을 버리지 않을 수 없었다. 그리고 봉룡은 인제는 사람을 버리고 신을 대하였다. 그는 미친 사람인 양 열심히 기도를 올렸다.

그러나 원래 남처럼 교육을 받지 못한 몸이라 기도가 끝난 다음 순간에는 사람을 원망하고 세상을 저주하였다. 머리로 담벼락을 떠받고 손톱으로 방바닥을 긁었다.

그는 마침내 죽음을 결심하고 열흘 동안을 단식을 하여 식사를 취하지 않았다. 그의 몸은 쇠약할 대로 쇠약하여 기운 없이 방바닥에 누워서 잠만 잤다.

그러던 어떤 날 밤 봉룡의 귀에 이상한 소리가 들렸다. 바른편 담벼락 속에서 툭, 툭, 툭 하고 바위를 까내는 것 같은 마치* 소리가 규칙적으로 들리질 않는가……?

그것은 틀림없이 자기와 같은 불우한 경우에 있는 수인囚人이 자기 자신을 구하려고 탈옥을 기획하고 있는 것이다.

"오오! 탈옥!"

죽음을 각오하고 단식을 결행하던 봉룡의 가슴에는 그 순간 한 줄기 광명이 숨어들기 시작하였다.

하루가 지나고 이틀이 지나는 동안에 마치 소리는 점점 더 크게 들려왔다. 봉룡은 희망을 갖기 시작하였다. 단식을 버리고 밥을 먹기 시작하였다.

지굴 속 감방에는 습기가 심하여서 사람이 하나 깔고 누울 만한 널판

---

* 마치: 못을 박거나 무엇을 두드리는 데 쓰는 연장. 망치보다 작고 가벼우며, 자루가 짧다.

자가 하나 있었다. 밤에는 널판자를 깔고 자고 낮에는 널판자를 거두어서 바른편 담벼락에 세워두는 것이 규칙이었다. 마치 소리는 다행히도 그 널판자를 세워두는 담벼락 쪽에서 났기 때문에 그곳에 구멍이 뚫려진 대도 옥정의 눈에 띄지 않고도 될 만한 위치에 있었던 것이다.

아아, 마치 소리가 들리기 시작한 지 보름 만에 마침내 담벼락 돌이 하나 움직이기 시작하면서 쥐구멍만 한 구멍이 하나 뚫려지지를 않았는가!

"오오, 주여!"

하고 봉룡은 외쳤다. 그 순간 그 조그만 구멍 저편에서 사람의 그림자 같은 것이 움직이면서

"주의 이름을 입에 담는 자는 누구뇨?"

하고 부르는 소리가 들렸다.

아아, 그것은 육 년 동안 옥정의 목소리밖에 듣지 못한 봉룡이에게 있어서는 한 방울의 생명수인 양 기뻤다.

"오오, 사람의 목소리다! 분명히 사람의 목소리가 아닌가!"

봉룡은 전신의 피가 갑자기 욱하고 머리 위로 물밀듯이 기어 올라오는 것을 깨달으면서

"누구시오니까? 저를 해칠 분이오니까? 저를 구하실 분이오니까?"

봉룡의 목소리는 한없이 떨리었다.

"그러는 그대는 누구시오?"

저편의 목소리도 또한 떨렸다.

"저는 불우한 수인이올시다."

"고향은 어디인고?"

"진남포올시다."

"성명은?"

"이봉룡이……."

"직업은?"

"선원이올시다."

"언제부터 들어와 있는고?"

"기미년 이월 이십팔일부터올시다."

"무슨 죄로 들어왔는고?"

"아무런 죄도 없소이다."

"그러나 명목상으론 그래도 무슨 죄명이 있을 것이 아닌가?"

"상해에 계신 안도산 선생의 신서를 중앙에 전달하려던 독립단의 한 사람으로서올시다. 그래, 당신은 언제부터 들어오셨습니까?"

"십 년 전부터요. 그런데 그대가 지금 있는 방의 복도는 어디로 향해 있는고?"

"뜰로 향하여 있소이다."

그때 저편 사람의 목소리가 극도로 놀라면서 부르짖는다.

"뭐, 뜰이라고? 아아, 십 년 계획이 한데로구나! 나는 이 담벼락이 이 해상 감옥의 성벽城壁인 줄로만 알고…… 아아, 모두가 수포로 돌아가고 말았다!"

희망에서 절망으로 떨어지는 비참한 부르짖음이었다.

"그러나 성벽 밖은 황해 바다가 아니오니까? 육지까지 헤엄을 쳐 나갈 수가 있소이까?"

"그 담엔 모두 주님께서 돌보아주시는 것을 기다릴밖에……."

"그런데 누구시오니까?"

"나는…… 나는 이십칠 호— 그대는 몇 살인고?"

"자세히 모르겠습니다. 스물다섯인지 여섯인지……."

"음, 아직 나이가 그처럼 젊었다는 말을 들으니 적이 안심이 된다. 그처럼 젊은 사람이 나를 팔지는 않겠지?"

"무슨 말씀을 하시오니까? 저를 버리지 마시고 저와 같이 도망을 하여주십시오. 둘이 같이 이야기를 하게 하여주십시오. 당신은 당신이 하고 싶은 이야기를 하시고 저는 옥분이 이야기를 하겠습니다. 만일 당신이 젊으신 분이라면 저의 동무가 되어주십시오. 만일 당신이 늙으신 분이라면 제가 당신의 아들 노릇을 하겠습니다. 제게는 늙은 아버지가 계십니다만 살아 계시는지 어떤지를 모르겠습니다. 저는 아버지를 존경하고 사랑하는 것처럼 당신을 존경하고 사랑하겠습니다."

봉룡의 이 순정한 호소가 저편 사람의 마음을 안심하게 하였는지

"잘 알았소!"

하는 굳센 대답이었다.

"자아, 그러면 이 커―다란 돌이 움직이니 어디 힘을 주어 빼봅시다."

이리하여 두 사람은 있는 힘을 다하여 사람의 몸뚱이가 하나 드나들 만한 돌 하나를 뺄 수가 있었다.

그 돌구멍으로 벌벌 기어 나온 한 사람의 노인― 그것은 미치광이 중이라고 부르는 우월 대사 그 사람이었다.

10. 원수의 정체

이 해상 감옥에서 미치광이라고 불리는 늙은 중 우월 대사의 탈옥의 계획은 전연 수포로 돌아가고 말았다. 조그만 계산의 차이로 말미암아 감옥 밖으로 뚫고 가노라는 것이 같은 지굴 감방인 봉룡의 방으로 나오게 된 것이다.

"아아, 이것이 모두 주님의 뜻인가 보오!"

그러면서 우월 대사는 미칠 듯이 신음을 하면서 자기 발밑에 꿇어앉은 봉룡을 물끄러미 내려다보았다. 놀라움과 감격과 기쁨에 어쩔 줄을 모르는 봉룡이었다.

"아아, 당신은 누구시오니까? 당신은 저를 위로하여주시고 제게 힘을 주시었습니다! 누구시오니까?"

"나는 우월 대사— 미치광이 중 우월 대사다."

그러면서 우월 대사는 입가에 슬프고도 쓸쓸한 웃음을 지었다.

"그래, 대사는 무슨 죄로 이 무서운 감옥에 들어오셨습니까?"

"조국의 광복을 위하여 비밀 결사를 조직하고 삼천리강토에서 왜인을 일소*하려다가…… 음, 그대보다 오 년이나 먼저 이 감옥으로 들어왔다. 음…… 일이 이렇듯 되고 보니 인제는 모든 것을 단념할 수밖에 없다!"

"대사께서는 어째 그리 낙망을 하십니까? 한 번 해서 안 되면 두 번 하고 두 번 해서 안 되면 세 번 하고……."

"음, 그러나 그대는 지금까지 내가 해온 일이 얼마나 힘든 일이었다는 것을 모를 것이다. 송곳과 놋저** 같은 도구를 만드는 데 사 년이 걸렸고 한 아름 되는 돌을 파내는 데 이 년이나 걸렸다. 그뿐인가? 파낸 흙과 돌을 감추기 위해서 천장을 뚫고 그 속에다 올려 쌓았다. 아아, 지나간 십 년 동안의 피눈물 나는 노력이여! 그러나 하늘은 나를 돕지를 않으셨다! 나는 인제는 자유로운 몸이 되기를 단념할 수밖에 없는 것이다."

봉룡은 머리를 숙였다. 십 년이라는 긴 세월을 걸려 오십 척이나 되는 땅속을 파내서 그것이 성공한댔자 바다에 깎은 듯이 솟아 있는 쉰 길, 예순 길 아니, 백 길이나 되는 험준한 벼랑 턱이 아닌가. 거기서 내리뛰

* 일소一掃: 모조리 쓸어버림. 싹쓸이.
** 놋저: 놋쇠로 만든 젓가락. 놋젓가락.

어서 바위에 머리를 부딪치지 않고 요행 바다에 떨어진다 하여도 거기서 십 리나 이십 리를 헤엄쳐 나가야 될 것이 아닌가. 그 모든 위험을 각오하고까지 늙은 우월 대사가 이 거대한 계획을 세운 것을 생각할 때 젊은 봉룡은 지금까지 한 번도 가져보지 못한 그 어떤 굳센 용기와 강렬한 희망을 품기 시작하였다.

이윽고 봉룡은 우월 대사를 따라 굴속을 지나서 우월 대사의 감방으로 들어갔다. 거기서 봉룡은 이 우월 대사가 실로 훌륭한 학자라는 것을 알았다. 불교와 크리스트교를 비롯한 종교학의 대가일 뿐만 아니라 철학, 문학, 과학, 심리학 등에 관한 심오한 조예를 갖고 있는 사실을 알고 봉룡은 놀랐다.

생선 가시로 펜을 만들고 연기 꺼미*로 잉크를 만들어서 흰 셔츠를 종이 삼아 조선 독립에 관한 일대 논문을 기록했을 뿐 아니라 미치광이라고 불리는 이 늙은 승려의 입에서 흘러나오는 한마디 한마디의 그 심오한 인생철학은 젊은 봉룡이의 풍부한 감수성과 명민한 이성을 극도로 자극하였다.

봉룡은 그 순간 우월 대사가 이렇듯 훌륭하고 총명한 어른이라면 혹시 자기 자신도 헤아릴 수 없는 자기의 불행한 운명의 실마리를 분석하여 무슨 이유로 자기가 이 무서운 감옥에 붙들리어 왔는지를 가르쳐줄 수가 있지 않을까……? 하는 한 줄기 희망을 품기 시작하였다.

"대사, 저는 정말 아무런 죄도 없이 이런 불행한 몸이 되었습니다. 어째서 이런 불행한 몸이 되었는지, 저는 이 불행을 그 누구에게…… 나를 이 무서운 모함에 넣은 그 누구에게 돌려보내주고 싶소이다."

"그래, 그대는 정말로 아무런 죄도 없다는 말인가?"

---

* 꺼미: 어떤 물질이 불에 탈 때에 연기에 섞여 나오는 먼지 모양의 검은 가루. 그을음.

"없습니다. 맹세하겠습니다! 나의 사랑하는 아버지와 옥분이의 이름으로 맹세하겠습니다!"

"정말로 그렇다면 군의 과거를 한번 이야기해보게."

거기서 봉룡은 그 어떤 기쁨과 희망을 한 아름 안고 자기가 경관에게 붙들려 올 때까지의 이야기를 쭉 하였다— 대련을 떠난 지 몇 시간 만에 태양환의 김 선장이 죽은 것— 김 선장으로부터 상해 안도산 선생에게 보낸 편지와 보따리— 안도산 선생으로부터 서울 유민세 씨에게 보내는 편지— 태양환의 진남포 도착— 불쌍한 아버지와의 회견— 옥분이와의 사랑의 속삭임— 예장을 싸던 날의 즐거운 술좌석— 그리고 경관에게 구인되어 검사 대리 유동운에게 신문을 받고 이 해상 감옥으로 호송되었다는 이야기를 한 줄기도 빼놓지 않고 말하였다.

이 말을 듣고 난 우월 대사는

"음…… 잘 알겠네."

하고 한참 동안 묵묵히 앉았다가

"여기 이런 말이 있어— 범인을 찾으려면 먼저 그 범죄로 말미암아 이익을 받는 자를 찾아라……! 알겠나? 그대가 없어져서 제일 이로운 자가 누군지 잘 생각해보라."

"없습니다. 그런 사람은 없습니다. 저 같은 보잘것없는 몸이 하나 있으나 없으나……."

"그건 틀린 말이야. 세상 사람은 모두 서로 상대적 관계를 맺고 있는 것이니까. 왕이 죽으면 왕자가 왕위에 오를 것이요 과장이 죽으면 주임이 과장이 될 것이요 사원이 죽으면 견습생이 사원이 될 것이다. 그러면 그대의 이야기로 돌아가세. 그대가 태양환의 선장이 되는 것을 좋지 않게 여기던 사람은 없었던가?"

"없습니다. 저는 배에서도 선원들에게 귀염을 받고 있었습니다. 그러나 단 한 번 저하고 싸움을 한 사람은 있었지요…….."

"옳지, 옳지! 그의 이름이 뭣이던고?"

"장현돕니다. 배에서 회계를 보던 사람인데 어딘가 그의 회계 사무에 무슨 부정한 사건이 있는 것 같았습니다."

"음, 그러면 다음에는 김 선장과 그대가 최후의 이야기를 할 때 옆에 누구가 있었던가?"

"없었습니다. 단 두 사람뿐이었습니다."

"그러면 누군가 그대들의 이야기를 엿들은 사람은 없었던가?"

"아, 아…… 있습니다, 있습니다! 가만 계세요…… 아, 그렇다…… 바로 선장이 도산 선생에게 갖다 드릴 보따리를 제게 내주던 그땝니다. 장현도가 문밖으로 지나가는 것을 보았지요."

"음! 그만했으면 알 법한 일이고…… 그런데 도산 선생에게서 받은 편지를 그대는 어디서 주머니에 넣었는가? 잘 생각해보라."

"부두에서 편지를 받아가지고 배에 올라탈 때 주머니에 넣었습니다."

"그러면 선원들은 그대가 편지를 쥐고 있는 것을 보았다는 말이지?"

"그렇습니다. 보았을 것입니다."

"그리고 물론 장현도도 보았을 테지?"

"물론 보았을 것입니다."

"음, 그러면 다음은, 그대가 본 그 고소장을 그대는 외울 수가 있는가?"

"있습니다."

"그것을 한번 내 앞에서 외워보라."

"네, 이렇습니다—! 검사 각하. 대일본 제국에 대하여 충성을 아끼지 않는 소생은 대련과 상해를 거쳐 오늘 아침 진남포에 귀항한 태양환의 일등 운전사 이봉룡이라는 자가 상해 부두에서 안창호 씨에게 신서를 전달하고 다시 동씨로부터 서울로 향하는 신서를 받은 사실이 있다는 것을 아룁니다. 그 죄상의 증거품인 신서는 이봉룡 자신이나 또는 그 부친의 처소나 그렇지 않으면 태양환 그의 선실에서 발견될 것이라 믿는 바올시다─. …… 대개 이렇습니다."

봉룡이가 외우는 고소장을 듣고 난 우월 대사는 홍! 하고 한번 어깨를 추며

"아아, 그대는 너무나 순정하고 정직한 젊은이였다. 바로 장현도라!"

"장현도라고요?"

봉룡은 숨이 막힐 듯이 부르짖었다.

"그렇다. 그런데 고소장의 필적은 어떻던가?"

"바른편 어깨가 내려간 필적인데 아주 유치한 글씨였습니다."

"그러면 장현도의 필적은?"

"아주 훌륭한 달필이었지요."

그때 대사는 생선 가시로 만든 펜을 왼손에 들고 셔츠 한편 구석에 왼 글씨로 고소장의 맨 머리를 몇 줄 써 보이면서

"왼편 손으로 쓴 글씨는 대개가 다 비슷비슷하다. 어때? 이와 같은 글씨였었지?"

"아아, 대사! 그렇습니다! 꼭 같은 글씹니다!"

봉룡은 또 한 번 놀라지 않을 수 없었다.

"그러면 다음, 옥분이가 그대의 아내가 되는 것을 좋지 않게 여기던 사람은 없었던가?"

"있습니다. 송춘식이라는 청년인데……."

"장현도와 송춘식은 서로 아는 사인가?"

"서로 모를 것입니다. 아니, 아니…… 아, 그렇습니다! 제가 옥분이를 데리고 억낭틀 길가 주막 앞을 지나갈 때 장현도와 송춘식과 그리고

저 박돌이가 술상 앞에 마주 앉아 있는 것을 보았습니다. 박돌이는 아주 무척 취했었고 장현도는 송춘식을 자꾸만 놀려대고 있던 것을 분명히 보았지요. 그런데 아, 아, 잠깐만 기다려주세요! 아, 난 어째서 그것을 잊어 먹었던고……? 그때 술상 옆에 붓과 벼루와 그리고 종이가 놓여 있었던 것을 저는 분명히 이 두 눈으로…… 아아, 악마! 악마들!"

봉룡은 미칠 듯이 부르짖으면서

"당신은…… 당신은 모든 것을 눈으로 보신 것처럼 잘 알고 계십니다! 그러면 한 가지만 더 가르쳐주십시오! 저는 어째서 단 한 번 신문을 받았을 뿐으로 재판도 안 열고 판결도 없이 이런 악착한 형벌을 받게 되었을까요? 그것을…… 그것을 가르쳐주십시오!"

"음, 그러면 먼저 그대를 신문한 사람은 누군고? 검산가? 검사 대린가? 예심 판산가?"

"검사 대립니다."

"젊은인가? 늙은인가?"

"젊은입니다. 아직 스물일여덟밖에 안 되는 젊은 사람입니다."

"그대를 취조하는 태도는?"

"아주 친절했었습니다. 그는 그 유일한 증거품인 도산 선생의 편지를 불태워버렸으니까요."

"뭐, 불을 태워……? 편지를……?"

"그렇습니다. 저의 불행을 무척 동정하며 그처럼 증거품을 불살라버렸으니 안심하라고요."

"그래, 그가 편지를 보는 순간 어떤 태도를 취하던가?"

"무척 괴로워하였습니다. 마치 나의 불행을 동정하며 괴로워하는 것처럼……."

"흐흥! 그 사나이로 말하면 그대가 생각하는 것처럼 그렇게 친절한 사람이 아니야. 그대를 이 감옥으로 보낸 악당이야!"

"오오, 대사님!"

"그래, 그 편지의 수신인의 이름은 무엇이었지?"

"서울 안국동 십삼 번지 유민세 씨였습니다."

"유민세……? 유민세라면 나도 알 법한 이름인데…… 그는 우리 비밀 결사의 일원으로서 소위 세상에 알려지지 않은 숨은 혁명가인데…… 그래, 그 젊은 검사 대리의 이름은 무엇인가?"

"유동운이란 사람입니다."

그 순간 우월 대사의 입에서 하하하…… 하는 웃음소리가 터져 나왔다.

"그래, 그 검사 대리는 그대에게 유민세라는 이름을 절대로 입 밖에 내면 안 된다고 다졌겠지?"

"그렇습니다…… 여러 번 다짐을 받았습니다."

"하하하…… 그러나 그대는 너무나 정직한 젊은이다, 젊은이!"

"네?"

"유민세로 말하면 유동운의 아버지란 말이야!"

"엣? 아버지라고요?"

그것이야말로 청천에 벽력이었다. 봉룡은 아아, 사람을 의심할 줄 모르는 순정한 청년 이봉룡은 인제야 자기 눈앞에 안개처럼 가리어 있던 두꺼운 장막을 헤치고 똑바로 세상을 바라볼 수가 있었던 것이니 어리석은 젊은이 이봉룡의 인생철학이 돌변하는 무서운 순간이었다.

11. 대사의 유언

'숨은 애국자 유민세 씨가 바로 검사 대리 유동운의 부친이었다? 그리고 장현도와 송춘식이가 결탁을 하고 자기를 무서운 모함 속에 잡아넣었다?'

그것은 실로 예상도 못 하였던 너무나 무서운 사실이었다. 그러나 다음 순간 봉룡의 가슴속에는 불덩어리와도 같은 복수의 일념이 맹렬히 불붙기 시작하였다.

"대사, 저는 아무런 교육도 받지 못한 무식한 사람입니다. 저를 가르쳐주십시오. 대사께서 갖고 계시는 그 깊으신 학문의 단 몇 분지 일이라도 저에게 가르쳐주십시오."

"별로 아는 것은 없지만 종교학, 수학, 물리학, 역사학 그리고 어학, 문학 등 내가 갖고 있는 이와 같은 지식을 그대의 머릿속에 넣어주려면 이 년 동안이면 충분할 것이다."

"이 년이라고요? 단 이 년 동안에 그 많은 학문을 닦을 수가 있다는 말씀입니까?"

"음, 이 년이면 충분하다."

그날부터 두 사람은 일정한 교안*을 세우고 맹렬한 교수를 시작하였다.

봉룡은 실로 놀랄 만한 기억력과 훌륭한 이해력을 갖고 있었다. 그의 머리는 가장 치밀한 수학적인 동시에 오랫동안의 해상 생활에서 받은 낭만과 시의 세계를 아울러 갖고 있었다.

이리하여 일 년이 지나고 이태가 지나는 동안에 봉룡의 머릿속에는

| * 교안教案: 학습 지도안.

우월 대사가 갖고 있던 온갖 지식이 그대로 고스란히 옮겨져 있었다. 그것은 실로 놀랄 만한 진보였고 성장이었다.

그러는 한편 두 사람은 다시 탈옥의 계획을 세우고 대사의 감방과 봉룡의 감방을 연결하는 굴속 중간에서부터 일 년 삼 개월을 걸려 굴을 파냈다. 그리고 거의 이 탈옥의 계획이 완성되려는 무렵에 여기에 뜻하지 않은 불행한 사건이 하나 발생하였던 것이니 그것은 늙은 우월 대사의 숙환이던 무서운 경련증이 일었기 때문이었다.

"아아, 인젠 나는 절망이다! 이 병은 마침내 나의 생명을 빼앗을 것이 분명하다."

그러면서 대사는 온몸을 무섭게 떨었다. 입에는 거품을 물고 손으로 허공을 내저었다.

"이것은 소위 카탈렙시*라는 병인데 이러다가 내가 죽은 것같이 되면 내 자리 밑에 넣어둔 조그만 약병을 꺼내서 그것을 내 입에다 여남은 방울 먹여주면 다시 살아나는지 모르니까…… 음, 음……."

봉룡은 자리 밑에서 하라는 대로 빨간 약병을 꺼내 먹여주었다. 그랬더니 한 시간 후에 우월 대사는 다시 소생하였다. 그러나 몸은 무척 약해지고 촌보를 떼지 못하게 되었다.

"봉룡이, 나는 인젠 이 감옥에서 도망할 길을 영원히 잃어버렸다. 나는 걷지를 못하게 되었다. 바다로 요행히 빠져나간대도 나에게는 헤엄을 칠 기력이 없다."

"저는 선원입니다. 대사를 업고 헤엄을 쳐 가겠습니다."

"아무리 헤엄을 잘 치는 사람이라도 사람 하나를 업고 십 리 이십 리를 헤어 갈 수는 없는 것이다. 나는 여기서 죽을 테니 그대는 먼저 도망

---

* 카탈렙시catalepsy: 관절을 이루는 뼈나 연골, 관절낭 따위가 뻣뻣하게 굳어져서 움직일 수 없게 된 상태. 강경증強勁症. 강직强直.

을 하는 것이 좋아."

"대사, 그럼 저도 대사와 같이 이곳에 머물러 있겠습니다."

그러면서 봉룡은 대사의 손을 잡으며

"저는 맹세합니다. 대사께서 세상을 떠나실 때까지 저는 어떤 일이 있을지라도 대사의 옆을 떠나지 않겠다는 것을 하늘에 맹세합니다!"

봉룡이 순진하고 고매한 정신의 소유자임을 눈앞에 보는 순간 우월 대사는 마치 자기의 자식과도 같은 짙은 애정을 온몸에 느끼면서

"감사하네! 이해관계를 떠난 그대의 이 헌신적 애정은 반드시 그 어떤 보수를 받을 것이다!"

우월 대사는 손을 뻗쳐 자리 속에서 조그만 종잇조각을 하나 끄집어 냈다. 그것은 절반이 불에 타버린 쪼글쪼글 구겨진 종잇조각에다 무슨 조그만 글자가 가득 씌어 있었다.

"이것은 나의 보물이다! 여러 가지 점으로 보아 그대는 훌륭한 청년 이다. 나는 그대의 인격을 믿는다. 나는 미친 사람이 아니다. 이 병이 또 한 번 일어나면 나는 그때는 죽어버릴 사람이다. 그렇게 되면 이 보물은 영원히 땅속에서 썩어버리고 말 것이다. 자아, 이 종잇조각은 불에 타서 글자가 절반밖에 보이지 않지만 나는 다년간 연구한 결과 보이지 않는 대목에 적당한 글자를 넣어보았다. 그것이 바로 이것이다."

우월 대사는 그러면서 자리 속에서 다른 종잇조각을 또 하나 끄집어 냈다.

그때 문밖에서 옥정의 발자국 소리가 들리었다.

"아, 누구가 옵니다! 그럼 저는……."

봉룡은 굴속으로 들어가 숨었다. 옥정은 끼니를 갖고 들어와서 대사 가 병에 걸려 몸을 움직이지 못하는 것을 보고

'이 미치광이도 어서 죽어버리는 게 상팔자지!'

하고 마음속으로 중얼거리면서 나가버렸다.

그날 밤 봉룡이가 다시 우월 대사의 감방을 찾았을 때 대사는 이런 말을 봉룡이에게 하였다.

"이 종잇조각으로 말하면 지금으로부터 삼백 년 전 이조 시대의 어떤 고관이 수많은 보물을 황해 바다 어떤 섬에다 감추어두고 그 감추어둔 장소를 바로 이 종잇조각에다 기록하여두었던 것이다. 그러나 그가 너무 갑자기 죽기 때문에 그러한 사실을 상속자인 아들에게 유언할 사이가 없었다. 상속자인 그의 아들은 그 수많은 보물의 소재지를 찾고자 눈이 벌게졌으나 통 알 수가 없는 채 한 대가 지나고 두 대가 지나는 동안에 서재 기도서祈禱書에 끼워두었던 이 종잇조각이 오 대째에 이르러 내 손에 들어왔다는 말이다. 그리고 바로 그 오 대째의 인물이 누군고 하면 내가 조직한 비밀 결사의 일원으로서 나와는 생사를 같이하기를 맹세한 의형제 고영택高永澤이라는 사람이었다. 그런데 고영택은 처자 권속*이 하나도 없는 몸으로서 그 후 얼마 안 되어 폐병으로 세상을 떠났다. 세상을 떠나면서 그는 나에게 수천 권의 서적을 물려주었다. 그것은 어떤 추운 날 저녁 무렵이었다. 나는 그가 남겨놓고 간 서적을 정리하다가 문득 한 권의 기도서를 발견하고 뒤적거리고 있었다. 그러는 동안에 날은 어두워져서 촛불을 켜려고 성냥을 찾았으나 때마침 주머니엔 성냥이 없었다. 그래, 나는 하는 수 없이 기도서에 끼어 있던 흰 종잇조각을 화롯불에 넣어서 불을 초에다 옮기려 하였던 것이다. 그러나 나는 그 순간 이상한 것을 발견하였다. 아무것도 씌어 있지 않는 흰 종잇조각이 화롯불에 닿자마자 마치 마술사의 요술처럼 글자가 나타나질 않겠나? 그러나 그때는 벌써 종잇조각이 절반이나 타버렸을 때였다."

| * 권속眷屬: 한집에 거느리고 사는 식구. 가권家眷. 권솔眷率. 식솔食率.

우월 대사는 긴 이야기를 거기서 마쳤다. 그때야 비로소 봉룡도

"그래, 그 불타버린 절반을 대사께서 연구해낸 것이 바로 이편, 이 종 잇조각입니까?"

"그렇다. 자아, 이것을 읽어보게. 그리고 전부 외우도록 읽어보게."

거기에는 다음과 같은 글이 씌어져 있었다.

　　나의 상속자는 황해 바다 진주도眞珠島 동굴 속에서 나의 소유에 속하는 지금,* 금화, 보석, 금강석, 보옥, 진주 등의 재물을 소유할 권리가 있다. 그리고 동굴은 진주도 동 편짝** 열한 번째 바위로 올라갈 것. 동굴에는 두 개의 출입구가 있는데 제이의 동굴 맨 속에 보물이 있는 줄로 알라─.

"어떤가? 그만했으면 알았는가?"

그러면서 우월 대사는 봉룡의 얼굴을 열심히 바라보았다.

"그러나 그 보물은 우리들 이외의 그 어떤 정당한 사람의 소유가 아닐까요?"

"그런 염려는 조금도 없다. 고영택은 그가 생전에 갖고 있던 모든 권리를 나에게 상속시켰으니…… 아니, 봉룡이, 그런 것보다도 그대는 내가 이 무서운 카탈렙시로 말미암아 갑자기 쓰러지기 전에 이 글을 한시바삐 외워야만 한다!"

"그러나 그것은 대사의 재산이올시다. 제게는 이 보물에 손을 댈 아무런 권리도 없습니다. 그리고 저는 대사의 친척도 아무것도 아니올시다."

---

* 지금地金: 다듬어서 상품화하지 아니한 황금.
** 편짝: 상대하는 두 편 가운데 어느 한 편.

"봉룡이!"

하고 그때 우월 대사는 봉룡의 손을 굳세게 잡았다.

"그대는 나의 아들이다! 나의 감옥 생활에 있어서의 나의 둘도 없는 아들이었다! 그것이 하늘의 뜻이다! 그것으로서 하늘은 우리 두 사람을 위로하셨으니까 하늘의 뜻을 배반하여서는 아니 된다! 알겠나?"

인자스러운 말이었다. 봉룡은 우월 대사의 여윈 손목을 두 손으로 쓸어안고 눈물을 한없이 흘렸다.

우월 대사는 진주도라는 섬이 황해 바다 어디 있는지를 통 몰랐으나 그러나 선원인 봉룡은 그것을 잘 알고 있었다.

진주도는 사람 하나 없는 무인도다. 봉룡은 그 진주도 어귀에서 한번 닻을 준 일이 있었던 것을 문득 생각하였다.

어느 날 밤 우월 대사는 마침내 세 번째의 경련을 일으키고 세상을 떠났다. 몇 방울 남지 않은 빨간 물약을 먹였으나 아무런 효과도 없었다.

"봉룡이! 그대는 하늘이 나에게 보내주신 귀중한 선물이었다. 나는 그대의 행복과 번영을 빈다. 아아, 나의 아들이여! 진주도를…… 진주도를 잊어서는 아니 된다!"

그 한마디를 남겨놓고 우월 대사는 눈을 감았다.

봉룡은 눈앞이 캄캄해지는 것을 깨달으며 우월 대사의 영원한 명복을 가만히 하늘에 빌었다.

이 해상 감옥에서는 죄수의 시체를 파묻는 무덤은 땅속이 아니고 물속이었다. 높은 벼랑 위에서 시체를 바닷물에 던져 넣는다.

그러나 우월 대사는 미친 사람이긴 하였으나 탈옥 같은 것은 꿈에도 생각하지 않은 온순한 죄수라 해서 시체를 포대에 넣어서 모범 죄수의 대우를 받게 되었다.

봉룡은 굴속에 숨어서 우월 대사의 시체를 포대 속에 넣는 옥정들의 광경을 가만히 엿보고 있었다.

"장사는 오늘 밤 열 시라니까 아직 한 시간이나 남았는걸."

"음, 나가서 좀 쉬고 오세."

옥정들은 그러면서 밖으로 나가버렸다. 그 순간 봉룡의 머리에 번개처럼 떠오른 생각이 하나 있었다.

'옳다! 이 기회를 놓쳐서는 아니 된다! 하늘이 도우신 천재일우의 기회다!'

봉룡은 뛰어 들어가자 포대를 풀고 우월 대사의 시체를 꺼내 자기 감방으로 갖다 눕히고 이불을 씌워놓았다. 그리고 자기는 시체 대신 포대속으로 들어가서 포대 끈을 맸다. 그리고 숨소리를 죽이면서 열 시가 다가오기를 기다렸던 것이니 아아, 하늘이여! 하늘이 만일 뜻이 계시다면 봉룡의 앞길을 광명의 세계로 인도하소서!

12. 탈옥

다시없는 기회였다!

만일 하늘이 봉룡으로 하여금 이 다시없는 기회를 놓치게 하신다면 하늘이야말로 악한 자를 돕고 착한 자를 배반하는 것밖에 아무것도 아닐 것이다.

우월 대사의 시체를 꺼내 자기 방으로 갖다 눕히고 그 대신 자기가 그 커―다란 포대 속에 들어간 봉룡은 울렁거리는 가슴을 두 손으로 꽉 붙잡고 신령하신 신명께 기도를 올렸다.

'신이여! 만일 봉룡의 과거가 추악한 그것이라면 가혹히 벌을 주십소서. 그렇지 않다고 생각하시거든 봉룡으로 하여금 다시 한 번 세상으로

인도하여주시옵소서!'

그러면서 봉룡은 우월 대사가 쇠 꼬치로 일 년을 걸려서 만들었다는 조그만 칼을 손아귀에 힘껏 부여잡았다.

만일 도중에서 발각이 되는 날에는 이 조그만 무기로 난을 피하리라 하였다. 그리고 아직 죄수들의 무덤이 저 흐느적거리는 황해 바다인 줄을 모르고 있는 봉룡은 만일 땅속에 자기를 파묻거든 포대를 찢고 흙을 헤치고 나오리라고 생각하였다.

이윽고 밤 열 시가 되었을 때 사람의 발자국 소리가 들리며 문이 열리었다. 마침내 올 때가 왔다. 봉룡은 숨을 꼭 죽이고 온 정신을 귀로 모았다. 만일 이런 때 사람의 혈맥血脈까지라도 정지시키는 법이 있다면 얼마나 좋을까를 생각하였다.

사람은 셋이었다. 두 사람은 인부였고 한 사람은 손에 등불을 든 안내인인 모양이었다. 인부는 각각 봉룡이의 머리와 다리를 양편에서 들었다.

"그놈의 미치광이 영감, 무겁긴 또 상당히 무거운걸."

봉룡은 시체인 것처럼 다리에 힘을 주었다. 이윽고 봉룡이의 몸뚱이는 담가*에 실리었다.

이리하여 선봉을 선 등불을 든 사나이의 뒤를 따라 층층대를 얼마 동안 오르내리다가 마침내 바닷바람이 이마를 스치는 밖으로 나왔다.

'인제 살았구나!'

하는 말할 수 없는 기쁨이 밀물처럼 욱하고 전신을 습격해왔다. 그러나 다음 순간 봉룡은 깜짝 놀라지 않을 수 없었다. 멀리 발밑으로부터 거센 파도 소리가 들리고 해풍이 쏴아쏴아 불어오는 그 어떤 절벽 위에서

---

* 담가擔架: 들것.

"자아, 여기서 추를 다세."

그러면서 봉룡이의 발목에다 서른여섯 근이나 된다는 철 추鐵錘를 동여매는 것이었다. 봉룡은 눈앞이 아찔해지는 것을 깨달았다.

"자네, 이번에는 잘 던지세. 저번처럼 중도 바윗돌에 걸려서 보기 흉한 장사를 지내게 되면 또 전옥에게 꾸중을 받아야 하지 않겠나?"

"염려 말래도, 글쎄. 힘껏 한번 전줄렀다가* 획 하고 던지면 되는 것이야."

이윽고 봉룡이의 몸뚱이는 마치 그네를 탄 듯이 서너 번 흔들리자

"하나, 둘, 셋!"

하는 부르짖음과 함께 획 하고 허공중에 내던져졌다.

눈앞이 펑펑 돌았다. 서른여섯 근짜리 철 추가 봉룡의 다리를 무서운 기세로 끌고 내려가다가 이윽고 고막이 터져 나갈 것 같은 무서운 물소리와 함께 바다 밑으로, 바다 밑으로 자꾸만 끌리어 들어가는 봉룡이의 몸뚱이!

아아, 얼마나 깊이 들어갔을 때였던고? 정신을 차리지 못한 채 무거운 철 추를 따라 바다 밑으로 자꾸만 끌리어 들어가던 봉룡은 비로소 자기 손아귀에 쥐어진 조그만 칼을 생각하고 온갖 기력을 다하여 포대를 찢고 다리에 매달린 철 추의 끈을 끊어버렸던 것이니 아아, 행운이여! 바다에서 자라고 바다에서 살아온 봉룡이 아니었던고! 태양환의 선장 이봉룡은 황해 바다가 그리 무섭지는 않았다.

봉룡은 일단 물 밖으로 나와서 숨을 힘껏 들이키고는 다시 물속으로 들어갔다. 물속으로 들어갔다가는 다시 물 밖으로 나왔다. 들어갔다 나왔다, 들어갔다 나왔다 하는 동안에 감감히 바라다보이던 절벽 위의 등불이

---

* 전줄르다: 동작을 진행하다가 다음 동작에 힘을 더하기 위하여 한 번 쉬다. 한 발 내디디고 그 자리에서 한 번 발걸음을 구르고 다시 앞으로 나가다.

인제는 완전히 보이지 않을 만한 먼 거리로 헤엄쳐 나올 수가 있었다.

그러나 오늘 밤처럼 풍랑이 거센 날씨를 일 년 가야 한두 번밖에는 보지 못한 봉룡이었다. 하늘을 쳐다보니 검은 구름이 뭉게뭉게 떠오르고 새파란 번갯불이 무연한* 바다 위를 도깨비불인 양 환하게 비쳤다가는 다시 캄캄한 암흑의 세계로 변하곤 하였다. 이러한 날씨에 곧잘 난파선이 생기는 사실을 봉룡은 잘 알고 있다. 잘못하면 산더미 같은 물결과 함께 바다 속으로 지푸라기처럼 끌리어 들어가려는 봉룡이의 피로한 몸뚱이었다.

봉룡은 가만히 생각하였다. 남포 쪽으로 헤어 가기는 비교적 쉬운 일이었다. 그러나 그것은 무척 위험한 일이다.

'그렇다고 황해도 쪽으로 건너가는 것은 이 무서운 풍랑에 도저히 불가능한 일이 아닌가……? 아아, 하늘이여! 제가 받은 고통이 아직도 불충분하오니까……?'

봉룡은 마음속으로 하늘의 도우심을 기원하면서 마침내 황해도 쪽으로 건너가기를 결심하고 무서운 풍랑과 싸우기를 무려 다섯 시간— 그러나 일진일퇴, 기진맥진한 봉룡은 인제는 더 헤엄쳐 나갈 수가 없으리만큼 힘이 쪽 빠져버리고 말았다. 물결에 휩쓸려 들어가지 않고 다만 물 위에 떠 있기가 간신의 노력이었다.

'하늘은 나를 버리시었다!'

그는 가만히 눈을 감았다. 불쌍한 아버지의 얼굴이 망막에 떠오른다. 옥분이의 얼굴이 떠오른다. 봉룡은 다시 눈을 떴다.

그 순간 번쩍하고 번갯불이 비쳤다.

"아, 배다!"

* 무연하다: 아득하게 너르다.

틀림없는 한 척의 배가 풍랑과 싸우고 있는 것을 분명히 보았다!

그리고 봉룡은

"오오, 하늘이여!"

하고 미칠 듯이 외쳤을 때 번갯불이 또 번쩍하고 비쳤다.

약 천 미터가량 떨어진 곳에 돛을 거두고 모진 파도와 싸우고 있는 일엽편주가 떠 있지를 않는가!

"사람을 살리시오! 사람을 구하시오!"

봉룡은 목구멍에서 피가 나오도록 고함을 치며 있는 기력을 다하여 헤엄을 쳤다. 그때 배에서도 모기 소리와 같은 사람의 부르짖음이 들려왔다.

아아, 하늘은 마침내 봉룡을 저버리지는 않았던 것이니 정신을 잃은 봉룡이의 몸뚱이가 배에 끌리어 오른 것은 그로부터 약 십오 분 후의 일이었다.

아니, 하늘이 또 한 가지 봉룡을 도우신 일이 있다. 그것은 무려 다섯 시간이나 파도와 싸우는 동안 봉룡이가 입었던 죄수의 복장이 물결에 벗겨져 나갔다는 사실이었다.

이튿날 아침 봉룡이가 선실 자리 속에서 눈을 떴을 때는 거의 벌거벗었던 자기 몸에 비록 더럽히긴 했으나 통통한 솜 바지저고리가 입혀져 있었다.

"인제야 정신을 차렸나 보군."

선장인 듯한 사람이 웃는 얼굴로 봉룡을 바라보았다. 선장을 둘러싸듯이 세 사람의 선원이 눈앞에 있었다.

"그래, 대관절 어떻게 된 노릇인가?"

"어젯밤 풍랑에 배가 가라앉았습니다."

"그러면 자네도 뱃사람인가?"

"그렇습니다. 어렸을 때부터 이 황해 바다에서 자라난 뱃놈입니다."

봉룡은 어젯밤 풍랑에 배가 가라앉았다는 이야기를 그럴 듯하게 한 후에 감사의 뜻을 진심으로 표하였다. 선장을 비롯하여 선원들은 봉룡의 신분을 별로 의심하지도 않고

"그래, 뱃놈이 배를 잃어먹었으니 이제부터 뭘 할 작정인가?"

수길水吉이라고 불리는 친절한 선원이 봉룡이에게 먹을 것을 갖다 주며 동정을 표하였다.

"글쎄, 뭘 했으면 좋을는지 나도 알 수 없소."

하고 온순히 대답하였을 때 선장이

"그래, 황해 바다의 지리는 잘 아는가?"

"황해 바다는 우리 집 마당처럼 잘 알지요."

"응, 그래?"

하고 선장이 다음 말을 잇기도 전에 수길이는

"아, 선장, 그럼 우리 배에서 일을 시키면 어떻습니까?"

"글쎄, 어디 밖으로 나가서 한번 치*를 잡아보게."

이리하여 봉룡은 선장과 선원이 보는 앞에서 치를 잡았다. 선장이 가끔가다 이럭해라 저럭해라 명령을 하는 대로 봉룡은 태양환의 선장의 역량을 충분히 보였을 때 선장은 만족한 얼굴을 지었다.

"그만하면 상당한 역량일세. 당분간 우리 배에서 일을 보도록 하게."

"고맙습니다, 선장! 뱃일이라면 무슨 일이든지 사양치 않고 하겠습니다."

그날부터 봉룡은 이 황해환黃海丸의 일등 가는 치잡이**가 되었다. 사

---

* 치: 배의 방향을 조정하는 장치. '키'의 옛말.
** 치잡이: 배의 키를 조정하는 사람이나 배의 키를 조정하는 솜씨. 조타수操舵手. 키잡이.
를 조정하는 사람이나 배의 키를 조정하는 솜씨. 조타수操舵手. 키잡이.

람 된 품이 무척 순진하고 친절한 수길은 봉룡이의 그 능란한 치잡이를 무척 칭찬하였다.

봉룡은 치를 잡고 멀리 진남포 쪽을 물끄러미 바라다보면서 수길에게 물었다.

"오늘이 대체 며칠인가?"

"이월 이십팔일이 아닌가."

"이월 이십팔일?"

그렇다. 봉룡이가 경관에게 붙들려 간 것이 바로 이월 이십팔일이었다.

"그래, 올이 몇 년인가?"

"아니, 소화* 팔 년이지. 자네 그런 것도 모르나?"

"소화 팔 년……? 아니, 그러면 저 대정**은 죽었나?"

"하아, 이 사람이 정말 혼이 나갔나 보네그려."

"어젯밤 풍랑에 정신을 차릴 수가 없어서……."

봉룡은 빙그레 웃으면서 자기 나이를 따져보았다. 서른셋이다. 그러면 그동안 십사 년이라는 세월이 흘러간 셈이다.

아아, 십사 년! 그 순간 지금쯤은 자기를 황천객이라고 생각하고 있을 계옥분을 생각하였다. 그리고 자기를 저 무서운 해상 감옥으로 쓸어 넣은 장현도와 송춘식과 유동운의 얼굴이 번개같이 눈앞을 스치고 지나갔다.

'복수! 복수다!'

마음속으로 그렇게 부르짖고 있을 때 수길은 담배를 퍽퍽 피우면서

---

* 소화昭和: 일본의 연호年號 '쇼와'를 우리 한자음으로 읽은 이름. 히로히토裕仁(1901~1989) 천황이 재위하여 통치한 시대로, 1926년부터 1989년까지다.
** 대정大正: 일본의 연호年號 '다이쇼'를 우리 한자음으로 읽은 이름. 요시히토嘉仁(1879~1926) 천황이 재위하여 통치한 시대로, 1912년부터 1926년까지다.

"내일은 삼월 초하루! 조선이 독립을 하려다가 못한 날이야."

"뭐, 독립이라고?"

"아니, 이 사람이 삼일 운동을 모른다는 말인가?"

"삼일 운동?"

"아니, 지금으로부터 십…… 십일…… 십이…… 그게 기미년이니까 옳지, 바로 십사 년 전 삼월 일일에 조선 독립 만세 부르던 생각이 안 나는가?"

봉룡은 눈만 껌벅거리며 수길이의 얼굴만 덤덤히 쳐다볼 뿐이다.

'그럼 저 도산 선생이 유민세 씨에게 보내던 편지의 내용이 바로 그것이었던가……?'

봉룡은 인제야 모든 것을 알 것 같았다. 조선의 역사를 영원히 빛낼 삼일 운동에 있어서 태양환의 일 선원 이봉룡은 가장 큰 역할을 하였건만 봉룡 자신은 삼일 운동의 이름조차 모르고 있다는 아아, 이 너무나 가혹한 사실이여!

13. 진주도

봉룡이가 천행으로 구조를 받은 황해환으로 말하면 황해 일대를 중심으로 하는 밀수입선임을 봉룡은 알았다. 그러나 봉룡을 혹시 세관의 스파이나 아닌가 하고 의심하고 있던 황해환의 선장은 봉룡이가 하나의 뱃사람으로서 실로 놀랄 만큼 훌륭한 실력을 가진 것을 발견하고 영원히 황해환에서 일을 보아주기를 간곡히 청하였으나 봉룡은 봉룡이대로 가슴속 깊이 계획하는 일이 있기 때문에 그것을 완곡히 거절하고 석 달 동안만은 황해환에서 일을 보아주겠다고 약속을 하였던 것이다.

그러던 어떤 날 항해환이 신의주新義州에 도착하였을 때 봉룡은 문득 과거 십사 년 동안 한 번도 들여다보지 못한 자기의 얼굴을 한번 볼 셈으로 이전에는 자기가 곧잘 다니던 이발소를 찾아가서 머리와 수염을 깎았다. 친분이 있던 이발소 주인도 자기가 봉룡인 줄은 꿈에도 몰라본다.

'음, 이만했으면 충분하다!'

실상 봉룡이 자신도 거울 속에 보이는 그것이 정말로 자기의 얼굴인지를 알아볼 수 없으리만큼 변모되어 있었다. 열아홉 살 때 보고는 십사 년을 껑충 뛰어 서른세 살 먹은 자기의 얼굴이 봉룡은 좀처럼 자기의 얼굴이라고 믿어지지를 않았다. 캄캄한 지굴 속 감방에서 박쥐처럼 십사 년이라는 긴 세월을 흘려보낸 자기의 용모에는 무서운 고민으로 말미암아 육체적으로나 정신적으로나 전과는 딴판인 인상이 창백하게 아로새겨져 있지 않는가! 아아, 영원히 흘러간 봉룡이의 청춘이여! 아름다운 꿈이여! 용솟음치던 핏줄기여!

봉룡은 멀리 아득한 하늘가를 우러러보며 진남포 비석리 오막살이에서 수수죽을 먹고 있던 불쌍한 늙은 아버지를 생각하며 억낭틀 해변가에서 조개잡이를 하던 계옥분을 생각한다.

'옥분이, 죽었느뇨, 살았느뇨? 아버지, 불쌍한 아버지, 살아 계시나이까, 돌아가셨소이까?'

안타가운 가슴속과 뛰노는 마음은 천마天馬인 양 하늘을 달리건만 아아, 그러나 봉룡은 이미 옛날의 봉룡이 아니다. 우월 대사의 인생관과 모든 지식을 그대로 물려받은 이봉룡의 한 치도 못 되는 가슴속에는 실로 황해 바다의 천길만길의 깊이와도 같은 원려*의 척도尺度가 사리에 있는 것이다.

* 원려遠慮: 먼 앞일까지 미리 잘 헤아려 생각함. 멀리 떨어져서 근심하거나 걱정함. 또는 그런 근심이나 걱정. 원념遠念.

이리하여 뛰노는 가슴을 심호흡으로써 억제해가며 한 달을 지나고 두 달을 지나고 약속하였던 석 달이 거의 되어가는 무렵에 황해환의 선장은 어떤 날

"봉룡이, 그대는 황해 바다에서 나고 황해 바다에서 자란 몸! 황해 바다에 진주도라는 조그만 섬이 있는데 그대는 그 섬으로 올라가본 적이 있는가?"

하고 물었다.

"네? 진주도라고요?"

봉룡은 불현듯 그렇게 부르짖었다. 아아, 저 미치광이라는 말까지 들어가면서 진주도에 파묻힌 그 꿈과 같은 보물에 온갖 정열을 불태우던 불쌍한 우월 대사의 간곡한 유언이여!

'봉룡이, 어떤 일이 있을지라도 진주도를 잊어서는 아니 된다!'

하던 우월 대사의 최후의 한마디를 어찌 잊을 수 있으랴.

"멀리서 바라만 보았지 올라가보지는 못했습니다. 그러나 사람 하나 없는 무인도— 우리들이 장사하기에는 아주 적당한 장습니다."

"음, 그대는 과연 눈치가 빨라! 실은 이번엔 진주도에서 서로 물건을 바꾸어 싣기로 했네. 그러니까 내일 밤까지는 어떤 일이 있더라도 진주도까지 가지 않으면 안 되게 되었네."

선장은 그런 말을 하였다.

그 순간 봉룡의 마음에는 황금에 대한 이상한 정열이 용솟음치기 시작하였다. 기회는 제 발로 봉룡이 앞에 걸어오고 있었던 것이다. 봉룡은 치를 잡고 일로* 진주도로, 진주도로 향하여 갔다. 순풍과 희망을 한 아름 품은 넓은 돛은 푸른 물결을 헤치며 쉴 새 없이 싱싱 달아난다.

---

* 일로―路: 그렇게 되는 추세. 외곬으로 나가는 일.

이튿날 오후 목적지 진주도가 머나먼 수평선 위에 아득히 바라보일 때 봉룡은 치를 다시 선장에게 맡기고 자기는 뱃머리에 우뚝 서서 다가오는 진주도를 맞이하듯이 두 손을 힘껏 벌렸다.

진주도는 점점 눈앞에 커져온다. 거암 괴석巨巖怪石이 눈앞에 웅장하다. 밤 열 시에 황해환은 마침내 진주섬에 도착하였다.

봉룡은 누구보다도 먼저 뱃머리에서 뛰어내렸다. 만일 주위에 사람이 없었다면 봉룡은 그 거암 괴석을 두 손으로 쓸어안고 입을 맞췄을는지도 모른다.

약 한 시간 후에 배가 또 하나 들어왔다. 황해환이 물건을 바꾸어 실을 배였다. 그날 밤은 밤을 새워가면서 물건을 풀고 싣고 하였다.

이튿날 아침 봉룡은 산양山羊 사냥을 하겠다는 구실로 총 한 자루와 점심밥을 싸가지고 혼자 진주섬으로 올라갔다.

석 달 전까지도 다만 자유만을 희망하던 봉룡이었다. 그러나 지금의 봉룡은 자유만으로 만족할 수가 없었다. 그것은 봉룡의 죄가 아닐 게다. 신의 죄였다. 무한의 욕망을 인간에게 부여한 신의 죄다.

그러나 아무리 찾아도 동굴은 하나도 보이질 않았다. 한 시간만 있으면 황해환은 어떠한 일이 있어도 진주섬을 출발하지 않으면 아니 된다. 그러나 황해환이 세 시간을 기다렸으나 사냥을 간 봉룡이가 돌아오지 않으므로 하는 수 없이 사흘 후에 다시 마중 오겠다는 편지와 식량을 남겨놓고 출발하지 않으면 안 되게 되었다. 봉룡은 그 편지를 보고 사흘 동안에는 어떡해서라도 그 보물의 동굴을 발견하지 않으면 안 되었다.

그러나 사흘까지 가지 않았다. 봉룡은 그 이튿날 저녁 무렵에 우월 대사가 말하던 문제의 동굴을 마침내 발견하였다. 유언장에 씌어 있는 소위 '제이의 동굴 맨 끝'을 발견하였던 것이다.

봉룡은 일종의 불안과 끝없는 환희와 오싹하는 전율을 온몸에 느끼

면서 총 끝으로 제이의 동굴 맨 끝 한구석을 파내기 시작하였다. 이리
하여 약 세 시간을 걸려 깊이 석 자, 넓이 두 자의 땅을 파냈을 때 총 끝
이 텅 하고 무슨 나무로 만든 상자 같은 것에 부닥치는 소리를 들었다.

"오오!"

봉룡은 그렇게 부르짖으면서 그 상자의 뚜껑을 총 끝으로 열었다.

"오오! 주여!"

봉룡은 주를 찾지 않을 수 없었다. 밤하늘에 한데 뭉친 수많은 별처
럼 찬연히 빛나는 금은보석이 봉룡이의 눈앞에 쌓여 있지 않는가!

상자는 세 칸으로 나뉘어 있었다. 한 칸에는 금화, 한 칸에는 지금, 또
한 칸에는 진주와 금강석과 홍옥*, 녹옥**이 넘치듯이 가득 차 있었다.

봉룡은 마치 실신한 사람처럼 멍하니 보물 상자 앞에서 얼마 동안을
서 있다가 다음 순간 그는 컴컴한 동굴 안을 어린애처럼 뛰어다니기를
시작하였던 것이니 아아, 이것이야말로 지나간 십사 년 동안 쓰라림을
맛본 이봉룡의 불행의 대상***인지도 모를 게다!

"오오, 이것이 꿈이뇨, 생시뇨?"

봉룡은 그때야 비로소 자기가 물질적 행복의 절정에 선 것을 깨닫지
않을 수 없었다.

그리고 다음 순간 그 황홀 찬란한 수많은 보물 위에 마치 필름처럼
빠른 속도로 명멸하는 몇 개의 얼굴을 봉룡은 분명히 보았던 것이니 그
것은 옥분이의, 아버지의, 장현도의, 송춘식의, 그리고 유동운의 얼굴들
이었다.

* 홍옥紅玉: 붉은빛을 띤 단단한 강옥鋼玉. 루비ruby. 홍보석紅寶石. 홍보옥紅寶玉.
** 녹옥綠玉: 크롬을 함유하여 비취색을 띤, 투명하고 아름다운 녹주석綠柱石. 녹옥석綠玉石. 녹주옥綠柱
玉. 에메랄드emerald. 취록옥翠綠玉. 취옥翠玉.
*** 대상代償: 상대편에게 끼친 손해에 대한 보상으로, 그것에 상당하는 대가를 다른 물건으로 대신 물어
줌. 남을 대신하여 갚아줌. 보상補償.

14. 유언 집행자

봉룡은 이 황홀 찬란한 보물 상자를 언제까지나 멍하니 바라보다가

"자아, 황금은 쥐었다! 다음에는 권력이다!"

하고 외치면서 상자에서 보석류를 주머니에 가득 넣은 후에 보물 상자는 다시 전대로 흙을 덮어두고 동굴을 나왔다.

황해환이 다시 봉룡을 맞이하고자 진주섬을 찾아온 것은 그들의 약속대로 사흘 후였다.

"아, 배 떠날 시간도 잊어버리고 사냥에 미쳐서 돌아다니다가 그만 길을 잃어버리고 말았습니다."

봉룡은 그렇게 변명을 하고 산양 세 마리를 선장 앞에 내놓았다. 누구 한 사람 봉룡을 의심하는 이는 없었다.

사흘 후 황해환이 다시 신의주에 도착하였을 때 봉룡은 그중 조그만 금강석을 한 개 팔아서 자기가 그중 신용할 수 있는 황해환의 선원 수길이에게 조그만 발동선을 한 척 사주면서

"수길이, 이 발동선을 타고 진남포로 가서 비석리에 살던 이형국李亨國이라는 노인과 억냥틀에 살던 계옥분이라는 여자가 어떻게 되었는지 그 두 사람의 소식을 알아가지고 곧 진주섬으로 돌아오게. 나는 거기서 자네를 기다릴 테니까."

그리고 봉룡은 자기가 선원이 된 것은 결코 되고 싶어서 된 것이 아니라 가족들과 마음이 맞지 않아서 집을 뛰어나왔다는 말과 이번 신의주엘 와보니 하나밖에 없던 삼촌이 세상을 떠났기 때문에 자기가 적잖은 재산을 상속하였다는 말을 하였다.

"글쎄, 아무리 봐도 뱃사람 같지는 않더니만…… 헤에, 그래요?"

수길은 한편 놀라며 한편 친구의 행운을 무척 축복하면서 진남포를

향하여 뱃머리를 돌렸다.

그리고 봉룡은 선장에게도 이 뜻을 전하고 고용 관계를 끊어버린 후 곧 안동*으로 건너가서 육만 원이라는 거액을 던져 한 척의 훌륭한 쾌속선을 사가지고 일로 진주섬을 향하여 돛을 달았다.

이리하여 다시 진주섬에 도착한 봉룡은 동굴 속에 매장되어 있는 재물을 전부 배에 싣고 수길이가 진남포에서 돌아오기를 기다렸다.

한 주일 만에 수길은 돌아왔다. 그러나 수길이의 입으로부터 보고된 것은 모두 슬픈 사실뿐이었다.

"이형국이라는 노인은 벌써 세상을 떠났답니다."

"음! 그리고 계옥분이라는 여자는?"

"계옥분이라는 여자는 아무리 물어보아도 행방조차 알 길이 없습니다."

"음!"

아버지가 세상을 떠났을 컷이라는 것은 봉룡이도 이미 짐작한 일이었다. 그러나 옥분은 대체 어떻게 되었을꼬……?

"오냐! 자아, 수길이, 뱃머리를 진남포로 돌려라!"

봉룡은 극히 엄숙한 어조로 명령을 하였다.

그리고 사흘 후 봉룡이의 호화선은 남포 어귀에 마상魔像인 양 솟아 있는 해상 감옥의 벼랑 밑을 지나 항구 안으로 부살**같이 들어갔다.

"아아, 저 무서운 벼랑 턱!"

그 높다란 벼랑 위에서 자기의 몸뚱이가 바닷바람을 헤치고 쏜살같이 떨어져 내리는 광경을 머릿속에 그림 그려보며 몸을 부르르 떨었다.

봉룡은 마침내 부두에 상륙하였다. 아아, 얼마 만에 밟아보는 남포의

---

* 안동安東: 안둥. 중국 랴오둥遼東 반도에 있는 단둥丹東의 예전 이름.
** 부살: 불살. 불화살. 화전火箭.

땅인고!

"십사 년! 십사 년!"

봉룡은 천천히 걷기를 시작하였다. 한 발자국 한 발자국이 새롭고 강렬한 감격을 가지고 봉룡의 가슴을 오주주하니 덮어 누른다. 소년 시대의 모든 감격과 반가운 추억이 영원히 사라질 줄을 모르는 듯이 한 조각 한 조각 널려져 있는 부두 근처! 아버지가 수수죽을 자시던 비석리 오막살이 초가집 앞까지 다다랐을 때는 봉룡은 그만 오그라질 듯한 슬픈 감격에 쓰러질 것 같았다.

대문을 들어서서 아버지가 계시던 방을 찾았다. 그러나 거기에는 어떤 가난한 젊은 부부가 살고 있었다. 그 젊은 부부의 승낙을 얻고 방 안을 둘러보았다. 아버지가 누워 계시던 저 아랫목! 그 불쌍한 노인은 저 아랫목에서 돌아오지 않는 아들의 이름을 부르면서 최후의 숨을 들이켰을 것이다!

"아아, 아버지!"

봉룡의 눈에서 주먹 같은 눈물이 자꾸만 자꾸만 흘러내렸다.

이윽고 봉룡은 이 집 주인이던 박돌이라는 포목상을 하던 사람은 지금 어디를 갔느냐고 주인에게 물었더니

"아, 그이는 지금 진지동眞池洞 바로 앞거리* 한길 가에서 조그만 여인숙을 경영하고 있습지요."

하고 대답하였다.

봉룡은 그 자리에서 이 오막살이를 자기에게 팔아달라고 청하면서 시가의 배나 되는 금액을 내놓았다. 주인은 눈을 둥그렇게 뜨며 그것을 승낙하였을 때 봉룡은 아버지 방에서 살고 있는 가난한 젊은 부부를 향

* 앞거리: 가운데 큰길을 끼고 있는 거리.

하여

"자아, 오늘부터 이 집은 내 집이 되었소. 그리고 당신네들은 넓은 안채로 들어가 사시고 그 조그만 방만은 그대로 비워두어 주시면 고맙겠습니다."

그리하여 또 젊은 부부를 놀라게 하였다.

그날 저녁 사람들은 이 고마운 신사가 억낭틀 어떤 조그만 어부의 집을 방문하여 한 시간 이상이나 옛날 이야기를 자꾸만 캐묻더라는 말을 하였으며 그 이튿날은 그 가난한 어부들에게 어선 세 척과 고기잡이 그물을 열 개 사 보냈다는 마치 신화 같은 이야기로써 해 지는 줄도 몰랐다.

그 이튿날 아침 평양행 열차가 진지동 역에서 멎었을 때 검은 승려복을 입은 한 사람의 점잖은 사나이가 개찰구를 빠져나와 앞거리 한길 가에 있는 금강 여인숙金剛旅人宿을 찾아 들어갔다.

"여기 박돌이라는 사람이 계시지 않습니까?"

"예, 예, 제가 바로 그 박돌이올시다."

"아, 그러면 당신이 이전에 진남포 비석리에서 포목 가게를 보던 분인가요?"

"그렇습니다. 바로 제가…… 그러나 벌써 옛날 일이지요. 자아, 어서 안으로 들어오시지요. 원, 방이 다 누추해서……."

박돌이는 그러면서 이 점잖은 승려를 안으로 모시었다. 손님은 방 안과 뜰 안에 널려 있는 이 가난한 살림살이 도구들을 흥미 있는 눈으로 한 번 둘러보았다. 그리고 그는 시장하다 하여 박돌의 아내가 가져오는 상밥*을 한 상 차려다 먹으면서

"그래, 밥장사는 벌이가 괜찮으시오?"

| * 상床밥: 반찬과 함께 상에 차려서 한 상씩 따로 파는 밥. 상반床飯.

하고 물었다.

"웬걸요, 그저 겨우 입에 풀칠이나 하지요. 아시다시피 밥술이나 착실하게 얻어먹으려면 이 세상에선 우리처럼 정직해가지곤 안 되지요, 안돼요."

"그러나 결국 정직한 사람에게는 복이 있을 것이고 악한 사람에게는 벌이 있는 법이오."

"홍! 말씀 맙쇼. 정직한 사람은 하루 세 끼 입에 풀칠도 잘 못하는 게 이 세상입죠."

박돌이는 그러면서 먼 산을 바라보며 코웃음을 하였다.

"그럴 리가 있겠소? 가만 계시오. 내가 오늘 여기를 찾아온 것은 결국 정직한 사람에게는 복이 있다는 증거를 보여드리고자 온 것입니다."

"예? 뭣이라고요?"

박돌은 놀란다.

"가만 계시오. 먼저 당신이 바로 내가 찾고자 하는 분인지 아닌지를 확실히 알아야 하겠소."

"그것은 또 무슨 말씀입니까?"

"당신은 저 기미년 만세 전후에 살아 있던 이봉룡이라는 사람을 혹시 아는지……?"

"이봉룡이라고요……? 아, 알고말굽쇼! 봉룡이로 말하면 내 절친한 친구였지요."

박돌은 두 눈을 호기심에 번쩍거리며

"그래, 그 봉룡일 아십니까? 아직 살아 있습니까? 자유로운 몸이 되었습니까? 어서 좀 알려주십시오! 이거 원, 봉룡이를 아신다니……."

박돌은 무척 반가워한다.

"죽었습니다. 감옥에서 죽었지요."

"죽었다고요……?"

박돌은 저고리 소매로 눈물을 씻으며

"그것 보시오! 하느님은 악한 사람만 귀여워하고 봉룡이처럼 착한 사람을 그처럼……."

"당신은 봉룡일 그처럼 좋아하셨소?"

"예, 예, 좋아하고말굽쇼! 한때는 나도 봉룡의 행복을 약간 질투한 적은 있지만도…… 그러나 그 후부터는 그 불행한 봉룡이를 생각하면…… 아아, 불쌍한 봉룡이……! 그래, 당신은 그이를 아십니까?"

"알지요. 나는 허국보許國保라는 교회사*인데 그이가 사형을 당하여 옥사하기 직전에 내가 그의 최후의 영혼을 위로해준 사람이오."

"그러세요? 허국보 선생이시라고요?"

박돌은 눈물을 손등으로 씻는다.

"네, 그런데 한 가지 이상한 것은 그는 제가 죽을 때까지 무슨 죄로 체포를 당했는지를 모르고 죽었지요."

"그렇습니다, 그렇습니다! 봉룡이는 그것을 몰랐을 것입니다!"

"음, 그래, 그이가 죽으면서 하는 말이 무슨 죄로 자기가 붙들려왔는지 그 원인을 나더러 좀 알아달라고요. 실은 봉룡이와 같은 감방에 있던 어떤 수인이 병으로 죽을 때 봉룡이가 친혈육처럼 친절히 간호를 해준 은혜를 갚는다고 하면서 몰래 가지고 있던 금강석을 봉룡이에게 주었지요. 그 금강석으로 말하면 시가로 약 오만 원 이상의 가치가 있는 것인데……."

"오만 원이라고요?"

박돌은 타오르는 것 같은 두 눈을 번쩍거리면서 조급히 물었다.

---

* 교회사敎悔師: 잘 가르치고 타일러서 지난날의 잘못을 깨우치게 하는 스승. 그러한 교도矯導 일을 맡아보는 성직자.

"바로 이것인데……."

하고 허국보는 주머니에서 조그만 밤알만 한 금강석을 박돌의 눈앞에 내놓았다. 휘황한 광채가 방 안을 밝히는 것 같았다.

"헤에, 이것이 오만 원이라고요? 그래, 당신이 바로 봉룡이의 상속인으로 되셨습니까?"

"아닙니다. 나는 다만 봉룡이의 유언 집행인일 따름이고…… 봉룡이가 죽으면서 하는 말이 자기에게는 세 사람의 친구와 한 사람의 약혼자가 있었다고요. 그리고 그 네 사람으로 말하면 확실히 자기를 위해서 친절히 해준 사람인데 그중 한 사람이 박돌이라는 사람이지요."

박돌은 감격의 나머지 몸을 부르르 떨었다.

"그리고 한 사람은 장현도라는 사람이고 또 한 사람은 송춘식이라는 사람이라고요."

"송춘식이라고요? 장현도라고요? 흥! 그래, 그이들이 저 불쌍한 봉룡이에게 친절히 했다고요?"

그 순간 박돌의 입가에는 그 어떤 악마적인 웃음이 빙그레 떠올랐다. 그러나 승려는 그것을 못 본 척

"그래, 이 금강석을 다섯으로 쪼개서…… 아니, 그의 부친은 벌써 돌아갔으니까 넷으로 쪼개서 약혼자 옥분이와 박돌 씨와 장현도와 송춘식과 ― 이 네 사람에게 노나주라는 유언을 나에게 하였지요. 그래, 나는 그 유언대로 집행할 임무가 있는 것입니다."

그러면서 허국보는 박돌을 유심히 쳐다보았을 때 박돌은 넷으로 쪼개지 않으면 아니 될 그 번쩍거리는 금강석을 한없이 탐내는 눈치로 중얼거렸다.

"흥! 송춘식과 장현도가 친절히 하였다고요? 흥!"

"왜 그러시오? 만일 송춘식과 장현도가 봉룡이에게 친절히 하지 않

았다면 이 금강석은 당연히 두 쪽으로 나누어서 당신과 옥분이만이 상속을 받을 권리가 있지요."

그때 부엌 문밖에서 이런 말을 듣고 있던 박돌의 아내가

"여보! 무슨 또 쓸데없는 이야기를 하려는 거요?"

하고 쨍하니 고함을 쳤다.

박돌은 고만 그 소리에 후닥닥 놀라며 아내를 돌아다보았다.

검은 승려복을 입은 이 허국보라는 손님— 그가 봉룡이 그 사람인 것을 영리하신 여러분은 물론 벌써부터 짐작하였을 것이다.

15. 부침浮沈

"그래, 그 봉룡이의 아버지 되는 사람은 정말 죽었소?"

하고 봉룡은 말머리를 돌렸다.

"암, 정말이고말굽쇼. 생각하면 불쌍하게 죽었습지요."

"그래, 그 노인이 죽을 때 일을 아시는가요?"

"아, 알고말고요. 나처럼 똑똑히 아는 이는 글쎄, 한 사람도 없지요."

"무슨 병으로 죽었습니까?"

"의사는 뭐, 위장병이라고 하지만 내 눈으로 본 것을 말하면 굶어 죽었지요, 굶어 죽었어요!"

"엣……? 굶어 죽었다고요?"

봉룡은 그만 후닥닥 몸을 일으키지 않을 수가 없었다.

"굶어 죽다니?"

봉룡은 눈앞이 아찔해진다. 가슴패기가 짜개지는 것 같다.

'오오, 불쌍한 아버지!'

봉룡은 마음속으로 그렇게 부르짖었다.

"그러면 그 노인은 그처럼 사람들의 동정을 못 받았다는 말이오? 개나 돼지에게도 한술 밥을 던져주는데……."

"하기야 세상 사람이 다 그랬을 리야 없지요. 저 태양환의 선주 모영택 씨와 옥분이만이……."

"그럼 저 송춘식이라는 사람도 역시 노인을 돌보지 않았다는 말이오?"

"흥! 자기 아내에게 반해서 줄줄 따라다니는 사나이를 친구라고 부르는 봉룡이가 가엾지요. 불쌍한 봉룡이! 결국 아무런 것도 모르고 죽은 것이 봉룡이에게는 행복하지요. 그러나 산 사람의 원한보다도 죽은 사람의 저주가 더한층 무섭다지 않아요?"

"아, 대관절 송춘식이라는 사람이 봉룡이에게 무슨 못할 짓을 했기에 그럽니까?"

봉룡은 조급한 마음을 억제하면서 외면으로는 천연하게 물었다.

"흥! 말씀 맙쇼. 봉룡이가 한번 살아 나와서 그 원수들이 어떻게 됐는지 제 눈으로 좀 보았으면 좋겠어요. 흥! 그런 것을 그래도 친구라고 죽을 때까지 잊지 않고 선물을 보내는 봉룡이가 불쌍하고 어리석지요. 아니, 그보다도 그들로 말하면 인젠 그 조그만 선물 같은 것은 눈여겨보지도 않게 됐답니다."

"그럼 그들은 그렇게 돈들을 많이 모았습니까? 그처럼 지위가 높아졌습니까?"

"아니, 당신은 아직도 그것을 모르십니까?"

"모릅니다! 좀 자세한 것을 알려주실 수 없습니까?"

그때 박돌의 아내가 또 남편의 입을 막는다.

"그래, 당신 맘대로 해요. 나중에 무슨 일이 생기든지 난 모르겠소!"

그 말에 그만 박돌은 또 멈칫해졌다. 그것을 본 봉룡은 태연하게

"말씀을 안 해도 괜찮습니다. 아니, 나는 도리어 당신의 그 신중한 태도를 존중하지요. 자아, 그러면 그런 이야길랑 인제 그만하고 나는 내 책임만을 다하면 그만이니까…… 자아, 그러면 이 금강석을 팔 수밖에……."

"팔다니요?"

"팔아서 다섯이서 나눌 수밖에 없으니까."

박돌은 그때 아내를 불렀다.

"여보, 이 금강석 좀 와 봐요. 이 금강석의 오분지 일은 우리 것이 된다니까, 글쎄."

"아이, 참 예쁘기도 하다! 오분지 일이라고요?"

"그렇습니다."

하고 봉룡은 말을 받아

"그러나 봉룡의 아버지는 죽었으니까 사분지 일이 되지요."

"사분지 일이라고요? 그래, 사람을 모함에 넣어서 무서운 감옥으로 보낸 그런 사람들을 당신은 친구라고 여기시오?"

이번엔 여편네가 반대를 한다.

"그러기에 말이야. 원수를 동무라고 생각하는 것은 하느님의 뜻을 배반하는 것이지 뭐야."

그때 봉룡은 금강석을 다시 주머니 속에 넣으면서

"자아, 그러면 그이들의 주소를 좀 알려주시오. 그이들을 찾아가서 나는 나대로 나의 책임을 다하여야만 될 테니까ㅡ."

그 말을 듣는 박돌이와 그의 아내는 눈이 동그래졌다. 자기 수중에 제 발로 굴러들어온 이 오만 원짜리 보석을 수중에서 놓칠 것 같아서 마음을 졸인다.

"잠깐만…… 잠깐만 계시오. 내가 알고 있는 이야기는 죄다 할 텝니다."

그러면서 박돌은 봉룡의 소매를 잡아 앉히었다.

이리하여 박돌이는 다음과 같은 기나긴 이야기를 시작하였던 것이다.

"그런데 무엇보다 먼저 이런 말이 제 입에서 나왔다는 말씀만은 제발 말아주십시오."

"그건 글쎄, 염려 마시오."

"어째 그러냐 하면 그들로 말하면 나 같은 사람은 새끼손가락만 하나 달싹거리면 파리 새끼 죽이듯, 죽여버려요. 글쎄. 아주 서울에서도 쩡쩡 울리는 사람들이지요."

"그건 글쎄, 걱정 마시오. 나로 말하면 한 개의 승려의 몸으로서 다른 사람의 참회를 듣는대도 내 마음속에 가만히 간직해둘 법에 달렸지 함부로 그것을 입 밖에 내지는 않으오."

박돌은 비로소 마음을 놓았다는 듯이 다음과 같은 긴 이야기를 하였다.

봉룡이가 경관에게 체포를 당하던 날 저녁 모영택 씨와 옥분이가 유동운을 만나 사정을 하였으나 아무런 효과도 없었다는 이야기, 옥분이는 그길로 노인을 찾아가서 억낭틀 자기 집으로 모셔가고자 하였으나 노인은 그것을 거절하면서

'나는 이 집을 떠나면 아니 된다. 내 불쌍한 아들은 세상의 누구보다도 나를 사랑한다. 내 아들이 만일 감옥에서 나오면 그는 맨 먼저 나를 만나러 뛰어올 것이니 내가 만일 여기서 기다리지 않으면 내 아들이 얼마나 낙망을 하겠느냐?'

그러면서 끼니도 딱 끊어버리고 밤을 새워 느껴 울던 이야기, 그리고 어떤 날 옥분이에게

'옥분아, 봉룡은 인젠 죽었을 게다. 우리들이 봉룡을 기다리는 것이 아니고 봉룡이가 저세상에서 우리들을 기다리고 있을 게다. 나는 행복하다! 나는 누구보다도 먼저 봉룡일 만날 수 있는 것이니까……'

하던 이야기, 옥분이와 모영택 씨는 매일처럼 찾아왔었으나 다른 이들은 별로 노인을 찾아오는 이가 없었다는 이야기, 그러는 동안에 생활이 궁해져서 전당포 사람들이 보따리를 갖고 드나들던 이야기, 모영택 씨가 노인의 궁핍한 생활을 도와주려고 하였으나 원래 청렴한 노인은 그것을 굳이 거절하였기 때문에 노인이 거의 굶어 죽다시피 하던 날 저녁 모영택 씨는 자기의 돈지갑을 몰래 선반 위에 놓아두고 나간 이야기를 쭉 한 후에

"이것이 하늘의 뜻이라면 하는 수도 없는 일입죠만 모두가 사람들의 무서운 모함으로 만들어진 일이기 때문에 더한층 불쌍하다는 말입니다."

그러는 박돌이의 말을 받아서 봉룡은

"그러면 대체 누가 봉룡일 감옥으로 쓸어 넣고 봉룡의 부친을 그처럼 굶겨 죽였다는 말이오?"

"송춘식과 장현도— 하나는 계집 때문에, 또 하나는 욕심 때문에…… 송춘식은 봉룡일 독립단의 한 사람이라고 밀고를 했습지요. 장현도가 왼편 손으로 쓴 고소장을 송춘식이가……"

"그러면 언제 어디서 그 고소장을 썼단 말이오?"

"억낭틀 한길 가 주막에서 썼습지요."

그 말을 듣던 봉룡은

'그렇다! 저 우월 대사의 말이 꼭 맞았었구나!'

하고 마음속으로 부르짖었다.

"실은 나도 그 자리에 있었습니다만 놈들은 나에게 술을 자꾸만 먹여 놓고…… 아아, 생각만 하여도 무서운 일이지요. 만류하는 나에게는 농담

128

이라고만 그러고…… 이튿날 봉룡이가 경관에게 체포되어 갈 때에 나는 모든 것을 고백하려 하였습니다만 놈들은 나를 무섭게 협박하며……."

박돌은 머리를 숙였다.

"잘 알았소. 당신은 그저 그들이 하는 대로 내버려두었다는 말이지요?"

"예, 그것이 늘 마음에 걸려서……."

"알았소. 당신은 모든 것을 정직하게 말해주셨소. 그런데 태양환의 선주 모영택 씨의 이야기를 좀 하여주시오."

"모영택 씨는 실로 훌륭한 분이었지요. 그 후 여러 번 봉룡일 위하여 석방 운동을 하였습니다만 도리어 당국으로부터 의심을 받게까지 되었답니다. 노인이 죽는 날 선반 위에 놓고 간 돈지갑으로 남의 빚을 갚고 장례를 남과 같이 할 수 있었지요. 그때 놓고 간 지갑은 지금 제가 갖고 있습니다. 수박색 모본단*으로 만든 좋은 지갑이지요."

"그러면 그 모영택 씨는 지금 살아 있는가요?"

"살아 있지요. 그러나 모든 것은 운명이지요. 그처럼 쩡쩡 울리던 모영택 씨도 그 후 은행의 파산을 세 번이나 겪고 이태 동안에 다섯 척이나 되는 배가 풍랑을 만나 파선을 하고요. 지금은 저 불쌍한 봉룡이가 타고 다니던 태양환이 한 척 남았는데 운수가 불길하여 태양환마저 풍랑을 겪게 되면 모영택 씨는 하는 수 없이 자살이라도 하여버릴 수밖에 별도리가 없는걸요."

"그러면 그 불쌍한 모영택 씨에게도 아들딸이 있는가요?"

"아들 하나 딸 하나가 있지요. 하늘이란 착한 자를 망케 하고 악한 자를 돕는가 봅니다. 저 장현도만 보더라도……."

| * 모본단模本緞: 곱고 윤이 나며 여러 가지 무늬가 놓인 중국 비단의 하나.

"아, 정말 장현도는 어떻게 됐는가요? 그놈이야말로 제일 악한 자가 아니었소?"

"장현도는 그 후 진남포를 떠나 만주로 가서 관동군*에 붙어 다니면서 한밑천 잘 잡아가지고서는 그것으로 토지 매매를 비롯하여 아편 장사, 금 밀수 등 갖은 못할 노릇을 다 하였지요. 지금은 서울 장안에서도 손을 꼽는 은행가로서 쩡쩡 울리는 백만장자랍니다."

"허어! 쩡쩡 울리는 은행가! 상당한 출세를 하였군요. 그래, 장현도는 지금 행복한가요?"

"행복하느냐고요? 돈이 있어서 행복하다면 장현도야말로 행복한 사람일는지 모르지요."

"그럼 송춘식은 또 어떻게 되었는가요……? 돈도 없고 교육도 없는 고기잡이꾼이던 그가 어떡해서 또 그처럼 훌륭한 인간이 됐다는 말이오?"

"그러기에 말이지요. 그의 과거에는 무슨 알지 못할 비밀이 있는 것 같아요. 송춘식이로 말하면 지위와 재산과— 이 두 가지를 다 갖춘 인간이 됐답니다."

"허어, 무슨 옛말 같습니다그려!"

봉룡이에게는 정말 믿어지지 않는 하나의 허황한 옛이야기와도 같았다. 그는 다시금 재산과 지위를 아울러 갖추었다는 송춘식의 과거를 듣고자 박돌이의 이야기에 귀를 기울였다.

---

*관동군關東軍: 관둥저우關東州에 주둔했던 일본 육군 부대. 1905년 러일 전쟁에서 승리한 일본이 러시아의 조차지租借地인 랴오둥 반도를 인수하여 관둥저우와 남만주 철도의 권익 보호를 명분으로 창설하였다. 일본이 제2차 세계대전에서 패전하면서 해체될 때까지 만주 침략과 대륙 진출의 중추적 구실을 담당했다.

16. 이십만 원의 채권

"자아, 그럼 이번에는 송춘식이에 대한 이야기를 어서 좀 들려주시오."

하고 봉룡은 박돌을 재촉하였다.

"예, 송춘식으로 말하면 아니, 송춘식이의 과거를 아는 사람은 하나도 없지요. 그의 과거에는 그 어떤 이상야릇한 비밀이 숨어 있는 것 같습니다만 그 비밀이 무엇인지를 좀처럼 알아볼 수가 없습니다."

"그러나 표면에 나타난 대강한 경력 같은 것이야 모를 리가 있겠소?"

"네, 그것은 알 수 있지요. 송춘식은 장현도보다도 좀 더 먼저 만주인가 북지*인가로 건너가서, 바람결에 들려오는 소식을 주워 모아보면은 어떤 때는 해외에 있는 조선 혁명 투사의 일원으로서 활동한다는 말도 간혹 들은 것 같고 또 어떤 때에는 중국 국민당에 속해 있다는 말도 들렸고 또 어떤 때는 일본 관동군에서 일을 본다는 말도 들은 것 같고요. 도무지 정체를 걷잡을 수가 없을 만큼 그의 과거는 그 어떤 비밀에 싸이어 있었답니다."

'이야기가 점점 가경**으로 들어가는걸!'

박돌이의 입으로부터 흘러나오는 송춘식의 과거야말로 봉룡이에게 있어서는 하나의 커—다란 신비가 아닐 수 없었다.

"그러는 동안에 송춘식의 손에는 점점 돈이 모여든 모양인데…… 그가 조선으로 돌아오기 바로 직전에는 상해에 있는 조선인 거부로서 유명한 강병호康秉浩 씨의 앞에서 일을 보고 있었지요. 강병호 씨로 말하면 해외에 있는 조선 동포들을 위하여 많은 사회사업을 하신 분이지요. 아

---

* 북지北支: 화베이華北. 중국의 북부 지방.
** 가경佳境: 한창 재미있는 판이나 고비.

시다시피 강병호 씨는 암살을 당하였습니다. 그런데 강병호 씨는 죽기 전에 송춘식이의 공로를 표창하기 위하여 막대한 금액을 남겨주었지요. 송춘식은 그 돈을 가지고 조선으로 돌아와 지금은 가회동嘉會洞 호화로운 저택에서 총독 부럽지 않게 산답니다."

봉룡은 모든 것이 꿈과 같았다.

"그래, 저…… 저, 계옥분은 어떻게 됐나요? 봉룡이가 그처럼 사랑하던 계옥분…… 행방불명이 됐다던가 안 됐다던가 하는 계옥분……."

"행방불명이라고요? 하하하……."

"그럼 옥분이도 한 재산 만들었는가요?"

"지금은 서울서도 쩡쩡 울리는 귀부인이 됐답니다."

"귀부인이라고요?"

"말씀 마십쇼. 옥분이도 처음에는 봉룡이를 잃어버리고 무척 울었지요. 그러나 아무리 기다려도 돌아오지 않는 봉룡이를 일 년 반 동안이나 기다리는 동안에 만주로 건너갔던 송춘식이가 돌아왔었지요. 송춘식이로 말하면 옥분이에게는 봉룡이 다음에는 이 세상에서 제일 믿고 사랑할 수 있는 사람이었지요. 봉룡이를 죽은 줄로 안 옥분이는 그해 오월에 송춘식과 결혼을 하였습니다. 송춘식은 행복하였지요. 그러나 항상 봉룡이가 돌아올 것을 무척 무서워하였습니다. 그래서 그는 옥분이를 데리고 출세의 지반을 닦아놓은 만주로 건너갔습니다."

"그러면 그 후 옥분이를 못 만나보았습니까?"

"장춘*서 한 번 만나봤었지요. 그때는 벌써 일곱 살 먹은 아들이 있었습니다. 그때 옥분이는 열심히 아들의 교육을 시키고 있었지요."

"아들의 교육을 시킨다고요? 봉룡이의 말을 들으면 옥분이는 아무것

---

* 장춘長春: 창춘. 중국 지린 성吉林省의 성도省都. 1934년 만주국滿洲國이 성립되면서 신징新京으로 개칭, 수도가 되었다.

도 모르는 어부의 딸이었다고 하던데요?"

"천만에! 그것은 봉룡이가 아직 옥분일 잘 몰라본 때문이지요. 옥분이는 송춘식과 결혼한 후 자기의 행운이 점점 커감에 따라 음악과 회화를 비롯하여 모든 것을 배웠습니다. 그러나 아무리 생각해도 옥분인 행복한 사람이 못 되지요. 옥분이가 봉룡이를 전혀 잊어버릴 수가 있다면 모르지요만 그렇지 못하다면……."

봉룡은 잠깐 동안 눈을 살그머니 감았다가 다시 뜨면서

"그러면 저 유동운 씨는 그 후 어떻게 되었나요?"

"그이는 내 동무가 아니니까 잘 알 수 없지요. 그저 듣건대 봉룡이가 체포를 당해 간 지 얼마 후에 오붕서 씨의 딸과 결혼을 해가지고 곧 진남포를 떠나 뭐, 해주로 갔다던가요? 자세히는 모르지만도 아마 무척 행복한 몸이 되었겠지요. 결국 나 혼자만이 이처럼 맷국이 조르르 흐르는 살림살이를 하고 있습지요. 사람이 정직하다는 것은 확실히 하나의 죄악일 수밖에 없을 줄 압니다."

"절대로 그렇게 생각해서는 안 되지요. 하늘은 꼭 선과 악의 구별을 할 것이오."

그러면서 봉룡은 주머니에서 아까 그 금강석을 꺼내어 박돌이에게 주면서

"자아, 이 금강석을 받으시오. 이것은 당신의 것이오."

"엣, 나 혼자의 것이라고요?"

"그렇소."

"농담이시겠지요?"

"농담이 아니오. 이것은 봉룡이의 친구들이 나누어 가질 성질의 것입니다만 지금 말씀한 것을 들어보니 봉룡이에게는 단 한 사람밖에는 동무가 없다는 것을 알았소. 그러니까 이것을 나눌 필요는 없습니다. 자아,

이 금강석을 갖고 가서 팔면 적어도 오만 원은 될 것이니 그만했으면 당신도 하늘의 도움을 받으신 분이오."

"오오, 당신은…… 나중에 이르러서 농담을 삼으려는 것이 아니오니까?"

"나는 승려의 몸이오. 더구나 지금은 농담을 할 때가 아닙니다. 자아, 어서 받아두시오."

봉룡은 입가에 미소를 띠면서

"그 대신 모영택 씨가 봉룡의 아버지의 방에 놓아두고 간 그 수박색 모본단 지갑을 나에게 줄 수 없을까요?"

"아, 그까짓 것쯤이야……."

박돌은 안으로 들어가서 절반 이상이나 퇴색한 비단 지갑을 갖고 왔다.

"이것입니다."

"그러면 이것을랑 나를 주시오."

"네네, 드리고말굽쇼."

"그러면 나는 이만하고 가겠소. 그 금강석이 당신의 살림살이를 조금이라도 돕는다면 그 이상 더 큰 기쁨은 없는 것이오."

그러면서 봉룡은 아니, 승려 허국보는 밖으로 나와 박돌이의 수없이 숙이는 인사를 간단히 받아넘기는 것이었다.

박돌은 멀리 손님의 뒷그림자가 사라질 무렵까지 멍하니 바라보다가

"여보!"

하고 아내를 불렀다.

"나 이 길로 남포로 가서 이 금강석이 진짠지 가짠지 한번 알아보고 오리다. 오만 원! 오만 원! 이게 원, 꿈이 아닌가……?"

그러면서 박돌은 모자를 뒤집어쓰고 당황한 걸음으로 정거장을 향하

여 거닐고 있었다.

그 이튿날 봉룡은 모영택 씨의 채권자의 한 사람인 최성문崔盛文이라
는 사람을 남포로 찾아갔다.

이 최성문이라는 사람으로 말하면 언젠가 봉룡이가 해상 감옥 지굴
감방에 있을 때 찾아왔던 형무 검찰관으로서 봉룡을 위하여 감옥의 기록
을 조사하여준 비교적 선량한 관리였다.

"처음 뵙겠습니다. 저는 이러한 사람입니다."

봉룡은 그러면서 한 장의 명함을 꺼내 최성문 씨에게 주었다. 거기에
는 '상해 교역 은행上海交易銀行의 사원 허달준許達俊'이라고 씌어 있었다.

"오늘 찾아온 것은 다름이 아니라 우리 상해 교역 은행과 다년간 거
래가 있는 모 상회가 요즈음 파산 상태에 이르렀다고 하는데 그것이 사
실인지 어떤지 좀 정확한 것을 알아볼 셈으로요."

그랬더니 최성문 씨는 절망의 표정을 얼굴에 지으며

"사실입니다. 나는 사재 약 이십만 원의 채권을 갖고 있는데 이것이
돌아오지 않으면 나의 앞길은 암흑입니다. 모 상회에는 지금 태양환이라
는 배가 단 한 척밖에는 남지 않았지요. 두 주일 동안에 태양환이 돌아오
지 않으면 모 상회는 파산입니다. 그렇게 되면 아마도 그처럼 청렴결백
한 모영택 씨는 자살을 할는지도 모르지요."

"잘 알겠습니다. 그러면 당신이 갖고 계시는 이십만 원의 채권을 내
가 사겠습니다."

"뭐요? 당신이……."

최성문은 극도로 놀라면서도 한편 무척 기뻐하였다.

"그렇습니다."

그러면서 봉룡은 주머니에서 지폐 뭉치를 꺼내놓았다.

"그러나 당신이 이 채권을 사신대도 그 절반이나 당신의 손으로 돌아

가면 다행일 것입니다. 그것을 미리 짐작하여주십시오."

"그것은 우리 상해 교역 은행의 문제지요. 저는 다만 한 사람의 사원으로서 현금을 가지고 모 상회의 채권을 사들이면 그만이니까요. 그러나 수수료만은 주셔야겠습니다."

"아, 수수료야 두말할 것 있겠습니까? 할인도 없는 현금 지불이신데……"

"그런데 제가 여기서 수수료라는 것은 다른 것이 아니고 형무 검찰관이신 당신이 갖고 계시는 감옥의 수인 명부를 좀 보여주시면 좋겠습니다. 실은 나를 어렸을 적부터 길러주신 우월 대사라는 중이 해상 감옥에서 죽었다고 하는데…… 거기 대해서 좀 자세한 것을 알았으면 하고요."

"아, 저 미치광이 중 말씀입니까? 가만 계십시오. 내 일건 서류를 가지고 오겠습니다."

최성문 씨는 받지 못할 줄 알았던 이십만 원의 돈이 현금으로 자기 수중에 돌아올 수 있는 기쁨에 곧 뛰어나가 서재로부터 일건 서류를 갖고 들어왔다. 그리고 이봉룡이라는 과격한 사상범이 우월 대사의 시체 대신 포대 속에 들어가 교묘하게 해상 감옥을 탈출한 사실을 쭉 이야기한 후에

"그러나 그 봉룡이라는 자는 해상 감옥이 무덤이 수십 길 수백 길이나 되는 바다 속인 줄은 꿈에도 몰랐었지요. 그는 발목에 서른여섯 근이나 되는 철 추를 달고 바다 밑으로 끌리어 들어가서 고기밥이 되어버리고 말았습니다."

형무 검찰관의 입으로부터 그런 말을 들으면서 봉룡은 우월 대사의 기록이 씌어져 있는 페이지를 펼쳤다.

그러나 봉룡의 목적은 우월 대사가 아니었다. 그는 그 서류 가운데서 자기의 성명 삼 자를 발견하려는 것이 목적이었다.

"아, 이 사람이 바로 그 물고기 밥이 된 사람이로군요!"

그러면서 봉룡은 자기에 관한 일건 서류를 심심풀이인 듯이 펼쳐 보았다.

거기에는 고소장, 신문서, 모영택의 신청서, 유동운 검사 대리의 의견서 등이 있었다. 그리고 맨 마지막 장에 다음과 같은 글이 씌어 있었다.

이봉룡— 과격한 독립단원. 삼일 만세 소동에 있어서 상해 가정부와 사이에 연락을 도모한 자. 엄중한 감시하에 극비밀히 감금할 것.

그것은 틀림없는 유동운의 필적이었다.

봉룡은 그 이상 더 이 서류를 필요로 하지 않았다. 최성문 씨가 이십만 원의 지폐를 세고 있는 사이에 봉룡은 자기가 경관에게 체포되기 바로 전날— 즉 기미년 이월 이십칠일 저녁 억냥틀 한길 가 주막에서 장현도의 손으로 된 이 고소장을 슬그머니 자기 주머니에 쓸어 넣는 것을 이 집 주인은 알 리가 없었다.

17. 비운

실로 사람의 운명이란 알 수 없는 일이었다. 하늘은 어이하여 악한 자를 돕고 선한 자를 물리치시는고?

해산물 무역상으로서 남포 바닥을 쩡쩡 울리던 모 상회는 결국 하늘이 돕지 않은 까닭에 기울어져갔다. 십여 척의 무역선이 하나하나씩 모두 풍랑에 가라앉고 인제는 단 하나 남은 희망이라고는 중국 무역을 간 태양환이 예상대로 장사를 하여가지고 무사히 돌아오기를 기다리는 것밖에 없었다.

그처럼 많던 사무원들도 인제는 하나하나씩 모 상회를 떠나가고 늙은 회계 한 사람과 모영택 씨의 딸과 약혼을 한 고영수高永秀 청년 한 사람이 쓸쓸히 드넓은 사무실을 지키고 있었다.

그러한 어떤 날 상해 교역 은행의 사원 허달준이가 모영택 씨를 찾아왔던 것이니 여러분은 이미 전번 형무 검찰관 최성문 씨의 응접실에서 이 허달준이란 인물이 이봉룡 그 사람의 변성명*인 사실을 알고 있을 줄로 믿는다.

허달준은— 아니, 이봉룡은 모 상회에 한 발을 들여놓자 가슴이 터질 것 같아 견딜 수가 없었다. 몰락의 일로를 일직선으로 굴러 내려오고 있는 비참한 광경을 눈앞에 본 까닭이었다.

오십에 가까운 모영택 씨의 쇠잔**한 얼굴에는 깊고 어두운 우수의 빛이 도사리고 있었다.

"모 상회의 곤경은 저번 형무 검찰관의 입으로 대략 들었습니다. 만일 최후의 한 줄기 희망인 태양환이 무사히 돌아오지 못하는 경우에는……."

그때 모영택 씨는 신음하듯이

"파산입니다! 모 상회는 파산 선고를 하는 수밖에 별도리가 없습니다!"

"그러나 이러한 경우에 당신을 구해줄 만한 친구는 없습니까?"

"없습니다. 장사에는 친구라는 것이 없습니다."

"음!"

하고 봉룡은 깊은 신음을 하지 않을 수 없었다.

"하여튼 우리 상해 교역 은행에서 사들인 당신에 대한 채권 중 아까

---

* 변성명變姓名: 성과 이름을 다른 것으로 고침. 또는 그렇게 고친 성과 이름.
** 쇠잔衰殘: 쇠하여 힘이나 세력이 점점 약해짐.

말씀 드린 최성문 씨의 채권 이십만 원의 기한이 내달 보름날인데 그날까지 지불할 능력이 있겠습니까?"

"최선의 노력을 다하겠습니다. 그러나 모든 것은 태양환이 무사히 돌아오느냐 안 돌아오느냐에 달렸습니다."

그때 문이 왈칵 열리며 모영택 씨의 딸 인애仁愛가 뛰어 들어왔다.

"아버지! 태양환이…… 태양환이……."

하고 부르짖으며 종잇장처럼 하―얗게 변한 핏기 없는 얼굴을 아버지 품 안에 파묻었다.

"뭐, 태양환? 아니, 태양환이 또 가라앉았다는 말인가?"

"네……."

"그래, 태양환에 탔던 선원들은 어떻게 됐다더냐?"

"선원들은 무사히 돌아왔어요. 지나가던 배에 구원을 받았대요."

"음! 인명의 손실이 없다니 다행이다! 손해는 나 혼자만이 짊어지면 그만이니까. 으음!"

모영택 씨의 얼굴도 딸의 얼굴 이상으로 창백하다. 운명이 모영택 씨에게 최후를 선고한 것이다.

그때 구사일생으로 간신히 목숨을 건진 태양환의 선원들이 기운 없이 들어왔다. 모두 헐벗은 몸에다 극도의 피곤으로 말미암아 기진맥진한 태도로 모 선주 앞에 머리를 숙이었다.

"면목 없습니다. 남지나해*에서 모진 풍랑을 만나……."

그중 나이가 많은 광삼光三이라는 늙은 선원 한 사람이 다른 선원들을 대표하여 태양환의 최후를 상세히 설명한 후

"우리들은 무엇보다도 태양환을 사랑하였지요. 그러나 아무리 태

---

*남지나해南支那海: 남중국해南中國海. 중국 화난華南 지방의 남쪽에 걸쳐 있는 해역.

양환을 사랑한다고 하여도 제 목숨이 더 귀중하여서…… 저희들은 만 사흘 동안을 물 한 모금 먹지 못하고…… 처음에는 그래도 태양환과 함께 죽을 것을 각오했습지요만 그러나 결국 목숨이 아까워서…… 용서하십시오. 면목이 없습니다!"

이 광삼이라는 늙은 선원은 그러면서 여러 번 머리를 숙이고 허리를 굽혔다. 모영택 씨는 잠자코 듣고 있다가

"그대들은 실로 훌륭한 선원들이다! 그러나 모든 것은 운명이니 하는 수 없는 일이다. 자아, 인제는 나에게는 돈도 없고 배도 없다. 오늘부터 나는 그대들의 선주가 될 자격이 없어진 몸이야. 그러니까 그대들은 내 옆을 떠날 수밖에 없이 되었어! 배 없는 선주가 있을 수 없는 것과 마찬가지로 배 없는 선원이 있을 리 있겠나? 여러분, 수고가 많았소!"

불쌍한 모영택 씨의 처량한 최후의 선고였다. 선원들은 머리를 숙이고 그중에는 주먹으로 눈물을 씻는 자도 한두 사람 있었다. 그것은 실로 비참한 광경이었다.

"자아, 인애야, 너도 인젠 안방으로 들어가거라. 나는 이분과 아직 이 야기가 끝나지 않았으니까."

선원들의 뒤를 따라 인애는 응접실을 나가면서 상해 교역 은행의 사원의 얼굴을 애원하는 듯한 가련한 눈동자로 한번 조용히 쳐다보았다. 허달준은 아니, 봉룡은 그 눈물 어린 귀여운 소녀의 얼굴을 가는 미소와 함께 바라보았다. 그리고 그 미소는

'귀여운 소녀여! 과히 염려를 마시오!'

하고 속삭이는 것 같았으나 인애가 그런 의미를 알아차릴 리는 만무하다.

"보시는 바와 같습니다. 저로서는 이상 더 무엇이라고 말씀 드릴 말을 갖지 못하였습니다."

하고 모영택 씨는 상대편을 침울한 얼굴로 바라보았다.

"잘 알았습니다. 당신의 불행은 말하자면 당신의 힘으로는 어찌할 수 없는 불가항력의 불행임을 잘 알았습니다. 그래서 나로서는 될 수 있는 한 당신에게 힘을 빌려드리고자 생각하고 있습니다."

"예? 뭣이라고요……?"

"나는 당신의 채권자로서 누구보다도 유력한 사람 가운데 하나라고 생각합니다. 적어도 단기 지불의 수형*의 소유자로서……."

"그렇습니다. 제일 급한 것은 당신이 갖고 계시는 수형입니다."

"그러면 당신은 나에게 지불 기한의 연기를 희망하지 않으십니까?"

"아아!"

하고 모영택 씨는 감탄을 하면서

"그렇게만 해주신다면…… 연기를 하여주신다면 저는…… 저는 다시 소생할 수가 있습니다! 저의 명예는 예전대로 보존할 수가 있습니다."

"그러면 얼마 동안의 연기가 필요하십니까?"

"두 달만 연기하여주시면 고맙겠습니다."

"그러면 넉넉히 잡고 석 달 동안의 여유를 드리겠습니다. 오늘이 유월 오일! 그러면 석 달 후, 즉 구월 오일 오전 열한 시에 제가 다시 당신을 찾아뵙겠습니다."

"고맙습니다. 만일 그날 그 시각에 지불을 못 하게 되는 경우에는…… 아마 저는 살아 있지 않을 것입니다!"

그러나 모영택 씨가 입속으로 속삭인 이 최후의 한마디는 분망奔忙히 자리를 일어서는 봉룡이의 귀에는 들리지를 않았다.

---

* 수형手形: 일정한 금액을 일정한 날짜와 장소에서 치를 것을 약속하거나 제삼자에게 그 지급을 위탁하는 유가 증권. '구권矩券' 또는 '어음'의 일본 말.

"그러면 후일 다시 뵙겠습니다."

"네, 고대하고 있겠습니다."

봉룡이가 모영택 씨와 인사를 하고 사무실 밖을 나섰을 때 모영택 씨의 딸 인애가 수심 띤 얼굴로 손님을 기다리고 있다가

"여보세요!"

하고 애원하는 목소리로 불렀다.

"아, 모 선생의 따님이시지요?"

"네…… 그런데……."

"아, 잠깐만 기다리시오. 제가 당신께 한마디 부탁할 말이 있습니다."

"무슨 말씀이신데……."

"후일 당신께 어떤 사람으로부터 한 장의 편지가 올 것입니다."

"편지가요?"

"그렇습니다. 편지가 오면 당신은 만사를 제치고 그 편지에 쓰인 대로 실행을 하여주실 것을 저에게 약속할 수가 있겠습니까?"

"네, 약속하겠습니다―."

"맹세하시겠습니까?"

"네, 맹세하겠습니다!"

"그러면 되었습니다. 그럼 안녕히 계십시오. 언제까지나 지금처럼 마음과 몸이 다 함께 어여쁜 아가씨대로 계시기를 바랍니다!"

그 한마디를 남겨놓고 봉룡은 인애와 헤어져 한길로 나오다가 늙은 선원 광삼이를 도중에서 만났다.

"아, 잠깐 나를 따라오시오. 나는 당신께 한마디 할 말이 있습니다."

하고 봉룡은 무엇을 생각했는지 모 상회의 충실한 늙은 선원 광삼이를 이끌고 어디론가 사라져버리고 말았다.

"나에게도 다시 운명의 행복이 돌아오려는 것이 아닌가?"

하고 모영택 씨는 생각하였다.

그러나 한편 상해 교역 은행이 이처럼 모 상회를 위하여 막대한 호의를 보여주는 것이 아무리 생각하여도 이상하였다. 그러나 그 이상한 이유를 모영택 씨는 좀처럼 쉽사리 풀 수가 없었다.

진남포 상업계에서는 모 상회는 도저히 다시 일어날 수 없을 만큼 결정적 파산 상태에 빠진 줄을 뻔히 알고 있었기 때문에 그중 중요한 채무의 하나가 석 달 동안 연기된 사실은 꿈에도 모르고 월말 지불이 예전대로 까딱없이 되어나가는 것을 보고는 모두들 놀라지 않을 수 없었다.

한편 모영택 씨는 자금 조달을 위하여 밤낮을 가리지 않고 사면으로 분망히 뛰어다녔다. 그러나 옛날의 신용을 그대로 유지할 수는 없었다. 구십 일 수형을 은행에서는 거절을 하게 되었다.

그 후 상해 교역 은행의 사원 허달준은 한 번도 모 상회를 찾은 적이 없었다.

태양환의 선원들은 모두 제각기 뿔뿔이 헤어지고 말았다.

이리하여 모영택 씨가 사방 팔면으로 활동을 계속한 탓으로 팔월 말의 지불도 간신히 넘겨버렸으나 구월 오일의 상해 교역 은행에 지불할 이십만 원의 자금은 아직 턱도 대지를 못하였다.

생각 끝에 모영택 씨는 서울 장현도를 찾아가서 신용 보증을 간청하였으나 보기 좋게 거절을 당하고 돌아왔다. 장현도 같은 인간에게까지 머리를 숙인 모영택 씨로서는 인제는 자기 힘으로 할 수 있는 일은 다 한 셈이었다. 인제는 정말 천운을 기다리거나 그렇지 않으면 삼십 년 동안 남포 바닥의 신상*으로서의 명예를 죽음으로써 보존할 수밖에 별도리가 없었다.

| *신상紳商: 상인 가운데 상류층에 속하는 점잖은 상인.

'인제는 정말 우리 집안도 최후의 막다른 골목에 다다랐다!'

그렇게 생각한 모영택 씨의 부인은 딸 인애와 상의한 결과 평양 의학전문에 다니는 아들에게 곧 집으로 돌아오도록 편지를 띄웠다.

이리하여 불안과 절망과 비탄에 잠긴 채 마침내 약속의 날 구월 오일의 전날 밤을 맞이하였다.

그날 밤 모영택 씨는 자기 방에 쇠*를 잠그고 밤늦게까지 책상에 마주 앉아 열심히 그 무엇을 기록하고 있었던 것이니 그것은 그가 세상을 하직할 때에 남겨놓을 한 장의 긴 유서였다.

18. 복수의 맹세

깊은 재밤중** 아버지가 방에다 자물쇠를 잠그고 유서를 쓰고 있을 때 문밖에서는 딸 인애와 어머니가 날이 밝도록 문틈으로 방 안을 들여다보고 있었다.

그리고 그날 밤은 무사히 지났다.

날이 밝았다. 이십만 원의 수형을 지불하지 않으면 아니 될 약속의 날 구월 오일 아침이었다. 이날 오전 열한 시 정각에 저 상해 교역 은행의 사원이 모영택 씨를 찾아올 것이다.

그날 아침 모영택 씨는 전과 다름없이 침착한 태도로 아침 식사를 마치고 다시 자기 방으로 들어가버린 지 얼마 후 어떤 보지 못하던 사나이 한 사람이 인애에게 편지 한 장을 갖고 왔다.

"저, 모영택 씨의 따님이신가요?"

---
* 쇠: 자물쇠.
** 재밤중: 한밤중.

"네, 그렇습니다."

"이 편지를 읽어보십시오."

그러면서 사나이는 손에 쥐었던 편지를 인애에게 내주면서

"속히 읽어보십시오. 당신의 부친의 운명에 관한 중대한 일입니다."

그 말을 들은 인애는 곧 봉투를 뜯었다. 거기에는 다음과 같은 글월이 적혀 있었다.

이 글월을 보시는 대로 곧 비석리 십오 번지로 가서 그 집 안방에 사는 관리인으로부터 열쇠를 달래가지고 자물쇠를 잠가놓은 뜰아랫방을 열고 들어가면 그 방 선반 위에 수박색 모본단 지갑이 하나 놓여 있을 터이니 그것을 부친께 갖다 드리도록 하시오. 갖다 드리되 어떤 일이 있을지라도 오늘 열한 시 전에 갖다 드려야만 될 것이오. 그리고 그대는 맹목적으로 소생의 명령에 복종하기를 약속한 사람이라는 것을 잊어서는 아니되오.

인애는 편지에서 눈을 들고 이 이상한 편지를 갖고 온 사나이를 찾았으나 그때는 벌써 그 사나이는 어디론가 자태를 감추어버린 후였다.

인애는 무슨 영문인지를 몰랐으나 그러나 그 어떤 알 수 없는 하나의 커―다란 기적이 자기네 집안을 찾아온 것이 아닌가 하였다.

인애는 시계를 쳐다보았다.

"아홉 시 십오 분! 그렇다, 열한 시까지는 아직 한 시간하고 사십오 분이 남았다!"

그렇게 부르짖으며 소녀는 부리나케 외출복으로 갈아입고 집을 뛰쳐나갔다.

인애가 부리나케 집을 뛰쳐나간 지 조금 후 평양 의학 전문학교에 다

니는 인애의 오빠 인규仁奎가 조그만 손가방을 들고 헐레벌떡 들어섰다.

"아, 인규야!"

모 부인은 달려가자 아들의 몸뚱이를 부여잡았다.

"어머니! 대체 어떻게 된 일입니까? 편지에 쓰인 것이 모두 사실입니까?"

아들은 눈물 어린 어머니의 얼굴을 멍하니 바라보았다.

"그렇다. 모든 것이 사실이다. 오늘 열한 시까지 이십만 원을 지불하지 못하면 아버지께서는 파산 선고를 하지 않으면 안 되게 되었다."

"그러나 어머니, 집의 사정이 이처럼 절박한 줄도 모르고…… 저는 그저 학교만 제일이라고……."

아들은 그때야 비로소 자기 집 경제 상태가 어떻게 절박된 것인지를 알았다.

"아버지!"

하고 부르짖으며 아버지의 방으로 뛰어 들어간 아들은 그 순간 아버지의 손에 쥐어진 한 자루의 권총을 발견하고 놀랐다.

"오오, 인규냐!"

모영택 씨는 들었던 권총을 천천히 내리었다.

"아버지, 집의 사정을 왜 좀 더 미리 저에게 알리어주시지를 않으셨습니까? 원망스럽습니다!"

"음…… 인규야, 면목 없는 일이다! 모 상회의 모영택은 삼십 년 동안 단 한 번도 사람과의 약속을 저버린 적이 없는 사람이었다. 그러나 이번만은 어쩌는 수가 없게 되었다. 나의 피는 나의 신용을 영원히 보장할 것이다! 인규야!"

"네?"

"아버지의 말을 알아듣겠느냐?"

"아버지, 잘 알아모셨습니다!"

"그러면 그대는 아버지가 죽은 후 어린 동생과 어머니를 모시고 아버지 대신 힘껏 일을 해야만 한다!"

"아버지, 염려 마십시오! 삼십 년 동안 지니고 오신 아버지의 명예를 훼손치 않도록 노력할 결심이오니 아버지, 안심하시고 세상을 하직하십시오!"

아아, 이 아버지에 이 아들이 있음이 어찌 우연한 일일 것이랴!

꽉 다문 청년의 입술에는 무서운 결심의 빛이 알알이 떠올랐다. 그는 그때까지 손에 들었던 사각모에서 모표*를 떼어버렸다.

"아버지, 오늘부터 저는 학생의 몸이 아니올시다!"

모영택 씨는 그러한 아들을 믿음직히 바라보고 섰다가 이윽고 아들의 손을 꽉 잡으며

"과연 모영택의 아들이로다!"

"아버지, 안심하고 돌아가십시오!"

아버지와 아들의 손과 손이 꽉 잡힌 채 언제까지나 언제까지나 떨어질 줄을 몰랐다.

"그러면 아버지, 최후로 제게 남겨놓으실 말씀은 없으십니까?"

"한 가지 있다."

"그것을 말씀하여주십시오."

"음, 그것은 다른 것이 아니라 상해 교역 은행이 단 한 집, 무슨 이유에선지는 몰라도 이십만 원의 지불 기한을 석 달 동안이나 연기하여주었다. 그 사나이가 오늘 열한 시— 아아, 십 분밖에는 남지 않았구나! 열한 시 정각에 그 사나이가 올 터이니 집에 있는 돈을 모조리 거두어 모아서

| * 모표帽標: 모자에 붙이는 일정한 표지. 모자표帽子標.

그이에게 지불을 하여라. 그리고 그 사람에게는 이 아버지를 대신하여 잘 치사*를 하여라."

"네!"

시계의 바늘은 쉴 없이 정각 열한 시를 향하여 걸어가고 있다.

"자아, 그러면 너는 저편 방으로 건너가거라."

"아니올시다! 저는 여기서 아버지가 세상을 하직하시는 그 훌륭하신 광경을 보겠습니다!"

"음, 훌륭한 내 아들이다!"

모영택 씨는 한참 동안 아들의 얼굴을 뚫어질 듯이 바라보고 있다가 이윽고 권총을 들어 바른편 이마 위를 겨누었다.

"인규야!"

"네?"

"상해 교역 은행의 사원이 문밖에 찾아오는 그 순간이 아버지가 세상을 하직하는 순간인 줄로 알라!"

"네!"

모영택 씨는 머리에 권총을 갖다 댄 채 조용히 눈을 감고 상해 교역 은행의 사원의 발자국 소리가 문밖에서 들리기를 가만히 기다리는 것이었다.

무심한 시계는 일 초 일 초 정각 열한 시를 향하여 걸어가고 있다. 그리고 열한 시까지는 나머지 이 분!

바로 그때였다. 문밖에 사람의 발자국 소리가 요란스럽게 나면서

"아버지, 아버지!"

하고 부르짖으며 뛰어 들어온 것은 한 손에 수박색 모본단 지갑을 든

---

* 치사致謝: 고맙고 감사하다는 뜻을 표시함.

딸 인애였다. 인애는 권총을 든 아버지를 보자

"앗, 아버지! 안 됩니다! 이것을 보십시오! 이 지갑 속의 수형을 보십시오! 금강석을 보십시오!"

"뭐, 금강석……?"

아버지와 아들은 이구동성으로 그렇게 부르짖지 않을 수 없었다.

이윽고 딸의 손에서 지갑을 받아 쥔 모영택 씨는 그것이 옛날 자기가 갖고 있던 지갑인 것을 발견하고 놀랐다. 그리고 그 지갑에는 벌써 다 지불된 이십만 원의 수형과 대추알만 한 한 개의 휘황찬란한 금강석이 들어 있었고 그 보석을 싼 흰 양피지羊皮紙에는 '인애 양의 결혼 비용'이라는 여덟 자가 기록되어 있었다.

바로 그때 벽에 걸린 시계가 땡땡 열한 시를 쳤다.

"아니, 이것이 대체 어떻게 된 노릇이냐? 인애야, 빨리 이야기를 하여라!"

모영택 씨는 자기가 지금 허황한 꿈속에서 헤매는 것 같은 하나의 기적을 눈앞에 보고 그렇게 외쳤다.

인애는 전후사연을 아버지께 찬찬히 이야기한 후에 비석리 십오 번지 오막살이 초가집 뜰아랫방 선반 위에서 이 지갑을 가져왔다는 말을 하였을 바로 그때 또 한 가지의 커―다란 기적이 모영택 씨를 찾아왔던 것이니 그것은 지금 문밖에서

"태양환이다! 태양환이다! 바다 속에 가라앉았던 태양환이 돌아왔습니다!"

하고 부르짖는 사람들의 목소리였다.

"뭐, 태양환이……?"

모영택 씨는 미친 듯이 외치며 한길로 뛰어나갔다. 그 뒤를 따라 나가는 아들과 딸과 부인과―.

그것은 실로 모영택 씨뿐만 아니라 남포 부두에 일어난 이야깃거리와도 같은 커—다란 기적이 아닐 수 없었다.

보라! 남지나해 깊은 바다 속에 가라앉았다던 태양환이 태산 같은 물건을 한 뱃짐 싣고 지금 남포 항구에 푸른 물결을 헤치면서 천천히 입항을 하지 않는가!

"으와, 으와, 태양환이다!"

"그렇다! 틀림없는 태양환이다!"

태양환이 침몰되었다는 소식을 들은 부두의 상인들은 저마다 손을 내저으며 부르짖기를 마지않았다.

석 달 전에 어디론가 뿔뿔이 헤어졌던 선원들이 그대로 고스란히 태양환 갑판 위에서 두 손을 미친 듯이 흔들고 있었다. 그리고 뱃머리에 우뚝 서서 사람들의 환호성에 답례를 하듯이 두 손을 번쩍 쳐든 것은 충실한 늙은 선원 광삼이 노인이었다.

"오오, 하늘이시여! 하늘은 이 모영택을 정말로 도우시려는 겁니까? 그렇지 않다면 어찌 바다 속에 가라앉은 태양환을 다시 저의 손으로 돌려보내시나이까? 꿈이올시다!"

모영택 씨가 그러면서 부들부들 떨리는 몸뚱이를 사랑하는 딸과 아들에게 내맡긴 채 멍하니 태양환을 맞이하고 있을 때 저편 창고 뒤에 몸을 숨기고 이 감격에 찬 광경을 물끄러미 바라보고 선 점잖은 신사가 한 사람 있었던 것이니 그 신사야말로 여러분도 이미 짐작할 수 있는 이봉룡 그 사람이었다.

석 달 동안에 봉룡은 늙은 선원 광삼이 노인을 시켜서 파선된 태양환과 꼭 같은 배를 짓게 하였을 뿐 아니라 실었던 짐까지도 꼭 같은 물건을 새로이 사서 싣게 함으로써 옛날의 은인 모영택 씨로 하여금 오늘의 기적을 갖도록 하였던 것이다.

"고매한 정신의 소유자 모 선생이여! 사랑하는 아들딸을 데리시고 행복하소서. 선생의 음덕陰德이 세상에 나타나지 않은 것과 마찬가지로 오늘날의 소생의 사소한 감사의 마음도 표면에 나타나지 않기를 비나이다!"

혼잣말로 그렇게 중얼거리는 봉룡의 얼굴에는 한량없는 기쁨과 비길 데 없는 행복이 가득 차 있었다.

그러나 다음 순간 봉룡의 입으로부터 흘러나온 한마디는 이러하였다.

"자아, 인제부터는 복수! 복수! 복수다!"

19. 진주도 주인

'자아, 인제부터는 복수다! 나의 청춘을 저 캄캄한 해상 감옥의 지굴 감방 속으로 장사시킨 악마 장현도, 송춘식, 유동운이여!'

침몰되었다던 태양환이 다시 푸른 물결을 힘차게 헤치며 남포 항구로 입항하던 날 흥분된 부두의 군중 속 한편 구석에서 복수귀復讐鬼 이봉룡이가 이렇게 혼잣말로 중얼거린 지도 어언간 칠 년이 되었던 것이니 아아, 그 칠 년 동안을 봉룡은 대체 어디서 무엇을 하고 있었으며 무엇을 생각하고 무엇을 계획하고 있었던고?

그렇다. 봉룡은 다만 하나의 자연스러운 기회를 기다리고 있었을 따름이었다. 그리고 마침내 기회는 왔다! 이제부터 복수귀 이봉룡이— 아니, 백진주白眞珠 선생이라고 부르는 한 사람의 이상한 인물이 서울 장안에 나타나서 권력가요 금만가*인 세 사람의 악마— 장현도와 송춘식과

---

* 금만가金萬家: 많은 돈을 가진 사람. 재력가財力家. 재산가財産家.

유동운을 상대로 하여 전개시키는 한 폭의 황홀 찬란한 복수도復讐圖를 여러분께 소개하고자 하노라.

세상 사람들이 백진주 선생이라고 반드시 선생의 존칭으로 부르는, 사십의 고개를 한두 살 넘어선 듯한 한 사람의 이상한 인물이 서울 장안에 나타나서 장안의 인기를 독차지하게 되었던 것이니 마치 여자의 이름과도 같은 성명 삼 자를 가진 백진주 선생이라는 인물이 서울 장안 상류 계급에 나타나게 된 동기부터 이야기하지 않으면 아니 될 필요를 느끼는 바이다.

그것은 1940년 경진庚辰 초겨울의 일이었다. 다시 말하면 시국적으로는 구라파*에서 제이 차 세계대전이 발발한 이듬해였고 동아東亞에서 미일 전쟁이 일어난 바로 전해였다.

서울 장안에서도 상류 계급에 속하는 두 사람의 청년 송준호宋準豪와 그의 학우 신영철申永徹은 그해 크리스마스의 하룻밤을 호화로운 국제도시 상해에서 보내기로 약속을 하였다.

그러나 성탄제까지는 아직 한 달이나 남았기 때문에 여행을 좋아하는 송준호 청년은 만주와 북지를 거쳐서 성탄제 전날 밤 상해 카세이 호텔**에서 신영철과 만나기로 약속을 하고 먼저 여정에 오른 것은 벌써 한 달 전의 일이었다.

송준호— 그렇다, 이 송준호야말로 이제부터 전개될 이 황홀 찬란한 이야기에 있어서 가장 중요한 인물 중의 한 사람— 진남포 억낭틀에서 고기잡이를 하던 송춘식이를 아버지라고 부르고 계옥분을 어머니라고 부르는 청년이었다.

그리고 그의 친구 신영철로 말하면 저 기미년 만세 직전에 동지를 배

* 구라파歐羅巴: '유럽Europe'을 음역한 이름.
** 카세이 호텔: '화성火星 호텔'의 일본 말 발음.

152

반했다는 이유로 그 어떤 혁명 투사의 손에 걸려 암살을 당한 신상욱 판사의 아들이라는 사실만을 잠깐 말하여 두고 다음 이야기로 총총히 붓끝을 옮기려 한다.

스포츠를 좋아하는 신영철— 스포츠 가운데서도 특히 사냥을 즐겨 하는 신영철 청년은 눈이 내리자 노루 사냥, 멧돼지 사냥을 싸돌아다니다가 성탄제를 한 주일 앞두고 엽총을 어깨에 멘 채 인천서 조그만 상선 진주환眞珠丸을 탔다.

신영철이가 인천서 상해로 직항하는 정기 항로를 취하지 않고 진주환이라는 조그만 상선을 탄 데는 한 가지 이유가 있었다. 그것은 인천 부두 근방에 있는 어떤 주막에서 우연히 진주환의 선장이라는 사람을 만나서 한 잔 두 잔 술잔이 왔다 갔다 하는 사이에

"아, 상해로 가신다면 우리 진주환으로 가시지요. 도중에 진주섬에나 들러서 노루 사냥이나 좀 하시고."

하는 바람에 신영철은 홀딱 반해서

"진주섬에는 그처럼 노루가 많은가요?"

"아, 많고말고요. 하루쯤 노루 사냥을 하신대도 성탄제 전날까지는 넉넉히 상해에 가 닿습니다."

그래서 진주환을 타고 진주섬을 향하여 어제 아침 인천을 떠난 신영철이었다.

"저기 지금 불빛이 보이는 데가 진주섬입니다."

캄캄한 밤이었다.

"아니, 선장, 진주섬은 무인도라는데 불빛이 보이는 것은 웬일이오?"

"그렇지만 때로는 해적이라든가 혹은 밀수입을 하는 사람들의 피난소로 될 적도 없지 않지요."

"뭐, 해적이라고?"

신영철은 놀라지 않을 수 없었다. 떠나기 전에 그런 이야기를 들었더라면 이런 위험한 장소에 올 리도 만무했었지만— 그러나 신영철은 모험을 즐겨 하는 일면을 가진 용감한 청년이기도 하였다.

"왜 무서워서 그러십니까?"

"아, 아니……."

"해적은 사람이 아닌가요? 해적이라고 함부로 사람을 해치지는 않습니다."

"아, 지금 생각하니…… 이 진주환과 저 진주섬과는 무슨 관계가 있는 것이 아니오?"

"천만에요. 우연히 이름이 같다 뿐이지…… 무슨 그런 해적선은 아니지요. 하하하…… 그러나 어떡합니까? 먹고살려니까 때때로 조금씩 밀수입을 합지요."

"음!"

하고 신음을 하며 용감한 청년 신영철은 어깨에 멨던 엽총을 내리어 겨드랑이에다 꼈다.

"하하하…… 그러나 과히 염려하실 것은 없습니다. 우리들의 수령은 약한 자를 위하여 강한 자를 치고 정의를 위하여 불의를 물리치는 현대의 홍길동洪吉童이올시다!"

"현대의 홍길동?"

"그러나 혹시 노형이 마음이 놓이질 않아서 노루 사냥을 단념을 하시고 곧장 상해로 가시겠다면 이 배는 구태여 진주섬에 들르지 않아도 무방합지요."

선장이 뱉은 이 한마디가 자기를 비겁한 자라고 비웃는 것 같아서 그 말에 반항이나 하듯이

"노루 사냥도 사냥이지만 어디, 현대의 홍길동 선생을 한번 뵙고 가

기로 합시다!"

하고 용감히 부르짖었다.

그러는 동안에 배는 캄캄한 진주섬에 도착하였다. 그리고 거기서 얼마 떨어지지 않은 저편 해안선에 장작을 구비는* 불빛이 보이고 그 불빛을 둘러싸고 돌라앉은** 몇 사람의 검은 그림자가 희미하게 바라다보였다.

"그럼 잠깐 기다려주십시오. 수령께 여쭈어보고 오겠습니다."

그러면서 선장은 배에서 내렸다.

신영철은 무시무시하였다. 그러나 또 한편 가만히 생각하니 적어도 선장의 말이 어느 정도 믿을 수 있는 이야기라면 지금 자기 주머니에 있는 삼만 원의 돈— 상해서 송준호와 함께 하룻밤의 성탄제를 즐기려 하는 삼만 원의 돈을 현대의 홍길동이라는 인물이 강탈할 것 같지는 또한 않았다. 아니, 설사 그런 일이 있을지라도 이 모험만은 일생의 기념사업으로서 몸소 꼭 경험하리라 결심하였다. 뿐만 아니라 자기에게도 한 자루의 총이 있지 않은가!

이윽고 선장이 돌아왔다.

"수령께 말씀을 드렸더니 먼 길에 수고로이 오셨다고 하시면서 변변치는 않으나 만찬이라도 같이하시자고 하십니다."

"아, 그래요?"

"그러나 한 가지 조건이 있습니다."

"조건이라고요?"

"그렇습니다. 수령의 댁으로 갈 때까지 수건으로 두 눈을 가리고 가셔야겠습니다."

---

* 구비다: 물건을 이리저리 들추거나 뒤적거리다.
** 돌라앉다: 여럿이 동그랗게 앉다. '둘러앉다'의 작은말.

"눈을 가리고……?"

신영철은 잠깐 생각하지 않을 수 없었다.

"그러면 수령의 집이 이 섬에 있다는 말입니까?"

"그렇습니다. 듣건대 진시황이 장생불사長生不死하자던 아방궁阿房宮보다도 더 훌륭한 지하 궁전이 있다고 합니다."

"지하 궁전이라고요……? 아아, 실로 꿈과 같은 이야기가 아닙니까?"

"그렇습니다. 홍길동이가 현대에 살아 있을 리가 없는 것과 같이 꿈 같은 이야기지요. 그러나 나 역시 그 지하 궁전에는 들어가보지 못했지요. 그저 사람들의 말을 들었을 따름입니다. 아, 저기 노형을 그 찬란한 궁전으로 인도해줄 안내인이 옵니다."

캄캄해서 잘 보이지는 않았으나 한 사람의 안내인이 신영철의 앞으로 와서

"수령께서 기다리고 계십니다. 빨리 손수건으로 눈을 가리어주십시오."

하고 아주 겸손한 태도로 말을 하였다. 인제는 물러갈래야 물러갈 수 없는 처지에 선 자기를 깨닫고 신영철은 손수건을 꺼내 자기 눈을 가리고 안내인의 뒤를 따라갔다.

꿈길을 걷는 것 같았다. 소년 시절에 꿈을 꾸던 알리바바의 동굴 속으로 들어가는 것 같았다.

"그런데, 당신네 수령이라는 사람은 대관절 어떤 사람이오? 저 진주환의 선장처럼 역시 밀수입을 하는 사람입니까?"

하고 신영철은 물었다. 그랬더니 배성칠裵性七이라는 안내인은 천만 뜻밖이라는 듯이

"밀수입자라고요……? 천만에요! 홍길동이도 옛날에 밀수입을 했었

던가요?"

"홍길동이라고요?"

"수령은 이십 세기의 홍길동이지요. 그리고 가난한 홍길동이 아니고 아주 돈이 많은 홍길동! 황금탑, 진주탑 위에 올라앉으신 홍길동이지요."

그런 이야기를 들으면서 한 십오 분쯤 걸었을까……?

"수고로이 오셨습니다. 손수건을 푸시지요!"

하는 굵다란 위엄 있는 목소리가 들렸다. 신영철은 손수건을 벗었다.

그 순간 신영철은 자기 눈앞에 우뚝 서 있는 한 사람의 사십객*을 보았다.

비록 핏기 없는 창백한 얼굴이었으나 고대 그리스의 조각처럼 단려**한 용모의 소유자! 사람의 마음을 꿰뚫어 보는 것 같은 광채 있는 눈동자와 까만 수염과 백진주처럼 흰 치아를 가진 사나이였다.

아니, 그보다도 한층 더 신영철을 놀라게 한 것은 고대 중국의 대궐 같이 훌륭한 방 안이었다. 호화로운 현대적 장식을 아낌없이 베푼 휘황찬란한 아방궁의 재현이여!

"오오!"

하고 신영철은 자기가 정말 『아라비안나이트』의 주인공이나 된 것처럼 감탄을 하면서 방 안을 둘러보았다.

"자아, 이리 들어오십시오. 식당에는 만찬이 준비되어 있습니다."

그러면서 주인은 손님을 식당으로 안내하였다.

"아아, 진수성찬이란 말은 이를 두고 말하는 것이 아니옵니까!"

"오신다는 말씀을 미리 들었더라면 좀 더 맛난 음식을 준비하였을 것

---

* 사십객四十客: 나이가 사십 전후인 남자.
** 단려端麗: 단정하고 아름다움.

을……."

주인은 그러면서 일국의 왕자의 만찬보다도 더 훌륭한 산해의 진미를 젊은 손님에게 권하였던 것이니 현대의 홍길동이라고 불리어지는 이 진주섬의 주인이야말로 후일에 이르러 백진주 선생이라는 인물로서 서울 장안에 나타나는 복수귀 이봉룡 그 사람이었다.

20. 백진주白眞珠 선생

진시황의 아방궁과도 같은 이 지하 궁전에서 신영철 청년은 주인이 권하는 대로 주육酒肉을 들면서

"주인께서는 어떠한 동기로써 이러한 생활을 하시는지 모릅니다만 주인의 얼굴에는 이 호화로운 생활면과는 정반대인 그 어떤 심각한 번민이 숨어 있는 것 같습니다."

하고 물었더니 주인은 한번 유쾌한 듯이 빙그레 웃으면서

"그것은 모르고 하시는 말씀이겠지요. 나는 행복한 사람입니다. 나는 말하자면 창조의 왕자입니다. 나는 세상의 법률을 비웃는 사람이지요. 나는 나 이외의 그 어느 누구가 어떻게 할 수 없는 나 혼자만의 법률을 갖고 있는 사람입니다. 그러니까 나에게는 아무런 번민도 있을 수 없지요."

"그러나 주인님의 눈은 보통 사람의 눈이 아닌 듯싶습니다. 그 어떤 종류의 복수에 불타는……."

"복수라고요?"

"그렇습니다. 말하자면 사회의 무서운 박해를 받고 그 사회에 대하여 불타는 복수의 일념을 품으신 듯한 그러한 인상을 나는 솔직히 주인에게

서 받았습니다."

"하하하…… 보아 하건대 당신은 예민한 관찰력을 가진 분인 듯싶습니다만 그러나 그 말만은 맞지를 않았습니다. 나는 말하자면 하나의 단순한 자선가에서 더 지나지 못하는 사람이지요. 사회의 부당한 박해를 받는 불쌍한 사람들에게 다사로운 동정의 뜻을 표하고 싶은 자선가!"

"그리고 정의를 위하여 불의를 물리치는 현대의 홍길동!"

"홍길동이라고요? 누구가 그런 말을 하던가요?"

"나를 이곳으로 인도하여준 진주환의 선장을 비롯하여 사람들은 모두 당신을 그렇게 부르고 있었습니다."

"허허…… 현대의 홍길동! 허허……."

하고 주인은 웃었다. 신영철은

"언제 서울에 오시게 되면 저를 꼭 찾아주십시오. 오늘 밤의 이 호화로운 대접의 십분지 일이라고 갚아보기로 하겠습니다."

"글쎄올시다, 그럴 때가 오거든 찾아뵙겠습니다."

그러는 동안에 아까 마신 한 잔의 불로주不老酒는 신영철 청년을 감미로운 꿈의 세계로 점점 끌고 들어가기 시작하였다. 이 불로주로 말하면 유명한 불로초不老草 인도대마*로 만든 술로서 이 술을 한 잔 드는 사람으로 하여금 잃었던 청춘을 다시 찾을 수 있는 아름다운 꿈나라로 인도하는 것이었다.

이튿날 아침 눈을 떴을 때 신영철은 어느새 자기가 진주환 배 위의 사람이 된 것을 발견하고 놀랐다.

"선장, 그러면 모든 것은 꿈입니까? 내가 언제 이 배로 돌아왔습니까?"

---

* 인도대마印度大麻: 인도에서 나는 삼이나 그 과수. 마취 성분을 포함하고 있어 진정제나 수면제로 많이 쓰이며, 식물체와 과수에서 마리화나와 해시시hashish를 추출하여 환각제로 흡입하기도 한다.

"어젯밤 노형을 궁전으로 안내한 사나이가 조금 아까 노형을 모시고 이리로 왔습니다."

"그러면 꿈이 아니고 역시 현실이었던가요?"

"암, 현실입지요. 수령은 오늘 아침 갑자기 무슨 긴급한 일이 생겨서 싱가포르로 떠났다고요. 자아, 그러면 우리도 어서 상해로 출범을 하여야겠습니다."

아직 황홀한 꿈의 세계에서 채 깨어나지 못한 신영철 청년을 태운 진주환은 일로 국제도시 상해를 향하여 황해 바다의 거센 파도를 헤치기 시작하였다.

이리하여 이틀 후— 즉 성탄제 전전날 무사히 상해에 도착한 신영철은 카세이 호텔 일실에서 약속하였던 송준호를 만났다.

그러나 카세이 호텔이라면 새슨 재벌의 경영인 만치 상해에서도 일류급의 호텔인데 송준호가 투숙한 방으로 말하면 대학생의 하숙방보다도 더 초라한 방임에 신영철은 적잖게 놀랐다.

"송 군, 어째 이런 방밖에는 없다던가?"

"말 말게. 이 방도 지배인한테 특별 교섭을 해서 겨우 얻어든 줄이나 알게. 국제도시 상해의 성탄제는 상해의 명물 중에서도 가장 유명한 것이라고 우리 같은 시골뜨기가 각 곳에서 몰려들었기 때문에 상해의 쓸 만한 호텔이란 호텔은 전부 만원이라는 말이야. 알겠나?"

그러면서 송준호는 팰레스 호텔을 비롯하여 몇몇 호텔에 교섭을 하여보았으나 모두 헛수고였다는 이야기를 하였다.

"그러나 이 방은 너무한걸! 이런 방에서 잠을 자면서야 어떻게 즐거운 성탄제 기분을 가질 수가 있겠나 말이야."

"음, 지배인도 이 방은 삼류 사류 급의 방이니 그런 줄 알라고……."

"체면 문젠데! 이건 우리 조선 사람의 체면에 관한 문제가 아닌가?

적어도 서울 장안에서는 손을 꼽는 송춘식 대인大人의 영식*의 몸으로 이런 삼류 급에 속하는 방에 투숙한다는 것은 좀 생각해볼 문젠걸!"

"신 군, 왜 또 자꾸 추켜올리는 거야? 자네 체면은 어따 갖다 팔아먹었나?"

"나야 노루 사냥이나 할 줄 아는 하나의 야인野人에서 지나지 못하는 사람이니 말할 것 없지만 자네처럼 고귀한 문화인의 신분으로서야 될 법한 일인가! 가만있게, 내가 한번 다시 교섭을 해보지."

"안 되네 안 돼! 소용없어. 모두가 돈 없는 탓이니 할 수 있겠나?"

"돈이라고? 아니, 그만 돈이 우리에게 없다는 말인가?"

"그런 코 묻은 돈으로는 잘 안 될걸. 자네, 이 호텔 삼 층 전부를 혼자서 독차지할 만한 돈을 갖고 왔는가?"

"아니, 송 군, 그게 대체 무슨 뜻인가?"

"말 말게. 오늘 내가 여기 도착하기 바로 한 시간 전에 어떤 굉장한 부자가 와서 이 삼 층 전부를 빌렸다면 알 법한 일이 아닌가? 덕택에 우리는 체면 유지도 할 수 없는 이 하숙방 살림을 하게 된 것이야. 알겠나?"

"혼자서 삼 층 전부를 빌렸다고?"

"음."

"아니, 그게 대체 어떤 인물인가? 중국에는 굉장한 부자가 많다는 말은 들었지만도 왕개 석숭**이가 다시 살아 나온 것은 아니겠지?"

"왕개 석숭인지 뭔지는 모르지만 얼핏 듣자니 무슨 백진주 선생이라던가 뭔가 하는 굉장한 부자라고……."

---

* 영식令息: 윗사람의 아들을 높여 이르는 말. 영랑令郎.
** 왕개王愷 석숭石崇: 중국 서진西晉의 이름난 졸부인 왕개와 석숭(249~300). 특히 발해渤海의 난피南皮 사람인 석숭은 징저우 자사荊州刺史를 지낸 고급 관료이자 대부호大富豪로 자字는 계륜季倫이다.

"백진주 선생?"

"음, 고대 중국 소설에 나오는 여주인공 같은 예쁜 이름이야. 성은 백가요 이름은 진주라고— 그리고 반드시 선생이라는 존칭이 항상 붙어 돌아가는 양반이라고."

"그럼 백진주는— 아니, 백진주 선생이란 여자가 아니고 남자란 말인가?"

"암, 우리와 꼭 같은 생리적 조건을 가진 남성이지."

송준호와 신영철이가 그런 이야기를 하고 있을 때 노크 소리가 나면서 지배인이 들어왔다. 지배인은 은근한 태도로 허리를 굽히며

"이런 협착*한 방밖에 없어서 대단히 미안합니다."

"그런데 지배인, 이런 하숙방 같은 데서 어떻게……"

하고 신영철이가 입을 열었을 때 지배인은 공손히 손으로 막으며

"네네, 말씀 안 하시더라도 잘 알아 모시고 있습니다. 타국에서 오신 귀한 손님을 이런 방에다 모셔서 황송하기 짝이 없습니다."

"그래, 무슨 좋은 대책이 섰다는 말이오?"

"네네, 거기 대해서 아까부터 여러 가지로 생각하고 있었습니다만…… 저, 저, 혹시 이 삼 층에 계시는 백진주 선생을 아시는지 모르겠습니다만……"

"말은 들었지요. 그 백진주 선생이라는 사람 때문에 우리가 다시 하숙 생활로 돌아가지 않으면 안 되게 되었으니까요."

하고 신영철은 적잖게 불유쾌한 표정을 지었다. 그랬더니 지배인은

"아, 바로 그 백진주 선생 말씀입니다. 제가 두 분의 딱하신 사정을 그 백진주 선생께 의논을 하여보았습지요. 그랬더니 선생은 원로에서 수

| * 협착狹窄: 차지하고 있는 자리가 매우 좁음. 처하여 있는 사정이나 형편이 매우 어려움.

고로이 오신 분을 그렇게 대접해서야 되겠느냐고 하시면서 두 분을 위하여 특등실 두 방을 무료로 빌려드리겠다고 말씀하시었습니다."

"무료라고요?"

"네, 선생은 두 분의 딱하신 사정을 충심으로 동정하고 계십니다."

"그러나 초면으로 대하는 분에게 너무 예를 잃는 것이 아닐까요?"

"선생의 논법으로서는 그렇지 않으시답니다. 동정이라든가 호의라든가 하는 것은 대가를 필요로 하지 않는 것이기 때문입니다."

두 청년은 잠깐 동안 서로 얼굴을 바라다보고 있었다.

"어떡하시렵니까? 선생은 지금 두 분이 오시기를 기다리고 계십니다. 의향이 계시다면 제가 안내하여드리겠습니다."

두 청년은 또 한 번 서로의 얼굴을 마주 쳐다보았다.

"어떡하실까요? 선생의 호의를 받으시려거든 제가 그리로 두 분을 모시겠습니다."

지배인이 다시 한 번 공손히 물었을 때

"그럼 그 백진주 선생이라는 분의 호의를 받도록 하지요."

하고 신영철은 대답을 하였다.

"아, 그러십니까. 그러면 제가 그리로 안내를 하여드리겠습니다."

하고 지배인은 두 청년의 트렁크를 지나가는 보이에게 운반하도록 명령을 하였다. 그때 신영철은

"그런데 잠깐 지배인에게 물어볼 말이 있습니다."

"무슨 말씀이시든지……."

"대관절 그 백진주 선생이라는 분은 어떠한 신분을 가진 사람입니까?"

"글쎄올시다, 저도 자세한 것은 알 수 없습니다만 보아하니 꼭 옛날의 호화로운 생활을 하던 원님과 같은 분이지요. 아니, 그보다도 어느 조

그만 왕국의 제왕과도 같은 훌륭하신 분입니다."

"허어! 제왕이라고요……? 그래, 국적은 어느 나라 사람으로 되어 있습니까?"

"숙박부에 기록된 것은 중국으로 되어 있습니다. 그러나 중국어, 조선어, 일본어, 영어, 인도어의 오 개국의 언어를 어느 것이든지 본국의 국어처럼 능통하시는 분이지요."

"허어!"

"허어!"

두 청년은 감탄하기를 마지않는다.

"그래, 돈을 물 쓰듯 한다니 대략 얼마나 한 정도의 재산을 소유하고 있는 것 같습디까?"

그것은 송준호의 물음이었다.

"글쎄올시다, 재산 목록을 보지 못했으니 정확한 말씀을 여쭙지는 못하겠습니다만 보아하니 꼭 일국의 왕자와 다름없습니다."

"그래, 연세는?"

"사십의 고개를 한둘 넘어선 듯한 분입니다."

"아직 독신인가요?"

"호적상으로는 독신인지 어떤지 모르겠습니다만 스물이 될락 말락 한 아주 절세의 가인을 한 분 동반하고 계십니다."

"절세의 가인?"

이리하여 마침내 두 청년은 지배인의 뒤를 따라 삼 층에 있는 이상한 인물, 백진주 선생의 방으로 한 발을 들여놓았을 때

"어서들 들어오십시오. 기다리고 있었습니다."

하면서 두 청년 앞에 홀연히 나타난 인물— 오오, 그것은 한편 황해에서 현대의 홍길동이라고 불리어지는 진주도 주인 그 사람이 아니었던가!

21. 상해의 성탄제

　두 청년 앞에 나타난 백진주 선생— 송준호는 모르되 신영철은 그것이 저 진주섬의 주인공인 것을 한눈에 깨달았던 것이다.

　"초면에 대하는 선생의 호의! 저희들은 무어라 감사의 말씀을 잊었습니다."

　송준호는 공손히 허리를 굽혔다.

　"무슨 말씀을…… 그러신 줄을 알았더라면 벌써 저의 미의*를 표하였을 것을……."

　백진주 선생은 그러면서 두 젊은이를 방 안으로 인도하였다.

　한편 신영철은 적잖게 거북한 입장에 서게 되었다. 자기의 얼굴을 쳐다보면서도 자기를 몰라보는 척하는 백진주 선생의 태도를 볼 때 이편에서 먼저 진주도 아방궁에서 면식이 있었다는 말을 꺼낼 수가 없었기 때문이다. 하는 수 없이 신영철은 백진주 선생이 먼저 자기를 알아본다는 그때까지 이편에서도 모르는 척하고 기다릴 수밖에 없었다. 그러나 신영철은 자기가 상대편보다 우월한 입장에 선 것만은 사실로 믿었다. 어째 그러냐 하면 자기는 백진주 선생의 비밀을 알고 있는 데 반하여 백진주 선생은 자기를 모른다는 사실이었다. 그러니까 저편에서 모르는 척하면 이편에서도 모르는 척하고 있는댔자 별반 자기에게 불리한 점은 없었기 때문이다.

　"그런데 선생, 상해의 크리스마스이브가 하도 굉장하다기에 일생의 기념 삼아 부러** 조선서 찾아왔습니다."

　하고 신영철은 말머리를 돌렸다.

＊미의微意: 변변치 못한 작은 성의. 남에게 의례적인 물품을 보낼 때 쓰는 말이다. 미지微志. 미충微衷.
＊＊부러: 실없이 거짓으로. 특히 일삼아. 마음을 내어 굳이. 일부러.

"그렇습니다. 말하자면 상해는 유명한 국제도시— 각국 사람이 가지 각색의 가장假裝을 하고 하룻밤의 크리스마스이브를 춤으로 노래로 즐기는 풍경은 구라파에서도 그리 보기 쉬운 풍경은 아닙니다. 그래, 내일의 크리스마스이브는 어디로 약속이 되시었습니까?"

"아직 약속이 없습니다. 오늘 이곳에 도착하여 지금까지 숙소 문제로 머리를 앓고 있었으니까요."

"아, 그렇습니까. 그러시다면 제가 좋은 데로 안내해드리지요."

"고맙습니다, 선생. 선생의 이 절대적인 호의는 타일 반드시 갚아드리고자 하옵니다."

"하하하…… 호의라는 것은 대가를 요구하지 않습니다. 그러나 내가 혹시 서울을 간다면 반드시 귀군을 방문하겠습니다."

그러면서 백진주 선생은 두 청년을 물끄러미 바라다보았다. 아니, 백진주 선생은 두 청년 가운데서도 유달리 송준호의 수려한 미목을 뚫어지게 바라보는 것이었다. 그렇다! 송준호는 계옥분과 송춘식이의 피를 받고 이 세상에 나온 청년이기 때문이다.

"이 상해에서도 성탄제 밤을 가장 호화롭게, 가장 흥미 있게 맞이하는 것은 캐피탈 댄스홀이지요. 그중 좋은 자리를 여유 있게 약속하여두었으니 내일 밤은 그리로 두 분을 안내하겠습니다."

"고맙습니다. 선생의 두터우신 호의는 일생을 통하여 찬란한 기억으로서 가슴 깊이 간직해두겠습니다."

두 청년은 이구동성으로 그렇게 치사하지 않을 수 없었다.

"그런데 두 분은 내일 밤 가장무도회에서 입으실 의복도 아직 준비되지 못하였습니까?"

"아직—."

두 청년은 약간 얼굴을 붉히지 않을 수 없었다.

"아, 그렇습니까? 나에게는 가지각색의 가장복假裝服이 준비되어 있습니다. 나의 취미의 하나로서 나는 가장을 즐겨 하지요. 아마 두 분이 요구하시는 가장쯤은 대략 준비되어 있을 것 같습니다. 그래, 송 군은 무슨 가장을 하시렵니까?"

"저는 중세기의 나이트*의 가장을 하고 싶습니다."

"또 그리고 신 군은?"

"저는 인생은 엄숙한 무대 위에서 춤추는 하나의 피에로라고 생각하지요. 저는 피에로의 가장이 필요합니다."

"아, 그렇습니까. 두 분의 요구하시는 가장이 모두 나에게 준비되어 있습니다. 내일 밤 조금도 사양 없이 사용하여주시기 바랍니다."

"고맙습니다, 선생!"

"그런데 한 가지 주의하실 것은 이 상해에는 소위 뒷골목 대장이 많습니다."

"뒷골목 대장이라고요?"

"네, 소위 갱이 많지요. 더구나 내일 밤처럼 민중이 흥분한 틈을 타서 약탈, 유괴, 강도…… 등등……."

"그러나 우리들은 아직 젊습니다. 선생과는 달라서 우리 젊은이들에게는 모험심이 풍부하지요. 뒷골목 대장이 나타나면 한바탕 덤벼볼 용기도 있습니다."

"부럽습니다. 사람은 어쨌든 늙지 않고 젊어야 하지요."

두 청년은 얼마 동안 이런 이야기를 주고받고 하다가 이윽고 밤이 이슥하여 백진주 선생이 제공한 호화로운 특별실로 돌아왔다.

돌아오는 도중에 두 청년은 어디선가 아름다운, 그리고 무척 애수를

---

* 나이트knight: 서양 중세의 기사騎士.

167

띤 호궁* 소리가 들리므로 문득 발걸음을 멈추었다.

"송 군, 어디서 나는가? 이 아름다운 호궁 소리가."

"글쎄, 분명히 이 삼 층 어느 방에서 들리는데……."

"음…… 절절한…… 연연한 이 슬픈 호궁 소리!"

감격하기 쉬운 두 청년은 얼마 동안 발걸음을 멈추고 귀를 기울이다가 이윽고 자기 방으로 들어갔다.

화려한 방이었다. 역시 어디선가 고즈넉이 들려오는 애련한 호궁 소리는 두 청년을 황홀한 몽현**의 세계로 이끌고 가는 것이다.

"이 호궁 소리는 역시 저 백진주 선생이 동반하고 온 젊은 여인이 켜는 것에 틀림없을 것이다."

"음…… 어떤 여인일까? 이 신비로운 호궁의 선율!"

두 청년은 그 신비로운 호궁의 여인이 어떤 인물인가를 무척 알고 싶었으나 초면인 백진주 선생에게 그것을 간청할 수는 없는 일이었다.

하는 수 없이 두 젊은이는 자리에 누워 컴컴한 천공***에서 추운 듯이 오들오들 떨고 있는 수많은 별들을 내다보며 애달프게 흐르는 호궁의 선율에 귀를 기울이었다.

이튿날 밤— 기다리던 성탄제 날 밤은 왔다.

여기는 캐피탈 댄스홀의 호화로운 스테이지다.

상해 일류 교향악단의 유량****한 음악과 함께 지금 홀 안은 가장무도회가 한창이다. 흥에 겨워 흐느적거리는 사람의 물결! 세계 각국의 인종이 가지각색의 가장으로 몸을 감추고 하룻밤의 환락을 향락하려는 유흥

---

* 호궁胡弓: 바이올린과 비슷한 동양 현악기의 하나. 네 개의 현으로 이루어져 있으며 말총으로 맨 활로 탄다. 경궁京弓. 완금碗琴.
** 몽현夢現: 꿈속에서 보이거나 나타난 것.
*** 천공天空: 끝없이 열린 하늘. 천궁天宮.
**** 유량嚠喨: 음악 소리가 맑으며 또렷함.

의 세계!

중세기의 기사로 가장한 송준호와 피에로의 복장을 한 신영철은 모두 눈에 검은 마스크를 하나씩 쓰고 누구인지 헤아릴 수 없는 여러 여자를 상대로 얼마 동안 춤을 추고 있을 무렵에 백진주 선생은 몸에 피로를 느낌인지 두 청년을 홀에 남겨둔 채 먼저 호텔로 돌아가버리고 말았다.

이윽고 신영철도 이 너무나 퇴폐한 분위기에 질식할 것 같은 느낌을 느끼며

"송 군, 우리도 인젠 호텔로 돌아가는 것이 어떤가? 하룻밤을 새울 작정으로 오기는 왔으나 좀처럼 비위에 맞지를 않네그려."

하고 호텔로 돌아가기를 청했으나 송준호는 신영철의 말을 가볍게 물리치며

"군은 그저 사냥이나 하래야 열심이지…… 그렇다면 애당초 오기는 왜 왔어?"

하고 다시 스테이지로 나갔다.

송준호가 이처럼 호텔로 돌아가기를 좋아하지 않는 데는 한 가지 이유가 있었다. 그것은 아까부터 벌써 여러 번째 같은 여자와 춤추기를 즐겨 했기 때문이다.

그 여자도 역시 눈에다 마스크를 하고 서반아*의 무희舞姬인 양 빨간 복장을 하였었다.

만일 신영철이가 운명의 점바치**였다면 이 정체를 헤아릴 수 없는 빨간 복장을 한 수상한 여자가 그날 밤 정열에 불타기 쉬운 송준호 청년을 그 어떤 뒷골목 대장의 무서운 소굴로 인도한 지옥의 사자였다는 것을 짐작하였을 것이며 따라서 송준호를 혼자 내버려두고 자기만이 호텔

* 서반아西班牙: '에스파냐España'를 음역한 이름.
** 점바치: 점占치는 일을 직업으로 하는 사람. 점쟁이.

로 돌아오지는 않았을 것이다.

"그럼 송 군, 나는 먼저 돌아가겠네."

"아, 그러는 것이 좋을 듯싶으이. 어서 가서 노루 사냥하는 꿈이나 꾸게. 나는 오늘 밤은 여기서 밝히고 내일 아침 호텔로 돌아갈 테니까 그리 알게."

이리하여 신영철은 먼저 호텔로 돌아왔다. 그러나 신영철 청년이 호텔로 돌아온 지 몇 시간 만에 기다리는 송준호 대신 호텔 지배인이 한 장의 편지를 들고 들어오면서

"인제 어떤 인편이 이런 편지를 선생께 전해달라고 왔습니다."

"뭐, 편지?"

적잖게 불안한 얼굴로 신영철은 봉투를 뜯었다. 다음과 같은 간단한 내용이 적힌 송준호의 편지가 아닌가!

신 군, 이 편지를 보는 대로 내 책상 서랍에서 돈을 꺼내주게. 그리고 모자라는 돈은 어떠한 일이 있더라도 군이 극력 주선해서 일금 삼십만 원을 만들어 이 인편에게 내주게. 일금 삼십만 원이 지금 곧 내 손에 들어오지 않는다면…… 아아, 나의 친애하는 동무 신 군이여! 나는 군을 믿는다. 뒷골목 대장이 나타나면 한바탕 해보겠다던 우리의 경솔했던 말을 나는 후회한다.

송준호.

그리고 편지 맨 끝에 다른 사람의 필적으로 다음과 같은 한마디가 적혀 있었다.

만일 내일 아침 일곱 시까지 삼십만 원이 우리의 손에 들어오지 않으

면 송준호는 이 세상 사람이 아닌 줄로 알지어다!

방우호芳愚虎.

"방우호……?"

편지를 읽고 난 신영철은 저도 모르게 그렇게 부르짖지 않을 수 없었던 것이니 방우호— 그렇다, 그것은 아직 이십대의 젊은 몸으로서 상해 암흑가를 쥐어흔드는 무서운 뒷골목 대장이라는 사실을 신영철은 풍문에 여러 번 들었던 것이다.

신영철은 놀라 송준호의 책상 서랍을 열어보았으나 거기에는 단돈 오만여 원밖에 없었다. 신영철은 백랍*처럼 쌔하니** 변한 얼굴로 시계를 쳐다보았다.

"새로 한 시! 일곱 시까지는 단지 여섯 시간밖에 남지 않았다!"

여섯 시간 동안에 어떠한 일이 있더라도 저 무서운 도적 방우호에게 일금 삼십만 원을 갖다 주지 않으면 아니 된다.

그러나 타향에 나온 몸이라 어찌 이러한 대금을 별안간에 장만할 수가 있으랴! 신영철은 친구의 신세를 자기의 신세처럼 가슴 아프게 여기며 어떡해야 이 대금을 장만할 수 있을까를 골똘히 생각하였다.

그때 문득 신영철의 머리에 번개처럼 떠오른 것은 왕후와 같은 금만가 백진주 선생의 창백한 얼굴이었다.

"아, 지배인, 백진주 선생이 아직 자리에 들지 않으셨거든 좀 긴급한 용건으로 뵈러 가도 괜찮은가를 좀 물어다 주시오."

하고 지배인을 돌아다보았다.

이윽고 지배인은 나갔다 다시 들어오면서

---

* 백랍白蠟: 표백한 밀랍.
** 쌔하다: 하얗다.

"백진주 선생은 아직 깨어 계십니다. 말씀을 여쭈었더니 대단히 걱정을 하시면서 신 선생이 오시기를 기다리고 계십니다."

"아, 그래요?"

신영철은 부리나케 백진주 선생의 방으로 뛰어갔다.

22. 암흑가의 왕자

"백진주 선생, 중대한 사건이 하나 생겼습니다!"

그러면서 뛰어 들어오는 신영철 청년을 의미 깊은 눈초리로 물끄러미 쳐다보며

"중대한 사건이라니요?"

"백 선생, 이 편지를 한번 읽어보십시오."

백진주 선생은 편지를 읽고 나서

"오오! 아침 일곱 시까지 삼십만 원을 제공하지 않으면 송 군은 이 세상 사람이 아니라고…… 방우호…… 음—."

"선생은 어떻게 생각하십니까?"

"요구한 금액대로 내줄 수밖에 없지요. 그래, 그만한 돈은 마련되었습니까?"

"두 사람의 돈을 모두 합해야 겨우 육칠만 원밖에 안 됩니다. 그래서 밤중에 선생을 찾아온 것입니다."

"잘 알겠습니다."

그러면서 백진주 선생은 금고를 열고 일금 삼십만 원의 지폐 뭉치를 청년에게 내주었다.

"고맙습니다! 태산 같은 은혜는 백골난망이올시다! 만일 선생의 이

렇듯 고마우신 은혜를 송 군의 양친이 안다면 아아, 얼마나 기뻐하겠습니까!"

"사소한 일을 가지고 너무 과칭*하시면 도리어 내 편이 민망스럽습니다."

아주 태연스런 대답이었다. 그러나 그 태연스런 대답 어느 한구석에 자연스럽지 못한 한 오라기의 감정이 무섭게 도사리고 있는 것 같았을 뿐 아니라 그 어떤 웅대한 계획을 실행하기 위하여 한 발 한 발 목적지를 향하여 걸어가고 있는 사람과도 같았다.

그러나 신영철로서는 단지 백진주 선생이라는 칭호로 불리는 이 수상한 인물에 대한 하나의 호기심과 저 진주섬 동굴 속에서부터 지니고 온 깊은 의혹만이 관심의 전부였을 뿐 백진주 선생이 그림 그리는 하나의 위대한 설계도 속에서 자기네 두 청년이 자리 잡고 있는 극히 중요한 역할을 짐작할 수는 꿈에도 없는 일이었다.

"그러나 생각하면 삼십만 원의 돈도 필요가 없을는지 모르겠습니다."

하고 백진주 선생은 무엇을 생각했는지 그런 말을 중얼거렸다.

"네? 삼십만 원의 돈을 제공하지 않아도 된다고요?"

하고 신영철은 놀라지 않을 수 없었다.

"그렇습니다. 방우호 청년으로 말하면 나를 은인이라고 부르는 사람 가운데 하나이지요."

"아, 그럼 선생은 방우호를 아십니까?"

신영철은 또 한 번 놀랐다.

"알지요."

"아, 그러셔요?"

---

*과칭過稱: 지나치게 칭찬함. 과찬過讚.

현대의 홍길동이라고 불리는 저 진주도의 주인은 자기 자신을 단지 하나의 자선가에서 더 지나지 못한다고 겸손한 적이 있었던 것을 신영철은 그 순간 불현듯 생각하였다.

"지금으로부터 사오 년 전의 일입니다. 방우호는 그때 스물이 될락말락 한 청년이었지요. 그런데 그때 방우호가 살인범으로 사형 선고를 받았던 것을 내가 구해주었답니다."

"살인범이라고요?"

"그렇습니다. 그러나 진정한 범인은 어떤 악덕 법률가로서 그가 방우호에게 공교롭게 범죄를 뒤집어씌웠던 것이지요. 그때부터 방우호는 현대의 법률이 얼마나 무자비하다는 것을 알았을 뿐 아니라 악에 가담하는 현대의 법률을 저주하였습니다. 그런데 그러한 방우호가 대체 무슨 이유로 송준호 군을 유괴하여갔는지 도무지 추측하기 어려운 일입니다. 그런데 이 편지를 갖고 온 인편은 어디 있습니까?"

"밖에서 기다리고 있을 것입니다."

그 말을 듣자 백진주 선생은 들창문을 열고 캄캄한 한길을 내려다보았다. 저편 전선대 앞에 수상한 사나이의 그림자가 하나 서 있는 것이 보인다.

백진주 선생은 그때 두어 번 이상한 휘파람을 불었다. 그랬더니 그 휘파람 소리를 듣고 수상한 그림자는 한길 한복판으로 걸어와 삼 층을 올려다보면서 백진주 선생을 향하여 허리를 굽히는 것이 보이었다.

"염려 말고 올라오라!"

백진주 선생은 명령하듯이 그렇게 말하였다.

이윽고 문을 노크하는 소리가 들리면서 편지를 갖고 온 수상한 사나이가 들어오자

"아, 나는 누군가 했더니 진수일陳秀日 군인가?"

하고 백진주 선생은 그 수상한 사나이를 친절히 맞이하였다.

"오오, 바이 시엔성(백 선생)*!"

하고 감격에 넘치는 부르짖음과 함께 진수일은 역시 중국식으로 정중한 국궁** 예를 하였다.

"여기 계시는 이분은 조선서 오신 분이니까 중국 말을 그만두고 조선말을 사용하는 것이 예의가 아닌가?"

"네."

하고 진수일은 곧 조선말로 대답을 한 후에 어지간히 경계하는 눈초리로 신영철을 바라보았다.

"진 군, 이분은 나의 친구 되시는 분이니까 조금도 염려할 것은 없어."

그리고 이번에는 신영철을 향하여

"이 진 군으로 말하면 인제 말한 방우호가 가장 신임하는 부하로서 역시 방우호 살인죄의 보조 죄로 징역 십 년을 졌던 사나입니다."

하고 설명을 한 후에

"그런데 진 군, 송준호 군이 대체 무슨 이유로 방우호의 수중으로 들어갔다는 말인고?"

"네, 그것은 선생님, 송 선생이 가장무도회에서 수령의 애인 되는 여자를 너무 지나치게 따랐던 때문입니다."

"아, 그러면 저 빨간 복장을 한 여자가 바로 그 수령의 애인이었던가?"

하고 이번에는 신영철이가 놀랐다.

"그렇습니다. 그이가 바로……."

---

* 바이白 시엔성先生: '백 선생'의 중국 말 발음.
** 국궁鞠躬: 윗사람이나 위패位牌 앞에서 존경하는 뜻으로 몸을 굽힘.

"그러면 수령도 무도회에 왔었던가?"

"그렇습니다. 송 선생과 수령의 애인이 여러 번 춤을 같이 추는 것을 멀리서 보고 계셨답니다."

"신 군!"

하고 백진주 선생은 힘 있게 부르며

"그만했으면 사정은 알았습니다. 자아, 그러면 빨리 방우호의 소굴을 방문하지 않으면 안 되겠습니다."

"백 선생, 감사합니다!"

이리하여 백진주 선생과 신영철은 진수일이가 인도하는 대로 깊어가는 환락의 밤거리를 일로 방우호의 소굴을 향하여 부살같이 자동차를 몰았다.

얼마나 달렸을까—? 이윽고 천고의 역사를 실은 채 유유히 흘러내리는 황포강* 물 위에 푸른 등 붉은 등의 황홀한 일루미네이션**의 연속이 딱 끊긴 컴컴한 강변 거리에서 자동차는 멎었다.

"백 선생님, 여기서 내리시지요."

그리고 진수일은 발밑에서 물소리가 출렁출렁 들리는 커—다란 양옥 지하실로 두 사람을 인도하였다.

"흥, 약간 무시무시한 곳인걸!"

백진주 선생은 컴컴한 층층대를 내려가면서 혼잣말로 그렇게 중얼거렸다.

그때 지하실 문밖에 서 있던 문지기가 날카로운 목소리로 고함을 치면서

"누구냐?"

---

* 황포강黃浦江: 황푸지앙. 중국 상하이上海를 가로지르는 강. 상하이 개항 이후 대형 기선이 운항을 시작했다.
** 일루미네이션illumination: 전구나 네온관neon tube을 이용하여서 조명한 장식이나 광고.

하고 무기를 겨누었다.

"진수일!"

하고 대답을 한 후에 진수일은 문지기의 귀에다 두어 마디 무엇인가를 속삭이고 나서 두 사람을 안으로 인도하였다.

컴컴한 복도를 한참 걸어 들어가노라니까 또 한 사람의 문지기가 있었고 그 문지기를 통과하여 들어간 방이 소위 무서운 수령 방우호가 있는 방이다.

"누구냐?"

사나운 얼굴을 가진 네 사람의 부하가 일제히 권총을 겨누면서 의자에서 벌떡 일어났다.

"허어, 방 군!"

하고 백진주 선생은 태연자약한 태도로 천천히 걸어 들어가며

"유붕이자원방래*인데 어찌 이처럼 상스럽지 못한 무기로써 사람을 대접하는고?"

그 목소리를 듣자 저편에서 책을 읽고 있던 수령 방우호가

"무기를 거두어라!"

하고 일동에게 명령을 한 후에 정중히 허리를 굽히며

"백 선생님, 용서하십시오. 선생이 이런 데를 찾아오실 줄은 정말 꿈밖이올시다."

"하하…… 그러나 방 군은 약속을 지킬 줄을 모르는 사람 같아!"

그 말에 젊은 수령은 놀라면서

"아니, 선생, 무슨 말씀이오니까? 저는 아직까지 사람과 바꾼 약속을 이행하지 않은 적은 한 번도 없습니다."

---

*유붕이자원방래有朋而自遠方來: 벗이 있어 먼 곳에서 찾아오다. 『논어』의 「학이 편學而篇」에 나오는 '유붕자원방래 불역낙호不亦樂乎'의 한 구절이다.

"그러나 군은 나 자신뿐 아니라 나의 친구에게도 손가락 하나 안 대 겠다고 한 약속을 잊었다는 말인가?"

"그러나 선생, 저는 지금까지 선생과의 약속을 한 번도 어긴 적이 없 습니다."

그때 백진주 선생은 불쾌하다는 표정을 노골적으로 지으며 엄숙한 어조로

"송준호 군을 데려오지 않았는가? 송 군은 나의 친구의 한 사람……."

"아, 그랬었던가요?"

하고 이번에는 부하를 향하여 꾸짖는 소리로

"너희들은 어째 그런 말을 나에게 전하지 않았느냐? 너희들은 이 방 우호가 백 선생의 덕택으로 무죄 방면이 된 사실을 잊었다는 말인가? 응……?"

부하 네 사람은 몸을 움츠리며 비슬비슬 뒷걸음질을 하였다. 뒤이어 수령은

"선생, 용서하십시오. 일은 저놈들이 저질러놓았으나 책임은 오로지 제게 있습니다."

"그래, 송 군은 대체 어디 있는가?"

"네, 이리 오십시오."

하고 수령은 앞장을 서서 다음 방으로 두 사람을 인도하였다.

송준호는 낡은 요 하나를 덮고 쿨쿨 잠이 들어 있다.

"흥, 일곱 시에는 총살을 당할지 모르는 판인데 한가로이 잠을 잔 다……?"

하고 백진주 선생은 대담한 송준호의 태도에 적잖게 놀라는 표정을 지었다.

"송 군, 일어나게, 일어나!"

신영철이가 송준호를 깨웠다.

"아, 신 군이 아닌가……? 그리고 아, 백진주 선생!"

"송 군, 오늘 밤 군이 이처럼 안전하게 호텔로 돌아갈 수가 있게 된 것은 모두가 여기 계시는 백 선생의 힘이었네. 치사를 하게."

"오오, 백 선생! 선생은 정말 친절하신 분이올시다! 저는 선생의 이 바다처럼 넓은 혜덕*을 일생 두고 잊지 못하겠습니다!"

송준호는 황송하고 감격하여 악수를 청하고자 백진주 선생 앞에 손을 내밀었다.

그러나 그때 신영철은 이상한 사실을 하나 발견하였던 것이니 그것은 백진주 선생이 송준호가 청하는 대로 악수를 하려고 손을 내밀었을 그 순간 어찌 된 셈인지 백진주 선생의 온몸이 부르르 떨리는 것을 보았기 때문이다.

사재 삼십만 원을 던져서까지 송준호를 구해내려던 백진주 선생 아니, 몸소 이러한 불미로운 장소에까지 찾아와서 송준호를 구해내는 백진주 선생의 친절을 생각할 때 단 한 번 송준호의 손을 잡기를 주저하는 아니, 무서워하는 아니, 한 걸음 더 나아가서는 생리적으로 무척 싫어하는 것 같은 백진주 선생의 태도가 신영철 청년에게는 적잖게 수상스러웠다.

그러나 결국 백진주 선생은 송준호의 손을 잡지 않을 수 없었던 것이니 남달리 미목이 수려한 송준호 청년의 손바닥을 통하여 느끼는 아아, 나의 사랑 계옥분과 나의 원수 송춘식이의 피여, 살이여!

| * 혜덕惠德: 은혜와 덕택. 덕혜德惠.

23. 인류애의 실천자

이튿날 아침 송준호와 신영철의 두 청년은 백진주 선생을 방문하여 어젯밤의 감사를 다시 한 번 정중하게 표시하였을 때 백진주 선생은

"사소한 일을 가지고 너무 과대하게 평가하시지 마십시오. 도리어 그처럼 위험한 처지에 있으면서 한가스럽게 잠을 자고 계시던 송 군의 그 담력을 칭송해야만 될 것 같습니다."

"황송한 말씀입니다. 실은 오늘 아침 이처럼 선생을 찾아뵌 것은 혹시 선생을 위하여 우리들의 힘으로 할 수 있는 일이라면 단 한 가지라도 하여드리고자……."

"아, 그렇습니까? 감사합니다. 실은 그렇지 않아도 한 가지 여쭈어볼까 하고 생각하던 일이 없지도 않습니다만……."

"네, 어서 말씀하여주십시오."

"나는 아직껏 서울에 가본 적이 한 번도 없답니다. 그렇기 때문에 한 사람도 아는 분이 없지요. 언젠가 내가 당신의 나라 서울에 여행을 하게 되면 원컨대 좋은 안내인이 되어주실 수가 없을까 하고요. 그런 생각을 하고 있었지요."

"백진주 선생이 서울에 오신다면 저는 제가 제일 사랑하는 친구와 저의 온 가족이 만강*의 환영으로 선생을 모시겠습니다!"

"고맙습니다. 벌써부터 서울엘 한번 간다, 간다 하면서도 송 군과 같은 좋은 인도자를 갖지 못하여 입때까지 실행을 못 하고 있답니다."

"정말 꼭 한 번 저희 집을 찾아주십시오. 제 어머니가 얼마나 선생을 고맙게 생각하겠습니까! 실은 오늘 아침 집에서 전보가 왔는데 저는 곧

| ＊만강滿腔: 마음속에 가득 참.

서울로 돌아가지 않으면 안 되게 되었습니다. 저의 결혼 문제 때문에요."

"아, 그럼 아직 결혼 전이신가요?"

"네, 아직…… 그런데 선생, 서울에는 정말 꼭 오시겠습니까? 그리고 오신다면 언제쯤 오시게 되실는지요?"

"네, 실은 입때껏 서울 갈 좋은 기회가 없어서 못 가던 판이었었지요. 나는 어떠한 일이 있더라도 서울에는 꼭 한 번 가고 싶습니다. 아니, 가지 않으면 안 되지요!"

"그럼 언제쯤 오시게 되는지요? 약속을 하여주시면 좋겠습니다."

"글쎄올시다, 약 석 달 후에는 틀림없이 서울에 가겠습니다."

그리고 잠깐 생각하다가

"송 군, 이렇게 하면 어떻겠습니까? 석 달 후 오늘 이 시각에 송 군을 방문하기로 약속을 합시다."

"좋습니다. 선생이 오시기만 한다면…… 아아, 석 달 후 오늘 이 시각에!"

"그러니까 명년 삼월 이십오일 오전 열 시 반에 귀군을 방문하지요. 그런데 사시는 주소는?"

"아, 가회동 이십칠 번지올시다."

백진주 선생은 수첩을 꺼내 '가회동 이십칠 번지, 삼월 이십오일 오전 열 시 반'이라고 분명히 적어 넣었다.

"그러면 신 군도 같이 서울로 돌아가시는가요?"

하고 신영철을 바라다보았다.

"아니올시다, 저는 한 반년 동안 중국 벽지로 싸돌아다니면서 사냥을 좀 하고 돌아가겠습니다."

"아, 그렇습니까. 그럼 나는 오늘 열두 시 차로 싱가포르에 좀 볼일이 있어서 여행을 떠나야겠습니다. 그러니까 두 분과는 오늘 이 자리에서 작별의 인사를 하지 않으면 안 될 것 같습니다."

하면서 백진주 선생은 자리에서 몸을 일으키며 먼저 손을 내밀었다.

"그러면 선생, 명년 삼월 이십오일 오전 열 시 반을 잊으시면 아니 됩니다."

"송 군이 먼저 잊어버리지나 않을까 하고 나는 은근히 그것을 걱정하고 있었지요. 하하하……."

신영철은 오늘 처음으로 백진주 선생의 손을 잡아보았다. 그리고 무척 놀라지 않을 수 없었다. 어째 그러냐 하면 백진주 선생의 손은 마치 죽은 사람의 그것과 같이 얼음장처럼 싸늘하였기 때문이다.

이윽고 백진주 선생과 헤어져 자기 방으로 돌아온 두 청년이었다.

"음, 백진주 선생이란 사람은 아무리 생각하여도 이상한 인물이다. 보통 인물이 아닌 것 같다."

하고 신영철은 그때야 비로소 저 진주섬 아방궁 같은 동굴 속에서 만났던 현대의 홍길동이라는 인물이 백진주 선생 그 사람이었다는 사실을 세세히 이야기하고 나서

"무엇보다도 백진주 선생이 대체 어느 나라 사람인가가 문제다. 표면에 나타난 국적은 중국으로 되어 있지만…… 그리고 그 막대한 재산은 대체 어디서 났는가……? 아니, 그보다도 그 백랍처럼 창백한 얼굴을 가진 백진주 선생의 지나간 반생은 과연 어떠한 것이었던가……? 그런 것이 모두 의문의 초점이다."

"그러나 신 군, 그런 것들을 이리저리 생각할 필요는 없는 것이 아닌가? 이 세상에는 한 사람의 신분으로서 금만가인 동시에 모험가, 자선가인 동시에 여행가가 되어서는 안 된다는 법은 없으니까. 문제는 그가 우리에게 친절을 베풀고 나의 생명을 구하여주었다는 데 있는 것이 아닌가?"

"그렇기도 하지만 하여튼 백진주 선생이란 인물은 수상한 사람이다!"

이리하여 그 이튿날 오후 송준호는 대련 경과의 인천행 기선으로 상해를 떠났고 신영철은 역시 한 자루의 엽총을 둘러메고 북부 지나*를 향하여 상해를 떠났던 것이다.

석 달! 그렇다. 상해서 백진주 선생과 약속을 한 석 달은 진부하나마 유수처럼 흘러갔다.

그리고 약속의 날 삼월 이십오일은 다가왔다.

이날 가회동 이십칠 번지, 중추원** 참의*** 송춘식의 호화로운 저택에서는 외아들 준호의 은인인 백진주 선생을 맞이하고자 만반의 준비를 하고 약속의 시간인 정각 열 시 반을 기다리고 있었다.

송준호는 다소 흥분한 표정으로 응접실 시계를 쳐다보면서 중얼거렸다.

"열 시 십오 분 전! 인제 사십오 분만 있으면 나의 생명의 은인인 귀중한 손님이 오실 것이다."

그때 하인 한 사람이 들어오면서

"식사는 몇 시쯤 하시겠습니까?"

하고 물었다.

"열 시 반에는 꼭 할 예정이네. 원체 시간을 엄격히 지키시는 분이니까……."

"네."

"그리고 안방으로 들어가서 어머님께 이렇게 여쭙게. 어머님께는 식

---

* 지나支那: 중국 본토를 가리키는 다른 이름.
** 중추원中樞院: 식민지 시대 조선 총독부의 자문 기관.
*** 참의參議: 식민지 시대 중추원에 속한 벼슬. 조선 시대에는 육조六曹의 정삼품 벼슬이었으며, 대한 제국 시대에는 의정부議政府의 각 아문에 속한 벼슬이었다. 참지參知.

사가 다 끝난 후에 손님을 소개하여드리겠다고. 알겠나?"

"네, 잘 알아 모셨습니다."

하인이 물러간 후 송준호는 약간 초조한 얼굴을 지으며 응접실 안을 이리저리 거닐고 있었다.

그때 동양신보사 사회부장 임성묵林聖默과 총독부 이재과*에 근무하는 전도유망한 청년 조봉구曹鳳九가 들어오며

"아니, 송 군, 열 시 반에 식사를 하러 오라는 법이 세상에 어디 있단 말인가? 필경 이게 조반도 아닐 게고 점심도 아닐 게고……."

하고 적잖게 나무라는 말을 하며 소파에 몸을 던졌다.

"아, 그것만은 용서해주게. 열 시 반이라는 시각만은 이 세상이 뒤집히는 한이 있을지라도 변경할 수 없는 시각일세. 그러나 그 대신 훌륭한 인간— 아니, 가장 신비롭고 가장 침착하고 가장 인자하고 가장 돈이 많고 그리고 나에게 있어서는 가장 귀중한 인물을 한 사람 자네들에게 소개할 테야. 그러면 되지 않겠나?"

"하하, 이건 그럼 『아라비안나이트』의 주인공 같은 사람을 소개할 셈이 아닌가, 응?"

"음, 자네 말마따나 꼭 『아라비안나이트』의 주인공 같은 사람일는지도 모르지."

"그래, 그가 대체 누구라는 말인가?"

조봉구와 임성묵은 적잖은 호기심을 가지고 그렇게 물었다.

"그건 두고 보면 알 일이고…… 하여튼 상해 제일류 급의 금만가요 제일류 급의 사교가요 그리고 동시에 신기루처럼 신비로운 인물인 줄로만 알아두게나. 그러한 귀중한 인물을 맞이함에 있어서 말하자면 배석관

* 이재과理財課: 재산을 관리하는 부서.

으로서 자네 두 사람과 저 홍일태洪日泰 군을 청했는데……."

하고 송준호는 아주 호탕한 기분으로 바로 열 시를 가리키는 시계를 쳐다보았을 때 문이 열리며

"홍 선생이 오시었습니다."

하며 하인이 홍일태 청년을 안내하였다. 홍일태로 말하면 역시 서울 상류 계급에 속하는 청년으로서 조봉구, 임성묵과 함께 송준호에게는 절친한 친구였다.

그러나 그때 송준호는 홍일태의 등 뒤에 낯선 청년 한 사람을 발견하고 의아스러운 시선을 홍에게 던졌을 때

"아, 송 군, 나의 은인 모인규 박사를 군에게 소개하고자 모시고 왔는데……."

하고 이십칠팔 세쯤 되어 보이는 점잖은 청년 신사 모인규를 송준호에게 소개하였다.

독자 제군은 혹시 젊은 의학 박사 모인규의 이름을 잊어버렸는지도 모를 것이다. 지금으로부터 칠 년 전 진남포 항구 모 상회의 주인 모영택 씨가 기울어져가는 가운을 지탱치 못하여 유서 깊은 모 상회의 명예와 신용을 죽음으로써 회복하고자 할 때 조금도 떠들지 않고 눈물로써 아버지의 죽음을 격려하던 그의 아들— 당시 평양 의학생이던 외아들 모인규 그 사람이었다.

"아, 작년 여름 한강에서 자네를 구해준 영웅이 바로 이분이시란 말인가?"

"음, 그러네. 바로 이 모인규 형이네."

작년 구월 초순, 홍일태는 보트를 타고 한강 한복판에 나갔다가 잘못하여 보트가 뒤집히는 바람에 물속으로 들어갔다. 헤엄을 칠 줄 모르는 홍일태였다.

그때 바로 한강 인도교를 건너고 있던 모인규가 이 모양을 보자 옷을 벗어버리고 인도교 위에서 보기 좋은 다이빙을 하여 구사일생 격으로 홍일태를 구해준 하나의 영웅적인 행동을 당시의 신문은 상세히 보도하였던 것이다.

"네, 나는 학생 시대에 평양 대동강 인도교에서 곧잘 다이빙을 연습하였지요. 아니, 그것보다도 나는 그날 어떠한 일이 있을지라도 사람의 생명을 하나 구해주겠다는 심원*을 세웠던 것입니다. 그렇습니다. 그것은 바로 구월 오일— 나의 아버지께서 기적적으로 구원을 받으신 날입니다. 그래서 나는 그날을 기념하기 위하여 매년 구월 오일에는 무엇이든지 한 가지 세상 사람을 위하여 하여드리고자 결심을 하였지요."

사람들의 물음에 대하여 모인규 청년은 얼굴을 붉히면서 그런 대답을 하였다.

"실로 모 형이야말로 인류애의 실천자입니다!"

하고 송준호는 모인규의 손을 굳세게 잡아 흔들며

"모 형, 잘 오셨습니다. 실은 오늘 모 형과 똑같은 인류애의 실천자가 또 한 분 여기에 참석하기로 되었습니다. 나의 생명을 구해준 은인!"

거기서 송준호는 상해에서 경험한 이야기와 신영철에게 들은 진주섬 이야기를 처음부터 끝까지 쭉 말하였을 때

"가만 계세요."

하고 모인규는 머리를 기웃거리며

"실은 진주섬이라는 말은 나의 아버지의 배에서 일을 하던 선원들의 입에서 여러 번 들은 섬입니다. 그래, 그 진주섬의 주인의 이름이 무엇이랬지요?"

---

* 심원心願: 마음으로 바람. 또는 그런 일.

"백진주 선생입니다."

"백진주 선생……? 실은 광삼이라는 늙은 선원의 입으로부터 진주섬에 있는 훌륭한 동굴 이야기를 몇 번 저도 들은 적이 있지요."

"하하하…… 이건 정말 옛말에 나오는 무슨 허황한 이야기 같군요."

하고 일동은 좀처럼 송준호의 말을 곧이듣지를 않으며 문득 시계를 쳐다보았다.

"자아, 지금이 꼭 열 시 반일새. 정각 열 시 반에는 꼭 온다던 백진주 선생이 아직도 안 오는 것을 보면 송 군, 자네는 아름다운 동화를 믿는 철부지 어린애밖에는 아무것도 아니란 말이야. 하하하……."

하고 일동이 웃음을 퍼붓듯이 웃고 있을 때 문이 열리며 하인이 들어왔다.

"백진주 선생이 오셨습니다."

24. 송춘식 부인

'백진주 선생이 오셨습니다.'

그 한마디가 하인의 입에서 떨어지자 창백한 얼굴에 가느다란 미소를 띠면서 과연 백진주 선생은 들어왔다.

"정확은 왕자의 예의라고 말한 사람이 있습니다만 그러나 몇 천 리몇 만 리 밖에서 달려왔기 때문에 일이 초 늦어진 것을 용서하시오."

그러면서 백진주 선생은 천천히 응접실 안으로 들어왔다.

"백 선생!"

하고 송준호는 반가이 손을 잡으며

"원로에 수고로이 오셨습니다. 선생을 맞이하고자 나의 절친한 친구

몇 사람을 청했으니 소개하겠습니다. 이이는 서울에서도 가장 유서가 깊은 양반인 홍일태 군, 이이는 전도가 유망한 총독부 관리인 조봉구 군, 이이는 조고계*에서도 가장 이름이 높은 임성묵 군, 그리고 이분은 청년의학 박사 모인규 씹니다."

맨 마지막의 이 모인규라는 말을 듣는 순간 그때까지 은근하고도 한편 무척 냉정한 태도를 가졌던 백진주 선생의 창백한 용모가 저도 모르는 사이에 처녀의 그것처럼 발갛게 홍조를 띠었다.

"모인규 씨? 분명히 모인규 씨라고 부르셨지요?"

그처럼 침착하던 백진주 선생의 목소리가 약간 떨리었다.

"그렇습니다. 제가 모인규올시다."

하고 모인규는 백진주 선생이 청하는 대로 손을 내밀어 악수를 받았다. 그 순간 아아, 이것이 대체 무슨 이유일꼬? 백진주 선생은 어이하여 이처럼 자기의 손을 부서져라 하고 다정히 그리고 힘 있게 쥐어주는고?

"백 선생, 이 모 형의 혈관에는 실로 용감하고 실로 고결한 피가 흐르고 있답니다."

하고 송준호가 말하였을 때 모인규는

"송 형, 무슨 말씀을……."

하고 얼굴을 붉히는 것을

"백 선생, 지금도 모 형의 실로 용감한 이야기를 하고 있던 중입니다. 오늘 처음으로 뵈는 분이기는 하지마는 저의 친구로서 백 선생에게 소개합니다."

그 말을 들은 백진주 선생은 그의 일종 독특한 시선으로 모인규 청년을 물끄러미 바라보면서 다정한 목소리로

---

* 조고계操觚界: 글을 짓거나 글씨를 쓰는 일에 종사하는 사람들의 사회. 글자를 쓰는 패를 잡아 글을 쓴다는 뜻의 '조고操觚'는 문필에 종사함을 이르는 말로 쓰인다. 문필계文筆界.

"용감하고도 고결한 피! 그것은 실로 훌륭한 피입니다!"

백진주 선생의 이러한 태도에 일동은 놀랐다. 아니, 특히 더 놀란 것은 모인규 박사였다.

"송 군의 말처럼 백 선생은 실로 신비로운 분입니다. 모 형은 어떻게 생각하시오?"

하고 홍일태가 물었다.

"네, 저는 이 순간 이런 것을 생각했습니다. 백진주 선생은 허위를 모르는 눈동자와 다정한 음성을 가지셨다고요."

그 말을 들은 백진주 선생의 얼굴에는 적잖은 만족한 표정이 떠돌았다.

그때 하인이 들어와서 식사의 준비가 되었다는 말을 전하였다. 일동은 하인의 안내로 화려한 식당으로 들어갔다.

독자 제군도 알다시피 진주섬 아방궁과 같은 동굴에서 글자 그대로의 산해의 진미를 매일처럼 맛보는 백진주 선생에게는 제아무리 서울 장안의 일등 가는 요리를 베풀었다손 치더라도 입에 맞을 리가 만무하다.

그래서 백진주 선생은 몇 술 드는 척하고는 곧 술을 놓으면서

"아, 저번 상해서 듣자니 송 군은 이번 어떤 고귀한 부인과 약혼을 하신다더니 어떻게 되었습니까?"

하고 말머리를 돌렸다.

"백 선생, 그 이야기는 아직도 이야기대로 있습니다. 그러나 집의 아버지가 나보다도 더 이번 혼인을 기뻐하시니까 아마 얼마 후에는 장옥영 張玉英 양을 약혼자로서 백 선생께 소개할 기회가 있으리라고 믿습니다."

"아, 그렇습니까. 그의 부친 되시는 분은 어떤 분인가요?"

"장현도 씨라고 서울에서도 은행가로서는 손을 꼽는 유명한 분이지요."

하고 임성묵이가 대신 대답하였다.

"장현도 씨라고요?"

하고 백진주 선생은 다시 한 번 송준호의 얼굴을 쳐다보았다.

"그렇습니다."

하고 사회부장 임성묵은 다시 말을 가로채서

"손꼽는 은행가로서도 유명하지만 황국 신민으로서도 으뜸 되는 선봉자지요."

"황국 신민이라고요?"

"그렇습니다. 조선 사람을 일본 사람으로 만들고자 하는 노력이 아주 착실한 분이지요."

"임 군, 그건 너무하네. 장래에는 나의 장인이 될 사람을 가지고……."

송준호는 약간 얼굴을 붉힌다.

"너무하긴 뭐가 너무하다는 말인가? 중추원 참의인 자네 부친 송춘식 씨도 그만했으면 무던하고*…… 하하하…… 짝패**야 짝패! 그만했으면 서로 잘 만났지, 잘 만났어! 자네와 옥영 양은 생각건대 천분인가 보이. 하하하……."

임성묵은 호탕하게 웃어댄다.

"너무 사람을 그렇게 단련시키지 말게."

하고 송준호는 백진주 선생을 향하여

"그런데 백 선생은 장현도 씨를 아십니까?"

"지금은 알지 못하지만도 아마 머지않아 알게 될 것입니다. 실은 상해 교역 은행에 맡겨둔 예금을 이번에 거기서— 장현도 씨의 은행에서 찾아 쓰게 될 것 같습니다."

---

* 무던하다: 정도가 어지간하다.
** 짝패牌: 짝을 이룬 패.

그러면서 백진주 선생은 힐끗 곁눈으로 모인규를 바라보았다. 과연 모인규는

"아, 선생은 상해 교역 은행을 아십니까?"

하고 놀라 물었다.

"네, 잘 알고 있지요."

"오오, 백 선생!"

하고 모인규는 감동하며

"실은 이전에 상해 교역 은행이 저희 상점에 대하여 잊을 수 없는 혜택을 베풀어주었답니다. 그래, 그 후 그 혜택의 만분지일이라도 갚을 셈으로 수차 조사를 하여보았으나 그런 일은 통 없다고 합니다."

"글쎄올시다, 무엇이든지 제가 할 수 있는 일이라면 도와드리겠습니다."

하고 대답하였다.

그때 송준호는 말머리를 돌려서

"그런데 백 선생, 무엇보다도 백 선생이 서울 계시는 동안 거처하실 적당한 주택이 필요하실 텐데…… 혹시 선생께서만 용서하신다면 그리 호화롭지는 못합니다만 저희 집에서 유하시도록 하시는 것이 어떠실까요?"

"고맙습니다. 그러나 내가 서울에 머물러 있을 동안 있을 주택은 이미 구해놨습니다."

"엣……? 벌써 구하셨다고요?"

일동은 놀라지 않을 수 없었다.

"네, 내 시종*을 하는 하인 한 사람이 있는데요. 그이에게 주택과 가

---

* 시종侍從: 주인의 가까이에서 여러 가지 잔일을 맡아보는 아랫사람. 여기에서는 '시중'의 본딧말로 쓰였다.

구를 준비하도록 나보다 먼저 이 서울에 보내뒀었지요. 이것이 이번 새로 정한 나의 집 번집니다."

하고 백진주 선생은 수첩을 꺼내 주소를 적은 페이지를 내보였다.

"혜화동惠化洞 삼십 번지? 그러면 백 선생은 아직 댁에 못 가보셨습니까?"

"네, 저는 송 군과의 약속의 시간에 늦지 않으려고 오늘 정거장에 내리자 곧 이리로 달려왔답니다."

이 말은 듣고 사람들은 서로 얼굴을 쳐다보지 않을 수 없었다.

이리하여 이윽고 식사는 끝났다. 일동은 백진주 선생을 혼자 송준호의 집에 남겨둔 채 돌아가버리고 말았다.

백진주 선생은 송준호 청년을 따라 서재로 들어갔다.

"백 선생님, 제 어머니를 선생께 소개하기 전에 제 서재를 한번 구경하여주시오. 별로 볼 만한 책은 없습니다만……."

"오오, 훌륭한 서잽니다. 송 군은 자연 과학보다 좀 더 깊이 예술을 사랑하시는구면요."

그러면서 책장 앞을 뚜벅뚜벅 거닐다가 백진주 선생은 문득 발걸음을 멈추고 벽 위에 걸린 한 사람의 어여쁜 여인의 사진틀 앞에서 우뚝 발걸음을 멈추었다.

그것은 새까만 긴 눈썹 밑에 타오르는 한 줄기 정열을 숨긴 듯한 이십오륙 세의 젊은 부인의 초상이었다.

분홍 저고리, 깜장 치마…… 멀리 꿈꾸는 사람처럼 푸른 바다를 바라다보고 선 한 사람의 여인의 초상화다! 그 초상화를 쳐다보는 순간 백진주 선생의 창백한 두 볼에 무지개처럼 뻗치는 한 줄기 홍조! 전신을 부르르 떨며 번개처럼 지나가는 전율이여!

한참 동안 침묵이 계속되었다.

"송 군은 어쩌면 이렇게도 어여쁜 여인을 애인으로 가졌습니까! 행복하십니다!"

하고 백진주 선생은 조용히 물었다.

"백 선생!"

하고 그때 송준호는 엄숙한 소리로

"잘못 생각하시면 안 되십니다. 이것은 나의 어머닙니다. 지금으로부터 칠팔 년 전에 그린 것인데 아주 잘된 그림이에요. 어머니는 이 그림을 무척 좋아하시지만 어쩐지 아버지는 무척 싫어하신답니다. 아버지는 중추원에서도 아주 이론가로서 유명하지만 미술 같은 것에는 소양이 없으신 분이지요. 그러나 어머니는 그와 반대로 무척 예술을 사랑한답니다. 이런 부질없는 가정 이야기까지 여쭈어서 민망스럽습니다만 아버지가 싫어하신다고 해서 버릴 수도 없고…… 그래서 어머니는 이 초상화를 내 서재에다 기부를 하셨지요. 그런데 이 초상화에는 아주 무엇인가 불길한 힘이 있는지도 모를 것이 어머니께서는 나를 보러 서재에 들어오시면 반드시 이 초상화를 쳐다보시고 또 이 초상화를 쳐다보시면 반드시 눈물을 흘린답니다."

백진주 선생은 깊은 신음과 함께 창밖의 정원을 내다보았다. 무엇인지는 알 수 없으나 오주주하니 전신에 달려드는 오한과도 같은 전율이다.

"그러면 아버지가 지금 사랑방에 계시니 아버지를 소개하여드리겠습니다."

그러면서 송준호는 백진주 선생을 다시 응접실로 모셔다 두고 자기는 넓은 복도를 걸어 아버지 송춘식을 모시러 갔다.

이윽고 문이 열리면서 사십오륙 세쯤 되어 보이는 송춘식이가 아들의 안내를 받으며 응접실로 들어왔다.

"아버지, 백진주 선생입니다. 상해서 제 생명을 구해주신 백 선생입니다."

"아아, 먼 길에 수고로이 오셨습니다."

송춘식은 만면에 웃음을 띠면서 백진주 선생 앞으로 다가왔다.

"준호가 여러 가지로 선생의 덕택을 힘입었다 하오니 은혜는 백골난망이올시다."

"천만의 말씀이올시다. 사소한 일을 가지고 너무 그처럼 과장하실 필요는 없습니다. 아니, 그보다도 이처럼 훌륭하신 가정에 들어와볼 수 있는 영광을 다행으로 생각합니다."

"내 아내는 지금 화장을 하노라고 조금 늦을 것 같사오니 용서하십시오. 저희들은 백 선생의 혜택을 정말 하늘처럼 생각하고 있습니다."

그때 송준호가 뒤를 돌아다보며

"아, 어머니가 오셨습니다."

하고 조용히 들어서는 어머니를 맞이하였다.

그 소리에 백진주 선생도 뒤를 돌아다보았다.

중추원 참의 송춘식 부인— 아니, 그 옛날 억낭틀 해변가에 어여쁘게 피었던 한 떨기 해당화인 계옥분이가 바로 백진주 선생의 눈앞에 있었다.

25. 기적

그렇다. 지금 응접실 안으로 선뜻 한 발을 들여놓은 채 빤히 백진주 선생의 얼굴을 바라다보며 마치 돌부처인 양 움직일 줄을 모르는 귀부인 한 사람!

그것은 틀림없는 송준호 청년의 어머니인 동시에 중추원 참의 송춘식이의 아내이었고 또 한편 송춘식 부인인 동시에 순정의 젊은이 이봉룡의 젊고 아름다운 청춘을 불태운 채 영원히 가져가버린 항구의 꿈 많던 처녀 계옥분 그 사람이기도 하였다.

'오오, 옥분이!'

하고 만일 이 자리에 이 귀부인의 남편 되는 사람과 아들 되는 청년이 없었던들 백진주 선생은 그런 종류의 깊은 감격과 질식할 것 같은 신음으로써 이 귀부인을 맞이하였을는지도 몰랐다.

백진주 선생의 얼굴 위에 얼어붙은 듯이 움직일 줄을 모르는 송춘식 부인의 오들오들 떨고 있는 한 쌍의 눈동자! 화려하던 얼굴이 종잇장처럼 핏기를 잃고 문지도리*를 짚었던 부인의 팔이 힘없이 미끄러져 내리는 순간 백진주 선생은 얼른 몸을 일으키며 부인을 향하여 정중히 허리를 굽혔다.

"아니, 어디 편치 않으오?"

송춘식은 부인을 쳐다보았다.

"어머니, 얼굴빛이 좋지 못하신데……."

준호도 달려가며 그렇게 물었을 때 부인은 머리를 간신히 흔들며

"아—니, 그저…… 그저……."

하고 안색을 가다듬어 가지고 손님에게 조용히 인사를 하며

"이분이…… 이 선생님이 안 계셨던들 지금쯤 우리 집안은 깊은 비탄 속에 잠겨 있을 것을 생각하니 공연히…… 공연히 마음이 떨리는구나."

그리고 이번에는 정면으로 백진주 선생을 향하여

＊문門지도리: 문짝을 여닫을 때 문짝이 달려 있게 하는, 돌쩌귀나 문장부 따위의 물건. 문추門樞.

"먼 길에 수고로이 오셨습니다! 선생 덕분에 준호가 이처럼 생명을 유지할 수 있은 것을 저는 모두…… 모두 신의 가호라고 믿습니다. 이처럼 선생님께 치사의 말씀을 드릴 기회를 가진 것을 저는 끝없이…… 한없이 신명께 감사하옵니다!"

그러면서 또 한 번 공손히 허리를 굽히는 송춘식 부인에게 백진주 선생은 부인보다도 더한층 창백한 얼굴로

"부인, 별로 신통치도 않은 사소한 행동에 대하여 너무 과분한 칭찬을 듣는 것을 도리어 소생은 황송히 생각합니다."

"아아, 선생과 같으신 분과 교분을 가진 준호는 행복한 사람이올시다. 모두가…… 그렇습니다! 모두가 신명의 뜻인가 하옵니다."

그러면서 부인은 끝없는 감사의 빛을 띠며 그 어여쁜 두 눈동자로 잠깐 창밖을 바라보았다. 그 순간 창밖을 바라보는 그 새까만 눈썹 밑에 백진주 선생은 한 방울 맑은 눈물이 고였다 흩어지는 것을 걸핏* 본 것 같았다. 아니, 분명히 보았다.

"그러면 백 선생, 저는 오늘 피치 못할 회의가 중추원에 있어서요. 대단히 미안한 일입니다만 잠깐 실례하지 않으면 안 되겠습니다."

그리고 이번에는 부인을 향하여

"당신이 나 대신 백 선생을 잘 모셔야겠소."

"네, 다녀오셔요."

하고 부인은 부드럽게 대답을 하며 남편을 문밖까지 전송하고 나서

"백 선생, 오늘은 저희들과 함께 저녁을 같이하여주실 수 있으시겠지요?"

"고맙습니다. 부인의 후의는 감사하게 생각하오나 저는 아직 숙소를

| * 걸핏: 어떤 일이 진행되는 김에 빨리. 무엇이 갑자기 언뜻 나타나는 모양.

정하지 못하여서요."

그때 송준호는 어머니를 대신하여

"그러나 백 선생님, 상해에서 받은 혜택의 십분지 일이라도 보답하고자 하는 저희들을 위하여 누추하나마 하룻밤이라도 저희 집에서 누하시도록* 하시면 어떻겠습니까?"

"감사합니다. 그러나 내가 상해를 떠나기 사흘 전에 사람을 시켜서 숙소를 구해놓도록 준비를 하여두었습니다. 아마 지금쯤은 저 대문 밖에서 내가 나오기를 기다리고 있을는지도 모르지요."

그러면서 백진주 선생은 응접실 커튼을 반만큼 열어젖히며 대문 밖을 내다보았다.

과연 한 대의 자동차가 대문 밖에서 기다리고 있는 것이 보이었다.

"그러면 후일 다시 한 번 저희 집을 찾아주실 수 있을까요?"

하고 부인은 의미 깊은 시선으로 백진주 선생의 얼굴을 쳐다보았다. 그러나 백진주 선생은 거기는 대답이 없이

"부인, 오늘은 실례가 많았습니다."

하고 작별의 인사를 간단히 남겨놓고 응접실을 나왔다.

송준호는 대문 밖까지 따라 나와 자동차를 타는 백진주 선생을 정중히 전송을 하였다.

"숙소도 정해진 듯하니 송 군을 제집에 한번 초대를 하겠습니다."

"고맙습니다."

"그러면 후일 다시……."

이윽고 자동차가 엔진 소리와 함께 송춘식이의 대문 밖을 떠나는 순간 백진주 선생은 지금 막 송춘식 부인과 작별을 하고 나온 응접실 암녹

---

* 누하다: 어떤 곳에 머물러 묵다. 유留하다.

색 커튼을 반만큼 열고 조심성스럽게 밖을 내다보는 흰 얼굴을 분명히 보았다.

준호가 다시 응접실로 들어가니 어머니의 창백한 얼굴이 팔걸이의자에 파묻히듯이 고즈넉이 앉았다.

"어머니, 어디가 정말 편찮으셨어요? 아까도 그랬었지만 얼굴빛이 정말 나쁜걸요, 뭐."

아들은 어머니 옆으로 다가앉으면서 근심스럽게 물었다.

"내 얼굴빛이 그처럼 나쁘냐?"

어머니는 아들을 조심성스러운 눈치로 바라보았다.

"정말이에요, 어머니. 괴로우시면 들어가 누우실까요?"

"아―니, 괜찮아!"

그리고 또 얼마 동안 침묵이 계속된 후

"그런데 남자의 이름이 어째 진줄까?"

하고 어머니는 은근히 물었다.

"어머니, 그건 저…… 저도 그것이 본명인지 가명인지는 몰라도 진주도라는 섬이 황해 바다에 있대요. 그 섬은 무인도라는데…… 아, 저 신 군이 저번 상해로 가는 도중에 진주섬엘 들러서 갔는데 백진주 선생은 그 진주섬의 주인이라고요."

"진주섬이라고……?"

"네, 진주섬!"

무엇인지는 알 수 없으나 그 어떤 희미한 기억을 더듬는 것 같은 어머니의 몽롱한 눈동자를 아들은 보았다.

"어머니, 진주섬을 아세요?"

"아―니, 몰라."

어머니는 머리를 가만히 흔들었다. 그러나 이 어머니는 그 옛날 태양환의 일등 운전사 봉룡의 입으로부터 그런 아름다운 이름을 가진 조그만 섬이 황해 바다 한복판에 겨자씨처럼 떠 있다는 말을 여러 번 들었던 것이다.

"백진주 선생은 네가 말하는 것처럼 그렇게 돈이 많은 분이냐?"

"정말이에요, 어머니. 상해에서도 백진주 선생이라면 일류로 치는 금만가랍니다."

"그래?"

어머니는 또 잠깐 침묵을 지키다가

"그런데 어머니가 네게 특별히 한 가지 묻는 것인데…… 백진주 선생이라는 사람은 겉과 속이 똑같이 훌륭한 사람이라고 너는 생각하느냐?"

"네, 저는 그렇게 생각하지만 저 신 군의 의견을 들으면 백진주 선생은 마음 놓고 사귈 인물이 아니라고 그러더군요."

"음―."

"그러나 어머니, 저는 이렇게 생각하지요. 백진주 선생으로 말하면 그 어떤 극도의 불행으로 말미암아 숙명의 낙인을 찍힌 채 지옥으로 떨어졌다가 이를 악물고 다시 이 사바에 기어 나온 의지의 인간인 것 같아요."

"음―."

"그러나 그런 과거가 무슨 상관이 있습니까, 어머니? 오늘 어머니께서도 만나보신 것과 같이 훌륭한 분이면 그만 아니에요?"

"그렇기도 하지만…… 그런데 그분이 네게는 몇 살이나 되어 보이더냐?"

"삼십오륙 세쯤 되어 보이지 않아요?"

"삼십오륙 세? 그보다야 더 났지."

어머니는 그러면서 슬그머니 눈을 감고 봉룡의 나이를 마음속으로 세어본다.

"그래, 너는 정말 그분을 좋아하느냐?"

"네, 신 군은 싫어하지만도 전 무척 백 선생이 좋아요."

"음…… 그래도 내가 일상 널 보고 하는 말이 있지 않느냐? 동무를 새로이 사귈 때는 잘 주의해서 사귀라고……."

"그러나 어머니, 어머니가 그처럼 걱정하여주시는 것은 감사하지만…… 백 선생은 술도 많이 안 자시고 놀음놀이*도 안 하고 돈은 진시황처럼 물 쓰듯 하고 그러니까 절 보고 돈 취해달라는 일은 없을 것이고…… 어머니, 뭘 주의하라는 말씀이세요?"

"아, 참, 네 말이 맞았다! 나는 공연히 쓸데없는 걱정을 하는 셈이지. 그리고 널 구해준 분이 아닌가!"

"그럼요, 어머니."

"그래, 아버지는 그분을 어떻게 접대하시던?"

"아주 훌륭하게 접대를 하셨답니다. 구년친구**처럼 반가이 맞으셨어요."

"음, 그래……?"

어머니는 그러면서 꿈꾸는 사람처럼 감았던 눈을 슬그머니 떴다.

"준호야."

"네?"

"나 혼자 좀 이 방에 두어주렴."

"아, 그러세요?"

준호는 몸을 일으키며

---

* 놀음놀이: 여러 사람이 모여서 즐겁게 노는 일.
** 구년친구舊年親舊: 오랫동안 헤어져 있는 친구. 오랫동안 사귀어온 친구. 십년지기十年知己.

"저, 어머니가 읽으시던 소설책 갖다 드릴까요?"

"아—니. 그저 혼자 좀 앉아 있고 싶어서……."

"네, 그럼 전 제 방으로 가겠습니다."

그리고 응접실을 나가려다가

"아, 어머니."

"응?"

"백 선생이 며칠 후 저를 초대해주시겠다고 약속을 했었답니다."

"그래……? 준호는 참 훌륭한 동무를 가져서 행복이지."

아들이 나간 후 송 부인은 반만큼 열리어진 커튼을 내리고 아까 백진주 선생이 앉았던 팔걸이의자로 천천히 걸어가서 가만히 앉아보았다. 그리고 입속말로 가만히 중얼거려보았다.

"그이다! 그분이다!"

26. 유령의 집

중추원 참의 송춘식이네 집을 떠난 백진주 선생은 충복忠僕 배성칠이가 운전하는 대로 자동차에 몸을 싣고 가회동 골목을 내려오자 왼편으로 커브를 하여 돈화문 앞을 지나 창경원 긴 담장을 끼고 일로 혜화동을 향하여 부살같이 달리고 있었다.

"성칠이, 이번 손에 넣은 저택이 혜화동에 있다지?"

"네, 혜화동 일대에서도 가장 호화로운 저택이올시다."

"음, 군이 고른 집이니 내 마음에도 들겠지."

만일 이 자리에 저 사냥꾼 신영철이가 있었다면 지금 배성칠이라고 불리는 운전수의 얼굴이 저 황해 바다 진주섬에서 신영철을 황홀 찬란한 동굴 속으로 안내하던 그 사나이와 똑같다는 사실을 보았을 것이다.

이윽고 혜화동으로 접어든 자동차는 정원에 수목이 울창한 커—다란 이 층 양옥 현관 앞에서 멎었다.

"선생님, 바로 이 집이올시다."

배성칠은 먼저 운전대에서 뛰어내려 공손히 자동차 문을 열었다.

"음, 만족하지는 못하나 그만했으면 쓸 법하네."

그때 자동차 소리를 듣고 안으로부터 아리阿里라고 부르는 충복이 또 한 사람 뛰어나오면서 백진주 선생을 반가이 맞이하였다.

아리— 그는 벙어리였다. 그러나 이 중국인 아리는 비록 벙어리이기는 하되 백진주 선생에게 있어서는 반시라도 없어서는 아니 될 가장 영리한 충복이다. 산동성* 쿨리** 시대에 백진주 선생의 각별한 구원을 받은 후부터 아리는 이 주인이 만일 자기의 생명을 원한다면 조금도 주저하지 않고 그것을 바칠 것이다.

백진주 선생은 반가이 맞이하는 아리에게 웃는 얼굴을 지어 보인 후에

"그런데 성칠이, 서대문 은행의 두취*** 장현도 씨에게 내 명함을 보냈는가?"

"네, 제가 틀림없이 가지고 갔습니다."

"음, 내일쯤은 장현도 씨가 아마 나를 찾아올 테지!"

백진주 선생은 무엇을 생각했는지 혼잣말로 그렇게 중얼거리고 나서

"그런데 성칠이, 아현동阿峴洞 별장은 어떻게 되었는가?"

---

* 산동 성山東省: 산동 성. 중국 화베이華北 지방에 있는 성省. 성도省都는 지난濟南이다.
** 쿨리coolie: 육체노동에 종사하는 하층의 중국인·인도인 노동자. 특히 짐꾼이나 광부, 부두 노동자, 인력거꾼 등을 가리켜서 외국인이 부르던 호칭으로 한자어 '고력苦力'을 중국어 발음으로 부른 데에서 비롯된 말이다.
*** 두취頭取: 우두머리. 은행장銀行長.

그 말에 성칠은 저도 모르게 후닥닥 놀라며

"네, 네…… 매매 계약은 무사히 되었습니다…… 그리고 원체 비워 두었던 집이라 오늘이라도 들려면 들 수는 있습죠만……."

"음, 수고가 많았네. 그러면 어디, 별장 구경을 한번 가볼까?"

"네, 네……."

어째 그런지 성칠의 얼굴에는 공포의 빛이 알알이 떠올랐다.

"선생님께서 명령하시는 대로 그 집을 손에 넣기는 했습니다만…… 선생님이 쓰실 별장이라면 다른 데도 있을 법한데 하필…… 하필 왜 아현동 십팔 번지를……."

성칠은 공포와 의혹이 깊이 서린 얼굴로 주인을 바라보았다.

"별장 지대로는 서울에서도 아현동 고개가 그중 좋다는 말을 들었기 때문인데…… 아니, 내가 아현동 십팔 번지를 별장으로 산 것이 자네에게는 불만이라는 말인가?"

"아, 아, 아니올시다, 그저…… 그저, 공연히 무엇인가 마음에 걸려서……."

"무엇이 그렇게 마음에 걸리는지는 몰라도 하여튼 해가 지기 전에 별장 구경을 가보세."

그러면서 백진주 선생은 다시 자동차에 올라탔다. 배성칠도 하는 수 없다는 듯이 운전대에 올라 다시 자동차를 몰기 시작하였다.

'오늘은 어떠한 일이 있을지라도 이놈을 자백을 시켜야지! 그렇다. 직접 성칠의 입으로부터 내가 채 알지 못한 비밀을 들어야 한다! 검사 유동운에 대한 무서운 죄악의 비밀을 상세히 들어야 한다! 유동운 검사의 죄악을 나는 아직 십분지 칠팔밖에는 모르고 있다. 나머지 십분지 이를 성칠의 입으로부터 직접 들어보자!'

부드러운 쿠션에 깊이 파묻힌 채 백진주 선생은 눈을 감고 마음속으로 그렇게 중얼거렸다.

아현동 고개에서 연희동延禧洞으로 넘어가는 중턱에 굉장히 큰 구옥이 한 채 있었다. 잔디가 깔린 넓은 정원을 검은 널판자 울타리로 뻉 둘러싼 구옥— 오랫동안 비워둔 집이다.

어마어마하게 큰 대문 밖에서 자동차가 멎었을 때 집지기 행랑아범이 의아스러운 표정으로 대문을 찌궁* 열며 얼굴을 내밀었다.

배성칠은 온몸을 부들부들 떨면서 행랑아범에게 이 집이 팔렸다는 말을 전하고

"이분이 오늘부터 이 집 주인이오."

하고 백진주 선생을 가리켰다.

"아, 그러신가요! 어서 들어오십시오."

행랑아범은 굽실하고 절을 하며 백진주 선생을 안으로 모시면서

"그럼 이 집을 맡아 가지고 있던 김 변호사와 매매 계약을 하셨습지요?"

하고 백진주 선생을 쳐다보았다.

"나는 알 수 없소. 모두 여기 있는 배 군이 수속을 하였으니까— 성칠이, 그랬던가?"

"네, 네…… 이 집 주인 오붕서 씨는 진남포에 계시는 분인데 계약은 이 집을 맡아 가지고 있던 김 변호사와 하였습니다."

"뭐, 오붕서……?"

하고 백진주 선생은 일부러 머리를 한번 기웃거리며

"오붕서라는 이름은 어디서 듣던 이름 같기도 한데……."

"네네…… 나리로 말하면 시골선 쩡쩡 울리는 분입죠. 정숙이라는

| *찌궁: 대문 따위가 아주 힘들게 가까스로 열리는 소리나 모양.

무남독녀 외딸이 한 분 계셨는데 진남포서 유동운 씨라는 검사 댁에 출가를 하시고……."

"아, 나도 어디서 그런 말을 들은 성싶은데…… 아, 그 검사에게 시집을 갔던 따님이 죽었다는 말을 들은 것 같은데……."

"네네, 벌써 이십일 년 전의 일입죠. 그런 일이 있은 후부터 나리께서는 통 두문불출을 하시고 이 집엔 그 후 한두 번밖엔 발을 들여놓지 않으셨답니다. 모르긴 하겠죠만 따님이 돌아가신 원인이 암만해도 이 집에 무슨 관계가 있는 모양 같습지요."

"음, 검사 대리 유동운 부인이 세상을 떠난 원인이 이 집에 있다!"

백진주 선생은 혼잣말로 그렇게 중얼거리면서 힐끗 배성칠을 엿보았을 때 배성칠의 얼굴빛이 백랍처럼 핏기를 잃은 것을 보았다. 그러나 백진주 선생은 그러한 배성칠의 공포에 떨고 있는 얼굴을 보고도 못 본 척하고

"자아, 그러면 어디, 안으로 들어가볼까?"

그러면서 벌써 어둑어둑 어두워진 정원을 꿰어 앞장을 서서 안으로 들어갔다.

오랫동안 비워두었던 넓은 대청에는 허―연 먼지가 자욱했고 그 대청을 사이에 낀 넓은 안방과 건넌방이 모두 유령의 집처럼 무시무시하기 짝이 없다.

"아, 선생님!"

성칠이의 떨리는 목소리를 등 뒤에 듣고 백진주 선생은 뒤를 돌아다보았다. 배성칠은 그때 대청마루의 커다란 기둥에 몸을 기대고 좀처럼 발자국을 떼지 못한다.

"아니, 자네, 뭘 그처럼 두려워하느냐 말이야, 응?"

성칠은 그 어떤 무서운 과거를 회상하는 것처럼 물끄러미 안방을 바

라다보고 섰을 뿐이다.

"자네, 오늘은 정말 정신에 이상이 생긴 게 아닌가? 응?"

"싫습니다! 저는…… 저는 여기 서 있을 텝니다! 아무리 생각해도 이런 악착한 일이 있을 수 없습니다. 사람을 죽인 집…… 살인이 난 집을 선생님은 부러 골라서 사신 것이 아니세요? 아아, 무서워요! 생각만 해도 무서워요!"

"아니, 자네는 무슨 말을…… 그런 불길한 말을 왜 내 앞에서 당돌하게 하느냐 말이야? 자아, 빨리 이리 와서 앞장을 못 서겠나?"

하고 백진주 선생이 꽥 소리를 지르는 바람에 성칠은 하는 수 없이 부들부들 떨리는 다리에 채찍질을 하듯이 하며 앞장을 섰다.

"아아, 이 방……! 무서운 방!"

그렇게 부르짖으며 성칠은 안방을 기웃하고 들여다보다가 그만 넋을 잃고 두 손으로 얼굴을 가리었다.

"그런 어린애 같은 쓸데없는 애길랑 차차 하고…… 자아, 그럼 이번엔 어디, 뒤뜰 안으로 한번 나가볼까?"

싫다는 성칠을 앞장세워 가지고 백진주 선생은 폐허처럼 황량한 뒤란으로 내려가자 커—다란 앵두나무 아래서 발을 멈추고 우뚝 섰다. 그 순간

"앗! 선생님! 물러서세요! 빨리 앵두나무 밑에서 물러서세요! 그놈이, 그놈이…… 쓰러졌던 자립니다!"

하고 성칠은 미친 듯이 외쳤다.

"아니, 정말 자네가 미친 게 아닌가? 쓰러지긴 누구가 쓰러졌단 말이냐?"

백진주 선생은 도리어 냉정해진다.

"그러나 선생님, 나는…… 나는 그놈에게…… 그놈에게 복수를 한

것입니다! 복수를 하기 위하여 그놈을 죽인 것입니다."

"듣자니 이 집은 지방의 명망가 오봉서 씨의 것이라는데…… 그럼 그대는 오봉서 씨에게 복수를 했다는 말인가?"

"아닙니다. 아닙니다!"

하고 극도의 광란을 일으키며

"아아…… 피할래야 피할 수 없는 이 무서운 숙명…… 선생님은 하필 왜 이 집을 사시었습니까……? 그것이 바로 내가 사람을 죽인 집…… 그놈이 쓰러진 바로 그 자리에 선생님이 서 계시고…… 그리고 지금 선생님이 서 계시는 바로 발밑에 그놈이 갓난애를 파묻었던 구멍이 있습니다! 아아, 이것이 어찌 우연한 일이라 하겠습니까?"

"뭐, 갓난애를……?"

백진주 선생은 또 한 번 놀란다.

"그렇습니다! 그뿐만 아니라 지금 선생님이 입으신 외투가 그날 밤…… 그날 밤 유동운이가 입었던 외투와 꼭 같기만 하다면……."

"뭐, 유동운이라고……?"

백진주 선생은 부르짖는다.

"선생님, 그놈을 아십니까?"

"남포서 해주로 전근 간 검사 대리 말이겠지?"

"그렇습니다."

"오봉서 씨의 사위!"

"그렇습니다."

"법조계에서도 가장 청렴결백하다는 말을 듣는 검사!"

"아닙니다, 선생님! 청렴결백하다는 것은 표면뿐이고 아아, 사람의 가죽을 쓴 짐승입니다!"

"성칠이, 무슨 말을 그렇게 함부로 하느냐 말이야?"

하고 꽥 소리를 쳤다.

"선생님, 정말입니다. 제가 왜 은인인 선생께 거짓말을 아뢰겠습니까?"

"음, 그러면 그대는 검사 유동운이가 사람의 가죽을 쓴 짐승이라는 확실한 증거를 갖고 있는가?"

"그렇습니다. 갖고 있습니다!"

"음, 그러면…… 정말 그렇다면 아주 재미있는 이야기니 한번 속는 줄 알고 군의 이야기를 들어보기로 할까?"

"그럼 선생님께 모든 것을 숨김없이 아뢰겠습니다!"

그러면서 배성칠은 한 걸음 백진주 선생 앞으로 다가섰다.

27. 사생아

"선생님, 어느 대목에서부터 이야기를 할까요?"

"그것은 자네 마음대로 할 수밖에…… 그러나 조금이라도 거짓말을 섞으면 안 돼."

"원, 별말씀을 다……."

배성칠은 거기서 잠깐 무서운 과거를 회상하듯이 달빛이 희미하게 비치는 먼 하늘을 바라다보며

"그렇습니다. 그것은 바로 기미년 팔월 중순이었습니다. 만세 운동이 일단락을 짓자 진남포서 검사 대리로 있던 유동운은 검사로 승격하여 해주로 영전이 되어왔습니다. 그리고 선생님도 아시다시피 제 고향도 역시 해주입지요. 어렸을 적에 양친을 여읜 저는 하나밖에 없는 형님의 손에 길러 났기 때문에 말하자면 형님은 제게 있어서는 형님인 동시에 아버지

이기도 하였습니다. 더구나 형수는 제 어머니이기도 하였지요. 그런데 선생님도 아시다시피 그즈음 저희 형제는 이렇다 할 정당한 직업을 갖지 못하고 근해 밀항을 일삼는 밀수입자들과 몰려다니며 근근이 입에 풀칠을 하고 있었습니다. 그런데 선생님, 그때가 바로 어느 땐가 하면 해주 검사국에서 K라는 인물을 체포하지 못하여 눈이 벌게서 돌아다닐 때이었지요. K는 삼일 만세 때 해주에서 청년 지도자 격으로 활동한 용감한 사람이었는데 K를 비밀리에 상해로 밀항시킨 것이 바로 내 형님이었지요. 그렇습니다. 아무것도 모르는 저희들 밀수입자들에게도 조국을 사랑하는 한 줄기 끓는 피가 없을 수 있겠습니까!"

"음, 기특한 마음씨다. 그래서?"

"그런데 어떻게 일이 탄로 났는지 어느 날 갑자기 유동운 검사가 형님의 집에 와서 가택 수사를 한 후에 형님을 꽁꽁 묶어 갔답니다. 그런데 가택 수사를 할 때에 벽장 속에서 한 자루의 권총이 발견되었지요. 이 권총으로 말하면 순전히 밀수입자로서의 보신용으로 갖고 있던 것이고 결코 독립 운동자로서의 무기는 아니었습니다. 그러나 그것을 아무리 변명하여도 유동운은 좀처럼 귀를 기울이지 않았지요. 나는 그때 검사국으로 친히 유동운을 찾아가서 형님을 위하여 갖은 변호와 애원을 하였습니다만 유동운은 얼음덩이 같은 냉정한 태도로 자기는 다만 대일본 제국의 법률을 시행하는 하나의 기계일 뿐이라는 차디찬 한마디 말로써 나를 물리쳐버리고 말았습니다. 그 순간 무지몽매한 하나의 밀수입자로서의 나의 거친 피가 같은 조선 사람의 핏줄기를 받은 유동운 검사의 그 너무나 차디찬 태도에 무섭게 항거하는 용솟음을 온몸에 느끼고 부르르 떨었습니다. 오냐, 나는 너에게 복수를 하마! 이름이 좋아서 밀수입자지 해적에 가까운 생활을 하여온 나의 난폭한 피가 그렇게 마음속으로 부르짖었습니다. 아아, 그뿐이겠습니까? 형님은 마침내 석 달 만에 원인 불명의 죽음을 옥중에서 하였습니다. 옥사한 형님의 소식을 듣고 불쌍한 형수는 사흘 동안이나 나를 부여잡고 목 놓아 울었답니다. 아주머니, 조금만 더 기다려주시오! 나는 그렇게 형수의 귀밑에 속삭이었습니다."

"음, 복수를 하겠다는 뜻인가?"

"그렇습니다. 그런데 그 후 어떻게 된 셈인지 유동운은 다시 서울로 전근이 되어왔습니다. 형수를 혼자 해주에 남겨두고 유동운의 뒤를 따라 나도 서울로 올라왔지요. 그리고 나는 매일 밤처럼 그의 뒤를 따르기 시작했습니다. 그러던 어떤 날 밤 나는 실로 이상한 일을 하나 발견하였습니다."

"이상한 일이라고?"

"네, 선생님. 글쎄, 유동운이가 바로 이 집— 그것도 아까 우리가 들어온 대문으로 들어오는 것이 아니고 아, 선생님, 바로 저기 보이는 저 조그만 뒷문으로 누가 볼까 저퍼서* 사방을 두리번거리면서 몰래 숨어 들어오질 않겠습니까!"

그러면서 성칠은 검은 널판자 울타리 한복판에 달린 조그만 문짝을 손가락으로 가리켰다.

"음, 그래서……?"

백진주 선생은 흥미를 느끼는 듯이 맞장구를 친다.

"아까 행랑아범이 말한 것처럼 이 집은 그때도 유동운의 장인 되는 오봉서 씨의 소유였지만 오봉서 씨는 남포서 살고 있었기 때문에 이 별장은 어떤 젊은 과부에게 빌려주었지요. 그 젊은 과부 이름이 뭐, 심봉채 沈鳳彩라나요."

"음, 심봉채!"

| * 저프다: '두렵다' 의 옛말.

"네, 그런데 어떤 날 밤 저 담장 밖에서 이 뒤뜰을 넘겨다보니까 스물이 될락 말락 한 어여쁜 여자가 자꾸만 저 뒷문을 바라보고 섰겠지요. 분명히 유동운이가 오기를 기다리고 있는 것이었어요. 가만히 보니 산월産月이 가까웠는지 배가 불렀습니다. 그때 뒷문이 가만히 열리며 나타난 것이 틀림없는 유동운이었습니다. 두 사람은 반가운 듯이 손을 잡고 안으로 들어가버렸지요."

"음, 이야기가 점점 가경으로 들어가는걸!"

"그런데 그런 일이 있은 지 사흘 후, 그렇습니다, 그것은 오늘처럼 달 밝은 밤이었지요. 그날 밤은 꼭 유동운을 죽여버리려고 독심을 먹고 따라왔습니다. 역시 유동운은 뒷문으로 해서 안으로 들어가고 나는 나대로 유동운의 뒤를 따라 몰래 이 뒤뜰로 숨어 들어왔습니다. 한참 동안 저편 담장 밑에서 웅크리고 앉았노라니까 어찌 된 셈인지 유동운이가 바른편에는 부삽을 들고 왼편 옆구리에는 무슨 허엽스레한* 상자를 끼고 대청으로 해서 이 뒤뜰로 내려오질 않겠습니까. 그 순간 나는 손에 칼을 뽑아 쥐고 좀 더 내 앞으로 다가오기를 기다리고 있었지요. 그러나 유동운은 어떻게 된 셈인지 지금 선생님이 서 계시는 그 앵두나무 아래까지 와서는 상자를 옆에다 내려놓고 부삽으로 땅을 파기 시작하였지요. 그때 나는 후딱 이런 생각을 하였습니다. 오냐, 네가 무슨 보물 같은 것이 든 상자를 땅속에 파묻으려는구나! 과연 유동운은 상자를 땅속에 파묻고 그 위에 다시 흙을 덮었습니다. 그렇습니다. 내가 뛰어나가 유동운의 몸뚱이에 달려든 것은 바로 그 순간이었습니다."

"음, 그래, 유동운을 죽였다는 말인가?"

"그렇습니다. 나는 미친 듯이 달려들어 유동운을 쓰러트리고 유동운

| * 허엽스레하다: 산뜻하지 못하고 약간 희미하게 허옇다.

의 재물이 들어 있는 상자를 다시 파내 가지고 도망을 하였습니다."

"그래, 상자 속에는 금은보배가 들었던가?"

"천만의 말씀입죠. 아현동 고개를 한참 뛰어 내려가면서 인적이 드문 골목 안으로 들어가 상자를 칼끝으로 열어본즉 그것은 금은보배가 아니고 비단 산의*에 씌운 갓난애였습니다!"

"뭐, 바로 이 자리가 그 갓난애를 파묻었던 자리란 말인가?"

하고 백진주 선생은 발밑을 내려다보았다.

"네네, 바로 그 자리올시다. 나는 벌써 숨이 끊어진 갓난애를 보는 순간 어째 그런지 측은한 마음이 나서 의사가 하듯이 두 손으로 한참 동안 심호흡을 시켰지요. 그랬더니 삐악 하고 막혔던 숨을 내쉬면서 소리를 치지 않겠습니까. 아아, 하늘은 나로 하여금 한 사람의 생명을 박탈한 대신에 다른 한 사람의 목숨을 구하게 하시었구나……! 하는 기쁨의 부르짖음을 부르짖었습니다."

"그래, 그 갓난애는 어떻게 했는가?"

"원수의 핏줄기라도 갓난애가 하도 가엾고 귀여워서 서대문통西大門通에 고아들을 기르는 양육원이 있는 것을 생각하고 길거리에 버린 것을 주워왔다고 거짓말을 하여 그리로 갖다 주었습니다. 그리고 후일에 이르러 혹시 무슨 필요가 있을까 하고 산의를 한 조각 찢어가지고 해주 형수한테로 달려갔습니다. 그랬더니 마음이 남달리 착한 형수는 도리어 원수의 자식을 불쌍히 여기어 그 애 아버지를 우리 손으로 죽였으니 그 어버이 대신 우리가 갖다 길렀으면 좋지 않으냐고 눈물을 흘리면서 내가 찢어온 산의의 한 조각을 잘 건사해두는 것이었습니다."

"그래, 갓난애는 사낸가 계집앤가?"

---

　*산의産衣: 갓난아이에게 처음으로 입히는 옷. 깃저고리.

"사내였습니다. 인정 많은 형수는 그 이듬해 사월에 나도 모르게 서울로 가서 잘 건사해두었던 산의 한 조각을 내놓고 일곱 달이 될락 말락 한 어린것을 데리고 오질 않았겠습니까. 형수는 실로 천사와 같은 분이었지요. 어린애 이름을 착한 아이가 되라고 해서 선동善童이라 짓고 형수는 동리로 싸돌아다니며 동냥젖을 얻어먹여가면서 애지중지 길렀습니다. 그러나 점점 커가면서 착한 아이가 되라고 지어준 선동이와는 정반대로 악동의 표본과도 같은 인간이 되어버리고 말았지요. 부모의 나쁜 피를 그대로 받은 선동이는 도박을 비롯하여 도적질, 술, 계집— 나쁜 짓이란 나쁜 짓은 못 하는 것이 없고 그러한 선동이를 조금이라도 좋은 길로 인도하려고 애를 쓰는 형수에게 툭하면 손을 대기가 일쑤였습니다. 그러나 머리는 유달리 명석한 편이어서 중학 일 학년에서 퇴학을 맞을 때까지 품행은 보잘것없었으나 학과는 늘 우등이었습니다. 그러다가 어느 날 친어머니가 아니니까 돈을 잘 안 준다고 형수의 옆구리를 발길로 차서 죽여버린 채 어디론가 행방을 감추고 말았습니다."

"흥, 그만하면 상당한 인간이로군!"

백진주 선생은 흥미진진한 듯이 중얼거리며

"그래, 자네가 해주 감옥에 붙들려 들어가게 된 것은 또 무엇 때문인가?"

"네, 그것을 말씀 드리자면 또 이야기가 길지요."

"괜찮아. 아직 밤은 멀었어."

"네, 그럼 이야기하지요. 곱게 길렀던 호랑이 새끼에게 잡아먹힌 형수의 장례를 치르고 나는 전부터 긴밀한 연락을 취하고 있던 밀수입을 하는 친구를 찾아 남포로 갔지요. 아니, 남포라기보다도 남포서 좀 떨어진 진지동에서 '금강 여인숙'이라는 간판을 붙이고 객주를 하는 박돌이라는 친구를 찾아갔습니다."

"박돌이?"

"네, 칠 팔 년 전까지 남포서 포목 장사를 하다가 실패를 본 사나이지요."

"음, 박돌이!"

"내가 박돌일 찾아간 것은 밀수입 사건이 발각이 되어 나를 잡으러 다니는 경관을 피하기 위해서 나를 좀 숨겨달라는 것이 목적이었습니다. 그날 내가 진지동 금강 여인숙에 도착한 것은 저녁 무렵이었지요. 우리들 밀수입자는 결코 정문으로 드나드는 법은 절대 없답니다. 그날도 나는 뒤뜰 안 사잇문을 열고 그전 하던 대로 이 층 골방으로 몰래 올라가서 방바닥에 뚫린 조그만 구멍으로 혹시 경관이나 오지 않았나 하고 아래층을 내려다보았더니 박돌이의 아내가 혼자 걸상에 앉아 있었습니다. 밖은 비바람이 쏟아져 내리는 밤이지요. 그때 외출하였던 박돌이가 한 사람의 보석상을 데리고 들어오며 기쁨에 넘치는 목소리로 '여보, 이분은 남포서 보석 장사를 하는 분인데 아까 그 중이 갖다 준 금강석이 가짜가 아니고 진짜래, 진짜!' 하고 부르짖었습니다."

"음!"

하고 백진주 선생은 신음을 하였다.

그것은 지금으로부터 팔 년 전 저 무서운 해상 감옥에서 탈출한 이봉룡이가 승려의 몸으로 변장을 하고 한 개의 금강석으로서 굳게 다물고 있는 박돌의 입으로부터 원수들의 과거를 조사하던 바로 그날 저녁의 일이었던 것이다.

28. 호궁의 여인

"어서 그 다음을 이야기해보라."

하고 재촉하는 백진주 선생의 말에 성칠은 다시금 다음과 같은 긴 이야기를 시작하였다.

"예, 내가 이 층 골방에서 방바닥에 뚫어진 조그만 구멍으로 밑층을 내려다보고 있을 때 위에서도 말한 바와 같이 남포로 보석 감정을 갔던 박돌이가 보석 장수를 데리고 돌아오며 아까 낮에 그 중이 주고 간 금강석이 진짜라는 말을 하여 마누라를 놀라게 하였습니다.

'아니, 그럼 이것이 정말 오만 원짜리 금강석이에요?'

하고 외치는 마누라에게 남포서 온 보석상은 가난으로 말미암아 짜든* 이 초라한 여인숙 안을 한번 의심스러운 눈으로 둘러보면서

'그래, 아주머니, 대체 이런 훌륭한 금강석이 어떻게 당신네들의 손으로 굴러들어왔다는 말이오? 주인한테는 아까 말을 들었소만 어디, 아주머니 말하고 들어맞나 안 맞나 한 번 더 들어봅시다.'

'아, 글쎄, 우리 주인이 그전에 친했던 이봉룡이라는 사람이 감옥에서 병이 들어 죽을 때 아, 이 금강석을 주인한테 전해달라고 했었대요. 그래, 그 친절한 중이 오늘 이것을 가지고 오지 않았겠소? 아이참, 고마워라!'

'예, 그만하면 이야기는 들어맞소만 그러나 오만 원은 너무 비싸오. 사만 원만 드리지요. 사만 원이면 한세상 밑천은 잘 되지요.'

'그래도 아까 그 중은 오만 원은 넉넉히 받는다고 그랬다오. 그러지 않았소, 여보?'

| * 짜들다: 물건이 오래되어 때나 기름이 묻어 더럽게 되다. 세상의 여러 가지 어려운 일에 시달려 위축되다.

마누라는 물욕에 번득이는 눈초리로 남편 박돌을 바라보았습니다.

'아, 그러고말고요. 어딜 가든지 오만 원짜리는 된다고요.'

그때 보석상은 역시 안심이 안 된다는 눈치로 박돌이 부부를 번갈아 쳐다보며

'대체 그 중이란 사람의 이름이 뭣이라고 합디까?'

'허국보라고 하는 중이에요.'

'허국보!'

하고 보석상은 한번 코웃음을 치면서

'여하간에 내가 사만 원을 본 것도 잘 본 것이오. 당신네처럼 가난한 사람이 이런 훌륭한 보석을 가지고 있다는 것을 알면 경찰서에서 이내 조사를 와서 당신네 말이 정말인지 거짓말인지 그 허국보라는 중을 찾아 오라고 할 것이 분명한데 듣자니 그 고마운 중은 어디로 갔는지 모른다지 않소? 잘못하다가는 콩밥 먹고 메주 똥 싸리다.'

그 말에 그만 박돌이 부부는 적잖게 불안을 느끼며 결국 서로 반반하여 사만 오천 원에 낙착이 되어 박돌이 부부는 희미한 등잔 밑에서 돈 셈 하기에 여념이 없고 보석상은 또 보석상대로 금강석을 불빛에 이리저리 비추어 보는 것이었습니다. 실상 나는 바로 내 눈 밑에서 전개되는 그 꿈 같은 사실에 놀라 숨소리를 죽여가면서 아래를 내려다보았지요.

바깥은 여전히 무서운 폭풍우가 댓줄기처럼 쏟아져 내리었습니다. 그래서 보석상은 하는 수 없이 하룻밤을 그 여인숙에서 쉬고 가기로 하였지요. 그러나 보석상이 곧 남포로 돌아가지 않고 그 쓸쓸한 외딴 주막에서 하룻밤을 새우게 된 것이 도대체 잘못이었습니다."

하고 성칠은 거기서 잠깐 말을 끊었다가

"나는 그만 피곤하여 그대로 잠깐 잠이 든 동안에 아랫방에서 무서운 일이 생겼습니다."

"무서운 일?"

백진주 선생은 적이 호기심을 느끼는 모양이다.

"네, 물욕의 노예가 된 박돌이 부부는 곤히 잠든 보석상을 죽이고 금강석을 도로 빼앗았답니다. 아니올시다, 서로 격투를 하는 동안에 그만 박돌이의 마누라도 보석상의 칼에 찔려 죽고 말았지요. 박돌이는 그래서 돈과 보석을 가지고 폭풍우가 쏟아져 내리는 캄캄한 밖으로 도망을 쳤지요. 나는 그만 무서워서 골방에서 뛰어나와 아래층으로 내려왔을 때 아아, 선생님, 저는 말하자면 운이 나빴지요. 박돌이가 밀수입자와 무슨 관계가 있는 성싶다 해서 때때로 순찰을 하는 주재소 경관에게 발각이 되었답니다. 아무리 변명하여도 통 마이동풍馬耳東風, 나는 하는 수 없이 살인범으로서 감옥살이를 하지 않으면 안 되게 되었지요. 그렇습니다. 나를 구해줄 사람은 저 보석을 갖고 온 허국보라는 중 한 사람뿐이었지요. 아무리 내가 듣고 본 이야기를 하여도 그런 허황한 말에는 귀도 기울이지 않았습니다. 그래서 나는 그때 나를 담당한 친절한 판사에게 허국보라는 중을 찾아달라고 애원하였습니다. 판사가 곧 허국보라는 중을 전국으로 찾아본 결과 그것은 결코 박돌이가 지어낸 허황한 이야기가 아니고 정말이었지요. 그 후 석 달 만에 허국보라는 중이 나를 형무소로 찾아와서 박돌이에게 보석을 준 것이 사실이라는 증명을 하여 나는 무죄 방면이 되고 그 후 박돌은 만주에서 붙잡히는 몸이 되었답니다. 선생님도 아시다시피 허국보라는 분은 참으로 친절하신 어른이지요. 그분은 내가 앞으로 살아 나갈 길이 막연하다고 하시면서 자기에게는 백진주 선생이라고 부르는 훌륭한 친구가 있으니 소개장을 써줄 터이니 갖고 가면 모든 것을 잘 돌보아주실 것이라고요. 선생님, 그래서 저는 그때부터 선생님 곁에서 이처럼 행복스러운 생활을 하고 있습니다."

"음, 그만했으면 잘 알았다!"

백진주 선생은 성칠이의 기구한 반생의 역사를 흥미진진한 태도로 끝까지 듣고 있다가

"허국보 씨의 소개장에도 그럼 말은 대략 씌어 있었지만…… 음, 듣고 보니 기구한 반생이다. 그래, 바로 이 앵두나무 밑에 저 유동운의 불의의 자식이……."

그러면서 백진주 선생은 발로 땅을 두서너 번 쿵쿵 울려본다.

"그렇습니다. 바로 그 발밑에 저 선동이가…… 아니, 내가 쓰러트린 유동운이가 땅속에 파묻혀 있을는지도 모를 일입죠."

"그래, 유동운 검사의 사생아인 선동이는 아직도 어디 있는지 모른다는 말인가?"

"모릅니다. 아니올시다, 안대도 제가 피하겠습니다."

"그러나 그대에게는 단 한 가지 불찰이 있었다. 그대는 어째서 선동이를 그의 어머니한테 돌려보내지 않았는가? 거기에 죄의 실마리가 있는 것이야."

"그렇습니다. 도대체 잘못은 거기 있었습니다."

백진주 선생은 묵묵히 천공을 쳐다보며 혼잣말 비슷이

"음, 이 정원, 이 앵두나무 밑, 그리고 저 안방― 그렇다! 연극의 무대로는 다시없는 장소다!"

이윽고 별장을 나와 자동차를 타면서 중얼거린 한마디는 이러하였다.

"유동운과 심봉채는 머지않아 이 다시없는 무대 위에 설 주인공이다!"

얼마 후 백진주 선생은 혜화동 저택으로 돌아왔다. 마중 나온 아리를 따라 현관을 들어서니 저편 깊숙한 안방에서 애련한 호궁 소리가 절절히 들려온다. 지난간 성탄제 날 밤 송준호와 신영철이가 상해 카세이 호텔 일실에서 문득 귀에 담은 바로 그 호궁 소리다.

"춘앵春鶯이가 도착했는가?"

백진주 선생은 아리를 쳐다보았다. 벙어리 아리는 그렇다고 머리를 끄덕거린다.

백진주 선생은 만족한 얼굴을 지으며 긴 복도를 천천히 걸어가더니 호궁 소리가 흘러나오는 춘앵의 빙문을 두서너 번 노크를 하면서 열었다.

"오오, 바이 시엔성(백 선생)!"

호화로운 침대 위에 비스듬히 몸을 던지고 가느다란 노래와 함께 호궁을 즐기던 한 사람의 어여쁜 중국 여인이 얼른 몸을 일으키며 들어오는 백진주 선생을 정중히 맞이하였다.

나이는 아직 열여덟인가 열아홉인가― 춘앵은 인제 방금 석판화에서 빠져나온 듯한 어여쁜 얼굴을 갖고 있었다. 백진주 선생도 역시 중국 말로

"춘앵, 먼 길에 피곤하지 않은가?"

"아―뇨."

"조선에 대한 감상은 어떤가?"

"제 돌아가신 아버지는 조선 사람이었으니까요."

"그러니까 아버지의 피를 받은 춘앵이도 조선이 마음에 든다는 말인가?"

"네에."

춘앵은 애교가 넘쳐흐르는 고운 웃음을 가느다랗게 입가에 지었다.

"그러나 춘앵이."

"네?"

"이 조선 땅에는 그대의 아버지를 해친 원수가 살고 있는 것이야."

"그렇소이다. 하루바삐 그 원수의 얼굴이 보고 싶소이다."

"원수를 갚고 싶으냐?"

"그래서 선생님을 따라온 것이 아니오니까?"

"춘앵이."

"네?"

"참아야 하는 법이야. 기회는 참는 데서 오는 것이니까."

"네―."

"그러면 그대는 원수의 얼굴을 기억하고 있는가?"

"네, 어렸을 때의 일이지만 만나면 틀림없이 알아볼 듯싶소이다."

그러면서 춘앵은 약간 어두운 얼굴로 백진주 선생을 쳐다보았다.

"정말 틀림없이 알아보겠나?"

"틀림없이 알아보겠소이다!"

"원수의 이름을 설마 잊지는 않았겠지?"

"선생님, 제 이름은 잊을지 몰라도 원수의 이름을 어찌 잊겠소이까!"

"그러면 원수의 이름을 잊지 않도록 내 앞에서 한 번 더 외어*보는 것이 어때?"

"외겠소이다. 천 번이고 만 번이고 외겠소이다!"

"어디 한 번 외어보라."

"송만식宋萬植이, 송만식이, 송만식이올시다!"

"음, 송만식!"

백진주 선생은 그러면서 춘앵의 타오르는 듯한 어여쁜 얼굴을 빤히 쳐다보며

"난 또 춘앵이가 요즈음 와서는 원수의 이름을 잊은 줄로만 알았더니……"

"선생님, 원수를 찾아주십시오! 원수를……."

---

* 외다: 같은 말을 되풀이하다.

"춘앵이, 너무 조급스레 그러면 안 되는 법이래도. 모든 일에는 순서가 있는 것이고 또 때가 있는 것이야. 그러니까 오늘 밤은 편히 쉬고 상쾌한 마음으로 내일을 다시 맞이하도록 하는 것이 좋을 듯싶어."

"네에."

"마음이 울적하거든 호궁을 즐기는 것도 무방한 일이고……."

"그러면 선생님, 안녕히 주무십시오."

춘앵은 공손히 허리를 굽히어 백진주 선생을 방문 밖까지 전송하였다.

세상 사람들은 춘앵을 가리켜 백진주 선생의 애인이라고 불러 왔다. 그러나 오늘 밤에 있어서의 두 사람의 대화를 듣는 사람들은 그보다 좀 더 깊은 그 어떤 관계가 두 사람 사이에 서리어 있는 것을 보았을 것이다.

그것은 하여튼 이름이 너무도 비슷하다! 춘앵의 원수 송만식과 봉룡의 원수 송춘식의 두 사람은 과연 별개의 인물이었던가? 그렇지 않으면 동일한 인물이었던가……?

29. 무제한 대출

이튿날 오전 열한 시경 혜화동 백진주 선생의 저택 앞에는 총독의 자동차보다도 더 값비싸다는 한 대의 고급차 세단이 소리 없이 멎자 운전수가 뛰어내려 현관으로 들어간다.

그때 차고에서 자동차에 손질을 하던 배성칠이가 현관 쪽으로 걸어오는 것을 보고 운전수는 물었다.

"이 댁이 백진주 선생의 댁입니까?"

"그렇습니다. 그런데 어디서 오셨습니까?"

"서대문 은행 두취 장현도 선생께서 은행에 나가시던 도중에 잠깐 이 댁 선생님을 뵈려고 오셨는데요."

"그러나 지금 백 선생님께서는 외출하시고 안 계십니다."

"그러면 장 두취 선생의 명함을 놓고 갈 테니 돌아오시면 내의*를 전해주시오."

그리고 운전수는 성칠이에게 커—다란 명함을 한 장 쥐어주고 다시 정문 밖에서 기다리고 있는 자동차에 올랐다.

"외출하시고 안 계신답니다."

하고 보고하는 운전수에게

"돈이 필요하면 제 발로 날 찾아올 테지. 흥!"

하고 거만하게 중얼거린 것은 온몸이 금으로 번쩍번쩍하는 것 같은 야비한 인상을 주는 서대문 은행의 두취 장현도였다.

그즈음 백진주 선생은 이 층 자기 방에서 커튼을 반만큼 열고 자동차에 앉은 장현도의, 침이라도 뱉어주고 싶으리만큼 더럽고 야비하게 살찐 몸뚱이를 유심히 관찰하였다. 그리고 무엇을 생각했는지 백진주 선생은 초인종을 눌러 운전수 배성칠을 불렀다.

"부르셨습니까?"

"음, 나는 그대에게 서울서도 가장 으뜸 되는 자동차를 마련하라는 말을 분명히 한 듯싶은데 그대는 내 말을 잊었나?"

"천만의 말씀이올시다. 잊을 리가……."

하고 배성칠이가 뭐라고 한마디 변명의 말을 하려는 것을 막으며 명령하듯이 엄숙한 어조로

"오늘 오후 세 시, 나는 서울서도 제일류 급에 가는 고급차로 외출할 필요를 느꼈으니 그 시각까지 어떠한 일이 있더라도 서대문 은행 두취

| * 내의來意: 찾아온 뜻. 보내어온 의견.

222

장현도의 자동차를 내 집 현관 앞에다 준비해놓도록 힘을 쓰라."

"오후 세 시까지라고요?"

성칠은 눈이 둥그레진다.

"그렇다. 아직 네 시간이 남았으니 충분할 것이다."

"그러나 선생님, 장 두취의 자동차는 매물이 아니올시다."

"파는 물건이 아닐지 모르나 시가의 배를 주면 될 것이 아닌가? 장현도는 은행가다. 은행가란 자본을 갑절로 만들 수 있는 그런 좋은 기회를 놓치지는 않을 것이다."

"그러면 제힘 자라는 데까지 힘써보겠습니다."

성칠은 머리를 긁으며 물러갔다.

이리하여 배성칠이가 물러간 지 네 시간 만에 백진주 선생의 외출 시간인 오후 세 시는 왔다. 백진주 선생은 초인종을 눌러 배성칠을 불러들였다.

"자동차는……?"

"네, 선생님, 현관 앞에서 선생님이 타시기를 기다리고 있습니다."

"자동차는 어느 자동차냐?"

"서대문 은행 장 두취의 자동차올시다. 시가 삼만 원짜리를 육만 원 주었습니다."

"음, 훌륭한 고급차다. 마음에 드는걸!"

"세 시가 지났습니다. 어서 타시지요."

백진주 선생은 현관으로 내려가자 조금 아까까지도 장현도의 소유물이던 이 자동차에 만족한 표정으로 올라탔다.

"그런데 선생님, 어디로 모실깝쇼?"

"충신동忠信洞 백팔 번지 장현도의 집으로!"

"엣? 장 두취의 집으로요?"

성칠은 놀랐다.

"성칠이, 놀라긴 왜 놀라는 거야? 조금 전까지도 장현도의 소유물이던 이 자동차를 타고 장현도의 집을 방문하는 데 있어서 자네는 무슨 항의가 있다는 말인가?"

"아, 아, 아니올시다."

이리하여 자동차는 쏜살같이 충신동을 향하여 달리기 시작하였다.

그즈음 은행에서 갓 돌아온 장현도는 화려한 응접실 팔걸이의자에 깊이 파묻혀 어저께 배성칠이가 가지고 온 백진주 선생의 명함과 상해 교역 은행으로부터 온 한 장의 소개장을 물끄러미 들여다보고 있었다.

그리고 그 소개장에는 백진주 선생에게 대해서 무제한 대출을 하여도 좋다는 의미의 내용이 씌어 있었다.

백진주 선생이라고, 꼭 선생의 존칭을 써서 소개해온 이 인물이 어떤 작자인지는 몰라도 서대문 은행에서 무제한으로 돈을 갖다 써도 좋다는 이런 끔찍한 소개를 해온 상해 교역 은행이 장현도에게는 적잖게 얄밉기도 하고 또 한편 불안하기 짝 없었다.

"흥! 상해에서는 제법 돈푼이나 써보고 자란 작자임에는 틀림없겠지만 그러나 이 장현도를 그리 얕잡아 보아서는 안 될걸! 흐흐흐흥……."

하고 지극히 야비한 코웃음을 그 커다란 입술에 지어 보였다. 그러나 아무리 생각하여도 무제한 대출이라는 불안만은 쉽사리 떠나지 않는다. 지금까지 신용 있게 거래하던 상해 교역 은행으로부터의 이러한 소개를 충분히 감당해나가지 못한다는 것은 적어도 은행가로서는 벌써 신용의 파산을 의미하기 때문이다.

"그러나 어떤 인간인지는 모르되 이 장현도도 녹록지는 않을걸!"

하고 편지를 다시 주머니에 넣으며 깊이 파묻혔던 팔걸이의자에서 몸을 일으키려 할 때 하인 한 사람이

"선생님, 백진주 씨라는 분이 오셨습니다."

하고 백진주 선생을 안으로 안내하였다.

"아, 당신이 백진주 씹니까?"

하고 장현도는 약간 허리를 굽히는 체하며 단연 선생이라는 존칭을
막 떼버렸다.

"그렇습니다. 당신이 서대문 은행 두취 장현도 선생이십니까?"

백진주 선생의 이 정중한 한마디에 장현도는 약간 당황한 듯이

"어서 앉으시지요."

하고 의자를 권하였다. 백진주 선생은 태연자약한 얼굴로 의자에 걸
터앉으며

"자기에게는 선생이라는 존칭으로 부르게 하고 다른 사람에게는 씨
자를 붙이도록 하인을 교육시킨 장 두취의 인격을 깊이 존경하겠습니
다."

그 순간 장현도는 적잖은 모욕을 느끼며 어디 보자! 하는 듯이 입술
을 깨물면서 곧 말머리를 돌렸다.

"상해 교역 은행으로부터 소개의 편지는 분명히 받았습니다."

"아, 그 말을 듣고 나도 적잖게 안심이 됩니다."

"그런데 그 소개장을 보면 저희 은행에서 백진주 선생이라는 사람에
게 무제한으로 대출을 하게 되는 모양인데 그 의미가 아무리 생각해도
너무 막연한 감이 있어서요. 그래서 실상은 거기 대한 설명을 듣고자 오
늘 아침 댁에 잠깐 들렀던 것입니다."

"너무 막연하다는 의미는?"

"아, 막연하다는 것은 아닙니다만 다만 이 무제한이라는 글자가
좀……."

"아, 잘 알겠습니다. 상해 교역 은행의 신용을 당신은 믿을 수 없다는

말씀이지요……? 하아, 정말 그렇다면 이거 큰일 났는걸! 나는 그 교역 은행에 약간 예금한 것이 있는데……."

"아, 그렇다는 것은 아니지요. 다만 이 '무제한'이라는 글자가 금융 계에서는 너무 막연한 것이기 때문에……."

그때 백진주 선생은 빙그레 웃으면서 조소하듯이

"하아, 그러면 서대문 은행의 밑천이 드러날까 봐 그러시는군요?"

"뭐, 뭐라구요?"

하고 부르짖으며 장현도는 아주 거만한 태도로 상반신을 번쩍 젖히 면서

"우리 은행의 금고 속을 들여다보고 이렇다 저렇다 하는 그런 인간은 아직까지 한 사람도 없었답니다."

"아, 그렇습니까? 정말 그렇다면 내가 아마 서대문 은행의 밑천이 드 러날까 봐서 걱정하는 맨 처음의 인물일는지도 모르지요. 하하하 하……."

장현도는 또 한 번 입술을 깨물지 않을 수 없었다. 아아, 이것이 대체 무슨 모욕이랴? 그와는 반대로 백진주 선생의 얼굴에는 부드러운 미소 가 항상 떠돌고 있었다.

장현도는 하는 수 없이 한참 동안 침묵을 지키고 있다가 결심한 듯이 입을 열었다.

"그러면 우리 은행에서 돌려쓰실 금액을 대강만이라도 알려주실 수 없을까요?"

"글쎄올시다, 내가 댁의 은행에서 무제한으로 돌려쓰기를 원한 것은 얼마나 써야 되는지 그 금액을 나 역시 똑똑히 알 수 없기 때문이 아닙니 까?"

한 걸음도 양보할 줄을 모르는 백진주 선생의 논법이었다.

"아, 잘 알겠습니다. 그러면 약 오백만 원가량……?"

"오백만 원이라고요……? 하하하…… 오백만 원쯤으로 될 일이라면 하필 대출은 또 무슨 대출이겠소? 오백만 원쯤은 내 주머니 속에도 항상 들어 있으니까요."

그러면서 백진주 선생은 지갑을 꺼내 이백만 원과 삼백만 원의 지참인불* 수형을 두 장 장 두취에게 보였다.

실상 장현도와 같은 인간은 바늘로 찌르는 것쯤으로는 어림도 없었다. 쇠마치**로 내리갈기지 않으면 안 된다. 그리고 쇠마치의 일격은 충분히 효과를 보았다. 그는 백진주 선생의 눈앞에서 정신을 잃은 사람처럼 멍하니 앉았을 뿐이더니 이윽고

"잘 알아 모셨습니다, 백 선생!"

하고 장현도는 비로소 선생의 존칭으로 불렀다.

"그러면 내일 아침 열 시까지 우선 삼백만 원만 내 집으로 보내주시면 고맙겠습니다."

"네네, 틀림없이 삼백만 원! 내일 아침 열 시까지!"

장현도의 이마에는 땀방울이 수증기처럼 맺혀 있었다.

"그런데 백 선생, 이 다시없는 기회에 선생의 절대적인 후원이 계시기를 진심으로 빌어 마지않습니다. 그리고 선생을 가족적으로 모시기 위하여 제 아내를 선생께 소개하겠습니다."

"황송합니다. 장 두취의 후의를 달갑게 받겠습니다."

"고맙습니다. 그러면 잠깐만 기다려주십시오."

그러면서 장현도는 하인을 불러 진귀하신 손님을 소개할 테니 아내

---

* 지참인불持參人拂: 어음이나 수표 따위의 유가 증권을 발행하거나 배서할 때 특정을 수취인으로 지정하지 않고 그것을 소지한 이에게 그 액면대로 지급하라고 적은 형식. 소지인불所持人拂. 소지인 출급所持人出給. 소지인 출급식所持人出給式.
** 쇠마치: 쇠망치. 쇠뭉치.

를 불러달라고 말하였다. 하인은 허리를 굽히며

"안방에는 손님이 계십니다."

"아, 저 조봉구 군 말인가?"

"네."

"괜찮으니 둘이 다 이리 모셔오라."

"네."

하인이 물러간 후에 장현도는

"조봉구라고 내 아내의 동문데 전도유망한 청년 관리지요."

"아, 조봉구 군이라면 어저께 송준호 군의 집에서 인사를 한 적이 있습니다."

"그러면 송준호 군을 아시는가요?"

"네, 작년 겨울 상해서 성탄제를 같이 지낸 일이 있지요."

"아, 그러면 상해서 송준호 군의 생명을 구해주신 분이 바로 백 선생이 아니십니까?"

"네, 그런 일도 있었지요."

"아, 그렇습니까! 실은 내 딸 옥영이와 송 군 사이에는 지금 약혼이 진행 중이지요. 아마 십중팔구 성사가 될 듯싶습니다."

"경사스러운 일입니다."

그때 전도유망한 총독부 관리 조봉구와 장현도 부인 심봉채가 응접실 안으로 들어섰던 것이니 여러분은 혹시 이 심봉채의 이름을 잊었을는지 모르나 어젯밤 백진주 선생이 새로이 손에 넣은 아현동 별장 달 밝은 뒤뜰에서 운전수 배성칠의 입으로부터 흘러나온 젊은 과부의 이름— 검사 유동운의 불의의 씨를 받아 뒤뜰 앵두나무 밑에 파묻었던 죄악의 여인 심봉채! 그가 바로 현재에 있어서의 장현도 부인 그 사람이었다.

30. 호화로운 선물

응접실 안으로 한 발을 선뜻 들여놓은 장현도 부인 심봉채— '이 남편에 이 아내가 있다'는 말이 꼭 들어맞을 만큼 허영에 춤추는 심봉채— 그는 거의 사십에 가까운 연세이건만 그의 얼굴에는 아직도 청춘을 자랑하고 싶어 하는 어여쁜 애교가 소녀인 양 넘쳐흐르고 있었다. 그는 벌써 조봉구 청년의 입을 통하여 백진주 선생의 비범한 인품과 아울러 그의 무진장과 같은 재산에 대하여 적잖은 흥미를 느끼고 있던 터이다.

"여보, 백 선생께 인사를 하시오. 이번 상해 교역 은행으로부터 정중히 소개를 하여온 분인데 인제부터 약 일 년 동안에 수백만 원 아니, 수천만 원의 돈을 물 쓰듯이 쓰실 분이오."

백진주 선생을 장현도는 아내에게 그렇게 소개하였다.

"수고로이 오셨습니다."

하고 두취 부인은 극도의 흥미를 느끼는 눈치로 인사를 하였다.

"부인, 처음 뵙겠습니다."

백진주 선생은 그렇게 인사를 받으면서 문득 아현동 별장 뒤뜰 안에 외로이 서 있는 한 그루의 앵두나무를 연상하였다.

"그러나 백 선생, 상해 같은 국제도시에 오랫동안 계시던 선생이 이런 보잘것없는 조그만 서울에 오셔서 무슨 흥미를 느끼시겠어요?"

"부인, 천만의 말씀입니다. 저는 세계 각국을 편답*하다시피 한 사람입니다만 그중 제가 제일 흥미를 느끼는 곳은 바로 이 서울입니다."

"호호호…… 백 선생도 참 말씀을 무척 잘하셔요. 그래, 이 서울에 무엇이 보잘 것 있다고 그처럼 흥미를 느끼신다는 말씀이에요?"

| * 편답遍踏: 이곳저곳을 널리 돌아다님. 편력遍歷.

"예를 들어 말하면 부인처럼 아름답고 세련된 사교술을 가지신 분을 오늘 이 자리에서 뵙지를 않았습니까?"

"아이머니나, 어쩌면……."

부인은 처녀처럼 얼굴을 붉힌다.

그것은 확실히 조선 사람으로서는 입에 담기 어려운 찬사임에 틀림 없었다. 하물며 그의 남편인 장현도가 옆에 있는 데서랴. 그러나 이 가정에 한 발을 들여놓는 순간 남달리 예리한 관찰력을 가진 백진주 선생으로서는 벌써 이 가정에 흐르는 공기를 재빨리 포착할 수가 있었다. 남편의 존재를 무시하는 이 허영에 뜬 아내의 방종한 생활이며 남자 동무인 조봉구 청년과 안방에 단둘이 마주 앉아 있어도 괜찮은 이 태기*가 중만**한 가정— 옆에 있던 장현도와 조봉구도 백진주 선생의 이 지나친 인사를 다년간 외국인들과 많이 접촉한 탓이라고 관대히 처분할 수밖에 없었다.

그때 아까 백진주 선생을 안내하던 하인이 들어와서 부인을 향하여 정중히 허리를 굽힌 후에

"저, 지금 유 검사 댁 운전수가 와서 자동차를 좀 빌려달라고 하는뎁쇼."

그 말을 들은 부인은 아주 득의만만한 얼굴로 백진주 선생도 좀 들으라는 듯이

"아, 그래……? 그럼 저 두팔斗八이더러 차고에서 내주라고 그래요."

"네."

하인이 나간 후에 부인은 백진주 선생을 향하여

"저, 혹시 아실는지 모르지만 저 유 검사 부인이 내일 뭐, 어린앨 데

---

* 태기怠氣: 나태한 기운.

** 중만中滿: 배가 그득하게 느껴지는 증상. 가득하게 참.

230

리고 드라이브를 하겠다고요. 그래서 꼭 저희 집 자동차를 한번 타보겠다는구먼요. 호호호……."

"아, 그렇습니까. 부인께서 가지신 자동차라면 오죽 좋은 차겠습니까. 언제 기회가 있으면 저도 한번 타보고 싶습니다."

"네, 꼭 한번 백 선생을 드라이브에 모시겠어요. 총독이 사람을 내세워서 자꾸만 저희 집 차를 양도해달라고 교섭을 한답니다. 호호호……."

"아, 그처럼 훌륭한 차라면 정말 꼭 한번 타보게 해주십시오."

"백 선생께서만 괜찮으시다면 언제든지 모실 테예요."

"고맙습니다. 그런 기회가 올 때를 마음속에 잘 치부*해두고 기다리겠습니다."

부인과 백진주 선생 사이에 이러한 대화가 오고가는 동안 장현도의 얼굴은 칠면조처럼 변하기 시작하였다.

그때 나갔던 하인이 운전수 두팔이를 데리고 들어오면서

"차고에 차가 없는뎁쇼. 어디 있느냐고 물어봐도 두팔이는 통 대답을 않습니다그려."

"뭐, 차고에 차가 없다니…… 두팔이, 그게 정말이야?"

부인의 음성이 적이 날카롭다.

"네, 정말이올시다."

두팔은 힐끗 장현도를 쳐다보며 머리를 자꾸만 긁다가

"저…… 저, 오늘 아침 선생님께서 차를…… 차를…… 팔아버렸습니다."

"뭐, 차를 팔아버려……?"

부인은 그 순간 새파랗게 얼굴이 변해지면서

---

*치부置簿: 마음속으로 그러하다고 보거나 여김. 금전이나 물건 따위가 들어오고 나감을 기록하는 일이나 그런 장부.

231

"옳지! 종시* 차를 팔아버렸구려!"

부인은 치를 바들바들 떨며

"에이 더러운 인간! 돈밖에 모르는 더러운 사람! 총독이 팔래도 안 판 차를 그래…… 아아……."

부인은 낯선 손님 앞에서 남편에게 받은 이 모욕을 어떻게 분풀이해야만 되는지를 모르는 듯이 당홍 무**처럼 얼굴을 붉혔다.

장현도는 하는 수 없이 허허 웃으며

"이거, 손님 앞에서 추태를 보여서 안됐습니다."

그리고 이번에는 부인 옆으로 다가가서 속삭이듯이

"여보, 실은 엄청나게 돈을 많이 내겠다는 어떤 시골뜨기를 만나서 그만 팔아버린 것이오. 아, 글쎄, 총독도 사만 원밖에 안 본 차를 육만 원에 팔았구려, 그러니까 이만 원의 이익이 아니오? 당신에게 일만 원, 옥영이에게 일만 원을 줄 터이니 좀 참아요. 그리고 자동차는 또 자동차대로 사줄 테니까……."

그렇게 귓속말을 하고 나서 백진주 선생을 향하여

"물론 백 선생께서도 차를 준비하셨겠지만 정말 선생께 권하고 싶을 만한 차였지요. 그런 것을 아주 싼값에 팔아버렸지요."

"아, 그렇습니까. 실은 오늘 아침에 그리 비싸지 않은 값으로 쓸 만한 것을 하나 샀습니다. 바로 저것입니다."

하고 들창 밖으로 현관 앞을 가리켰다. 부인과 장현도와 그리고 조봉구 청년이 일시에 현관 쪽을 내다보았다.

그 순간 부인은 깜짝 놀라면서

"아, 저것은…… 저것은 우리 차가 아니에요?"

---

* 종시終是: 끝내.

** 당홍唐紅 무: 홍당무. 중국에서 나는 자줏빛을 띤 붉은 물감이나 그런 색을 '당홍'이라 한다.

하고 부르짖었다. 장현도도 놀랐다. 그리고 백진주 선생도 놀라 보이면서

"그렇습니까? 정말 저것이 댁의 참니까?"

그러나 아무도 그 말에 대답하는 이가 없다.

"실은 오늘 아침 우리 집 운전수를 시켜서 손에 넣은 것인데 그것이 댁의 찬 줄은 정말 꿈밖이올시다. 하하하…… 그러나 부인, 저 차를 타고 드라이브를 하는 데는 그것이 부인의 것이거나 제 것이거나 무슨 관계가 있습니까? 그러니까 이번에는 제가 부인을 드라이브에 청하면 그만이 아닙니까……?"

그러나 장현도 부인 심봉채는 대답이 없다. 입술을 바들바들 떨며 금방이라도 불똥이 튀어나올 것 같은 날카로운 눈초리로 남편을 무섭게 쏘아보고 섰을 뿐이다.

'폭풍우가 온다. 그렇다. 저 거만하고 더러운 은행가 장현도의 가정에는 머지않아 무서운 폭풍이 일 것이다. 그들의 가정의 평화는 벌써 내 손아귀에 쥐어졌다. 그러나 내가 꼭 만나고자 한 장현도의 딸 옥영일 보지 못하고 돌아오는 것이 약간 섭섭하지만…… 장옥영이, 장옥영이! 그렇다. 머지않아 계옥분의 며느리가 될 장옥영이란 대체 어떤 인물인고……?'

백진주 선생은 오늘의 성공을 은근히 기뻐하며 집으로 돌아오는 자동차 속에서 그렇게 중얼거렸다.

그런 일이 있은 지 약 두 시간 후에 장현도 부인 심봉채는 백진주 선생으로부터 한 장의 친절한 편지를 받았다.

…… (전략) …… 그러니까 처음으로 낯선 타향에 발을 들여놓은 나그네의 몸으로서 한 사람의 어여쁜 부인의 비탄을 그대로 간과하는 것은

신사로서 예의가 아님을 깨달았소이다. 더구나 명망이 높은 은행가 장현도 두취의 영부인이 유 검사 부인에게 일단 빌려주겠다고 하신 약속을 이행치 못하신다면 그것은 또한 부인의 체면에 관계될 염려도 있고 해서 극히 사소한 것이나마 오늘 아침 소생이 손에 넣은 한 대의 자동차를 부인께 선물로 드리고자 하니 웃고 받아주시기를 바라는 바올시다. ⋯⋯ (후략) ⋯⋯

그러한 내용의 글월이 간단하게 적혀 있었다.

'자동차 한 대를 선물로 받았다!'

그것은 머지않은 장래에 있어서 백진주 선생이 장안 사교계에 호화롭게 출마할 좋은 기회를 만들 것이며 따라서 백진주 선생이라는 하나의 훌륭한 인물을 극력 선전하여 마지않을 좋은 재료를 심봉채에게 제공할 것이다.

이튿날 아침—.

장현도 부인의 자동차를 빌려 탄 유동운 검사정* 부인은 금년 열 살 먹은 아들을 데리고 하루의 드라이브를 향락할 셈으로 서대문을 향하여 집을 떠났다.

이날 아침 운전수는 어젯밤 친구들과 만취했던 술을 해정**으로 깨울 셈으로 선술집에 들어가서 약주 한 잔을 먹으려던 것이 원체 술을 좋아하는 위인이라 몇 잔 지나치게 걸친 것이 도대체 잘못이었다.

서대문 로터리를 지날 때 눈앞이 몽롱해진 운전수는 좌측통행을 무시하고 오른편짝으로 로터리를 돌다가 그만 영천***쪽에서 내려오는 한

---

* 검사정檢事正: 식민지 시대에 지방 재판소 검사국의 우두머리를 이르던 말. 오늘날의 검사장檢事長에 해당한다.
** 해정解酲: 전날의 술기운을 풀거나 그렇게 하기 위하여 해장국 따위와 함께 술을 조금 마심. '해장'의 본딧말.

대의 트럭과 엇비슥이 부딪쳐버렸던 것이니

"앗!"

하는 사이에 유 검사 부인의 자동차가 보기 좋게 한길 한복판에 나가 자빠지고 말았다.

그때 때마침 검사 부인의 뒤로 질주해오던 자동차 한 대가 급정거를 하자 한 사람의 점잖은 신사와 운전수가 뛰어내리기가 바쁘게 별로 상한 데는 없었으나 자동차 안에서 정신을 잃은 검사 부인과 그의 어린 아들을 안아 일으키었다.

"상처는 없습니다. 정신을 차리시오!"

신사는 그렇게 부르짖으며 운전수를 시켜 부인과 어린애를 자기 자동차에 모시도록 명령을 하였다.

한편 유 검사 부인의 술 취한 운전수도 다행히 이마에 약간 상처를 받았을 뿐 생명에는 이렇다 할 염려가 없었다.

신사는 교통 순사에게 전후 사정을 이야기하고 사죄를 하는 술 취한 운전수에게 명함 한 장을 내주며 자기는 이 근방에 사는 사람인데 지금 정신을 잃은 여인과 어린애를 내 집으로 모실 테니 후에 연락을 취하도록 친절히 타이른 후에

"실인즉 내 집에 좋은 약이 있으니 염려 마시오. 요즈음 병원에서 쓰는 약보다 몇 갑절 효과가 있는 약이니까."

"고맙습니다! 저희 주인 유동운 검사정께서 곧 선생님을 찾아뵙도록 연락을 취하겠습니다."

"아, 그러면 이 부인은 저 유명하신 유동운 검사정의 영부인이신가요?"

*** 영천靈泉: 서울시 서대문구 영천동靈泉洞. 서대문 형무소 뒤 산 밑에 있는 일명 '악밭골 약수'가 있는 데에서 유래한 이름이다.

"네, 그렇습니다."

"자아, 그러면 우리는 한시바삐 부인을 모시기로 하겠소."

"고맙습니다!"

이리하여 신사는 다시 자동차를 몰아 아현동 고개로 접어들었던 것이니 술 취한 운전수는 그때야 비로소 손에 든 명함을 들여다보았다. 거기에는 '아현동 십팔 번지— 백진주—'라고 씌어 있었다.

31. 유 검사정

삼십 분 후 정신을 잃었던 검사 부인은 백진주 선생의 아현동 별장 일실에서 비로소 정신을 차렸다.

"부인, 인제야 정신을 차리셨습니까?"

하고 묻는 백진주 선생의 부드러운 말에 검사 부인은 잠깐 동안 비둘기처럼 도록도록*하다가 아직 정신을 차리지 못한 채 혼도 상태에 빠져 있는 아들을 미친 듯이 껴안으며

"아, 경일京—이가…… 경일아! 경일아!"

하고 외치면서 어린애 볼에다 입술을 무섭게 비비었다.

"부인, 염려 마십시오. 이 조그만 빨간 병에 든 약으로 말하면 우리 중국에서는 가장 진귀히 여기는 생명수올시다. 부인께서도 지금 이 약을 마시고 정신을 차린 것입니다. 자아, 보십시오."

그러면서 백진주 선생은 그 새빨간 병에 든 물약을 한 방울 어린애 입에다 떨어트렸다. 그랬더니 일 분도 못 되어 어린애가 눈을 반짝 떴다.

---

* 도록도록: 크고 둥그런 눈알을 조금 천천히 자꾸 굴리는 모양. '두룩두룩'의 작은말.

이 광경을 본 어머니는

"아, 경일아!"

하고 무섭게 어린애를 껴안으며

"고맙습니다! 죽어도 잊지 못할 이 두터운 신세— 그런데 여기가 대체 어딥니까? 저희 모자의 생명을 구해주신 당신은 누구십니까?"

"사소한 일을 가지고 과분의 칭송을 마십시오. 여기는 제 별장, 그리고 저는 백진주라고 부르는 사람이올시다."

"아, 당신이 바로 저 유명하신 백진주 선생……? 오오, 꿈같은 일입니다! 어제도 장 두취 부인과 하루 종일 백 선생의 이야기를 했었답니다. 집에도 차가 있지만 경일이가 장 두취의 차를 타고 싶어 하길래 오늘 빌려 타고 드라이브를 나왔다가…… 자동차 한 대를 선물로 보내신 것은 아마 서울 장안에서도 백 선생이 처음일 거예요. 아아, 이런 말을 들으면 경일이 아버지가 얼마나 고맙게 생각하겠어요……? 아, 정말, 저희 주인은 유동운이라고 지금 검사정으로 있지요."

"아까 술 취한 그 운전수의 입으로 잘 알아 모시고 있습니다."

"경일아, 이 선생님이 우리들의 목숨을 구해주셨단다. 너, 고맙습니다, 아저씨, 하고 인사를 드려야지, 응?"

그러나 경일이라고 부르는 이 소년은 힐끗 백진주 선생을 한번 바라볼 뿐

"흥!"

하고 비웃는 듯이 창백한 얼굴에 극히 신경질인 듯싶은 커—다란 눈동자를 껌벅거릴 따름이다.

"댁은 뭐, 혜화동이라는 말을 들었는데 여기는 그럼 별장이신가요?"

"네, 본집은 혜화동이올시다."

"그럼 저희 주인이 선생님을 찾아뵈려면 혜화동으로 가 뵈어야겠지

요?"

"네, 늘 혜화동에 있습니다."

그때 정신을 완전히 차린 경일이는 어머니 품에서 쑥 빠져나가면서 아까 그 빨간 약병을 넣어둔 유리 장문을 열고 거기 진열되어 있는 여러 가지 약병을 만지작거리다가 어떤 것은 병마개를 뽑아 들고 코로 맡아보기도 한다.

"아, 약병을 만지면 안 된다! 냄새만 맡아도 위험한 약품들이 들어 있으니까……"

백진주 선생은 깜짝 놀라면서 외쳤다.

검사 부인은 그 말에 화닥닥 일어나 어린애를 끌어안았다. 그러고는 무엇을 생각했는지는 알 수 없으나 때때로 그 어떤 맹렬한 호기심을 띤 얼굴로 유리 장 안에 진열된 약병들을 몰래 바라다보곤 하였다.

백진주 선생은 알고 있다. 유동운 검사정 부인이 여자의 몸으로서 특히 독약물에 대하여 많은 흥미를 갖고 있다는 사실을 누구보다도 잘 알고 있다. 그러기 때문에 백진주 선생은 보고도 못 본 척하고 마음대로 흥미를 가지라는 듯이 들창 밖으로 외면을 하여준다.

이윽고 백진주 선생은 운전수 배성칠을 불러 검사 부인을 댁까지 모셔다 드리라고 명령을 하였다.

"백 선생님, 고맙습니다. 저희 주인이 다시 선생님을 찾아뵐 것입니다."

"찾아주시지 않아도 조금도 상관없습니다. 그러나 또 한편 생각하면 이런 기회에 명망이 높으신 유 검사정을 사귀어두는 것도 저로서는 혹시 영광일는지 모르겠습니다."

인사의 말로서는 적잖게 이상하게 들리는 백진주 선생의 대답이었다.

그날 오후 혜화동 백진주 선생의 저택 현관 앞에 한 대의 자동차가 멎으며 흑장*에 단장을 들고 존엄을 표시하는 코밑수염과 사람의 가슴속을 들여다보는 듯한 날쌘 시선을 가진 신사가 한 사람 내렸던 것이니 그것은

'가치 있는 것 같은 얼굴을 지어라. 그러면 세상 사람들은 그대의 가치를 믿을 것이다.'

하는 격언을 이십여 년 동안 몸소 실천하여 거기에 막대한 성공을 거둔 검사정 유동운 그 사람이었다.

조선 사람으로서는 차석 검사의 자리조차 주지 않은 총독 정치 밑에서 검사정이라는, 마치 하늘의 별 따기보다도 어려운 영예로운 자리를 차지한 것은 실로 전대미문의 대우였으며 따라서 거기에는 그 어떤 특별한 숨은 공로가 없지 않았을 것이니 그 숨은 공로가 무엇인지를 세상 사람은 좀처럼 알 길이 없었다.

세도가 유동운! 그렇다. 서울 장안에서도 검사정 유동운 하면 쩡쩡 울리는 세도가다. 그러기 때문에 오늘날 세도가 유동운이가 제아무리 금만가랄지라도 일개의 시정인市井人 백진주라는 인물을 방문한다는 것이 얼마나 한 가치를 가지고 있는가를 가히 짐작할 수 있을 것이다.

그러한 검사정이 지금 마치 법정에나 출입하는 것 같은 위엄 있는 표정으로 백진주 선생이 맞이하는 응접실로 들어섰다. 그리고 그러한 유동운을 맞이하는 백진주 선생으로 말하면 어지간히 흥분하려는 자기감정을 억제하기에 잠깐 시간을 허비하지 않으면 안 되었다.

'나는 군을 심판하는 재판관이 아니고 군의 이익을 위하여 노력하려는 한 사람의 친구다. 그러니까 군은 나를 믿어라! 믿으면 군은 반드시 자유로운 몸이 되어 다시 세상 구경을 할 것이다―.'

---

* 흑장黑裝: 검은색의 옷으로 차려 입음. 또는 그런 복장.

오오, 그것은 이십여 년 전— 기미년 이월 이십팔일 진남포 검사국의 컴컴한 일실에서 도산 선생의 신서를 불사르면서 정열을 가지고 뱉은 가면의 악마 유동운 검사 대리의 한마디가 아니었던가!

그 한마디를 백진주 선생은— 아니, 나어린 뱃사공 이봉룡이가 그 얼마나 믿고 믿었던고……? 마치 성서에 기록된 그리스도의 말씀처럼 끝끝내 믿기를 신명에 맹세한 아아, 어리석은 젊은이 봉룡의 순정이여!

"실은……."

하고 유동운은 법정에서 변론할 때 가지던 것과 마찬가지의 얼굴을 지으며

"오늘 아침 내 아내와 어린것의 위험을 구해주셨다는 말을 듣고 치사의 말씀을 드리고자 찾아온 것입니다."

말은 비록 정중하나마 인간미를 잃은 하나의 사교어社交語에서 지나지 않는 유동운의 인사였다. 뿐만 아니라 직업적 습관으로서 좀처럼 사람을 신용할 줄을 모르는 유동운의 태도였다.

"들건대 유동운 씨는 총독 이외의 사람은 좀처럼 방문할 줄을 모르는 양반이라고 하시는데 이처럼 나 같은 사람을 찾아주시는 것을 보아하니…… 하하…… 역시 처자에 대한 정이란 체면과 허세를 초월하는 그 무엇이 내포되어 있다는 사실을 새삼스러이 발견한 것 같습니다."

이러한 태도로 나올 줄은 실로 뜻밖이었다. 유동운은 어지간히 놀라는 표정으로 백진주 선생의 태연자약한 얼굴을 멍하니 쳐다보았다. 그러나 유동운도 좀처럼 얕보지 못할 위인이다.

"말씀을 듣고 보니 이 유동운이가 체면과 허세를 즐겨 하는 사람이라는 뜻으로밖에는 해석할 수가 없는데……."

"어떻게 해석하시든지 그것은 자유입니다만 다만 나로서는 교양을 자랑하는 우리들 인간에 있어서나 또는 우마와 같은 짐승에 있어서나 처

저번 송준호의 집에서 그러한 약속을 한 두 사람이었다.

"그 약속을 오늘이야 겨우 이행하였소."

"자아, 어서 안으로 들어가십시다. 선생님의 말씀을 전했더니만 내 동생과 매부가 선생님이 찾아오시기를 어떻게 기다렸는지 아십니까? 지금 그들은 터앝에서 꽃씨를 뿌리고 있답니다. 한 쌍의 원앙처럼 행복한 부부랍니다. 저걸 보십시오. 남편은 밭을 갈고 아내는 씨를 뿌리고 있지 않습니까."

그러면서 모인규 청년은 세 사람이 같이 쓰는 안채 서재에다 백진주 생을 모신 후에 들창문을 열고

"인애, 빨리 들어와! 백진주 선생께서 오셨으니까……."

하고 커―다란 목소리로 불렀다.

이윽고 인애와 그의 남편 고영수 청년이 손에 묻은 흙을 털면서 들어

집에 한 발을 들여놓으면서부터 백진주 선생은 실로 오랫동안 맛 못한 평화와 행복을 누릴 수가 있었다. 그렇다. 실로 이십여 년 동 스란히 잊어버렸던 평화며 행복이었다.

진주 선생은 인애가 손에 묻은 흙을 털고 끓여온 홍차를 맛나게 마

인, 이처럼 실례를 무릅쓰고 부인과 부군의 얼굴을 자꾸만 쳐다보 과히 꾸짖지 마시오. 행복한 얼굴을 보는 것처럼 기쁜 것은 또 입니다."

선생님, 저희들은 행복하답니다. 그리고 저희들의 행복은 하늘 에게 보내신 한 사람의 천사가 갖고 온 것이에요."

가 백진주 선생의 얼굴은 저도 모르는 사이에 빨갛게 홍조를 띠 고 그러한 감동을 감추려고 외면을 하였을 때 그의 눈동자는

자를 귀여워하는 애정에는 별반 다름이 없다는 것을 결론지었을 따름이지요."

유동운은 또 한 번 놀랐다. 교양과 예의와 법리法理를 누구보다도 자랑하는 검사정 자기에게 이와 같은 노골적인 인간 철학의 한 구절을 사양 없이 토로하는 상대편이 대체 어떠한 인물인가를 유동운은 무척 알고 싶었다.

"당신이 어떠한 신분을 가진 분인지는 알 수 없습니다만 나는 지금 당신의 입으로부터 야생野生의 철학을 강의 받을 여유를 갖지 못한 사람입니다."

"아, 그렇습니까. 그렇다면 대단히 유감된 일이라고 생각합니다. 유동운 씨처럼 관찰력이 예민한 분으로서 지금 자기 눈앞에 있는 사람이 대체 어떠한 인물이라는 것을 모르신다면……."

그 말에 유동운은 잠깐 동안 뚫어질 듯이 상대편을 묵묵히 바라보다가

"그러나 당신은 너무 오만하십니다. 당신은 뭇사람보다는 뛰어날지 모르나 당신의 위에는 신이 있습니다."

그 순간 백진주 선생은 몸서리칠 만큼 엄숙한 목소리로 부르짖듯이 대답하였다.

"신은 모든 사람 위에 있는 것이오! 나는 사람에 대해서는 오만할는지 모르나 신의 앞에서는 어린애처럼 무력한 사람입니다!"

"그렇다면 선생의 말씀을 나 역시 존경할 수밖에 없습니다."

거기서 유동운은 비로소 선생이라는 존칭을 쓰지 않을 수가 없었다. 말하자면 마침내 백진주 선생 앞에 머리를 숙인 유동운이었던 것이다.

"언제 틈이 계시거든 제집을 한번 찾아주십시오. 집에는 오랫동안 중풍으로 말미암아 전신 불수가 된 아버지가 있습니다. 기미년 만세 통에는 열렬한 혁명가의 한 사람으로서 건장한 체구를 가진 대담무쌍한 위인

이지요. 자기의 힘을 믿는 데는 아마도 선생에게 지지 않을 것입니다. 천
명이 자기에게 있다고 맹신盲信하는 점도 선생과 의견이 맞을 듯싶습니
다."

"아, 그렇습니까. 그런 분을 한번 만나보고 싶습니다."

"꼭 한번 찾아주십시오. 이름을 유민세 씨라고 부르지요. 과거에는
감옥을 비웃고 단두대를 비웃고 총검을 비웃고 자객을 비웃던 유민세 씨
도 지금은 오륙*을 쓰지 못하고 누워 있는 산송장이 되어서 손녀딸 영란
英蘭이가 하자는 대로 하고 있답니다."

"손녀딸이라고요?"

"네, 영란은 제 전처의 소생이지요— 꼭 한번 오셔서 가엾은 유민세
씨를 위로해주십시오."

"잘 알았습니다. 꼭 한번 찾아가서 장안의 세도가 유동운 검사정의
춘부장**을…… 아참, 실례를 했습니다. 유 검사정의 말대로 '가엾은 유
민세 씨'를 위로하여드릴 것을 이 자리에서 약속하겠습니다!"

이리하여 유동운 검사정이 총총한 발걸음으로 응접실을 나갔을 때
백진주 선생은 눈을 감고 부르짖듯이 중얼거렸다.

"아들에게 배반을 당한 늙은 혁명가여! 당신의 그 구슬픈 영혼을 위
로하노니, 순정의 청년 이봉룡은 이십일 년 전 상해 부두에서부터 당신
의 존명***을 기억하노이다!"

---

* 오륙五六: 오장五臟과 육부六腑, 즉 온몸.
** 춘부장椿府丈: 남의 아버지를 높여 이르는 말. 영존令尊, 춘당春堂, 춘당椿堂, 춘부椿府, 춘부대인椿府大人.
　 춘장椿丈, 춘정椿庭.
*** 존명尊名: 남의 이름을 높여 이르는 말. 존함尊銜.

---

32. 행복한 가정

이 세상에 있어서 행복한 가정이란 그리 쉽사리 이루어
닌 듯싶다. 오늘날 백진주 선생이 찾아본 중추원 참의 송
장현도의 가정을 비롯하여 아직도 찾아보지 못한 검사정
까지도 겉으로는 평화와 행복이 깃들어 있는 것같이 보였
복과는 거리가 대단히 먼 가정들임에 틀림없었다.

그러나 여기에 참된 행복과 평화가 깃든 가정이 하
은 모인애와 그의 남편 고영수 청년이 이룬 가정이었다

모인애는 여러분도 기억하다시피 태양환의 선주
고영수는 칠 년 전 모 상회가 쓰러져가던 무렵에 최
무원이었다.

그들이 이룬 신앙과 사랑의 가정은 청량리淸凉
터알*에는 전원 취미를 마음껏 즐길 수 있는 가지
이 있었고 한길 가에 면한 아담한 이 층 양옥은
모인규 박사의 개인 병원으로 사용되고 있었다
백진주 선생이 이 사랑의 집을 찾은 것은
활줄처럼 긴장한 자기의 정신적 활동에 피곤
마심으로써 다사로운 위안을 맛보고자 한 때
"뭐, 백진주 선생이 오셨다고……?"
젊은 의학 박사 모인규는 그렇게 외치
"아, 백 선생님, 수고로이 오셨습니다
겠다던 말씀을 저는 꼭 믿고 있었습니다

---

* 터알: 집의 울안에 있는 작은 밭.
** 채마菜麻밭: 채마를 심어 가꾸는 밭. 채마菜麻, 채마

32. 행복한 가정

이 세상에 있어서 행복한 가정이란 그리 쉽사리 이루어지는 것이 아닌 듯싶다. 오늘날 백진주 선생이 찾아본 중추원 참의 송춘식과 은행가 장현도의 가정을 비롯하여 아직도 찾아보지 못한 검사정 유동운의 가정까지도 겉으로는 평화와 행복이 깃들어 있는 것같이 보였으나 실상은 행복과는 거리가 대단히 먼 가정들임에 틀림없었다.

그러나 여기에 참된 행복과 평화가 깃든 가정이 하나 있었으니 그것은 모인애와 그의 남편 고영수 청년이 이룬 가정이었다.

모인애는 여러분도 기억하다시피 태양환의 선주 모영택 씨의 딸이며 고영수는 칠 년 전 모 상회가 쓰러져가던 무렵에 최후까지 남아 있던 사무원이었다.

그들이 이룬 신앙과 사랑의 가정은 청량리淸凉里에 있었다. 뒤뜰 넓은 터앝*에는 전원 취미를 마음껏 즐길 수 있는 가지각색의 채마밭**과 꽃밭이 있었고 한길 가에 면한 아담한 이 층 양옥은 아직 독신인 인애의 오빠 모인규 박사의 개인 병원으로 사용되고 있었다.

백진주 선생이 이 사랑의 집을 찾은 것은 복수의 일념으로 말미암아 활줄처럼 긴장한 자기의 정신적 활동에 피곤을 느끼고 한 잔의 청량제를 마심으로써 다사로운 위안을 맛보고자 한 때문이었다.

"뭐, 백진주 선생이 오셨다고……?"

젊은 의학 박사 모인규는 그렇게 외치면서 진찰실에서 뛰쳐나왔다.

"아, 백 선생님, 수고로이 오셨습니다. 선생님이 저희 집을 찾아주시겠다던 말씀을 저는 꼭 믿고 있었습니다."

* 터앝: 집의 울안에 있는 작은 밭.
** 채마菜麻밭: 채마를 심어 가꾸는 밭. 채마菜麻. 채마전菜麻田. 채소菜蔬밭.

저번 송준호의 집에서 그러한 약속을 한 두 사람이었다.

"그 약속을 오늘이야 겨우 이행하였소."

"자아, 어서 안으로 들어가십시다. 선생님의 말씀을 전했더니만 내 동생과 매부가 선생님이 찾아오시기를 어떻게 기다렸는지 아십니까? 지금 그들은 터알에서 꽃씨를 뿌리고 있답니다. 한 쌍의 원앙처럼 행복한 부부랍니다. 저걸 보십시오. 남편은 밭을 갈고 아내는 씨를 뿌리고 있지 않습니까."

그러면서 모인규 청년은 세 사람이 같이 쓰는 안채 서재에다 백진주 선생을 모신 후에 들창문을 열고

"인애, 빨리 들어와! 백진주 선생께서 오셨으니까……."

하고 커—다란 목소리로 불렀다.

이윽고 인애와 그의 남편 고영수 청년이 손에 묻은 흙을 털면서 들어왔다.

이 집에 한 발을 들여놓으면서부터 백진주 선생은 실로 오랫동안 맛보지 못한 평화와 행복을 누릴 수가 있었다. 그렇다. 실로 이십여 년 동안 고스란히 잊어버렸던 평화며 행복이었다.

백진주 선생은 인애가 손에 묻은 흙을 털고 끓여온 홍차를 맛나게 마시며

"부인, 이처럼 실례를 무릅쓰고 부인과 부군의 얼굴을 자꾸만 쳐다보는 저를 과히 꾸짖지 마시오. 행복한 얼굴을 보는 것처럼 기쁜 것은 또 없을 것입니다."

"참, 선생님, 저희들은 행복하답니다. 그리고 저희들의 행복은 하늘이 저희들에게 보내신 한 사람의 천사가 갖고 온 것이에요."

그 순간 백진주 선생의 얼굴은 저도 모르는 사이에 빨갛게 홍조를 띠었다. 그리고 그러한 감동을 감추려고 외면을 하였을 때 그의 눈동자는

그보다도 좀 더 감격과 기쁨을 가지고 달려드는 그 어떤 조그마한 물품 위에서 오들오들 떨면서 멎었다.

그것은 왼편 벽에 놓인 장식장 유리문 속에 단정하게 진열된 세 가지의 물품— 거의 퇴색한 수박색 모본단 돈지갑 하나와 봉투에 넣은 편지 한 장과 그리고 찬란하게 빛나는 포도알만 한 금강석 한 개!

"그렇습니다. 그 천사는 지금으로부터 칠 년 전 저희 집이 몰락하려던 최후의 순간에 이르러서 지금 백 선생님이 바라보고 계시는 저 유리장 속에 안치하여둔 지갑과 편지와 금강석을 선물로 보내셨습니다."

하고 이번에는 인규가 말을 받았다.

"네, 그것은 정말 천사가 아니고는 하지 못할 훌륭한 아니, 하나의 기적과도 같은 선물이었답니다."

하고 이번에는 고영수가 말을 하였다.

백진주 선생은 무엇이라고 대답할 줄을 몰랐다. 아니, 입을 열면 걷잡을 수 없는 감동이 무섭게 튀어나올 것만 같았고 눈을 뜨면 뜨거운 눈물이 한없이 쏟아져 나올 것만 같았다. 그래서 백진주 선생은 입을 꼭 다물고 눈을 감은 채 그저

"허어, 허어……!"

하고 두어 마디 지나가는 대답을 하면서 오주주하니 전신을 습격해오는 밀물 같은 감동을 감추고자 몸을 일으켜 유리 장 앞으로 걸어갔다.

그때 인규는 장문을 열고 지갑을 꺼내어 경건한 마음으로 자기 볼에다 한번 비비면서

"이것은 제 아버지를 죽음으로부터 구하고 저희들을 파멸에서 구하고 저희 집안을 치욕으로부터 구해주신 그 천사의 손이 닿던 지갑입니다. 그분의 덕택으로 우리는 오늘날의 행복을 차지할 수 있게 된 것입니다. 그리고 이 편지로 말하면 아버지께서 최후로 비장한 결심을 하시던

바로 그날 그분이 손수 쓰신 글월입니다. 그리고 이 금강석은 그분이 인애의 혼인비로 쓰라고 보내신 것입니다."

백진주 선생은 꿈결처럼 편지를 펼쳤다. 가슴이 뭉클해진다. 뜨거운 눈물이 쫙 하고 쏟아져 나오려는 것을 간신히 참으면서

"그러나 전혀 모르는 사람일 수야 있겠습니까?"

"정말입니다. 불행히도 우리는 아직 그 어른의 손도 한번 잡아보지를 못했습니다. 우리들은 매일처럼 신명께 기도를 올리지요. 단 한 번이라도 그 어른의 손을 잡아보는 혜덕을 주십사고요."

인애는 오빠의 말을 받아

"그때 저희 집을 찾아왔던 상해 교역 은행의 사원 허달준이라는 사람과 이 편지를 보낸 사람과는 틀림없이 같은 분일 거예요. 그 후 오빠는 여러 번 상해로 건너가서 교역 은행을 찾아갔었답니다. 그러나 은행에서는 그런 사람은 통 없다고요."

그때 백진주 선생은 이상하다는 얼굴을 지으며

"그러나 이상한 일도 있습니다. 실은 상해 교역 은행으로 말하면 바로 내가 경영하는 은행인데요."

"옛……?"

"그러세요……?"

일동은 놀라 백진주 선생을 꿈결처럼 쳐다보았다.

"그러나 허달준이란 이름을 가진 사원이 있다는 말은 통히* 듣지를 못하였습니다. 그런데 지금 가만히 생각을 해보니 그것은 혹시 저 함일 돈咸一敦 씨라는 분일는지도 모르겠습니다."

"함일돈 씨라고요……? 그분이…… 그분이 어떤 분인가요?"

| * 통히: 도무지. 통틀어.

세 사람은 거의 동시에 그렇게 물었다.

"함일돈 씨는 말하자면 숨은 자선가지요. 열렬한 크리스천이고요. 그 분이 어째서 그처럼 훌륭한 자선가이면서도 자기 이름을 단 한 번도 밝 히지 않는가 하면, 이 세상에는 '감사'라는 것이 통히 없다, 즉 말하자면 고마워하는 마음이 없다는 굳은 신념을 갖고 있기 때문이지요."

"아, 그럼 선생님은 그분을 아십니까?"

"알지요. 키가 나와 거의 비슷한 사람인데 나보다 좀 몸집이 여위었 을까요……? 언제나 손에 연필을 들고 다니는 분이지요."

그 말을 들은 인애는 희열이 만면한 얼굴로 달려들며

"그래요. 바로 그분이에요! 선생님, 저희들을 그분이 계시는 곳으로 인도해주세요! 그러면 그분은 사람의 '감사'라는 것이 어떠한 것인지를 아실 거예요. 선생님!"

"그렇습니다, 선생님! 저희들을 그분 옆으로 인도해주십시오! 그리 고 저희들의 '감사'의 만분지일이라도 받아들이시도록 하여주십시오!"

인규도 백진주 선생의 손목을 잡을 듯이 다가들며 애원하듯이 간청 하였다. 일단 사라졌던 눈물이 핑 하고 또다시 백진주 선생의 눈자위를 뜨겁게 적시었다.

"그러나 함일돈 씨와는 삼 년 전 북경에서 헤어진 채 지금껏 죽었는 지 살았는지 통 소식을 모릅니다."

"오오, 어쩌면 하늘은 저희들의 이 끝없는 감사의 마음을 이렇듯 저 버리시나이까……?"

인애는 그렇게 부르짖으면서 하늘을 원망하였다.

"부인, 만일 함일돈 씨가 이런 아름다운 광경을 본다면 그는 인생을 좀 더 사랑할 마음을 가질 것입니다. 부인께서 흘리신 그 성스러운 눈물 은 그의 인생철학을 고치게 할 것입니다."

부드러운 음성이었다. 감사에 찬 목소리였다.

"그러나 선생님은 그분의 고향이 어딘가 아실 것이 아니에요?"

"네, 고향이 단지 평안도라는 말만 들었을 뿐 평안도 어디라는 것은 나도 알 수 없습니다."

"아아……."

하고 인애는 절망적인 부르짖음을 부르짖었다.

"그러나 부인, 너무 낙망을랑 마십시오. 하늘은 반드시 부인의 그 간 곡하신 청원을 들어주실 때가 있을 것입니다. 기다립시오. 기회가 올 때를 고즈넉이 기다리시오! 그러면 하늘은 반드시 이 평화로운 가정으로 그분을 인도하여주실 것입니다."

"정말 그럴까요, 선생님……?"

"하늘은 믿는 사람을 배반하지 않을 것입니다."

"믿겠습니다. 하늘을 믿겠습니다!"

"그런데 아무리 음덕을 베푸는 함일돈 씨랄지도 과거에 무슨 깊은 인연이 있었길래 그런 일을 한 것이 아닐까요……? 예를 들어 말하면 은 혜를 갚는다든가 하는……."

그 말에 인규는

"네, 돌아가신 가친께서도 그 점을 골똘히 생각해보셨답니다. 그리고 아무리 생각하여도 그것은 하나의 기적이라고 말씀하셨습니다. 그 은인은 우리들을 위하여 무덤 속에서 나온 분이라는 말씀을 여러 번 하셨습니다."

"무덤 속이라고요?"

"네, 아버지께서는 옛날 가장 친하게 지내던 한 사람의 친구의 이름을 문득 생각하고 그 잃어버린 친구를 밤낮으로 골똘히 생각하고 있었답니다. 그러다가 마침내 돌아가시기 바로 직전에 이르자 그때까지도 단지 하나의 추측에 지나지 못하던 아버지의 생각이 하나의 결정적인 결론을 얻으셨답니다. 임종 시에 아버지께서는 저를 향하여 '인규야, 그것은 틀림없는 이봉룡이라는 사람이었다!' 하는 한마디를 남겨놓고 세상을 하직하였습니다."

백진주 선생의 얼굴빛은 점점 더 창백하여진다. 전신의 피가 픽 욱하고 물밀듯이 가슴패기로 기어 올라온다.

"아, 이만하고 저는 실례하겠습니다."

백진주 선생은 시간이 늦었다는 듯이 시계를 꺼내 보며 문밖까지 전송 나온 세 사람의 젊은이와 헤어져 창황*한 걸음걸이로 총총히 사라진다.

"오빠, 백진주 선생은 어딘가 좀 이상한 분이 아니오?"

"음, 그러나 우리 가족에게 남달리 호의를 가지고 있는 것만은 확실하다."

"네, 그분의 목소리는 저희들의 가슴을 부드럽게 파고드는 것 같아요. 그리고 아무리 생각해도 처음 듣는 목소리 같지가 않아요."

33. 춘앵의 원수

검사정 유동운의 굉장한 저택은 청운동淸雲洞 고개 중턱에 있다. 뒤뜰에는 수목이 울창한 넓은 정원이 있는데 이 정원을 사이에 끼고 저택은 앞채와 뒤채로 나뉘어 있다.

앞채에는 유동운 부부와 그의 아들 경일이가 살고 뒤채에는 중풍으

---

*창황愴惶, 悽怳: 놀라거나 다급하여 어찌할 바를 모름.

로 전신 불수가 된 그의 아버지 유민세 노인이 손녀딸 영란과 함께 살고 있다.

영란은 금년 잡아 열아홉 살, 유동운의 전처의 소생이다. 다시 말하면 기미년 이월 이십팔일 유동운 검사 대리가 진남포 동명관에서 약혼 피로연을 한 오붕서 씨의 딸 정숙의 소생이다.

기미년 만세 운동 직전 열렬한 혁명 투사이던 유민세 씨에게 암살을 당했다는 신상욱 판사의 아들 신영철 청년— 작년 성탄제 날 아침 송준호 청년과 상해에서 헤어져 중지* 북지로 노루 사냥을 떠난 채 아직 돌아오지 않은 신영철 청년과 약혼한 사이에 있는 영란이었다.

그러나 이 혼사는 주로 유동운 부부가 거의 강제적으로 맺은 것이고 본인인 영란이나 또는 조부 유민세 노인은 이 혼사에는 애당초부터 반대였다.

그러나 전신 불수로 말조차 자유로이 하지 못하는 유민세 노인이 제아무리 반대의 의사를 품고 있댔자 산송장처럼 밤낮 누워만 있는 폐인의 몸으로서는 어쩔 수 없는 일이었던 것이다.

한편 영란은 또 영란대로 번민의 세월을 보내고 있다. 구슬처럼 어여쁜 맘씨를 가진 가련한 영란은 아무리 생각해도 돌아가신 어머니 오정숙이의 그 청아하고 고운 핏줄기를 그대로 물려받은 모양이다. 그러니까 웬만만 하면 부모가 정해준 이 혼사에 반의를 표하지는 않았을 것이지만 영란에게는 그보다 먼저 백년해로를 굳게 맹세한 한 사람의 독실한 청년이 있었던 때문이다. 그것은 아직 독신으로 있는 젊은 의학 박사 모인규였다.

그렇다. 생각하면 유동운이가 이 모인규 청년을 달갑게 여길 리는 만

| * 중지中支: 중국 중부 지방인 양쯔 강 중 · 하류 지역. 화중華中.

무하다. 작년 학위 논문이 통과되어 사진과 함께 모인규의 기사가 신문 지상에 보도되었을 때 유동운은

"흥, 뱃놈의 아들이 출세를 했는걸!"

하고 코웃음을 하던 광경을 영란은 옆에서 본 적이 있다. 모영택 씨 와는 '이봉룡 사건'을 중심으로 하고 누차 대면한 적이 있었으나 어딘가 자기 아버지 유민세 씨에게서 느끼는 것 같은 일종의 압력을 느끼고 불 쾌해한 일이 한두 번이 아닌 유동운이었다.

영란은 하루 종일 외로운 할아버지의 병간호를 하다가는 피곤한 몸 을 곧잘 정원 수목 새로 옮기곤 한다.

'어머니가 나를 미워하는 것은 제 몸에서 난 경일이가 있기 때문이 지. 그리고 어머니는 분명히 내 재산을 무척 탐내는 눈치야!'

영란은 봄 새가 우는 수목 사이를 거닐면서 그런 생각을 한다.

그렇다. 계모에게는 자기에게 소속한 이렇다 할 재산이라는 것이 없 다. 그러나 영란에게는 죽은 어머니에게서 받은 막대한 유산과 아직도 진남포에서 생존해 계시는 외조부 오붕서 씨의 재산이 머지않은 장래에 영란의 수중으로 들어올 것이었다.

계모는 그런 것을 생각하면 귀여운 자기 아들 경일이가 가엾어 보이 었고 미운 전처의 소생 영란이가 무척 부러웠던 것이다.

백진주 선생은 저번 날 맹목적인 모성애를 가지고 경일이를 귀여워 하던 이 유동운 부인이 특히 독약에 대한 만만치 않은 관심을 갖고 있는 사실을 분명히 눈치 채었다.

그러면 부인이 독약에 대하여 그처럼 만만치 않은 관심을 갖고 있는 초점은 과연 어디 있을 것인가……? 서울 장안의 권력가인 유동운 검사 정의 가정도 결국에 있어서는 결코 행복한 그것이 못 된다고 생각한 백 진주 선생의 결론은 과연 여기 있었던 것이다.

"아가씨, 아가씨!"

하고 그때 영란을 부르는 시종의 목소리가 수목 사이에 들렸다.

"나 여기 있어. 왜 찾아?"

"저, 마님께서 아가씨를 부르시는뎁쇼. 손님이 오셨다고요."

"손님……? 어떤 분이신데……?"

"마님께서 그러시는데 아주 훌륭하신 분이시라고요. 무슨 선생이라고 그러시더라……? 아, 백진주 선생이라는 분이 오셨답니다."

"백진주 선생……?"

영란은 머리를 기울이며 시종의 뒤를 따라 들어갔다.

검사정 유동운의 방문에 대하여 그 답례를 하는 형식으로 찾아온 백진주 선생이었다. 그러나 마침 유동운은 모 고관 집에 초청을 받아 가고 집에는 없었다.

영란이가 응접실로 들어갔을 때 경일이를 무릎 위에 안은 유동운 부인과 백진주 선생 사이에는 저번 날 백진주 선생의 집에서 먹은 그 핏빛과도 같이 새빨간 약병에 든 신통한 물약에 관한 이야기를 하고 있었다.

부인은 말을 끊고 영란을 소개하였다.

"얘가 바로 아까 말씀 드린 영란이에요."

영란은 조용한 태도로 인사를 하며

"저번에는 어머님과 제 동생을 구하여주셔서 감사합니다."

인사를 받으며 백진주 선생은 영란의 얼굴에서 어딘가 한없이 고적하고 쓸쓸하여 보이는 깊은 인상을 받았다. 얼굴에는 눈물을 흘린 흔적조차 보이는 것 같은 고즈넉한 처녀였다.

그때 다섯 시를 치는 괘종 소리가 뗑뗑 들렸다.

"아, 영란인 그럼 인사가 끝났으니 할아버지께 진지를 갖다 드려요."

"네."

하고 영란은 물러가면서

"그럼 저는 이만 실례하겠습니다."

하고 인사를 하였을 때 경일이가

"흥, 할아버진 누나만 예뻐하지! 난 할아버지 싫어! 송장이야, 송장…… 산송장이야!"

하고 영란의 뒷모양에 눈을 흘긴다.

"아이머니나, 경일이도…… 무슨 말버릇이 그래……?"

부인은 얼굴을 붉히면서 아들을 엄격하게 질책하였다.

"하하……"

하고 백진주 선생은 귀엽다는 듯이

"경일 군은 참 영리한걸요. 보통 애들 같으면 '산송장'이라는 그런 어려운 말 문자는 좀처럼 알지 못할 텐데…… 참 아드님이 신통합니다."

극히 자연스러운 찬사였다. 그러기 때문에 그것이 하나의 가혹한 야유를 의미한다고는 들리지 않았다. 얼마나 집안에서들은 저 가엾은 늙은 혁명가에게 '산송장'이라는 대명사로서 불러 왔었던고…….

영란이가 사라지자 두 사람의 이야기는 다시 그 신통한 물약으로 돌아갔다.

"그래, 백 선생님은 그 생명수라는 물약을 먹으면 저처럼 빈혈증으로 기절을 잘하는 사람에게도 효험이 있다고 말씀하셨지요?"

"그렇습니다. 단 한 방울만 먹으면 곧 소생할 수가 있습니다."

"그럼 선생님은 그 생명수의 처방법을 아시는가요? 아신다면 꼭 저에게 좀 가르쳐주세요."

"네, 가르쳐드리지요. 그러나 이것만은 잘 주의하셔야 합니다. 즉 적당히 사용하면 영약이 되지만 분량이 지나치면 도리어 생명을 빼앗는 독약이 된다는 것입니다. 저번에도 부인께서 몸소 경험하여보신 것처럼 한 방울을 먹으면 약으로서 효과가 있지만 다섯 방울만 먹으면 생명을 빼앗습니다. 그리고 아무런 맛도 냄새도 없기 때문에 잘못하면 실수하기가 쉽지요. 자아, 그러면 독약에 대한 이야기는 이만하고 그칩시다. 이 이상 더 상세히 설명하는 것은 혹시 제가 부인께 그 약의 효과를 시험하여보라는 것처럼 들리니까요."

"원, 선생님도 무슨 말씀을⋯⋯."

"자아, 그럼 저는 이만 실례하겠습니다."

하고 백진주 선생은 몸을 일으켰다.

"후에도 종종 찾아주세요. 그리고 돌아가시거든 잊지 마시고 그 생명수의 처방전을 한 장 써 보내주시면 감사하겠습니다."

"부인, 잊을 리가 있겠습니까?"

이리하여 유동운의 저택을 나온 백진주 선생은 다음과 같이 중얼거리며 극히 만족한 얼굴을 지었다.

"그만했으면 오늘의 수확은 상당한걸. 땅은 지극히 기름지다! 종자만 뿌려두면 싹은 저절로 움틀 것이 확실하다!"

이튿날 백진주 선생은 약속한 대로 생명수의 처방전을 써서 유동운 부인에게 속달로 부쳤다.

그날 밤 부민관* 대강당에는 조선의 세계적 무용가 C 여사**의 신작 무용 발표회가 있었다. 장안의 인사는 물밀듯이 부민관으로 밀려갔다. 무용회는 일대 성황이다.

송준호는 장래 장모가 될 장현도 부인과 그의 딸 옥영을 동반하고 이

---

* 부민관府民館: 식민지 시대 경성부京城府의 부립府立 극장. 한국 최초의 근대식 다목적 회관으로 1935년 12월 완공되었다. 경성 부청 옆에 있었으며, 지금의 서울특별시의회 별관이다.

** C 여사: 식민지 시대의 무용가 최승희崔承喜(1911~1969)를 연상시키는 머리글자. 실제로 최승희는 1941년 4월 2일부터 6일까지 부민관에서 공연을 연바 있다. 만 삼 년에 걸쳐 유럽과 미국, 중남미에서 150여 회의 순회공연을 성공적으로 마친 뒤에 가진 귀국 공연이었다. 해방 직후에 월북한 최승희는 1946년 9월 평양시 대동강 변에 있는 동일관東一館(오늘날의 옥류관玉流館)에 '국립 최승희무용 연구소'를 설립했다.

층 바른편 좌석에 앉아 있었다. 송준호는 마음이 내키지 않았으나 장현도 부인이 일부러 보내준 입장권이기 때문에 하는 수 없이 오늘 밤의 자리를 같이한 것이었다.

그리고 송준호의 좌석에서 마주 건너다보이는 왼편짝에는 그의 부친 송춘식이 총독부 고관 몇 사람과 함께 앉아 있었다.

그것은 바로 프로그램이 한둘 진행한 때였다. 이 층 중앙 정면에 아까부터 비어 있는 두 개의 좌석을 향하여 찬란한 중국 복장을 입은 절세의 미인 한 사람이 점잖은 신사의 인도를 받아가면서 천천히 들어왔다.

그 순간 사람들은 무대를 잊어버린 듯이 그 미모의 중국 여인에게로 시선을 옮겼던 것이니 그것은 아버지의 원수 송만식을 찾고자 조선으로 건너온 춘앵이었으며 동반자는 두말할 것 없이 백진주 선생이었다.

'아, 저이가 바로 그 호궁을 즐기던 여인이로구나!'

송준호는 상해 카세이 호텔 삼 층에서 들은 그 절실한 멜로디를 가진 호궁의 선율을 문득 상상하였다. 자기 옆에 약혼자가 있는 것도 잊어버리고 송준호는 춘앵의 얼굴을 핥는 듯이 멍하니 바라보았다.

"저이가 백진주 선생의 애인인가?"

그렇게 묻는 장현도 부인의 물음에

"세상에서는 그렇게들 생각하고 있는 모양입니다만 자세한 것은 저역시 알 수 없습니다."

"중국에는 미인이 많다더니 정말 그림처럼 예쁜 여자야요!"

옥영도 그런 말을 하면서 일종 질투에 가까운 표정으로 춘앵을 바라본다.

그러는 동안에도 프로그램은 쉴 새 없이 진행되고 춘앵은 적잖은 흥미를 느끼는 표정으로 무대를 내려다보고 앉았다. 백진주 선생은 춘앵을 돌아다보며

"춘앵이."

"네?"

"유쾌한가?"

"무척!"

"음, 그렇다면 잘됐군!"

그때 제일 부가 끝나는 벨이 울리며 관객은 웅성웅성 떠들기를 시작하였다. 그렇다. 사방을 도록도록하던 춘앵이가 갑자기 목멘 소리로

"앗!"

하고 부르짖은 것은 바로 그 순간이었다.

"춘앵이, 왜 그러는가?"

"저기…… 저기…… 원수가…… 아버지의 원수가 있어요!"

"원수……?"

"네, 송…… 송만식이가……."

그러면서 춘앵은 말을 채 잇지 못하고 비틀비틀 일어서다가 다시금 힘없이 펄썩 주저앉고 말았다.

춘앵이가 그 백어*처럼 흰 손가락으로 오들오들 떨면서 가리키는 곳을 백진주 선생은 바라보았던 것이니 중추원 참의 송춘식이가 바로 그곳에 앉아 있었다.

"춘앵이, 그러나 나도 저 사람을 알지만 저이는 송만식이가 아니고 송춘식이란 사람이다."

"아냐요! 바로 저이에요! 집의 아버지를 관동군에 팔아먹은 놈! 그리고 아버지의 재산을 약탈한 원수……! 오오……!"

하고 외치며 춘앵은 온몸을 키질**하듯이 떨었다.

---

* 백어白魚: 뱅엇과의 민물고기. 몸이 가늘고 반투명한 흰색이며 배에 작은 흰색 점이 있다. 뱅어.
** 키질: 키로 곡식 따위를 까부르는 일. 일이나 감정을 부추기어 더욱 커지게 하는 일. 까붐질.

"자아, 춘앵이, 빨리 집으로 돌아가자. 돌아가서 다시 한 번 그때 이야기를 나에게 들려줘요!"

"네, 네…… 이 이상 더 여기 앉아 있다가는 저는…… 저는 숨이 막힐 것 같습니다! 죽을 것 같습니다!"

이리하여 백진주 선생은 쓰러지려는 춘앵을 부축하듯이 하며 총총한 발걸음으로 부민관을 나섰다.

복수復讐 편

34. 복수도

　C 여사의 신작 무용 발표회가 부민관에서 열린 지 며칠 후 중추원 참의 송춘식이의 아들 송준호는 혜화동 백진주 선생의 저택을 방문하여 자기의 약혼이 얼마나 불행한 것인가를 호소하였다.

　"집의 아버지와 장현도 씨는 같은 고향에서 자라난 친구니만큼 이번 혼사는 말하자면 어머니의 의사를 무시하고 아버지가 독단적으로 맺으려는 것입니다. 다시 말하면 이 혼사를 통하여 장현도 씨는 아버지의 명예와 손을 잡으려는 것이고 아버지는 장현도 씨의 재산과 악수를 하려는 것이지요. 그러니까 이 혼사에 희생되는 것은 저올시다. 저는 장옥영을 제 아내로 맞고 싶지는 않아요. 제가 구하는 아내는 제 어머니처럼 어여쁜 맘씨를 가진 여자입니다. 제 어머니야말로 외모로 보나 성품으로 보나 정말 천사와 같으신 분이랍니다."

　그러면서 송준호는 꺼질 것 같은 깊은 한숨을 지었다.

　"그러나 문제는 송 군 자신에 있는 것이니까…… 누구가 송 군의 자유를 막을 수 있다는 말이오?"

"그러나 백 선생님, 제가 만일 장옥영과 약혼을 안 한다면 집의 아버지를 극도로 실망시키는 결과를 맺을 것입니다."

"정말 그렇다면 약혼을 할 수밖에……."

"네, 그러나 그렇게 되면 어머니를 무서운 비탄의 구렁으로 떨어트릴 것입니다. 아아……."

"그렇다면 약혼을 그만둘 수밖에 없는 것이 아니오?"

백진주 선생의 이러한 대답은 부드러우면서도 한편 무척 차다.

"그러나 백 선생님, 저는 아버지를 실망시키는 한이 있을지라도 어머니를 슬프게 하고 싶지는 않습니다. 무슨 이윤지는 모르지만 어머니는 장 두취 댁을 전부터 그리 달갑게 여기지 않는 것 같아요. 어머니는 아직 장 두취 댁에 발을 들여놓은 적이 한 번도 없답니다. 그러니까 두취 부인도 저희 집엔 좀처럼 발길을 안 한답니다."

"음…… 그런 사이라면 좀 재미가 없는걸."

"백 선생님, 무슨 말씀입니까?"

"실은 아현동 내 별장에서 내가 신세를 진 몇 분을 청해다가 만찬이라도 대접할까 하고 생각하고 있었지만…… 내가 거래를 하는 은행 관계로 장현도 씨 부부와 또 우연한 기회에 알게 된 유동운 씨 부부와 그리고 송 군의 양친을 모시려 했었는데…… 거, 그러한 사이라면…… 더구나 두취 부인이 옥영 양을 데리고 오게 되면 이건 똑 내가 양가의 혼사를 촉성*시키는 것 같아서 송 군의 어머님께 원망을 받겠는걸!"

"네, 그렇게 오해를 받으실는지도 모르지요. 아니, 어머니는 백 선생님께 아무리 호의를 품고 있대도 그 회합에 참석은 안 하실 겝니다."

"음…… 적잖게 유감된 일이라고 돌아가면 어머님께 오해가 없도록

| * 촉성促成: 재촉하여 빨리 이루어지게 함. 인공적인 조건을 가하여 빨리 자라게 함.

송 군으로부터 잘 전언*이나 하여주시오."

"네, 참석은 안 하시겠지만 오해만은 품지 않도록 잘 말씀 드리겠습니다."

그때 백진주 선생은 말머리를 돌려

"그런데 송 군에게 한 가지 물어볼 말이 있소."

"무슨 말씀입니까?"

"들건대 장 두취는 값이 떨어지는 주株를 사서 하루에도 수천만 원씩 돈을 벌어들인다는데 그게 정말이오?"

"정말이지요. 그러나 그것은 장 두취가 하는 것이 아니고 두취 부인이 하는 노릇이랍니다."

"허어! 어쩌면 부인의 몸으로서 그처럼 대담할 수가 있을까요?"

"그러나 거기에는 한 가지 비법이 있답니다."

"비법이라고요?"

"네, 각일각**으로 변하는 주식 시장의 가장 정확한 통신을 알고 있는 사람을 한 사람 친구로 가지고 있답니다."

"허어, 그랬군요!"

"백 선생님도 아시다시피 부인의 옆을 항상 떠나지 않는 조봉구 군이 바로 그 사람이지요."

"아, 저 총독부에 있는 조봉구 군!"

그때 백진주 선생은 머리를 끄떡끄떡하며 가슴속에 그 어떤 커—다란 계획을 그림 그리었다. 그 계획이 얼마 후 거만한 은행가 장현도를 피치 못할 궁지로 쓸어 넣었던 것이다.

이윽고 송준호가 물러가자 백진주 선생은 하인 배성칠을 불러들였다.

---

* 전언傳言: 말을 전하는 일이나 그 말. 남에게 부탁하여 전하는 말. 전설傳說. 탁언託言.
** 각일각刻一刻: 시간이 지나감.

"성칠이, 내 말을 잘 들어둬."

"네, 네……."

"오늘부터 사흘 후에 저 아현동 별장에서 만찬회를 베풀 작정인데……."

그 말이 채 끝나기도 전에 성칠은 치를 부들부들 떨면서

"아, 저…… 저…… 그 밑에 유동운이가 어린애를…… 선동이를 파묻었던 앵두나무가 뒤뜰에 있는 그…… 그…… 바로 그 별장 말씀입니까?"

"성칠이!"

하고 그때 백진주 선생은 꽥 하고 고함을 치면서

"선동인지 악동인지는 모르지만 내 별장이 아현동에 몇 개나 있다는 말인가……? 응?"

"네네, 단…… 단 하나밖에 없습지요."

"그런 줄을 뻔히 알면서 왜 앵두나무가 있느니 없느니 잔말이야?"

"네, 사흘 후에 만찬회가 있다는 분부, 잘 알아 모셨습니다."

"방에는 새로이 도배를 하고 정원의 수목은 잘 가꾸되 안방과 앵두나무가 선 뒤뜰은 손가락 하나 닿지 말고 그대로 둘 것! 알겠나……?"

"네, 네…… 그러나 몇 분이나 초대를 하시는지……? 그리고 어떤 분이 오시는지……? 그것을 알려주시면……."

"그것은 나 역시 알 수 없는 일이야. 무대 장치만 하여두면 주인공들은 제 발로 등장할 것이 아닌가……?"

"네……."

성칠은 정중히 허리를 굽히며 물러갔다. 그때 백진주 선생은 문득 팔뚝시계*를 들여다보면서 혼잣말로 중얼거렸다.

"일곱 시 십 분 전! 인제 십 분만 있으면 나의 이 호화로운 복수극에

등장할 중요 인물이 두 사람 등장할 것이다. 만주 벌판에 수백만 평의 토지를 가진 호농** 홍만석洪萬石 씨와 그의 아들 홍선일洪善一 군이 등장할 것이다. 아버지는 아들을 찾으러, 그리고 아들은 아버지를 찾으러……하, 하, 하……."

백진주 선생은 자기가 꾸며놓은 이 복수극의 각본이 성공하기를 자신하는 사람처럼 유쾌히 웃었다.

아니나 다를까, 그즈음 동소문東小門 네거리를 혜화동 골목으로 접어 들어 가면서 손에 든 편지 한 장과 골목 안 문패를 번갈아 쳐다보는 청년이 한 사람 있었다.

"편지에는 분명히 혜화동 삼십 번지라고 씌었는데……"

한 손에 트렁크를 든 청년은 그렇게 중얼거리면서 편지를 다시 한 번 유심히 들여다보았다. 거기에는 다음과 같은 실로 이상야릇한 내용이 적혀 있었다.

배선동 군.

군이 만일 돈이 필요하다면, 그리고 남과 같은 호화로운 생활이 하고 싶거든 이 컴컴한 상해의 밤거리를 방황하지 말고 곧 조선으로 돌아가서 사월 이십육일 오후 일곱 시까지 서울 혜화동 삼십 번지에 사는 백진주 선생이라는 분을 찾아가라. 찾아가서 군의 부친을 만나게 하여달라고 백선생께 부탁을 하라.

군은 만주의 대지주인 홍만석 씨와 만주의 어떤 고급 관리의 미망인 안보연安寶姸 사이에 출생된 사생아로서 군의 이름은 홍선일― 그러니까 군의 본명인 배선동이라는 이름을 절대로 사용하여서는 안 된다. 군은 어

** 호농豪農: 땅을 많이 가지고 농사를 크게 지음. 또는 그런 사람이나 집. 대농大農.

디까지든지 홍선일이란 인물로서 서울 장안에 나타나면 그만이다. 그리고 그것이 곧 군의 호화로운 출세를 의미하는 것이다. 좀 더 상세히 이야기하면 군은 다섯 살 때에 집 잃은 아이가 되어 만주와 중국을 떠돌아다니면서 지금까지 십오 년 동안 유랑 생활을 한 과거를 가졌다고 말하면 된다. 그리고 그 외의 모든 것은 백진주 선생께 내가 직접 편지로 연락하여둘 테니 군은 동봉한 금액 일만 원을 여비로 하여 곧 서울로 가라. 그러면 백진주 선생이 군에게 연 수입 오만 원의 금액을 군의 부친 홍만석 씨에게서 받도록 친절히 알선하여줄 것이다.

함일돈.

그러한 내용의 편지였다.

함일돈― 그렇다. 만일 여러분의 기억이 아직도 새롭다면 자선가 함일돈이라는 인물이 바로 저 백진주 선생의 별명이라는 것을 짐작할 것이며 또한 지금 홍선일이라는 이름으로 백진주 선생을 찾아가는 배선동이라는 청년이 바로 저 유동운 검사의 사생아― 현재 장현도 부인인 심봉채와 지금으로부터 이십 년 전 아현동 별장에서 낳은 사생아, 유동운이가 뒤뜰 앵두나무 밑에 파묻었던 사생아, 그것을 배성칠이가 파내어 불쌍한 형수의 손으로 기르다가 마침내 형수를 발길로 차서 죽여버린 채 도망을 친 바로 그 배선동이었다.

배선동은 아니, 홍선일은 무슨 까닭인지 알 수 없으되 하여튼 자기가 홍만석이라는 사람의 아들 노릇만 하여주면 적어도 연 수입 오만 원이라는 막대한 금액이 자기 손으로 굴러들어온다는 커―다란 희망을 한 아름품은 채 지금 간신히 찾아낸 백진주 선생의 현관 앞에 서서 초인종을 째르랑 눌렀다.

늙은 하인 한 사람이 나왔다.

"어디서 오셨습니까?"

"상해서 온 홍선일이라고 백진주 선생께 말씀 드리면 아실 것입니다."

"아, 그렇습니까. 이리 들어오십시오."

하인은 홍선일을 데리고 안으로 들어갔다. 그러한 청년이 오면 곧 데리고 들어오라는 분부를 이 늙은 하인은 주인에게 받았던 것이다.

이윽고 홍선일은 백진주 선생이 기다리고 있는 서재로 들어갔다.

"아, 군이 상해서 온 홍선일 군이오?"

"네, 그렇습니다. 백진주 선생이신가요?"

"그렇습니다. 먼 길에 수고로이 오셨소."

"네, 십오 년 동안이나 헤어져 있던 아버지를 뵐 일심으로 달려왔습니다."

"잘 알겠습니다. 함일돈 씨로부터 상세한 소개장이 왔습니다. 우연히도 내가 군의 아버지 되시는 홍만석 씨를 알기 때문에…… 군의 부친으로 말하면 연 수입 오십만이나 되는 대지주니만큼 십오 년 만에 처음 만난 아드님에게 적어도 연 수입 오만 원가량은 보조하리라고 생각하지요. 그만한 수입이면 서울에서는 상류 계급의 생활을 할 수가 있을 것입니다."

"고맙습니다. 모두가 백 선생의 혜덕이올시다."

"천만에요. 저 친절한 숨은 자선가 함일돈 씨의 덕택이지요."

무슨 영문인지는 몰라도 연 수입 오만 원만 확실히 수중에 들어온다면 정말 팔자를 고치게 되는 셈이니 이런 떡이 어디 있느냐고 홍선일은 유쾌하였다.

"내가 가장 신용하고 있는 함일돈 씨의 소개니만큼 홍 군의 신분에는 틀림이 없으리라고 생각하지만……."

하고 백진주 선생은 잠깐 동안 청년의 얼굴을 유심히 쳐다보면서 물었다.

"다섯 살 때에 집을 떠났다고 하니 혹시 기억하지 못할는지도 모르지만 어머니 되시는 분의 성명이 무엇이었지요?"

"안보연— 만주 어떤 고관의 미망인이었다고 기억합니다."

"맞았소! 틀림없는 안보연이었소!"

백진주 선생은 과장하게 청년의 말을 인정하였다.

"그런데 아버지는 정말 제게 오만 원이라는 연 수입을 만들어주실까요?"

청년은 그것이 제일 근심이다.

"오십만 원의 연 수입이 있는 부친이 그만한 것쯤 승낙 못 할 리가 만무하지요. 그 점은 절대로 안심하시오."

"고맙습니다!"

그때 또 늙은 하인이 들어왔다.

"만주에 계시는 홍만석 씨라는 분이 오셨습니다."

청년의 눈이 그 순간 번쩍 빛났다.

"아, 군의 부친께서 오셨나 봅니다. 여기서 잠깐만 기다리시오. 내 응접실로 가서 부친을 뵙고 올 테니……"

그러면서 백진주 선생은 하인의 뒤를 따라 나갔다.

물 샐 틈도 없이 치밀하면서도 한편 현란하고도 웅대한 스케일을 가진 백진주 선생의 복수도는 과연 어떠한 전개를 볼 것인가……?

35. 속續 복수도

지금 백진주 선생의 응접실에서 어리벙벙한 표정으로 방 안을 휘둘러보고 앉은 홍만석— 북만주의 대지주라는 명목으로 서울 장안에 나타난 홍만석이라는 인물을 필자는 먼저 여러분께 소개하여둘 필요를 절실히 느끼는 바이다.

나이는 오십이 될락 말락 한 사나이로서 얼굴은 햇볕에 새까맣게 짜들 대로 짜들고 이건 또 어디서 주워 입었는지 십구 세기의 유물인 듯싶은 커—다란 예복에다 높은 칼라를 달았다.

만주 생활 삼십 년에 아직도 집 한 칸 못 장만하고 객줏집 윗목살이를 하던 이 돌쇠 영감이 고물상에서 이처럼 예복을 한 벌 사 입고 서울로 출마한 데는 다음과 같은 사연이 있었다.

어떤 날 돌쇠 영감은 국보 대사國保大師라는 미지의 인물에게서 한 장의 편지를 받았다.

돌쇠 영감님.

아무리 보아도 당신의 말로는 비참을 면하지 못할 것 같으오. 비록 백만장자는 못 될지언정 남처럼 한번 제집 쓰고 살다 죽고 싶은 마음은 없습니까……? 그런 생각이 있다면 내가 하라는 대로만 하여보시오.

지금 곧 조선으로 돌아가서 사월 이십육일 오후 일곱 시에 서울 혜화동 삼십 번지에 사는 백진주 선생을 찾으시오. 찾아가서 당신과 안보연이라는 부인 사이에 난 아들 홍선일을 만나게 해달라고 청하시오. 홍선일은 다섯 살 때 집을 잃어버리고 어디론가 가버린 아들입니다. 그리고 당신의 이름은 돌쇠 영감이 아니고 북만주에 수백만 평의 농지를 가진 대지주 홍만석 씨라는 것을 잊어서는 안 됩니다. 자세한 것은 백진주 선생께 잘 부탁하여두었으니까 백 선생이 하라는 대로만 하면 내가 별편*으로 백진주 선생께 미리 송금하여둔 오만 원의 금액이 당신의 수중으로 돌아갈 것입니다. 그리고 동봉한 금액 삼천 원여는 서울까지 가는 여비로 써주시오.

국보.

국보 대사라는 사람을 여러분은 기억할 줄로 믿는다. 그것은 봉룡이가 해상 감옥을 탈출한 직후 진지동 금강 여인숙으로 박돌이를 찾아가서 한 개의 금강석으로 굳게 다문 박돌의 입을 열었을 때 쓴 봉룡의 가명이었다.

돌쇠 영감은 더 생각할 필요가 없었다. 벌써 삼천 원이라는 대금이 자기 수중에 굴러들어오지를 않았는가! 홍만석이라는 만주 호농의 이름으로 백진주 선생을 찾아가서 자기 아들을 만나게 해달라는 것쯤 사기, 도박, 아편 장사를 수십 년 해온 돌쇠 영감으로선 그리 어려운 일이 아니었다. 그래서 부랴부랴 떠나온 행차였다.

이윽고 백진주 선생이 들어왔다.

"이 댁 주인 백진주 선생이십니까? 만주서 온 홍만석입니다."

"수고로이 오셨습니다. 그렇지 않아도 나의 친구 국보 대사로부터 홍 선생의 소개를 상세히 해왔기에 지금도 기다리고 있던 차이지요. 소개장을 보면 홍 선생은 연 수입 오십만 원이나 되는 굉장히 많은 농토를 가지신 대부호라는데……"

"뭐요……? 오십만 원이라고요……?"

하고 눈을 둥그렇게 뜨다가

"아, 그, 그렇습니다. 아마 오십만 원쯤은 될 듯도 싶습니다만……

| * 별편別便: 별도로 보내는 편지. 다른 인편人便이나 차편車便.

그것은 그런데요, 다섯 살 때 집을 떠난 내 아들놈을……"

"네, 실인즉 소개장에도 그런 이야기가 자세히 적혀 있습니다만 염려 마십시오. 홍선일 군은 지금 아버지를 뵙고자 이곳에 와서 기다리고 있습니다."

"뭐요? 홍선일이라고요?"

"바로 홍 선생의 아드님 말씀입니다."

"아, 정말 그랬었지요? 헤어진 지가 하도 오래고 보니 그 애의 이름까지 희미하군요! 참…… 세월이란…… 그런데 저…… 그 오만 원이라는 돈은 확실히……."

돌쇠 영감의 머리에는 오만 원이라는 금액만이 커―다랗게 도사리고 있는 것이다.

"아, 그것이야 홍 선생이 청구하시는 대로 드리지요. 국보 대사로부터 보내온 돈이니까요. 그런데 선일 군의 어머니 되시는 안보연 부인은 벌써 세상을 떠나셨다지요?"

"옛……? 세상을 떠났다고요……?"

하고 어리벙벙하고 섰다가

"아, 정말 그랬었군요! 참 가엾은 사람이었지요!"

돌쇠 영감은 손등으로 눈물을 씻는다.

"이것이 바로 홍 선생의 혼인 증서와 선일 군의 출생 증서입이다. 이것만 있으면 홍 선생은 아드님을 찾을 수가 있지요."

"헤에! 혼인 증서라고요……? 출생 증서라고요……?"

"그렇습니다. 국보 대사는 아주 친절한 분이지요. 이런 것까지를 미리 준비하였다가 제게 보내주셨답니다. 이것이 없으면 아드님을 법적으로 찾을 수는 없으니까요."

"네, 참 그렇겠군요! 참 고마우신 분이지요!"

"자아, 그러면 이 증서는 아드님에게 드리시오. 그리고 잘 보관하도록 하십시오."

그리고 백진주 선생은 오만 원 중에서 일만 원만을 먼저 주고 사만 원은 후일 주기로 약속을 한 후에

"그러면 아드님을 이리로 안내할 테니 두 분이서 조용히 만나보시기로 하시오. 참 반가운 일입니다."

백진주 선생은 밖으로 나갔다. 그리고 하인을 불러 홍선일 청년을 응접실로 안내하라는 말을 남겨놓고 자기는 옆방으로 들어가서 벽에 걸렸던 사진틀을 떼었다. 사진틀 밑에는 조그만 구멍이 하나 뚫어져 있다. 백진주 선생은 그 구멍으로 응접실 안을 들여다보았다.

청년은 응접실 안으로 한 발을 들여놓으면서

"아버지!"

하고 커—다란 목소리로 부르짖었다.

"오오, 내 아들 선일이냐? 보고 싶었다! 선일아, 선일아!"

"아버지!"

"선일아!"

돌쇠 영감도 연극이 제법이다. 그러다가 두 사람은 방 안을 한번 휘둘러보고 나서 빙그레 웃었다.

"영감, 이게 대체 어떻게 된 셈이오?"

"글쎄, 나도 원 알 수가 없네."

"그래, 얼마나 받았소?"

"오만 원 계약에 만 원만 받았지. 그래, 자네는⋯⋯?"

"나는 일 년에 오만 원씩으로 정했답니다."

"하여튼 그 어느 누구가 속아 넘어가는 것만은 사실이야."

"어쨌든 속아 넘어가는 것은 영감도 아니고 나도 아닌 것만은 확실하

지요. 그러니까 최후까지 연극은 계속하기로 합시다."

"암, 그래야 출연료를 받아먹지! 오만 원 계약에 일만 원만 주는 걸 봐도 최후까지 연극을 하라는 의미가 아니야?"

"합시다, 아버지!"

"오냐, 내 아들!"

그때 문밖에 사람의 발자국 소리가 들린다. 두 사람은 부여잡고 연극을 한다.

"아버지, 보고 싶었습니다!"

"오냐, 오냐, 난들 왜 널 보고 싶지 않았겠니?"

백진주 선생이 이윽고 응접실로 들어왔다.

"홍 선생, 어떻습니까? 아드님에 틀림없지요?"

"네네, 기뻐서…… 기뻐서 눈물이 나옵니다."

"그래, 선일 군의 감상은……?"

"아, 백 선생님, 넘치는 행복에 온몸이 오주주 떨립니다!"

"하, 하…… 참 행복한 부자로군!"

하고 백진주 선생이 감동을 하였을 때

"한 가지 유감된 것은 이 애는 서울서 살기를 원하지만 나는 곧 만주로 돌아가지 않으면 안 되겠습니다."

"그러나 홍 선생, 내가 이처럼 훌륭하신 홍 선생 부자를 내 가까운 몇몇 친구에게 소개를 할 셈으로 있으니까 그때까지는 서울에 머물러 계시도록 하시는 것이 어떻습니까?"

"그렇습니까. 백 선생의 말씀이라면 제가 무엇이 부족해서 거절하겠습니까?"

"실은 사흘 후, 바로 오는 토요일 저녁에 아현동 내 별장에서 몇몇 손님을 모시고 만찬회를 열고자 하는데…… 손님 중에는 서대문 은행의 두취 장현도 씨도 참석할 테니까 제가 홍 선생께 소개해드리지요. 실은 제가 홍 선생께 지불할 돈도 그의 은행에 들어가 있고 해서요. 아니, 그보다도 은행가는 알아둘 필요가 있는 것이니까요. 더구나 홍 선생이 만주의 대지주라면 장 두취도 홍 선생을 가까이하고 싶어 할 것입니다."

"그럼 그날은 예복을 입고 가얄까요?"

"네, 그러나 지금 입으신 것은 좀 뭣하니까 새로이 한 벌 장만하시는 것이 체면상 좋을 듯도 합니다. 연 수입 오십만 원의 부호시라면 또 그만큼 체면 문제도 있을 것이니까요."

"그럼 전 무슨 옷을 입을까요?"

"아, 군은 간단하게 차려도 괜찮겠지. 그러나 적어도 연 수입 오십만 원의 부호를 아버지로 모신 청년이라면 또 그만큼 사회적 체면도 있을 것이니까…… 더구나 아직 군과 같은 미혼의 청년들은 옷매무새를 보는 것도 과히 흉이 아니니까……."

"젊은 여자들도 오는가요?"

"암, 오고말고…… 더구나 장 두취의 영양 같은 어여쁜 여자도 참석할 것이고 하니까……."

"장 두취의 따님이 그처럼 미인인가요?"

"아, 현대적 미인이랄까……? 홍 군과 같은 젊은이들이 좋아할 타입이지."

백진주 선생의 그 한마디가 청년의 마음을 무섭게 동요시켰다. 적어도 은행가의 영양을 상대로 하여도 손색이 없으리라는 백진주 선생의 그 한마디는 지금까지 상해 뒷골목에서 밤거리의 천사만을 상대로 하던 자기의 사회적 지위가 일순간에 향상된 것을 증명하는 것에 틀림이 없다고 생각하였다.

홍선일은 아니, 배선동은 아직 보지 못한 미지의 처녀 장 두취의 따

님을 어여쁜 환영 속에 그림 그리면서

"그날은 몇 시쯤 갈까요?"

"저녁 여섯 시 반쯤 해서 오면 되지요."

"그럼 그날 밤은 꼭 만찬회에 참석하겠습니다."

"네, 꼭 기다리겠습니다."

이리하여 홍만석 씨 부자는 백진주 선생과 정중한 작별의 인사를 하고 물러갔다.

"자아, 이만했으면 등장인물에 손색은 없다! 유동운과 심봉채와 배선동이와…… 아아, 이 어버이와 이 아들을 한 무대 위에 등장시킨 위대한 극작가 백진주 선생이여!"

백진주 선생은 조용한 부르짖음으로 그렇게 한 번 외치고 나서 다시 중얼거린다.

"무대 장치에도 그만했으면 손색이 없을 것이다. 이십 년 전 그대로의 침실, 그대로의 앵두나무! 대답하여라! 그대의 심장이 얼마나 튼튼하뇨? 장안의 세도가여, 검사정 유동운이여, 그대의 심장이 얼마나 튼튼한가를 시험하는 무대 면이다!"

36. 노혁명가

여기는 자하문* 고개 중턱에 있는 검사정 유동운의 저택이다.

수목이 울창한 드넓은 정원은 심산의 밀림 지대처럼 고즈넉하다. 높다란 나뭇가지에서 이름 모를 산새가 운다. 그 이름 모를 산새의 울음소

---

* 자하문紫霞門: 서울시 종로구 창의동彰義洞에 있는 성문城門인 '창의문彰義門'의 다른 이름. 조선 개국 초기에 세운 사소문四小門 가운데 하나다.

리를 머리 위에 들으면서 검은 널판자 담장을 사이에 두고 하나는 밖에서, 하나는 안에서 뚫어진 구멍으로 얼굴을 서로 들여다보며 봄바람과 함께 찾아온 사랑의 속삭임을 남몰래 도적질하는 두 사람의 젊은이가 있었던 것이니, 담장 밖에 선 것은 모영택 씨의 아들 모인규 청년이었고 담장 안에 선 것은 유동운의 전처 딸 유영란의 두 사람이었다.

"인규 씨, 새가 울죠……? 저게 무슨 샌가요?"

영란은 주먹이 하나 드나들 만한 조그만 구멍에다 입을 갖다 대고 가만히 종알거렸다.

"글쎄요……? 마테를링크의 파랑새*나 아니었으면 좋으련만요— 영란 씨!"

"네?"

"손을 주셔요!"

"안 돼요."

"그럼 난 갈 테야요."

"아, 인규 씨, 가시면 안 돼요!"

"그럼 손을 주셔요."

"저번처럼 꼭 쥐지 마시고 가만히 쥐세요, 네?"

"아, 영란 씨, 어째 오늘은 이처럼 손이 차가운가요……? 무슨 근심되는 일이나 생겼습니까……? 그거야 유 검사가 저희 집안을 달갑게 여기지 않는 건 나도 잘 알고 있지만요. 그러나 그러한 감정은 세월의 흐름과 함께 언젠가는 해결될 문제라고 생각합니다. 그러니까 영란 씨도 그런 데 너무 신경을 쓰지 말아야 하지요."

---

* 마테를링크의 파랑새: 벨기에의 극작가이자 상징파 시인인 마테를링크Maurice Maeterlinck(1862~1949)의 대표작 『파랑새L' Oiseau Bleu』에 나오는 새. 『파랑새』는 6막 12장의 동화극으로 1908년 모스크바에서 초연되었다.

"아냐요. 그런 것이 아냐요. 그저……."

"영란 씨, 그럼 무슨 근심 되는 일이 따로 생겼습니까?"

"저…… 저…… 그이가 얼마 안 있으면 중국서 돌아온대요."

"아, 저…… 영란 씨와 약혼한 신영철 군 말입니까?"

"네…… 어머니는 어찌 된 셈인지 이번 혼사를 그리 달갑게 여기질 않는 것 같아요. 처음에는 아버지와 함께 신이 나서 혼사를 맺은 어머닌데요."

"어째 그럴까요……? 영란 씨의 계모가 그처럼 심경의 변화가 생긴 데는 그 어떤 이유가 있을 게 아닙니까?"

"네, 그것을 전 짐작할 수가 있는 것 같아요. 인규 씨도 아시다시피 제게는 돌아가신 어머니가 남겨놓은 재산과 또 외조모가 돌아가시면 상속할 재산이 있잖아요? 어머니는 그것을 무척 탐내는 것 같아요. 자기 친아들인 경일이에게는 이렇다 할 재산이 없는 것을 늘 불만히 생각하고 있답니다. 그러니까 어머니가 내 결혼에 반대하게 된 것은 내 남편이 될 사람이 불만해서 그러는 것이 아니고 결혼 그 자체에 반대하는 것이지요. 말하자면 내가 결혼을 안 하고 수녀라도 되어서 일평생을 혼자 지내게 되면 어머니의 재산과 외조모의 재산이 전부 아버지에게로 상속될 것이 아냐요? 그렇게만 되면 나중에는 그 재산이 경일이의 손으로 돌아가게 되죠, 뭐."

영란의 눈에는 눈물이 글썽글썽하였다.

"그러나 할아버지만은 영란 씨가 행복하게 되기를 바라는 사람이 아닙니까?"

"그래요. 할아버지는 비록 전신 불수로 산송장처럼 폐인이 되신 분이지만 우리 집안에서 누구보다도 절 제일로 사랑하신답니다."

"영란 씨, 영란 씨의 그 괴로운 입장을 저 친절하신 백진주 선생께 한

번 상의해봅시다. 백 선생님은 어째 그런지 저희 집안 식구들을 무척 다정하게 생각해주신답니다. 백 선생님은 저희들에게는 마치 태양과 같으신 분이지요."

"네, 저도 저번 날 그 백진주 선생께 인사를 여쭌 적이 있어요. 그때 저를 바라보는 백 선생님의 눈에는 말은 없어도 저를 무척 동정하시는 것 같은 그런 눈치가 보이었어요."

"그렇습니다. 백 선생님이야말로 사람의 흉중을 꿰뚫어보고 선인과 악인을 잘 구별할 수 있는 그런 신통한 힘을 가지신 분이지요."

모인규와 영란이가 정원 숲 새에서 그런 이야기를 하고 있을 즈음에 영란의 할아버지 유민세 노인이 거처하는 뒤채에서는 지금 유동운 검사정이 병상에 누워 있는 전신 불수의 노인 앞에 긴장한 얼굴로 앉아 있었다.

열렬한 혁명 투사로서 반생을 번쩍거리는 총검 밑을 뛰어다니면서 지내온 유민세 노인도 인제는 죽음을 기다리는 하나의 폐인밖에는 아무것도 아니었다. 그러나 그의 쇠잔한 몸뚱이 가운데서 단 하나 그의 두 눈에는 아직도 왕년에 지녔던 굳센 의지력이 타는 듯이 번쩍이고 있었다. 손가락 하나 발가락 하나 옴짝달싹 못하는 유민세 노인이었으나 그러나 언어만은 간신히 통할 수가 있었다. 열 마디 물음에 대하여 한마디씩은 간신히 대답할 수 있는 능력을 아직도 지니고 있는 것은 다행이었다. 글자 그대로 살아 있는 송장 격인 이 유민세 노인의 시중을 들어주는 것은 손녀딸 영란과 한 사람의 하인뿐이다.

'머지않아 세상이 바뀌어서 네가 나의 도움을 받지 않으면 아니 될 때까지 너와 나와는 영원한 적이다!'

이것은 기미년 삼월 초하루, 자주 독립을 부르짖는 만세 성이 장안을 진동시키고 있을 때 금강 호텔로 유동운을 찾아갔던 숨은 애국자 유민세 씨가 아들에게 최후로 남겨놓은 선언의 한마디였다.

그러나 아아, 그때로부터 이십여 년의 세월이 흘렀건만 세상은 아직도 바꾸어지지를 못하고 혼돈과 탁류 속에서 제멋대로 춤추고 있었던 것이니, 이 어버이와 이 아들은 아직도 영원한 적일 수밖에 없었던 것이다.

"아버지, 특별히 오늘 아버지를 뵈러 온 것은 영란의 결혼 문제 때문입니다. 아버지도 아시다시피 신영철 군은 얼마 안 있으면 여행으로부터 돌아올 테니까요. 돌아오면 곧 결혼식을 거행할 작정입니다."

유민세 노인은 터져 나오려는 분노로 말미암아 입술을 몇 번 씨우적거리면서* 말이 자유로이 튀어나오지 않음을 안타까워하였다.

"신영철 군은 훌륭한 청년이지요. 아버지도 아시다시피 신 군의 부친 신상욱 판사로 말하면 법관으로서 가장 명망 높은 분이었지요. 불행히도 기미년 만세 소동 직전에 암살을 당했지만……."

유동운은 그러면서 아버지의 얼굴을 한번 힐끗 살피며

"그것은 실상 이상야릇한 암살 사건이었지요. 당국에서는 아직까지도 진범인이 누구인지를 모르는 채 사건을 오리무중에 파묻어버리고 말았습니다만……."

일종의 협박이었다. 이 혼사를 극력으로 반대하는 유민세 노인의 강철과 같은 의지력을 꺾어버릴 심산이다.

무엇이라고 대꾸를 할 셈으로 얼굴에 핏대줄을 그리며 입술을 움직이었으나 말은 좀처럼 자유롭게 터져 나오질 않는다. 두 눈알만이 불덩어리처럼 충혈된 유민세 노인이었다.

"그러나 자기가 그 무서운 살인죄를 범하였다는 사실을 알고 있는 진범인이 만일 우리들과 같은 입장에 섰다면 자기네 딸이나 혹은 손녀딸을

---

* 씨우적거리다: 마음에 못마땅하여 입속으로 자꾸 불평스럽게 말하다. 씨우적대다.

피해자의 유자*인 신영철 군에게 시집을 보내어 세상의 혐의를 받지 않도록 하는 것이 그중 상책이 아닐까 생각하지요."

그때 유민세 노인은 만신의 힘을 다하여 입을 열었다.

"너는…… 너는 그 누구를 협박함으로써 이 혼사를 성사시키려는 배짱이냐?"

"아버지, 무슨 말씀이십니까……?"

유동운은 천연스럽게 물었다.

"으음…… 비록 손가락 하나 달싹 못하는 이 유민세랄지라도 너는 나의 의사를 꺾지 못할 것이다! 나는 신영철이란 사내가 싫다!"

"그것은 아버지 일개인의 고집이 아닙니까? 아버지가 결혼하는 것이 아니고 문제는 영란이가 결혼하는 것이니까요."

"영란이도 그런 사내와 결혼하기를 바라지 않을 것이다."

그리고 노인은 커—다란 목소리로

"영란아! 영란아!"

하고 불렀다. 이윽고 영란이가 정원에서 뛰어 들어왔다.

"할아버지, 저를 부르셨어요?"

"음, 빨리 전화를 걸어서 한韓 선생을 불러라."

한 선생이란 이 집 공증인이다.

"한 씨는 또 왜 부르십니까? 아버지는 저희들에게 또 무슨 쓸데없는 장난을 꾸미려는 것이 아닙니까?"

하고 유동운은 적잖게 놀란다.

"영란, 빨리 불러라!"

"네!"

---

* 유자遺子: 태어나기 전에 아버지를 여읜 자식. 유복자遺腹子.

영란은 무슨 영문인지도 모르고 밖으로 뛰어나갔다.

무거운 침묵이 방 안을 흐른다. 이 아버지와 이 아들은 서로서로에서 영원한 적을 느끼면서 숨소리만 크다.

십 분 후 공증인 한 씨가 검은 가방을 끼고 영란의 뒤로 따라 들어왔다. 그리고 그 뒤로 유동운 부인이 아들 경일이를 데리고 역시 방 안으로 들어왔다.

"할아버지가 공증인은 갑자기 왜 부르시는 거야요?"

부인은 그러면서 의아스러운 표정으로 남편을 쳐다보았다.

"나야 아오? 또 집안에 무슨 소동이나 일으키지 않았으면 좋겠소."

그때 한 씨는 노인 옆으로 가서 꿇어앉으며

"저를 부르셨습니까?"

"그렇소."

"용건은 무엇입니까?"

"용건은…… 용건은 유언이오."

"유언……?"

"일동은 놀랐다. 그러나 그중에서도 제일 놀라고 슬퍼하는 것은 영란이다.

"할아버지, 왜 벌써 그런 유언 같은 것을 하셔요?"

"오냐. 모두가 영란이 너를 위하여…… 네 행복을 위하여……."

"할아버지……!"

영란은 노인의 손을 부여잡고 느껴 울기 시작하였다.

그때 노인은 자리 밑에 넣어두었던 삼십만 원의 예금 통장을 영란더러 꺼내어 공증인에게 주게 하며 엄숙한 목소리로

"유언— 조선은행*에 예금한 삼십만 원을 영란에게 주되 만약 영란이가 신영철과 결혼하는 경우에는 상기 유언은 무효가 될 것이며 따라서

삼십만 원은 사회의 빈곤자를 위하여 공증인이 적당한 처리를 할 것을 위탁함— 유민세—."

그때 공증인은

"그러나 법적 상속인인 유 검사정에게 한 푼도 재산을 남기지 않는다는 것은 법률이 허용하지 않는다는 사실을 모르시는가요?"

"잘 아오. 그러나 나는 그것을 바라지 않으오!"

"그러나 선생이 돌아가신 후에 유 검사정께서 이 유언장에 대하여 이의를 제기할 수 있다는 사실도 아시는가요?"

"잘 아오."

그때 유동운은 적잖게 분해 하는 표정으로

"아버지는 잘 알고 계시지요. 더구나 나와 같은 지위에 있는 사람이 사회의 빈곤자를 상대로 하여 소송 문제를 일으키지 못한다는 것을 누구보다도 잘 알고 계시는 분이니까요, 흥!"

그 순간 노인의 얼굴에는 한 점의 승리감이 뭉게뭉게 떠올랐다.

유동운 부인도 남편을 따라 밖으로 나가면서 같은 손자인 경일에게 대해서는 이렇다는 말 한마디조차 없는 이 완고한 늙은이를 미워할 대로 미워하였다.

"할아버지, 제가 그이와 결혼을 하면 할아버지의 재산이 그이의 손으로 들어갈 것이 싫으시죠?"

"음—."

"할아버지, 저는 할아버지의 그 지극하신 사랑만을 물려주시면 그만이에요, 할아버지!"

"오냐, 오냐!"

---

* 조선은행朝鮮銀行: 식민지 시대에 조선 은행권朝鮮銀行券을 발행하고 일반 은행 업무를 맡아보던 중앙은행. 1909년에 설립된 한국은행을 1911년에 고친 것으로 해방 후에 다시 한국은행으로 고쳤다.

노인은 영란의 얼굴을 빤히 쳐다보면서

"검사정 유동운이가 제아무리 쩡쩡 울리는 세도가랄지라도 영란을 신영철에게 시집보내지는 못할 것이다!"

"할아버지!"

"오냐, 오냐, 울지 마라. 네가 좋아한다는 사람이 누구랬지……? 아, 그렇지. 저…… 저…… 모영택 씨의 자제분……."

37. 복수극의 서막

그런 일이 있은 지 사흘 후 백진주 선생은 마침내 아현동 별장에서 호화로운 만찬회를 열었다. 실로 이 만찬회야말로 백진주 선생의 웅대한 복수극에 있어서 하나의 황홀 찬란한 서막을 의미하는 그것이었다.

오랫동안 비워두었던 별장이건만 그러나 단 사흘 동안에 모든 것이 몰라보게 면목을 일신하였다. 잡초가 무성하던 앞뜰에는 잔디가 곱게 깔리었고 화려한 가장집물*이 방마다 가득 차 있었다. 그러니까 겉으로만 보아서는 누구 한 사람 이 호화로운 별장 한구석에서 지나간 그 옛날 무서운 범죄가 있었다는 사실 같은 것은 꿈에도 상상할 수가 없었다.

그러나 이처럼 모든 것이 달라진 이 별장 안에서 다만 저 뒤뜰 앵두 나무와 핏빛처럼 새빨간 장막을 들창에 내린 안방만은 손가락 하나 다치지 않고 이십여 년 전의 옛날을 그대로 연상할 수 있도록 남겨두었던 것이니, 유동운과 심봉채를 아버지 어머니라고 부를 수 있는 배선동이를 낳은 것이 바로 이 음침한 안방이었으며 유동운의 손으로 배선동이를 파

---

*가장집물家藏什物: 집에 놓고 쓰는 온갖 살림 도구. 가집家什.

묻은 곳이 바로 외로이 선 앵두나무 밑이었다.

"성칠이, 수고가 많았네."

안팎을 한번 뼁 둘러보고 난 백진주 선생은 적잖게 만족한 안색을 지으며 그렇게 위로의 말을 주었다.

그러나 배성칠은 어쩐지 안심이 되지 않았다. 주인 백진주 선생의 명령대로 해놓긴 하였으나 어쩐지 백진주 선생의 이 만찬회에는 헤아릴 수 없는 그 어떤 치밀하고도 무서운 계획이 숨어 있는 것 같아서 칭찬의 말을 들어도 좀처럼 마음을 놓을 수가 없었다.

마침내 정각 여섯 시가 되었을 때 문밖에 자동차 멎는 엔진 소리가 들리며 제일착으로 만찬회에 출석한 것은 모인규 청년이었다.

"백 선생님, 제가 제일 먼저 왔습지요?"

"아, 모 군, 감사하오. 그런데 고영수 군 부부도 다 안녕한가요?"

"네, 인애는 항상 백 선생님의 이야기만 합니다. 이건 혹시 인애의 미신일는지 모르지만 그 애는 백 선생님을 가리켜 하늘처럼 인자하시고 땅처럼 믿음성 있는 예수 그리스도와 같으신 분이라고 말한답니다."

"하하…… 그건 너무 과분의 찬사이고……."

그때 또 자동차 멎는 소리가 나며 조봉구와 홍일태가 내렸다. 그리고 바로 그 뒤로 장현도 부부의 자동차가 따라와 멎었다. 이 자동차는 여러분도 알다시피 백진주 선생이 일단 손에 넣었다가 다시 장현도 부인 심봉채에게 선물로 보낸 고급차다.

그러나 그때 백진주 선생은 들창 밖으로 이상한 것을 한 가지 보았다. 그것은 심봉채가 대문 안으로 들어서면서 남편 몰래 무슨 조그만 종잇조각 하나를 조봉구 청년의 손에다 쥐어주는 광경이었다.

'흥, 남편의 눈앞에서까지 밀서를 주고받는 간부姦婦와 간부姦夫! 심봉채의 혈관에는 불의의 피가 너무 많이 도는 것 같아!'

백진주 선생은 마음속으로 그렇게 중얼거렸다.

심봉채는 대문 안을 한 걸음 선뜻 들어서면서 재빠른 눈치로 뜰 안을 한번 삥 둘러보았다. 무엇을 찾는 눈동자다. 무엇을 찾는고……? 이십 년 전 뒤뜰 안 앵두나무 밑에 남겨둔 자기의 그 무서운 기억을 심봉채의 눈동자는 확실히 찾고 있는 것이다!

"부인, 수고로이 오셨습니다."

백진주 선생은 정중히 심봉채를 맞이하였다.

"백 선생의 덕분으로 저희들은 오늘 서울서도 제일 좋은 자동차를 타고 왔습니다."

전일의 인사를 심봉채는 한 번 더 되풀이하면서 애교가 넘쳐흐르는 얼굴을 지었다. 옆에 섰던 장현도는

"백 선생은 어쩌면 서울 오신 지가 불과 며칠 전인데 이렇게 훌륭한 별장을 손에 넣으셨습니까?"

하고 비굴에 가까우리만큼 아첨하는 태도를 보였다.

"모두가 운이 좋은 탓이겠지요, 하하……."

하고 백진주 선생이 유쾌히 웃었을 때

"홍만석 선생과 그의 영식 홍선일 씨가 도착하였습니다."

하고 하인 한 사람이 홍만석 부자를 안내하여왔다.

얼굴은 비록 새까맣게 짜든 돌쇠 영감이었으나 사흘 동안에 장만해 입은 값비싼 의복은 그로 하여금 만주의 대지주 홍만석 선생의 체면과 관록을 충분히 갖게 하였으며 그의 뒤로 조용히 따라 들어오는 배선동은 엊그제까지 상해 뒷골목을 헤매던 불량배이긴 하였으나 사흘 동안에 장만해 입은 최고급의 양복과 어머니 배 속에서부터 갖고 나온 수려한 용모는 만주의 호농 홍만석 씨의 영식이라는 신분을 조금도 어색함이 없이 갖추기에 충분하였다.

"홍만석 선생이라니…… 저이가 어떤 분이십니까?"

하고 그때 장현도가 호기심에 찬 눈동자를 던지면서 백진주 선생께 물었다.

"아, 장 두취께서는 아직 홍만석 씨를 모르시는가요……?"

"네, 아직…… 그런데 그처럼 훌륭하신 분인가요?"

"아, 만주의 대지주로서 손꼽이* 하는 분을 모르십니까?"

"그처럼 훌륭한 재산갑니까?"

"암, 훌륭하다마다요! 연 수입이 오십만 원은 훨씬 넘을 것입니다. 듣건대 장 두취의 은행과도 앞으로 거래가 있을 듯하기에 오늘 두취께 소개를 해드리려고 일부러 청한 것입니다."

"아, 그렇습니까. 대단히 고맙습니다. 그런데 서울엔 무엇을 할 셈으로 왔는가요……? 무슨 굉장한 사업 같은 것을……?"

장 두취의 얼굴에는 적잖은 선망의 빛이 알알이 떠올랐다. 그것을 백진주 선생은 마음속으로 은근히 기대하고 있었던 것이다.

"사업이라는 것보다도 말하자면 돈푼이나 쓰러 온 것이지요. 며칠 전에 나를 찾아와서 하는 말이 앞으로 서대문 은행과 거래가 있게 될 듯싶은데 은행이 착실한가 어떤가를 묻던데요. 생각건대 돈푼이나 착실히 쓰고 갈 모양이더구먼요."

이 말에 장현도는 가슴이 뜨끔하였다. 저번만 해도 백진주 선생이라는 이 난데없이 나타난 미지의 인물에게 혼이 난 장현도기 때문이다.

그때 두취 부인이 역시 남편보다 못지않게 선망의 시선을 던지면서

"참 아드님이 잘도 생겼어요! 키가 늠름하고 얼굴이 똑 모모 하는 배우처럼 예쁘고……."

* 손꼽이: 손가락을 하나씩 고부리며 수를 헤아리는 일.

"네, 영식 홍선일 군으로 말하면 대학 교육을 받은 현대의 청년들 가운데서도 가장 우수한 위인이지요. 이번 아버지를 따라 서울에 온 것은 적당한 자리만 있으면 서울서 아내를 구하겠다고요. 아마 그만한 신분과 인격을 가졌으니까 후보자가 물밀듯이 몰려들 겝니다."

"네, 그렇고말고요!"

두취 부인은 확실히 마음이 움직인다고 백진주 선생은 보았다. 아니, 실상 부인은 마음이 움직이기 시작하였던 것이다. 자기 딸 옥영이를 송준호에게 내맡기기가 부쩍 서운해졌다.

"사윗감으론 더할 나위가 없을 것입니다."

백진주 선생의 이 최후의 한마디가 부인의 마음에 한 가지 희망을 결정적으로 쓸어 넣어 주었다.

"검사정 유동운 씨 내외께서 오셨습니다."

하고 그때 하인이 앞장을 서서 유동운 부부를 안으로 인도하였다.

보니 유동운 검사정의 얼굴이 종잇장처럼 창백하다. 아아, 그는 실로 이십 년 만에 다시금 이 무서운 집 안에 발을 들여놓는 셈이다! 백진주 선생의 아현동 별장이 바로 이 집인 줄은 꿈에도 몰랐던 것이다. 백진주 선생이 악수를 청했을 때 유동운의 손목이 가늘게 떨리는 것을 분명히 손바닥에 느꼈다. 마음의 비밀을 감추는 데 있어서는 사나이보다 계집이 앙큼하다고 백진주 선생은 새삼스럽게 장현도 부인을 쳐다보지 않을 수 없었다.

이리하여 등장인물은 전부 모인 셈이다. 유동운 부부, 장현도 부부, 홍만석 부자, 모인규, 그리고 조봉구와 홍일태— 모두가 아홉 명이다.

"자아, 인제부터 연극은 시작된다!"

백진주 선생은 만족한 표정으로 그렇게 중얼거리면서 밖으로 나가서 충복 배성칠을 불렀다.

"식사 준비는 잘 되었는가?"

"네, 만단*의 준비가 갖췄습니다. 그런데 선생님, 손님은 모두 몇 분이나 청하셨습니까?"

"내가 청한 손님은 인제 전부 오셨다."

"모두 몇 분이십니까?"

"몇 분인지 제 눈으로 세어보면 알지 않겠나?"

"네네……"

배성칠은 굽실하고 허리를 굽히며 응접실 문을 살그머니 열고 안을 들여다보았다. 들여다보다가 그만 배성칠은

"앗!"

하고 가늘게 외쳤다.

"성칠이, 뭘 그리 놀라는 거야?"

"저 여잡니다! 바로 저, 저 여잡니다!"

"뭐, 저 여자라니……?"

"저편…… 저편 들창 옆에…… 들창 옆에 앉은 바로 저 여자가……."

"아, 장 두취 부인 말인가?"

"장 두취 부인인지 누군지 모릅죠만…… 저이가…… 저이가 심봉채란 젊은 과부……! 이 집 뜰 안을 산보하던 과부…… 선동이의…… 선동이의 어머닙니다! 아아……!"

배성칠은 핏기를 잃은 쌔한 얼굴에 공포의 빛을 극도로 나타내면서 온몸을 부들부들 떨었다. 그러다가 다음 순간

"앗……! 저이다! 저기…… 저기 앉은 저 사나이다! 저 사나이

| * 만단萬端: 여러 가지나 온갖. 수없이 많은 갈래나 토막으로 얼크러진 일의 실마리.

가…… 바로……."

"뭐, 저 사나이라니?"

"유, 유동운……! 선동이의…… 선동이의 아버지…… 선동이를 저 앵두나무 밑에 파묻었던 유동운……! 오오…… 그러나 대관절 어떻게 된 셈인가요……? 나는 저 사나이를 칼로 찔러 죽인 줄로만 알았었는데요……? 아아, 그러면 저이는 죽질 않았었습니까?"

"죽긴 왜 죽어……? 저 사나이는 운이 좋아서 다시 살아났을 따름이다."

"오오!"

"자아, 몇 사람인지 빨리 세어봐."

"네, 네…… 셋, 넷, 다섯, 여섯, 일곱, 여덟, 아홉— 앗! 저것은…… 저것은……."

"아니, 뭘 또 놀라는 거야?"

"오오, 선생님! 이것이…… 이것이 꿈이오니까, 생시오니까……? 선동이가…… 선동이가…… 유동운의 아들 선동이가…… 심봉채의 아들 선동이가…… 앵두나무 아래 파묻혔던 선동이가…… 내 형수를 발길로 차서 죽인 선동이가 바로 저기 앉았습니다! 오오……."

"선동이라고…… 그게 무슨 잠꼬대냐 말이야? 저분은 적어도 만주의 대지주 홍만석 씨의 아드님이다!"

"오오, 하늘이시여! 이것이…… 이것이 하늘의 뜻이오니까……?"

"자아, 시간이 되었다. 속히 식당으로 손님을 모셔라!"

"네네……."

성칠은 간신히 쓰러지려는 몸뚱이를 지탱하며 문을 열고 게사니* 목

* 게사니: 거위.

소리처럼 부르짖었다.

"식사의 준비가 되었습니다."

그 순간 백진주 선생은

"여러분, 우리 조선 사람으로서 서양풍을 따르는 것은 도덕적으로 보아 비판의 여지가 다분히 있을는지 모르겠습니다만 오늘 밤 이 만찬회를 베푸는 주인공인 이 백진주가 다년간 외국서 생활을 하여왔기 때문에 오늘 밤만은 서양식으로 이 만찬회를 베풀고자 하오니 여러분은 나의 취지를 양해하시고 외국식 만찬회에 참석하여주시기 바라는 바올시다."

그때 장현도가 뭣도 모르고

"괜찮습니다! 아, 그것이야말로 진보적입니다."

하고 찬성을 하였다. 나머지 일동도 박수로 찬성의 뜻을 표하였다.

"자아, 그럼······."

하고 백진주 선생은 제가 먼저 유동운 부인의 팔목을 끼고 일어서면서

"자아, 그러면 유 검사정, 검사정께서는 장 두취 부인을 식당으로 모셔주십시오!"

유동운은 온몸을 한번 부르르 떨고 하는 수 없이 심봉채의 팔목을 끼고 식당으로 들어갔다.

아아, 이십 년 전의 심봉채는 이리하여 이십 년 후인 오늘날 다시금 유동운의 팔목을 자기 팔목에 느꼈던 것이니, 아아······.

38. 영아嬰兒의 백골

주인의 명령이라 하는 수 없이 유동운이가 팔을 끼려고 손을 내밀었

을 순간 그처럼 대담하던 장현도 부인도 그만 가슴이 뜨끔하였다. 아니, 그보다도 심봉채의 팔목을 자기 팔목에 느끼는 순간 유동운은 마치 그 무슨 보이지 않는 시퍼런 비수가 자기의 새빨간 심장을 쿡 찌르는 것 같아 눈앞이 아찔하였다.

그러한 두 사람의 격렬한 심리 상태를 하나도 빼놓지 않고 관찰한 백진주 선생은 손님 일동을 식당으로 모신 후에도 유동운과 장현도 부인을 가지런히 옆에다 앉히어놓고 자기는 두 사람의 표정을 잘 관찰할 수 있도록 바로 그 맞은편에 자리를 잡고 앉았다.

"자아, 여러분, 별로 신통치도 않은 만찬입니다만……."

하고 백진주 선생은 손님들에게 식사를 권하였다.

산해의 진미를 베풀어놓은 진수성찬― 단 아홉 명의 손님을 위하여 이처럼 훌륭한 만찬을 준비한 백진주 선생의 그 풍부한 재력과 성의를 사람들은 시간 가는 줄도 잊은 것처럼 찬양하여 마지않았다.

한편 홍만석 부자는 대체 무슨 목적을 가지고 백진주 선생이 자기네를 이 호화로운 만찬회에 초대를 하였는지 가히 추측할 길이 없었으나 하여튼 상당한 출연료를 받은 몸이라 연극은 연극대로 진행시킬 수밖에 없다고 이 아버지와 이 아들은 혓바닥에 녹아드는 이 맛난 음식을 먹으면서 마음속으로 굳게 결심을 하였다.

"음식도 음식이지만 단 사흘 동안에 유령의 집과도 같이 음침하던 이 별장을 이처럼 호화롭고 명랑하게 만드신 백 선생의 비상한 수완에는 정말 놀라지 않을 수 없어요. 저번 날 제가 백 선생의 구호를 받을 때만 해도 이 집은 폐옥처럼 음침했었는데요."

하고 유동운 부인은 그 어떤 강력한 매력과 호기심에 번쩍이는 눈으로 백진주 선생의 얼굴을 바라보았다.

"헤에, 단 사흘 동안이라고요?"

모인규 청년도 놀라지 않을 수 없었다.

"참으로 기적으로밖엔 더 생각할 수가 없습니다. 이삼 년 전 저는 이 집을 사려고 한번 집 안을 돌아본 적이 있었지만 어떻게나 집 안이 어둡고 음침한지…… 마치 무슨 무시무시한 탐정 소설에 나오는 유령의 집 같아서 그만 단념한 적이 있답니다. 들건대 이 집은 지방의 명망가인 오봉서 씨— 아, 바로 여기 계시는 유 검사정의 장인 되시는 분의 소유였지요."

하고 홍일태가 이야기를 하였을 때

"오봉서 씨의 소유였다고요?"

하고 물은 것은 모인규였다. 그렇다면 이 집은 자기가 사랑하고 있는 유동운 검사정의 전처 딸 영란의 외조부의 소유가 아닌가!

"그러면 백 선생님은 직접 오봉서 씨로부터 양도를 받으셨습니까?"

"글쎄, 자세히는 모르지만…… 나는 모든 수속을 내 충실한 부하 배 군에게 맡겼으니까……."

하고 백진주 선생은 그때 유동운을 바라보며

"그렇다면 이 별장은 유 검사정의 장인 되시는 분의 소유였습니까?"

그때 유동운은 하는 수 없이

"네, 실은 그렇습니다. 말하자면 내 장인의 외손녀딸 영란의 혼인의 비용으로 쓰려고 내게다 위탁을 해두었던 것인데 나도 틈이 없고 해서 다시 공증인인 어떤 변호사에게 위임을 해두었었기 때문에 이 집을 누구가 샀는지 지금까지 통 모르고 있었지요. 그러나 영란의 혼사도 가까워지고 해서 나로서는 이 집이 그처럼 손쉽게 팔린 것을 다행으로 생각합니다."

영란의 혼사가 가까웠다는 말을 듣고 모인규는 적잖게 불안을 느꼈다.

"하여튼 이 집이 유 검사정의 장인의 소유가 아니었다면 그 어떤 무서운 범죄가 숨어 있는 유령의 집이라고밖에 더 생각할 수가 없었답니다. 그것을 백 선생이 사흘 동안에 이처럼……."

그때 백진주 선생은 홍일태의 이야기를 자연스럽게 받아가지고

"사실 처음에는 나도 그런 생각을 가진 사람의 하나입니다. 어째 그런지 무슨 알지 못할 무서운 죄악의 실마리가 서리어 있는 것 같은 느낌을 가진 것만은 숨길 수 없는 사실이었지요. 그뿐만 아니라 이건 혹시 미신의 세계를 인정하는 것 같아서 부끄럽습니다만 무슨 유령 같은 것이…… 좀 더 조선식으로 말하면 무슨 도깨비, 무슨 생귀신* 같은 것들의 영혼이 자기의 억울한 죽음을 호소하는 것 같은…… 말하자면 그런 부질없는 무서운 환영에 붙잡혔던 것만은 사실이지요. 더구나 저 핏빛처럼 새빨간 휘장이 늘어진 어두컴컴한 안방은 어쩐지 거기서 무슨 피비린내 나는 그 어떤 극적 장면이 벌어진 것 같은 느낌을 솔직히 느꼈습니다. 물론 여러분은 나의 말을 하나의 환상이라고 비웃으실는지 모르겠습니다만…… 아니, 여러분도 그 방을 직접 보신다면 역시 똑같은 느낌을 본능적으로 느낄 것 같습니다. 그래서 나는 그 방만은 다른 사람에게 보이고 싶은 생각이 나서 고스란히 그대로 보존해두었지요."

하고 백진주 선생은 문득 팔뚝시계를 들여다보면서

"그러면 마침 식사도 끝나고 했으니 제가 그 방을 여러분께 보여드리기로 하겠습니다. 더구나 유 검사정께서는 직접 범죄 사건에 관하여 많은 경험을 가지신 분이니까 혹시 무슨 참고 재료가 될는지도 모르겠습니다. 자아, 그러면……."

먼저 자리를 일어났다. 일동은 호기심에 붙들린 채 무척 명랑한 기분으로 식당을 나왔다. 그러나 유동운과 장현도 부인만은 좀처럼 의자에서

---

* 생귀신生鬼神: 제명을 다하지 못하고 억울하게 죽은 사람의 혼. 살아 있는 귀신.

일어설 줄을 잊은 듯이 서로서로의 얼굴을 남몰래 쳐다보다가 속삭이는 소리로

"이상하지 않아요……?"

하고 묻는 장현도 부인의 말에

"빨리 저 사람들을 따라갑시다. 가지 않는 것은 도리어 의심을 받을는지 모를 일이니까요!"

하고 유동운도 낮은 목소리로 그렇게 속삭이었다.

물론 백진주 선생이 자기들의 범죄 사실을 알고 일부러 자기네들에게 그 방을 보이고자 하는 것이라고는 생각하지 않았으나 그러나 다른 방은 모두 몰라보게 꾸며놓은 백진주 선생이 그 방 안을 그대로 내버려 둔 것이 적잖게 수상히 생각되었다.

이리하여 일동은 백진주 선생을 따라 긴 복도를 거쳐 문제의 방인 안방을 향하여 뭐라고들 떠들면서 걸어갔다. 그러나 장현도만은 그런 것에 흥미를 느끼지 않는 듯이 만주의 대지주 홍만석 씨를 데리고 응접실로 들어가서 담배를 피우면서 아까 식당에서 두 사람끼리 하던 이야기를 다시금 계속하는 것이었다.

그것은 벌써 눈치 빠른 장현도가 이 북만*의 금만가인 홍만석 씨와 친분을 맺어 그로부터 거액의 자본을 끌어낼 사철** 부설에 대한 이야기였다.

"그러나 이 늙은 몸으로 돈은 또 벌어선 뭘 합니까?"

하고 대답하는 홍만석 씨만 보아도 그가 저 백진주 선생에 지지 않을 정도의 재산가라는 것을 장현도는 짐작하였다. 돌쇠 영감, 연극이 아주 제법이다!

---

* 북만北滿: 중국 만주滿洲의 북부. 북만주北滿洲.
** 사철私鐵: '사유 철도私有鐵道'를 줄여 이르는 말.

그것은 하여튼 한편 저 피비린내가 난다는 문제의 방을 들어간 일동은

"오오!"

하고, 한번 보아 무슨 무서운 불길이 숨어 있는 것 같은 방 안을 휘둘러보았다.

아랫목에는 역시 방장과 꼭 같은 피 빛깔처럼 시뻘건 모본단 보료가 깔리고 그 위에 원앙금침鴛鴦衾枕이 그 옛날을 속삭이듯이 놓여 있다. 그 외 의롱*이라든가 문갑이라든가…… 모든 것이 이십 년 전과 조금도 다름없이 꼭 같은 장소에 놓여 있다. 그리고 그 문갑 위에는 촛불이 켜진 촛대가 한 쌍 나란히 놓였었다. 모든 것이 옛날 그대로다.

"보시오. 저 아랫목 벽 위에 걸린 하나의 초상화가 나는 모든 것을 다 알고 있다! 하고 말하는 것 같지 않습니까? 그리고 이 컴컴한 벽장 속을 좀 들여다보십시오."

하고 백진주 선생은 벽장문을 덜컹 하고 열어젖히며

"보시는 바와 같이 이 벽장 속으로는 뒤뜰로 통하는 하나의 비밀의 통로가 있습니다. 이 비밀의 통로로 그 어떤 간부가 남몰래 출입했을 것이라고 상상하는 것은 좀 악취밀는지 모르지만……."

"아이, 무서워요, 백 선생님!"

하고 그때 유동운 부인이 외쳤다.

유동운의 얼굴빛은 새파랗게 핏기를 잃었고 장현도 부인은 넋을 잃고 쓰러지려는 몸을 간신히 유동운의 팔목에 의지하였다.

조봉구와 홍일태는 저도 모르게 백진주 선생의 이야기에 휩쓸려 들면서

"그렇지요. 이 통로는 아무리 생각해도 간부 간부가 사람의 눈을 속

---

* 의롱衣籠: 옷을 넣어두는 농. 버들이나 싸리 채 따위로 함같이 만들고 종이를 발라 옷 따위를 넣어둘 수 있게 만든다. 옷농.

여가면서 사용하던 것에 틀림없을 것입니다."

그때 백진주 선생은 장현도 부인을 향하여

"부인은 어떻게 생각하십니까? 이 비밀의 통로로 간부 간부가 그 무슨 죄 많은 물건을 품에 안고 드나들었었는지도 모르지 않습니까……? 아, 부인, 어째 그리 안색이 좋지 못하십니까?"

"백 선생님이 너무 지나치게 우리들을 무섭게 한 탓이지, 뭐?"

하고 유동운 부인이 장현도 부인의 몸을 남편의 팔목에서 끌어당겼다.

"아냐요. 아무렇지도 않아요. 갑자기 현기증이 나는구먼요."

"아, 부인, 지금 생각하니 저도 모르게 좀 지나친 것 같아서 미안합니다. 그러나 또 한편 이 방을 그처럼 음탕한 사람의 방이 아니고 성모 마리아와 같은 지극히 정숙한 분이 사용하던 방이라고 생각할 수도 있지 않습니까……? 그러니까 이 비밀의 통로는 산부의 평화로운 잠을 깨우지 않으려고 의사나 산파나 또는 간호부들이 드나든 길이라고 생각해도 좋을 것이고 또는 고스란히 잠든 어린애를 붙안고* 발자국 소리를 죽여가면서 애아버지가 드나든 길이라고 생각해도…… 아, 부인! 정말 기분이 나쁘십니까……? 이거, 큰일 났군! 암만해도 좀 지나쳤나 보군!"

그만 유동운의 품 안에 쓰러지고 만 심봉채였다. 백진주 선생은 유동운 부인에게 당황한 표정을 돌리며 물었다.

"부인, 혹시 저번 제가 처방을 써드린 생명수를 가졌으면……."

"네, 여기 있습니다."

하고 유동운 부인은 핸드백에서 새빨간 약병을 꺼냈다. 그 순간 백진주 선생은 물약을 장현도 부인에게 먹이면서 명약인 동시에 무서운 독약인 이 생명수를 이런 연회 석상에까지 갖고 다니는 유동운 부인의 그 상

---

　*붙안다: 두 팔로 부둥켜안다.

스럽지 못한 취미를 문득 생각하고 마음속으로 빙그레 웃었다.

생명수는 실로 명약이었다. 장현도 부인은 정신을 차렸다.

"빨리 밖으로 나가서 바람을 쐬야겠습니다!"

유동운은 이마에 굵은땀을 흘리면서 마음이 약한 장현도 부인의 입으로부터 비밀이 탄로될 것을 두려워하며 그렇게 말하였다. 이윽고 일동은 뒤뜰 앵두나무 옆으로 몰려 나갔다.

"아이, 정말, 여러분을 놀라게 하여서 미안합니다."

장현도 부인은 무의식중으로 앵두나무에 몸을 기대며 그렇게 인사를 하였을 때 백진주 선생은 부인을 바라다보며

"실은 제가 부인을 무섭게 하노라고 꾸며낸 이야기가 아니지요. 이 집에는 사실상 범죄가 있었습니다!"

"예⋯⋯? 정말로 범죄가 있었다고요?"

일동은 놀라 그렇게 반문하였다.

"그렇습니다. 저번 날 정원 수목에다 비료를 주려고 지금 부인께서 기대고 계시는 바로 그 앵두나무 밑을 파보았더니만 아아, 놀랄 만한 일입니다! 글쎄, 땅속에서 조그만 상자가 나타나지 않겠습니까! 그리고 그 상자 속에서 어린애⋯⋯ 갓난애의 백골이 나왔습니다!"

"옛⋯⋯? 갓난애의 백골이라고요⋯⋯?"

일동은 또 한 번 놀랐다.

"그렇습니다. 공동묘지도 아닌 이 정원에서 어린애의 백골이 나타났다는 것은 필연적으로 범죄의 구성을 의미하는 것이 아니고 무엇입니까!"

"그러나⋯⋯ 그러나 살아 있는 아이를 파묻었다면 범죄가 구성되지만 죽은⋯⋯ 죽은 것을 묻었다면 범죄는 구성되지 않지요!"

그것은 거의 이성을 망각한 유동운 검사정의 최후의 발악이었다.

"하하…… 죽은 앨 것 같으면 왜 떳떳이 묘지로 못 가져갔을까요……?"

"음……."

유동운은 다만 깊은 신음을 할 뿐 항변의 힘을 갖지 못하였다.

이리하여 사람들이 백진주 선생의 발아래만 들여다보고 있을 때 유동운과 장현도 부인은 다음과 같은 간단한 대화를 남몰래 주고받았다.

"큰일 났습니다! 내일 검사국 내 사무실로 꼭 좀 와주시오!"

"네에, 가겠어요!"

"꼭!"

"네!"

39. 가정불화

만찬회가 끝나자 검사정 유동운은 오늘 밤 백진주 선생이 취한 그 수상한 행동에 대하여 헤아릴 수 없는 공포와 걷잡을 수 없는 의혹을 한 아름 품은 채 자기 아내와 장현도 부인을 데리고 자동차에 올랐다.

한편 장현도는 아직 사철 부설 문제에 대한 이야기가 채 끝나지 않은 모양인지 만주의 금만가 홍만석 씨와 같은 자동차에 탔다. 그리고 모인규, 조봉구, 홍일태도 자동차로 각각 아현동 별장을 떠났다. 그러나 저 홍만석 씨의 아들 홍선일만은 하는 수 없이 혼자서 아까 아버지와 함께 타고 왔던 택시가 저편 담장 밑에 기다리고 있는 것을 보고 그리로 걸어갔다. 걸어가서 자동차에 오르려 하던 바로 그때 저편 컴컴한 전선대 뒤에 웅크리고 있던 늙은 거지 하나가 주척주척* 걸어오면서

"이거, 선동이, 오랜만이네그려!"

하고 부르는 소리가 들렸다. 홍선일은 그 순간 깜짝 놀라지 않을 수 없었다. 자기의 본명을 그처럼 함부로 입에 담는 자가 대관절 누구이길 래……?

"아니, 선동이, 자네 언제 그처럼 팔자를 고쳤는가? 흐흥, 아주 제법 신사처럼 훌륭한 양복을 입고…… 그리고 자동차만 타고 다니는 상팔자가 되고…… 아니, 자네, 뭘 그렇게 놀라는가……? 뒷걸음질을 또 왜 하고……? 뭐, 내가 자네의 그 훌륭한 양복이라도 벗길 줄 아는가……?"

그러면서 거지는 한 걸음 더 바싹 홍선일의 앞으로 다가서면서

"그래, 아직도 나를 몰라보겠나? 해주 감옥에서 같이 콩밥을 먹고 메주 똥을 싸던 박돌일 벌써 잊어먹었는가……?"

"쉬이!"

하고 그때 홍선일은 손짓으로 거지의 입을 막으며 낮은 목소리로

"박돌 아저씨, 잠깐만 거기서 기다려요. 내 저 자동차를 돌려보내고 올 테니……."

"안 돼, 안 돼. 그러다가 자네 혼자만 자동차를 타고 뺑소닐 치면 난 뭐, 닭 쫓던 강아지 지붕마루**만 쳐다보는 셈이 되려고……?"

"박돌 아저씨, 천만에…… 돌려보내고 곧 돌아올 테니까……."

그러면서 홍선일은 자동차 있는 데로 걸어가서 자기는 좀 걷고 싶으니 먼저 돌아가라는 말을 하여 차를 돌려보냈다.

박돌이— 그렇다, 그것은 틀림없는 박돌이었다. 팔 년 전 진지동 금강 여인숙에서 진남포 보석상과 자기 아내를 죽이고 만주로 도망을 갔다가 체포되어 해주 형무소에서 종신 징역을 졌던 바로 그 박돌이가 아닌가!

"박돌이, 어떻게 벌써 나왔어?"

---

* 주척주척: 큰 걸음으로 머무적거리며 느리게 자꾸 걷는 모양.
** 지붕마루: 지붕 가운데 부분에 있는 가장 높은 수평 마루. 용龍마루.

박돌 아저씨가 인젠 박돌이가 되었다.

"내가 세상에 다시 나온 것이 자네에게는 그리 달갑질 않은 모양이지?"

"주제넘게 탈옥을 한 모양이로구나!"

"선동이, 자네, 나와 같이 메주 똥 쌀 땐 뭐라고 그랬었지……? 같이 먹고 같이 살자고…… 그래, 어떻게 그처럼 출세가 빠른가?"

"아버지를 찾은 탓이야."

"허어, 자네가 항상 감옥에서 이야길 하던 바로 그 아버지 말인가? 찾아내기만 하면 그놈의 배때기에다가 칼침을 놓겠다던 바로 그 아버지 말인가? 제 손으로 기르지도 못하고 감화원에다 내던질 바엔 낳기는 왜 낳느냐고 자네가 항상 원수를 갚겠다던 바로 그 아버지를 만났다는 말이지? 흥, 그러나 자네 팔자를 이처럼 고쳐줄 만한 아버지라면 뭐, 괜찮은 아버지지 뭘 그러는 거야? 그래, 자네 아버지가 대관절 누구야?"

"만주의 대지주 홍만석 선생이야."

"허어, 그렇다면 자네, 정말 팔자를 고쳤네그려? 음, 기쁘이! 덕택에 이 박돌이도 남처럼 사람답게 살게 됐나 보이!"

"그러나 너 같은 인간이 이처럼 나를 자꾸 따라다니면 나는 아버지에게 쫓겨날 테니까……."

"그러기에 하는 말이 아닌가? 날 좀 살게 해주면 내가 왜 자넬 따라다니면서 못살게 굴겠나 말이야?"

그 순간 홍선일은 주머니에서 불끈 시퍼런 단도를 꺼내려 하였다. 그것을 박돌이는 재빨리 알아차리고 선일의 손등을 꽉 잡으며 무서운 협박조로 입을 열었다.

"안 돼, 안 돼! 단도는 내게도 있어!"

홍선일은 하는 수 없이

"얼마면 되겠나?"

"한 달에 삼백 원씩, 일 년이면 삼천육백 원, 십 년이면……."

"박돌이!"

"응?"

"한 달에 삼백 원씩만 대주면 금후 일체 내 일을 방해하지 않겠다는 말이겠다?"

"암!"

"자아, 삼백 원! 첫 달의 월급이다."

"헤헤헤…… 고마우이! 그럼 내달에도 자네 여관을 찾아갈 테니 자네는 과히 박대는 말게. 음, 고마우이, 삼백 원! 자아, 그럼 내달에 또 찾아뵙죠."

박돌이는 그런 말을 남겨놓고 가장 유쾌하다는 듯이 어디론가 주척주척 사라지고 말았다.

"아아, 세상이란 완전한 행복이 있을 수 없는 곳이다!"

홍선일은 혼잣말로 그렇게 중얼거렸다.

그즈음 홍만석을 여관까지 바래다준 장현도가 충신동 자기 집으로 돌아와보니 거기는 벌써 자기 아내와 저 조봉구 청년이 응접실에 마주앉아서 무슨 내용인지는 알 수 없으나 무척 다정스럽게 이야기하고 있는 것을 보았다. 생각건대 아까 아현동 백진주 선생의 별장에서 부인이 남몰래 무슨 종잇조각을 조봉구의 손에 쥐어준 것은 이러한 비밀의 회견을 약속하던 것일는지도 모른다.

여느 때 같으면 장현도도 그러한 광경을 보고도 못 본 척하는 것이 예사였건만 그러나 오늘 밤은 어쩐지 기분이 좋지를 못하다.

사흘 전의 일이었다. 장현도는 아내의 말을 듣고 주가가 폭등하리라는 예측 밑에서 오백만 원의 주를 샀다. 그리고 자기의 아내를 배후에서 코치하여준 것은 주식 시장의 가장 정확한 보도를 재빨리 손에 넣을 수 있는 조봉구였다.

그러나 어찌 된 셈인지 장현도가 오백만 원의 주를 산 이튿날 조봉구가 제공한 보도가 오보였다는 사실이 드러나 일조일석에 장현도는 이백만 원이라는 손실을 보게 되었던 것이다.

'어째서 조봉구는 그처럼 그릇된 보도를 제공하여 자기에게 이백만 원이란 거액의 손해를 입혔을까……?'

이것이 장현도로서는 풀리지 않는 하나의 커—다란 의문인 동시에 자기 아내를 마치 제 소유물처럼 독점하고 있는 조봉구의 존재가 무섭게 눈에 거슬리어 견딜 수가 없었다.

그러나 통신 기수를 공교롭게 조종하여 조봉구로 하여금 그처럼 오보를 제공하도록 만들어놓은 것이 바로 백진주 선생 그 사람이었다는 숨은 사실을 아는 이는 한 사람도 없었다.

'이 손실을 어떡하면 보충할 수가 있을까……? 그렇다. 저 북만의 금만가 홍만석 씨의 재산을 끌어낼 수밖에 별도리가 없지 않는가! 더구나 그의 아들 선일 군과 내 딸 옥영이를 결혼시키기만 한다면 삼사백만 원쯤은 넉넉히 끌어낼 수가 있을 것이다!'

그런 것을 생각하면서 장현도는 돌부처처럼 표정 없는 얼굴로 응접실 문을 열어젖히며 안으로 선뜻 들어섰다. 그 순간 조봉구와 심봉채는 후닥닥 놀라 뒤를 돌아다보았다.

"아니, 어쩌면 노크도 없이 들어오는 거예요? 신사답지 못하게……."

부인이 쨍하고 소리를 쳤다.

"제집 응접실 문을 열 때도 노크를 해야만 신사다운가……? 입때까지 보고도 못 본 척한 것은 조 군이 제공한 정보가 나에게 이익을 주었기 때문이다. 그러나 조 군은 하루 동안에 이백만 원이라는 거액의 손실을 나에게 준 사나이다."

지금까지 상상조차 못 했던 남편의 이 너무나 강경한 태도에 부인은 놀라면서

"그래, 그것이 대체 어떻게 됐다는 말이에요?"

"밤도 이슥히 늦었으니 조 군도 집으로 돌아가는 것이 신사답겠다는 말이야!"

그 말에 조봉구는 얼굴빛을 당홍 무처럼 붉히면서 도망하듯이 응접실을 나갔다.

부인은 발칵 화를 내면서

"당신은 언제든지 돈, 돈, 돈…… 돈만 아는 그런 더러운 사람은 난 싫어요! 이 세상에서 제일 듣기 싫은 건 짤랑짤랑하는 돈 소리와 게사니 같은 당신의 목소리예요!"

이 백진주 선생의 계획은 이중의 효과를 이 가정에 던져주었다. 그 하나는 물질적 손실이었고 그 둘은 부부의 불화였다.

"흥, 모든 것을 모르는 척하고 내버려두니까 정말 모르는 줄 알고……? 지금도 조봉구가 얼굴을 당홍 무처럼 붉히면서 도망하듯이 내 눈앞에서 사라진 것은 무엇을 의미하는지 아직 몰라……? 내 앞에선 감히 머리를 못 드는 조봉구야! 아니, 장안의 세도가라는 저 유동운이도 이 장현도 앞에선 머리를 들지 못하는 이유가 어디 있는지 몰라……? 입때까지 보고도 못 본 척, 알고도 모르는 척한 것은 모두가 그들이 내게 금전상 이익을 도모해준 까닭이다. 그렇지 않고 이번처럼 도리어 내게 손실을 끼친다면 흥! 언제든지 나는 하나의 떳떳한 남편의 권리를 가지고 그대에게 대할 수밖에 없는 것이야! 속까지 썩어져버린 장현돈 줄 알고 있었다가는 좀 계산이 빗맞을걸!"

조봉구라는 이름이 남편의 입에서 흘러나올 때까지는 그래도 부인의 얼굴은 비교적 평온한 편이었다. 그러나 유동운의 이름을 듣는 순간 부인은 전신을 바르르 떨지 않을 수 없었다.

"유동운 씨가…… 유동운 검사가 어쨌다는 말이에요?"

"흥, 그것을 내 입으로 설명해보라는 말인가……? 그래, 설명하마— 무엇보다도 먼저 그대는 그대의 선부先夫 나응주羅應柱 씨가 왜 죽었는지를 가만히 생각해보면 알 것이다. 그가 아홉 달 만에 여행으로부터 돌아와보니 사랑하는 자기 아내가 임신 육 개월의 몸인 것을 발견하고 미칠 듯이 번민을 하였다. 그러나 상대자가 검사 유동운인 줄을 알고는 어떻게 손도 써보지 못하고 병상에서 신음하다가 그만 피를 토하고 죽어버리고 말았던 것이다. 그만했으면 알아듣겠지, 응?"

장현도는 헤아릴 수 없는 승리감을 전신에 상쾌히 느끼면서 조소하듯이 아내를 쏘아보았다.

"너무합니다! 그것은 너무합니다!"

그렇게 외치면서 심봉채는 그만 넋을 잃고 팔걸이의자에 펄썩 주저앉고 말았다.

그때 장현도는 회심의 웃음을 입가에 띠면서 재판관이 피고에게 선고를 하듯이 목소리를 엄숙히 가지며

"그러나 나는 이미 지나간 일을 가지고 이렇다 저렇다 하고자 하는 것이 아니다. 하여튼 이번 이백만 원의 손실을 그대가 보충해주면 그만이다. 그대가 보충하기 싫거든 저 조봉구 군이 변상하도록 그대가 교섭을 할 것— 그대는 적잖은 금액을 조 군에게 부어 넣었을 게니까……."

아내는 한마디 대꾸도 없다.

"그리고 또 한 가지, 옥영이의 혼사에 대해서는 절대로 간섭하지 말 것—"

그러면서 장현도는 만주의 호농 홍만석 씨와 머지않아 사돈이 되는 날을 마음으로 은근히 기대하였다.

심봉채는 죽은 듯이 잠자코 팔걸이의자에 깊이 파묻히어 눈을 감은 채

'어서어서 날이 밝았으면…….'

하였다. 검사국으로 유동운을 찾아가서 어떡하면 자기들의 무서운 범죄가 폭로되지 않도록 미전*에 방지할 수가 있을까를 한시바삐 강구하지 않으면 아니 되겠다고 골똘히 생각하였다.

40. 무서운 증거

가정불화의 하룻밤은 밝았다.

남편 장현도는 자기 딸 옥영과 홍만석 씨의 아들 선일이와의 정책 결혼에 있어서 백진주 선생의 절대적인 후원을 받을 셈으로 혜화동을 향하여 집을 떠난 바로 직후 아내 심봉채는 검사국으로 유동운 검사정을 찾고자 창황한 발걸음으로 역시 집을 나섰던 것이니, 인제부터 취하는 이 두 사람의 행동이야말로 복잡다단하고 기기괴괴한 이 웅대한 복수담復讐譚을 금상첨화 격으로 찬연히 장식할 중대한 모멘트가 될는지 모르는 동시에 혹은 그와는 정반대로 실로 기나긴 세월을 두고 곰곰이 계획해온 백진주 선생의 이 호화로운 복수극을 전면적으로 파괴하는 극히 중요한 계기를 이루는지도 모를 것이다.

그렇다. 만일 유동운이가 검사정이라는 절대적인 직권을 가지고 수상한 인물 백진주 선생의 정체를 청천백일 아래 폭로시킨다면 아아, 와

---

* 미전未前: 어떤 일이 아직 그렇게 되지 않은 때. 앞일이 정하여지지 아니함. 미연未然.

신상담臥薪嘗膽, 실로 백진주 선생의 침식을 잊어버린 이 복수의 설계도는 유종의 미를 거두기 전에 수포로 돌아갈 것이 아닌가……?

필자는 지금 그와 같은 커—다란 불안을 느끼면서 먼저 남편 장현도의 뒤를 따라 혜화동 백진주 선생의 저택으로 독자 제씨를 인도하고자 한다.

잠깐 응접실에서 기다려달라는 하인의 말대로 장현도가 멍하니 소파에 걸터앉아서 백진주 선생이 나타나기를 기다리고 있노라니까 그때 문이 열리며 검은 승려복을 입은 점잖은 대사가 한 사람 들어오다가 손님이 있는 것을 보고는 자리를 사양하는 듯이 가벼운 목례를 하면서 다시 문을 닫고 안으로 들어가는 것이었다. 자기처럼 응접실에서 기다리지 않고 안으로 들어가는 것을 보니 백진주 선생과는 무척 친밀한 사이인 듯싶었다.

얼마 후 문이 또다시 열리며 이번에는 백진주 선생이 들어왔다.

"장 두취, 실례했습니다. 잠깐 손님이 있어서 그만……."

"아, 인제 여기 들어왔던 그 승려 말씀입니까?"

"네, 국보 대사라는 중인데 내 가장 친한 친구랍니다."

"아, 그럼 도리어 제가 실례를 하였습니다."

"원, 천만에…… 그런데 장 두취, 저번 무슨 통신이 잘못되어서 약 이백만 원가량 손을 보셨다는 풍문을 들었는데…… 뭐, 그 때문이야 아니겠지요만 안색이 대단히 좋지 못하십니다."

"네, 그 때문도 있겠지만 실은 오늘 아침 또 백만 원가량 손을 봤답니다. 다년간 우리 서대문 은행과 신용 있게 거래를 해오던 사람으로서 봉천* 있는 정수길이란 작자가 파산 선고를 했답니다그려."

기억 좋은 독자 제씨는 이 정수길이라는 인물이 누군지를 잘 알 것이다. 그것은 지금으로부터 팔 년 전 저 무서운 해상 감옥으로부터 탈출한 봉룡이가 구사일생의 구원을 받은 밀수입선 황해환의 선원으로서 봉룡을 위하여 친절을 아끼지 않은 충실한 부하였다.

"허어, 그것 참 설상가상이구먼요. 삼류 은행으로선 삼백만 원의 손실이라면 적잖은 타격일걸요!"

"삼류라고요……?"

장현도는 적잖은 모욕을 느끼면서 반문하였다.

"그렇지요. 일억 원 정도의 은행이면 일류, 오천만 원 정도면 이류, 그리고 한 천만 원 정도면 삼류로밖에 더 칠 수는 없지요. 그것도 일천만 원이란 소위 공칭 재산**이고 속속들이 들추어본다면 결국 오류백만을 더 넘지 못할 것이니까…… 혹시 필요하시다면 내가 좀 대어드려도 무방합니다만……"

"고맙습니다. 그러나 서대문 은행은 아직 그러한 빈사 상태는 아니니까요."

장현도는 입술을 깨물었다.

"아, 그러시다면 다행이지만……"

"그런데―"

하고 그때 장현도는 휙 말머리를 돌리면서

"오늘 백 선생을 찾은 것은 다름이 아니라, 홍만석 씨가 이번 서울에 온 목적은 무엇입니까?"

"아, 그것 말씀이오? 그건 어젯밤에도 소개했지만 며느릿감을 구하

---

* 봉천奉天: 펑톈. 선양瀋陽의 이전 이름. 중국 만주滿洲 랴오닝 성遼寧省의 성도省都이며, 둥베이東北 지방 최대의 도시다. 1894년 10월 청나라로 진격한 일본은 뤼순旅順 학살 사건 이후 펑톈을 점령하고 곧 웨이하이웨이威海衛에서 대승을 거두었다. 러일 전쟁(1904~1905) 때에도 침략의 주요 거점이자 접전지가 된 곳이다. 또한 만주 군벌 장쭤린張作霖(1873~1928) 정권의 본거지였으며, 1932년 일본에 의해 만주국滿洲國이 건국되면서 일본의 둥베이 지배의 전진 기지이자 만주국 제일의 도시로 성장했다.

** 공칭 재산公稱財産: 은행, 회사 따위에서 정관定款에 적어 등기를 한 자본의 총액. 불입拂入한 자본금과 아직 불입하지 않은 자본금을 합한 금액이다. 공칭 자본公稱資本. 등기 자본登記資本.

려고 온 것입니다."

"그것이 사실인가요?"

"글쎄올시다, 사실 여부는 나로서도 단언키 힘든 일이지만 하여튼 홍만석 씨의 입으로부터 그런 말을 들은 적이 있으니까요. 나더러 며느릿감을 하나 골라달라고요."

"아, 그렇습니까. 그러면 확실할 것입니다. 실은 내 딸 옥영이 말입니다. 어젯밤 내 아내와도 의논해본 결과 홍 씨 댁과 사돈 관계를 맺었으면 하고요. 네, 네…… 그러려면 백 선생의 응원을 빌릴 수밖에는 없다고 우리 내외가 다 그렇게 생각했답니다."

"참, 장 두취야말로 기회를 보는 데 있어서는 실로 일류의 실업가라고 인정하지 않을 수 없구먼요."

"원, 천만에……."

"그러나 실은 나도 홍만석 씨란 사람을 잘은 모르지요. 다만 내가 가장 신뢰하는 친구인 국보 대사가— 아, 조금 아까 여기 들어왔던 바로 그 중 말입니다. 그 국보 대사가 내게 소개를 해왔기 때문에 나도 그를 신뢰는 하지만…… 그러나 은행가와 지주와는 어딘가 구색이 좀 맞지 않지 않습니까?"

"그런 것이야 무슨 상관이 있습니까?"

"그리고 나로서는 또 한 가지 양가의 혼사에 찬성하지 못할 이유가 있지요."

"무슨 이유가 계십니까?"

"듣건대 옥영 양과 송준호 군과는 전부터 혼인 말이 있다는 사실을 알고 있는 나로서 어떻게 또 이 편짝 혼사에 찬성할 수가 있겠습니까?"

"그러나 그것은 문제없지요. 어째서냐 하면 옥영과 준호는 본인들이 서로 싫어하는 사이니까요. 아니, 그뿐만 아니라 송춘식이가 중국서 그처럼 대금을 가지고 귀국한 데는 그 어떤 헤아릴 수 없는 비밀이 있는 것 같은데…… 아니, 이것은 나 혼자만이 그렇게 생각하는 것이 아니고 다른 사람들도 그 점을 대단히 수상하게 여기는 모양입니다. 만일 그것이 사실이라면 그러한 더러운 인간과 인척 관계를 맺을 생각은 손톱만치도 없습니다."

장현도의 입으로부터 더러운 인간이라는 말이 튀어나올 줄은 또한 꿈밖이었다.

"그런데 백 선생은 국적이 중국이니만큼 혹시 송춘식이에 관한 무슨 그런 상스럽지 못한 풍설을 들으신 일은 없습니까?"

"그것이 언제 이야기지요?"

"기미운동 직후…… 아니, 그보다 약 사오 년 후의 일이지요. 상해에 있던 자선 사업가 강병호 목사가 아미성峨嵋城에서 마적의 습격을 받고 참살을 당하던 바로 그때입니다. 송춘식은 그때 강 목사 일행을 따라 목단강* 상류에 있는 아미성으로 이주해갔었다는데……."

"아, 그때의 일이라면 나도 전혀 모르지는 않지만도……."

하고 백진주 선생은 그때 머리를 두어 번 끄떡거리다가

"그러나 당시 강 목사 밑에서 일을 보던 청년은 송춘식이가 아니고 송만식이라는 사람이었다고 하는 말을 바람결에 들은 것 같은데……."

"아, 그렇습니다! 그때는 본이름을 숨기고 송만식이라는 가명을 사용하고 있었지요. 백 선생, 바로 그 송만식이에 대하여 무슨 자세한 이야기를 들으신 적은 없으십니까?"

물론 백진주 선생은 바로 그 송만식에 대한 정확한 과거를 알고 있다. 그것을 알기 위하여 백진주 선생은 막대한 금액과 장구한 시일을 허

---

*목단강牧丹江: 무단 강. 중국 북동부에 있는 쑹화 강松花江의 지류로 지린 성吉林省 남부에서 시작하여 북으로 흘러 쑹화 강과 합쳐진다.

비하였던 것이다. 그러나

"자세한 것은 나 역시 알 수 없습니다만 그러나 장 두취께서 그것이 알고 싶다면 상해 쓰마루*에 있는 황포 은행黃浦銀行에 조회를 하여 강 목사 참살 당시에 송만식이라는 사람이 어떠한 역할을 했느냐고 물으면 상세한 보고가 있을 것입니다."

"아, 그렇습니까! 황포 은행으로 말하면 우리 서대문 은행과도 다년간 거래가 있는 은행이지요. 오늘 집으로 돌아가는 길로 곧 조회를 하겠습니다!"

홍만석 씨와 인척 관계를 맺는 데 대해서 백진주 선생의 찬동을 얻지 못한 것은 유감이었으나 송춘식과 맺어지려는 인척 관계를 깨트려버릴 수 있는 그러한 좋은 재료가 손에 들어온다면 그것만으로도 장현도에게 있어서는 적잖은 만족이었다.

그즈음 검사국 유동운 검사정의 사무실에는 장현도 부인 심봉채와 유동운이 마주 앉아 있었던 것이니, 두 사람의 얼굴에는 이 세상이 가질 수 있는 가장 심각한 표정이 깊이 아로새겨져 있었다.

출입문에는 모두 안으로부터 자물쇠를 채우고 유리 들창에는 돌아가면서 모두 커튼을 내렸다. 고즈넉한 방 안이다. 두 사람의 숨소리만이 점점 높아져간다. 이윽고 심봉채는 떨리는 음성으로

"하늘은 저희들에게 한사코 벌을 주려는 것이 아닐까요? 저희들이 간신히 피해온 무서운 형벌을……."

그 말에 유동운은 어젯밤 백진주 선생의 태도에서 그 무엇을 발견한 듯이

---

* 쓰마루司馬路: 푸저우루福州路. 중국 상하이上海 황푸취黃浦區에 있는 도로. 상하이가 개항하기 전에 와이탄外灘으로 향하는 네 개의 도로 가운데 하나여서 붙은 이름이다. 근대 초창기에 설립된 수많은 출판 기구와 인쇄소, 신문사, 서점 등이 밀집한 곳이기도 하다.

"부인, 하늘이 주는 형벌보다도 사람이 주는 형벌이 더한층 무섭다는 것을 알아야 합니다."

"사람이 준다고요……? 그러면 어젯밤 일은 모든 것이 우연한 일이 아닌가요?"

"그렇습니다. 단지 하나의 우연으로 돌려보내기에는 전후 사정이 너무나 수상하지 않습니까?"

"그러면 혹시 백진주 선생이……?"

"혜화동 자기 본댁을 두고 일부러 우리들을 아현동 별장으로 청한 것부터 수상하지 않습니까……? 더구나 하고많은 별장을 다 남겨두고 하필 그 유령의 소굴처럼 음침한 집을 손에 넣은 것만 해도 심상치 않은 일입니다."

심봉채는 유동운이가 냉정한 인물이라는 것을 잘 알고 있다. 그와 같은 유동운이가 이처럼 흥분한 것을 보면…… 심봉채는 소름이 오싹하고 등골을 스치고 지나가는 것을 깨달았다.

"그러면 백진주 선생이 저희들의 무서운 과거를 알고 일부러……."

"그렇습니다. 우리들의 그 비밀의 방을 손 하나 안 대고 그대로 둔 것을 보면…… 아아, 백진주 선생은 분명히 우리들의 비밀을 알고 있습니다!"

전신을 습격하는 격렬한 공포가 유동운의 날카로운 얼굴을 백짓장처럼 희게 하였다.

"그러면 무슨…… 무슨 확실한 증거가 있다는 말씀이에요?"

심봉채의 얼굴빛도 산 사람의 그것이 아닌 듯이 백랍인 양 창백하다.

"그렇습니다. 증거가 있습니다! 확실한 증거가 있습니다!"

지옥에서 우러나오는 듯한 유동운의 신음이다.

"말씀을 하세요. 그것이 무엇인지 빨리 좀 말씀해주세요! 무서워서…… 무서워서 견딜 수가 없어요!"

"부인, 나는 그 무서운 사실을 부인에게 알리지 않고 일생 동안 나 혼자의 가슴 깊이 묻어둘 생각이었습니다만 일이 이렇듯 되고 보니 인제는 부인께 그 무서운 사실을 이야기하지 않으면 안 되게 되었습니다. 그러나 이 말을 듣는 순간부터 부인에게서 평화가 사라질 것입니다!"

"그래도…… 그래도 괜찮아요! 어서 말씀을 해주세요!"

"부인!"

하고 유동운은 그때 엄숙한 목소리로

"어젯밤 백진주 선생이 앵두나무 아래서 어린애의 백골이 나왔다고 말을 한 것을 기억하십니까?"

"네, 분명히…… 분명히……."

"그러나 부인, 그것은 거짓말입니다!"

"엣……? 거짓말이라고요……? 그럼 당신은 그 애를 어디다 묻었습니까……?"

"묻기는 거기 묻었습니다만 그러나 백진주 선생이 사흘 전에 파보니까 백골이 나왔었다는 말은 새빨간 거짓말입니다! 아니, 내 손으로 어린애를 파묻은 지 반년 후에는 그 앵두나무 밑에는 벌써 어린애의 시체는 없어졌습니다!"

"엣……?"

"그때로부터 반년 후에 나는 범죄의 발각이 무서워서 다시 앵두나무 밑을 파본 일이 있었답니다. 그러나 아무리 파보아도 어린애의 시체는 온데간데없이 사라지고 말았답니다!"

"오오!"

"그런 것을 백진주 선생이 사흘 전에 백골을 파냈다는 것은 틀림없이 거짓말인 동시에 아아, 무서운 일이올시다! 그것은 동시에 백진주 선생이 우리의 비밀을 알고 있는 증거입니다!"

"오오!"

하고 심봉채는 의자에서 벌떡 몸을 일으키면서 부르짖었다.

41. 강적 유동운

"오오!"

하고 외치면서 벌떡 일어섰던 심봉채는 다시 펄썩 의자에 주저앉으면서

"그러면 당신이 어린애의 시체를 옮긴 것이 아니고 그 누구에게 도둑을 맞았다는 말씀이에요?"

"그렇습니다. 내 손으로 옮겼다면야 그리 무서울 것도 없지만……아아, 부인, 정신을 똑똑히 차리고 내 말을 들어주시오. 자초지종을 처음부터 자세히 이야기하겠습니다."

하고 유동운은 잠깐 동안 뚫어질 듯이 심봉채를 바라보고 나서

"인제부터 이야기하려는 이 슬프고도 무서운 이야기를 나는 부인께도 알리지 않고 이십여 년 동안을 혼자서 고민해왔답니다. 아아, 그날 밤 저 핏빛처럼 새빨간 보료 위에서 당신이 괴로운 신음과 함께 어린애를 낳아놓았을 때 갓난애는 소리도 지르지 않고 숨도 쉬지 않았습니다. 그래서 우리들은 죽은 애를 낳은 것이라고 생각하였었지요."

그러나 그것은 심봉채를 속이는 유동운의 거짓말이었다. 어린애는 분명히 살아 있었던 것이다. 그런 것을 유동운은 산부 몰래 어린애를 자기 손으로 질식시켜 놓았던 것이다.

"당신도 알다시피 어린애가 죽은 줄만 알고 마루에 굴러다니던 조그

만 나무 상자에다 넣어서 뒤뜰 앵두나무 밑에다 묻었습니다. 그런데 바로 그때였지요. 전부터 나를 죽이려고 따라다니던 해주 사나이가 번개처럼 달려들어서 내 옆구리를 비수로 찔렀습니다. 나는 그만 그 자리에서 쓰러지고 말았지요. 얼마나 지났을까, 나는 다시 살아나는 몸이 되어 그날 밤의 비밀을 영원히 입 밖에 내지 않기로 약속을 하고 당신은 당신네집으로 돌아가고 나는 나대로 내 아내 정숙이(오봉서 씨의 딸)가 기다리고 있는 내 집으로 돌아가질 않았습니까. 그러니까 당시 내 장인이던 오봉서 씨의 소유인 아현동 그 빈집을 지키고 있는 것은 뒤뜰 앵두나무 밑에 파묻은 우리들의 어린애인 줄로만 생각하였지요. 나는 집으로 돌아가서 술 먹고 불량배와 쌈을 하다가 칼에 찔렸다고 아내를 속이고는 만일 이런 일이 검찰 당국에 들린다면 명예와 존엄을 생명으로 하는 검사의 신분으로서 재미없으리라는 구실을 아내에게 남겨놓고 검사국에는 신경쇠약으로 휴양한다는 휴가원을 냈습니다. 그러고는 곧 석왕사*로 가서 약 육 개월 동안을 지내다가 거의 완쾌된 몸으로 상경하였습니다. 그랬더니만 나응주 씨의 미망인이던 당신이 장현도 씨와 결혼한 사실을 알았지요. 그것은 하여튼 나는 석왕사에서 휴양을 하는 동안에도 앵두나무 밑에 묻은 어린애의 생각이 자꾸만 마음에 걸려서 견딜 수가 없었습니다. 그래, 상경하자마자 아현동 빈집으로 달려갔지요. 나를 죽이려고 따라다니던 그 해주 사나이는 필경 내가 어린애를 파묻는 광경을 보았을 것이 아닙니까……? 그리고 만일 내가 다시 살아났다는 사실을 안다면 그놈은 다시금 나에게 복수하기 위하여서라도 내가 파묻었던 어린애를 파내가지고 그것을 유일한 증거로 당신과 나를 무섭게 협박할는지도 모

---

* 석왕사釋王寺: 함경남도 안변군安邊郡 설봉산雪峯山에 있는 절. 고려 말에 무학 대사無學大師 자초自超 (1327~1405)와 이성계李成桂(1335~1408)의 인연으로 태조 때에 창건된 절이다. 조선 왕실로부터 상당한 보호를 받았으며, 1911년 조선 총독부의 정책에 따라 삼십일 본산三十一本山 가운데 하나가 되었다. 김내성은 해방 직전에 이 절에 머물며 요양한 바 있다.

르지요. 그래서 나는 부랴부랴 아현동으로 달려가서 재밤중쯤 해서 앵두나무 밑을 파보았습니다. 아아, 그랬더니만 부인, 놀라지 마시오. 시체는 상자와 함께 온데간데없이 사라지고 말았습니다!"

"나는…… 나는 당신이 다른 데로 옮겨 묻은 줄로만 알았더니…… 아아, 가엾은 내 아들!"

심봉채는 숨이 막힐 것 같았다.

"부인, 진정하시오. 목소리가 너무 큽니다. 그래, 나는 혹시 파묻은 장소를 잘못 알지나 않았나 하고 근방 일대를 미칠 듯이 파보았습니다만 어린애의 시체는 통 나오질 않았습니다. 누구가…… 그 누구가 시체를 도둑 해간 것에 틀림없었지요."

"그래도…… 그래도 어젯밤 저 백진주 선생은 상자에서 백골이 나왔다고 그러질 않았어요."

"그러니까 그것이 수상하다는 말이지요. 시체가 없는데도 불구하고 있었다고 거짓말을 하는 것을 보면 백진주 선생은 분명히 우리들의 과거를 알고 있는 것에 틀림없다는 말입니다. 그리고 우리들을 괴롭히기 위하여 어젯밤과 같은 그런 연극을 한 것입니다!"

"오오, 무서운 일! 무서운 일이에요!"

심봉채는 그렇게 가늘게 외치면서 유동운의 곁으로 한 발자국 다가 앉았다.

"그런데 그때 나를 칼로 찌른 그 해주 사나이가 대체 어린애의 시체를 왜 도둑질해갔는가……? 나는 그 점을 곰곰이 생각해봤습니다."

"그것은 아까 당신이 말한 것처럼 우리들의 범죄를 폭로시키는 유일한 증거물을 삼기 위해서……."

"네, 처음에는 그렇게도 생각해봤지만…… 그러나 그런 것도 아닙니다. 시체를 일 년 이상이나 보존해둘 수도 없는 일이지만 만일 그렇다면 재판관이나 혹은 경찰관에 고소를 해올 것이 아닙니까……? 그러나 아직껏 그런 일은 한 번도 없었습니다.”

“그러면 대체 어떻게 된 셈일까요?”

하고 심봉채는 자지러들 것 같은 공포에 전신을 오들오들 떨면서 물었다.

“부인, 그보다도 좀 더 무서운 결과가 맺어질 것 같습니다. 다시 말하면 죽은 줄 알았던 어린애가 다시 살아나서…… 그리고 다시 살아난 애를 그 해주 사나이가 구조를 하여…….”

“옛……? 뭐라고요……?”

심봉채는 미칠 듯이 외치며

“내 아들이…… 내 아들이 살았었다구요……? 그러면 당신은 내 아들을 산 채 파묻었다는 말이에요……?”

하고 유동운의 손목을 꽉 부여잡고 흔들었다.

“산 채 파묻은 것은 물론 아니지만…… 그러나 죽은 줄 알고 묻은 것이 다시 살아났다는 예는 전혀 없는 일은 아니지요.”

“아아, 내 아들! 불쌍한 내 아들! 가엾은 내 아들!”

심봉채는 그만 의자에 쓰러져 흐늑흐늑 느껴 울기 시작하였다.

유동운은 가만히 생각하였다. 아무리 달래도 그칠 줄을 모르고 울어대는 이 광란의 심봉채를 어떡하면 진정시킬 수 있을까……? 그러려면 현재 유동운 자신이 느끼고 있는 공포를 심봉채에게도 느끼게 할 수밖에 없다고 생각하였다.

“부인, 울고 있을 때가 아니오! 그 어린애가 살아 있고…… 그리고 그 누구가 우리들의 비밀을 알고 있습니다. 그리고 그것은 틀림없는 백진주 선생입니다!”

“오오, 하늘이여!”

하고 심봉채는 부르짖으며

"그러면 우리들의 어린애는 대체 어떻게 됐다는 말이에요?"

"네, 그 점을 나도 곰곰이 생각해봤습니다. 그 해주 사나이가 나를 쓰러트린 후 무슨 보물이나 아닌가 하고 앵두나무 밑을 파보았을 것이 아니에요? 그리고 상자를 가지고 어디론가 한참 도망을 하다가 본즉 상자 속에는 보물 대신에 아직 숨이 채 끊기지 않은 어린애가 들어 있었다고 가정합시다. 그런 때 그 사나이는 어린애를 어떻게 처분하였을 것 같습니까……? 혹시 개울 같은 데 던져 넣었을는지도 모르고 그리고 또 다소라도 자비심이 있는 사나이라면 무슨 양육원 같은 그런 데로 데리고 갔을는지도 모르지요. 그래서 나는 사면팔방으로 손을 뻗쳐 서울 시내에 있는 양육원, 고아원, 감화원 같은 데를 이 잡듯이 뒤져보았습니다. 그랬더니 마침내 광화문통에 있는 조그만 양육원 문 앞에 바로 그날 밤 새로 한 시경에 어린애를 버리고 간 사람이 있었다는 사실을 알았습니다."

"오오, 그러면 내 아들이 양육원에서 길러 났다는 말이에요?"

"그래, 찬찬히 알아보았더니 어린애를 싼 비단 산의에는 오색실로 봉황새 한 쌍이 수놓아 있는데……."

"오오, 그것은 틀림없는 우리의 아입니다! 나는 내 이름 봉채를 상징하기 위해서 다섯 달을 걸려 봉황새 한 쌍을 산의에 수놓았던 것이에요. 그래, 그래…… 그 애가 지금 어떻게 됐어요……? 그담을…… 그담을 어서 말해주세요!"

이 불륜의 어머니에게도 아직 한 줄기 뜨거운 모성애가 남아 있는 듯싶었다. 그 순간에 있어서의 심봉채의 얼굴에는 이 세상의 어머니들이 가질 수 있는 가장 인자스러운, 가장 행복스러운 광명의 빛이 한 줄기 알알이 떠올랐다.

"그런데 그 한 쌍의 봉황새가 수놓인 산의의 한 조각이 떨어져 나갔는데 알기 쉽게 말하면 수놈이 수놓여 있는 조각이 떨어져 나가고 없었답니다."

"그것은 또 무슨 이율까요?"

"글쎄, 내 말을 좀 들어보시오. 그런 일이 있은 지 반년 후에 어떤 허름한 여자가 한 사람 찾아와서 떨어져 나간 산의의 한 조각을 내놓고 어린애를 찾아갔다는 것입니다."

"옛……? 어린애를 찾아갔다고요……? 그럼 그 여자가 대체 누구라는 말이에요? 어디 있는 사람이에요?"

"그것이…… 그것이 통 알 수가 없었습니다. 그 후 이십여 년 동안이나 나는 내 직권을 이용하여 조선 십삼도를 샅샅이 뒤져보았으나 모든 것은 허사로 돌아가고 말았지요!"

아아, 죽은 줄로만 알았던 자기의 아이가 땅속으로부터 파내여 양육원에서 자라다가 마침내 정체 모를 그 어떤 여자의 손으로 들어간 채 지금껏 영영 소식을 모른다는 것은 실로 심봉채에게 있어서는 하늘이 무너지고 땅이 꺼질 것 같은 무서운 사실이 아닐 수 없었다.

"아아, 무서운 일이다! 그러나 그 애가 지금껏 죽지 않고 살았다면 훌륭한…… 훌륭한 청년이 되었을 것이에요!"

"그러나 부인, 염려 마십시오. 이번만은 기필코 그 애를 찾아낼 텝니다. 오늘 부인을 오시라고 한 것은 실인즉 저 수상한 인물 백진주 선생을 잘 주의하여야만 되겠다는 것을 여쭐 셈으로…… 만일 우리들에게 그 어떤 원한을 품은 사람이 자기의 원한을 풀고자 지금은 훌륭한 한 사람의 청년이 되었을 그 애를 이용하여 그 어떤 무서운 음모를 마음속 깊이 계획하고 있다면 아아, 부인, 그것은 생각만 하여도 몸서리치는 무서운 일입니다!"

그러면서 유동운은 부르르 몸서리를 쳤다. 눈으로는 좀처럼 보이지 않는 그 어떤 무서운 적이 밤이나 낮이나 자기네들을 엿보고 있는 것 같은 두려움이었다.

"만일 우리들의 비밀을 알고 있는 자가 이 세상에 있다면 그것은 어린애를 파낸 저 해주 사나이에 틀림없을 것입니다. 그리고 만일 그렇다고 가정한다면 백진주 선생이라는 인물이 더한층 수상해집니다. 부인, 내 말을 잘 알아듣겠습니까……?"

"네, 제가 처음 생각했던 것처럼 단지 하나의 우연이 아닌 것 같아요."

저번 날 호화로운 선물인 자동차 한 대를 받은 후부터 백진주 선생을 하늘처럼 훌륭한 분이라고 우러러보고 있던 장현도 부인의 눈이 번쩍 뜨여졌다.

'음, 백진주 선생이라는 인간이 제아무리 태산과 같은 황금과 난다 긴다 하는 수단을 가졌대도 이 유동운의 눈만은 속이지를 못할 것이다! 한 주일 동안에…… 한 주일 동안에 이 유동운은 어떠한 일이 있을지라도 백진주 선생의 정체를 붙잡을 것이다! 음, 백진주……? 백, 진, 주……? 오─냐! 오─냐……!'

42. 변장한 사람들

서울 장안을 쩡쩡 울리는 세도가 유동운 검사정은 자기가 갖고 있는 온갖 직권을 이용하여 백진주 선생의 정체를 붙잡으려고 결심하였던 것이니 그것은 실로 백진주 선생에게 있어서는 하나의 커─다란 협위*가

| * 협위脅威: 힘으로 으르고 협박함. 위협威脅.

아닐 수 없었다.

그러나 백진주 선생도 만만치 않은 위인이다. 유동운과 심봉채가 검사국에서 밀회를 하고 헤어진 후 바로 그즈음 백진주 선생은 배성칠을 불러

"결과는 어떤가……?"

하고 물었다.

"네, 오늘 아침 열 시경에 장 두취 부인— 아니, 저 심봉채는 사람의 눈을 피해가면서 검사국 유동운의 방으로 들어갔습니다."

"들어가서 얼마 동안이나 있던가?"

"약 한 시간 반 동안이나 있다가 나왔습니다."

"그리고 유동운은……?"

"네, 유동운은 오후 한 시경에 검사국을 나와 곧장 경찰부 수사과를 방문하였습니다."

"음, 그만했으면 잘 알았네."

이윽고 백진주 선생은 배성칠을 물리치고 나서

"음, 검사정 유동운 나리가 마침내 활약을 개시하였다는 말이지……? 그러나 잘 안 될걸! 호호홍……."

그러면서 백진주 선생이 가장 유쾌하다는 듯이 회심의 웃음을 짓고 있을 바로 그때 송준호 청년이 찾아왔다.

"아, 백 선생님, 어머니께서 어젯밤 만찬회에 참석하지 못한 것을 널리 용서하시라고요. 그래서 제가 어머니 대신에 백 선생님께 사의를 표하려고 왔습니다. 그러나 그 대신 어머니와 저는 어제 밤새도록 백 선생님의 이야기만 하고 있었답니다. 어째 그런지 어머니는 백 선생님의 이야기만 나면 해가 지는 줄도 모르시고 밤이 새는지도 잊으시고 이야기에 그만 온 정신을 빼앗기고 만답니다. 제가 백 선생님을 따르는 것 이상으

로 어머니는 백 선생을 좋아하시는 것이 분명하지요."

그 순간 백진주 선생은 눈물이 핑 도는 것 같은 느낌을 느끼면서 그러나 아주 지나가는 말처럼 태연스럽게

"아, 그래요……?"

하고 대답을 하고는 얼른 외면을 하였다.

"그런데 백 선생님, 실은 또 한 가지 용건을 가지고 선생님을 뵈러 온 것입니다. 저, 제 어머니께서 하루 저녁 연회를 열고 선생님을 꼭 청하시겠다고요."

그 순간 백진주 선생은 무척 당황하는 표정을 지으며

"네, 그러셔요……? 대단히 고맙습니다만……."

"아니, 선생님, 선생님이 이번에도 또 거절을 하신다면…… 선생님은…… 선생님은 일부러 제 어머니를 피하시는 거라고밖에 생각할 수가 없습니다."

"허어, 송 군도 참…… 내가 왜 송 군의 자당*을 일부러 피하지 않으면 아니 될 무슨…… 무슨 이유가 있다고…… 그러나……."

"저거 보세요! 선생님은 암만해도 제 어머니를 일부러 피하시는 거야요. 어머니가 그처럼 이야기하고 싶어 하시는 것은 지금까지…… 지금까지 선생님이 처음이시랍니다. 그러니까……."

"그래, 어떤 분들이 모이는가요?"

"여러분이 모이지요. 장 두취와 유동운 씨를 비롯하여……."

유동운이가 출석한다는 말을 들은 순간 백진주 선생은

"네, 그럼 저도 꼭 참석시켜 주십시오."

하고 대답하였다. 기회만 있으면 유동운의 거동을 살필 필요가 있기

---

* 자당慈堂: 남의 어머니를 높여 이르는 말. 대부인大夫人. 훤당萱堂.

때문이다.

"그럼 꼭 기다리고 있겠습니다. 시일은 요다음 토요일 저녁입니다."

"잘 알았습니다."

이리하여 백진주 선생의 승낙을 얻은 송준호는 한시바삐 집으로 돌아가서 이 기쁜 소식을 어머니께 전할 셈으로 총총히 사라졌다.

백진주 선생이 기회만 있으면 유동운의 일거일동을 살피려고 겨누고 있는 것과 마찬가지의 열심을 가지고 유동운도 백진주 선생의 거동을 살피고 있었던 것이니, 그 이튿날 유동운은 수사과장으로부터 다음과 같은 보고를 받았던 것이다

> 백진주 선생이라는 사람이 서울로 오기 전에는 어떠한 인물이었는지 상세치 않습니다. 그러나 목하* 서울에 와 있는 중국의 부호 함일돈 씨와는 친밀한 사이인 모양입니다. 그리고 또 한 사람, 제주도 출생인 국보라는 대사와도 절친한 사이인데 대사도 지금 서울에 와 있는 모양으로 목하 양인의 처소를 조사하는 중입니다.

이러한 보고가 있은 이튿날 함일돈과 국보 대사의 처소, 일상생활 등을 상세히 기록한 제이 보가 유동운의 수중에 들어왔던 것이다.

이 제이 보가 들어온 바로 그날 해 질 무렵에 특별 임무를 띤 한 사람의 형사가 청운동 유동운의 저택을 출발하여 삼청동三淸洞 산기슭에 있는 암자로 국보 대사를 찾아갔던 것이니, 수사과로부터 송달된 제이 보에 의하면 국보 대사는 대략 다음과 같은 인물이었다.

국보 대사는 약 칠 년 전부터 삼청 공원에 연접한 산기슭에 깨끗한

| * 목하目下: 눈앞의 형편 아래. 바로 지금.

암자 하나를 지어놓고 제주도로부터 때때로 상경하면 한 주일이고 두 주일이고 때로는 한 달 두 달을 이 암자에서 묵고 가곤 한다. 그리고 암자에는 젊은 중이 한 사람 지키고 있다.

이 젊은 중의 말을 들으면 대사는 밤이나 낮이나 컴컴한 서재에 들어박혀서 수많은 서적과 동무를 삼는 한편 때때로 외출을 하면 반드시 근방 일대에 거주하는 빈민을 위하여 사재를 아낌없이 털어 바치고 돌아오곤 하는 자비심이 많은 훌륭한 대사라는 것이었다.

형사가 이 암자를 찾은 것은 삼청동 일대에 짙은 황혼이 내리기 시작한 무렵이었다.

젊은 중이 암자 밖으로 나와

"스님께서는 지금 독서를 하고 계시니까 내일 다시 찾아주십시오."

하고 면회를 거절하는 것을 자기는 경찰부 수사과장의 명령을 받고 온 특무 형사라는 말을 하여 간신히 대사의 서재로 안내를 받아 들어갔다.

국보 대사는 만권*의 서적이 태산같이 쌓여 있는 서재에서 커—다란 갓이 달린 스탠드를 책상 위에 놓고 열심히 독서를 하고 있었다. 검은 승모**를 쓰고 역시 검은 승복을 입은 대사는 얼굴의 절반을 가릴 만한 커—다란 노인경***을 콧등으로 약간 밀어 올리며 전기 갓을 자기편으로 눌러 불빛이 방문객의 얼굴을 눈부시게 비치도록 하였다. 그 순간 특무 형사는 눈부시다는 듯이 얼굴을 돌리며

"아, 대사, 저는 지금 눈병이 나서요. 불빛이 너무 셉니다."

그런 소리를 하면서 방문객은 주머니에서 광선을 막는 파란 안경을

---

* 만권萬卷: 매우 많은 책.

** 승모僧帽: 중이 쓰는 모자.

*** 노인경老人鏡: 작은 것을 크게 보이도록 알의 배를 볼록하게 만든 안경. 흔히 노인들이 쓴다. 노안경老眼鏡. 돋보기. 돋보기안경.

꺼내 썼다.

"아, 그렇습니까. 그런 줄도 모르고 그만 실례하였습니다."

대사는 그러면서 전대로 전기 갓을 내리어 방 안을 다시 어두컴컴하게 하였다.

"경찰에서 오셨다는 말을 들었는데 무슨 그런 일이 내 신변에 생겼습니까?"

어딘가 제주도 사투리가 다분히 섞인 말씨였다.

"아니올시다, 그런 것은 아니지만…… 실은 저 백진주 선생이라는 분이 어떠한 신분을 가지신 분인지 그것이 좀 알고 싶어서요. 듣건대 대사와 그분과는 대단히 절친한 사이라는 말을 각 방면에서 들었길래……."

"아, 그렇습니까. 그런 용건이라면 뭐 어렵지 않은 일이지요. 나는 또 내 신변에 무슨 사건이나 생겼나 하고요."

그러면서 특무 형사가 묻는 말에 대해서 국보 대사가 대답한 것을 종합해보면 대략 다음과 같았다.

백진주 선생은 본명을 백금동白金童이라고 부르는데 광동* 어떤 돈 많은 선주의 외아들로서 열아홉 살 때부터 배를 타고 황해와 남지나해를 싸돌아다니다가 해남도** 근방 어떤 조그만 섬에서 금광맥을 발견하여 대부호가 되었다는 말과 또 한편 황해와 남지나해 사이에 있는 진주도라는 무인도를 발견하여 겨울마다 거기서 노루 사냥을 한다는 말과 백진주라는 별명도 실은 그 진주섬에서 딴 것이라는 말을 쭉 하였다.

"네, 잘 알았습니다. 그러면 한 가지만 더 묻겠습니다. 이번 백진주

---

* 광동廣東: 광둥. 광저우廣州. 중국 남부에 있는 광둥 성廣東省의 성도省都이며, 화난華南 지방의 정치·경제·문화의 중심지다.
** 해남도海南島: 하이난 섬. 중국 광둥 성廣東省 레이저우 반도雷州半島 남쪽의 남중국해南中國海에 있는 섬. 군사와 교통의 요충지다.

선생이 아현동에 별장을 하나 샀는데 대체 무슨 목적으로 그런 곳에다 그런 낡은 집을 손에 넣었습니까?"

"아, 그것 말씀입니까. 아시다시피 백진주 선생은 돈 많은 사람이어서 될 수만 있으면 사회사업 같은 것을 해볼 셈이지요. 그러던 차에 이번 백진주 선생이 서울에 와보니까 서울 거리 바닥에는 실로 정신병자— 미치광이가 많은 것을 보고 서울에 왔던 기념사업으로 정신병자들을 수용하는 광인원狂人院을 하나 세우겠다고 하면서 장소는 어디가 적당하느냐고 나더러 묻길래 아현동 고개쯤 좋을 것이라고 대답하였더니 그는 생각하는 것보다 실행하는 힘이 남달리 굳센 편이라 어느새 그런 곳에 유령의 집 같은 것을 한 채 손에 넣었지요."

"그럼 장래에는 그 별장을 광인원으로 사용할 셈인가요?"

"글쎄, 그럴 것 같습니다만……."

"그런데 또 한 가지…… 듣건대 백진주 선생은 중국인 함일돈 씨라는 사람과도 절친한 사이라는데……."

"그러나 함일돈 씨와는 그리 친한 편이 못 될걸요. 서로 사이가 좋지 못하니까요."

특무 형사는 백진주 선생과 함일돈 씨가 서로 좋지 못한 사이에 있다는 말을 듣고 함일돈 씨를 만나보면 백진주 선생의 모든 결점과 단소*를 잘 말해줄 것 같아서 총총한 걸음으로 국보 대사의 암자를 나섰다. 그리고 그는 그길로 목하 조선 호텔**에 묵어 있는 중국인 자선가 함일돈 씨를 찾아갔던 것이다.

수사과 보고에 의하면 함일돈 씨는 세계 각국으로 돌아다니면서 자

---

* 단소短所: 부족하거나 불충분한 점. 결점缺點. 단점短點. 단처短處.
** 조선朝鮮 호텔: 1914년 10월 10일 조선 철도국에 의해 설립된 한국 최초의 근대식 호텔. 조선총독부가 옛 환구단圜丘壇을 헐고 벽돌과 석재로 지은 4층의 순 서양식 건물로 서울시 중구 소공동小公洞에 위치해 있다.

선 사업을 하는 것을 유일한 도락'으로 아는 세계 만유가"라고 한다.

특무 형사가 호텔을 방문하였을 때 중국복을 입은 함일돈 씨는 검은 안경을 쓰고 이 심야의 방문객을 정중히 맞이하였다. 코 밑에는 새까만 수염이 자랐고 왼편 볼 위에 무슨 칼 자리인 듯한 흠집이 있었다.

형사는 역시 광선을 막는 파란 안경을 쓰고 눈이 나쁘다는 말을 하여 전기의 갓을 내리어주기를 청한 후에

"실은 저 백진주 선생에 대해서 몇 가지 여쭈어볼 말이 있어서 찾아왔습니다."

하고 말했을 때 함일돈 씨는

"나는 조선말도 일본 말도 모르니 중국어나 영어를 사용해주시오."

하는 부탁을 하였다. 특무 형사는 하는 수 없이 서투른 영어로 아까 국보 대사에게 한 것과 마찬가지의 질문을 하였다. 그리고 거기 대한 대답도 국보 대사의 그것과 대동소이의 것이었다. 다만 한 가지 다른 것은 백진주 선생이 아현동 별장을 손에 넣은 그 이유뿐이다.

"정신병자 수용소를 만든다는 것은 새빨간 거짓말이지요. 백진주라는 인간은 본래가 하나의 투기가投機家이기 때문에 그 집을 산 것입니다. 그 별장을 중심으로 해서 아현동 고개 일대에 굉장한 금광맥이 묻혀 있다는 사실을 비밀히 탐지한 때문이지요. 그는 그 집을 사는 날로 정원을 여기저기 파보았으나 소기***의 광맥을 발견하지 못했답니다. 그래서 생각건대 별장을 중심으로 하여 근방 일대의 주택을 머지않아 자기 손에 넣을 것이라고 나는 추측을 하지요."

특무 형사는 그때 마음속으로

* 도락道樂: 재미나 취미로 하는 일. 색다른 것을 좋아하여 찾는 일.
** 만유가漫遊家: 한가로이 이곳저곳을 두루 다니며 구경하는 사람.
*** 소기所期: 바라는 바, 기대한 바.

'흥, 백진주 선생이 앵두나무 밑을 파본 것은 그런 때문이었구나!'

하였다.

"그런데 당신과 백진주 선생의 사이가 좋지 못한 원인은 무엇입니까?"

"그것은 우리들이 중국에 있을 때 그가 그 어떤 친구의 아내를 모욕했던 때문이지요. 그래서 나는 그이와 세 번이나 결투를 했습니다만 원체 무술에는 훌륭한 재주를 가진 그이라 나는 세 번 다 그이에게 지고 말았지요. 보시는 바와 같이 내 왼편 볼에 칼 자리가 있지 않습니까……?"

그러면서 함일돈 씨는 자기의 얼굴을 손으로 가리켰다.

"그러나 나는 지금도 매일처럼 사격의 연습을 하고 있습니다. 네 번째 결투에는 반드시 내가 승리를 얻을 것입니다."

이윽고 형사가 고맙다는 말을 남겨놓고 호텔을 떠났을 때 함일돈 씨는 자기 얼굴에서 안경과 수염을 떼고 왼편 볼의 칼 자리를 손수건으로 지워버렸던 것이니, 거기 나타난 얼굴— 그것은 백진주 선생 그 사람의 얼굴이었으며 조금 아까 삼청동 암자에서 독서를 하던 국보 대사의 얼굴이기도 하였다.

"흥, 태양빛이 무서워서 밤에 찾아오고 전깃불이 두려워서 파란 안경을 끼고 찾아온 유동운 나리는 아직 변장술이 어리석은걸! 그래 가지고야 어찌 이 백진주 선생의 정체를 붙잡을 수가 있겠는가……?"

그렇다. 오늘 밤 국보 대사와 함일돈 씨를 방문한 것은 유동운 자신이었던 것이다.

43. 만찬회의 밤

그런데 여기에 검사정 유동운보다 못지않게 수상한 인물 백진주 선생의 정체를 알아보고자 온갖 정열과 노력을 아끼지 않는 사람이 또 한 사람 있었으니, 그것은 순정한 청년 송준호의 어머니이며 중추원 참의 송춘식의 아내인 동시에 저 멀리 아득한 그 옛날 억낭틀 해변가에서 조개를 줍던 한 떨기 해당화— 태양환의 평온과 안식을 해와 달에 빌던 계옥분 그 사람이었다.

그렇다. 오늘 밤 송춘식 부인이 만찬회를 열어서 여러 사람의 신사 숙녀를 초대하기는 하였으되 부인의 참된 목적은 단 한 사람 백진주 선생에게 있었으며 백진주 선생을 한 번 더 친히 만나보려 함에 있었던 것이다.

만일 오늘 밤 이 연회석에서 송춘식 부인이 백진주 선생을 대하는 것이 아니라 억낭틀 계옥분이가 태양환의 이봉룡이를 대하는 그러한 아름답고도 한편 무서운 장면이 생긴다면……? 그렇다, 그러한 한 폭의 극적 장면이 생기지 않는다고 단정해버릴 수도 없는 것이 아닌가! 가회동 송춘식의 호화로운 저택에서 열린 만찬회는 지금이 한창이다. 그러나 오늘 밤 백진주 선생이 이 자리에서 만날 줄 알았던 유동운이가 보이지 않음을 적잖게 의아스럽게 생각하며

"유 검사정은 안 오셨습니까?"

하고 유동운 부인에게 물었다.

"네, 주인은 요즈음 갑자기 공부를 시작했답니다. 약 이십 년 동안 검사를 지내면서 제 손으로 취급한 사건에 대한 방대한 서류를 면밀히 정리를 하기 시작했어요. 잘은 모르지만도 무슨 세상을 진동시킬 만한 굉장한 사건을 조사한대요. 그래서 오늘도 참석을 못 했답니다."

하는 대답이었다.

그 순간 백진주 선생은 모든 것을 알아차렸다. 과거 이십여 년 동안에 걸쳐 자기가 취급한 수많은 범죄 사건을 면밀히 조사하기 시작한 유동운— 그리고 그것은 틀림없이 백진주 선생의 정체를 알기 위하여 과거 이십여 년 동안 자기가 가혹하게 취급한 사건 가운데서 유동운을 일생의 원수로 생각하고 복수를 할 만한 인물들을 추려내려는 것이다.

그것은 백진주 선생에게 있어서는 실로 가슴이 써늘한 일이 아닐 수 없었다. 백진주 선생의 이 웅장한 복수가 끝나기도 전에 유동운의 손으로 말미암아 저 무서운 해상 감옥을 탈출한 이봉룡의 정체를 백진주 선생에게서 발견한다면……? 아아, 무서운 일이 아닐 수 없다.

그때 송준호가 다가오면서

"저, 백 선생님, 상해에서 헤어진 신영철 군이 머지않아 중국으로부터 돌아온다는 편지가 왔답니다."

"그래요. 저희 집에도 왔는데 돌아오면 곧 영란과 결혼식을 거행할 작정이지요."

하고 유동운 부인이 말을 하였을 때 옆에 있던 모인규 청년은 가슴이 덜컥하였다. 백진주 선생은 그러한 모인규의 심중을 다사로운 마음으로 위로하지 않을 수 없는 듯이 모 청년의 얼굴을 물끄러미 바라보았다.

송춘식은 장현도를 비롯하여 다른 손님들과 함께 저편 식탁에서 즐겁게 만찬을 나누면서 담소 화락에 잠겨 있을 무렵에 송춘식 부인은 아들 준호를 가만히 자기 옆에다 불러 가지고

"준호야, 암만 봐도 백 선생님은 한 번도 음식에 손을 대지 않으니 네가 가서 좀 잡수시라고 권하고 오려무나."

"네, 백 선생님은 원체 소식小食이랍니다."

"아무리 소식이라도 한술도 들지 않는다는 것은……."

"그러나 어머니, 왜 그런 것을 그렇게 걱정하십니까?"

"그러나 어디 그렇느냐? 제집에 오신 손님이 음식에 통 손을 대지 않는다는 것은…… 아무리 생각해도 백 선생님은 우리 집에서는 통 음식에 손을 대지 않을 작정이 아닐까……? 옛날부터 원수의 집에서는 절대로 음식을 먹지 않는 법이라고들 하지만."

"그러나 어머니, 백 선생님이 집의 아버지를 원수로 생각할 리야 있겠습니까?"

"글쎄 말이다. 그렇긴 하지만…… 어디, 네가 친히 가서 뭘 좀 잡수시라고 권해보려무나. 백 선생님이 잣 한 알이라도 까시는 걸 이 어미는 보고 싶구나."

"네, 그럼 제가 가서 권해보겠습니다."

그러나 준호는 갔다가 그냥 돌아왔다.

"아무리 권해도 만복*이라고 하시면서 통 손을 대지 않습니다."

"그래……?"

어머니는 쓸쓸히 대답하였다.

이윽고 식사가 끝나자 손님들은 끽연실이나 혹은 응접실로 몰려 들어가서 차를 마시고 담배를 피우고 하는 사이에

"저, 백 선생님, 지금 정원엔 달이 밝습니다. 정원을 걸어보실까요?"

하고 부인은 약간 떨리는 목소리로 그렇게 권하며 먼저 앞장을 서서 정원으로 내려갔다.

백진주 선생은 부인의 이 뜻하지 않은 권유를 어떻게 받아넘길까를 잠깐 동안 망설이다가 마침내 부인의 뒤를 따라 정원으로 나아갔다.

소년처럼 마음이 떨려 견딜 수가 없었다. 그것은 결코 단지 감미로운

---

* 만복滿腹: 배가 잔뜩 부름. 잔뜩 부른 배.

감정의 떨림이 아니고 뭐라고 헤아릴 수 없는 일종 공포에 가까운 몸서리였다.

때는 유월 중순, 신록과 훈풍과 달빛이 가득 찬 정원에는 이름 모를 밤새가 운다. 포도 넝쿨을 올린 선반을 통하여 달빛이 땅 위에 얼룩얼룩 수를 놓는다.

"백 선생은 왜 음식엔 한 번도 손을 안 대시나요?"

"배가 찬 사람이 어떻게 음식에 손을 댈 수가 있겠습니까, 부인?"

"만찬회에 초대를 받으신 분이 미리 식사를 하시고 오시는 법이 또 어디 있담!"

어지간히 원망스러운 어조였다.

백진주 선생은 대답이 없다. 낮 같으면 백진주 선생의 얼굴이 종잇장처럼 핏기를 잃은 것을 부인은 보았을 것이다.

두 사람은 말이 없다. 나뭇가지 위에 깃들였던 밤새가 뽀르릉 날아간다. 그러면 땅 위에 수놓았던 얼룩얼룩한 달빛이 가늘게 흔들린다.

"듣건대 백 선생은 여기저기 여행도 많이 하시고 또 여러 가지로 고생도 많이 하셨다는데…… 그게 정말인가요?"

"네, 괴로운 일, 슬픈 일, 그리고 가슴 쓰라린 일— 생각하면 꿈같은 일이 많았지요."

"지금은 그럼 행복하신가요?"

"네…… 누구 한 사람 내 입으로부터 내가 슬퍼하고 괴로워하는 소리를 듣지 못했으니까요."

"그럼 현재의 행복으로 마음의 평온을 느끼시나요?"

"부인, 현재의 제 행복은 과거에 받은 제 비참한 불행의 대가일 따름이지요."

"백 선생은 정말로 아직 독신이신가요?"

"네, 아직······."

"그래도 사람들의 말을 들으면 예쁜 아가씨를 데리고 음악회 같은 델 늘 가신다는데······."

"아, 그건 부모 없는 저 불쌍한 춘앵이 말이겠지요. 춘앵은 내가 딸처럼 귀해 하는 사람이랍니다. 그 밖엔 아무것도 없지요."

"그럼 동생도······ 자제분도······ 부모님도 없으신가요?"

"없습니다, 부인."

"그럼 무슨 재미로 사시나요?"

"무슨 재미로 사느냐고요?"

"사람이란 제 한 몸 이외에 그 누구를 위해서 사는 것이 아닐까요?"

"글쎄올시다, 그럴는지도 모르지요······ 실은 젊었을 때— 그렇습니다. 그것은 내가 광동에 있을 때지요. 나는 한 사람의 여자를 사랑했답니다."

"네, 그러셔요?"

"그리고 결혼까지 하려고 만단의 준비를 해놓았을 때 중국에 내란이 일어나서 나는 여자를 혼자 남겨두고 전장으로 나가는 몸이 되었답니다."

"그래, 어떻게 되셨나요?"

"여자는 나를 참마음으로 사랑하고 있었기 때문에 만일 내가 불행히도 전장에서 죽는 몸이 되더라도 나를 기다리며 나를 위하여 끝끝내 정절을 지켜줄 줄만 알았지요. 그러나 내란이 끝나서 다시 광동으로 돌아와보니 여자는 벌써 다른 사람의 아내가 된 몸이었답니다."

부인은 순간 숨이 막힐 것 같아서 두 손으로 가만히 젖가슴을 부여안았다.

"그러나 그와 같은 일이야 세상에도 많이 있겠지만 다만 내가 마음이 약하고, 그리고 너무 지나치게 정직했던 때문에 보통 사람들보다 좀 더 심각히 마음고생을 했을 따름이지요. 그래서 아직도 독신으로 지내지만 가만히 생각하면 어리석기 짝 없는 일이랍니다."

부인은 얼마 동안 대답이 없다가

"그럼 그 여자는 그 후 한 번도 만나보시지 못했었나요?"

"네, 한 번도 못 만났습니다."

"그럼 백 선생을 그처럼 괴롭힌 그 여자를 백 선생께서는 아직도 원망을 하고 계시는가요?"

"아—니요."

"그럼 마음으로라도 그 여자를 용서해주셨는가요?"

"네, 여자만은 용서해주었지요. 그러나……."

"그러나 그 여자를 백 선생의 손에서 빼앗아간 그 남자는 아직 용서하지 않으셨나요?"

그러나 백진주 선생은 대답 대신 선반 밑으로 늘어진 넝쿨에서 포도잎을 하나 따서 달빛이 무르익은 허공중에 날렸다.

그때 준호가 헐레벌떡 뛰어오며

"어머니!"

하고 불렀다.

"아, 준호냐?"

"저, 유 검사정 댁에 불행이 한 가지 생겼습니다."

"불행이라고……?"

"네, 지금 유 검사정께서 오셔서 부인과 따님 영란 양을 데리고 갔습니다. 자세한 것은 모르지만 영란 양의 외조모가 진남포서 상경을 했었다는데 오는 도중에서 영란 양의 외조부 되시는 오봉서 씨가 갑자기 세상을 떠나셨다고요."

"그럼 두 분이 같이 오시다가 한 분이 돌아가셨다는 말인가?"

"네, 그런데 영란 양은 그 말을 듣는 순간 무슨 이유인지는 모르지만 마음에 타격을 받아 일시 정신을 잃고 기절을 했었습니다. 듣건대 영란 양과 신영철 군의 결혼식을 거행할 셈으로 상경하던 도중에 그런 불행이 생겼다나 봅니다."

부인은 곧 안으로 뛰어 들어갔다.

이리하여 만찬회는 충분한 성과를 얻지 못하고 흐지부지하게 되어버리고 말았던 것이니, 필자는 이제부터 붓끝을 옮겨 검사정 유동운 일가에 일어난 원인 불명의 무서운 독살 사건의 내막을 상세히 기록하고자 하는 바이다.

44. 백의의 유령

그날 밤, 검사정 유동운이가 만찬회에도 참석을 거절하고 자기 서재에 깊이 들어박혀서 과거 이십여 년 동안 자기 손으로 처결*한 범죄 사건에 관한 방대한 서류를 조사하는 데 몰두하였던 것이니, 그는 과거 이십삼 년을 검사정 시대, 검사 시대, 검사 대리 시대— 이렇게 셋으로 나누어서 현재로부터 과거에 기어올라가면서 일건 서류를 면밀히 조사하기 시작하였다.

유동운의 이 조사 방법은 실로 물 샐 틈도 없이 치밀하였다. 그는 금전 관계, 직무 관계, 연애 관계 등에 있어서 그의 적이라고 생각하는 사람들의 이름을 쭉 따로이 베껴놓고 그 한 사람 한 사람에 대하여 옛날의

| * 처결處決: 결정하여 조처함.

그 희미한 기억을 새로이 함으로써 현재의 백진주 선생과 그들 사이에 그 어떤 관련성이 잠재해 있지나 않는가를 적발해낼 셈이었다.

이리하여 그는 벌써 검사정 시대와 검사 시대에 있어서 그의 적이라고 생각하는 사람의 이름을 오십여 명이나 쭉 베껴놓았다.

"자아, 인제는 진남포 검사 대리 시대로 들어가자."

유동운은 그러면서 검사 대리 시대에 있어서 자기에게 원한을 품은 사람들의 성명을 쓰기 시작하였다. 그러나 거의 검사 대리 시대도 끝나려 할 즈음에 그는 '이봉룡'이라는 이름을 써놓았다.

"이봉룡……?"

그렇다. 이봉룡이라는 이름은 기미년 만세 운동과 함께 그의 희미한 기억을 새로이 하는 인물이기는 하였으나 아무리 생각하여도 그의 얼굴이 어떻게 생겼었는지 통 기억에 남지를 않았다.

그것도 그럴 법한 것이 봉룡의 편에서 생각을 하면 유동운이란 인물은 실로 입에서 신물이 날 불구대천의 원수였으되 유동운의 편에서 생각을 하면 근 백 명에 가까운 원수들 가운데서 그가 봉룡의 얼굴을 본 것은 이십삼 년 전인 실로 까마특한 옛날이었을 뿐 아니라 그것도 생각하면 단지 하루— 아니, 시간으로 치면 단 한 시간밖에는 안 되었던 때문에 봉룡이라는 이름만은 간신히 기억을 더듬을 수 있었으나 그의 생김생김이 어떠했는지 그것은 통 기억에 없었던 것도 생각하면 당연한 일이었다.

"이봉룡…… 이봉룡……?"

하고 그는 충혈된 눈동자로 이봉룡이라는 성명 삼 자를 뚫어질 듯이 들여다보면서 그렇게 중얼거리기를 수십 번!

"가만 있자, 그것은 저 동명관에서 내가 정숙이와 약혼 피로연을 하던 도중에서 약 한 시간 동안 취조를 한 사나이였었는데……."

하고 그는 사라졌던 기억을 앨 써 더듬으려 할 바로 그때— 그렇다,

진남포로부터 칠십 노인인 장모 다시 말하면 유동운의 죽은 전처 정숙이의 어머니가 비탄에 잠긴 몸으로 유동운의 집을 찾아 들어선 것은 바로 그때였다.

"아, 어머니, 어떻게 이렇게 밤중에 들어서십니까?"

그러나 노인은

"아아……."

하고 깊은 비명과 함께 소파에 쓰러지듯이 몸을 던졌다. 사정을 들어보니 이 늙은 부부는 손녀딸 영란이의 결혼식이 가까웠다는 유동운의 편지를 받고 하루라도 빨리 손녀딸의 얼굴이 보고 싶어서 남포를 떠났다. 그러나 평양서 차를 바꾸어 타려고 할 무렵에 장인 오봉서 노인은 갑자기 온몸을 부들부들 떨다가 그만 평양 역전 어떤 병원에서 세상을 떠났다는 것이다. 의사의 진단은 뇌충혈*이라고 하지만 확실한 원인은 알 수 없고 시체는 관에 넣어서 지금 서울로 운반해오는 도중이라고 한다.

"그래, 나는 너희들과 의논도 할 겸 먼저 올라왔지만…… 그런데 영란은 어딜 갔니? 빨리 영란일 좀 불러다오."

"네, 곧 불러오겠습니다. 영란인 제 어머니하고 잠깐 외출을 했답니다."

"어머니라고……? 아니, 영란이에게 어디 어미가 있었나? 계모는 어미가 아니야! 영란의 어미는 죽었어!"

노인은 그렇게 부르짖으며 사위에게 그 어떤 항의나 하는 듯이 적의를 품은 표정을 지었다. 이리하여 유동운은 '이봉룡'이라는 이름을 맨 끝에 써놓은 채 신이 나던 서류의 조사를 하는 수 없이 중지하고 가회동 송춘식이의 만찬회로 아내와 딸을 데리러 달려갔던 것이다.

---

* 뇌충혈腦充血: 과로나 정신 흥분, 알코올 의존 따위에 의한 뇌혈관 비대가 원인이 되어 뇌수의 혈관이 충혈됨으로써 일어나는 병.

이윽고 영란과 계모가 달려왔다.

"할머니!"

영란은 이 뜻하지 않은 비보에 그만 터져 나오는 슬픔을 억제하지 못하여 할머니의 품 안에 머리를 비비면서 울었다.

"오냐, 영란아, 나는 널 볼 때마다 네 불쌍한 어미 생각이 나서 견딜 수가 없구나. 듣건대 네 남편이 될 사람은 기미년에 암살을 당한 신 판사의 아들이라지……?"

그 말에 영란은 가슴이 터질 것 같았다.

"할머니……."

"오냐, 어서 내가 죽기 전에 결혼식이라도 지내야지. 네 외조부는 종시 네가 시집가는 걸 못 보시고 돌아가셨단다."

"그런데 할머니, 어떻게 그처럼 갑자기 돌아가셨나요?"

"글쎄, 난들 알겠니? 찻간에서 몸이 좀 거북하다고 하시면서 그런 때 먹는 무슨 물약을 한 모금 마시더니 그만 온몸을 부들부들 떨면서 갑자기……."

그때 옆에 있던 유동운 부인은

"너무 심뇌'하시면 도리어 몸에 좋지 못하실 테니 오늘 밤은 어서 편히 주무세요."

그러나 외조모는 입에 침을 발라서 말하는 계모의 이야기에 반항이나 하는 듯이

"내 걱정은 영란이더러 하래고 그대는 제발 내 눈앞에서 어른거리지 말아요."

이 말에 계모는 뽀로통해서 밖으로 나갔다. 이윽고 노인은 영란의 부

---

* 심뇌心惱: 마음속으로 괴로워함. 마음속으로 겪는 괴로움.

축을 받아 침실로 들어가 누웠다. 침실 머리맡에는 노인이 좋아하는 수정과 한 그릇을 조그만 공기와 함께 영란은 갖다 놓고

"할머니, 그럼 안녕히 주무세요. 전 뒤채에 계시는 할아버지한테 좀 가봐야겠어요."

그런 말을 남겨놓고 영란은 전신 불수인 유민세 노인의 방으로 달려가서

"할아버지, 들으셨어요? 외조부님이 돌아가셨다는 말을……."

"음……."

유민세 노인은 벌써 모든 것을 알았다는 듯이 한번 깊이 그렇게 신음을 하며 영란을 묵묵히 바라다보았다.

그러나 실로 이상한 일이 한 가지 생긴 것은 바로 그 이튿날 아침이었다.

영란이가 외조모의 방으로 들어가보니 노인은 목이 타서 견딜 수 없다는 듯이 두 손으로 목을 쓸어 쥐며 온몸을 부들부들 떨기 시작하였다.

"할머니, 왜 그러셔요?"

영란은 뛰어가서 할머니를 쓸어안았다.

"영란아, 이상한 일이다. 아아, 목이 타서…… 목이 타서 견딜 수가 없구나!"

"할머니, 무슨 일이…… 무슨 일이 생겼어요, 할머니?"

"나는 똑 꿈인 줄만 알았더니…… 꿈이 아니고 정말이었구나!"

"할머니, 뭘 말씀이세요? 빨리…… 빨리 말씀을 하세요!"

"어젯밤 나는 곤히 잠을 들었었는데 꿈인지 생신지 문이 가만히 열리면서 흰옷을 입은 무슨 유령 같은 것이 쑥 들어와서 머리맡에 놓인 수정과 그릇을 만지는지 잠깐 동안 덜그럭거리는 소리를 내더니 다시 쑥 유령처럼 밖으로 사라지질 않았겠니……?"

"아이머니나!"

"그래, 나는 똑 너의 외조부의 혼백이 꿈에 나타나서 이 늙은이를 황천으로 데려갈 셈이로구나 하고 생각했다. 그러다가 새벽녘쯤 되어서 목이 마르길래 머리맡에 놓인 저 수정과를 한 모금 들이키고 다시 잠을 청했으나…… 아아, 목이 타서…… 타서…… 지금 생각하니 그것이 꿈이 아니고…… 꿈이 아니고…… 아, 빨리…… 빨리 의사를……."

"할머니, 잠깐만 기다리세요!"

영란은 깜짝 놀라 뛰쳐나갔다. 그리고 하인을 시켜 의사를 청하는 한편 이 불의의 사실을 아버지에게 알리었다.

"어머니, 어찌 된 일입니까?"

유동운은 달려 들어오며 그렇게 불렀으나 노인은 무엇을 생각하는지 한참 동안 잠자코 오들오들 떨고 있는 영란을 묵묵히 바라보다가 다시 시선을 사위에게로 옮기며

"영란의 남편이 될 신영철은 아직 도착하지 않았느냐?"

"아, 오늘 아침 차로 도착하였다는 전화가 지금 막 왔습니다."

"아, 그래……?"

노인은 안심한 듯이 괴로운 가운데도 한 줄기 안도의 빛을 띠었다. 그러나 그와는 반대로 영란의 놀라움은 실로 컸었다. 죽기보다도 싫은 무서운 결혼이 목전에 다다른 영란이었다.

"아아, 하늘이여!"

영란은 가만히 혼잣말로 하늘을 불렀다. 사랑하는 사람 모인규의 초조해하는 모습이 눈앞에 알알이 떠올랐다.

"길지 않은 목숨― 나는 오늘 밤을 채 넘기지 못하고 죽을 것이니 결혼식은 못 보더라도 영란과 그이가 정식으로 혼인 계약이라도 하는 것을 보아야 눈이 감기겠다."

영란은 눈앞이 아찔했으나 유동운은 자기 뜻과 같은 것을 마음으로 기뻐하며

"어머니, 신 군이 왔으니까 거야 뭐, 오늘 저녁이라도 정식으로 혼인 계약을 할 수도 있지요만 그러나 어머니는 왜 그렇게 마음을 약하게 가지십니까? 곧 의사가 올 터이니 마음을 굳세게 가지시오."

"그럼 오늘 밤 아홉 시까지 공증인을 불러다가 신영철과 영란이가 분명히 약혼을 한다는 계약을 하도록…… 그리고 그때 돌아가신 외조부의 재산과 제 어미의 재산과 그리고 내 재산 전부를 영란이가 상속을 하도록 만단의 준비를 하여주게. 내 눈으로 그것을 확실히 보기 전에는 난 눈을 감지 않을 테니까…… 그 재산이 영란이 외의 그 어떤 사람의 손으로는 절대로 굴러들어가지 않도록……."

이 한마디를 누구보다도 뼈아프게 들은 것은 영란의 계모 유동운 부인이었다. 그러나 자기의 행복을 생각해서 하는 이 외조모의 호의를 영란은 마치 사형 선고처럼 무서워하였다. 신영철과의 약혼도 약혼이거니와 만일 그 막대한 재산이 자기 손으로 굴러들어오면 자기도 이 불쌍한 외조모처럼 그 누구에게, 그 정체를 헤아릴 수 없는 그 어떤 유령의 손에 목숨을 잃어버릴 것만 같았다. 그렇다. 어젯밤 할머니의 침실에 나타나서 수정과 그릇을 움직이고 사라진 것은 결코 외조부의 유령이 아니고 사람이라고 생각하였기 때문이다.

그 이상 더 영란은 그 자리에 앉아 배길 수 없어서 정원으로 나가 바람을 쐴 셈으로 할머니의 방을 뛰쳐나왔다.

그때 하인이 청하러 갔던 의사가 당황히 뛰어 들어왔다. 이 차車 의사로 말하면 다년간 유동운 일가의 병환을 맡아두고 치료한 주치의로서 특히 영란의 가엾은 신세에 한 줄기 동정의 염을 품은 양심적 인물이다.

"아, 차 선생님!"

영란은 그렇게 부르짖으면서 어젯밤 할머니가 보았다는 그 흰옷을 입은 유령의 이야기를 상세히 보고하였다.

"음! 흰옷을 입은 유령이 수정과 그릇에 손을 댔다……?"

그렇게 중얼거리면서 차 의사는 병실로 들어가고 영란은 가슴이 짜개질 것 같은 슬픔을 한 아름 품고 정원으로 뛰어나갔다.

"영란 씨…… 영란 씨……."

그때 담장 밖에서 자기의 이름을 부르는 이가 있다.

"아, 인규 씨가 아니세요?"

그렇다. 그것은 하늘 아래 땅 위에 단 한 사람뿐인 모인규 청년이었다.

45. 독살

의리를 버리고 사랑을 취하느냐, 사랑을 버리고 의리를 취하느냐……? 세상의 거친 풍파를 모르고 심창*에서 곱게 자란 한 떨기 연약한 봉선화와도 같은 순정의 처녀 유영란— 아버지와 외조모의 뜻을 순종하여 오늘 밤 아홉 시에 결정할 혼인 계약을 정식으로 승낙하여야만 될 것이냐……? 그렇지 않으면 지금 담장 밖에서 애원하듯이 타이르는 모인규의 말대로 속세의 온갖 번거로움과 의리의 모든 괴로움에서 용감히 이탈하여 평화와 행복이 아담하게 깃든 먼 곳으로 손을 마주 잡고 도망을 하느냐……? 그것은 실로 유영란의 일생을 지배하는 가장 중대한 위기가 아닐 수 없었다.

"영란 씨, 우리는 지금 우리들을 덮어 누르는 이 무겁고 악착한 운명

---

* 심창深窓: 깊숙이 있는 창. 깊숙한 방.

을 묵묵히 감수할 수는 없는 것입니다. 우리는 모든 정열과 지혜와 노력을 다하여 운명이 가져오는 최후의 순간까지 싸울 수밖에는 없지요."

"인규 씨, 그럼 저에게 싸우는 방도를 가르쳐주세요. 오늘 밤 아홉 시에는 저는 좋건 싫건 혼인 계약을 정식으로 승낙하지 않을 수가 없는 몸이에요. 아아, 아무런 즐거움도, 행복도, 사랑도 느낄 수 없는 이 저주할 약혼을 승낙하지 않으면 아니 되는 아 가혹한 운명! 인규 씨, 저에게 힘을 주세요! 그리고 이 가혹한 운명에서부터 벗어날 방도를 가르쳐주세요!"

"영란 씨, 그럼 이렇게 하기로 굳게 약속을 합시다— 오늘 밤 아홉 시까지 영란 씨는 어떠한 괴로운 일이 있을지라도 약혼의 승낙을 하지 마시오. 그리고 끝끝내 피치 못하여 승낙을 하지 않으면 안 되게 될 때 영란 씨, 그때는 무슨 핑계를 꾸미어 이리로 도망해 나오십시오. 그러면 내가 이 담장 밖에 자동차를 갖다 대고 대기하고 있다가 영란 씨를 저 멀리 행복과 사랑이 영원히 깃들고 있는 평화로운 동산으로 모시겠습니다. 영란 씨, 내 말을 알아듣겠습니까……?"

격렬한 감정의 파도가 모인규의 전신을 뒤흔든다. 그 말을 잠자코 귀담아듣고 있던 영란은 떨리는 목소리로

"네에."

하고 가늘게 대답하였다.

"그럼 오늘 밤 아홉 시!"

"네, 오늘 밤 아홉 시!"

"최후의 순간까지……."

"최후의 순간까지……."

"영란 씨, 노력합시다!"

"네, 노력하겠습니다!"

342

그러면서 두 젊은이는 뚫어진 조그만 담장 구멍으로 간신히 손과 손을 더듬어 잡으며 두 사람의 이 결사적인 노력이 수포에 돌아가지 않기를 손과 손이 굳세게 맹세를 하였다.

이리하여 그날 밤 아홉 시, 모인규는 캄캄한 담장 밖에 자동차를 세우고 영란이가 나오기를 목을 늘여 기다리었으나 아홉 시가 지나고 열 시가 넘어도 그처럼 굳센 맹세를 주고받은 영란은 좀처럼 나타나지를 않는다.

모인규는 초조한 듯이 담장 안을 기웃거리며 마음 약한 영란의 결심이 그만 주위의 완고한 강제로 말미암아 허물어지고 말지나 않았는가 하였다. 그렇지 않으면 도망하는 도중에 붙들리지나 않았을까 하였다.

마침내 모인규는 용기를 내어 담장을 넘어 유동운의 정원에 숨어들어 갔다. 숨소리와 발자국 소리를 죽여가면서 무성한 수목 사이를 거쳐 유민세 노인이 거처하는 뒤채를 삥 돌아서 앞채를 향하여 한 걸음 두 걸음 걷기를 시작하였다. 어째 그런지 이 집 전체가 그 어떤 말 못 할 불길과 침울 속에서 가느다랗게 숨 쉬고 있는 것 같았다. 인기척이라고는 조금도 없고 무거운 침묵만이 집 전체를 자지러들 것처럼 에워싸고 있었다.

'영란이가 혹시 자살이나……?'

그런 생각이 무심중 모인규의 가슴을 쳤다. 그 순간 아니나 다를까, 여인들의 곡성이 들려왔다. 초상난 집임에 틀림이 없었다.

그때 사람의 발자국 소리가 들리며 시커먼 그림자가 두 개 희미한 문등*을 등지듯이 하고 안으로부터 걸어 나왔다. 순간 모인규는 컴컴한 담장 밑에 웅크리고 앉아서 이편으로 천천히 걸어오는 두 개의 그림자를 수목 사이로 바라다보았다.

---

* 문등門燈: 대문이나 현관문 따위에 다는 등.

'유동운이다!'

그렇다. 하나는 분명히 이 집 주인 유동운이에 틀림이 없었다.

'그리고 또 한 사람의 낯선 사나이는…… 아아, 저이가 바로 저 영란과 약혼을 하려는 신영철이 아닐까……?'

그러나 다음 순간 모인규는 자기의 추측이 어그러진 것을 깨달았던 것이니, 그것은 서울 장안에서도 유명한 의학 박사 차 의사였다.

"유 선생, 내가 지금 유 선생을 이처럼 조용한 장소로 모시고 나온 것은……"

그러면서 차 의사는 사방을 한번 휘 둘러보고 나서 낮은 목소리로

"누가 우리들의 이야기를 엿듣는 사람은 없겠지요?"

"차 선생, 염려 마시오. 그런데 무엇을 그처럼 갑자기……?"

"나는 지금 무서운 사실을 한 가지 유 선생께 말씀 드리고자 합니다."

"차 선생, 무슨 말씀이길래……?"

유동운은 한 걸음 바싹 다가서면서 당황히 물었다.

"유 선생, 장모께서는 그 누구에게 독살을 당한 혐의가 농후합니다."

"옛……? 뭐, 뭐라고요……?"

유동운은 펄떡 뛰면서 외쳤다. 차 의사는 역시 침착한 어조로

"그렇습니다. 대단히 유감된 일이오나 그것은 틀림없는 독살입니다."

"독살……?"

"그렇습니다."

"아니, 차 선생은 사법관인 나에게 그런 말을 하십니까, 그렇지 않으면 한 사람의 친구로서……?"

"물론 친구의 입장에서 이야기하는 것입니다. 유 선생은 보신 바와 같이 노인이 임종 시에 나타낸 그 경련의 상태가 아무리 생각해도 브루신*이라는 독약을 마신 때문이지요."

"오오, 선생!"

유동운은 전신을 와들와들 떨었다.

"유 선생, 너무 흥분만 하실 때가 아니올시다. 그리고 내가 묻는 말에 대답을 하여주시오."

"아아, 독살……?"

"장모님에게 원한을 품은 사람은 없습니까?"

"없습니다."

"장모님의 죽음으로 말미암아 그 누구가 이익을 받는 사람은 없습니까?"

"그런 사람은 없습니다. 내 딸 영란이가 단 한 사람 상속인으로 되어 있으니까요. 그러나 영란이가……."

그러다가 유동운은 자기의 말이 자기의 귀에 얼마나 무섭게 들리었는지 그만 입을 막고 말을 끊었다.

"물론 영란 양에게 그런 일이 있을 리는 만무하지요. 그러나 과실이건 우연이건 사실은 사실이올시다. 그런데 춘부장께서 사용하시는 물약을 잘못하여 장모님께 드렸다든가─ 그런 실수는 없었습니까?"

"전연 없을 것입니다. 아버지와 나의 생활은 전연 독립된 그것이니까요. 그런데 그것은 왜 물으십니까?"

"실은 중풍 환자에게는 아까 말한 브루신이 효과가 있어서 얼마 전부터 부친께 그 약을 드리고 있지요. 그러나 그 약으로 말하면 명약인 동시에 독약이기도 합니다. 그리고 부친께서는 점점 그 약에 면역이 되어 어떤 정도의 분량까지를 사용하시어도 생명에 관한 위험은 없지만 그것을 다른 사람이 복용을 하는 때는 생명을 빼앗는 경우가 있답니다. 그런데

---

* 브루신brucine: 마전과馬錢科의 식물 스트리크노스Strychnos nuxvomisa의 씨에서 빼낸 맹독성 알칼로이드. 맹렬한 경련痙攣 독성이 있어서 신경 흥분제로 쓰인다. 스트리크닌strychnine

일상 부친님의 병간호를 하는 사람은 누굽니까?"

"그것은…… 그것은 영, 영란이입니다."

"그리고 어젯밤 장모님의 간호를 한 것은 또 누굽니까?"

"그것도…… 그것도 영란……."

아아, 생각만 하여도 그것은 무서운 일이 아닐 수 없다.

"그러나 영란 양을 나는 누구보다도 믿고 있지요…… 그러나 이러한 독약을 그처럼 공교로이 쓸 수 있다는 것은 적어도 약학에 대한 지식이 상당히 풍부한 사람이 아니면 도저히…… 하여튼 유 선생, 이 집 안에는 그 어떤 보이지 않는 무서운 손이 움직이고 있다는 사실만은 잘 기억해 두시기 바랍니다. 그리고 오늘 밤의 이 이야기는 나 혼자의 가슴속에 파묻어둘 작정이오니 유 선생은 적어도 검사정의 입장으로서 범인을 잘 조사해보시는 것이 마땅할 것입니다."

"고맙습니다, 차 선생! 선생의 은혜는 백골난망이올시다!"

이리하여 유동운은 차 의사를 정문 밖까지 정중히 전송을 하고 당황한 걸음으로 안으로 들어갔다.

그때 담장 밑에 웅크리고 있던 모인규 청년이 앞으로 뛰쳐나오면서 영란의 방인 듯싶은 현관 응접실 다음 방으로 서슴지 않고 걸어 들어갔다. 만일 현관에서 유동운을 만난대도 모인규는 조금도 무섭지 않았다. 그는 정정당당히 자기의 심중을 피력하리라 생각하였다.

그러나 다행히도 모인규는 아무도 만나지 않았다. 그리고 영란의 울음소리가 가늘게 들려 나오는 방문을 가만히 열고 안으로 들어갔다.

영란은 눈물을 거두고 놀라 모인규를 맞이하면서

"인규 씨, 할머니가 돌아가시어서 약혼 계약은 당분간 연기가 되었어요. 그러니까 할머니의 장례식이 끝날 때까지는 집을 떠날 수가 없어요. 그리고…… 아, 마침 잘 되었어요. 늘 인규 씨에게 호의를 갖고 계시는 할아버지가 어떠한 일이 있을지라도 저희들의 뜻을 이루어주시겠다고 하시면서 기회가 있으면 인규 씨를 한번 데리고 오라고요."

"그렇습니까. 그러면 영란 씨, 저를 그리로 안내해주십시오."

이리하여 길고 컴컴한 복도를 걸어 모인규 청년은 영란의 뒤를 따라 이 드넓은 저택 뒤채에 거처하고 있는 유민세 노인의 방으로 들어갔다.

이 전신 불수인 유민세 노인은 이처럼 심야에 찾아 들어오는 낯선 젊은이의 얼굴을 물끄러미 바라다보다가 대체 이 방문객이 누구냐는 듯이 시선을 영란에게로 옮겼다.

"할아버지, 이분이 바로 저 진남포에 계시던 모영택 씨의 자제분이시랍니다. 할아버지가 그처럼 만나보고자 하시던 모인규 씨—."

"음—."

유민세 노인의 얼굴에는 그 어떤 만족의 빛이 떠올랐다.

"다년간 선생님과 뜻을 같이해 오던 모영택 씨가 바로 제 선친이올시다."

"음—."

"그런데 선생님도 아시다시피 가엾은 영란 씨는 지금 너무나 무거운 짐을 지고 너무나 가혹한 길을 걷고 있습니다. 선생님, 저와 영란 씨에게 용기를 주십시오! 외로운 영란 씨로 하여금 그 저주할 정책 결혼의 희생이 되는 것을 방지해주십시오!"

"음—."

"전신의 자유를 잃으신 선생님에게 어떠한 힘과 계책이 계시는지는 감히 추측할 길이 없사오나 대지의 진실성과 하늘의 포용성을 믿는 것처럼 저희들은 선생님을 믿겠소이다!"

그 열정적인 한마디는 모인규가 대지와 하늘의 진실성을 믿는 것처럼 유민세 노인으로 하여금 모인규 청년의 진실함을 굳세게 믿게 했다.

그때 노인은 얼굴의 근육을 한참 동안 씨우적거리다가 전신의 힘을 다하여 간신히 입을 열었다.

"하늘과…… 땅을…… 믿듯이…… 나를…… 믿어라……! 그리고…… 경솔한…… 행동을…… 삼가라……!"

"선생님, 감사합니다!"

"할아버지, 고맙습니다!"

그러나 아아, 전신 불수인 이 노혁명가 유민세 노인의 심중에는 과연 어떠한 계략과 묘책이 숨어 있을 것인가……?

46. 비밀 서류

'하늘과 땅을 믿듯이 나를 믿어라!'

전신 불수로 산송장처럼 누워 있는 유민세 노인은 그런 말을 모인규와 영란에게 하였다. 과연 이 늙은 혁명가에게는 두 젊은이를 불행으로부터 구해낼 어떠한 술책이 있는 것일까……?

그런 일이 있은 지 닷새 후, 평양서 올려온 오봉서 씨의 관과 함께 외조모의 오일장이 끝난 날 밤, 유동운은 공증인을 불러놓고 신영철과 유영란이 정식으로 혼인 계약서에 서명 날인하기를 요구하였던 것이니, 이 풍전등화와도 같은 영란의 운명을 구할 자는 과연 누구이랴……?

'할아버지! 할아버지!'

영란은 할아버지의 구원의 손이 뻗어오기를 눈물 젖은 마음으로 기다리면서 들창 밖으로 할아버지가 누워 계시는 뒤채를 연방 바라다보곤 하였다.

영란이가 신영철과 대면하는 것은 오늘 밤이 처음이었다. 신영철이가 진실한 청년이라는 말은 아버지 유동운으로부터도 누차 귀에 닳은 영란이다. 그리고 그러한 아버지의 말을 증명이나 하듯이 신영철의 굳게 다문 입술은 한번 보아 믿음성 있는 청년임에는 틀림없었다. 그러나 영란은 그를 사랑할 수가 없었다. 아니, 그를 사랑하기 전에 자기의 모든 것을 바치겠다고 굳게 맹세한 모인규가 영란에게는 이미 존재하고 있었던 것이다.

"그러면 신랑이 될 신영철 군과 신부가 될 유영란 양의 양인이 이 혼인에 이의가 없다는 것을 법적으로 증명하기 위하여 이 혼인 약정서에 서명 날인하여 주시기를 바랍니다."

공증인은 엄숙한 목소리로 말을 하였다. 그 순간 영란은 해말쑥하니 핏기를 잃은 초조한 얼굴로 또 한 번 들창 밖으로 할아버지가 계시는 뒤채를 원망스럽게 바라다보았다.

공증인은 다시 말을 이어

"신랑 신부의 이 서명과 날인으로 말미암아 양인의 혼인이 법적으로 성립이 되는 것입니다. 따라서 이 혼인으로 말미암아 두 가지의 법적 효과가 발생하는 것이니, 그 하나는 신부의 외조부 오봉서 씨 부부의 유산이 신부에게 상속이 되는 반면에 신부의 친조부 유민세 씨의 유산은 신부의 손을 떠나 빈민 구제 사업으로 유용되는 결과를 맺을 것입니다. 자아, 그러면 신랑부터 서명 날인을 하여주시오."

그러면서 혼인 약정서를 신영철 앞으로 밀어놓는 바로 그때였다.

"여러분, 잠깐만 기다려주십시오! 신부의 조부님이 되시는 어른께서 신부의 신랑이 되실 분에게 중대한 말씀이 계시답니다."

하고 외치면서 뛰어 들어온 것은 유민세 노인의 충복 김 서방이었다.

'오오, 할아버지!'

영란은 눈을 감고 합장을 하였다.

그때 유동운은 눈에 살기를 띠면서

"김 서방! 아버지께서 무슨 이야기가 계시다면 조인調印이 끝난 후에 하시는 것이 좋겠다고 여쭤라!"

하고 어기를 높여서 꾸짖었다.

"그러하오나 조인이 끝나기 전에 하셔야 될 말씀을 조인이 끝난 후에 하실 수야 있겠습니까?"

김 서방도 녹록치 않다.

"뭐가 어째……? 하인의 몸으로서 당돌한 수작을……."

"몸은 비록 하인이오나 말씀만은 바른대로 전달하였습니다."

"아니, 이놈이……?"

하고 유동운이 외쳤을 때 신영철은

"아니올시다, 실은 제 불찰입니다. 남의 귀한 손녀딸을 아내로 맞이하려는 제가 아직껏 조부님 되시는 어른을 뵙지 못한 것은 오로지 제 실책이었습니다."

그러면서 김 서방의 뒤를 따라 뒤채로 걸어갔다. 유동운도 하는 수 없이 신영철의 뒤를 따랐다. 영란도 그 뒤를 따라갔다. 일시나마 이 운명의 난관을 벗어난 것을 하늘의 도움이라 생각하면서—

이윽고 일동은 비장한 얼굴로 유민세 노인의 방으로 들어갔다.

"인연이 있어 영란 양과 혼인을 맺게 된 것을 감사히 생각하오며 미처 와서 뵙지 못한 것을 널리 용서하여주십시오."

신영철은 노인의 앞에 단정히 꿇어앉아 겸손한 태도로 인사를 하였다.

그러나 노인은 잠깐 동안 묵묵히 청년을 바라보다가 영란을 찾는 듯이 시선을 손녀딸에게로 옮겼다. 이 노인은 말을 한두 마디 하려면 여간 힘들어 하는 것이 아니었다. 온몸에 힘을 주며 입술을 한참 동안 씨우적거리다가야 간신히 말을 한다. 그러니까 영란은 할아버지의 고통을 덜어

드리기 위하여 할아버지가 하고자 하는 말을 제가 먼저 미루어 생각하고 노인에게 묻는 것이었다.

"할아버지, 제게 무슨 말씀이 계시나요?"

영란은 할아버지의 옆으로 다가앉으며 그렇게 물었다.

"음…… 벽, 벽장을 열고…… 비, 비밀 문갑을 꺼, 꺼내오라."

노인은 얼굴에 핏대줄을 세우며 그 한마디를 무척 힘들게 말하였다.

"비밀 문갑이라고요?"

"음—."

영란은 냉큼 일어나며 벽장을 열고 조그만 문갑 하나를 꺼냈다.

"할아버지, 이 문갑을 어떡하라시는 말씀이세요?"

"내, 자리 밑에, 넣어둔, 열, 열쇠로, 그, 문갑을, 열고, 서류를, 꺼내라."

그때까지 잠자코 앉았던 유동운의 얼굴이 그 순간 그 어떤 헤아릴 수 없는 불길로 말미암아 새파랗게 변해졌다.

영란은 노인의 자리 속에 손을 넣어보았다. 과연 노인의 말대로 조그만 열쇠 하나가 나왔다. 그 열쇠로 영란은 비밀 문갑을 열고 두툼한 서류 하나를 꺼내 유민세 노인 앞에 공손히 놓았다.

"할아버지, 이 서류를 어떡하라시는 말씀이세요?"

노인은 또 한 번 전신의 기력을 다하여

"신, 신영철 군더러, 읽, 읽어보래라. 목, 목소리를, 높이어……."

놀란 것은 유동운뿐이 아니었다. 영란도 놀라고 신영철도 놀랐다.

"제가, 제가 이 서류를 읽으라는 말씀입니까?"

"그, 그렇소!"

신영철은 무슨 영문인지도 모르고 유민세 노인의 분부를 복종할 셈으로 영란의 손에서 서류를 받아 들고 겉봉을 읽어보았다. 겉봉에는 다음과 같은 제목이 씌어져 있었다.

　　기미년 이월 이십일, 비밀 결사秘密結社 동심회同心會 회합會合의 전
　말顚末 초기*—.

신영철은 읽다가 돌연 머리를 들었다.
"기미년 이월 이십일이라고요……? 그것은 제 선친이 암살을 당한
날입니다!"
하고 외치는 신영철의 목멘 목소리에 뒤이어 유민세 노인의 조용한
목소리가 명령하듯이 흘러나왔다.
"어서, 어서, 겉봉을, 뜯고, 속을, 읽으시오!"
신영철은 충혈된 눈동자를 번쩍이며 겉봉을 뜯고 내용을 읽기 시작
하였다.
죽은 듯이 고즈넉한 방 안에는 기침 소리 하나 들리지 않는다. 다만
그처럼 공든 탑을 일보 직전에서 허물어트리려는 이 완고한 아버지를 원
망하는 검사정 유동운이의 이빨을 가는 바드득 소리가 한 번 들렸을 따
름이었다.

"—기미년 이월 십구일 오후 아홉 시에 열리는 동심회 비밀 회합에
출석하기를 승낙한 새로운 동지 신상욱 판사를 안내하고자 동심회 회장
은 몸소 신 판사의 저택을 비밀리에 방문하였다. 신 판사는 회장이 요구
하는 대로 손수건을 꺼내어 제 손으로 자기의 눈을 동여맨 후에 비밀 회
장에 도착할 때까지 손수건을 풀지 않겠다는 것을 서약하고 회장이 안내

---

*초기抄記: 부분만을 뽑아서 적음. 또는 그런 기록. 초초抄. 초록抄錄.

하는 대로 자동차에 올라탔다.

　이리하여 약 이십 분 후 자동차가 한강 건너편에 있는 어떤 건물 앞에 도착하자 신 판사는 회장의 안내를 받아 비밀 회장으로 되어 있는 지하실로 들어가서 눈을 가리었던 손수건을 풀었다. 신 판사는 적잖게 놀라는 모양이었다. 어째 그러냐 하면 뺑 둘러앉은 삼십여 명의 회원 가운데는 신 판사의 친지인 동시에 총독 정치에 충성을 다한다던 인물이 십여 명이나 섞여 있는 사실을 목격하였던 때문이었다.

　회의는 벌써부터 시작되어 있었다. 이날 밤에 논의된 이 비밀회의의 중요한 건은 삼월 일일 정오를 기하여 독립 선언서를 만천하에 선포하고 자주 독립을 위하여 삼천만 동포가 일제히 일어서자는 지령을 모 방면에서 받은 동심회가 회원의 사무 분담과 행동 분담을 최후적으로 결정하고 각자가 분담한 책임을 죽음으로써 이행하겠다는 것을 혈판*으로써 서약하는 것이었다.

　그러나 신 판사는 의외에도 이 혈판 서약을 거절하였다.

　'그러면 신 판사는 신 판사를 우리 동심회에 소개한 K 선생을 배반하여도 좋다는 말씀입니까?'

　회장은 떠들어대는 회원 일동을 압제하면서 침착한 어조로 물었다.

　'그러나 K 선생은 동심회가 이처럼 무모한 행동을 회원에게 강요한다는 말은 나에게 소개하지는 않은 것입니다.'

　'말을 삼가시오! 동심회는 아직껏 회원의 의사와 행동을 강요한 적은 없습니다. 신 판사가 오늘 밤 이 회합에 출석한 것도 동심회의 강요가 아니었으며 손수건으로 눈을 가린 것도 신 판사 자신이 그것을 승낙한 때문이오. 이 두 가지 요구를 승낙한 이상 신 판사는 이미 동심회가 비밀

---

　* 혈판血判: 손가락을 잘라 그 피로 손도장을 찍는 일이나 그 손도장.

결사라는 것을 짐작했을 것에 틀림이 없을 것입니다. 그럼에도 불구하고 지금에 이르러 우리들과 행동을 같이 못 하겠다는 것은 신 판사가 동심회를 배반하겠다는 말과 똑같은 의미라고 생각할 수밖에 없습니다.'

'그렇소, 그렇소!'

'가면을 쓰고 침입한 신 판사를 처벌하자!'

그러한 격노의 부르짖음이 회원 일동의 입으로부터 무섭게 튀어나왔다. 이 순간 회장이 신 판사 처벌 문제에 대한 제의를 하였다면 그들은 만장일치의 가결로써 신 판사 사형을 부르짖었을 것이었다. 그러나 회장은 감히 그것을 하지 않았다.

'신 판사, 우리들은 최후의 일순간까지 신 판사를 설복하고자 하는 정열과 호의를 가진 사람입니다.'

'그러나 나는 그러한 무모한 행동에 가담할 수는 없소. 더구나 현재에 있어서의 나의 신분은 도리어 이러한 무모한 행동을 심판하는 한 사람의 법관이오.'

'신 판사, 그러나 사태가 여기까지 이른 이상 그것이 어떠한 결과를 맺을 것인가를 냉정히 판단하여주시기 바랍니다.'

그 순간 신 판사의 얼굴에는 확실히 공포의 표정이 떠올랐다. 그러나 다음 순간 신 판사는 그러한 공포에 반항이나 하려는 듯이 비웃는 어조로

'흥, 잘 알겠소. 신상욱 한 사람의 목숨을 강탈하기 위하여 삼십 명의 힘을 빌리지 않으면 아니 된다는 말이오……? 비겁한 인간들이다! 한 사람과 한 사람이라면 이 신상욱은 언제든지 상대를 할 터이오!'

그 말에 회원들은 또다시 격노하였다.

그것을 회장은 침착히 만류하며

'신 판사, 비겁하다는 말만은 취소를 하시오! 우리들은 무엇보다도

비겁을 미워합니다. 그 증거로서 만일 신 판사가 오늘 밤의 비밀을 일생을 통하여 지켜준다는 맹세를 한다면 신 판사의 인격과 명예를 위하여 댁으로 돌려보내드리겠습니다.'

'그것도 나는 할 수 없소!'

'정히 그렇다면 신 판사는 죽어지실 수밖에 없습니다!'

최후를 결심한 회장의 무서운 한마디였다. 신 판사의 얼굴이 갑자기 새파랗게 변해졌다. 다음 순간 신 판사는 하는 수 없이 그러나 만면에 타오르는 듯한 증오를 느끼면서 서약을 하였다.

'나는 나의 명예를 위하여 기미년 이월 십구일 오후 아홉 시에서부터 열 시까지에 듣고 본 사실을 절대로 입 밖에 내지 않기를 맹세함— 됐습니까?'

'또 한 가지— 만일 이 서약을 파기하는 순간 당신은 죽어야 할 것을 성명聲明하시오.'

'—만일 내가 이 서약을 파기하는 경우에는 당연히 죽음을 받아야 할 것을 맹세함—. …… 자아, 인제는 나를 한시바삐 돌려보내주시오! 이러한 암살자의 무리들과 같이 있으면 숨이 막힐 것 같소! 음……'

그러나 어디까지나 침착한 회장이었다.

'신 판사, 염려 마십시오. 곧 돌려보내드리겠습니다.'

이리하여 신 판사는 역시 눈을 가리고 회장과 회원 두 사람의 경호를 받아 다시금 자동차에 오르는 몸이 되었다—"

여기까지 간신히 읽어온 신영철은 전신을 와들와들 떨며 서류를 움켜쥐고 무서운 얼굴로 천공을 바라보았다.

그러나 이 기나긴 서류가 마지막에 이르러 어떠한 무서운 결과를 맺을 것인가를 신영철로서는 물론 알 길이 없었다.

47. 암살의 진상

"어서, 그, 그다음을 계속해 읽으시오."

유민세 노인은 그러면서 신영철을 재촉하였다.

'그렇다. 눈을 가리고 그 비밀 장소를 나와 회장과 다시금 자동차를 탄 아버지는 또 어떻게 됐을까……?'

하는 호기심과 의혹과 원한과 분노를 한꺼번에 느끼면서 신영철은 다시금 그 무서운 서류를 읽기 시작하였다.

자동차에 탄 인원은 모두가 네 사람이었다. 신 판사, 회장, 회원 한 사람, 그리고 역시 회원인 운전수 한 사람— 이리하여 자동차가 얼마 동안을 달린 후

'신 판사, 어디까지 모실까요?'

하고 회장이 물었을 때 신 판사는 아까부터 억제해오던 울분이 다시금 폭발하여 비웃는 어조로 대답하였다.

'비겁한 당신네들의 구속으로부터 해방될 수 있는 곳이라면 어디든지 상관없소.'

'신 판사, 말을 삼가시오!'

하고 그때 회장은 비로소 노기를 띤 준열한 어조로

'우리들 동심회 회원은 비겁하다는 말을 무엇보다도 무서워합니다! 신 판사가 만일 지금 한 한마디를 취소하지 않는다면 나는 하는 수 없이 동심회 회원이 비겁하지 않다는 증거를 신 판사께 보여드릴 것이오.'

'흥, 당신네들은 세 사람이 한 사람보다 강하다는 원리를 잘 알고 있는 까닭에 아직도 그처럼 용감한 말을 하는 거겠지요. 한 사람과 한 사람이라면 이 신상욱은 언제든지 상대를 하여드릴 테요!'

그러면서 신 판사는 무릎 위에 걸쳐놓았던 단장을 힘 있게 잡았다.

그 이상 더 회장은 참을 수가 없다는 듯이 목에 핏대줄을 세우며 그러나 침착한 목소리로 입을 열었다.

'운전수, 차를 멈추어라!'

그리고 이번에는 신 판사를 향하여

'신 판사, 여기는 바로 한강 다릿목— 층층대를 내려가면 모새* 판 위가 되오. 신 판사가 그처럼 한 사람과 한 사람의 승부를 소망한다면 내가 서슴지 않고 상대가 될 터이오!'

그 순간 신 판사는 가장 자신 있는 비웃음을 입가에 띠었다. 그것은 결코 이유 없는 비웃음은 아니었다. 검도 삼 단의 실력을 가진 신 판사였기 때문이다.

'그러면 이 신상욱과 사생결단을 해보겠다는 말이오?'

'그렇소! 보건대 지금 신 판사가 갖고 있는 단장은 보통 사람이 사용하는 단순한 단장이 아니고 그 속에 창검槍劍이 장만되어 있는 무기인 듯싶소.'

'그렇다! 이것은 언제든지 한 사람과 한 사람이 상대를 할 때 사용하는 무기다!'

'그러면 신 판사, 손수건을 풀고 차에서 내리시오. 내게도 다행히 판사의 무기와 꼭 같은 단장이 하나 준비되어 있으니까—.'

'음, 원하는 바이다!'

그러면서 신 판사는 눈을 가리었던 손수건을 풀기가 바쁘게 단장을 움켜잡고 자동차에서 뛰어내렸다. 회장도 단장을 들고 따라 내리면서

'여기는 사람들의 눈이 있으니 강가로 내려갑시다.'

---

*모새: 가늘고 고운 모래. 미사微沙. 세사細沙. 시새.

'음!'

이윽고 두 사람은 모새 판으로 내려가서 마주 섰다. 다릿목에 켜 있는 전등불이 마주 선 두 사람을 희미하게 비춰준다. 회원 두 사람은 언덕 위에서 이 무서운 결투를 잠자코 바라다볼 따름이다.

이리하여 사상을 달리하는 두 사람의 검객은 단장으로부터 긴 칼을 빼 들고 마침내 사생을 결단하는 무서운 싸움을 시작하였다.

신 판사는 자신이 만만하다. 지금도 매일처럼 새벽에 기침하여 도장으로 가서 검술의 연마를 게을리 하지 않는 신 판사였기 때문이다. 그러나 신 판사는 너무 공을 빨리 세우려고 조급히 달려들다가 그만 꽁꽁 얼어붙은 모새 판 위에 미끄러지며 쓰러졌다. 만일 회장이 신 판사가 비웃은 것과 같은 비겁한 인간이었다면 회장은 그 순간을 놓치지 않고 쓰러진 신 판사의 가슴 한복판에다가 보기 좋게 구멍을 뚫었을 것이다. 그러나 회장은 무기를 거두고

'이 싸움을 그냥 계속할 셈입니까?'

하고 물었을 때 신 판사는 바드득 이를 갈며 하는 말이

'물론……! 그러나 비겁한 자들만인 줄 알았더니 회장은 과연 검객의 예의를 아는 것이 기특하다! 자아, 이 칼을 받아라!'

하고 고함을 치면서 다시 달려들었다.

그러나 신 판사는 회장의 실력이 자기보다 우수한 것을 알게 되자 초조한 마음은 극도에 달하여 한칼에 회장을 쓰러트리려고 무서운 기세로 달려들던 그 순간 비조처럼 몸을 비끼면서 내찌른 회장의 칼날이 마침내 신 판사로 하여금 다시는 영원히 일어나지를 못하게 하였다.

'음— 분하다!'

그것은 신 판사의 최후의 한마디였다.

회장은 그때 언덕 위에 서 있는 두 사람의 회원을 불러 신 판사의 시체

를 적당히 처분하도록 명령을 하고 자기는 어둠 속으로 천천히 사라졌다.

이리하여 신 판사의 죽음은 정당한 결투의 결과이었고 결코 세상 사람들이 전하는 것과 같은 암살의 결과가 아니라는 것을 증명하기 위하여 이날 밤 이 결투의 광경을 상세히 목격한 두 사람의 회원은 후일의 참고 재료를 삼고자 명예를 걸고 이상과 같은 증거 서류를 작성하는 바이다.

기미년 이월 십구일 밤 열한 시

동심회 회원 김달金達 ㊞

동 우同右 박우일朴宇一 ㊞

신영철이 이 기나긴 서류를 숨이 막힐 것 같은 흥분과 함께 끝까지 읽고 났을 때 영란은 감격에 나머지 눈물을 흘렸고 유동운은 전신을 키질하듯이 떨면서 태연히 누워 있는 자기 아버지에게 이 이상 더 파란을 일으키지 말아달라는 듯이 애원의 눈동자를 던졌다.

그때 신영철은 노인을 향하여

"아버지가 돌아가신 진상을 이처럼 상세히 알려주신 두터운 뜻을 고맙게 생각합니다! 그러나 제 손으로부터 두 살 때에 아버지를 빼앗아간 그 회장의 성명 삼 자를 마저 알려주십시오! 이와 같은 중대한 서류를 갖고 계시는 선생께서는 제 아버지의 목숨을 빼앗은 그 회장의 이름을 아실 것이 아니오니까?"

"그렇고. 잘, 잘 알고 있소!"

그때 유동운은 미친 듯이 신영철에게 달려들며 부르짖었다.

"아닙니다! 아버지는 그 회장의 이름을 모를 것입니다! 그러시지요……? 아버지께서는 그 회장이 누군지를 모르시지 않습니까!"

"아니다. 나는, 잘, 알고 있다!"

그 소리를 듣자 신영철은 바싹 노인 앞으로 다가앉으며

"그것을…… 그것을 제발 가르쳐주십시오! 제가 이 기나긴 무서운 서류를 끝까지 읽을 수 있은 것은 다만…… 다만 그것을 알기 위해서였습니다!"

"음, 가르쳐, 주마!"

"누굽니까? 아버지를 죽인 것이 누굽니까?"

"나…… 나다!"

"엣……? 누구라고요……?"

"바로, 그대, 앞에, 누워 있는, 이, 유민세다!"

"오오!"

신영철은 독수리처럼 서류를 움켜쥐고 미친 듯이 부르짖으면서 벌떡 자리에서 몸을 일으켰다. 그러고는 마치 몽유병자처럼 유민세 노인의 방에서 나와버렸던 것이니, 이때처럼 유동운은 자기 아버지의 존재가 원망스러운 적은 없었다. 그는 두 손으로 아버지의 멱살을 쥐고 늘어지고 싶도록 아버지의 그 쇠심줄과도 같은 굳센 의지력을 저주하였다.

그런 일이 있은 지 두 시간 후 유동운은 신영철로부터 한 장의 간단한 편지를 받았다.

　　오늘 나는 나에게 모든 것을 알려주신 전신 불수의 노혁명가를 원수라고 생각할 그런 인간은 아니올시다. 아니, 도리어 모든 것을 알려주신 것을 감사히 생각하는 동시에 이상과 같은 비밀이 양가에 존재해 있는 사실을 아시는 듯싶은 유 검사정이 나에게 그것을 숨기려고 하시던 것을 생각하면 실로 몸서리가 칩니다. 아니, 나는 지금에 이르러 여러 말 할 필요를 느끼지 않으며 다만 이러한 상태에 있는 양가가 어찌 서로 혼인을 맺을 수 있겠느냐를 유 검사정에게 묻고 싶다는 단지 그 한마디뿐이올시다.

이러한 내용을 가진 편지였다. 오랫동안 꿈꾸고 있던 유동운의 정략 결혼의 계획은 이리하여 완전히 실패에 돌아가고 말았던 것이다.

그러나 영란은 기뻤다. 일단 그물에 걸렸던 물고기가 하늘의 도움을 받아 다시금 물속으로 뛰어 들어간 것 같은 한량없는 기쁨이었다. 영란은 그길로 정원 담장 밑으로 달려가서 기다리고 있는 모인규 청년과 함께 실로 이 기적과도 같은 행복을 나누었던 것이다.

그러나 그즈음이었다. 유동운 부인은 무엇을 생각했는지 혼자 조용히 유민세 노인의 방을 방문하여

"아버님, 저도 이번 신 씨 댁과의 혼인을 별로 찬성한 사람은 아니었어요. 그리고 아버님의 생각대로 이번 일은 결국 파혼이 됐답니다. 조금 아까 신 씨 댁으로부터 그런 의미의 편지가 왔었어요."

"음—."

유민세 노인은 그 순간 한 사람의 완전한 승리자로서의 만족을 입가에 나타냈다. 그러나 항상 쌀쌀하던 이 며느리가 오늘 어찌 이처럼 부드러운 목소리와 부드러운 안색을 가지고 자기를 찾아왔는지 좀처럼 그 진의를 헤아릴 수가 없었다. 그때 부인은

"그런데 아버님, 이것은 영란이의 입으로도 하지 못할 이야기고 또 애아버지의 입장으로도 하기 어려운 이야긴데요. 저, 다른 것이 아니라 이처럼 아버님의 의사대로 신 씨 댁과의 혼인이 파기된 이때, 저번 날 아버님께서 작성하여 공증인에게 주신 유언장을랑 취소하시는 것이 어떠세요. 아버님의 그 유언장으로 말하면 신영철과 영란이의 결혼을 좋지 않게 생각하신 나머지 만일 영란이가 신영철과 결혼을 하면 아버님의 재산을 빈민 구제에 기부하시겠다고 하시지 않으셨습니까? 그러나 이처럼 파혼이 된 이상 유언장을 달리 작성하여 처음의 생각하시던 대로 영란을 상속인으로 하시는 것이 좋을 줄 아는데요."

하고 부인은 그야말로 성심성의로 타일렀다.

유민세 노인은 가만히 생각하였다. 이 며느리가 지금 와서 새삼스럽게 이런 의견을 제출하는 동기는 비록 알 수 없었으나 자기의 생각도 결국 마찬가지였었기 때문에 그 이튿날로 공중인을 불러 처음의 유언은 취소하고 영란이가 자기 재산 전부를 무조건으로 상속할 수 있도록 새로이 유언장을 작성하였던 것이다.

그러나 후일에 이르러 이 유언장이 어떠한 무서운 결과를 맺을 것인가를 유민세 노인은 꿈에도 몰랐다.

48. 배신자

서대문 은행의 두취 장현도는 요즈음 대단히 우울하였다. 아니, 우울을 넘어선 그 어떤 헤아릴 수 없는 불안과 초조로 말미암아 그처럼 기름이 뚝뚝 흐르던 얼굴이 요즈음 와서는 보잘것없이 창백하여졌다.

실로 운이라는 것은 알 수 없는 마물魔物이다. 여태까지는 행운이 저절로 기어들어온 장현도건만 이즈음에 와서는 어떻게 된 셈인지 행운하고는 등을 진 장현도다. 저번 날 통신의 오보로써 하룻밤에 이백만 원의 손실을 본 데에다가 봉천에 있는 정수길 상회의 뜻하지 않은 파산으로써 역시 하루 저녁에 백만 원의 손해를 거듭하였다.

그러나 장현도는 그때까지도 자기의 손실을 구태여 세상에 감추려고 하지는 않았건만 그러나 오늘 아침 신의주에 있는 철도 개발 회사 부일상회富一商會의 파산으로 인하여 삼백만 원의 거액을 일조일석에 놓치게 된 장현도는

'오오, 행운이여, 그대는 인젠 이 장현도를 버리려는고?'

하고 절망적인 신음을 하였던 것이니, 사설 철도의 계획을 품고 이 부일 상회에 적잖은 자본을 부어 넣던 장현도였다. 대체 그처럼 견고하던 부일 상회가 무슨 이유로 파산하였는지는 자세히 모르되 오늘 아침 걸려온 장거리 전화에 의하면 부일 상회의 주를 대부분 가지고 있던 그 어떤 주주가 의견의 충돌로 말미암아 갑자기 손을 떼었다는 것이었다.

장현도는 극력 이러한 사실을 세상에 숨기려 하였다. 그러나 숨기면 숨길수록 세상은 한층 더 의혹과 불신임의 눈초리로 서대문 은행의 금고 속을 들여다본다. 그것은 벌써 장현도의 은행가로서의 신용이 땅에 떨어진 증거였다.

그때 안으로부터 피아노 소리가 들려왔다. 그리고 피아노에 맞추어 청년의 바리톤이 들려왔다.

'그렇다. 현재의 장현도를 이 궁지에서 구할 사람은 요즈음 옥영이의 옆을 잠시도 떠나지 않는 홍선일 군뿐이다. 이대로만 간다면 홍선일 군은 머지않아 옥영이와 약혼을 하겠다는 의사를 적극적으로 표시할 것이다. 그렇게만 된다면 요즈음 내가 손해를 본 오륙백만 원쯤은 그의 부친 홍만석 씨의 손으로부터 빼낼 수가 있을 것이 아닌가! 그런 것을 보면 아직도 운명은 이 장현도를 버리지는 않았거든.'

그러면서 장현도는 일루*의 희망을 홍선일과 옥영이의 혼인에 두었다.

'그러니까 무엇보다도 먼저 송준호와 옥영이와의 약혼을 파기하는 좋은 구실을 장만해놔야 할 텐데…… 홍! 그러나 거기 대한 준비도 착착 진행 중이니 머지않아서 무슨 보고가 오겠지!'

장현도는 저번 날 백진주 선생의 말을 듣고 상해 황포 은행에 편지를 하여 상해의 자선가 강병호 목사 참살 사건에 관한 상세한 보고를 요청

---

* 일루—縷: 한 오리의 실. 한 올. 몹시 미약하거나 불확실하게 유지되는 상태.

하고 그때 강 목사 밑에서 일을 보던 송만식이가 어떠한 역할을 하였는지 그것을 알려달라는 신서를 띄웠는데 인제 거기 대한 회답만 오면 비밀에 싸이어 있던 송춘식이의 과거가 탄로 날 것이며 따라서 그것은 양가의 혼인의 약속을 파기하는 좋은 미끼가 될 것이라고 생각하였다.

그때 하인이 두둑하니 부풀어 오른 서류 봉서를 하나 들고 들어왔다. 장현도는 한눈에 그것이 자기가 목을 늘여 기다리는 황포 은행의 보고서임을 깨달았다.

"음, 이것이다—."

장현도는 하인을 물리치고 곧 봉함을 떼어 들고 단숨에 그 긴 보고서를 쭉 내리읽고 나서 그는 만족한 얼굴로

"음, 그랬던가! 송만식 아니, 중추원 참의 송춘식이의 과거가 이처럼 무서운 것이었던고……? 음, 알 법한 일이야. 알 법한 일이래도!"

하고 그는 자못 구미에 맞는다는 듯이 중얼거렸다.

한편 송준호로 말하면 이즈음 장현도가 만주의 대지주의 아들 홍선일 청년을 가까이할 뿐 아니라 자기 딸의 방에까지 무흠*하게 드나들게 하고 있는 것을 알자 장 두취의 그 더러운 정략결혼의 배짱을 괘씸하게 생각하면서도 한편 부모를 닮아 어딘가 거만한 핏줄기를 받은 옥영과의 혼인이 저절로 해소될 것만 같아서 마음속으로 은근히 기뻐하였다. 그렇게 되어준다면 어렸을 적에 부모끼리 서로 언약해놓은 이 질식할 것 같은 결혼에서부터 벗어나 자유로운 몸으로 자기의 하나밖에 없는 귀중한 인생을 직접 자기의 손으로 어여쁘게 건설할 수가 있지 않는가! 송준호는 그렇게 생각하였다.

그러나 그의 아버지 송춘식은 그렇지 않았다. 아무리 말로만 바꾼 약

* 무흠無欠: 흠이 없음. 사귀는 사이가 허물이 없음.

속이랄지도 이편에 대해서 이렇다는 한마디 이야기도 없이 머지않은 장래에 자기 며느리가 될 옥영의 방에다 함부로 사나이를 넣다니, 그것은 적어도 중추원 참의로서의 체면을 더럽히고 명예를 손상하는 태도가 아닐 수 없다.

그래서 송춘식은 볼일도 모두 제쳐놓고 부랴부랴 장현도를 방문한 것이 바로 장 두취가 상해로부터 보고서를 받은 지 한 시간 후의 일이었으며 옥영의 방으로부터 피아노 소리와 아울러 홍선일의 바리톤이 흥겹게 흘러나오고 있을 때였다.

옛날엔 다 같이 남포 바다에서 하나는 고기잡이를 하고 하나는 배를 부리던 미천한 몸이었으되 현재에 있어서의 두 사람은 각기 적잖은 사회적 지위를 지니고 있기 때문에 명예를 존중하고 체면을 운운하는 고귀한 신분들이다.

"오늘 이처럼 장 두취를 찾은 것은 전부터 약속으로만 되어 있던 양가의 혼인을 하루바삐 성사시키기 위해서……."

송춘식의 어조는 의논이 아니라 담판이다. 그러나 장현도는 천천히 안색을 가다듬으며

"아, 참, 옛날엔 그러한 이야기도 있은 성싶습니다만……."

"아니, 있은 성싶다니, 그게 대체 무슨 말씀이오?"

"물론 전연 잊어버렸다는 것은 아니지만 그러나 그것은 다만 술좌석에서 주고받은 하나의 취담으로만 생각했었는데요."

"취담이라고요……?"

송춘식은 얼굴에 지렁이 같은 핏대줄을 올렸다.

그러나 장현도는 아주 태연하다. 그는 지금 단 한마디에 파혼을 선언할 수 있는 충분한 재료를 갖고 있었으나 그러나 그것은 최후의 수단으로 남겨두기로 하였다.

"그래, 이러한 중대 문제를 하나의 취담이라고 가볍게 밀어버리는 데는 필시 무슨 그만한 이유가 있을 법한데 그 이유를 장 두취는 내 앞에서 말하지 않으면 안 될 것이오. 이야기를 하시오! 아니, 꼭 듣고야 갈 테요!"

"이유는 있습니다. 물론 상당한 이유가 있기는 하지만 그러나 지금 이 자리에서 그것을 이야기할 수가 없을 뿐이지요."

"그것은 또 무슨 이유요……? 아니, 장 두취, 한마디로 똑똑히 말을 하시오. 장 두취는 이 혼인을 거절한다는 이야깁니까?"

"천만에요. 다만 이삼일 동안만 연기해주시면 좋겠다는 말이지요. 알기 쉽게 말하면 좀 더 생각하지 않으면 아니 될 새로운 사정이 한 가지 생겼답니다."

"새로운 사정이라니, 그러면 내 아들이 장 두취의 사윗감이 못 된다는 말이오?"

"천만에요. 나는 결코 송 참의의 아드님을 비난하는 것은 아닙니다. 아드님에게는 하등의 죄가 있을 리 없지요."

"아니, 그러면 아들에겐 죄가 없고 아비에게 죄가 있다는 말이오?"

장현도의 공교로운 유도 화술誘導話術에 그만 저도 모르게 넘어가버린 송춘식이었다.

"글쎄올시다, 전연 없다고 잡아뗄 수도 없지 않을까요?"

무엇인지는 모르되 그것은 분명히 하나의 협박이었다.

"무엇이……?"

송춘식은 벌떡 일어나면서 입술을 깨물면서 잠깐 동안 장현도를 흘겨보다가

"건방진 소리를……."

하고 밖으로 나가려다가 무엇을 생각했는지 다시 발걸음을 돌려

"장 군……."

하고 목소리를 낮추었다. 확실히 그 무엇에 불안을 느끼는 송춘식이었다.

"장 군의 태도를 나는 적잖게 의심 안 할 수 없네. 무슨 이윤가 알 수는 없지만 우리들처럼 구년친구 간에야 뭐 못 할 말이 있겠나? 다 같이 남포 바다에서 소금 냄새를 맡고 자라난 몸인데 지금 와서 새삼스럽게 내가 잘났느니 네가 잘났느니 해봤댔자 서로가 아는 노릇이 아닌가!"

그러나 장현도는 구년*으로 돌아가서 옛날과 같은 동무가 되자는 송춘식의 부드러운 이야기를 귓등으로 넘기면서 역시 마찬가지의 정중한 태도로

"송 참의, 요는 우리들 개인의 문제가 아니고 사회적 명예 문제지요."

"음, 그러면 그 어느 부질없는 자가 이 송춘식을 중상을 하는 모양이구려. 그러한 경박한 무리의 중상을 귀 기울여 듣는 장 두취를 인제부터는 친구라고 여기질 않을 테요!"

그 한마디를 마지막으로 남겨놓고 송춘식은 거치러운** 태도로 나가 버렸다.

그 이튿날 아침 장현도는 사오 종이나 배달된 신문 가운데서 그 무엇을 무척 기대하는 긴장한 얼굴로 제일 먼저 《동양신보》를 펴 들자 가장 만족한 웃음을 입가에 빙그레 지었던 것이니, 거기에는 실로 놀라울 만한 기사가 〈배신자〉라는 제목과 함께 게재되어 있었다. 그것은 명예와 체면을 남달리 존중히 여기는 송춘식이에게 있어서는 청천벽력과도 같은 무서운 기사가 아닐 수 없었다.

"음, 이만했으면 충분하다. 이 몇 줄의 간단한 기사는 송춘식을 사회

---

* 구년舊年: 묵은해. 옛날.
** 거치럽다: 보기에 험상궂고 사나운 데가 있다.

적으로 매장할 것이다!"

장현도가 그렇게 중얼거리면서 회심의 웃음을 짓고 있을 바로 그즈음 이《동양신보》에 게재된 무서운 기사를 보고 기절할 듯이 놀란 것은 배신자라고 지목된 송춘식이의 아들 송준호 청년이었다.

신문에는 다음과 같은 몇 줄의 기사가 간단히 적혀 있었다.

아미성의 비화秘話!

어떤 믿을 만한 소식통에 의하면 왕년 세상의 이목을 놀라게 한 아미성 참극慘劇에 관하여 종래 발표되지 않았던 새로운 사실이 하나 명백히 되었다. 즉 지금으로부터 십사 년 전 상해에 거주하던 위대한 자선가요 인류애의 실천자로서 세상의 존경을 받고 있던 강병호 목사가 목단강 상류에 있는 아미성에서 녹림객綠林客* 즉 마적단의 습격을 받아 가족 이인, 동지 십오 명, 부락민 이십여 명과 함께 참살을 당하였다는 사실은 아직도 세인의 기억에 남아 있거니와 최근 모 방면으로부터 접수한 정확한 통신에 의하면 당시 아미성을 지키던 삼십여 명의 수비대가 그처럼 쉽사리 참살을 당한 것은 강병호 목사가 가장 신뢰하던 송만식이라는 조선 청년 한 사람이 마적단과 비밀히 내통한 때문이라고 한다.

신문지를 독수리처럼 움켜쥔 송준호의 손목이 와들와들 떨린다. 송만식이란 자기 아버지가 중국에 있을 때 사용하던 별명이 아닌가!

아니, 그보다도 송준호를 그처럼 격분시킨 것은 이 기사를 취급한 《동양신보》 사회부장인 임성묵으로 말하면 그의 절친한 친구의 한 사람 이었다.

| * 녹림객綠林客: 화적이나 도둑을 달리 이르는 말. 녹림호객綠林豪客. 녹림호걸綠林豪傑.

"그렇다. 아버지가 강병호 목사의 밑에서 일을 하고 있었다는 것은 세상이 다 알고 있는 사실이다. 그뿐 아니라 아버지는 강 목사의 유일한 후계자로서 많은 자선 사업을 하신 훌륭한 분이다. 그러한 아버지를 임성묵은 대체 무슨 이유로 이처럼 악착하게도 중상을 하려는 것인가……? 그리고 세상 사람들은 이 송만식이라는 조선 청년이 현재의 송춘식이와 동일한 인물이라는 것을 추측할 것이 아닌가! 그렇다. 나는 아버지의 명예를 위하여 임성묵을 그대로 두지는 않을 것이다!"

송준호는 그렇게 외치며 아버지의 명예를 위하여서 임성묵과 더불어 사생을 결단하는 무서운 결투를 마음 깊이 맹세하면서 동양신보사를 방문하고자 무서운 기세로 뛰쳐나갔다.

49. 결투의 조건

폭풍우와 같은 흥분을 전신에 느끼면서 송준호는 자동차를 일로 동양신보사를 향하여 몰아댔다.

때는 오전 여덟 시—.

'임성묵이가 만일 이 기사에 관하여 책임 있는 답변을 피한다면……그리고 전적으로 이 기사를 취소하지 않는다면 나는 나의 존경하는 아버지의 명예를 위하여 결투를 할 것이다!'

그러나 그때 송준호는 다시금 생각하였다. 아무도 증인이 없는 자리에서 싸운다는 것은 무의미한 일이었다. 결투에는 반드시 입회인이 필요하다. 설사 현대의 법률이 결투를 인정치 않는다손 치더라도 결투의 정신만은 이것을 정당하다고 인정할 것이다.

'그렇다. 나는 이 길로 백진주 선생을 찾아가자. 내가 전폭적으로 존

경하는 백 선생은 아버지의 명예 때문에 싸우겠다는 나를 위하여 서슴지 않고 입회인이 되어줄 것이다.'

이리하여 송준호는 자동차를 돌려 혜화동 백진주 선생을 찾았다. 그러나 백진주 선생은 집에 없었다. 하인에게 물었더니 일곱 시쯤 해서 뒷산으로 아침 산보를 나가서 아직 돌아오지 않았다는 것이다.

그러나 백진주 선생이 돌아올 때까지 우두커니 서서 기다릴 마음의 여유를 갖지 못한 송준호였기 때문에 그는 다시 뒷산 중턱까지 자동차를 몰아 올라갔다.

그때 상상봉* 송림 사이에로부터 한 방의 총소리가 청랭한** 아침 공기를 흔들면서 요란히 들려왔다.

"탕—."

뒤이어 또 한 방의 총성이

"탕—."

송준호는 자동차에서 뛰어내리며 송림 사이를 이리저리 찾아다녔다. 그때 또 한 방의 총소리가

"탕—."

하고 들렸다. 송준호가 위로 올라갈수록 총소리는 점점 가까워졌다.

'아, 백진주 선생이 아닌가!'

이윽고 상상봉까지 올라간 송준호는 거기서 자기가 찾아다니는 백진주 선생의 뒷모양을 발견하고 놀랐던 것이니, 그가 발견한 뒷모양— 그것은 지금 한 자루의 권총을 들고 저편 소나무 가지에 실로 조롱조롱 매단 십 전짜리 백동화***를 겨누고 있는 백진주 선생의 그것이었다.

---

* 상상봉上上峰: 여러 봉우리 가운데 가장 높은 봉우리. 상봉上峯.
** 청랭清冷: 바람이나 이슬, 물 따위가 맑고 시원함.
*** 백동화白銅貨: 백통으로 만든 돈. '백통화' 의 본딧말. 백전白錢. 백통돈. 백통전.

"탕— 탕— 탕—."

세 방의 총소리와 함께 세 개 남았던 백동화가 하나씩 하나씩 소나무 가지에서 사라진다.

아아, 그것은 실로 절묘絶妙에 가까운 신기神技였다.

"오오, 백 선생님!"

하고 그때 송준호는 눈을 둥그렇게 뜨며 감탄하는 소리를 듣고 백진주 선생은 천천히 뒤를 돌아다보았다.

"아아, 송 군이 아니오?"

"오오, 백 선생님이 그처럼 무예의 명인인 줄은 몰랐습니다!"

"부질없는 장난을 보여서 민망하오. 오랫동안 무기를 잡지 않아서 혹시 손이 떨리지나 않는가 하고요. 자아, 그럼 오늘은 이만하고 같이 집으로 내려가서 아침 식사나 하실까요?"

"고맙습니다. 그러나 선생님, 오늘은 그러한 여유를 갖지 못했습니다. 실은 저는 오늘 아버지의 명예를 위해서 결투를 합니다."

"결투라고요?"

"네, 백 선생님께 꼭 입회인이 되어주십사고요."

"가만 계시오. 듣건대 극히 중대한 일이 생긴 것 같으니 집으로 내려가서 이야기를 합시다."

두 사람은 송준호가 타고 온 자동차로 산을 내려왔다. 그리고 두 사람이 백진주 선생의 조용한 응접실에서 마주 앉을 때까지 송준호는 아미성의 참극에 관한 신문 기사를 상세히 이야기하였다.

"음, 그러면 송 군의 부친께서는 그 유명하신 강병호 목사와 일을 같이하셨습니까?"

"그렇습니다. 아버지는 강 목사의 유일한 후계자입니다. 그렇기 때문에 저는 강 목사를 충심으로 존경하는 동시에 아버지를 존경합니다. 저는 어떠한 일이 있을지라도 그처럼 훌륭한 아버지의 명예를 위하여 싸우 겠습니다. 선생님, 아버지의 명예를 회복하려는 저를 동정하여 이 성스 러운 결투의 입회인이 되어주십시오!"

"음―."

하고 그때 백진주 선생은 적잖게 난색을 보이며

"그러나 나로서는 원래 결투하는 데 대해서 찬성을 못 한답니다. 사 람이 나를 모욕하면 나도 그와 꼭 같이 그에게 모욕을 주면 그만이지 제 가 이길는지 질는지 확실치 못한 그러한 방법의 복수를 나는 취하지 않 습니다. 내 눈을 파내는 자에게 나도 눈을 파내주고 내 코를 베는 자에게 나도 같이 그의 코를 베어주면 그만이지요. 그래서 나로서는 그러한 결 투의 증인이 되기를 즐겨 하지 않지요."

"그러나 아까 백 선생이 뒷산에서 하신 무술의 연습을 보면 그것이 단지 단순한 취미에서 나온 것이 아니고 그 누구의 심장을…… 결투의 상대자의 심장을 뚫으려는 무서운 기백이 넘쳐흐르는 것 같았습니다."

"그것은 송 군, 송 군이 지금 동양신보사 사회부장인 임성묵에게 결 투를 요청하는 것처럼 하등의 정당한 이유도 없이 결투를 나에게 강요하 는 정신병자가 있을 경우에는 결코 본의는 아닐지언정 그의 심장을 뚫어 놓지 않으면 아니 될 것이니까요."

"그러면 선생님은 저를 정신병자로 취급하십니까?"

"천만에! 예를 들면 그러한 정신병자도 있을 수 있다는 것뿐이지요. 그러니까 사생을 결단하는 결투에는 결투를 하지 않으면 아니 될 충분한 이유가 있어야 할 것이라는 말이지요. 만일 이 신문 기사가 사실이라 면……?"

"오오, 선생님, 그러한 상상은 아버지의 명예를 위하여 절대로 허용 할 수 없습니다!"

"송 군, 잠시 흥분하기를 멈추고 내 말에 귀를 기울여주시오. 임성묵 군에게 결투를 걸기 전에 사실의 유무를 한번 조사해보는 것이 좋을 것이오."

"아닙니다. 사실의 유무를 조사할 필요조차 없지요. 나는 아버지를 끝없이 믿습니다. 존경합니다. 그러한 터무니없는 중상을 하여 아버지의 명예를 일부러 훼손하려는 그런 악질의 인간을 그대로 둘 수는 없습니다."

"송 군의 결심한 바가 그처럼 굳세다면 그것도 어쩔 수 없는 일이지만……."

"그런데 백 선생님, 만일 제가 임성묵과 결투를 하게 되면 선생님은 저를 위하여 검술이나 혹은 권총 쏘는 법을 좀 가르쳐주십시오."

"송 군, 그것은 나로서는 도저히 할 수 없는 일입니다."

"헤에……? 선생님이야말로 참 이상한 분입니다! 지금까지는 저를 위하여 그처럼 친절히 대해주시던 선생님이 아니오니까……? 그런데도 불구하고…… 그러면 선생님으로서는 이번 일에는 절대로 관계를 하시지 않으실 의향이십니까?"

"네, 절대로 관계하고 싶지 않습니다."

"잘 알았습니다. 그러면 이 이상 더 선생에게 청하지 않겠습니다. 그러면 저는 물러가겠습니다. 실례하였습니다."

"네, 안녕히 돌아가시오."

얼음덩이처럼 차디찬 백진주 선생의 대답이었다.

이리하여 송준호는 그길로 동양신보사 사회부장 임성묵을 찾아갔다.

"아, 송 군이 아닌가……? 어떻게 이처럼 아침부터 헐레벌떡 뛰어다니는 거야……? 우리들처럼 불쌍한 월급쟁이면 모르지만 자네처럼 팔자가 늘어진 양반이야 열 시쯤 일어나서 하인들이 끓여다 주는 커피나 한 잔 마시고……."

그러면서 임성묵은 원고 쓰던 붓대를 던지고 친우 송준호를 다정하게 맞이하였다.

　"임 군, 오늘은 그러한 농담을 들을 마음의 여유가 없다. 우리 가족의 명예를 손상하는 그러한 기사를 취소해주기 바란다."

　하고 다짜고짜로 대드는 송준호였다.

　"응?…… 기사를 취소하라고……? 아니, 대관절 무슨 기사를……."

　임성묵은 놀란다.

　"오늘 아침에 게재된 이 아미성에 관한 기사를 군이 모른다고 변명할 수는 없을 테지!"

　그러면서 송준호는 주머니에서 신문을 꺼내 임성묵 앞에 펼쳐놓았다. 임성묵은 잠깐 동안 묵묵히 기사를 읽고 나서

　"그래, 이 송만식이라는 사람이 자네의 무슨 친척이나 된다는 말인가?"

　"그렇다. 친척이 아니고 내…… 내 존경하는 아버지다!"

　"군의 아버지……?"

　하고 한 번 더 놀라면서

　"그러나 이 송만식이라는 사람과 현재의 송춘식 씨가 동일한 인물이라는 것을 알 만한 사람이 어디 있겠나……? 아니, 그보다도 이런 종류의 기사는 통신부의 주임 기자가 내게는 통 의논 없이 싣기 때문에……."

　"그렇다고 군은 이 기사의 책임을 지지 않겠다는 말인가?"

　송준호의 언성은 상대편의 감정을 자극하기에 충분하였다.

　"송 군, 왜 좀 부드럽게 의논하는 태도로 나오지를 못하고 그처럼 처음부터 쌈을 하려고 들어붙는가' 말이야? 내가 사회부 책임자니만큼 직접 내 손으로 이 기사를 취급하지 않았다고 자기의 책임을 회피하려는 것은 결코 아니다. 그러나……."

"그러나…… 어떡하겠다는 말인가……? 아니, 여러 말 할 것 없이 나는 이 기사의 취소를 군에게 요구한다!"

"요구한다고?"

"그렇다. 그렇지 않으면 나는 군과 더불어 사생을 결정하는 결투를 할 것이다!"

"음—."

"결투가 하기 싫거든 곧 취소를 해라!"

"음— 취소를 하마. 그러나 신문사로서는 일단 게재하였던 기사를 그리 쉽사리 취소는 할 수 없다. 취소하는 데는 그만한 이유가 있어야 한다. 그러니까 나는 이 기사가 사실인지 허위인지를 조사해본 후에야 취소할 것을 군에게 약속한다."

"아니다. 나는 지금 당장에 취소할 것을 군에게 요구한다!"

"그것은 할 수 없다!"

"그러면 나는 군과 더불어 결투할 것을 제의한다!"

"좋다! 그러나 그 대신 나로서의 한 가지 요구가 있다."

"무엇이냐?"

"결투의 날짜를 오늘부터 두 주일 후로 결정할 것—."

"아니다. 나는 두 주일 동안을 잠자코 기다릴 수는 없다."

"그러나 나로서는 군이 나의 친구의 한 사람이기 때문에 태도를 신중히 취하지 않으면 안 될 것이라고 믿는다. 그리고 두 주일 후, 만일 이 기사가 잘못되었다면 나는 서슴지 않고 취소할 것이요 만일 사실이면 나는 군의 결투를 쾌히 승낙할 것이다."

"음, 그러면 두 주일 후라도 좋다! 그러나 그때에 이르러서 다시 연기

---

* 들어붙다: '들러붙다'의 본딧말.

해달라고 그런 비겁한 태도는 취하지 않겠지?"

"나는 그런 비겁한 사나이는 아니다!"

"그러면 두 주일 후!"

"음, 두 주일 후!"

이리하여 두 젊은이는 굳은 맹세를 하였던 것이니 하나는 아버지의 명예를 위하여, 하나는 사회의 공기*인 신문사의 명예를 위하여 무서운 싸움을 약속하였다.

50. 살인귀

전신 불수의 할아버지 유민세 씨의 최후의 계책으로 말미암아 신영철 청년과의 정략혼인이 파기된 영란은 그것만으로도 벌써 하나의 커—다란 행복이거니와 유민세 노인이 따로이 집을 한 채 얻어가지고 나가서 영란과 모인규 청년을 자유롭게 교제를 시키겠다는 말을 하였을 때처럼 영란을 기쁘게 한 것은 없었다.

뿐만 아니라 이 십여 일 동안에 영란에게는 실로 수많은 재산이 저절로 굴러들어왔다. 죽은 어머니의 유산도 유산이거니와 외조부 오붕서 씨 부부의 유산이 수백만 원인 데에다가 할아버지 유민세 노인이 또한 유동운 부인의 충고로 말미암아 삼십만 원의 재산을 역시 영란에게 상속시키기로 하여 유언장을 고쳐 썼다. 영란 자신은 조금도 그것을 원하지 않았건만 이처럼 수많은 재산이 자꾸만 영란의 수중으로 굴러들어오는 것은 과연 하등의 인과 관계도 없는 단지 하나의 운이라고만 볼 수 있을 것

* 공기公器: 사회의 구성원 전체가 이용하는 도구. 신문이나 방송과 같이 공공성을 띤 기관이나 관직이 사회의 개개인에게 영향을 미칠 수 있다는 측면에서 일컫는 말이다.

인가……? 그렇지 않다면 그 어떤 보이지 않는 무서운 손이 영란의 배후에서 음수*와도 같이 움직이고 있는 것이 아닌가……? 그렇다면 무슨 이유로 그 시커먼 손은 자꾸만 영란의 수중으로 재산을 집중시키는 것일까……?

그렇다. 그렇게 생각하면 실상 저번 날 오봉서 씨 부부의 돌연한 죽음은 결코 자연스러운 죽음이 아니었다. 이 집 주치의 차 의사가 유동운을 컴컴한 정원으로 끌고 나와서 한 말과 같이 그것은 확실히 무서운 독살에 틀림이 없었다. 그리고 그것이 사실이라면 이 드넓은 집 안 어느 한 모퉁이에서 그 무서운 독살자는 실뱀과도 같은 잔인한 눈동자를 번쩍이고 있을 것이 아닌가!

그렇다. 그러한 무시무시한 분위기 속에서 또 한 사람의 희생자가 생겼던 것이니, 그것은 유민세 노인의 충복 김 서방이었다. 영란이가 할아버지를 위하여 만들어놓은 수정과를 목이 말라서 그만 김 서방이 한 모금 마신 것이 탈이었다.

"아, 아, 괴로워…… 괴로워……."

김 서방은 온몸을 무섭게 경련을 하면서 손으로 허공을 움켜쥐며 부르짖었다.

"아, 김 서방! 어찌 된 일이에요?"

유민세 노인을 위하여 차 의사를 청하러 갔다 온 김 서방이 하도 목이 말라서 하길래 영란은 할아버지에게 드리려고 아침결에 정성 들여 만들어 놓았던 수정과를 부엌 찬장에서 꺼내어 한 공기 갖다 주었던 것이다. 그러나 그것을 한 모금에 벌컥벌컥 들이켠 김 서방이었다.

"아, 아씨, 눈이…… 눈이 보이질 않습니다. 가슴이…… 가슴이 터져

*음수陰獸: 음성陰性의 짐승. 특히, 여우를 이르는 말이다.

오는 것 같습니다! 아, 아……."

김 서방의 얼굴이 무섭게 찌그러졌다. 유민세 노인도 놀라 눈이 둥그레졌다. 영란은 전신을 부들부들 떨면서

"사람 살리세요! 누구 좀 와주세요!"

하고 외쳤다. 그 소리를 듣고 뛰어 들어온 것은 유동운 부인이었다. 부인이 들어오면서 제일 먼저 바라본 것은 자리에 누워 있는 유민세 노인이었다.

그러나 다음 순간 노인의 얼굴에 아무런 변화도 없는 것을 발견하자 부인은 얼굴을 새파랗게 변하면서 무섭게 신음하는 김 서방을 쳐다보았다. 유민세 노인의 날카로운 시선이 부인의 얼굴을 뚫어질 듯이 바라본다.

그때 현관에서 맞이한 차 의사를 데리고 유동운이가 방으로 들어왔다.

"아, 이것이 대체 어떻게 된 노릇이오?"

차 의사와 유동운은 동시에 그렇게 외쳤다. 그때 영란은 모든 것을 하나도 빼지 않고 차 의사에게 이야기하였을 때

"음!"

하고 차 의사는 한 번 깊이 신음을 하고 나서 유동운을 향하여 엄숙한 어조로 입을 열었다.

"저번 장모님께서 세상을 떠나실 때와 똑같은 원인입니다!"

"옛……? 똑같은 원인이라고요?"

유동운은 그 어떤 헤아릴 수 없는 공포를 전신에 느끼며 그렇게 반문하였다.

그러나 차 의사는 대답이 없다. 그는 돌부처처럼 입을 꼭 다물고 가지고 온 검은 가방에서 새빨간 조그만 종이를 한 장 꺼내어 김 서방이 수

정과를 마신 공기 안에다 집어넣었다. 공기 밑에는 아직 수정과의 몇 방울이 남아 있었다. 그리고 새빨간 종잇조각이 수정과 방울에 닿자마자 이상하게도 새파란 색으로 변해버린다.

차 의사는 그 순간 한층 더 심각한 표정을 지으면서

"김 서방의 생명은 도저히 내 힘으론 구할 수가 없습니다. 이삼 분 후에는 절명할 것입니다."

"음…… 그런데 차 선생, 이것이 대체……."

하고 유동운이가 다음 말을 이으려 하였을 때 차 의사는 손으로 그것을 막으며

"유 선생, 조용히 말씀 드릴 이야기가 있으니 다른 방으로 저를 안내하여주시오."

이리하며 두 사람은 노인의 방을 나와 이윽고 유동운의 서재로 들어가 마주 앉았다.

"유 선생, 놀라지 마시오. 저번과 똑같은 독살입니다."

"오오! 차 선생은 무슨 말씀을……."

"지금 보신 바와 같이 브루신이라는 독약은 염기鹽基로 말미암아 새빨간 리트머스 시험지를 새파랗게 만드는 성질을 갖고 있지요. 자아, 그러면 인제는 나로서는 이것이 틀림없는 독살이라는 것을 사람의 앞에서나 또는 신의 앞에서나 자신을 가지고 주장할 수가 있습니다!"

"오오, 차 선생……!"

그러면서 유동운은 일단 의자에서 벌떡 몸을 일으켰다가 다시 힘없이 주저앉았다.

"유 선생, 나는 이 이상 더 이 무서운 비밀을 지켜드릴 수는 없습니다. 유 선생의 집 안에는 확실히 몸서리칠 무서운 범죄가 숨어 있습니다. 무서운 독살자가 숨어 있습니다. 무서운 살인귀가…… 그렇습니다. 그

것은 생각만 해도 치가 떨리는 일입니다. 그 잔인한 살인귀는 머지않아 유 선생의 가족을 전멸시킬 것에 틀림이 없습니다!"

"전멸이라고요?"

"그렇습니다. 만일 이 나라의 법률이 독살을 무죄로 여긴다면 모르거니와 그렇지 않다면 유 선생은…… 아니, 검사정 유동운 씨는 그 범인을 이 가정으로부터 한시바삐 적발할 의무가 있을 것입니다!"

"오오, 차 선생……! 차 선생은 그러면 우리 가족에서 그 누구를…… 그 누구를 독살자로…… 살인귀로…… 아아, 그것은 생각만 하여도 무서운 일입니다!"

유동운은 중풍 환자처럼 떨리는 손으로 합장을 하며 애원하듯이 차 의사의 엄숙한 얼굴을 쳐다본다.

"먼저 그 범죄로 말미암아 이득을 보는 자를 찾아라—! 이 말은 의사인 나보다도 유 검사정께서 더 잘 알고 계실 것이 아니오니까?"

"그러나 차 선생, 김 서방 같은 사람을 죽임으로써 무슨…… 무슨 이익을 받는다는 말씀입니까?"

"유 선생, 죽은 것은 김 서방이지만 범인이 죽이고자 한 것은 유 선생의 춘부장 유민세 노인입니다. 아시겠습니까?"

"오오, 그러나…… 아니, 그렇다면 아버지는…… 아버지는 왜 죽질 않았습니까?"

"그것은 언젠가도 말한 것처럼 노인의 몸에는 그 독약이 듣지를 않습니다. 어째 그러나 하면 나는 일 년 전부터 똑같은 브루신을 노인의 중풍 치료약으로 사용하고 있으니까요. 범인은 그것을 모르고 브루신이 독약인 줄만 알고 있었지요. 그러니까 같은 분량이면서도 노인에게는 나타나지 않은 효과가 김 서방에게는 나타났다는 말씀이지요."

"오오, 신이여!"

"자아, 그러면 우리는 한번 살인귀의 정체를 더듬어보기로 합시다. 무엇보다도 먼저 유민세 노인이 세상을 떠나면 누구가 이득을 보는가요?"

"오오, 차 선생!"

"유 선생, 왜 대답을 못 하십니까······?"

"차 선생, 영······ 영란을 위하여 자비심을 주십시오!"

"그렇습니다. 유 선생은 마침내 자기 입으로 범인의 이름을 말씀하셨습니다. 유민세 노인의 삼십만 원을 상속할 사람은 대단히 유감된 일입니다만 영란 씹니다. 그것도 노인이 사회의 빈민을 위하여 자기 재산을 희사*하겠다는 유언장을 썼을 무렵에는 가만있다가 이번 그것을 다시 고쳐서 상속자의 명의가 영란 씨로 변경이 되는 것을 보고 곧 행동을 개시한 것입니다."

"아아, 차 선생!"

"그리고 진남포에 계시는 오붕서 씨에게 현기증에 먹는 약을 보낼 때 영란 씨는 자기 손으로 포장을 한 사실을 나는 알고 있습니다. 그리고 저번 날 밤 오붕서 씨 부인이 돌아가실 때도 영란 씨가 손수 수정과를 만들었습니다. 또 그리고 오늘 아침 유민세 노인에게 드릴 수정과도 영란 씨가 만들었습니다. 자아, 그러면 유 선생, 그만했으면 유 선생의 가족을 전멸시키려는 무서운 살인귀의 정체를 발견하였을 것입니다. 그러면 검사정, 나는 귀하에게 유영란을 무서운 독살자로서 고발을 합니다! 동시에 귀하는 나의 고발을 거부할 권리는 없을 것이라고 믿습니다!"

"선생, 저는······ 저는 아무런······ 아무런 변명도 없습니다! 저는 선생의 말씀을 믿습니다! 그러나······ 그러나 선생, 자비심을 베풀어주십

---

* 희사喜捨: 어떤 목적을 위하여 기꺼이 돈이나 물건을 내놓음. 신불神佛의 일로 돈이나 물건을 기부함.

시오! 너그러우신 마음으로 소생의 명예와 목숨만은 구해주시오!"

"그러나 만일에 귀하가 귀하의 명예를 위하여 이 범죄를 그대로 내버려둔다면 나는 한 사람의 의사의 입장에서 이 무서운 범죄 사실을 관가에 고발할 수밖에 별도리가 없습니다."

이 한마디는 유동운에게 남아 있던 최후의 기력을 송두리째 빼버리고야 말았다. 유동운 검사정이 제아무리 쩡쩡 울리는 세도가랄지라도 차 의사의 고발을 방지할 수는 도저히 없는 일이었다.

"오오, 파멸이다……! 그러나 선생, 소생을 불쌍히 생각해주십시오! 영란을 구해주십시오! 아니올시다, 영란은…… 영란은 절대로 범인이 아니올시다!"

그때 차 의사는 자리에서 몸을 일으키며

"유 선생, 나는 내 손으로 직접 이 범죄를 관가에 고발하기를 즐겨 하지 않는다는 사실만을 잘 기억해두시오. 나는 유 선생을 믿습니다! 유동운 검사정은 서울 장안에서도 가장 공정한 사법관— 사를 위하여 공을 버리지 않는 훌륭하신 사법관이라는 것을 끝끝내 믿기로 하겠습니다!"

그 한마디를 최후로 남겨놓고 차 의사는 총총히 밖으로 사라졌다.

그러나 아아, 세도가 유동운의 운명도 인제는 기울어지기 시작하였다. 자기 손으로 자기의 딸을 살인귀로서 체포하지 않으면 아니 될 운명의 무서운 실마리여!

"오오, 하늘은 마침내 유동운을 버렸다!"

그렇게 외치면서 테이블 위에 힘없이 쓰러지는 유동운의 몸뚱이!

51. 괴한

선동이— 아니, 백진주 선생이 지도하는 한낱 인형이 되어 북만의 호농 홍만석 씨의 영식으로 서울 장안 상류 계급에 등장한 홍선일은 그의 선천적인 범죄자로서의 천품을 공교롭게 이용하여 마침내 은행가 장현도의 외딸 장옥영과 약혼을 하게 되었던 것이니, 상해의 뒷골목을 정처 없이 방황하던 한 사람의 불량배인 선동으로선 실로 하늘의 별을 딴 셈이다.

아니, 하늘의 별을 딴 것은 선동이 편만이 아니었다. 파산 상태에 임하여 금융계의 신용이 땅에 떨어져가는 장현도로 말하더라도 이 백만장자의 외아들과의 혼인으로 말미암아 적어도 오륙백만의 재산을 손쉽게 자기 손으로 운용할 수 있다면 그것이야말로 아직도 하늘이 자기를 버리지 않은 증거라고 생각하였다.

"그러나 한 가지 섭섭한 것은 백진주 선생이 이 혼사를 찬성하지 않는 것입니다. 그러나 그것도 생각하면 백진주 선생은 송춘식 씨 일가에 대한 체면과 의리 문제 때문이지요."

하고 홍선일이가 이야기했을 때 장현도는 입가에 가벼운 비웃음을 띠면서

"흥, 그러나 백진주 선생은 머지않아 송춘식 일가를 경멸의 눈으로 볼 때가 올 것이오. 그렇게 되면 입때까지 송춘식이에 대하여 의리를 세운 것을 반드시 후회할 것이오. 하나 그런 것은 말하자면 사소한 문제이고 요는 홍 군의 의향과 나의 의향만 서로 맞는다면 모든 것은 해결되는 것이니까요."

"네, 잘 알았습니다. 그러면 오늘은 이만하고 소생은 물러가겠습니다."

이리하여 마침내 하늘의 별을 딴 홍선일이었다. 그리고 그는 자기 호텔로 돌아오면서 가만히 생각하여보았다.

'혹시 저 백진주 선생은 나의 아버지가 아닌가……?'

그렇다. 오늘날 홍선일이가 이처럼 행복한 신세가 된 것은 모두가 저 백진주 선생 때문이다. 말하자면 백진주 선생은 사회적 신분과 체면 때문에 홍선일을 자기의 소생이라고 공공연하게 내세우지를 못하는 것이 아닐까……? 그리고 그 대신 부호 홍만석 씨의 아들로 내세워서 장현도의 딸과 암암리에 결혼을 시키려는 것이 아닐까……? 그렇게 생각해봄으로써 자기와 홍만석 씨에게 적잖은 생활비를 아낌없이 당해주는 백진주 선생의 수상한 태도도 자연히 이해되는 것 같았다.

그러한 유쾌한 생각을 하면서 호텔로 돌아오는 길에 그는 뜻하지 않은 인물을 한 사람 만났다.

"여어, 선동이, 암만 봐도 장 두취의 사윗감은 넉넉한걸! 그러한 훌륭한 사람을 친구로 가진 이 박돌이도 인젠 팔자가 편 셈이야, 흐흐흐흥……."

돌아다보니 그것은 틀림없는 박돌이었다. 하늘의 별을 따려는 홍선일으로서는 이처럼 자기가 감추고 있는 본명을 공공연히 입에 담으면서 달려드는 박돌이의 그 더러운 목을 두 손으로 힘껏 잘라매*주고 싶은 충동을 억제하면서

"쉬이! 자넨 내 이름이 홍선일이라는 걸 벌써 잊어먹었나?"

"아참, 그랬었것다! 이놈의 혀끝이 왜 이리 주책이 없담! 그래, 혼사가 원만하게 진행이 안 되거든 내가 중매를 서볼까? 장현도로 말하면 지금은 쩡쩡하는 은행가지만 옛날엔 진남포에서 배를 부리던 내 친구라는

---

* 잘라매다: 잘록할 정도로 끈으로 단단히 동여매다.

384

것을 자네도 알지 않는가……? 호호호흥…… 선동이, 어때……? 아차, 이놈의 혀끝이 왜 이리…… 홍선일 씨, 어떻습니까……? 내가 중매를 서볼깝쇼……?"

무서운 협박이었다.

"내가 장현도를 찾아가서 자네의 그 훌륭한 신분을 쭉 이야기만 하면야 만사 해결이지, 만사 해결이야."

그때 홍선일은 얼른 박돌이의 팔소매를 잡아당기며 컴컴한 골목 안으로 끌고 들어갔다.

"박돌이, 그래, 자넨 대체 무엇을 내게 요구하는 건가? 내 들을 만하면 자네 원을 다 풀어줄 테니까―."

"호호흥…… 자넨 정말 옛날 친구를 좀처럼 잊어버리지 않는 좋은 친구야."

"그래, 어서 이야길 해봐. 나는 시간이 바쁜 사람이니까―."

"암, 바쁘다 뿐이겠나! 한데, 선동이…… 아차, 홍선일 씨, 이거 봐, 자네에게는 손톱만치도 손해를 입히지 않고 이 박돌일 살리는 법이 있다는 말이야."

"음, 그렇다면 더욱 좋은 일이고…… 그래, 무슨 이야긴가?"

"그건 다른 것이 아니고 아주 손쉬운 노릇인데 저, 자네가 제집처럼 드나드는 백진주 선생의 집엘 나도 한번 들어가보고 싶다는 말이야."

"응……?"

"놀랄 것은 없고…… 자네처럼 백주 대낮에 들어가겠다는 건 아니고…… 대낮에야 누구가 나 같은 사람을 환영하겠나 말이야? 그러니까 모두 잠든 틈을 타서…… 히히히히…… 어때……? 듣자 하니 백진주 선생은 돈 많은 사람이라지 않아? 그러니까 나 같은 불쌍한 사람에게 약간쯤 나누어준댔자……."

그 순간 홍선일의 머리에는 그 어떤 공교로운 묘책이 한 가지 번개처럼 스치고 지나갔다. 그래서 도둑질을 들어가려는 박돌이에게 백진주 선생의 집안 사정을 묻는 대로 세세히 가르쳐준 후에

"하여튼 자네 말대로 내게는 하등 손해가 없는 노릇이니 마음대로 해보게. 마침 내일 밤에는 백진주 선생이 모두 아현동 별장으로 가기 때문에 혜화동 집은 통 빌 터이네."

그것은 거짓말이 아니고 사실이었다.

"음, 고마우이. 그런데 자네 그 손에 끼고 있는 건 보아하니 금강석 반지인 듯싶은데 그건 날 주게."

보통 때 같으면 그처럼 선뜻 내줄 홍선일은 아니었지만 그는 또 자기대로 무슨 생각하는 것이 있기 때문에 이 거머리처럼 찰찰 달라붙는 박돌이에게 최후의 선물을 하려는 셈으로 손에 꼈던 반지를 아낌없이 빼주었다.

"고마우이, 선동이!"

그러면서 박돌이는 주척주척 골목 밖으로 사라졌다.

"박돌이를 치워버리는 데는 참으로 좋은 기회다!"

홍선일은 혼잣말로 그렇게 중얼거렸다.

그 이튿날 백진주 선생은 충복 배성칠을 불러들였다.

"한 달 안으로 우리는 급자기* 이 서울을 떠나게 되는지 모른다."

"네."

"그래, 인천 갔던 일은 잘 되었는가?"

"네, 월미도月尾島 바로 바다 기슭에 별장을 하나 구해놨습니다. 그리고 언제든지 곧 출범할 수 있도록 쾌속선을 한 척 준비하여두었습니다."

| ＊급자기: 미처 생각할 겨를도 없이 매우 급히.

"음, 수고가 많았네."

백진주 선생은 만족해한다. 한 달 안으로 서울을 떠날는지 모른다면 그러면 백진주 선생의 그 웅대한 복수가 인제는 충분히 계획되었다는 뜻인가……?

"그러면 오늘부터 이 집은 철가*를 하고 아현동 별장으로 가 있을 테니 모든 준비는 되었는가?"

"네, 벌써 다 되어 있습니다."

그때 하인 아리가 한 장의 서신을 들고 들어왔다. 겉봉에는 발신인의 주소도 성명도 씌어 있지 않았다. 백진주 선생은 머리를 기웃거리면서 봉투를 뜯었다.

삼가 귀하에게 알리는 바는 다름이 아니라 오늘 밤 귀하의 서재에 침입하여 귀하가 갖고 있는 귀중품을 절취**하려는 괴한이 한 사람 있다는 것이올시다. 생각건대 그 괴한으로 말하면 귀하에게 있어서는 가장 위험한 적인 듯싶사오니 선처하시기를 바라오며 여기서 특별히 한 가지 여쭈어둘 것은 귀하가 경찰 같은 데와 연락하여 도리어 번거로운 누를 자신에게 끼치지 않도록 충고하는 바입니다―.

친절한 밀고자로부터―.

편지를 읽고 난 백진주 선생은 배성칠과 아리를 물리친 다음에 다시 한 번 조용히 밀고장을 읽어보았다.

"음!"

물론 이러한 괴한을 백진주 선생이 무서워할 리는 만무하다. 그러나

---

* 철가撤家: 자리 잡고 살던 곳에서 다른 곳으로 떠나려고 살림살이를 모두 챙기어 가족 모두를 데리고 떠남.
** 절취竊取: 남의 물건을 몰래 훔치어 가짐. 투취偸取.

복수라는 이 대업을 완성하기까지는 모든 일에 있어서 침착해야만 되고 치밀해야만 되었다. 그래서 그는 이 일을 경찰에 알렸다가 만일 그 괴한의 입으로부터 백진주 선생이라는 인물의 정체가 탄로 날는지도 모를 것을 염려하여 경찰에는 알리지 않고 혼자의 힘으로써 그 괴한이 누구이며 그의 목적하는 바가 무엇인가를 알려고 결심하였다.

이리하여 백진주 선생은 하인들을 데리고 일단 아현동 별장으로 모두 옮아가고 혜화동에는 집 지키는 늙은이 한 사람이 남았을 뿐이었다.

이윽고 해가 저물고 밤이 왔다. 집 지키는 영감은 벌써부터 잠이 들었다. 그렇다. 그것은 열두 시가 거의 가까웠을 무렵이었다.

괴한 한 사람이 정원으로 숨어들어가자 백진주 선생의 서재의 유리 들창을 무슨 예리한 금강석 같은 것으로 베리고는 그 구멍으로 손을 넣어 들창문을 열었다. 그러고는 재빨리 들창을 넘어 서재로 들어갔다.

그러나 괴한은 한 사람이 아니었다. 그즈음 담장 밖에는 또 한 사람의 괴한이 숨어서 지금 막 서재로 숨어들어간 괴한의 뒷모양을 물끄러미 바라보고 있었다.

한편 서재로 숨어들어간 괴한은 책상 서랍에서 열쇠 뭉치를 꺼내 가지고 모퉁이에 놓여 있는 커—다란 금고 앞으로 걸어가서 금고의 자물쇠를 열려고 한 바로 그때였다.

복도로 통하는 문이 천천히 열리면서 서재 안으로 바람처럼 쑥 나타난 것은 검은 승려복을 입은 국보 대사 그 사람이었다.

"누군 줄 알았더니 그대는 박돌이가 아닌가?"

그 소리에 쭈그리고 앉았던 괴한이 흑 하고 놀라 등 뒤를 돌아다보았다.

"오오, 당…… 당신은 국보 대사!"

"그렇다! 그러나 그대와는 팔 년 전에 저 진지동 금강 여인숙에서 만났던 일이 있었것다."

"그렇습니다. 바로…… 바로 그때의 박돌이올시다."

"음, 틀림없는 박돌이— 그러나 그대는 오늘 밤 이 집 주인 백진주 선생이 계시지 않는 줄을 알고…… 음, 아무리 생각해도 그대는 도저히 용서할 수 없는 악당이다!"

"오오, 대사, 한 번만 용서해주십시오. 배는 고프고 먹을 것은 없고……."

"호흥, 그러면 팔 년 전 저 보석상을 죽인 것도 먹을 것이 없어서였던가?"

"용서해주십시오, 대사님!"

박돌은 합장을 하고 대사 앞에 꿇어앉았다.

"그렇다면 이제부터 내가 묻는 말에 대하여 정직하게 대답을 하겠나?"

"네, 무엇이든지…… 무엇이든지 아는 대로는 대답을 하겠습니다!"

"무엇보다도 먼저 그대는 보석상을 죽인 죄로 해주 감옥에서 종신 징역을 하고 있었는데 어떡해서 감옥을 나왔는가?"

"함일돈이라는 분이 우리들을 비밀히 탈옥시켜 주셨습니다."

"음, 함일돈 씨는 나도 잘 아는 사람이지만 그래, 우리들이라니, 그대 이외에 또 다른 사람도 같이 탈옥을 했다는 말인가?"

"네, 본래 해주서 살고 있던 배선동이라는 사나입니다. 실인즉 함일돈 씨는 그 배선동이라는 사나이를 구해내려고 한 것이지만 그때 배선동이와 나와는 같은 쇠사슬에 매여 있었던 때문에 같이 놓여났습지요."

"그래, 그 배선동이는 지금 어디서 무엇을 하고 있는가?"

"바로 이 서울에 있습니다. 운이 좋은 녀석이 돼서 지금은 이십 년 전 자기를 낳고 어디론가 행방불명이 되었던 자기 친아버지를 찾았답니다.

그리고 그 아버지로 말하면 서울에서 쩡쩡 울리는 금만가랍니다."

"흥, 그래? 그러면 선동이의 친아버지가 대체 누구란 말인가?"

"그것은 표면으로는 만주의 지주 홍만석 씨의 아들이라는 얼굴로 다니지만도 그 실은 아무리 생각하여도 바로 이 댁 주인인 백진주 선생 같아 보입니다."

"뭐, 백진주 선생이 선동이의 아버지라고……?"

실상 그 말엔 국보 대사도 놀라지 않을 수 없었다.

52. 신의神意

선동이가 백진주 선생의 아들이란 말을 박돌이의 입으로부터 듣고 국보 대사는 어이없어서 웃었다.

"그렇지 않으면 어째서 백진주 선생이 그처럼 선동일 귀여워하겠습니까? 더구나 선동이는 요즈음 홍선일이라는 이름으로 장현도의 딸과 약혼까지 하게 된 것도 모두 백진주 선생이 배후에서 후원을 하기 때문입죠."

"아, 그러면 바로 저 홍선일이라는 청년이 그대와 같이 탈옥을 한 죄수란 말인가?"

국보 대사는 놀라 보인다.

"네, 틀림없는 선동입죠."

그때 국보 대사는 얼굴에 노기를 띠면서 무서운 눈초리로 박돌을 노려보았다.

"그래, 그처럼 악질의 범죄인인 줄을 뻔히 알면서 그 유명한 장 두취에게 한마디 충고도 없다는 말인가……? 음, 그대 역시 선동이보다 못지 않은 악당의 한 사람인 사실을 나는 비로소 깨달았다. 나는 그런 사실을 안 이상 장 두취에게 모든 것을 이야기하지 않으면 안 되겠다."

"오오, 대사님, 그것만은 제발 잠자코 계셔주십시오. 제 밥줄이 끊어 진답니다!"

"안 된다, 안 돼! 사람을 속이는 데도 분수가 있지 그처럼 명망 높은 사람의 딸을 탈옥한 죄수에게 시집을 보내다니…… 음, 나는 승려의 몸으로서 이런 부정 사실을 알고도 모르는 척할 수는 도저히 없는 일이니까 날이 밝거든 곧 장 두취를 찾아봐야겠다!"

그 말이 국보 대사의 입에서 채 끝나기도 전에 박돌은 돌연 주머니에서 비수를 한 자루 꺼내자마자

"에잇!"

하고 대사의 가슴을 향하여 달려들었다. 그러나 다음 순간 비조처럼 몸을 피한 대사는 번쩍이는 비수를 쥔 박돌의 손목을 재빨리 비틀어 잡으면서

"호흥, 너 같은 악인을 나는 도저히 그대로 둘 수 없어."

그러면서 국보 대사는 비수를 뺏어 쥐었다. 박돌은 숨찬 목소리로

"그러나 대사가 그처럼 힘이 장사같이 셀 줄은 정말 꿈에도 몰랐습니다."

"음, 하늘은 너 같은 악인을 벌주기 위하여 나에게 힘을 주신 것이야. 자아, 잔소리 말고 여기 지필묵이 있으니 내가 부르는 대로 받아써라!"

"네네, 죽을죄로…… 죽을죄로……."

"아니, 썩썩 못 쓰겠나?"

"네네, 뭐라고…… 뭐라고 쓰라시는 말씀입니까?"

박돌은 하는 수 없이 붓을 들었다.

"자아, 내가 부르는 대로 받아써라."

"네네……."

이리하여 박돌이가 국보 대사의 구술口述을 받아 쓴 글월은 다음과
같았다.

장현도 두취여.

목하 귀하의 따님 옥영 양과 결혼을 하게 된 홍선일이라는 청년으로
말하면 왕년 해주 감옥으로부터 탈옥한 중죄 범인이라는 사실을 아십니
까? 그는 오십팔 호, 나는 오십구 호— 우리 두 사람은 같은 쇠사슬에 얽
매여 있던 죄수올시다. 그의 본명은 배선동, 부모 없는 사생아로서 갖은
범죄를 지어온 무서운 악인이올시다. 만일 그의 과거가 어떠한 것인지를
알고자 하신다면 해주 감옥을 찾아가십시오.

박돌.

국보 대사는 그러고 봉투에다 충신동 장현도의 주소 성명을 쓰게 한
후에 편지를 자기 주머니에다 쓸어 넣었다.

"자아, 이만했으면 되었으니 너는 너대로 속히 내 눈앞에서 사라져
라!"

"정말입니까? 정말 이대로 가도 괜찮습니까? 정말로 저를 용서해 주
시렵니까?"

"내가 너를 용서하느냐 안 하느냐는 문제보다도 하늘이 너를 용서하
느냐 안 하느냐가 문제이다. 네가 지금 내 손에서 벗어나 무사히 네 숙소
까지 돌아간다면 그건 하늘이 너를 용서한 것이니까 그때는 나도 너를
용서하마. 그리고 매달 얼마씩의 생활비를 대줄 테니 이번에야말로 정말
참된 인간이 돼야만 한다."

"오오, 대사님! 대사야말로 예수와 같으신 분이올시다!"

"자아, 빨리 내 눈앞에서 사라져라."

"네네, 고맙습니다, 대사님!"

박돌은 죽었던 목숨을 다시 건져가지고 들창을 넘어 정원으로 뛰어 내려갔다. 뛰어넘어갈 때 국보 대사는 무엇을 생각했는지 회중전등을 켜가지고 박돌의 앞길을 밝혀주었다. 그것은 마치 지금 담장 밖에 엉거주춤하니 서 있는 또 한 사람의 괴한에게 지금 박돌이가 나간다는 것을 알리어주는 무슨 신호와도 같았다.

국보 대사는 재빠른 걸음으로 컴컴한 정원을 꿰어 담장을 넘어 나가는 박돌이의 뒷모양을 들창 가에서 물끄러미 바라다보았다.

그러나 아아, 과연 국보 대사가 예언한 바와 같이 하늘은 박돌을 숙소까지 돌려보내주지를 않았던 것이다. 어째 그러냐 하면 박돌이의 몸뚱이가 담장 위에서 땅에 떨어지기가 바쁘게 그때까지 담장 밖에서 기다리고 있던 시커먼 그림자가 비조처럼 달려들어 박돌이의 가슴에다 비수를 꽂았던 때문이다.

"아, 사람 살리시오!"

하는 부르짖음과 함께 박돌이의 몸뚱이는 힘없이 땅 위에 쓰러졌다. 뒤이어

"대사님, 대사님, 빨리 좀 나와주시오!"

하는 비명이 들리었다. 국보 대사는 박돌이의 비명을 듣자 집 지키는 영감을 깨워가지고 밖으로 뛰어나갔다.

"아, 박돌이, 이게 웬일인가?"

하고 외치면서 대사는 박돌이의 가슴을 들여다보았다. 가슴엔 선혈이 낭자하다. 대사는 그때 집 지키는 영감을 향하여

"아, 영감님, 빨리 안으로 들어가서 병원에 전화를 거시오. 그리고

검사정 유동운 씨 댁에도 전화를 걸고 중대한 사건이 발생했으니 속히
와서 임검*을 해달라고 청하시오."

하고 명령을 하였다.

"네."

영감은 대답하기도 바쁘게 뛰어 들어갔다. 그때 박돌은 괴로운 듯이
허리를 꼬며

"대사님, 한 시간만 더 저를 살려주시오. 저는…… 저는 원수를 갚고
야 죽겠습니다. 그놈을…… 나를 찌른 놈을 고소하고야 죽겠습니다!"

"그러면 그대는 그대를 이처럼 칼로 찌르고 도망한 놈이 누군지를 안
다는 말인가?"

"압니다, 압니다! 그것은…… 그것은 저 홍선일이…… 아니, 선동입
니다! 그놈은 유리를 베어내는 금강석 반지까지 준…… 아아, 분합니다!
속았습니다!"

그러나 국보 대사는 조금도 놀라지를 않는다. 모든 것을 미리부터 예
측하고 있던 것과 같은 대사의 태도였다. 그렇다. 대사는 아까, 만일 하
늘이 박돌을 용서한다면 무사히 집까지 돌아갈 수가 있을 것이라는 말을
하지 않았던가!

"아아, 숨이 넘어갈 것 같습니다. 빨리 의사를 불러주시오! 빨리 검사
를 불러주시오! 죽기 전에…… 죽기 전에 나는 검사에게 모든 것을 진술
하겠습니다."

"지금 전화를 거는 중이니까 아마 곧 올 것이다. 자아, 입을 벌리고
이 생명수를 몇 방울 마셔라. 그러면 정신이 돌 것이다."

대사는 그러면서 주머니를 뒤져 빨간 병에 넣은 생명수를 몇 방울 박

---

* 임검臨檢: 행정 기관의 직원이 직무를 수행하기 위하여 사건이 일어난 현장에 가서 조사하는 일. 임안臨
按. 현장 검증現場檢證.

돌이의 입에다 넣어주었다.

"오오, 대사, 정신이…… 정신이 좀 드는 것 같습니다. 그런데 대사, 암만해도 검사 나리가 올 때까지 살아 있을 것 같지가 않습니다. 대사께서 제가 부르는 대로 필기를 하여주시오. 그리고 제가 죽거든 그것을 가지고 선동이를 사형에 처하게 힘써주시오. 대사, 빨리, 빨리…… 숨이 또 차옵니다! 빨리……!"

"음, 그대의 원이 그렇다면……."

하고 대사는 전화를 걸고 다시 뛰쳐나온 영감과 함께 박돌이를 서재로 끌고 들어갔다. 그러고는 붓을 들면서

"자아, 빨리 불러 보아라. 내가 이처럼 그대의 구술을 적어놓을 테니까—."

이리하며 박돌이의 구술을 받아 대사는 다음과 같은 고소장을 적어놓았다.

나는 해주 감옥의 탈옥수 오십구 호인 배선동이의 칼에 찔려 죽습니다. 박돌—.

그리고 '박돌'이라는 서명은 박돌이 자신의 필적으로 간신히 적어놓았다.

"이만했으면 되었는가?"

"네, 그리고 선동이가 곧 사형을 받도록 대사께서 잘 말씀을 해주시오! 그렇지 않으면 죽어도 눈이 감기지 않습니다!"

"음, 염려 마라. 네가 모르는 말까지 죄다 일러바치마."

"옛? 내가 모르는 말이라고요?"

"그렇다. 말하자면 네가 오늘 밤 백진주 선생의 집에 침입한다는 밀

고장을 선동이가 보낸 사실이라든가……."

"옛?"

"그러나 밀고장이 오기는 왔으나 때마침 백진주 선생은 아현동 별장
으로 가고 없었기 때문에 바로 그때 방문했던 내가 그것을 보고 네가 오
기를 기다리고 있었다는 사실이라든가……."

"음, 선동이…… 선동이……."

박돌은 이를 갈았다.

"그리고 선동이가 네 뒤를 따라와서 담장 밖에서 너를 죽이려고 기다
리고 있었다는 사실이라든가……."

"옛……? 뭐라고요……? 그러면…… 그러면 당신은 내가 그놈의
손에 죽을 줄을 알고 일부러 나를 놓아주었다는 말이오?"

"그러니까 그때 내가 뭐라고 말하던고……? 네가 만일 무사히 집으
로 돌아간다면 그것은 하늘이 너를 용서한 것이라고……."

그 순간 박돌은 몸을 벌컥 일으켜 대사에게 달려들려다가 다시 쓰러
지며

"에잇, 당신도…… 당신도 선동이와 똑같은 악인이다! 그럴 줄을 뻔
히 알면서…… 그래, 그래, 그게 승려로서 취할 짓인가?"

"그렇다. 내가 승려의 몸이길래 너를 하늘에 맡겼던 것이다. 말하자
면 하늘은 선동으로 하여금 너에게 벌을 주게 한 것이니까. 악을 가지고
악을 치는 것은 하늘의 뜻이기 때문이다. 그대는 이처럼 죽을 임시에도
자기의 죄는 한마디도 뉘우침이 없이 다만 사람과 하늘을 원망했을 뿐이
아닌가? 아직 늦지는 않으니 자기의 죄를 뉘우쳐도 좋은 것이야!"

"음, 죽어서도…… 죽어서도 나는 이 원수를 갚고야 말 터이다!"

"아직도 그런 말을 하는가? 아직도 하늘이 무섭지 않은가?"

"무섭지 않다! 만일 하늘이 악을 벌한다면 장현도를…… 송춘식을

어째서 그대로 둔다는 말인가……?"

"죄가 중하면 형벌도 중하다. 중한 형벌에는 그만큼 시일이 걸릴 것이다."

"그러나 하늘은 정직한 사람을 도와준 적은 없다. 만일 하늘이 선량한 자를 도와준다면 어째서…… 어째서 저 봉룡일 그처럼 무참하게 죽인다는 말인가? 없다, 없다! 착한 자를 도와준 적은 하나도 없다!"

그때 국보 대사는 지극히 엄숙한 말로 입을 열었다.

"박돌이, 그러면 하늘이 정직한 사람을 도와준 증거를 보여줄까?"

"보여다오! 보여다오!"

그 말에 국보 대사는 검은 승려복을 벗고 머리에 썼던 맨송맨송한 중의 가발을 벗어버렸다.

"오오, 당신은…… 당신은 함일돈 씨! 나를 감옥에서 빼내준 함일돈 씨!"

그때 함일돈 씨는 또 하나 머리에 썼던 가발을 벗었다.

"오오, 당신은, 언젠가 길거리에서 얼핏 본 백진주 선생!"

"아니다. 내 얼굴을 자세히 보아라! 나는 국보 대사도 아니고 함일돈 씨도 아니고 백진주 선생도 아니다!"

그러면서 이번에는 수염을 떼버렸다. 거기에는 실로 백진주 선생의 얼굴에서는 일찍이 보지 못한 소박한 눈동자와 사람을 믿고 사람을 사랑할 줄 아는 부드러운 얼굴이 천진난만한 그대로 나타나 있었다.

"자세히 보아라! 그리고 이십삼 년 전을 잘 생각하면서 보아야 한다!"

박돌은 한참 동안 눈을 껌벅거리면서 쳐다보다가 갑자기 무엇이 무서워졌는지 사방을 한번 둘러보고 나서

"어디서…… 어디서 꼭 본 얼굴이다! 그러나…… 그러나 생각

이…… 생각이 안 난다! 누, 누굽니까? 천사와 같은 얼굴을 가진 당신은 대체 누굽니까?"

그때 대사는 박돌의 귀에다 입을 갖다 대고 누가 들을까 염려하는 듯이 나지막한 목소리로 속삭이었다.

"성은 이요 이름은 봉룡이!"

"오, 오오?"

53. 아미성 참극

'성은 이요 이름은 봉룡이!'

대사의 입으로부터 속삭인 이 한마디야말로 거의 숨이 끊어져가는 박돌로 하여금 하늘의 뜻이 무엇인지를 알게 하는 하나의 커—다란 진실인 동시에 산 교훈이었던 것이니

"오오, 그러면 당신이 저…… 저 장현도와 송춘식이의 밀고로 말미암아 행방불명이 되었던……?"

"그렇다. 이봉룡 그 사람이다!"

"아아, 무서운 일이다! 봉룡이가…… 봉룡이가……."

박돌은 그 한마디를 최후로 남겨놓고 마침내 영원히 숨을 들이켜고 말았다.

그보다도 약 반 시간 후에 의사가 오고 유동운 검사정이 왔을 때 그들은 시체 옆에서 박돌이의 영혼을 위하여 기도를 올리는 국보 대사의 조용한 자태를 발견했을 따름이었다.

유동운 검사정은 국보 대사로부터 박돌이의 죽음에 관하여 상세한 이야기를 들은 후 박돌이의 서명이 있는 고소장을 한번 읽고 나서

"음, 박돌이……? 이 박돌이라는 이름은 이십삼 년 전 내가 진남포에서 재직하고 있을 무렵에 들은 성싶은 이름인데…… 그러나 박돌이를 죽인 살인범 배선동이가 해주 감옥에서 탈옥을 한 죄수라면 이 이외에도 무슨 끔찍한 범죄를 지었을지도 모를 것이다."

그리고 이번엔 대사를 향하여

"하여튼 곧 수배를 하여 이 잔인한 살인범을 체포하도록 하겠습니다."

하고 말하였다.

그러나 한 주일이 지나도 유동운은 선동이를 체포하지 못하였다. 그리고 유동운이가 이처럼 배선동이를 열심히 체포하고자 발을 벗고 나선 데는 또 한 가지의 이유가 있었던 것이니, 그것은 백진주 선생의 과거에 관하여 선동이의 입으로부터 그 어떤 단서를 잡을 만한 증거가 튀어나오지 않을까 하는 한 줄기 커—다란 희망을 품었기 때문이다. 그래서 그는 경찰을 총동원시켜서 서울 시내에 있는 절도범이라든가 전과자들을 모조리 검속*하여 보았으나 선동이의 행적은 좀처럼 더듬을 수가 없었다.

그러는 동안 홍선일과 장옥영의 약혼은 서울 장안의 상류 계급에서는 거의 모르는 사람이 없을 만큼 유명해졌고 인제는 홍선일도 약혼자로서 공공연히 장 두취의 집을 드나들게 되었다.

한편 송준호는 그처럼 싫어하던 장옥영과의 혼사가 자연히 해소된 것을 기뻐하였다. 그러나 현재의 송준호로서는 그러한 사소한 문제에는 통 관심이 없고 다만 자기 아버지를 배신자로서 모욕을 한 동양신보사 사회부장인 임성묵과의 결투의 날이 다가오기를 무척 기다렸다. 풍문에 의하면 임성묵은 만주 방면으로 두 주일 동안에 걸쳐 여행을 떠났다는

---

* 검속檢束: 공공의 안전을 해롭게 하거나 죄를 지을 염려가 있는 사람을 경찰에서 잠시 가두는 일.

것이었다.

그리고 그 두 주일이 되는 날 아침 송준호는 임성묵의 방문을 받았다.

"송 군, 오늘은 군과 나의 약속의 날이다."

"그렇다. 기사를 취소하느냐 그러지 않으면 결투를 하느냐를 결정할 날이다."

"음, 그것은 나도 잘 알고 있지만 아니, 거기 대해서 내가 군에게 대답하기 전에 내가 지나간 두 주일 동안을 어떻게 보냈는가 그것을 먼저 군에게 이야기하고자 하는 바이다."

"음, 무슨 이야긴지는 모르지만……."

"송 군, 나는 지나간 두 주일을 이용하여 상해와 그리고 목단강 상류에 있는 아미성엘 다녀왔네."

"사실의 유무를 조사해보았다는 말인가?"

"그렇네. 송 군, 나는 군의 부친을 모욕한 그 기사 때문에 군에게 사죄를 하는 그런 행복스런 몸이 되었으면 얼마나 좋을까를 지금 절실히 느끼고 있네."

"그게 대체…… 대체 무슨 말인가……? 아니, 그러면 그 기사가……?"

송준호의 얼굴빛이 종잇장처럼 새파랗게 변한다.

"음, 대단히 유감된 일이나마 그것은 틀림없는 사실…… 그리고 이것은 내가 그동안 조사한 결과를 상세히 기록한 보고서네."

하고 임성묵은 묵묵히 한 뭉치의 서류를 책상 위에 꺼내놓았다. 그 순간 송준호는 독수리처럼 왈칵 달려들어 서류를 움켜쥐고 충혈된 눈으로 읽기 시작하였던 것이니, 과연 그 보고서에는 무엇이 기록되어 있길래 송준호는 지금 저처럼도 전신을 와들와들 떨고 있는고……?

필자는 여기서 세상에 알려진 소위 아미성 사건의 외모를 대충 추려서 독자 제씨에게 소개하고자 한다.

　때는 1925년 초가을, 인류의 아버지라는 존칭으로 불리어지던 유명한 자선가 강병호 목사는 얼마 남지 않은 사재를 모두 바쳐서 최후의 자선 사업을 할 계획으로 당시 쓰마루 황포 은행에 예금하였던 삼백만 원의 현금과 중국 여자인 그의 부인이 가보로 갖고 있던 황금 귀걸이와 금강석 반지를 판 이백만 원을 가지고 목단강 상류에 있는 아미성 부근의 황무지를 개간하여 먹을 것을 찾아서 정처 없이 떠돌아다니는 조선인과 중국인의 빈농자에게 토지를 무상으로 분배하려는 원대한 목적을 품고 상해를 떠나 아미성으로 옮아갔다.

　그때 강 목사의 일행은 동지 열다섯 명과 가족 두 명이었다. 뜻을 같이하는 동지들 가운데서도 강 목사가 가장 신임을 하고 은행 거래와 기타 회계 같은 중요한 사무를 맡긴 것은 송만식이라는 조선 청년이었으며 동지들 가운데는 중국인도 사오 명 섞여 있었다. 그리고 가족 두 명은 중국 여자인 그의 부인과 당시 네 살 먹은 딸 춘앵이었다.

　그런데 강 목사가 아미성으로 이주하게 된 것은 그의 부인의 친정 오빠가 아미성 성주로 있으면서 역시 강 목사와 뜻을 같이하고 자기 혼자의 재력으로서는 도저히 이 거대한 개간 사업을 완성시킬 수 없어서 매부인 강 목사의 힘을 빌리려고 한 때문이었다.

　아미성이란 이름은 무슨 큰 굉장한 성곽 같으나 알고 보면 그러한 무슨 요새지가 아니고 다만 근방의 빈농들이 옛날부터 내려오는 중국의 부호의 낡은 집을 그러한 아름다운 이름으로 불렀을 따름이었다.

　이리하여 중국인 자선가와 조선인 자선가가 합작하여 빈농을 위해서 방대한 개간 사업에 착수한다는 기사가 신문 지상에 대대적으로 보고된 것은 괜찮았으나 여기에 한 가지 불행한 사실이 있었으니, 그것은 강 목사 일행이 아미성에 도착한 지 사흘 만에 돌연 마적단의 습격을 받고 아미성에 투숙하였던 약 삼십 명에 가까운 목숨이 일조일석에 이슬로 변해버렸다는 신문의 보도였다. 그리고 그중에서 단 한 사람 송만식만은 간신히 목숨을 건졌다는 것이 소위 당시 세상에 알려진 아미성 참극의 외모였던 것이다.

그러나 지금 임성묵이가 내놓은 보고서에는 좀 더 자세한 내용이 황포 은행의 지배인인 중국인 왕수평王樹平의 서명 날인 밑에 기록되어 있었던 것이니, 인제 그 골자만을 추려서 보면 다음과 같았다.

그날 밤 아미성을 습격한 마적단의 수효는 약 이십 명밖에 안 되었으니만큼 아미성 안에 있는 삼십 명과 대항을 하려면 적잖은 곤란을 겪지 않으면 안 되게 된 결과 그들은 한 가지 계책을 강구하였다. 즉 마적 한 사람을 아미성으로 파견하여 지금 아미성을 둘러싸고 있는 마적의 수효가 백여 명이나 되니 무기를 버리고 대항하지 말라는 조건과 황포 은행에서 찾아 내온 삼백만 원의 현금을 고스란히 내놓으라는 조건을 제출하였다.

그러나 그때 강병호 목사는 가장 침착한 태도로 이 돈은 결코 우리들의 사리사욕을 채우려는 것이 아니고 수천 명 빈농에게 토지를 주고 식량을 제공할 개간 사업의 기금이니 아무리 마적이랄지라도 이런 사정을 양해하여 그의 십분지 일인 삼십만 원만 가져가라고 애원하였다. 그러나 그때 수령의 명령으로 당시 심부름을 갔던 사자는 자기는 거기 대한 승낙 여부의 권한이 없으니 누구 한 사람 수령한테 특사를 보내어 수령과 타협하라는 말을 하였다.

그래서 강 목사는 자기가 제일로 신임하던 송만식이라는 청년을 보내기로 결정하고 타협이 안 되는 때에는 죽음을 각오하고 대항할 작정으로 무기를 잡았다. 그러나 얼마 후에 송만식은 희열이 만면하여 뛰어 들어오면서 수령을 만나보니 수령은 참으로 이편의 사정을 동정하여 그 타협 조건을 승인하였다고 보고하였다. 그래서 일동은 무기를 던지고 동행하여온 마적 한 사람에게 일금 삼십만 원을 쥐어줘 보낸 후 일동은 안심하고 자리에 들었다.

그러나 일단 퇴각하였던 마적 떼는 두 시간 후에는 다시 어둠을 타고 아미성을 둘러쌌다. 그리고 아미성 뒤뜰에 면한 조그만 유리 들창에 촛불이 켜지기를 목을 늘여 기다리었다. 캄캄한 아미성, 죽은 듯이 고요한 아미성! 그러나 뒤뜰에 면한 유리 들창에다 촛불을 켜서 마적 떼에게 암호를 보내려는 것은 대체 누구인고……?

이리하여 수령의 팔뚝시계가 새로 두 시를 가리켰을 때 아니나 다를까, 유리 들창에 반짝하고 촛불이 켜졌다. 그 순간 스무 명의 마적 떼는 무기를 던지고 고요히 잠든 아미성 안으로 물밀듯이 쳐들어갔던 것이니 아미성은 일순간에 무서운 수라장*으로 돌변하고 말았다.

무시무시한 총포 소리와 고막을 찢는 것 같은 아우성 소리— 그러나 얼마 후 아미성은 다시 고요한 아미성으로 돌아갔을 때 수령은 유혈이 낭자하여 쓰러진 강 목사의 주머니에서 세 뭉치로 되어 있는 대금 삼백만 원을 꺼내어 그중 한 뭉치를 송만식에게 주면서

'우리들에게도 의리는 없을 수 없다.'

고 말하였을 바로 그때였다.

저편 컴컴한 한구석에서 네댓 살 먹은 어린 계집애를 붙안고 부들부들 떨고 있던 부인 한 사람이

| * 수라장修羅場: 싸움이나 그 밖의 다른 일로 큰 혼란에 빠진 곳. 또는 그런 상태. 아수라장阿修羅場.

'앗, 너는…… 너는 송만식이……'

하고 외치면서 왈칵 달려들려 하는 순간 송만식의 손에 쥐어졌던 권총 부리로부터 탕…… 하는 한 방의 총성과 함께 부인은 어린애를 껴안은 채 지푸라기처럼 쓰러지고 말았다.

'엄마, 엄마!'

하고 목구멍이 찢어질 듯이 울어대면서 시체로 변한 어머니의 가슴을 두드리는 어린 계집애의 광란의 자태!

이윽고 마적 떼는 송만식과 어린 계집애를 드넓은 아미성 안에 남겨둔 채 다시 황야의 녹림객으로 돌아갔다.

"송 군, 이상의 보고서는 당시 아미성 참극을 직접 목격한 마적의 한 사람— 즉 수령의 명령으로 아미성에 파견되어 갔던 왕수평이다. 그는 그 후 양심의 가책을 받고 당국에 자수하여 오 년의 체형을 받고 나왔다. 그리고 현재에는 황포 은행의 지배인으로 있다는 말이네."

하고 임성묵은 조용히 말하였다.

아아, 지금까지 명예와 정직과 청렴을 존중하던 아버지의 이름이 천대 만대를 두고도 씻어버릴 수 없는 무서운 배신자, 인류의 자부慈父요 현대의 그리스도란 존칭으로서 세상이 우러러보던 강병호 목사를 마적에게 팔아먹은 피도 눈물도 없는 파렴치한으로서 기록되어 있는 것을 보는 순간 송준호는 그만 자기의 몸을 지탱치 못하고 의자에서 벌떡 일어섰다가 다시 힘없이 쓰러지면서 부르짖었다.

"오오, 이 몸에도…… 이 준호의 몸뚱이에도 아버지의 아니, 그 파렴치한의 피가 돌고 있을 것이 아닌가? 아아……"

임성묵은 그때 이 순정한 젊은이 송준호의 무서운 고민을 끝없이 가엾게 여기면서

"그러나 송 군, 아버지는 아버지고 아들은 아들이다. 아버지의 죄악이 자손에까지 미친다는 것은 벌써 낡은 도덕이다. 그리고 현재의 송춘식이가 옛날에 송만식이었다는 사실을 아는 사람은 그리 많지 않을 것이다. 보라. 벌써 두 주일 전에 난 그 신문 기사에 대하여 세상은 아무런 관심도 갖지 않고 지나가버리질 않았는가? 그러니까 나만이, 군의 친우인 이 임성묵만이 일생을 통하여 아미성의 비밀을 입 밖에 내지 않는다면 군의 부친의 명예는 여전히 보존할 수가 있을 것이다."

그러면서 임성묵은 친구로부터 더할 수 없는 모욕과 오해를 받아가면서 두 주일 동안이나 힘들여 조사한 보고서를 옆에 있는 난로 안에다 던져 넣고 성냥을 그어 불살라버렸다.

"오오, 임 군! 군은…… 군이야말로 하늘 아래 땅 위에 둘도 없는 친구다!"

송준호는 눈물을 흘리면서 임성묵의 손을 두 손으로 부여잡고 자기 볼에다 한없이 비비었다.

"송 군, 내가 군의 그 고귀한 심정과 두터운 효성에 보답할 수 있는 단 하나의 길은 이것밖에 없다는 것을 알아주게."

"임 군, 군의 이 지극한 은덕은 죽어서도 잊을 수가 없다! 그러나 아무리 물적 증거가 연멸'되었다 치더라도 나의 양심은 도저히 얼굴을 들고 서울 장안을 걸어 다닐 수는 없다! 나는 오늘이라도 곧 이 서울을 떠날 테다. 아버지가 아니, 그 파렴치한이 살고 있는 이 서울 땅을 떠날 테다!"

세상에는 아버지를 존경할 수 없는 아들의 감정처럼 비참한 것은 다시없을 것이다. 주르르 흘러내리는 눈물을 주먹으로 씻으면서

---

* 연멸煙滅: 연기처럼 흔적도 없이 사라짐.

'그렇다. 나는 세상에서 누구보다도 백진주 선생을 존경한다. 그리고 내가 내 어머니를 좋아하고 따르는 것처럼 백진주 선생을 좋아한다. 나는 이 서울을 떠나기 전에 백진주 선생의 얼굴을 한번 보고 떠날 테다.'

그러면서 송준호는 임성묵과 헤어져 백진주 선생을 만나고자 혜화동을 향하여 총총히 발걸음을 옮겼다.

54. 어여쁜 증인

송준호가 백진주 선생을 찾았을 때 백진주 선생은 어디론가 여행을 떠날 준비를 하고 있었다.

"송 군, 어째 그리 얼굴빛이 좋지 못하시오?"

하고 아버지가 아들을 위로하듯이 친절히 물었다.

"아니올시다, 공연히 좀 머리가 아파서요. 그런데 어디 여행을 떠나시렵니까?"

"네, 요즈음 귀찮은 일이 자꾸만 생겼어요. 아, 글쎄, 생각을 해보세요. 내가 그처럼 반대하는데도 불구하고 홍선일 군은 장 두취의 따님과 결혼을 한대고 또 저 유동운 검사정은 박돌을 죽인 범인을 체포하려고 서울 장안에 있는 전과자란 전과자는 전부 불러다가 나와 대면을 시키니 이거 뭐, 내 집이 바로 예심정*이 되어버리고 만 셈이지요. 그래, 그런 귀찮은 일을 피하여 여행을 좀 떠나보려고요. 그래, 보아하니 송 군도 요즈음 대단히 기분이 침울한 모양 같은데, 어떠시오? 나하고 같이 여행을 떠나보지 않겠습니까?"

| * 예심정豫審廷: 구舊 형사 소송법에서 예심을 여는 법정.

그것이야말로 송준호에게 있어서는 다시없는 좋은 기회였다.

"가겠습니다. 백 선생님과 같이 간다면 어디든지 따라가겠습니다."

"아, 그러면 마침 잘 되었소. 여행이래야 별로 먼 데는 아니고 바로 인천 월미도에 있는 내 별장으로 가서 고기 낚시질이나 하면서 이 번거로운 세상과 절연된 생활을 좀 해볼까 하고요."

"아, 그렇습니까. 그것은 제가 지금 무엇보다도 절실히 원하고 있는 생활입니다. 그런데 언제 떠나십니까?"

"오늘 오후 다섯 시 차로 떠나겠습니다. 그때까지 송 군도 간단한 여구*를 준비해가지고 정거장으로 나와주시면 됩니다."

"네, 그럼 지금 집으로 돌아가서 어머님께 말씀을 드리고 다섯 시에 정거장으로 나가겠습니다!"

이리하여 백진주 선생은 송준호가 돌아간 후 춘앵의 방으로 찾아 들어갔다.

"춘앵이, 그대가 그처럼 바라던 복수의 기회는 왔다. 내가 지시한 대로 모든 것에 선처해주기를 바란다. 그리고 나는 저 가엾은 청년 송준호 군에게 이 이상 더 큰 타격을 주지 않게 하기 위하여 같이 여행을 떠날 터이니 만사에 주의를 하는 것이 좋아."

"네, 염려 마시고 편히 다녀오십시오."

그러면서 백진주 선생을 빤히 쳐다보는 춘앵의 눈에는 아버지와 애인을 한꺼번에 바라보는 것과 같은 복잡한 감정이 서리어 있었다.

그날 저녁 백진주 선생과 송준호는 발밑에 푸른 바다를 내려다보는 월미도 호화로운 별장에서 여구를 풀었다.

"송 군, 당분간 우리는 속세와 절연하는 의미에서 신문을 보지 말기

---

* 여구旅具: 여행할 때 쓰는 여러 가지 물건.

로 합시다. 그리고 저 넓은 바다만 바라보고 지냅시다. 바다에는 사랑의 철학이 있답니다."

송준호는 대답 대신 백진주 선생을 쳐다보았다. 쳐다보는 그의 맑은 눈동자에 한 방울 눈물이 맺혀 있었다.

그러나 일부러 송준호에게 서울의 신문을 읽히지 않으려는 백진주 선생의 노력은 수포로 돌아갔다. 월미도에 도착한 지 사흘 후 중대한 일이 있으니 곧 돌아오라는 어머니의 전보를 받고 송준호는 백진주 선생과 헤어져 총총히 인천을 떠났다. 떠날 때 백진주 선생은 무슨 일인지는 모르되 적잖게 염려가 되니 자기도 송준호의 뒤로 상경하겠다는 말을 하였다.

송준호가 서울을 떠난 지 사흘 동안에 임성묵이가 관계하는 《동양신보》만을 제외하고는 송춘식이의 죄악— 즉 아미성 사건의 진상을 대대적으로 보도하지 않은 신문이 없었던 것이니, 어디서 그러한 재료가 제공되었는지는 알 수 없으나 백만 원의 보수를 받고 마적과 내통하여 주인 강 목사와 그의 부인을 참살한 송만식이가 바로 현재 중추원 참의로서 고귀한 신분을 갖고 있는 송춘식 그 사람이라는 기사가 각 신문에 상세히 보도되었던 것이다.

임성묵은 놀라 각 신문사를 방문하여 재료의 출처를 더듬어본 결과 상해에서 왔다는 어떤 사나이가 제공하였다는 것을 알았을 따름이었다.

그런데 누구보다도 이 기사에 놀란 것은 중추원이었다. 의원들은 자기네의 체면과 존엄을 보존하기 위하여 특별 의원회를 열고 장본인인 송춘식이의 변명을 듣고자 하였다.

그러나 일개 미천한 고기잡이꾼으로서 아무런 소양도 없이 급자기 출세한 송춘식이의 일상생활은 신문지와 친히 할 줄을 몰랐다. 그는 그날 아침도 신문을 보지 않은 채 회의에 출석하였던 것이다. 그러니까 송춘식으로서는 어째서 의원들이 그처럼 엄숙한 표정을 하고 있는지 그 이유를 좀처럼 헤아릴 수가 없었다.

이윽고 의장이 일어서며

"우리는 우리가 가장 존경하고 있는 의원의 한 사람이 도저히 믿을 수 없는 가혹한 풍설에 희생이 되는 것을 애석히 생각하여 이 풍설이 이 이상 더 세상에 퍼지기 전에 당원當院으로서 긴급히 전후책을 강구하고자 특별 의원회를 열고자 하는 바입니다. 그러면 도저히 믿을 수 없는 가혹한 풍설이라는 것을 내 입으로 직접 여러분께 설명하지 않고 오늘 아침 보도된 신문 기사를 읽어드리겠습니다."

하고 읽기 시작하였다. 그러나 송춘식은 아직도 그것이 무엇을 의미하는 말인지를 꿈에도 몰랐다. 그러나 다음 순간 의장의 입으로부터 '아미성 참극의 진상' —이라는 한마디가 떨어지자 송춘식은 마치 총소리에 놀란 참새처럼 후닥닥 머리를 들었다. 그리고 다시 이어 '그 더러운 배신자, 그 무서운 살인자의 이름은 송춘식이라 한다' —는 마지막 줄을 읽었을 때처럼 아아, 비참한 송춘식이의 얼굴을 본 적은 없었다.

온몸은 중풍 환자처럼 와들와들 떨리고 핏기를 잃은 창백한 얼굴이 무섭게 찌그러지고 무어라고 입을 벌려 대꾸를 하고자 하였으되 목이 메어 소리가 튀어나오지를 않았다.

그때 의장은 송춘식을 향하여

"귀하는 언제 의원회에 출석하여 자기 자신을 변호하시렵니까? 거기 대한 일자는 귀하의 형편대로 정해주십시오."

하고 관대한 제의를 하였을 때 송춘식은 온갖 용기를 다하여

"의장, 죄 없는 자가 죄 없다는 사실을 이야기하는 데 무슨 시일이 걸리겠습니까? 나는 그와 같은 무서운 혐의를 받고는 단 한 시간이라도 이대로 있을 수는 없습니다. 빠르면 빠를수록 나에게 유리할 것입니다."

"그러시다면 오늘 밤 여덟 시에 특별 의원회를 열겠으니 틀림없이 출

석하시기 바랍니다."

이리하여 송춘식은 전과 같은 존엄한 표정을 간신히 유지하며 총총히 퇴장을 하였다. 그리고 오늘 밤 여덟 시에 특별 의원회를 열어서 송춘식 의원에게 변호의 기회를 주게 되었다는 기사가 각 신문 석간에 보도되었다.

그날 밤 특별 의원회는 여덟 시 정각에 개최되었다. 송춘식은 자기의 사회적 운명이 결정되는 이 회합에서 과연 자기 자신을 어떻게 변명할 것인가? 의원 일동은 송춘식이의 무죄를 원하는 것처럼 또는 그와 반대로 유죄를 원하는 것처럼 묵묵히 앉아서 긴장한 표정을 짓는다. 그런데 의장이 막 개회사를 하려고 몸을 일으켰을 때 수위 한 사람이 들어와서 의장에게 편지 한 장을 전하고 나갔다. 그것은 과연 어떠한 내용을 가진 편지였던고……? 그러나 의장은 그 편지를 과히 중요시하지 않은 듯이 탁자 한편에 밀어놓으면서

"자아, 이제부터 송춘식 의원의 변호를 듣기로 하겠습니다."

하고 송춘식을 재촉하였다. 그 말을 듣자 송춘식은 전과 같은 오만한 태도로 몸을 일으키며 자기가 어떻게나 두텁게 강 목사의 신임을 받고 있었던가에 대한 이야기를 하고 그러한 사실 무근의 중상을 하는 자가 대체 누구인지는 모르지만 그것은 틀림없이 자기의 명예를 일부러 매장시키려 하는 가증한 적의 소행이라고 갈파*한 후에

"여러분, 그때 목숨을 건진 사람이 나 혼자였었다는 사실은 나에게 있어서 하나의 불행한 일입니다. 어째 그러냐 하면 당시의 나의 용감한 행동을 증거할 만한 사람이 한 사람도 없기 때문이지요!"

그때 의장은 밀어놓았던 책상 위의 편지를 천천히 뜯으면서

---

* 갈파喝破: 큰소리로 꾸짖어 기세를 눌러버림. 정당한 논리로 그릇된 주장을 깨뜨리고 진리를 밝힘.

"그러면 강 목사가 귀하에게 부탁하였다는 처자도 역시 그날 밤에 참살을 당하였습니까?"

"그렇습니다. 나는 모든 위험을 무릅쓰고 그의 부인과 그리고 당시 네 살밖에 안 되었던 딸을 데리고 뒷문으로 도망을 치다가 그만 그 불쌍한 모자는 적탄에 맞아 쓰러지고 말았습니다. 그러니까 지금에 이르러 이 송춘식을 변명하여줄 증인이라고는 이 세상에 단 한 사람도 없습니다! 그것은 현재와 같은 불리한 입장에 선 나로서는 하나의 커―다란 불행이 아닐 수 없습니다!"

일동의 얼굴에는 그 순간 송춘식이에 대한 한 줄기 동정의 빛이 떠돌기 시작하였다. 그러나 그때 편지를 읽고 있던 의장이 갑자기 얼굴을 가다듬으며

"아, 마침 귀하의 그 용감한 행동을 증언하여줄 증인이 한 사람 나타났습니다."

"에……? 증인이라고요?"

송춘식은 깜짝 놀라면서 외쳤다.

그러나 의장은 의원 일동을 향하여

"의원 여러분, 이러한 편지를 나에게 보낸 사람이 한 사람 있습니다. 이제 편지를 읽을 터이니 들어주시기 바랍니다."

하고 의장은 다음과 같은 내용을 가진 편지를 읽었다.

중추원 참의 송춘식 씨가 왕년 아미성 참극 당시에 취한 행동을 직접 목격한 대로 귀 특별 의원회에서 증명하고자 하는 한 사람의 증인이 지금 응접실에서 기다리고 있사오니 귀 의원회에서 의향이 있다면 지금이라도 곧 저를 불러들여주시기 바랍니다.

단지 그것뿐이고 편지에는 발신인의 성명도 주소도 씌어 있지 않았다.

그때 송춘식은 벌떡 일어서면서 부르짖었다.

"의장! 그 편지에 귀를 기울여서는 아니 됩니다. 그러한 증언을 할 사람은 하나도 없습니다! 그것은 틀림없이…… 틀림없이 나를 그 어떤 무서운 모함에 쓸어 넣으려는 거짓 증언일 것입니다."

그러나 의장은 그때 송춘식이의 진술은 들은 척도 하지 않고 의원 일동을 향하여 다음과 같은 질문을 발하였다.

"의원 여러분, 지금 응접실에서 기다리고 있는 이 편지의 발신인을 불러들이기를 원하십니까……? 그렇지 않으면 송 의원의 변명을 충분하다고 인정하고 이 증인을 물리치는 것을 원하십니까?"

"의장, 증인을 불러주십시오!"

하고 의원 한 사람이 발언을 하였을 때

"그렇소. 빨리 불러들이시오!"

하고 뒤를 잇듯이 일동은 외쳤다.

"그러면……."

하고 의장은 수위를 불러들여

"응접실로 가서 이 편지를 갖고 온 증인을 불러들여라."

"네."

하고 수위는 나갔다.

과연 이 궁지에 빠진 송춘식을 구해줄 증인이란 대체 누구일까……? 그렇게 생각하면서 일동이 침을 삼키며 기다리고 있을 때 이윽고 문이 열리며 늙은 수위의 안내를 받아 조용히 따라 들어온 한 사람의 증인— 그것은 독자 제씨도 이미 추측한 바와 같이 세상이 백진주 선생의 애인이라고 부르는 춘앵이었다.

55. 은인이냐 적이냐

서슴지 않고 방 안으로 선뜻 들어서는 중국 여인 춘앵이— 선명한 석판화石版畫에서 지금 막 빠져나온 것과도 같이 어여쁜 십팔구 세의 여인 춘앵이!

의원 일동은 이 어여쁜 이국의 처녀가 어찌 궁지에 빠진 송춘식을 구할 수 있을까를 의심하면서 비로소 춘앵의 자태로부터 송춘식이의 얼굴로 시선을 옮기자 송춘식은 그만 눈앞이 아찔해지는 것처럼 한마디 깊이

"오오……!"

하고 절망적인 부르짖음과 함께 의자에 펄썩 주저앉고 말았다. 일동은 그것을 보자 이 어여쁜 증인이 결코 송춘식이의 이익을 위해서 등장한 것이 아니라는 사실을 비로소 깨달을 수가 있었다.

"아미성 참극에 관하여 부인이 귀중한 증언을 진술하겠다는 것이 사실입니까?"

하고 그때 의장은 춘앵이에게 의자를 권하면서 그렇게 물었다.

"그렇습니다."

춘앵은 조선말로 유창하게 대답하였다.

"그러나 부인은 보건대 아직 연세가 무척 젊으신 것 같은데……."

"네, 바로 그때 저는 네 살밖에 안 되는 어린애였습니다. 그러하오나 저희 가족이 비참한 최후를 마친 그때의 무서운 광경은 지금도 제 눈앞에 알알이 떠오르는 것 같습니다."

그 순간 의장은 놀라면서

"부인의 가족이라고요……? 아니, 부인은 대체 어떠한 신분을 가지신 분이길래……?"

"저는 강병호 목사의 딸 강춘앵이올시다."

"오오, 당신이……?"

그것은 단지 의장 혼자만의 부르짖음이 아니고 의원 일동이 다 같이 외친 부르짖음이었다.

"그렇습니다. 제 아버지의 신임을 독차지하고 있던 송만식은 아니, 지금 저기 앉아서 성난 짐승처럼 이를 갈면서 부들부들 떨고 있는 송춘식은 마적과 내통하여 아버지의 목숨을 백만 원에 팔아먹은 후 저의 어린 몸을 껴안고 비탄에 잠겨 있는 저의 어머니를 총살하였습니다. 아니올시다, 그뿐만이 아니올시다! 저놈은…… 저놈은 저의 어머니가 아버지의 사업을 후원하기 위하여 대대손손이 내려오는 귀금속품을 판 이백만 원을 어머니의 시체에서 약탈을 하였습니다! 아니올시다, 그뿐만이 아니올시다! 저놈은 나를 하얼빈 비밀 시장으로 끌고 가서 나의 몸을 장유길張有吉이라는 인신 매매 상인에게 오만 원이라는 돈을 받고 팔아먹은 원수올시다!"

비교적 침착한 춘앵이었다. 그러나 그의 연약한 폐부를 뚫고 흘러나오는 이 골수에 사무친 원한의 한마디 한마디는 듣는 사람으로 하여금 등골에 소름을 끼치게 하는 날카롭고도 절절한 호소였다.

"오오……."

그것은 의원 일동을 비롯하여 의장과 그리고 장본인인 송춘식까지가 무의* 중에 부르짖은, 감탄사도 아니요 신음도 아닌 일종 형용할 수 없는 외침이었다.

그때 의장은 정신을 가다듬으며

"그러면 부인은 그러한 것을 증명할 무슨 증거물 같은 것을 우리들에게 제공할 수가 있겠습니까?"

| * 무의無意: 의지가 없음. 무의지無意志.

"네, 있습니다. 그때 내 몸을 송만식의 손으로부터 산 장유길이라는 자가 칠 년 후 열한 살 먹은 나를 다시금 고가로 백진주 선생에게 팔 때 백진주 선생과 매매 계약을 한 증거 서류를 갖고 있습니다."

그러면서 춘앵은 핸드백 속에서 한 장의 낡은 서류를 꺼내어 의장에게 주면서

"백진주 선생은 이 서류를 나에게 돌려주시면서 자아, 이 매매 계약서만 불살라버리면 그대는 인제부터는 영원히 자유로운 몸이라고 말씀하셨습니다만 그러나 나는 오늘날 이러한 기회가 있기를 마음속으로 고대하면서 이 서류를 불살라버리지 않고 갖고 있었습니다."

서류에는 다음과 같은 내용이 중국어로 기록되어 있었다.

증서證書— 1925년 10월, 일금 오만 원을 제공하고 송만식의 손으로부터 양도를 받은 강춘앵을 다시 백진주 선생에게 일금 오십만 원에 양도한다는 것을 자玆에 정확히 증명함. 따라서 금후에 있어서의 강춘앵에게 관한 모든 권리는 백진주 선생에게 있다는 것을 아울러 증명함.

1932년 5월 10일
장유길 ㊞

의장이 서류를 읽고 났을 때 일동의 시선은 일제히 송춘식의 얼굴로 쏠리었다. 그러나 송춘식은 인젠 자기의 죄악을 변명할 기력이 송두리째 빠져버리고 만 것 같았다. 다만 전신을 부들부들 떨면서 무섭게 부릅뜬 두 눈동자로 강춘앵의 얼굴만 노려보고 있을 따름이었다.

"그러면 부인께서 오늘 이 자리에 나오신 것은 백진주 선생의 지시가 있은 때문입니까?"

"아니올시다, 선생은 지금 인천 별장에 가서서 집에는 안 계십니다. 그리고 만일 선생께서 집에 계신다면 이러한 저의 행동을 극력 막았을 것에 틀림없습니다. 저는 다만 오늘 저녁의 석간을 보고 이 자리야말로 아버지와 어머니의 원수를 갚는 좋은 심판소라고 믿고 달려온 것입니다."

그때 의장은 비로소 송춘식을 향하여

"그러면 송 의원은 강춘앵 양의 진술에 대하여 무슨 변명의 말씀은 없습니까?"

그러나 송춘식은 대답이 없다.

"그러면 내가 한 가지 묻기로 하겠습니다. 무엇보다도 먼저 귀하는 이 부인을 강병호 목사의 따님으로 인정하십니까?"

송춘식은 그 말에 벌떡 일어서며 미친 듯이 외쳤다.

"아닙니다! 저 여자는…… 저 여자는 거짓 증언을 하고 있는 것입니다!"

그때까지도 침착한 태도를 간신히 유지해오던 춘앵은 마침내 장막을 찢는 것 같은 날카로운 목소리로 외쳤다.

"오오, 이 무서운 악인이여! 그때 비록 네 살밖에 안 되던 나의 얼굴을 너는 잊었을는지 모를 게다. 그러나 내 얼굴과 네가 총살한 나의 어머니의 얼굴은 판에 박은 듯이 똑같이 생겼다. 그래, 너는 내 어머니의 얼굴까지도 잊어버렸다는 말이냐? 네 이마에는 내 아버지의 가슴에서 뿜은 새빨간 핏줄기의 온기가 아직도 남아 있을 것이다!"

그 순간 송춘식이의 손은 저도 모르는 사이에 자기의 이마를 어루만져보았다. 그러고는 마침내

"으음─."

하는 깊은 절망의 신음과 함께 의자에 쓰러지고 말았다. 그리고 일단

쓰러졌던 몸을 다시금 간신히 일으키면서

"의장, 아무런…… 아무런 변명도 없습니다!"

하는 최후의 한마디를 등 뒤에 남겨놓고 몽유병자인 양 비틀거리는 발걸음으로 쏜살같이 회의실을 뛰쳐나갔다.

의장은 그의 뒷모양을 물끄러미 바라보고 섰다가

"그러면 의원 여러분은 송 의원의 죄악을 인정하십니까?"

하고 물었을 때

"인정합니다! 인정합니다!"

하고 만장일치로 가결을 지었다.

춘앵은 그때 미소를 띤 얼굴로 의장을 향하여

"오늘이야 비로소 저는 아버지와 어머니의 영혼을 위로해드렸습니다!"

하고 조용한 걸음걸이로 회의실에서 나가버렸다.

이리하여 송춘식은 완전히 사회에서 매장을 당하였던 것이니 어머니의 지급 전보*를 받고 서울로 뛰어온 송준호가 이상의 사실을 알게 된 것은 동양신보사에서 임성묵을 만난 후의 일이었다.

"임 군, 잘 알았네. 존경하던 아버지…… 믿고 있던 아버지…… 그러나 임 군, 지금에 와서 아버지의 죄악을 세상에 폭로시킨 그놈이 누군지……? 나는 그놈을, 그 원수를 찾아내서…… 이 짓밟힌 자존심을 분풀이하지 않고는 견뎌 배길 수가 없네! 상해서 증거 서류를 갖고 와서 각 신문사로 돌아다닌 놈이 대체 누구인지……? 임 군, 그것을 나에게…… 나에게 알려주게."

"그놈에 관해서는 나도 많이 생각해봤지만 결국 확실한 것을 알 수가

| *지급 전보至急電報: 일반 전보보다 더 빨리 전송하는 특별 전보. 지급至急. 지급전至急電.

없었네. 그러나 한 가지 이상히 생각되는 것은 저번 내가 상해 황포 은행엘 찾아갔을 때 지배인 왕수평은 말하기를 저번 서울서도 아미성 사건에 대해서 꼭 같은 것을 조사해간 사람이 있다고……."

"응……? 아니, 임 군보다도 먼저 그것을 조사해갔다고……? 응, 그렇다면 바로 그놈이다!"

"그런데 사람이 와서 조사해간 것은 아니고 서신으로 조사해갔다는 데 말이네."

"그래, 그가…… 그가 대체 누구란 말인가?"

"송 군, 놀라지 말게. 실상 나도 의외로 생각했지만 그건 황포 은행과 다년간 거래가 있는 서대문 은행의 두취……."

"엣……? 아니, 저 장현도 말인가?"

"음, 바로 그 장현도 씨라네."

송준호는 입을 꽉 다문 채 맞은편 담벼락을 한참 동안 뚫어질 듯이 바라보다가

"음, 알 법한 일이네! 그는 자기 딸과 홍선일을 결혼시키기 위해서 나와의 혼인을 거절할 필요를 느끼고 파혼의 구실을 삼으려고……."

"그러나 송 군, 단지 파혼의 구실을 삼으려고 그처럼 심각한 계획까지를 할 필요가 어디 있겠는가 말이야?"

"아니다. 그는 모든 점에 있어서 나의 아버지와 경쟁을 하고 있던 것만은 사실이니까…… 오냐, 장현도가……?"

하고 송준호는 벌떡 일어서면서

"임 군, 군은 나의 친우다. 나는 장현도와 결투를 할 작정이니 군은 나를 위하여 입회인이 되어주기를 바란다."

그 한마디를 던져놓고 송준호는 임성묵의 손목을 끌다시피 하여 충신동 장현도의 집을 그길로 방문하였다.

그즈음 장현도는 머지않아서 자기 사위가 될 홍선일과 골똘히 무슨 이야기를 하고 있었다.

송준호는 다짜고짜로

"장 두취, 변명을 하시오. 그렇지 않으면 나와 더불어 결투를 하시오!"

하고 무서운 기세로 달려들었다.

"흐흥, 자네는 옥영이에 대해서 무슨 좋지 못한 감정을 갖고 있는가?"

장현도는 코웃음으로 넘겨버린다.

"옥영이……? 그런 사람의 이름은 나의 기억에는 없소! 나는 당신이 아미성 사건에 관하여 상해 황포 은행에 보고를 위탁한 일이 있는가 없는가에 대해서 질문을 하고 있는 것이오. 자아, 증인까지 데리고 왔으니 똑똑히 대답을 하시오!"

장현도는 그때 임성묵을 곁눈으로 한번 흘겨보고 나서 비웃는 태도로

"확실히 그러한 보고를 의뢰한 적이 있네."

"그것은 무슨 필요에서 나왔습니까?"

"무슨 필요에서 나왔건 그것을 자네에게 설명할 필요는 없지만 자네가 구태여 그것을 요구한다면 못 할 바도 아니니까…… 말하자면 나로서는 자네 부친이 그러한 과거를 가진 줄은 통 모르고 다만 단순한 이유— 인제부터 사돈이 되려는 사람의 재산의 출처가 알고 싶어서…… 알다시피 자네 부친은 만주서 한세상 밑천을 잡았지만 그러한 적지 않은 재산이 어떤 경로로 자네 부친의 손에 굴러들어왔는지 그것이 알고 싶었던 때문이지만 의외에도 그런 줄은……."

장현도의 설명은 실로 분명하였다.

"그러나 그러한 비밀을 어떻게 해서 신문사에서 알아차렸는지 그것은

절대로 나의 책임은 아니네. 아니, 그보다도 황포 은행에 물어보면 자네 부친의 과거를 알 것이라고 내가 전연 생각지도 못한 방면으로 나의 주의를 돌리도록 나에게 충고를 하여준 사람이 있는데……."

"그러면 당신에게 그러한 충고를 한 사람은 대체 누굽니까? 그것을 나에게 알려주시오!"

"그것은 저……."

"그것은 누구요?"

"백진주 선생이네."

"에……? 백진주 선생이라고요?"

청천벽력과도 같은 사실이었다.

"오오, 백진주 선생이……? 백진주 선생이……? 아, 그렇다!"

송준호는 그 순간 벌떡 몸을 일으키면서 부르짖었던 것이니 그렇다, 생각하면 백진주 선생이 무척 수상하지 않은가!

특별 의원회에서 자기 아버지를 최후의 궁지까지 몰아넣은 것은 백진주 선생의 애인 춘앵이가 아니었던가! 그리고 백진주 선생은 무슨 이유로 강병호 목사의 딸인 춘앵이를 대금 오십만 원을 던져서 샀는가……?

"그렇다! 무슨 이유에선지는 알 수 없으나 아버지의 과거를 누구보다도 자세히 알고 있는 것은 틀림없는 백진주 선생이다! 그렇다, 적은 장현도가 아니고 백진주 선생이다!"

송준호는 미친 듯이 외치면서 혜화동 백진주 선생의 저택을 향하여 뛰쳐나갔던 것이니 아아, 어제의 은인이 오늘의 적으로 변할 줄을 누가 가히 추측했으랴!

56. 아아, 이 모욕!

"백진주 선생! 그렇다. 보이지 않는 원수는 백진주 선생에 틀림이 없다!"

송준호는 그렇게 부르짖으면서 일로 혜화동을 향하여 자동차를 몰았다.

"그러나 송 군, 장현도는 돈을 사랑하는 위인인 만큼 자네가 결투를 하재도 저편에서 피할는지 모르겠지만 백진주 선생은 그러한 위인이 아니다. 뿐만 아니라 백진주 선생은 무술의 달인— 날아가는 새를 떨어트리는 훌륭한 사격을 가진 이다. 그것이 나에게는 적잖게 염려되는 바이네."

하고 임성묵은 불만한 표정을 지었다.

"음, 나도 그가 무술의 달인이라는 것은 잘 알고 있다. 아니, 내가 만일 그의 손에 죽는 한이 있을지라도 아버지의 명예를 위하여 싸우다 죽었다면 그것은 나의 바라는 바이다."

"그러나 그렇게 되면 군의 어머니는 무서운 비탄으로 말미암아……"

"그것도 잘 알고 있다. 그러나 사회로부터 이러한 치욕을 받고 살아 나가는 것보다는 어머니도…… 어머니도 그 비탄 속에서 차라리 죽어버리는 것이 나을는지 모른다. 그것이 아들로서의 효성일 것이다!"

"음……."

임성묵도 뭐라고 더 만류할 기력이 없었다. 이윽고 자동차가 멎었다. 송준호는 차에서 내리기가 바쁘게 현관으로 뛰어 들어가서 초인종을 눌렀다. 하인 한 사람이 나왔다.

"백진주 선생은 인천서 돌아왔을 텐데, 계시는가?"

"계십니다. 그러나 지금 목욕을 하시는 중이십니다. 목욕을 하시고는 저녁을 잡수시고 여덟 시에는 부민관 음악회 구경을 가십니다."

"그러니까 만날 수가 없다는 말인가?"

"그렇습니다."

"음…… 비겁하게도 나를 피하려는 것이 아닌가……?"

그러나 다음 순간 그것은 더욱 좋은 기회라고 생각하였다. 서울의 명사들이 많이 모인 부민관에서 백진주 선생에게 모욕을 주는 것은 한층 더 통쾌한 일일뿐더러 그 결과는 반드시 내일의 결투를 가져올 것이 아닌가!

"음, 잘 알았다. 여덟 시에 부민관으로 가는 것만은 사실이겠지?"

"네, 네, 사실이올시다."

그 말을 듣자 송준호는 다시 자동차로 돌아와서

"임 군, 군은 홍일태 군을 데리고 오늘 밤 여덟 시에 부민관으로 와주게. 군과 홍 군의 두 사람은 이번 나의 결투에 있어서 입회인이 될 사람이니까……."

임성묵은 그것을 약속하고 송준호와 헤어졌다.

송준호는 집으로 돌아오자 자기의 친구인 신영철과 조봉구와 그리고 모인규의 세 청년에게 전화를 걸어 오늘 밤 여덟 시에 꼭 부민관으로 좀 와달라는 말을 하였다. 그것은 혹시 자기의 결투의 결심이 죽어지지나 않을까를 염려한 때문이다. 이처럼 아는 친구들이 모두 모인 가운데서라면 체면 관계로라도 끝끝내 결투를 실행하지 않을 수 없게 되기 때문이었다. 뿐만 아니라 백진주 선생도 역시 체면을 유지하기 위해서라도 나와의 결투를 거절하지는 못할 것이다.

송준호는 그리고 이삼일 동안 뵙지 못한 어머니의 방으로 들어갔다. 하인들의 말을 들으면 어머니는 두문불출 자리에 누우서서 아무와도 만나지 않는다는 것이었다.

"아아, 준호야……!"

어머니는 자리에서 몸을 일으키며 아들의 손목을 부여잡고 흐늑흐늑 느껴 울기 시작하였다. 기력을 잃은 창백한 얼굴에 자꾸만 자꾸만 흘러내리는 비탄의 눈물!

"어머니, 어머니는 송춘식 씨에게 어떠한 원수가 있는지 아십니까?"

어머니는 놀랐다. 아들이 아버지의 성명 삼 자를 입에 담는다는 것은 벌써 아버지를 아버지로 여기지 않는다는 증거이기 때문이다.

"준호야, 아버지처럼 지위가 높으신 분에게는 원수도 한두 사람 있을 것이 아닌가? 그러나 이편에서 알고 있는 원수는 그리 무섭지 않은 거야. 이편에서 모르고 있는 원수가……."

"그렇습니다. 어머니는 총명하신 분이니까 우리 집안을 해치려는 그 원수의 정체를 아실 것입니다. 저번 날 밤 우리 집에서 만찬회를 열었을 때 저 백진주 선생은 한 숟갈도 우리 집 음식에 손을 대지 않았습니다. 원수의 집에서는 절대로 음식을 먹지 않는다는 것이 우리 동양인의 철칙입니다."

"아니, 준호는 무슨…… 무슨 그런 말을…… 그럼 네가 그처럼 따르던 백진주 선생이 아버지의 원수란 말이냐?"

하고 어머니는 새파랗게 안색을 변하면서

"그것은 잘못 생각이다. 상해서도 네 목숨을 구해주신 그분을 의심해서는 안 된다. 아니, 준호야, 이 어미가 네게 바라는 것은 어디까지나 백진주 선생과 사이좋게……."

"어머니, 어머니는 저와 백진주 선생이 사이좋게 지내지 않으면 아니될 그 무슨 특별한 이유가 있다는 말씀입니까?"

아들의 그 한마디는 창백한 어머니의 양 볼에 한 점 홍조를 띠게 하였다. 그러나 그것은 일찰나의 일이다. 어머니의 얼굴은 전보다도 더한

충 핏기를 잃었다. 감히 입을 열어 말을 못 하는 어머니였다. 이윽고 어머니는 말머리를 돌리며

"준호야, 오늘 밤은 아무 데도 가지 말고 내 옆에 좀 있어다오!"

"그러나 어머니, 오늘 밤만은 피치 못할 사정이 있어서 외출을 하여야겠습니다. 용서하십시오."

그러고는 총총히 어머니 옆을 떠난 송준호였다.

그 뒤로 어머니는 곧 신임하는 하인 한 사람을 불러 아들의 뒤를 따라가서 어디로 가는지를 알아오라고 타이른 후에 자기도 외출복으로 갈아입고 하인이 돌아오기를 기다리고 있었다.

그로부터 약 삼십 분 후, 부민관 대강당은 터져 나갈 것 같은 대만원이다. 송준호는 임성묵, 홍일태, 조봉구, 신영철들과 함께 자리를 잡고 백진주 선생이 오기를 기다리고 있다가 이윽고 모인규 청년을 데리고 이 층 정면 중앙에 예약해두었던 빈 좌석으로 들어오는 백진주 선생을 보았다.

사람들의 시선이 일제히 백진주 선생에게로 쏠리었다. 특별 의원회에서 송춘식의 죄악을 세상에 폭로한 강춘앵의 보호자인 백진주 선생을 사람들은 일종의 영웅적인 감정과 존경의 염으로 바라보았다.

모인규는 무슨 영문인지도 모르고 아까 송준호가 전화로 청하는 대로 부민관으로 오는 도중에서 백진주 선생을 만나 같이 들어온 것이었다.

백진주 선생의 얼굴에는 표정이 없다. 그 표정 없는 얼굴을 어저께까지도 존경하던 송준호이건만 오늘은 한없이 미웠다. 송준호는 불끈 주먹을 쥐고 백진주 선생의 좌석으로 달려갔다. 그 뒤를 따르는 임성묵—.

"오오, 나는 누군가 했더니 송 군이 아니오? 자아, 이리 좀 앉으시지요."

반만큼 미소를 띤 얼굴로 천연히 맞아들이는 백진주 선생이었다. 그러나 송준호는 온몸을 부들부들 떨면서

"나는 위선의 가면을 쓴 그러한 더러운 예의와 우정을 교환하러 온 것이 아니오. 나는 당신의 입으로부터 단 한마디의 변명을 들을 셈으로 온 것이오!"

"변명이라고……?"

백진주 선생은 약간 눈썹을 모으면서

"아무리 내가 이 서울의 관습을 모르는 사람일지라도 이러한 장소에서 그러한 요구를 받을 줄은 실로 천만뜻밖……."

"그러나 지금은 목욕 중이니 못 만나겠다, 식사 중이니 못 만나겠다 하는 사람에게 장소의 선택을 구별해줄 수는 없는 것이오."

"그러나 송 군이 나를 만나는 것은 그리 어려운 일이 아니라고 생각하는데…… 어제까지도 송 군은 나와 같이 있은 사람이 아니오?"

"분명히 그렇소. 그러나 어제까지는 나는 당신이 어떠한 사람인지를 몰랐기 때문이오. 그리고 당신의 간책*을 간파한 오늘 나는 당신에게 아버지를 위하여 복수를 할 것이오!"

사람들의 시선이 일시에 쏠리어왔다. 그 순간 백진주 선생의 얼굴에는 그 어떤 형용할 수 없는 무서운 표정이 핑 돌다가 곧 사라졌다.

"송 군은 나를 이 만인간 시중**에서 모욕을 할 심산입니까?"

"그렇소. 만일 그러한 모욕이 받기 싫거든 지금이라도 곧 밖으로 나가서 정정당당히 결투를 하시오!"

"결투……?"

---

* 간책奸策: 간사한 계책. 간계奸計.
** 만인간 시중萬人間市中, 萬人間視中: 세상의 모든 사람들에게 공개된 곳. 세상의 모든 사람들이 보는 가운데.

하고 백진주 선생은 꽥 하고 소리를 지르며

"결투에는 순서가 있고 수속이 있는 법이다!"

"에잇, 비겁한 사람!"

하고 송준호는 그 순간 손에 들고 있던 땀에 젖은 손수건을 백진주 선생의 면상을 향하여 내갈겼다. 아니, 내갈기려 할 때 옆에 앉았던 모인규가 송준호의 팔목을 잡았다.

다음 순간 백진주 선생은 얼음덩이처럼 냉정한 어조로 입을 열었다.

"다행인지 불행인지 모르되 군이 던진 그 더러운 손수건은 모 군의 방해로 말미암아 내 얼굴을 내갈기지 못했다. 그러나 그것은 다른 사람의 방해로 말미암은 우연한 일이다. 나는 이 자리에서 군의 손수건이 내 얼굴을 내갈긴 줄로 믿고 나는 군과 더불어 아니, 군이 요구하는 대로 결투의 요탁*을 쾌히 승낙한다!"

그러고는 다시 아무런 일도 없었던 것처럼 태연히 무대 위로 시선을 옮겼다. 그때 따라왔던 임성묵이가 사이에 나서면서 송준호를 자기 자리로 돌려보낸 후에

"송 군은 지금 그의 부친이 받은 타격으로 말미암아 극도로 흥분한 사람이라는 것을 알아주시면 고맙겠습니다. 그런데 거기 대해서 단 한마디의 변명만을 해주십시오. 그것은 저번 날 밤 강춘앵이가 의원회에 나가서 그러한 증언을 한 것이 결코 백 선생의 교사**가 아니라는 그 단 한마디만을……."

"당신은 그것을 나에게 요구하고 명령하지만 백진주 선생에게 요구하고 명령할 수 있는 인간은 이 넓은 세상에서 단 한 사람, 백진주 선생 자신뿐이라는 것을 알아주시면 감사하겠습니다."

---

* 요탁要託: 요구나 부탁.
** 교사敎唆: 남을 꾀거나 부추겨서 나쁜 짓을 하게 함.

"정히 그러시다면 송 군과의 결투는 도저히 피할 수가 없습니다."

"결투는 이미 결정된 사실이 아닙니까? 문제는 단 한 가지— 장소와 무기의 선택이 남았을 뿐이지요. 원칙으로 말하면 내가 모욕을 받았으니까 무기의 선택권은 이편에 있을 게지만 상대편이 아직 어린 사람인만큼 무기와 장소의 선택을 상대편에 양보를 하겠소."

"아, 그러면 무기는 피스톨, 장소는 장충단 공원,* 시각은 내일 아침 일곱 시로 정하겠습니다. 송 군은 나를 자기의 입회인으로 선정했으니까요."

"잘 알겠습니다."

임성묵이가 돌아간 후 백진주 선생은 모인규를 돌아다보면서

"모 군, 군과 군의 매부인 고영수 군을 나의 입회인으로 정하겠소."

"그것은 염려 마십시오. 그런데 백 선생님은 저 송 군을 어떡하실 셈입니까?"

"내일 아침 일곱 시에 나는 송춘식의 피를 받고 세상에 나온 그의 아들을 죽여버릴 테요!"

"오오, 백 선생!"

그날 밤 집으로 돌아오자 백진주 선생은 벽장 깊이 간직해두었던 한 자루의 권총을 꺼내어 탄환을 넣은 후에 들창을 열었다.

들창 밖엔 꾸부러진 조그만 소나무가 한 그루 서 있었다. 그 소나무 가지에 실로 꿰매 단 십 전짜리 백동화가 세 개 데룽데룽 달려 있다.

백진주 선생은 표정 없는 얼굴에 타는 듯한 눈동자로 그 데룽데룽 달린 백동화의 한 개를 향하여 권총 든 손을 번쩍 쳐들었을 바로 그때 벙어

---

* 장충단 공원獎忠壇公園: 서울시 중구 장충동獎忠洞 남산 기슭에 있는 공원. 장충단은 을미사변乙未事變 (1895) 때 순국한 대신과 장병을 추모하기 위해 1900년에 고종이 창건한 초혼단招魂壇이었으나, 1919년에 일본식 공원으로 바뀌었다.

리 하인 아리가 머리를 푹 수그린 한 사람의 귀부인을 인도하면서 조용히 방 안으로 들어왔던 것이니 아아, 원수 송춘식의 외아들 송준호의 가슴을 뚫어버리고자 최후의 사격을 연습하려는 백진주 선생의 충혈된 눈앞에 홀연히 나타난 것은 과연 누구였던고⋯⋯?

태양환의 일등 운전사 이봉룡의 평온과 안식을 해와 달에 빌던 순정의 계집애요 한 떨기 해당화이던 계옥분 그 사람이었다.

57. 봉룡과 옥분

머리를 폭 숙이고 방 안으로 들어온 송춘식 부인은 하인이 물러가자

"봉룡 씨, 제 아들을 구해주십시오!"

하고 외치면서 백진주 선생의 앞으로 한걸음 다가섰다. 그 소리에 그만 백진주 선생은 저도 모르게 손에 잡았던 권총을 방바닥에 떨어트렸다.

"부인은 지금 누구의 이름을 부르셨습니까?"

"당신의 이름을⋯⋯ 저 혼자만이 잊지 않고 있던 당신의 이름을 불렀습니다. 지금 봉룡 씨를 찾아온 사람은 송춘식 부인이 아니고 옥분이올시다, 계옥분이올시다!"

"그러나 부인, 옥분은⋯⋯ 계옥분은 죽었습니다."

아아, 얼마 만에 자기 입으로 불러 보는 이름이며 자기 귀로 들어 보는 이름인고!

"아니올시다, 옥분은 죽지 않고 살아 있습니다. 맨 처음에 당신을 만났을 때 이 옥분이만은 당신이 누구인지를 알아보았습니다. 그리고 오늘날 송춘식을 사회에서 매장한 사람이 누구인지도 잘 알고 있습니다. 그리고 오늘 밤 준호의 뒤를 따라 부민관으로 가서 모든 것을 제 눈으로 보

았습니다."

"그렇다면 부인께서는 내가 송준호를 죽이지 않으면 안 되겠다는 이유도 알았을 것입니다. 공중의 눈앞에서 그러한 모욕을 받고도 그를 내버려둔다면 내일부터 이 백진주는 사람들의 웃음거리가 될 터이니까……."

"그러나 봉룡 씨, 준호는 아버지의 불행이 누구 때문에 일어났는지를 알고 있습니다. 그러니까 그처럼 흥분해서……."

"부인, 잘못 생각하시어서는 아니 됩니다. 그것은 결코 불행이 아니고 하나의 징벌입니다. 내가 송춘식을 쓰러트린 것이 아니고 하늘이 그 사나이에게 형벌을 준 것입니다!"

"그러나…… 그러하오나 어째서 당신이 하늘을 대신하여 그에게 형벌을 줄 수가 있다는 말씀입니까? 아미성 사건과 무슨 관계를 당신이 갖고 계신다는 말씀입니까?"

"물론 아미성 사건은 춘앵이와 송춘식과의 일어난 사건이요 나에게는 하등의 관계가 있을 리 만무하지요. 다만 내가 일생을 두고 복수를 맹세한 것은 현재의 송춘식이가 아니고 나의 손으로부터 계옥분을 뺏어간 고기잡이꾼 송춘식입니다!"

"오오, 봉룡 씨!"

하고 옥분은 날카롭게 부르짖으며

"그것은…… 그것은 돌아올 줄 모르는 당신을 기다리고 기다리다가 고독과 비탄에 기력을 잃고 그이한테 시집을 간 이 옥분이에게 죄가 있습니다!"

"그러나 어떻게 되어서 내가 돌아오지를 않았습니까? 어째서 내가 옥분을 고독하게 만들었습니까?"

"그것은 당신이 독립단의 한 사람으로서 체포를 당하여 감옥으로 갔었기 때문이 아니에요?"

"어째서 내가 체포를 당했습니까? 어째서 내가 감옥으로 가게 되었습니까?"

"그것은 전 몰라요. 저는 다만……."

"그랬을 것입니다. 부인께서는 그 이유를 몰랐을 것입니다. 그러면 내가 그것을 부인께 알려드리지요. 내가 체포되어 감옥으로 가게 된 것은 우리들이 약혼을 하게 된 전날 억낭틀 한길 가 주막에서 장현도라는 사나이가 쓴 한 장의 무서운 내용을 가진 밀고장을 송춘식이라는 사나이가 우체통에다 쓸어 넣은 때문이었습니다."

그러면서 백진주 선생은 문갑에서 한 장의 낡은 편지를 끄집어냈다. 그것은 일찍이 백진주 선생이 상해 교역 은행의 사원 허달준이라는 변성명으로 당시 형무 검찰관이던 최성문 씨를 찾아가서 모 상회에 대한 이십만 원의 채권을 살 때 수인 명부록에서 슬그머니 찢어 넣은 밀고장이었다.

"자아, 이것을 읽어보십시오."

하고 부인에게 내주었다. 부인은 떨리는 손으로 밀고장을 받아 쥐고 단숨에 죽 내리읽고 나서 미친 듯이 외쳤다.

"오오, 이런 무서운 일이 세상에……."

"그렇습니다. 나는 이 한 장의 밀고장으로 말미암아 아아, 실로 십사 년 동안이라는 긴 세월을 저 무서운 해상 감옥 지굴 감방에서 살았습니다! 그 십사 년 동안을 두고 나는 자나 깨나 단 한 가지 복수만을 생각하였습니다. 그러나 그 무서운 밀고자가 봉룡이의 손으로부터 옥분을 빼앗은 줄은 꿈에도 몰랐지요."

"오오, 봉룡 씨!"

"나는 복수를 했습니다. 아니, 현재도 하고 있는 것입니다!"

"아아……."

하고 부인은 마침내 쓰러질 듯이 비틀거리며 애처로운 목소리로

"봉룡 씨, 용서하여주십시오! 지금도 당신을 이처럼 사랑하고 이처럼 믿고 있는 옛날의 옥분을 위하여……."

"그것은 부인이 나에게 복수를 단념하라는 말씀입니까……? 안 됩니다. 그것은 하늘의 뜻을 배반하라는 말과 똑같은 말씀이지요!"

"봉룡 씨, 저는 이처럼 당신의 이름을 부르는데 당신은 어째서 저를 옥분이라고 불러주지를 않습니까? 원망스럽습니다!"

그때 백진주 선생은 저주와 분노와 그리고 연민이 서로 얽힌 일종 착잡한 표정으로 물끄러미 송춘식 부인을 바라보다가 마침내 억제할 수 없는 그 어떤 강렬한 충동을 전신에 느끼면서

"옥분 씨!"

하고 옛날 그대로의 이름으로 부인을 불렀다.

"옥분 씨! 아아, 그렇습니다. 이 이름은 언제든지 나에게 생에 대한 애착을 항상 느끼게 하던 반갑고 정답고 그리고 유쾌한 이름이었습니다. 그리고 그렇기 때문에 나는 복수를 하지 않아서는 아니 됩니다! 그렇습니다. 나는 당신의 눈앞에서 다시 한 번 맹세하겠습니다. 나의 복수는 어떠한 일이 있더라도 실행되고야 말 것이라는 것을……!"

그 말에 부인은 머리를 들었다. 그리고 그 무엇을 깊이 결심한 듯이

"봉룡 씨, 하세요. 복수를 하세요! 그리고 죄를 지은 사람에게 복수를 하세요. 그 사나이에게 복수를 하세요. 그리고 이 옥분이에게 복수를 하세요. 그러나 준호에게는 아무런 죄도 있을 수 없습니다!"

"부인, 성서에 이런 말이 있습니다. 아버지의 죄는 삼대 사대까지도 후손에 미친다고— 나는 성서 이상의 일을 할 만한 힘이 없습니다."

"그렇습니다. 당신은 하늘의 뜻, 신의 뜻을 성취하려는 분이올시다.

그러나 옥분은 지금 자기가 사랑하고 믿고 있던 사람이 자기의 아들을 죽이려는 것을 눈앞에 보았습니다! 그리고 그것을 당신은 하늘의 뜻이라 하시었습니다!"

비탄과 절망과 애원에 찬 최후의 한마디였다. 그 순간 백진주 선생은 짜개지는 것 같은 혹독한 아픔을 가슴 한복판에 느끼었다. 그대로 두면 눈물이 폭포처럼 쏟아져 내릴 것 같은 백진주 선생이었다.

"그러면 부인, 부인을 위하여 나는 무엇을 하면 좋습니까? 부인의 사랑하는 아드님의 목숨을 구해주면 그만이 아니오니까? 알았습니다. 잘 알았습니다. 나는 부인을 위하여 송 군을 살려드리겠습니다!"

마침내 이 복수자는 지고야 말았다.

"오오, 봉룡 씨! 고맙습니다! 봉룡 씨는 역시 제가 생각하고 있던 봉룡 씨였습니다. 오오……!"

절망의 밑바닥에서 광명의 세계로 뛰쳐나온 부인의 부르짖음이었다.

그러나 그 순간 부인은 백진주 선생의 얼굴에 한 줄기 눈물이 스르르 흘러내리는 것을 보았다.

"옥분 씨!"

"네……?"

"봉룡은…… 그러나 불쌍한 봉룡은 길이 당신의 사랑을 받지 못하고 머지않아 한 줌 황토로 변할 것입니다!"

"에……? 봉룡 씨, 무엇이라고요?"

"옥분 씨, 나는 당신의 명령을…… 사랑하는 사람의 명령을 거역하지 못하여 죽지 않으면 안 되는 것입니다."

"죽는다고요……? 죽기는…… 죽기는 왜 죽는다는 말씀이에요?"

"아직 어린애와 같은 송 군에게 그와 같은 모욕을 당한 내가 그를 용서해준 것을 그는 도리어 나를 비겁한 자라고 세상에 공포할 것이 아닙니까? 옥분 씨, 내가 이 세상에서 제일 사랑하는 것은 당신이었고 그다음으로 사랑하는 것은 나 자신이올시다. 나는 나의 자존심과 위신을 위해서라도 나는 내일의 결투를 하지 않아서는 아니 되지요."

"그러나 봉룡 씨, 당신이 저를 용서한 이상 결투는 무슨 결투를……."

"아니올시다, 부인! 결투는 실행될 것입니다. 다만 나의 총알이 송 군을 쓰러트리는 대신 송 군의 총알이 나의 가슴을 뚫을 것입니다."

실로 무서운 결심을 백진주 선생은 마침내 하였던 것이다.

"아아, 당신은……."

하고 소리를 치면서 서너 걸음 백진주 선생 앞으로 달려가다가 무엇을 생각했는지 부인은 문득 발걸음을 멈추면서

"봉룡 씨, 하늘은 포대 속에 든 채 황해 바다 깊은 물속으로 내던져진 당신의 몸을 구하셨습니다. 당신이 탈옥을 하려다가 도리어 바다 속에서 고기밥이 된 것을 풍문에 듣고 알았을 때 저는 전심전력으로 당신의 몸에 하늘의 도움, 신의 기적이 있기를 빌었습니다. 그리고 오늘날 그때의 나의 기원이 결코 헛되지 않았다는 사실을 발견하였습니다. 봉룡 씨, 저는 오늘 밤도 돌아가서 당신의 목숨을 하늘에 빌겠습니다. 전심전력으로…… 그리고 준호의 생명을 구해주시겠다는 당신의 말씀을 굳게 굳게 믿고 돌아가겠습니다. 아아, 당신이야말로 세상에 둘도 없는 훌륭하신 어여쁘신 어른이올시다!"

그러면서 부인은 몸을 일으켰다.

"아, 옥분 씨! 아니, 옥분이!"

"그러면 봉룡 씨! 준호의…… 준호의 목숨만은……."

그 한마디를 다시 한 번 다지듯이 남긴 후에 부인은 방을 나갔다.

이윽고 부인을 태워가지고 가는 자동차 소리가 들리다가 점점 멀어져간다.

백진주 선생은 멍하니 서서 사라지는 자동차 소리가 끊어질 순간까지 귀를 기울이고 있다가 자기 자신을 비웃는 듯이 외쳤다.

"아아, 복수를 하늘에 맹세한 그 순간 나는 어이하여 나의 심장을 칼로 베어버리지를 않았던고……? 어리석은 봉룡이여! 그대는 너무나 약하고 관대한 심장을 가졌다!"

그렇다. 백진주 선생의 이 위대한 복수의 계획이 거의 완성되려는 이때 송준호의 그 서투른 한 방의 총알로 말미암아 백진주 선생의 몸뚱이가 한 줌 황토로 변하려 하는 것이다.

그는 밤새도록 무서운 번민으로 말미암아 잠을 이루지 못하고 미친 사람처럼 방 안을 왔다 갔다 하였다. 송준호의 목숨을 구하려면 자기는 공포를 놓고 그 대신 상대편의 총알에 자기 생명을 바칠 수밖에 별도리가 없었다.

장현도에 대한 복수, 유동운에 대한 복수— 그 모든 것을 희생하고 사랑하는 사람 계옥분을 위하여 자기의 생명을 헌신짝처럼 버리고자 결심한 아아, 순정의 인간 백진주 선생이여, 이봉룡이여!

58. 결투의 결말

밤이 깊도록 백진주 선생은 무서운 번민 속에서 방황하다가 일찍이 써두었던 유언장을 꺼내어 다음과 같은 한 구절을 더 써 넣었다.

이번 결투에 있어서 나는 이겨서는 아니 될 그 어떤 사정으로 말미암아 유동운, 장현도, 송춘식이에게 대한 모든 복수의 계획을 포기하고 스스로의 의사로서 자기의 목숨을 던진다는 사실을 분명히 기록하는 바이다.

이리하여 그는 송준호의 서투른 총알에 넘어지는 것은 결투에 진 것이 아니고 일종의 자살이라는 사실을 표명하여 세상의 비웃음을 면하기 위한 것이었다.

새벽 다섯 시가 가까웠다. 결투의 시각은 나머지 두 시간— 그때 백진주 선생은 문밖에 사람의 인기척을 깨닫고 복도로 나가보았다. 복도 소파 위에서 춘앵이가 피곤히 잠들고 있다.

"오오, 춘앵이!"

그렇다. 춘앵은 송춘식 부인이 왔다 간 후부터 이 서재 문밖에서 백진주 선생의 심상치 않은 행동을 염려하여 밤을 꼬빡 새워가면서 감시의 눈을 게을리 하지 않다가 그만 피곤을 이기지 못하고 소파 위에 앉아서 잠이 들어버리고 만 것이다.

'그렇다. 송춘식 부인에게 한 사람의 아들이 있다면 나에게는 한 사람의 딸이 있었다는 것을 잊어버리고 있었구나!'

백진주 선생은 다시 서재로 들어가서 유언장에다 다시금 다음과 같은 몇 줄을 첨부하였다.

나는 진주도 동굴 속에 매장하여둔 현금 이천만 원을 모영택 씨의 아들 모인규에게 증여한다. 그리고 그 외의 지금, 진주, 금강석, 채권 등의 모든 재산에 대한 상속권은 강춘앵이가 이것을 상속한다. 그리고 만일 모인규가 그것을 희망한다면 내가 딸처럼 기르고 나를 아버지처럼 생각하는 강춘앵을 아내로 삼을지어다. 이 유언의 집행자는 나의 가복* 배성칠로 하여금 담당하게 할 것—.

---

* 가복家僕: 개인적으로 자기 집에서 부리는 사내종. 가노家奴.

백진주 선생이 이상과 같은 유언을 기록하고 붓을 놓으려 하였을 때 그는 춘앵의 날카로운 부르짖음을 등 뒤에 듣고 몸을 돌렸던 것이니

"오오, 춘앵이가 아닌가!"

"아, 선생님은 이런 밤중에 유언장은 뭣 하러 쓰시며 또 제게다 재산은 왜 남겨놓으십니까……? 선생님은 그러면 제 옆에서 떠나실 생각을……?"

"아, 잠깐 여행을 좀 하고 오려고…… 그러니까 만일 내 몸에 불행이나 있으면……."

"아냐요, 선생님께서는 세상을 하직하시려고…… 안 됩니다! 선생님이 그런 생각을 하신다면 저도…… 춘앵이도 죽어버리겠습니다!"

그처럼 온순하던 춘앵의 입으로부터 총알처럼 튀어나오는 이 한마디! 그렇다. 춘앵은 단지 백진주 선생을 아버지로서만 대하는 것이 아니다. 한 사람의 사나이에게 대하는 강렬한 애정의 부르짖음에 틀림없었다.

백진주 선생은 흐늑흐늑 느끼는 춘앵의 몸을 부축하듯이 하며 묵묵히 춘앵의 방으로 데리고 들어가서 귀여운 딸을 재우듯이 자리에 눕히고 다시 서재로 돌아오면서

'내가 죽지 않고 살아만 있을 수 있다면 아아, 나에게도 아직 청춘의 행복이 있을 수 있는 것을……!'

이윽고 여섯 시가 되었을 때 모인규와 그의 매부 고영수 청년이 뛰어들어왔다.

"모 군, 그리고 고 군, 감사하오. 군의 두 사람의 손으로 내 시체가 거두어진다면 이 백진주는 실로 행복한 사람이오! 자아, 이 유언장은 가복 배성칠에게 부탁하여 곧 공증인에게 보내둘 터이니 모 군, 내가 죽으면 군은 곧 이 유언장을 펴 보아주시오."

"엣? 선생님이 돌아가신다고요? 무슨 말씀을…… 듣자니 선생님은 사격의 명인……! 그런데 선생님, 어젯밤 저편의 입회인인 임성묵 군과 홍일태 군을 만나서 사격의 거리는 이십 보, 사격은 모욕을 받으신 선생님께서 먼저 하기로 결정했지요."

"음―."

"그러니까 나는 새도 떨어트린다는 선생님의 사격은 반드시 송 군의 가슴을 뚫을 것입니다. 그러나 선생님, 송 군을 죽이지는 말아주십시오. 그리고 피스톨을 쥔 송 군의 바른편 팔목을 하나 없애주십시오. 그러면 명예는 이편으로 돌아오고 결투는 무사히 끝날 것이 아닙니까?"

"그래, 송 군을 죽이지 말라는 이유는……?"

"아, 선생님, 송 군에게 어머니가 있지 않습니까?"

"그러나 나에게는 어머니도 없습니다!"

백진주 선생의 그 한마디는 듣는 사람으로 하여금 폐부를 찌를 것 같은 심각한 그것이었다.

"그러나 모 군, 안심하시오. 송 군은 상처 하나 받지 않고 제 발로 걸어서 무사히 집으로 돌아갈 것이오!"

"그러면 선생님은……?"

"나는 아마 그 누구에게 운반되어 집으로 돌아올 것입니다!"

"그런 일이…… 그런 일이 있을 수 있겠습니까?"

"그런 일이 있습니다! 송 군은 나를 틀림없이 죽일 것이오!"

이리하여 두 청년은 영문을 모르는 채 정각 일곱 시가 가까웠으므로 백진주 선생을 자동차에 모시고 일로 결투장인 장충단 공원을 향하였다.

그때 백진주 선생은 분명히 보았다. 춘앵의 방에 늘어진 무거운 커튼 사이로 눈물에 젖은 한 떨기 배꽃 같은 흰 얼굴 하나를 분명히 보았던 것이다.

이윽고 장충단 공원에 다다랐다. 거기에는 벌써 임성묵과 홍일태가 와서 기다리고 있었다. 그리고 입회인도 아무것도 아닌 신영철과 조봉구도 와 있었다. 신영철과 조봉구는 오늘 아침 꼭 결투장에 좀 와 달라는 전화를 송준호로부터 받았기 때문이었다. 입회인도 아닌 사람이 결투장에 들어온다는 것은 법칙에 없는 일이다.

그것은 하여튼 정각보다 십 분이 넘었건만 장본인인 송준호의 자태가 보이지 않았다. 그러나 그때 자동차 멎는 소리가 들리며 기다리고 있던 송준호가 뛰어내리는 것이 먼발*로 보인다.

"그러면 모 군, 나는 최후로 군에게 한 가지 청탁이 있습니다."

하고 그때 백진주 선생은 비장한 목소리로 모인규를 향하였다.

"선생님, 무슨 말씀입니까? 제힘으로 할 수 있는 일이라면 무엇이든지 사양치 않겠습니다."

"모 군은 그 누구 사랑하는 사람이 있습니까?"

모인규는 얼굴을 붉히며

"네, 있습니다."

"어떠한 일이 있어도 단념할 수 없으리만큼 그이를 사랑하는가요?"

"네, 어떠한 일이 있을지라도…… 선생님, 저는 제 목숨보다도 더 그이를 사랑한답니다."

"잘 알았습니다. 그러면 곧 결투 준비를 하여주시오!"

"네."

하고 모인규는 고영수와 함께 임성묵들이 모여 있는 저편으로 사라지자

"아아, 가엾은 춘앵이!"

| * 먼발: 먼발치.

438

하고 입속말로 조용히 중얼거렸다.

한편 자동차에서 내린 송준호는 하룻밤을 새워 밝힌 듯한 창백한 얼굴과 충혈된 눈을 가지고 모인규를 향하여

"백진주 선생께 좀 만나게 하여 주십시오."

하고 말을 하였다.

"안 됩니다. 당신은 어젯밤과 같은 모욕을 또다시 백 선생께 주시려는 것이 아닙니까?"

"아닙니다. 나는 한마디 백진주 선생께 여쭐 이야기가 있습니다."

그때 백진주 선생이 천천히 걸어왔다.

"아, 백 선생…… 그리고 제군……."

하고 송준호는 의아스러운 눈동자로 자기를 뺑 둘러싼 일동을 바라보았다.

"이 결투의 순간에 이르러 내가 이 자리에서 하고자 하는 이야기를 제군은 정숙하게 들어주시기를 바랍니다."

엄숙한 어조였다.

"나는 지금까지 자기에게는 하등의 관계도 없는 아미성 참극을 세상에 폭로시킨 백진주 선생을 원망한 나머지 선생에게 죽음으로써 아버지의 명예를 보존하려 하였던 것입니다. 그러나…… 그러나 제군……!"

송준호의 목소리가 점점 떨리기 시작하였다.

"그러나 제군, 실로 백진주 선생에게는 아미성 참극 자체에는 관계가 없었으나 송춘식 씨에게 대한 구악을 세상에 폭로시킬 만한 권리가 있다는 사실을 나는 비로소 알았습니다. 백진주 선생은 중추원 참의 송춘식이에게 복수를 한 것이 아니고 진남포 억낭틀의 고기잡이꾼이던 송춘식이에게 복수를 한 것입니다! 백진주 선생에게 대한 송춘식이의 배신행위야말로 이 세상이 가질 수 있는 가장 큰 불행을 선생께 주었습니다. 그러기

때문에 나는 이 자리에서 소리를 높여 제군에게 성명을 합니다. 그렇습니다. 백진주 선생은 송춘식이에게 복수를 할 떳떳한 권리가 있다는 것을 나는 이 자리에서 인정을 하는 바입니다!"

그리고 이번에는 돌부처처럼 말이 없는 백진주 선생을 향하여

"백 선생님, 선생이 취하신 복수의 범위를 단지 내 아버지 한 사람에게만 한정하여주신 선생에게 끝없는…… 끝없는 감사를 드리는 바입니다!"

결투를 하러 와서 결투의 상대편을 변호하고 사죄한다는 것은 결투의 역사상 실로 보기 어려운 광경이었다. 백진주 선생도 끝없는 감사의 염을 한 아름 품고 멀리 해 떠오르는 동편을 묵묵히 바라보았다.

"백 선생님, 제 말을 인정해주시고 저의 경솔했던 행동을 용서해주신다면 선생님, 제 손을…… 제 손을 잡아주십시오, 선생님!"

백진주 선생은 말이 없다. 말이 없는 채 송준호의 손을 꽉 부여잡았다. 핑 하고 한 방울 눈물이 백진주 선생의 눈자위를 감돌다가 후딱 사라졌다.

"선생님, 어젯밤 저는 한 사람의 천사를 보았습니다. 그 천사는 저희들 두 사람 가운데 한 사람의 생명을 죽음으로부터 구해주시었습니다!"

백진주 선생은 또 한 번 감사에 찬 시선을 멀리 하늘로 던졌다. 그리고 어젯밤 계옥분이가 남겨놓고 간 한마디가 뼈가 저리도록 감사히 생각되었다.

'당신의 목숨을 위하여 하늘에 전심전력으로 빌겠습니다.'

하던 계옥분의 한마디가 아니었던고!

"제군, 제군은 혹시 나를 비겁한 자의 표본이라고 볼는지는 모른다. 그러나 나는 절대로 비겁한 자가 아니다! 다만 어젯밤에 한 사람의 천사, 신의 사자가 나를 찾아주었기 때문이다. 그리고 그 천사는 이 결투를 중

지한 이유에 대하여 내 입을 통해서 제군 앞에 피력하는 것을 즐기지 않는다는 것만을 기억해두기를 바란다."

그리고 송준호는 커—다란 감격에 붙잡히어 감히 입을 열지 못하고 서 있는 백진주 선생에게 허리를 굽힌 후에 자기가 타고 왔던 자동차에 홀몸으로 당황히 올라탔다.

이리하여 두 사람의 결투는 이상한 결말을 지은 채 끝을 막았다.

그즈음 송춘식은 자기 아들이 죽지 않고 무사히 자동차로 돌아오는 것을 들창 커튼 사이로 가만히 내다보고 백진주 선생이 죽은 줄로 알았다.

"아아, 자식이란 참 좋은 것이다! 사면초가. 한 사람도 이 송춘식을 위하는 사람이 없건만 내 아들 준호는 이 아비의 명예를 위하여 저처럼도 용감히 싸우고 오질 않는가!"

하고 어린애처럼 기뻐서 날뛸 바로 그때 준호를 마중 나갔던 하인이 들어왔다.

"결투는 어떻게 되었다던가? 빨리 자초지종을 내게 이야기해다오!"

"네, 저…… 저…… 결투는 실행되지 않았답니다. 도련님은 결투장에서 상대편인 백진주 선생께 머리를 좃고* 사죄를 하시었다고요."

"뭐, 사죄를 하였다……?"

"네, 지금 제가 말씀 드린 고대로 한마디도 빼지 말고 여쭈라고 도련님은 제게 신신부탁을 하시었습니다, 네."

그 말에 송춘식은 이미 사랑하는 아들에게까지 배반당한 자기 자신을 깨닫고 벌떡 몸을 일으키면서 무서운 기세로 부르짖었다.

"운전수에게 자동차 준비를 하게 하여라! 행차는 혜화동 백진주의 집

---

* 좃다: '조아리다'의 옛말.

이다!"

59. 자살

아들이 풀지 못하고 돌아온 원한을 자기 자신이 풀 셈으로 송춘식이가 백진주 선생을 만나고자 집을 떠난 지 삼십 분 후 가회동 송춘식이의 호화로운 저택 뒷문 밖에는 한 대의 택시가 승객을 기다리고 있었던 것이니, 이윽고 사람의 눈을 피하듯이 하며 살그머니 뒷문을 빠져나와 택시에 올라탄 것은 송준호 모자의 처참한 자태였다.

이 어머니와 이 아들은 하늘과 사람을 다 함께 배반한 남편과 아버지의 곁을 영원히 떠나려는 것이며 사람의 말소리와 눈초리를 피하여 간신히 생명만을 유지하면 그만인 최저 생활을 각오하고 정든 집을 떠나는 것이었다.

사실 이 모자가 취할 길은 그것밖에는 없었다. 다행히 정릉리貞陵里 어떤 절간에 방 한 칸을 빌릴 수 있는 것을 유일한 희망으로 영구히 집을 나선 아들과 어머니였다.

그런데 택시가 막 떠나려는 바로 그때 백진주 선생의 충복 배성칠이가 헐레벌떡 뛰어오더니 송준호에게 편지 한 장을 전달하였다.

"백진주 선생의 편지올시다."

송준호는 편지를 받아 어머니와 함께 읽기 시작하였다.

송 군, 나는 지금 송 군이 어머니를 모시고 정든 가정을 떠나려고 하는 비장한 결심을 알았습니다. 어떻게 알았는지 그것은 묻지 마시오. 하여튼 알았습니다. 그러나 송 군의 그러한 결심은 훌륭한 것임에 틀림없지만 불쌍한 어머님 앞에 금후 닥쳐올 빈곤한 생활을 생각하면…….

　그런데 송 군, 잠시 내 이야기에 귀를 기울여주기 바라는 것은 다름 아니라 지금으로부터 이십삼 년 전 어떤 상선의 선원이던 나는 그때 나의 약혼자이던 어떤 여자 한 사람에게 보낼 혼인비 삼천 원을 장만해 갖고 있었으나 원래가 위험한 직업인 선원인지라 언제 어느 때 불행한 일이 생길는지 알 수 없었기 때문에 그 삼천 원을 내 늙은 아버지가 임종 시까지 살아 계시던 진남포 비석리 집 뜰에다 묻어두었습니다. 그 뜰에는 아버지가 손수 심으신 복숭아나무가 한 그루 섰는데 돈은 바로 그 복숭아나무 밑에 파묻었습니다.

　송 군, 군의 어머님께서는 비석리 그 오막살이 초가집을 잘 알고 계실 것입니다. 그리고 그 돈은 당연히 그 여자가 차지할 권리를 가진 돈이라는 것을 알아주시면 감사하겠습니다. 생각건대 현재의 나로서는 그 여인에게 백만금 천만금의 재산을 줄 만한 충분한 자유를 가진 신분입니다만 그러나 지금의 나로서는 그러한 자유를 사용할 수 없는 몸이라는 것도 아울러 양해하여주기를 바랍니다. 비록 삼천 원이라는 사소한 금액이 군의 생활에 있어서 어느 정도의 보탬이 될는지는 알 수 없으되 현재의 백진주가 천만금을 사랑하는 몇 갑절의 정열과 희망을 가지고 당시의 이봉룡이가 그 삼천 원을 사랑했던가를 널리 양해하시어 꿈에라도 이 조그만 나의 뜻을 거절하지 않기를 간절히 바라는 바입니다.

　편지를 읽고 난 이 어머니와 이 아들의 얼굴에는 뜨거운 눈물이 스르르 흘러내렸다. 눈물을 씻으면서 송준호가 머리를 들었을 때는 벌써 편지를 갖고 온 배성칠은 어디론가 사라져버리고 말았을 때였다.

　“어머니. 어떡하실까요?”

　“그분의…… 그분의 뜻을 달갑게 받아야지.”

그러면서 어머니는 편지를 꽁꽁 접어서 자기 허리춤에다 찔러 넣었다.

자동차는 두 사람을 싣고 소리 없이 달리기 시작한다.

그즈음 혜화동으로 돌아온 배성칠은 백진주 선생을 춘앵의 방으로 찾아 들어갔다.

"자동차가 막 떠나려는 것을 붙들고 편지를 전달하였습니다."

"부인의 얼굴빛은……?"

"무척 파리하고 무척 창백하고 무척……."

"아, 그만두게. 잘 알겠네!"

백진주 선생은 괴로운 듯이 말을 막고 배성칠을 물리쳤다. 그러고는 다시 춘앵을 향하였다.

춘앵은 울고 있다. 기뻐서 우는 눈물이었다. 백진주 선생이 결투장으로부터 무사히 돌아왔을 때 춘앵은 죽었던 아버지를 아니, 죽었던 애인을 다시금 만나는 것 같은 감정을 솔직히 느꼈다. 그리고 그것은 춘앵이뿐만이 아니었다. 백진주 선생도 그러하였다. 제이의 계옥분을 백진주 선생은 후딱 강춘앵에게서 본 것 같은 환상을 느꼈던 것이다.

"춘앵이!"

하고 행복에 젖은 눈으로 춘앵의 얼굴을 빤히 들여다보고 있는 백진주 선생의 귀밑에

"송춘식 씨가 오셨습니다!"

하고 배성칠의 목소리가 뛰어들어왔다. 그 순간 춘앵은 화닥닥 몸을 일으키며

"오오, 원수 송춘식이가……?"

하고 외쳤다.

"춘앵이, 뭘 그리 놀라는 거야? 모든 것은 나에게 맡기고 안심하는 것이 좋아."

그러면서 백진주 선생은 춘앵의 조그만 손을 무슨 보석이나 만지는 것처럼 꼭 쥐었다. 그것은 확실히 애무였다. 아버지가 딸의 손을 쥐는 그러한 것이 아니었다. 그는 응접실로 송춘식을 만나러 가면서 혼잣말로 중얼거렸다.

"하늘은 아직 내가 사랑을 속삭이어도 좋다는 것을 허용하시나이까……?"

응접실에서는 송춘식이가 무서운 얼굴로 방 안을 뺑뺑 돌고 있다가

"아, 송춘식 씨가 어떻게 이처럼 일찌감치 행차를 하시었습니까?"

하는 말에 획 돌아서면서 한참 동안 입술을 부들부들 떨고 섰다가

"네가 죽든가 내가 죽든가…… 둘 중에 하나를 결정하러 온 것이다! 내 아들이 마치지 못한 결투를 내가 하러 온 것이다."

그 말에 백진주 선생은 입가에 미소를 띠면서

"그러나 아드님이 내게 사죄까지를 하고 중지한 결투를 당신이……."

"내 아들이 무슨 이유로 너 같은 자에게 사죄를 하였다는 말인가?"

"아드님께서는 말하기를 참다운 원수는 내가 아니고 그 어떤 다른 사람인 것을 깨달았기 때문이오."

"그 어떤 다른 사람이란 대체 누구냐 말이다? 네가 그것을 내 앞에서 대답하지 못한다면 나는 너를 그냥 둘 수는 도저히 없는 일이다. 자아, 빨리 그놈의 이름을 말해보라!"

"그것은 아드님의 부친 되시는 중추원 참의 송춘식!"

"뭐…… 뭐…… 누구라고……?"

하늘이 무너지고 땅이 꺼진다는 말이 있거니와 이는 바로 송춘식이를 두고 이름이 아니었던가!

"아니, 준호가…… 내 아들 준호가 이 아비를 원수라고…… 그

런…… 그런 말을 왜 너 같은 자에게 했다는 말인가? 이유를…… 이유를 말하여라!"

"음, 당신이 그 이유를 그처럼 알고 싶다면 잠깐만 기다리시오! 내 서재에서 다시없는 증거물을 갖다가 당신에게 보여드릴 테니까……."

그러면서 백진주 선생은 다음 방인 서재로 들어가서 의복을 갈아입었다. 그가 갈아입은 의복— 그것은 이십삼 년 전 진남포 태양환의 일등 운전사 이봉룡의 자태를 그대로 나타내는 마도로스*의 복장이었다.

이윽고 거울 앞에서 자기의 모양을 잠깐 동안 만족한 얼굴로 들여다보고 난 백진주 선생은 다시 응접실로 들어가서 성난 사자처럼 날뛰는 송춘식 앞에서 우뚝 발걸음을 멈추었다.

"아, 아, 당…… 당신은……?"

미친 듯이 날뛰던 송춘식이는 그 순간 발이 방바닥에 얼어붙은 듯이 움직일 줄을 모른다.

"자세히 보아라. 이 모습, 이 얼굴을 자세히 보아라! 그러면 그대의 아들이 어째서 나에게 사죄를 하였으며 어째서 송춘식을 가리켜 참된 원수라고 불렀는가를 알 수가 있을 것이다!"

"오오, 오오, 당신은…… 당신은……."

"그렇다. 그대가 억낭틀 한길 가 주막에서 장현도의 손으로 씌어진 밀고장을 우체통에 쓸어 넣지 않았다면 당연히 태양환의 선장이 되었을 이봉룡……!"

"아아, 이봉룡……?"

"그리고 당연히 계옥분을 아내로 삼아 행복한 인생도를 그림 그렸을 이봉룡이다!"

---

* 마도로스matroos: 주로 외항선外航船의 선원을 이르는 말. 네덜란드 어에서 온 말이다.

"아아, 이봉룡이……."

송춘식은 펄썩 방바닥에 주저앉고 말았다. 미친 사람처럼 표정을 잃은 얼굴로 멀거니 백진주 선생의 얼굴을 바라보다가

"아아, 그렇다, 봉룡이다! 봉룡이다……!"

하고 고함을 치면서 벌떡 몸을 일으켰다. 그러고는 어둠 속을 헤엄쳐 나가는 사람처럼 두 손으로 허공을 무섭게 긁어당기며 쓰러지려는 몸뚱이를 간신히 지탱하면서 비틀비틀 밖으로 뛰어나갔다.

"…… 봉룡이다……! 봉룡이다……!"

완전히 정신의 통일을 잃어버린 송춘식이의 광란의 부르짖음이 점점 멀어져가다가 마침내 타고 왔던 자동차의 엔진 소리와 함께 사라지고 말았다.

송춘식이가 가회동 자기 집으로 돌아와 보니 드넓은 저택 안은 죽은 듯이 조용하다. 아들도 없고 아내도 없다. 아들의 방과 아내의 방을 들여다보니 이사 간 것처럼 어수선하다. 하인들까지도 이 주인과 마주 서기를 피하는 듯이 마중도 안 나온다.

하늘이 배반을 하고 세상이 배반을 하고 그리고 사랑하던 처자식까지가 배반한 송춘식!

그는 완전히 허탈된 정신 상태로 자기 방으로 들어갔다. 그리고 자기 방으로 들어간 지 오 분 후 한 방의 요란한 총소리가 드넓은 저택의 고즈넉한 공기를 무섭게 뒤흔들었던 것이니, 백진주 선생의 목숨을 뺏으려고 품고 갔던 한 자루의 피스톨은 마침내 억낭틀의 고기잡이꾼 송춘식이를 영원히 장사시키고 말았다.

이리하여 백진주 선생의 복수의 일부는 완수되었다. 그러나 그것은 이 웅대한 복수극의 서막일 뿐이다. 유동운에 대한 복수, 장현도에 대한 복수는 과연 또 어떠한 무서운 형상을 지니고 구현될 것인가?

그러면 다음에는 다시 검사정 유동운의 가정으로 무대 면을 옮기려 한다.

60. 누일적 혈천적 淚—滴血千滴

그날 아침 결투장으로부터 돌아오는 도중에서 백진주 선생과 헤어진 모인규는 청운동 유동운의 집 뒤채로 사랑하는 사람 영란을 만나러 갔다. 유민세 노인으로부터 한 주일에 두 번씩은 찾아와도 좋다는 허락을 맡은 모인규였다. 그러나 그것은 공공연한 것이 아니고 앞채에 있는 유동운 부부에게는 비밀로 되어 있는 방문이었다.

영란은 반가이 모인규를 할아버지 방으로 맞아들였다. 그러나 어찌된 셈인지 영란의 안색이 대단히 나쁘다.

"영란 씨, 어디 몸이 편치 않습니까?"

"네, 머리가 아프고 자꾸만 토할 것 같고…… 얼마 전부터 할아버지가 잡수시는 물약을 먹지만……."

그러는 동안에도 영란의 얼굴빛이 점점 더 핏기를 잃어간다.

"아니, 할아버지가 잡수시는 약에는 무슨 독한 약재가 들어 있다지 않아요……? 대체 누가 그 약을 영란 씨에게 권했습니까?"

"할아버지께서 먹으라고 그러셨어요."

모인규는 놀라 옆에 누운 유민세 노인을 바라보았다. 그러나 노인은 아무런 염려도 말라는 듯이 입가에 미소를 띠어 보인다.

"어쩌나 약이 쓴지 조금 아까 내 방에서 설탕물을 한 공기 마셨는데 글쎄, 그 설탕물까지 쓰질 않겠어요?"

"뭐라고요……? 설탕물이 쓰다고요?"

그 말엔 유민세 노인도 깜짝 놀랐다. 미소를 띠고 있던 노인의 입술이 부르르 떨리면서

"아, 모…… 모 군, 빨리…… 빨리 가서 그 설탕물을 담았던 공……
공기를 가져오라!"

심상치 않은 그 어떤 불길을 전신에 느끼면서 모인규는 영란의 방으로 뛰어 들어갔다. 그러나 공기에는 이미 한 방울의 설탕물도 남지 않았다. 그리고 설탕물을 타 넣었던 주전자는 장난꾸러기 경일이가 게사니에게 먹인다고 하면서 갖고 나갔다고 하인이 말하였다.

모인규는 하는 수 없이 빈 공기를 가지고 노인의 방으로 돌아왔다. 그러나 그때는 벌써 영란은 전신에 경련을 일으키며 기절하듯이 방바닥에 쓰러졌을 때였다.

그렇다. 그것은 틀림없이 저번 날 영란의 외조모와 충복 김 서방을 쓰러트린 것과 똑같은 징조의 경련이었다. 모인규는 의사의 입장으로서 공기에 묻은 설탕물을 혀끝으로 맛보았다. 거기에는 틀림없는 극약 브루신제가 혼용되어 있는 사실을 발견하였다.

"할아버지!"

하고 외치면서 노인의 옆으로 달려가서

"할아버지가 복용하시는 물약과 똑같은 극약이 설탕물에 섞여 있습니다!"

"음…… 그, 그, 그럴 줄 알았다!"

"그러면 할아버지는 이런 불상사가 일어날 줄을 미리부터 짐작하고 계셨다는 말씀입니까?"

"그렇다. 그러기…… 그러기 때문에 나는 영란에게 억지로 내가 먹는 물약을 하루에 한 숟갈씩 먹여왔던 것이다."

"아, 그러면 할아버지는 영란에게 면역을 시키기 위해서 미리부터 조

금씩……."

"그렇다!"

아아, 산송장이라고 불리는 이 늙은 혁명가 유민세 노인이야말로 몸은 비록 전신 불수로 말미암아 일지 일족을 움직이지 못하건만 그의 절륜*한 정신력은 보이지 않는 무서운 살인귀로부터 영란을 방위하고 발랄하게 활동을 계속하고 있었던 것이다.

그때 앞채로부터 유동운이가 뛰어오는 발자국 소리가 복도에 들렸다. 모인규는 노인에게 눈짓을 하면서 전에도 가끔 하던 버릇대로 재빨리 병풍 뒤로 몸을 숨기었다.

"아, 영란이가 이게 웬일이냐? 영란아, 영란아!"

하고 부르짖으며 유동운은 딸의 몸을 붙안아 일으켰다. 그때 노인은 무서운 분노를 얼굴에 나타내며 외쳤다.

"빨리…… 빨리 차 의사를 불러라!"

그 말에 유동운은 당황히 일어나 차 의사에게 전화를 걸 셈으로 자기 서재를 향하여 뛰어나갔다.

유동운이가 사라지자 모인규는 병풍 뒤에서 뛰쳐나왔다. 그때 영란은 감았던 눈을 반짝 떴다. 그러나 혹독한 현기증으로 말미암아 다시 눈을 감으면서

"아아, 인규 씨!"

하고 가느다란 목소리로 사랑하는 사람의 이름을 불렀다.

"영란 씨, 정신을 차리시오! 영란 씨의 몸에는 그 독약을 이겨내는 면역성이 있습니다! 할아버지를 믿으시오. 할아버지에게는 영란 씨를 보호하고자 하는 절대적인 사랑과 강인한 정신력이 있습니다!"

---

* 절륜絶倫: 아주 두드러지게 뛰어남. 절등絶等.

그 한마디를 남겨놓고 전화를 걸러 나갔던 유동운이가 돌아오기 전에 노인의 방에서 뛰쳐나온 모인규였다. 머지않아 차 의사가 올 테니 영란의 몸은 그에게 맡기기로 하고 자기는 의사의 입장에서보다도 좀 더 절박한 문제를 의논하고자 혜화동 백진주 선생의 저택을 향하여 택시를 부살같이 몰아댔다.

그즈음 유동운은 자기 서재 전화통에 매달리듯이 하며

"아, 차 선생, 큰일 났습니다. 영란이가…… 영란이가 또 독약을 마시고 쓰러졌습니다!"

"뭐, 영란 씨가요……?"

영란을 범인으로 굳게 믿고 있던 차 의사이기 때문에 영란이가 쓰러졌다는 유동운의 한마디는 차 의사에게는 실로 청천벽력과도 같은 그것이었다.

해독제를 지어가지고 차 의사는 곧 달려왔다. 그리고 영란이가 아직까지 숨이 끊어지지 않고 살아 있는 것을 차 의사는 무척 수상히 생각하였다. 그만한 분량으로써 전번에는 영란의 외조모를 쓰러트리고 김 서방을 쓰러트렸건만 어찌 된 셈인지 영란은 아직도 목숨이 붙어 있지를 않는가……?

그러나 거기 대한 의문은 곧 풀리었다. 유동운 부부가 영란을 자기 방으로 운반하여간 틈을 타서 아까 모인규에게 한 것과 같은 이야기를 유민세 노인이 차 의사에게 한 때문이었다.

"아, 그랬었던가요!"

차 의사는 깊이 감동을 하며 유민세 노인의 그 명민한 처치를 무척 기뻐하였다. 그러나 노인은 차 의사의 감동에는 그리 관심이 없는 듯이 그의 타오르는 것 같은 침묵의 시선을 딴 데로 던졌던 것이니, 그것은 영란의 불행을 누구보다도 슬퍼하는 유동운 부인의 비탄에 씌운 흰 얼굴

위였다.

차 의사는 돌아갈 임시에 유동운에게 이런 말을 하였다.

"영란 양을 범인이라고 의심하던 나의 생각이 그릇되었다는 것은 유 선생을 위하여 끝없이 경사스러운 일이 아닐 수 없습니다. 그러나 이 가정 안에 무서운 살인귀가 숨어 있는 것만은 사실이니까 거기 대한 법적 조치는 검사정이신 유 선생의 의무라고 믿습니다!"

"차 선생의 말씀을 잘 알아 모셨습니다. 내 딸 영란이가 범인이 아닌 확실한 증거를 본 오늘날 어찌 그 가증할 독살자를 그대로 방임하여둘 수가 있겠습니까? 나는 오늘부터 이 사건에 철저히 손을 대기로 하겠습니다. 그리고 그것이 저의 양심의 발로올시다!"

"훌륭한 말씀입니다. 선처하시기 바랍니다."

그리고 차 의사는 총총히 돌아갔다.

그즈음 혜화동에서 백진주 선생과 모인규가 다음과 같은 이야기를 하고 있었다.

"그러니까 백 선생님, 한 가정에서 세 번째의 독살 사건이 생겼습니다. 그리고 그 가정으로부터 무서운 불행을 구해줄 분은 단지 선생밖에는 없습니다."

"그러나 유동운의 가정의 불행을 이 백진주가 구해주지 않으면 아니될 어떠한 의무가 내게 있다는 말이오? 생각건대 하늘은 유동운 일가에 대하여 천벌을 주시려는 것이 아닐까요? 벌을 받을 자가 벌을 면한다는 것은 분명히 하늘의 뜻은 아닐 것이오. 죽는 자를 그대로 내버려두는 것이 죄악이라면 죽이고자 하는 자의 목적을 방해하는 것도 죄악일 것이오."

차디찬 백진주 선생의 대답이었다. 이러한 백진주 선생을 모인규는 아직까지 한 번도 본 적이 없다.

"그러나 선생님의 입장으로서는 죽는 자와 죽이는 자가 모두 하등의 이해관계가 없는 똑같은 사람으로 보일는지 모르오나 저로서는…… 제 입장으로서는…… 아아, 선생님, 영란은…… 유영란은 제 아내올시다! 아니, 제 아내가 될 사람이올시다!"

그 말에 백진주 선생은 깜짝 놀라 벌떡 몸을 일으키었다.

"아니, 모 군이 저 유동운의 딸을……."

"그렇습니다. 영란을 구해주십시오! 영란이 흘리는 한 방울의 눈물을 막을 수 있다면 저는 제 몸에서 천 방울의 피를 감히 뽑아내겠습니다!"

"음……."

하고 백진주 선생은 마치 지옥으로부터 우러나오는 것 같은 무서운 신음을 하면서 형언할 수조차 없는 가장 심각한 얼굴을 지었다.

"하늘로부터 영원히 저주 받은 유동운의 딸을…… 그대가…… 모영택 선생의 아드님이…… 아아, 이것도 역시 하늘의 뜻이었던고……?"

그러고는 또 초조한 듯이 방 안을 왔다 갔다 하다가

"나의 하는 일이 너무 지나친 것이 아닐까……? 그것을 하늘이 충고 하는 것이 아닐까……?"

그러다가 문득 발걸음을 멈추며

"모 군, 영란 양은 아직 목숨이 붙어 있는가?"

하고 무서운 기세로 물었다.

"네, 아직……."

"그러면 모 군, 안심하고 돌아가도 좋아! 희망을 가져도 좋아!"

"오오, 선생님은 그러면 인간의 죽음을 막을 수가 있다는 말씀입니까? 선생님은 인간 이상의 존재이십니까?"

그때 백진주 선생은 비로소 얼굴에 미소를 띠며 부드러운 목소리로 입을 열었다.

"모 군, 아무 말도 말고 돌아가시오. 모 군의 애인인 영란 양을 위하여 힘쓰겠다는 것을 군에게 약속하오!"

"아아, 선생님!"

"아무 말도 말고 돌아가시오. 나는 지금부터 나 혼자서 하여야만 될 급한 용건이 생겼으니까……."

그러면서 백진주 선생은 모인규를 문밖까지 친절히 전송하였다.

그날 저녁 무렵 유동운의 바로 옆집으로 급자기 이사를 해온 사람이 한 사람 있었다. 지금까지 살던 사람이 무슨 이유로 갑자기 집을 팔았는지는 자세히 알 수 없으되 듣건대 시가의 갑절을 받았든가 못 받았든가 하는 것이었다.

그리고 새로이 이사해온 집 주인은 그날 저녁부터 밤을 새워가면서 목수와 미장이를 불러 집을 수선하기 시작하였다.

집 주인은 국보 대사라는 승려라고 한다.

61. 탈옥수

유동운의 바로 옆집으로 이사를 하여온 국보 대사가 어떠한 묘책으로써 영란의 일신을 구할는지 거기 대한 이야기는 다음으로 밀고 은행가 장현도의 가정으로 붓끝을 옮기려 한다.

장현도의 딸 옥영과 홍선일의 약혼 피로연의 밤은 마침내 다가왔다. 실로 금융계의 신용이 땅에 떨어진 오늘날의 장현도를 궁지에서부터 구해낼 단 하나의 방도는 만주의 대부호 홍만석 씨의 아들을 자기 사위로 삼는 것 이외에는 다른 도리가 없었다.

더구나 시내 모 자선 사업 단체에서 입금한 오백만 원의 예금으로 현재는 이럭저럭 체면을 꾸려가기는 하지만 지불 청구가 언제 어느 때 와 닿을는지 장현도는 반드시 마음을 놓을 수 없었다. 그러기 때문에 하루 바삐 양가의 혼인을 정식으로 성사시켜서 표면으로는 대부호와 인척 관계를 맺었다는 것으로써 사회의 신용을 두텁게 하고 이면으로는 이 혼인의 성사를 조건으로 약속된 삼백만 원을 위선* 융통할 수가 있을 것이니 사위의 재산을 이식利殖시켜 준다는 구실로 쓰러져가는 서대문 은행의 신용을 다시 한 번 바로잡아보려는 것이었다.

그러나 여기에 한 가지 난관이 가로막혀 있었다. 그것은 장본인인 옥영이가 별로 아버지의 하는 일에 반대는 하지 않으나 그 대신 이 혼사에 단 한 번도 찬성의 의사를 표시하지 않는 것이었다.

"아버지, 이번 결혼이 아버지를 파산 상태에서 구할 수 있다면 저는 파산을 면하는 의미에서 결혼은 하겠습니다. 그러나 결혼을 하여도 결혼 생활은 하지 않을 작정이오니 미리부터 양해하여주시오."

그런 말을 옥영은 아버지에게 하였다. 결혼은 하여도 결혼 생활은 하지 않는다……? 그것은 실로 의미 깊은 한마디였다. 그렇다. 옥영은 결혼의 상대자가 싫다는 것이 아니고 결혼 그 자체를 싫어하였다. 저번 송준호와의 경우에도 그러하였고 이번 홍선일과의 경우도 마찬가지였다.

옥영은 위대한 음악가를 꿈꾼다. 그리고 예술을 위해서는 일생을 바칠 수 있는 옥영이지만 남편을 위해서 자기 일생을 희생할 수는 없었다. 그러기 때문에 아버지를 위하여 형식적으로는 결혼을 하여도 무방하지만 결혼 생활은 하지 않겠다는 옥영의 말에는 그 어떤 심상치 않은 결심이 포함되어 있는 것 같았다.

이리하여 이 아버지와 이 딸은 이번 혼인에 대하여 일견 표면으로는

* 위선爲先: 우선于先.

타협이 된 것같이 보이었으나 그 실로 자기를 조금도 양보하지 않고 각자의 생활 노선을 충실히 걷고 있었던 것이다.

장현도와 홍선일은 이 혼인에 대해서 백진주 선생이 찬성해주지 않는 것을 적잖게 섭섭히 생각하기는 하였으나 일이 여기까지 진행되고 보면 백진주 선생의 찬 불찬이 문제가 아니었다. 다만 홍선일로서는 이 혼인의 조건인 삼백만 원을 백진주 선생이 융통하여 줄는지 안 줄는지 그것이 걱정이었다. 그리고 거기 대한 이야기를 하였을 때 백진주 선생은 이렇게 대답하였다.

"물론 그만한 것이야 만주로 돌아가 계시는 군의 부친이 틀림없이 보내주겠지만 만일 약혼 피로연 때까지 그 돈이 미처 오지를 않으면 군의 부친을 나에게 소개하여준 함일돈 씨에게 대한 나의 우정으로서라도 내가 임시변통은 하여줄 테니까⋯⋯."

그 말에 홍선일은 안심하고 돌아가면서

"아무리 생각해도 백진주 선생은 나의 친아버진 것 같다. 그 어떤 피치 못할 이유로써 표면으로는 반대의 의사를 표하면서도 이면으로는 장현도와 같은 대은행가와 혼사를 맺는 것을 무척 기대하고 있지를 않는가!"

하고 중얼거렸다.

그러나 이 혼인이 어떻게 저주 받은 혼인이라는 것을 홍선일은 아니, 배선동이는 꿈에도 예측하지 못하였던 것이니 비록 아버지는 다를망정 한배서 나온 선동이와 옥영이 아니었던고! 만일 이런 기구하고도 가혹한 사실을 심봉채가 알았던들 그는 죄에 대한 하늘의 벌이 얼마나 무서운 것인가를 깨닫고 기절이라도 했을 것이다.

그것은 하여튼 두 사람의 약혼 피로연은 은행가 장현도의 저택에서 성대히 거행되었다. 이 결혼으로 말미암아 장현도의 신용이 다시 회복할 수 있다는 희망적 관찰을 손님들은 가졌다. 금융계, 실업계, 그 외 장안의 모모 하는 명사들이 구름처럼 몰려들었다. 그들은 장현도 내외와 신랑 신부를 둘러싸고 이 세상이 가질 수 있는 가장 고귀하고 가장 어여쁜 찬사와 축사를 아낌없이 퍼부었다. 만뢰*와 같은 박수 소리가 상해의 불량배 홍선일의 고막을 가장 유쾌하게 흔들었다.

그러나 식이 거의 끝나려 하는 데에도 불구하고 백진주 선생이 오지 않는 것이 손님들을 적잖게 실망시켰다. 아니, 당연히 참석하여야 될 유동운도 보이지 않았다. 장현도가 그 이유를 물었을 때 유동운 부인은

"갑자기 피치 못할 공무가 생겨서 못 온답니다. 용서하셔요."

하고 말하였다.

"아무리 공무를 존중하시는 분이라도 오늘 같은 날 못 오신다는 것은 부인, 대단히 섭섭한 일입니다."

하고 장현도가 대답을 하였을 바로 그때 일동이 은근히 기다리고 있던 백진주 선생이 등장을 하였다.

이 등장으로 말미암아 제일 기뻐한 것은 신랑 홍선일이었다. 백진주 선생으로 말하면 지금까지의 모든 관계로 보아서 설사 이 혼인에 찬성은 안 한다 할지라도 자기편을 대표하는 유일한 인물일뿐더러 식이 거의 끝나게 된 지금까지 만주에 있는 홍만석 씨로부터 삼백만 원의 송금을 하였다는 통신을 아직 받지 못하고 있는 터이라 저번 약속한 대로 백진주 선생의 임시 융통을 기대하지 않을 수 없었기 때문이다.

백진주 선생은 아는 얼굴을 골라서 차례차례 인사를 바꾸었다. 그때 신부 옥영 양의 가정 음악 교사인 S 여사가 낮은 목소리로 속삭이듯이 말하였다.

* 만뢰萬雷: 많은 우뢰. 우렁찬 소리. 백뢰百雷.

"백 선생님, 저번 써주신 소개장은 감사합니다. 머지않아서 그 소개장이 필요할 것 같습니다."

저번 날 S 여사가 찾아와서 자기와 옥영이가 근근* 음악 공부로 동경엘 갈 계획이라는 말을 하였을 때 백진주 선생은 동경엔 자기가 잘 아는 유명한 음악 교사가 있다고 하면서 소개장을 써준 일이 있었다. 백진주 선생은

"아, 그렇습니까."

하고 지나가는 대답을 한 후에 이번에는 유동운 부인을 향하여

"검사정께서 오늘 밤 이 경사스러운 회석에 참석을 못 한 것은 그 책임이 전혀 제게 있는 것 같으오니 용서하십시오."

그리고 이번에는 약간 목소리를 높여

"여러분도 신문 지상으로 이미 아시다시피 저번 날 밤 내 집에 침입하였던 도적은 그때 같이 와서 담장 밖에서 기다리고 있던 그의 짝패가 죽인 것인데 그때 달려온 유동운 검사정께서 유일한 증거물을 하나 놓쳤다는 사실이 오늘 판명된 것입니다."

"유일한 증거물이라고요?"

장현도의 물음이었다.

"그렇습니다. 그날 밤 내 집에 와 있던 국보 대사의 말을 들으면 그때 그 박돌이라는 피해자를 간호할 셈으로 양복저고리와 조끼를 벗겨서 정원 한구석에 놔두었었는데 어떻게 그런 실수가 생겼는지는 알 수 없으나 유 검사정께서는 저고리만 증거물로 가져가고 조끼는 가져가지를 못했었답니다. 그러던 것이 오늘 내 집 하인이 우연히 그 피 묻은 조끼를 발견했었는데 자세히 보니 조끼 옆구리에는 예리한 칼자리가 나질 않았겠

| ＊근근近近: 머지않아. 가까운 장래에.

습니까."

"아이머니나!"

"그뿐만 아니라 그 피 묻은 조끼 주머니에서 한 장의 편지가 나왔는데…… 그것이 누구에게 가는 편진 줄 아십니까?"

그리고 장현도의 얼굴을 바라보면서

"장 두취, 놀라지 마시오. 그것은 장현도 씨에게 보내는 편지였답니다."

"뭐, 뭐라고요? 내게 보내는 편지라고요?"

장현도는 깜작 놀라 외쳤다. 박돌이라면 결코 모르는 이름이 아니기 때문이다.

"그렇습니다. 그 피 묻은 봉투에는 분명히 '장현도 전'이라고 씌어 있었지요."

"그러나 백 선생님, 유 검사정이 여기 참석 못 한 것과 그것과는 무슨 관계가 있어요?"

장현도 부인이 불안한 표정으로 물었다.

"아, 그것은 부인, 내가 증거물인 듯싶은 그 조끼와 편지를 오늘 유 검사정께 보내드렸기 때문이지요."

그러나 그때는 벌써 신랑인 홍선일은 핏기를 잃은 쩨한 얼굴에 악인의 특유한 예민한 눈초리를 희번덕거리며 슬쩍 자리를 일어나서 슬그머니 밖으로 빠져나가버렸다.

홍선일이가 슬그머니 자취를 감추어버린 지 약 오 분 후의 일이었다. 박돌이의 편지로 말미암아 자기의 구악이 탄로되는 줄만 알고 있는 장현도의 눈앞에 돌연 어지러운 구두 소리와 함께 경관대가 선뜻 문 안으로 들어섰다.

"여러분 중에 홍선일이라는 사람이 누굽니까?"

앞장을 선 경부가 엄숙한 목소리로 부르짖었을 때 일동은 공포에 찬 얼굴로 신랑이 앉았던 자리를 일제히 바라보았다. 그러나 아아, 이 어찌 된 셈인고……? 신랑은 온데간데없이 사라지고 말지를 않았는가!

"홍, 홍선일은 왜 찾으십니까?"

하고 장현도는 부들부들 떨면서 경부를 바라보았다.

"해주 감옥에서 탈옥을 한 무서운 죄숩니다."

"엣……?"

"뿐만 아니라 같은 탈옥수인 박돌이라는 자가 백진주 선생의 저택에서 담을 넘어 나오는 것을 죽인 죄로 고발을 당했습니다."

"오오!"

그것은 단지 서대문 은행 두취 장현도 일가의 부르짖음뿐이 아니었다. 그곳에 모인 수십 명 손님들의 부르짖음이기도 하였다.

경관대는 이 잡듯이 집 안을 뒤지기 시작하고 손님들은 조금 전까지도 가장 어여쁘고 가장 고귀한 찬사와 축사를 무서운 탈옥수에게 준 것을 한없이 뉘우치고 더러워 하였던 것이니 물욕의 노예가 되어 불순한 정략결혼으로써 신용을 회복하려던 장현도의 최후의 노력은 이리하여 무참히도 부서져버리고 말았다.

그것은 실로 이십삼 년 전 진남포 비석리 오막살이 초가집에서 한잔 술상을 베풀어놓고 계옥분과의 장래를 원앙새처럼 꿈꾸던 이봉룡이가 약혼 축하연에서 무참히도 체포되어 간 그때의 광경과도 같은 그것이었다.

'그렇다. 이것이 즉 하늘의 뜻일 게다!'

백진주 선생은 마음속으로 그렇게 외쳤다.

62. 체포

신랑 홍선일이가 도망을 했다는 사실이 판명되어 경관대는 하는 수 없이 물러가고 말았으나 당국에서는 전선*에 물샐 틈 없는 경계망을 펴 놓은 것은 물론이었다. 그리고 이 사실은 명망가 장현도 일가에 있어서 실로 말할 수 없는 커―다란 타격이 아닐 수 없었다.

그러나 그중에서 단 한 사람, 차디찬 조소를 입가에 띠고 도리어 잘 되었다고 생각한 것은 독신주의자인 옥영이었다. 그는 수라장으로 변한 피로연에서 격분한 여왕처럼 오만한 태도로 빠져나와 음악 교사인 S 여 사와 함께 자기 방으로 들어가자 사흘 후에 떠나려던 여행을 당장에 떠 나려고 결심하였다.

"자아, 부산행 급행열차는 열한 시니까 아직 삼십 분이나 남았어요. 빨리빨리……."

하고 옥영은 S 여사를 재촉하였다. 결혼은 하여도 결혼 생활은 하지 않겠다던 옥영의 계획은 실로 거기 있었던 것이다. S 여사가 백진주 선 생으로부터 동경 유명한 음악 선생에게 소개장을 받아둔 것도 옥영이가 결혼 생활을 도피하려는 수단이었다.

"자아, 빨리…… 어머니와 아버지가 울고불고하는 이 틈을 타서…… 더구나 오늘 밤을 이 더러운 집에서 자고 나면 내일 아침엔 이 얼굴을 어 떻게 들고 사람들을 대한다는 말이에요?"

"음, 그러면 빨리 떠나자."

S 여사도 마침내 동의를 표하였다.

"어저께 저금을 찾아온 돈이 삼만 원, 그리고 시계, 반지 같은 걸 팔

---

* 전선全鮮: '온 조선' 을 일컫는 말.

면 또 얼마쯤 될 테니 이만한 돈이면 동경 가서도 일이 년쯤은 걱정 없이 지낼 게 아니에요?"

이리하여 똑같은 독신주의자인 S 여사와 장옥영은 안으로 문을 굳게 잠그고 뒷문으로 몰래 빠져나와 일로 경성 역을 향하여 택시를 몰아댔다. 모든 번거로움과 속세의 속박으로부터 벗어나 예술을 찾아서, 자유를 찾아서 영원히 집을 떠나버리고 말았던 것이다. 그리고 두 젊은 독신주의자는 이윽고 부산행 급행열차 속에서 후우! 하고 긴 한숨을 지었다.

한편 약혼 피로연에서 재빨리 도망을 친 홍선일은 또 어떻게 되었는가……?

그는 과거가 과거인 만큼 범죄에 있어서 실로 침착한 위인이었다. 그는 모든 사정이 자기에서 불리한 것을 깨닫자 연회석에서 빠져나와 장현도 부인의 방으로 들어가서 부인의 장식물인 금붙이를 도둑 해가지고 그것을 여비로 삼아 한시바삐 상해로 내뺄 생각이었다.

그러나 홍선일은 아니, 선동이는 가만히 생각해보았다. 자기가 상해 출신인 것을 아는 경찰 당국의 경계의 눈초리는 남행 열차보다 북행 열차에 더 심할 것 같아서 상해로 가더라도 신의주를 건너가는 것보다는 부산서 구주*로 건너가 장기**에서 배를 타고 상해로 가는 것이 오히려 안전할 것이라고 생각하고 옥영이가 탄 같은 급행차에 몸을 실었던 것이니, 사람들의 이른바 운명이란 것이 과연 기구한 것이어서 이러한 홍선일과 저러한 장옥영이 이 급행열차 속에서 서로 만날 수 있다면 그것은 확실히 하나의 비극이 아니면 희극임에 틀림없을 것이다.

그러나 이튿날 새벽 기차가 부산 잔교***에 도착할 때까지 행인지 불

---

* 구주九州: 규슈. 일본 열도를 구성하는 사대 섬 가운데 가장 남쪽에 있는 섬과 그 섬을 중심으로 하는 지방.
** 장기長崎: 나가사키. 일본 규슈九州의 나가사키長崎縣 현.

행인지 두 사람은 서로 만나지 않은 채 무사한 여행을 계속할 수 있었다.

그러나 모진 풍랑으로 관부 연락선*과 구주행 연락선이 둘 다 결항이라는 말을 듣자 홍선일은 마음이 덜컹하였다. 단 하루 동안을 부산서 머물지 않으면 아니 될 자기 몸이 적잖게 위험하였다.

그러나 이 탈옥수에게 그런 것쯤 문제가 될 리는 없다. 그는 과거의 경험에 비추어보아 이런 때 허름한 조그만 여관은 경관의 임검이 더 심한 것을 알고 바로 역전에 있는 철도 호텔** 일실에서 피곤한 몸을 쉬게 되었다.

그런데 홍선일이가 약 두 시간 동안을 늘어지게 잠을 자고 문득 눈을 떠보니 호텔 바로 현관 앞을 무장한 세 명의 경관이 엄중히 경계를 하고 있는 것이 들창 밖으로 보이지 않는가!

"벌써 당국의 손이 여기까지 뻗쳤구나!"

그렇게 그는 외치며 들창 밖으로 넘어 나가려고 문득 커튼을 헤쳤을 때 그의 눈에는 역시 무장한 경관이 정원을 지키고 있는 것이 비쳤다. 다음 그는 복도로 통하는 도어로 달려가서 귀를 기울었다. 그러나 그때는 벌써 거칠게 걸어오는 경관의 발자국 소리가 가까이 들리지를 않는가!

'아, 포대에 든 쥐로구나!'

하고 마음속으로 부르짖었을 바로 그때 문을 두드리는 소리가 나며

*** 잔교棧橋: 화물을 싣거나 부리고 선객이 오르내릴 수 있도록 부두에서 선박에 닿을 수 있게 해놓은 다리 모양의 구조물. 절벽과 절벽 사이에 높이 걸쳐놓은 다리.

* 관부 연락선關釜連絡船: 한국의 부산釜山과 일본의 시모노세키下關 사이를 연결하는 연락선. 1905년 9월 산요 기선 주식회사山陽汽船株式會社에 의해 개설되어 제2차 세계대전이 종전될 때까지 한일 간의 주요 해상교통로였다. 한국의 경부 철도京釜鐵道와 일본의 도카이도센東海道線, 산요센山陽線, 규수센九州線 간에 여객과 수하물, 속달 취급 화물의 연대 운수連帶運輸도 맡았다. 부관 연락선釜關連絡船.

** 철도鐵道 호텔: 1912년 경부선京釜線과 경의선京義線의 종착역인 부산과 신의주에 세워진 근대식 호텔. 한국 최초의 철도 호텔은 부산 철도 호텔로서 부산 역사驛舍 이 층에 열두 개의 객실로 문을 열었다.

"문을 열어라!"

하고 고함치는 어지러운 목소리가 들리었다. 그 순간 홍선일은 부리나케 벽에 붙은 페치카* 속으로 뛰어 들어갔다. 이 벽돌 난로의 굴뚝은 사람이 하나 넉넉히 기어 올라갈 만한 여유가 있었기 때문에 그는 굴뚝 속에 달린 사다리를 쏜살같이 기어 올라갔다. 경관들이 문을 박차고 뛰어 들어온 것은 바로 그때였다.

경관들은 텅 빈 방 안을 잠깐 동안 두룩두룩** 하다가 그중 한 사람이 들창 밖을 지키고 있던 경관을 향하여 외쳤다.

"이 들창으로 넘어 나간 놈은 없느냐?"

"없습니다."

"음, 이상한 일이다…… 그러면…… 아, 그렇다! 군은 거기서 이 방 굴뚝 위를 자세히 쳐다보라. 놈은 굴뚝 속으로 들어간 것이 분명하니까—."

그리고 이번에는 보이더러 장작을 가져오래서 난로 속에 불을 피우기 시작하였다.

"놈이 뜨거우면 내려오겠지!"

하고 중얼거릴 즈음에 정원에서

"아, 저놈이 굴뚝 위로 올라갔습니다!"

하는 소리가 들리었다.

"그러면 빨리 지붕 위로 따라 올라가라!"

그러나 그때는 벌써 홍선일은 따라 올라오는 경관들의 공포 소리를 뒷등에 들으면서 원숭이처럼 지붕 위를 달리다가 호텔 맨 끝 방 굴뚝 속

---

* 페치카pechka: 러시아나 만주, 북유럽 등의 극한極寒 지방에서 난방 및 취사용으로 쓰는 장치. 돌이나 벽돌, 진흙 따위로 만든 난로를 벽에 붙여 벽돌을 가열하여 방 안을 따뜻하게 한다. 벽난로.
** 두룩두룩: 크고 둥그런 눈알을 조금 천천히 자꾸 굴리는 모양. '도록도록'의 큰말.

으로 들어가서 거의 미침질 하듯이 빠른 속력으로 내려오다가 굴뚝의 약 삼분지 일쯤을 남겨놓고 그만 사다리를 헛짚어서 아래로 굴러 떨어지고 말았다.

그러나 불행히도 그것은 빈방이 아니었다. 침대 위에 누워 있던 젊은 여자 손님 두 사람이

"악!"

소리를 치면서 침대에서 뛰어 내려왔다. 홍선일은 굴뚝 소제부처럼 시꺼메진 얼굴을 숙이며 애원하였다.

"아씨, 제발 사람을 살려주십시오. 조금도 아씨들은 해칠 사람이 아니오니 잠깐만…… 잠깐만 저를 여기에 숨겨주십시오!"

그 순간 비교적 나이를 먹은 여자가

"앗, 옥영이, 저건…… 저건 어젯밤의 홍선일이가 아니야?"

하고 고함을 치는 바람에 홍선일과 옥영의 시선이 딱 마주쳤다.

"오오! 당신은……."

옥영은 벌렸던 입이 좀처럼 닫혀지지를 않는다. 아아, 이 굴욕을 어이하리!

"흐흥, 난 또 누군 줄 알았더니…… 자아, 옥영 씨, 나를 좀 구해주시오! 이것은 틀림없이 하늘이 나를 도우려는 것입니다! 자아, 옥영 씨!"

"에이, 더러운…… 더러운 사람!"

하고 옥영이가 치를 바르르 떨었을 때 경관 일대가 뛰어 들어왔다. 사정이 이렇듯 되고 보면 제아무리 난다 긴다 하는 악인이라도 하는 수 없는 일이다. 그는 조용히 손목을 내밀어 경관이 하는 대로 수갑을 찼다. 그런 꼴을 옥영은 차마 눈뜨고 볼 수 없어서 두 손으로 자기 얼굴을 가리었다.

"옥영 씨, 아무리 생각해도 나는 이분들과 함께 서울로 여행을 하게

될 것 같은데 아버지와 어머니에게 무슨 기별할 것은 없습니까? 헤헤헤……."

홍선일은 아니, 배선동은 경관에게 끌려가면서 그런 수작을 하였다.

이상이 탈옥수요 사기한*이요 살인범인 배선동이의 가장 유머러스한 체포 광경이다.

바로 그즈음 서울에서는 장현도 부인 심봉채가 청운동 유동운의 서재에서 유동운과 마주 앉아 있었다. 심봉채는 집을 나올 때 자기 딸 옥영의 방문 밖에서 귀를 기울여보았으나 방문이 안으로 잠가져 있는 것을 어젯밤 일 때문에 기분이 우울해서 아직 잠자리에 들어 있는 줄만 알고 구태여 깨울 필요가 없다는 듯이 그대로 내버려두고 나왔던 것이다.

"그래, 이번 사건을 취급한 것이 당신이라면서 왜 좀 사건을 비밀히 처리해주시질 못하고 그처럼…… 나는 당신을 원망해요. 서울 장안의 명사가 다 모인 곳에서 내 사위가 될 사람을 그처럼 악착하게…… 전에는 당신도 나에게 친절히 해주신 적도 있었는데…… 원망스러워요!"

심봉채는 그러면서 경사스러운 약혼 피로연에서 자기의 사위가 될 사람을 탈옥수, 사기한, 살인범으로서 공공연하게 체포하도록 수배해 놓은 유동운을 원망스러운 눈으로 바라보았다.

"부인, 용서하시오. 나는 한 사람의 법관으로서 공과 사를 구별할 수밖에 없었습니다. 아니, 그것이 도리어 그러한 살인범을 사위로 맞게 하는 것보다는 나으리라고 생각했기 때문이지요. 말하자면 그것이 부인에 대한 나의 자비심이었습니다."

이 한마디는 후일에 이르러 공정한 법관으로서 이름이 높은 유동운 검사정으로 하여금 자기 자신의 무덤을 파게 한 무서운 한마디였다.

---

*　사기한詐欺漢: 사기꾼.

"잘 알겠어요. 그러나 오늘 이처럼 당신을 찾아온 것은 그 사기한을, 아니 홍선일을……"

"홍선일이 아니올시다. 그 무서운 살인범의 이름은 배선동입니다."

"그러니까 그 배선동이를 될 수 있는 대로 하루라도 늦게 체포하도록 하여달라는 말을 여쭙고자…… 아니, 될 수만 있으면 옥영이가 다른 남자와 결혼식을 거행한 후에 체포하도록……"

"그러나 부인, 그것은 벌써 늦었습니다. 어젯밤으로 벌써 전선에 수사망을 펴도록 엄중히 명령을 하였습니다."

"그러면 이렇게 하여주세요. 체포는 하더라도 옥영이가 다른 남자와 결혼을 할 때까지는 재판을 연기하여주세요."

"그것도 할 수 없지요. 아니, 나는 그와는 반대의 의견을 갖고 있습니다. 언젠가 검사국에서 부인과 약속을 하지 않았습니까?"

"약속은 무슨 약속을요?"

"백진주 선생의 정체를 붙잡겠다는 약속을 잊으셨습니까?"

"그러나 선동이와 백진주 선생이 무슨 관계가 있다고……"

"확실한 증거는 없지만 나는 제 육감으로써 선동이의 입으로부터 백진주 선생에 관한 그 무엇을 들을 것만 같습니다. 부인, 가만히 생각해보세요. 저번 아현동 별장에서 그 무서운 연극으로 우리들을 무섭게 하던 밤에도 배선동은 아니, 홍선일 부자는 백진주 선생의 초대를 받아 오지를 않았습니까? 그처럼 무서운 탈옥수를 그러한 연석에 초대를 한 백진주 선생을 부인께서는 아직도 의심을 안 하신다는 말씀입니까?"

"아아, 당신은 법률을 위해서는 피도 눈물도 없는 사람이에요!"

"부인, 일에는 경중이 있습니다. 내가 지금 모든 정열을 다하여 배선동 체포에 힘을 쓰는 것은 배선동 자체의 죄악도 죄악이려니와 그것을 단서로 하여 백진주 선생의 정체를 붙잡기 위해섭니다. 그리고 부인도 아시다시피 지금 우리 가정에는 무서운 독살자의 보이지 않는 손이 뻗어 있지만 그것도 생각하면 단순한 우연이 아닌 것같이 생각되지요. 나는 내 가정에 무서운 마수를 뻗친 살인귀를 붙잡는 것과 선동이를 체포하는 데 전력을 기울이고 있는 동기를 알아주기 바랍니다!"

"그러면 당신은 그 살인귀가 당신의 가족의 한 사람일지라도 그를 적발할 용기가 있다는 말씀이에요?"

"물론입니다!"

"아아, 당신은 인간이 아니에요!"

부인이 절망의 부르짖음을 부르짖었을 바로 그때 하인이 지급 전보 한 장을 들고 들어왔다. 그 전보에는

오늘 아침 아홉 시 배선동 체포— 부산 경찰서장—.

유동운은 전보를 부인 앞에 가만히 내놓았다.

"아아!"

부인은 전보를 읽고 미친 듯이 부르짖었다.

63. 세 사람의 고발자

암흑 속에서 죽음의 마수가 어물거리는 유동운의 가정— 석 달 동안에 세 사람의 시체를 장사시키고 지금 영란마저 독약을 마시고 병상에 신음하는 유동운의 가정이야말로 하늘의 저주를 받은 지옥과 같은 그것이었다.

독을 마신 지 오늘째 나흘, 사십 도를 넘나드는 신열로 말미암아 영

란은 아직도 생사를 분별할 수 없는 몽롱한 정신 상태에 빠져 있었다. 눈은 뻔히 뜨고 있건만 정신을 좀체로 가다듬지 못하는 영란이었다. 그렇기 때문에 밤이 되면 영란의 눈앞에는 갖은 환영이 다 떠올랐다. 돌아가신 외조모의 얼굴, 사랑하는 모인규의 얼굴, 자기를 학대하기 좋아하는 계모의 얼굴, 그러다가는 또 뜻도 하지 않은 백진주 선생의 얼굴도 보이곤 한다.

그러던 어떤 날 밤 하도 목이 말라서 머리맡에 놓여 있는 물약을 타 넣은 컵에 손을 뻗치려는 그 순간 저편 책장 문이 벙긋 열리면서 나타난 것은 뜻밖에도 백진주 선생이 아닌가!

"영란 씨, 잠깐만 기다리시오."

그러면서 백진주 선생은 컵에 든 물약을 손가락 끝으로 찍어내서 자기가 맛본 후에 아무런 위험도 없다는 듯이

"자아, 어서 마십시오."

하고 권하였다.

"아, 당신은…… 백진주 선생이 아니세요?"

영란은 그때까지도 자기가 아직 하나의 환영을 보는 것만 같았으나 그러나 환영이 입을 열어 말을 하는 것을 보고는 놀라지 않을 수 없었다.

"쉬이! 떠들지 마시오. 나는 결코 그대를 해치러 온 사람이 아니오. 아니, 그와 반대로 영란 씨를 죽음의 마수로부터 구하려고 온 사람입니다."

"저를 구하러 오시었다고요? 누구가…… 누구가 그것을 선생께……."

"내가 아들처럼 사랑하는 모인규 청년의 부탁으로……."

"오오, 인규 씨가……?"

"그렇습니다. 나는 그대를 내 딸이라고 생각하고 오늘 밤째 나흘 동

안을 이렇게 저 책장 뒤에서 당신의 몸을 보호하고 있는 것이오."

"나흘 동안을요? 저를 위해서요?"

영란은 무서움과 놀라움을 느끼면서도 한편 또 무척 기뻤다.

그 책장 뒤는 담이다. 그리고 그 담벼락 밖은 바로 옆집 담장인데 그 담장과 이 담벼락에 비밀의 통로가 뚫려져 있는 사실을 아는 사람은 한 사람도 없다. 그러나 독자 제씨는 나흘 전에 이사해온 국보 대사가 그날 저녁으로 부리나케 가옥과 담장을 수선하던 기억을 아직도 갖고 있으리라고 믿는다.

"감사합니다. 그러나 제가 어째서 선생의 구호를 받지 않으면 안 되는가요?"

"그것은 아니, 영란 씨, 놀라지 마시오. 매일 밤처럼 영란 씨가 잠든 틈을 타서 이 물약에 독을 타 넣고 나가는 사람이 있기 때문입니다."

"옛……? 뭐라고요……?"

영란은 도저히 믿을 수 없다는 듯이 눈을 부릅떴다.

"그렇습니다. 그것을 내가 저 책장 뒤에서 가만히 보고 있다가 독을 탄 물약을 쏟아버리고 그러고는 내가 갖고 온 영약인 생명수를 대신 부어 넣곤 하였지요. 영란 씨의 외조부와 외조모도 그 독약을 마시고 쓰러진 것이고 또 유민세 씨의 충복인 김 서방도 역시……."

"오오, 선생님! 그러면 누가…… 누가 대체 그런 독약을……?"

"인제 그 무서운 살인귀가 영란 씨 눈앞에 나타날 것이니까 영란 씨는 그가 누군지를 제 눈으로 자세히 보시오. 그러나 절대로 눈을 떠서는 안 됩니다. 어디까지든지 자는 척하고 계셔야 합니다."

"오오…… 그 무서운 살인귀가……."

영란은 그 순간 오싹하고 달려드는 격렬한 공포를 전신에 느끼면서

"그러면 선생님은 역시 저 책장 뒤에서 저를 감시하고 계시겠습니

까?"

　"물론이지요. 그것이 나의 사명이니까요. 그러니까 조금도 염려 마시고…… 만일 그때 영란 씨가 눈을 뜬다든가 무서워서 고함을 친다든가 하면 큰일이지요. 살인귀는 그 순간 자기 정체가 발각된 것을 알고 비수 같은 것으로 당신을 해할는지도 모르니까……."

　그런 말을 남겨놓고 백진주 선생은 다시금 책장 뒤로 유령처럼 사라졌다.

　그때 복도에서 사람의 인기척이 가늘게 들려왔다. 그 누구가 발자국 소리를 죽이면서 문을 방싯 열고 들어온다. 영란은 눈을 꼭 감았다. 눈을 감을 때 영란은 독사처럼 살그머니 문을 여는 희고 쌔한 손목을 보았던 것이다.

　'눈을 뜨면 안 된다! 눈을 뜨면 죽는다!'

　영란은 두근거리는 가슴을 억제하며 마음속으로 그렇게 외쳤을 때 살금살금 다가오던 발자국 소리가 멎으며 그 누군가가 자기의 숨결을 엿보려는 듯이 영란의 코앞에다 얼굴을 가까이 갖다 댄다. 그러고는 안심이 되는 듯이 머리맡에 놓인 물약에다 자기가 들고 들어온 조그만 약병에서 독약을 몇 방울 쏟아 넣고 다시 발자국을 죽여가면서 살그머니 나가버렸다. 아니, 채 나가기 전에 영란은 가만히 눈을 뜨고 그 살인귀가 누군지를 분명히 보았던 것이다.

　'오오!'

　하고 영란이가 두려움에 온몸을 오들오들 떨고 있을 때 책장 뒤로부터 백진주 선생이 다시금 나타났다.

　"영란 씨, 보시었습니까?"

　"아아, 선생님, 이 일을 어쩌면 좋습니까……? 어머니가…… 어머니가……."

"쉬이! 너무 목소리가 큽니다."

"선생님, 저는…… 저는 어떡하면 좋습니까? 이 슬픈 사실을 어떡하면……."

"어머니를 고발할 수밖에……."

"안 됩니다! 차라리 제가 죽어버리는 게 낫지 어머니를 어떻게……."

"그것도 안 되지요. 영란 씨가 죽으면 모 군도 따라 죽을 것입니다."

"아아, 선생님, 저의…… 저의 갈 길을 인도해주십시오!"

"그대는 실로 천사처럼 어여쁜 마음을 가진 분이오. 나를 믿으시오! 나 하라는 대로 하시오!"

그러면서 백진주 선생은 영란의 머리를 부드럽게 어루만져주었다.

"네, 무엇이든지…… 무슨 일이든지 하라시는 대로 하겠습니다!"

"영란 씨, 어떠한 일이 있을지라도 무서워하면 안 됩니다. 놀라면 안 됩니다. 귀도 들리지 않고 눈도 보이지 않고 숨도 없어지고 맥도 끊어지는 한이 있을지라도 모든 두려움과 의혹을 버리고 다만 나만을 믿을 수 있겠습니까?"

"있습니다! 믿을 수 있습니다!"

"그러면 영란 씨, 이 약을 잡수시오."

백진주 선생은 주머니에서 새빨간 알약을 한 알 꺼내 영란의 손에 쥐어주었다. 영란은 잠깐 동안 상대편을 말똥말똥 쳐다보다가 알약을 먹었다.

"그러면 영란 씨, 편히 주무시오."

백진주 선생은 오랫동안 영란을 바라보았다. 마침내 영란은 지금 먹은 약 기운으로 고스란히 잠이 들었다.

백진주 선생은 그리고 머리맡에 놓인 컵에서 한 방울을 혀끝으로 맛보았다. 그것은 살인귀가 지금까지 써오던 브루신이 아니고 나르코탄'이라는 독약이었다. 브루신의 효과가 없는 것을 알고 독약을 딴것으로 갈 았던 것이다.

그는 컵에 든 독약을 삼분지 일쯤 남겨놓고 삼분지 이는 들창 밖에 쏟아버렸다. 영란이가 채 먹지 못하고 남겨둔 것처럼 하기 때문이었다. 그러고는 다시 책장 뒤로 사라졌다.

한 시간 후에 유동운 부인은 다시 영란 방에 나타났다. 그리고 영란의 코에다 귀를 갖다 대고 숨소리를 들어보려 하였다. 그러나 숨소리는 들리지 않았다. 가슴에 손을 대어보았다. 그러나 맥도 완전히 끊어져 있다.

'죽었다! 죽었다!'

부인은 오싹하고 달려드는 그 어떤 공포를 떨쳐버리려는 것처럼 몸을 한번 부르르 떨었으나 입가에는 가는 미소가 떠어졌다.

부인은 삼분지 일쯤 남은 독약을 들창 밖에 마저 쏟아버린 후에 가지고 왔던 손수건으로 컵 안을 여러 번 닦아냈다. 그것은 내일 아침 검시하러 오는 차 의사의 눈을 속일 셈이다.

이리하여 마침내 영란 독살에 성공한 부인은 악귀와 같은 얼굴로 사라지고 말았다.

이튿날 아침— 한집안에서 네 번째의 참극이 벌어진 유동운의 집안은 마치 수라장처럼 어지러웠고 유령의 집처럼 무시무시하였다. 한 사람밖에 남지 않은 하인의 말로 영란의 죽음이 사방에 전달되었다. 유동운 부부가 뛰어 들어오고 차 의사가 달려오고 때마침 와 있던 모인규 청년이 유민세 노인을 담가 차**에 실어가지고 영란의 방으로 들어왔다.

유민세 노인의 얼굴에는 극도의 분노가 치밀어 있었다. 그리고 비탄

---

* 나르코틴narcotine: 아편 속에 들어 있는 결정 알칼로이드alkaloid. 아편 속에 모르핀morphine 다음으로 많이 들어 있는 성분이다. 진통 작용을 하면서도 마취성이 없기 때문에 방열제나 진통제 따위로 쓴다.
** 담가 차擔架車: 들것 아래에 바퀴를 달아 수레처럼 밀거나 끌 수 있게 만든 물건.

에 잠겨 있는 유동운 부인의 얼굴을 무섭게 쏘아보았다.

부인은 이 전신 불수인 시아버지의 눈을 무엇보다 무서워하였다. 모든 것을 알고 있는 것 같은 그 침묵의 눈동자! 그러나 그보다도 더 무서운 것을 부인은 시체로 변한 영란의 머리맡에서 보았던 것이니 아아, 이 어찌 된 일인고……? 지금 차 의사가 무서운 얼굴로 손에 들고 유심히 들여다보고 있는 것은 물약이 삼분의 일쯤 남아 있는 컵이 아닌가! 영란이가 채 먹지 못하고 남긴 독약을 부인은 제 손으로 어젯밤 분명히 들창 밖에 버리질 않았는가! 그리고 손수건으로 닦기까지 하지 않았는가!

부인은 마침내 몸을 지탱하지 못하고 사상*이 되어 비틀거리는 발걸음으로 나가버렸다. 나가버리는 부인의 뒷모양을 물끄러미 바라보는 세 사람의 눈동자가 있었다. 그 하나는 유민세 노인이었고 그 둘은 모인규 청년이었고 그 셋은 차 의사의 그것이었다.

"그런데 당신은 대체 누구길래 이 신성한 시체 옆까지 들어올 수 있다는 말이오?"

하고 유동운은 모인규 청년을 쏘아보았다. 그때 모인규는 영란의 차디찬 손목을 꽉 부여잡고 주먹 같은 눈물을 뚝뚝 흘리면서 따지는 유동운에게는 대답이 없이

"영란 씨, 당신의…… 당신의 복수는 내가 기필코 하여드리겠습니다!"

"아니, 뭐, 복수라고……? 그게 대체 무슨 말이오?"

하고 유동운은 고함을 쳤다.

"영란 씨는, 나의 사랑하는 영란 씨는 독살을 당했습니다! 그러니까 나는 그 독살자에게 복수를 하겠다는 것입니다! 그것이 약혼자로서의 당

| * 사상死相: 거의 다 죽게 된 상. 죽을 조짐이 나타난 상.

연한 의무입니다!"

"뭐, 약혼자……?"

"그렇습니다. 여기 계신 할아버지는 우리 두 사람의 약혼을 허락하시었습니다. 할아버지, 그것을 이 유동운 씨 앞에서 증명하여주십시오!"

그때 유민세 노인은 있는 기력을 다하여 고함을 치듯이

"모인규는 영란의 남편이다!"

"옛……?"

하고 놀라는 유동운에게 모인규는

"자아, 만일 법관인 당신이 이 가정에서 그 무서운 살인귀를 적발하지 않는다면 나는 정정당당히 법률에 의하여 범인을 내 손으로 적발할 터입니다!"

"군은 일종의 정신병자다! 빨리 이 방으로부터 물러가기를 바란다!"

유동운은 고함을 쳤다.

"절대로…… 절대로 물러갈 수 없습니다!"

"그러면 영란의 죽음이 독살이라는 무슨 증거가 있다는 말인가?"

"있습니다! 거기 대한 유일한 증인은 지금 이 자리에 계시는 차 선생이올시다."

그 말에 컵에 든 독약을 검사하던 차 의사가 머리를 번쩍 들었다.

"차 선생, 빨리 대답을 하시오!"

그러나 차 의사는 대답이 없다.

"만일 차 선생이 대답을 피하신다면 나는 다음과 같은 증언을 법정에서 하겠습니다. 그것은 저번 영란 씨의 외조모가 역시 똑같은 증세로 세상을 떠나던 날 밤 차 선생은 유동운 씨를 저 컴컴한 정원으로 불러내어 그것이 확실한 독살이라는 것을 말했습니다. 나는 우연히 그 말을 들었습니다. 그러나 어찌 된 셈인지 차 선생도 고발을 안 하고 유동운 씨도 그것을 묵살하였습니다. 그러기 때문에 지금 영란 씨의 억울한 죽음을 위하여 그 무서운 살인귀를 적발할 사람은 이 넓은 세상에 나와 할아버지밖에 없습니다!"

그때 차 의사는 심각한 표정으로

"나도 당신과 같은 의견을 가진 사람이었소. 다만 인정에 끌려 오늘날까지 그것을 실행하지 못한 책임은 물론 내가 지겠습니다. 그러나 이번만은 도저히 나로서는 묵인할 수가 없는 일이오. 나도 당신과 함께 검사정 유동운 씨에게 이 독살 사건을 고발하는 바입니다!"

"오오!"

유동운은 무섭게 신음을 하면서 최후의 애원으로 시선을 유민세 노인께로 던졌다. 그와 동시에 유민세 노인의 입술이 한참 동안 씨우적거리다가 간신히 튀어나온 한마디는 이러하였다.

"나도, 나도 그것을 유동운 검사정에게 고발을 하는 바다!"

"아아……!"

유동운은 그만 의자 위에 쓰러지고 말았다.

64. 기적의 정체

세 사람의 고발자— 차 의사와 모인규와 유민세 노인의 무서운 고발을 받고 의자에 쓰러진 유동운이었다.

그때 노인은 유동운 혼자만 남겨두고 모인규와 차 의사에게 자리를 사양해달라는 의사를 표했기 때문에 두 사람은 밖으로 나왔다. 노인과 유동운의 이야기는 약 삼십 분 동안이나 계속되었다. 삼십 분 후 이번에는 유동운이가 문을 열고 두 사람을 다시 방으로 불러들였다.

검사정의 얼굴은 핏기가 도는 산 사람의 얼굴이 아니었다. 미치광이처럼 표정을 완전히 잃어버린 얼굴이었다. 그 어떤 커—다란 타격이 그의 얼굴로부터 모든 표정을 박탈하였던 것이다.

"여러분, 나는 비로소 내 아버지의 입으로부터 범인의 이름을 들었습니다. 그리고 나는 내 손으로 범인을 완전무결하게 처벌을 하겠습니다. 그러나 여기서 한 가지 두 분께 간절히 바라는 것은 이 사건을 세상에 발표하는 것을 중지하여주십시오. 이것은 내 아버지의 청탁이기도 합니다. 여러분, 한 주일 동안만 기다려주시오. 한 주일 안으로 나는 내 딸을 독살한 그 무서운 살인귀에게 철저한 복수를 하겠습니다! 내 집안의 명예를 가엾이 여기시고……."

유동운은 머리를 정중히 숙였다. 그때 모인규는 물었다.

"할아버지, 검사정의 말씀을 그대로 믿어도 괜찮습니까?"

"괜찮다!"

비장한 한마디였다. 과연 유동운은 어떠한 방법으로 범인을 처벌을 하려는 것일까…… 모인규는 그때 벌떡 일어서며 영란의 손을 자기 손으로 꼭 한 번 쥐어본 후에 창황한 걸음으로 방에서 뛰어나갔다. 그리고 차 의사와 유동운도 밖으로 나가버렸다. 유민세 노인만은 언제까지나 영란의 옆을 떠나려 하지 않고 부처처럼 담가 차에 실린 채 지켜 앉았다.

그때 며칠 전 옆집으로 이사를 온 국보 대사가 영란의 명복을 빌어주려고 초청을 받아왔다. 차 의사가 유동운의 승낙을 맡고 집으로 돌아가는 길에 국보 대사를 불렀던 것이다. 유동운은 반가이 맞으며

"대사, 불쌍한 내 딸을 위하여 염불을 불러주십시오. 그리고 인제는 단 한 사람 남았던 하인까지도 내 집을 떠나버리고 말았습니다. 이 열쇠를 대사에게 맡겨둘 테니 마음대로 출입을 하시도록 하십시오."

그리고 유동운은 자기 서재로 들어갔다. 아무것도 하지 않고 가만히

앉아 있으면 정말 미칠 것 같았다. 그래서 그는 과거의 경험으로 이런 때는 일에 열중하는 것이 제일 좋은 위안이 되었다. 그는 책상 서랍에서 어젯밤까지 하던 일거리를 다시 꺼냈다. 그것은 살인범 배선동이에 관한 고소장이었다.

그즈음 영란의 시체실로 들어간 국보 대사와 유민세 노인은 오랫동안 무엇인가를 열심히 이야기하고 있었다.

이튿날 아침 대사가 돌아간 후 유동운이가 영란의 방으로 들어가 보니 어찌 된 셈인지 그처럼 손녀딸의 죽음을 비탄하던 유민세 노인이 모든 근심 걱정을 다 떨쳐버리고 극히 평온한 얼굴로 깊이 잠이 들어 있었다. 만 하루를 꼬박 밝혀 새운 유동운은 한가스레 잠이 든 노인을 보고 역시 핏줄기가 다른 탓이라고 생각하였다.

그날 열한 시에 영란의 장례식이 있었다. 자하문 고개를 하나 넘으면 거기에 유동운의 가족 묘지가 있었다. 그러나 수백 명이나 모인 사람들 가운데 백진주 선생과 모인규 청년의 자태가 보이지 않는 것이 수상하였다.

그즈음 백진주 선생은 서대문 은행 두취실에서 장현도의 푸르락거리는 얼굴과 마주 앉아 있었다. 그리고 손에는 장현도의 서명이 있는 백만 원짜리 현금 절수* 다섯 장이 쥐어져 있었다. 그 대신 장현도의 책상 위에는 백진주 선생의 서명이 있는 오백만 원의 영수증이 한 장 놓여 있던 것이니 오늘이야말로 서대문 은행이 문을 닫지 않으면 아니 될 최후의 날이었다.

장현도는 지금 백진주 선생의 손에 쥐어진 오백만 원의 절수를 원망스럽게 바라보지 않을 수 없었다. 어째 그러냐 하면 그 오백만 원은 오늘 열두 시 정각에 모 자선 사업 단체에 지불할 셈으로 사흘 전부터 각 방면

---

* 절수切手: 은행에 당좌 예금當座預金을 가진 사람이 소지인에게 일정한 금액을 줄 것을 은행 등에 위탁하는 유가 증권有價證券. 수표手票.

으로 활동하여 간신히 준비한 것을 이처럼 백진주 선생이 돌연 찾아와서 역시 동액인 오백만 원의 출금을 요구하여 체면상 어쩔 수 없이 지불은 하였으나 십 분밖에 남지 않은 열두 시 정각에 찾아올 자선 단체에는 빈 주먹밖에 내밀 수 없는 장현도. 그리고 그것은 서대문 은행의 폐쇄를 의미하는 동시에 장현도의 파산을 세상에 공포하는 것을 의미한다.

"자아, 그러면 나는 이제부터 유동운 씨 댁 장례식에 참석하지 않으면 아니 되겠어서 이만 실례하겠습니다."

"아, 그러면 그 돈을 정말 갖고 가실 셈이신가요? 그렇게 되면 저 자선 단체에 지불할……."

"원, 장 두취도 별말씀을 다…… 그 절수장에다 척척 서명만 하시면 오백만 원은 고사하고 오천만 원이라도 금시에 지불할 수 있을 것을 뭘 그리 걱정을 하시오……? 하하하하……."

그런 호탕한 웃음을 두취실에 남겨놓고 밖으로 나올 때 백진주 선생은 복도에서 자선 단체의 대표자인 최성문 씨가 검은 가방을 들고 두취실로 들어가는 것을 보고 빙그레 웃음을 지었다. 백진주 선생은 그를 알아본다. 그는 일찍이 상해 교역 은행의 사원 허달준이란 이름으로서 모영택 씨에 대한 채권 이십만 원을 최성문 씨의 손으로부터 산 적이 있기 때문이다.

그날 오후 최성문 씨에게 대한 오백만 원 지불을 내일 오정*으로 간신히 연기를 해놓은 장현도는

"흥, 바보 같은 녀석! 내일 오정에는 벌써 이 장현도는 행방불명이 되어 있을 게다. 내 딸 옥영이처럼—!"

그러고는 무슨 증거물이 될 만한 서류는 모두 불태워버린 후에 맨 마

---

* 오정午正: 정오正午.

지막으로 자기 아내에게 보내는 편지 한 장을 써가지고 두취실을 나왔다.

백진주 선생은 그길로 영란의 묘지를 찾았다. 그러나 벌써 사람들은 모두 제멋대로 흩어지고 영란의 외로운 무덤만이 쓸쓸히 남아 있었다. 아니, 단 한 사람, 무덤 앞에 머리를 숙이고 흑득흑득 느껴 우는 것은 순정의 청년 모인규였다. 모인규는 한참 동안을 울고 나서 무슨 약봉지 같은 것을 주머니에서 꺼내면서

"영란 씨, 사랑하는 영란 씨의 옆으로 나도 가리다! 인제 곧 가리다!"

그 한마디를 외치면서 부리나케 약봉지를 자기 입으로 털어 넣으려는 순간 그의 팔목을 꽉 잡으면서

"모 군, 잠깐만 기다리시오!"

하고 와닥닥 달려든 백진주 선생―.

"선생님, 저를 그대로 내버려두시오."

"안 된다. 군은 나를 믿겠노라고 약속을 하였다. 군은 좀 더 참아야 한다. 그리고 나와의 약속을 끝끝내 믿어야 한다!"

"그러나 선생님은 저와의 약속을 어기었습니다. 영란 씨는 절대로 죽지 않는다고 하신 말씀을 잊으셨습니까? 저로 하여금 믿지 못하게 한 것은 선생님 자신이 아니오니까? 선생님, 저를 가만히 내버려둬 주시오. 그것이 제게 대한 선생님의 다사로운 자비심이올시다!"

모인규는 그때 무엇을 생각했는지

"그럼 저는 먼저 실례하겠습니다."

하고 총총히 묘지를 내려왔다.

그런 지 한 시간 후 모인규는 청량리 자기 집 서재로 들어가서 유서를 쓰기 시작하였을 때 현관에서는 백진주 선생과 인애가 다음과 같은 이야기를 주고받고 있었다.

"모 군은 지금 어디 있습니까?"

"지금 돌아와서 서재로 들어갔어요. 그러고는 책상에 엎디어서 무슨 편지 같은 것을 쓰고 있어요. 자아, 어서, 선생님, 들어오세요."

그 말에 깜짝 놀라며 백진주 선생은 서재로 뛰어 들어갔다. 아니나 다를까, 유서를 다 쓰고 난 모인규가 막 독약을 마시려는 실로 위기일발의 순간이었다.

"선생님, 선생님은 어째서 이처럼도 저의 생명에 대한 자유까지를 박탈하시렵니까?"

모인규는 자기 팔을 꽉 부여잡은 백진주 선생의 손을 무섭게 뿌리치면서 미친 듯이 부르짖었다.

"저는 선생님의 말씀을 끝까지 믿고 있었기 때문에 영란 씨가 죽는 것도 보지를 못했습니다. 저는…… 저는 선생님이 원망스럽습니다!"

그때까지도 잠자코 있던 백진주 선생은 비로소 입을 열었다.

"모 군, 세상에는 기적에 가까운 일이 전혀 없으라는 법은 없습니다."

"그 기적을 행하는 사람이 누구라는 말씀입니까?"

"납니다. 이 백진줍니다!"

"그러나 죽은 사람을 다시 소생시킬 수가 어떻게 있다는 말씀입니까?"

"있습니다! 나를 믿으시오. 지금으로부터 팔 년 전 모영택 씨를 자살로부터 구한 것은 납니다!"

"엣……?"

인규도 놀라고 인애도 놀라고 그리고 인애의 남편 고영수도 놀랐다.

"모영택 씨의 자살을 막은 내가 그의 아들의 자살을 막지 못하라는 법은 없을 테니까ㅡ."

그때 인애가 한 발 다가서며

"오오, 그러면 제게 편지를 보내어 비석리 오막살이로 가서 선반에 있는 지갑을 가져오게 하신 분이 바로……."

"그렇습니다, 인애 씨!"

백진주 선생이 끝없이 인자한 목소리로 대답을 하였을 때 이번에는 고영수가

"오오, 그러면 저 가라앉은 태양환을 다시 만들어……."

"그렇습니다. 고영수 군!"

"상해 교역 은행의 사원 허달준이라는 사람도……."

"그렇습니다. 모인규 군!"

"오오, 그러면 선생님은……."

하고 모인규는 희미하게 사라진 기억을 더듬으면서

"그러면…… 그러면 아버지의 말씀대로 선생님이 바로 저 이, 이, 이 봉룡 씨……."

하고 고함을 쳤다. 그때 백진주 선생은 부드러운 미소를 만면에 띠면서

"그렇습니다, 모 군!"

"아아, 신이여!"

"오오, 하늘이여!"

이 세상이 가질 수 있는 가장 크고 가장 어여쁜 감격의 외침이 세 젊은이의 입으로부터 튀어나왔다.

그때 인애는 저편 장식장으로 달려가서 정성 들여 보존하여둔 수박색 모본단 지갑을 꺼내어 가슴에 공손히 안고 백진주 선생 앞에 무릎을 꿇고 앉았다. 눈물이 주르르 흘러내린다.

"오오, 하늘이여! 하늘은 어이하여 저희들의 소원을 이처럼 늦게 성취시켜 주시나이까? 그분의 성스러운 모습을 우러르고 그분의 인자하신 음성에 접하고 그리고 단 한 번 그분의 손을 만져보고 싶어 하던 저희들

의 소원이 어이하여 이처럼 늦었소이까?"

그러면서 인애는 기도 드리는 마리아인 양 무릎으로 걸어가서 백진주 선생의 손을 두 손으로 잡고 머리를 숙였다. 그때 백진주 선생은 스르르 눈을 감으면서 혼잣말처럼 중얼거렸다.

"아아, 이 엄숙한 순간이여! 인생에 대한 모든 불만과 불평이 사라지는 이 행복한 순간이여!"

그때 고영수가

"선생님은 저희들의 수호신守護神이올시다! 원컨대 선생님은 이 서울을 떠나시지 마시고 영원히 저희들과……"

"아니요, 머지않아서 나는 이 서울을 떠나야 합니다. 벌써 이틀 전에 저 춘앵이는 이 서울을 떠나서 타국으로 갔습니다. 나도 그의 뒤를 따라가려 합니다. 그리고 한 가지 모 군과 특별히 약속할 것이 있습니다. 그것은 오늘부터 한 달 동안— 즉 내월 오일까지는 어떠한 일이 있더라도 경솔한 행동을 취하지 말 것! 알겠습니까?"

"내월 오일까지!"

"그렇습니다. 만일 내월 오일까지 내가 모 군을 행복하게 하지 못하는 날에는 내 손으로 모 군에게 음독자살을 권할 것이오."

"선생님, 그러면 저는 내월 오일까지는 어떠한 일이 있더라도 살아 있겠습니다! 내월 오일까지……!"

"그것을 신명에 맹세하시오!"

"맹세하겠습니다!"

"그러면 그때까지 나는 모 군을 보호하는 의미에서 오늘부터 내 집으로 와서 나와 함께 있기로 합시다. 그리고 나는 내월 오일 전으로 이 서울을 떠나고자 하니까 그때는 모 군도 나와 함께 먼 곳으로 여행을 떠나기로 합시다."

"잘 알아 모셨습니다!"

이리하여 모인규의 자살은 한 달 동안의 연기를 보았다. 그러나 과연 내월 오일에 어떠한 기적이 생길는지 그것을 아는 사람은 백진주 선생과 하늘밖에는 없었다.

65. 사형과 독약

여기는 정릉리 어떤 조그만 절간— 송준호와 그의 어머니 계옥분이 방 한 칸을 빌려가지고 있는 초라한 절간이다. 집을 나올 때는 생명만을 유지하는 최저 생활을 각오는 하였으나 맨손으로 송춘식의 더러운 집을 뛰쳐나온 그들에게는 당장 그날부터 생활의 고초를 겪지 않으면 안 되게 되었던 것이다.

더구나 가회동 저택과 함께 송춘식이의 모든 재산을 최성문 씨가 관계하는 자선 단체에 기부를 하고 난 송준호 모자에게는 다만 끼니만 끓여 먹는 하루하루의 생활이 무척 괴로웠다. 거기서 생각난 것이 집을 떠나던 날 배성칠이가 갖고 온 백진주 선생의 편지였다.

"어머니, 백 선생님의 뜻을 달갑게 받읍시다. 진남포 비석리로 가서 복숭아나무 아래 파묻혀 있는 삼천 원— 그 삼천 원이야말로 이 세상에서 가장 깨끗하고 가장 귀중한 돈이 아닐까요?"

"오냐, 네 말이 옳다. 그리고 가장 반가운 이의 돈!"

어머니는 자지러들 것 같은 긴 한숨과 함께 아들의 의견을 옳다 하였다.

"진남포는 어머니의 고운 꿈이 깃들어 있는 곳! 그 돈으로 어머니는 제가 해외로부터 돌아올 날을 기다려주시오. 제가 돌아오는 날에는 반드시 어머니에게 명예를 선물로 갖고 오겠습니다. 아버지가 더럽힌 명예를 반드시 곱게 곱게 씻어갖고 돌아오겠습니다."

"오냐, 오냐, 네 말이 맞았다."

어머니는 쓸쓸한 대답을 하였다.

송준호는 어머니를 진남포까지 모셔다 주고 거기서 배를 타고 대련을 거쳐 중국으로 건너갈 예정이다. 작년 겨울에는 하나의 한가스러운 유람객으로서 상해를 갔었지만 이번에는 그러한 단순한 여행이 아니다. 조국 조선을 위하여 생명을 내걸고 쌈싸우는 혁명가들의 성스러운 세계가 그곳에 있었다.

"어머니, 그것이 단 하나 저를…… 송춘식의 아들인 저를 살리는 길입니다."

"그래도 원, 남포서 대련 가는 배를 무사히 탈 수가 있느냐?"

"네, 염려 마세요. 어저께 백진주 선생을 만났답니다. 그래서 모든 것을 백 선생님이 주선하여주셨답니다. 그러니까 인젠 그저 남포로 내려가기만 하면 되지요."

"음, 그래?"

이리하여 이 아들과 이 어머니는 다시 정릉리 절간을 떠나 북행 차를 탈 셈으로 경성 역을 향하였다. 그런데 송준호 모자가 떠난 지 한 시간 후에 이 고즈넉한 절간을 자동차로 찾아온 두 사람의 남녀가 있었다. 그것은 조봉구 청년과 장현도 부인의 두 사람이다. 두 사람은 때때로 사람의 눈을 피하여 이 조용한 절에서 일쑤 잘 만나곤 하였다.

그러나 오늘은 그러한 향락적인 드라이브가 아니었다. 좀 더 심각한 문제를 심봉채는 조봉구에게 의논할 심산으로 찾아온 것이었다. 좀 더 심각한 문제— 그것은 어젯밤 장현도가 다음과 같은 편지를 써놓고 돌연 행방불명이 되었다는 사실이었다.

나의 가장 충실한 아내여!

그대가 이 편지를 볼 즈음에는 벌써 그대에게는 그처럼 귀찮아하던 남편이라는 존재가 없는 극히 자유로운 몸인 것을 발견할 것이다. 이유는 극히 간단한 것— 내일 모 자선 단체에 지불할 오백만 원의 지불 능력이 이 장현도에게는 없기 때문이다.

충실한 내 아내여! 그대에게는 그대의 그 어떤 친구를 위하여 그대의 남편의 손에서 긁어모은 수백만의 돈이 있는 줄을 뻔히 아노라. 그러나 나는 구태여 그것을 그대에게서 빌려 쓰려고는 하지 않는다. 그리고 그 대신 나는 그대를 버리고 가는 것에 대하여 조금도 양심의 가책을 느끼지 않을 것이다. 어째 그러냐 하면 그대에게 남편보다 나은 친구가 있을 것이며 남편에게 구속되지 않는 자유가 있을 것이니까.

이처럼 충실한 남편 장현도로부터—.

"흥, 말하자면 우리들의 비밀을 알아차렸다는 말인가! 그러나 장현도 씨, 약간 계산이 어두운걸!"

하고 코웃음을 하면서 주머니에서 현금과 절수를 합하여 심봉채에게 내주면서

"당신은 자본을 내고 나는 장사를 하였으니까 소득은 절반 절반씩 나누지요. 자아, 이것은 당신이 차지할 일백삼십만 원—."

그때 심봉채는 벌써 상대편의 생각을 알아차리고

"흥, 그래, 이것으로 우리들의 관계는 끊자는 말이에요?"

"그럴 수밖에! 말하자면 나는 당신과 장사를 했을 따름이니까요. 그러니까 남편보다 더 나은 친구 운운한 장 두취의 계산이 약간 빗맞았다는 게 아닙니까?"

"아, 어쩌면 당신은 그처럼 박정하담!"

심봉채는 현금과 절수를 집어 핸드백 속에 쓸어 넣으면서 머리까지 약이 치받쳐 발칵 일어섰다.

"하하…… 봉채 씨도 역시 계산이 좀 어두웠군요!"

팩 하고 화가 나서 뛰어나가는 심봉채의 뒷모양을 물끄러미 바라보면서 그런 말을 사나이는 하였다.

그즈음 백진주 선생의 충복 배성칠은 형무소 면회실에서 배선동이와 면회를 하고 있었던 것이니 선동이는 이 뜻하지 않은 면회인의 얼굴을 꿈결처럼 쳐다보면서

"아, 당신은…… 당신은……."

하고 다음 말을 좀처럼 잇지를 못하였다. 백진주 선생의 공교로운 계획으로 말미암아 선동은 그처럼 여러 번 혜화동 저택에 드나들면서도 이 배성칠의 얼굴을 한 번도 보지 못하였던 것이다.

"놀라긴 뭘 그처럼 놀라는 거야? 감옥살이를 하는 아들을 아비가 찾아온 것이 못마땅하다는 말인가?"

"그러나 내가 여기 있는 줄은 어떻게 알고……."

"신문을 보았으니까 알밖에……."

"아닙니다. 당신의 힘으로는 절대로 이런 곳에 드나들지를 못해요. 당신은 그 누구의 부탁을 받고 온 것이 아니에요? 저, 저 백진주 선생의……."

"천만에! 나는 그런 사람은 모른다."

"아닙니다. 모를 리가 없습니다. 나는 백진주 선생이 나의 아버진 줄을 잘 알고 있어요. 그러니까 차마 자기는 못 오고 당신을 대신……."

"어리석은 소릴랑 좀 작작해라. 네 아비는 여기 있는 내가 아니냐?"

"아니에요. 당신은 나를 길러준 사람이고 나를 낳은 사람은 따로 있을 거야요! 그것을 당신은 알면서도…… 알면서도……."

그 말에 배성칠은 주위에 엿듣는 사람이나 없는가 하고 사방을 돌아본 후에

"실은 네가 머지않아 사형에 처할 것을 알고 네가 죽기 전에 네가 그처럼 알고 싶어 하는 아버지의 이름만이라도 알려주려고…… 불쌍한 자식……! 자기가 어떡해서 이 세상에 나왔는지도 모르고 죽는다는 것은 정말 생각하면 가엾은 일이지!"

거짓인지 참인지 배성칠의 눈에는 눈물이 흐른다. 그 말에 선동은 왈칵 달려들며

"알려주셔요! 나를 낳아놓은 채 나를 한 번도 돌보아주지 않는 그 원수의 이름을 알려주세요!"

하고 부르짖었다.

과연 배성칠은 거기서 선동이에게 무엇을 알려주었던고……? 그것을 여기서 다시금 되풀이할 필요는 없을 것이다.

배선동이에 대한 예심*은 무사히 끝나고 마침내 공판의 날은 다가왔다.

그날은 실로 검사정 유동운에게 있어서는 무서운 날이었다. 어째 그러냐 하면 공판에서는 살인범 배선동이에게 사형을 언도하는 날인 동시에 딸 영란을 독살한 무서운 살인귀에게 복수를 하겠다고 약속한 한 주일의 맨 마지막 날이기도 하였기 때문이다.

공판은 열두 시 정각부터다. 유동운은 열한 시경에 출정할 준비로 옷을 갈아입고 선동이에 관한 방대한 일건 서류가 든 검은 가방을 든 채 아내의 방으로 들어갔다.

"아버지!"

---

* 예심豫審: 공소 제기 후에 피고 사건을 공판에 회부할 것인가의 여부를 결정하고 아울러 공판에서 조사하기 어렵다고 생각되는 증거를 수집하고 확보하는 공판 전의 절차.

하고 아내의 무릎 위에 앉아서 그림책을 보고 있던 경일이가 뛰어오며 아버지를 불렀다. 그러나 유동운은 무서운 얼굴로

"너는 밖에 나가서 놀다 오너라!"

하고 조용히 소리를 질렀다. 조용한 한마디였으나 아버지의 그처럼 무서운 얼굴을 보는 것은 오늘이 처음이다. 경일은 힐끗 아버지의 얼굴을 쳐다보며 밖으로 나갔다.

유동운은 의아스러운 얼굴로 자기를 쳐다보는 아내의 앞으로 천천히 걸어갔다. 무서운 순간이었다. 이윽고

"당신은 당신이 항상 사용하는 그 독약을 어디다 감추어두었소?"

남편으로서의 어투가 아니다. 검사정으로서의 차디찬 질문이었다.

"엣……?"

부인의 찢어질 것 같은 눈, 벌린 채 다물지 못하는 입, 후들후들 떨리는 다리, 그리고 새파랗게 변한 얼굴이었다.

"오봉서 씨를 죽이고 그의 부인을 죽이고 김 서방을 죽이고 영란을 죽인 그 독약이 어디 있느냐 말이오!"

"무슨 말을…… 무슨 말씀을 당신은……."

"부인은 질문할 권리를 갖지 못한 사람이오. 다만 나의 물음에 간단히 답변만 하면 그만이니까―."

"아, 답, 답변이라고…… 누구에게…… 남, 남편에게 하는 것입니까……? 검, 검사정에게 하는 것입니까……?"

"검사정 유동운에게 하는 답변이오!"

"아아……!"

하고 부인은 왈칵 남편의 품 안에 달려들려다가 그만 무서워서 오뚝 멎으며

"그것은…… 그것은…… 당신이 너무하신……."

"네 사람씩이나 죽인 그 독약— 그 독약을 부인은 부인 자신이 마실 때가 올 줄을 몰랐다면 부인은 결코 영리한 독살자는 아니오! 부인, 나의 말을 똑똑히 들으시오. 부인이 취할 행동은 단 두 가지— 독을 마시느냐 사형대에 오르느냐……?"

"아아, 여보! 용서를…… 당신이 사랑하시던 저를 용서해주십시오!"

그러면서 부인은 와들와들 떨며 방바닥에 꿇어앉아 자꾸만 머리를 숙인다.

"그렇소. 당신을 사랑했기 때문에 나는 다른 사람이 벌써부터 눈치 챈 것을 나는 지금까지 모르고 있었소!"

"다른 사람이라고요……?"

"그렇소. 그러니까 용서할 수 없는 것이오. 사형대냐 독약이냐……? 둘 중에 하나를 부인에게 선택할 자유를 주는 것을 감사히 생각하시오. 그것은 유동운이가 다행히 부인의 남편이기 때문이오!"

"아아, 여보! 저는, 저는 당신의 아내가 아니었습니까……? 당신이…… 당신이 그처럼 귀해 하던……."

부인은 남편의 다리를 쓸어안았다.

"그렇소. 그러나 그것은 유동운의 아내였을 뿐 검사정의 아내는 아니었소."

"아아, 그러면 당신은 제가 경일이의…… 저 귀엽고 불쌍한 경일이의 어머니란 사실을 잊으셨습니까……?"

"내 말을 잘 들으시오. 검사정이란 직분은 일국의 왕자랄지라도 죄가 있으면 고발을 하지 않으면 아니 되는 것이오. 아내건 아버지건 구별할 필요는 없는 것이오. 내가 오늘 공판으로부터 돌아올 때까지 그대가 만일 그대 자신을 독약으로써 심판하지 않는 경우에는 나는 그대를 고발하여 사형대에 세울 수밖에 다른 도리가 없다는 것을 잘 생각하기 바랍니다!"

그러면서 유동운은 자기의 두 다리를 쓸어안고 살려달라고 애원하는 아내의 몸뚱이를 뿌리치고 총총히 밖으로 사라졌다.

66. 운명의 공판정

이 배선동이의 재판처럼 서울 장안의 인기를 끈 사건은 근래에 드물었다. 어제까지도 금만가의 아들로서 은행가 장현도의 딸과 결혼을 하려던 홍선일이가 일조일석에 살인범, 탈옥수, 사기한이라는 죄목으로써 법정에 서게 된 이 실로 연극과도 같은 사실에 사람들은 호기심과 놀라움에 찬 눈동자를 번득이며 방청석이 터져 나갈 것처럼 몰려들었다.

이윽고 개정 시간이 되자 일단 높은 단 위에 달린 뒷문이 열리며 재판장과 유동운 검사정을 비롯한 재판관 일동이 엄숙한 얼굴로 나타나서 각각 제자리에 착석을 하였다.

검사정은 착석을 하자마자 들고 들어온 검은 가방에서 방대한 서류를 꺼내어 앞에 펼쳐놓았다. 사람들은 유동운 검사정의 명논고*를 너무나 잘 기억하고 있다. 그의 웅변은 실로 범인을 전율시키는 날카로움을 가졌다. 더구나 이번 이 사건이야말로 그의 모든 정열을 아낌없이 기울인 만큼 그의 토하는 명론탁설**은 반드시 피고의 폐부를 서늘하게 할 것에 틀림이 없었다.

"피고를 입정시키라."

---

* 명논고名論告: 뛰어난 논고. '논고'는 자기의 주장이나 믿는 바를 논술하여 알리는 일, 형사 재판에서 증거 조사를 마치고 검사가 피고의 범죄 사실과 그에 대한 법률 적용에 관한 의견을 진술하는 일을 뜻한다.
** 명론탁설名論卓說: 훌륭하고 이름난 이론이나 학설.

재판관의 이 한마디로 말미암아 방청인은 긴장한 얼굴로 출입구를 바라다보았다.

　　이윽고 문이 열리며 간수 두 명에게 호송되어 온 피고가 정내로 들어왔다. 그 순간 사람들은 피고의 얼굴에서 공포와 절망의 빛을 보는 대신 극히 평온하고 일종의 만족을 느끼는 것 같은 태연한 표정을 보고 적잖게 놀랐다. 그는 쭉 둘러앉은 재판관들의 얼굴을 한번 뼁 둘러보았다. 그리고 맨 마지막으로 그의 시선은 유동운 검사정의 얼굴 위에서 가장 오랫동안 머물러 있었다.

　　관선 변호인*이 피고 옆에 착석을 하였다. 피고는 그러한 사선 변호인**을 댈 필요가 없다는 의견을 진술했기 때문에 소송법 규정에 의하여 관선 변호인이 서게 되었다.

　　이리하여 각각 자리가 결정되자 검사정은 몸을 일으켜 피고 홍선일의 범죄 사실에 관하여 논고를 시작하였던 것이니 그의 논고가 언제든지 그러한 것과 마찬가지로 간결, 명료, 때로는 굳세게, 때로는 부드럽게 철추***로 머리를 내리갈기는가 하면 이번에는 바늘로 폐부를 찌르는 것과 같은 명론탁설을 얼마 동안 계속하는 동안에 수많은 방청인의 감정은 모두가 피고 홍선일 아니, 배선동이를 극도로 미워하기 시작하였다.

　　그러나 피고는 여전히 태연자약, 그의 얼굴에는 이렇다 할 감동의 빛도 보이지 않는 것이 검사정에게는 적잖게 불만이었다. 그만큼 피고의 범죄 심리를 예리하게 해부할 때 보통 같으면 참회의 눈물을 흘리거나

＊관선 변호인官選辯護人: 가난 따위의 이유로 변호사를 선임할 수 없는 형사 피고인을 위하여 법원이 선임하여 붙이는 변호인. 국선 변호인國選辯護人.
＊＊사선 변호인私選辯護人: 피고인이나 그의 가족 또는 법정 대리인이 선임하는 변호인.
＊＊＊철추鐵椎: 쇠몽둥이. 철퇴鐵槌.

그렇지 않으면 반항의 눈초리를 흘기건만 피고 배선동은 어떻게 된 셈인지 태산이 무너져도 저 한 몸 뚫고 나갈 틈서리는 있다는 얼굴이다.

"피고의 성명은……?"

재판장이 물었다. 그 말에 배선동은

"재판장, 실례입니다만 순서를 바꾸어서 성명만은 나중에 물어주십시오. 그렇지 않으면 저는 재판장의 물음에 대하여 단 한마디도 대답을 안 하겠습니다."

재판관 일동은 놀라지 않을 수 없었다.

"그것은 무슨 이유고?"

"이유는 나중에 자연히 아시게 될 것입니다."

"음, 그러면 연령은……?"

"스물한 살입니다. 좀 더 정확히 말씀 드리면 1920년 9월 20일 재밤중입니다."

검사정은 분주스레 일건 서류를 뒤적거리고 있다가 그 말에 문득 머리를 들었다.

"출생지는……?"

"경성부 아현동이올시다."

그 순간 유동운은 숙였던 머리를 다시 들며 놀라는 얼굴로 피고를 바라보았다.

"직업은……?"

"처음에는 화폐 위조, 다음에는 절도, 그리고 그다음에는 살인을 직업으로 선택하였습니다."

이 답변에 재판관과 방청인의 구별이 없이 그곳에 모인 사람치고 누구 한 사람 놀라지 않은 이는 없었다. 절도와 살인을 직업으로 생각하는 피고의 그 파렴치, 그 악덕을 사람들은 증오에 불타오르는 눈동자로 쏘아보았다.

유동운은 해맑쑥하게 핏기를 잃은 얼굴로 벌떡 몸을 일으키며 그 무엇을 찾는 듯이 한번 주위를 돌아보고는 다시 힘없이 털썩 주저앉았다.

"무엇을 찾으십니까, 검사정?"

선동은 입가에 가느다란 미소를 지으며 유동운을 바라보았다. 유동운은 대답이 없다. 그때 재판장은 꽥 하고 소리를 치며

"그대는 법관을 모욕하려는 심산인가? 범죄를 직업으로 생각하는 그 불손하고 오만한 태도는 정의와 인도를 위하여 엄벌에 처할 수밖에 없다. 성명을 말하라! 그대가 그처럼 성명을 숨기는 것도 말하자면 자기의 범죄를 과도히 과장하여 법관의 주의를 집중시킨 후에 대려는 괘씸한 심보가 아닌가?"

"네, 재판장의 말씀이 꼭 들어맞았습니다."

하고 선동은 은근한 목소리와 정중한 태도로

"실상 제가 심문審問의 순서를 바꾸어주십사고 한 것은 그러한 동기에서 나온 것입니다."

정말로 이상야릇한 논법이었다. 대체 어떠한 이유가 있기로 피고는 그러한 이야기를 저처럼도 침착하게 토하는고……? 방청인의 호기심은 절정에 달하였다.

"음, 그러면 피고의 성명은……?"

"재판장, 저는 제 이름이 무엇인지 알지 못하기 때문에 대답할 수가 없습니다. 그러나 제 아버지의 이름만은 알고 있사오니 그것이라도 괜찮으시다면 대답을 하겠습니다."

그 순간 법정 안은 죽은 듯이 고즈넉해졌다. 이 파렴치한의 아버지란 대체 누구인고……?

"음, 그러면 그대 아버지의 이름을 말하라!"

기침 소리 하나 들리지 않는다. 숨소리 하나 들리지 않는다.

"제 아버지는 검사정이올시다."

"응……? 검사정……?"

"그렇습니다. 직업은 검사정이고 이름은 유동운이올시다!"

그때까지도 법정의 존엄과 신성을 위하여 정숙하던 방청인들의 입으로부터 피고의 패륜과 악덕과 파렴치를 부르짖는 욕설이 가지각색으로 튀어나왔다. 인도와 사회성과 법의 신성함을 모독한 피고에 대한 불길 같은 증오가 폭발하였던 것이다.

"방청인 제군, 정숙하시오!"

하고 재판장은 책상을 치며 일동에게 정숙을 명령한 후에 치밀어 오르는 분노를 참지 못하며

"피고는 신성한 법정을 무시하고 법관을 모욕함으로써 선량한 시민에게 악덕자의 표본을 보이려는 극악무도, 신인공노*의 패덕자다!"

그때 마치 머리에 벼락을 맞은 것처럼 정신없이 멍하고 앉아 있는 유동운의 옆으로 달려가서 위로의 말을 주는 법관도 한두 사람 있었다. 일동은 검사정을 동정하였다. 검사정이 그처럼 무서운 타격으로 말미암아 온몸을 키질하듯이 떨고 있는 것을 보고 사람들은 피고의 허황한 거짓 진술이 검사정을 모욕했기 때문이라고 생각하였다.

그 순간 방청석 한 모퉁이에서 돌연 웅성웅성 떠드는 소리가 들렸다. 하늘빛 손수건으로 입을 가리고 사람의 눈에 뜨이지 않으려고 맨 구석 한 모퉁이에 서 있던 부인 한 사람이 기절을 하여 쓰러졌던 때문이었다. 그러나 일단 쓰러졌던 부인은 사람들의 부축을 받고 다시 정신을 차려 일어났다.

---

* 신인공노神人共怒: 신과 사람이 함께 노함, 즉 누구나 분노할 만큼 증오스럽거나 도저히 용납할 수 없음. 신인공분神人共憤. 천인공노天人共怒.

배선동은 얼굴에 이상한 웃음을 띠면서 부인의 얼굴을 한번 멀리 바라보고 나서 역시 조용한 음성으로 다시 입을 열었다.

"여러분, 저는 결코 법정을 모독하고 법관을 모욕하려는 것은 절대로 아니올시다. 저는 재판정께서 묻는 대로 연령을 대답하고 출생지를 대답하였습니다. 그리고 성명을 대답하지 못한 것은 내가 어머니의 배에서 나오자마자 부모의 손으로 버림을 받은 이름 없는 아이였기 때문이었지요. 그러나 이름은 없어도 제게는 아버지가 있습니다. 그리고 그 아버지의 이름을 묻길래 검사정 유동운이라고 대답한 것이 여러분의 격분을 샀다면 그것은 나의 죄가 아니고 여러분 자신의 죄라고 믿습니다. 그리고 만일 여러분이 그것을 필요로 한다면 나는 언제든지 검사정 유동운이가 나의 아버지라는 증거를 보여드리겠습니다!"

조용한 어조였으나 열과 신념이 넘쳐흐르는 피고의 답변이었다. 그리고 이 답변은 사람들의 격분을 진정시키는 데 충분하였다.

유동운의 얼굴은 산 사람의 그것이 아니었다. 지금 막 무덤 속에서 기어 나온 것과 같은 산송장의 얼굴이었다.

"그러나 그것은 피고가 예심에서 진술한 것과는 판이하지 않느냐? 예심에서는 그대의 이름을 배선동이라고 대답하였고 해주 출신이라고 말하지 않았느냐?"

"그것은 허위의 답변이었습니다. 그 이유는 만일 제가 그것을 예심에서 이야기를 하고 보면 세도가 유동운이가 미리 손을 써서 오늘날 이 공판정에서 여러분과 함께 이야기할 기회를 저로 하여금 영원히 갖지 못하게 할 그러한 염려가 있었기 때문이지요. 그러니까 다시 말씀 드리면 저는 1920년 9월 20일 재밤중에 경성부 아현동 십팔 번지, 핏빛 같은 보료가 깔려 있는 안방에서 출생하였습니다. 아버지는 어머니에게 죽은 애를 낳았다고 거짓말을 하고 한 쌍의 봉황새를 수놓은 요에다 싸가지고 뒤뜰로 나가서 앵두나무 밑에다 묻었습니다. 죽은 애를 묻은 것이 아니고 산 애를 묻었습니다! 재판장, 산 애를 땅속에 묻었습니다! 그리고 그 애가 이처럼 아직도 죽지 않고 재판장 앞에 서 있는 것입니다!"

공포에 떠는 유동운의 사지, 유곡*인 양 고즈넉한 법정!

"그러나 그대는 그러한 사실을 어떻게 알게 되었는고……?"

"네, 아버지가 나를 앵두나무 아래다 파묻고 난 바로 그때 한 사람의 사나이가 왈칵 달려들어 아버지를 칼로 찔렀습니다. 그 사나이는 아버지에게 그 어떤 원한을 품고 벌써부터 아버지를 죽이려고 기회를 엿보고 있던 사람이지요. 그때 그 사나이는 땅속에 파묻은 물건이 무슨 보물이나 아닐까 하고 생각하고 땅을 파본즉 아직 어린애가 살아 있지 않겠습니까. 그는 나를 불쌍히 생각하고 양육원에다 넣었다가 석 달 후 그의 형수가 나를 다시 찾아서 해주로 데리고 갔습니다."

"그러고는 어찌 되었나?"

"네, 그 사나이와 그의 형수는 아주 착한 사람들이었습니다. 그러나 내 몸 가운데 그 어떤 범죄자의 씨가 뿌려졌는지 나는 못 할 짓이라는 못 할 짓은 죄다 했습니다. 그때 나를 길러준 그 고마운 양부는 이런 말을 하였습니다. '불쌍한 선동이, 하늘을 원망하지 말고 그대를 낳아놓고 땅 속에 파묻은 아비를 원망하라'고요. 그때부터 나는 나에게 이러한 악착한 운명을 던져준 하늘을 원망하기를 중지하고 아버지를 저주하였습니다. 아아, 재판장, 제 운명이 비참하고 불행하고 가혹한 것이라 생각하신다면 재판장, 저를 가련타 여기십사!"

"음, 그런데 그대의 어머니는 누군고?"

"아아, 재판장, 어머니는 그때 저를 죽은 줄로만 생각하였으니까 어

---

* 유곡幽谷: 깊은 산골짜기. 궁곡窮谷. 유학幽壑. 유협幽峽.

머니에게는 아무런 죄도 없습니다. 그러니까 아무리 재판장께서 어머니의 이름을 물으신대도 저는 이 입이 찢어지는 한이 있을지라도 대답을 안 할 터이니 제발 그것을 물어주지 마십시오."

선동이의 말이 끝나는 바로 그 순간이었다. 조금 아까 기절하여 넘어졌던 부인의 입으로부터 돌연 격정에 휩쓸린 울음소리가 흐늑흐늑 흘러나왔다. 그리고 두 손으로 얼굴을 가리며 쓰러지려는 발걸음을 비틀거리며 밖으로 뛰어나갔던 것이니 아아, 그것은 서대문 은행의 장 두취 부인 그 사람이었다.

또 그 순간 검사석으로부터 유동운이가 무서운 기세로 벌떡 몸을 일으키었다.

또 그 순간 재판장은

"증거다! 증거…… 증거를 보여라!"

하고 미친 듯이 외쳤다.

그리고 그다음 순간 손가락으로 검사석을 가리키며 배선동은 다음과 같이 부르짖었다.

"증거가 필요하시거든 먼저 저 유동운의 얼굴을 보신 후에 보여드리겠습니다!"

67. 속죄

증거가 그처럼 필요하다면 먼저 저 유동운의 얼굴을 보라, 그리고 그다음에 증거를 보여주겠다는 피고의 한마디로 말미암아 일동의 시선은 일제히 검사정의 얼굴로 쏠리었던 것이니 거기에는 두 손으로 머리털을 잡아당기며 손톱으로 피가 나도록 면상을 긁어대는 유동운의 무서운 얼굴이 있었다.

"아버지, 지금 재판장께서 증거를 보이라고 그러시는데 보여드려도 괜찮겠습니까?"

선동은 물었다. 조용한 음성이었다. 그러나 그것은 확실히 승리자로서의 여유 있는 음성이었다.

"필요 없다! 그런 것은…… 그런 것은 필요가 없다!"

하고 부르짖으며 벌떡 일어선 검사정 유동운이었다.

"필요가 없다니 무슨 말씀입니까?"

하고 재판장이 묻는 말에 유동운은 전신을 와들와들 떨면서

"나는…… 나는 아무리 발버둥을 쳐도 나를 결정적으로 쓰러트리려는 그 어떤 무서운 복수자의 수중에 붙잡힌 사람입니다! 여러분, 증거는 필요 없습니다. 이 청년의 말이 전부가…… 전부가 사실이올시다!"

"유 검사정, 무슨 말을 그런…… 당신은 정신에 그 어떤 착각을 일으킨 것이 아닙니까?"

하는 재판장의 물음에

"재판장, 제 정신은 온전합니다! 나는 이 청년의 입으로부터 탄로된 나의 범죄 사실을 전부 인정합니다! 이제부터 나는 집으로 돌아가서 법률의 명령을 기다리겠습니다!"

그 말을 최후로 남겨놓고 유동운은 쓰러지려는 몸을 간신히 유지하면서 허방지방 밖으로 나가버렸다.

방청석에는 다시금 버리둥지*가 터져 나간 것처럼 웅성거리기 시작하였다.

"제군, 이것으로서 오늘은 폐정을 하고 본건은 재판관을 갱신하여 차

---

*버리둥지: 벌집.

회 공판으로 연기하겠습니다."

재판장도 자리에서 일어났다.

이리하여 개정 이래 처음 보는 이 전대미문의 살인 사건은 한 막의 처참한 극적 장면을 연출한 채 폐정되었던 것이니, 그즈음 재판소를 뛰쳐나온 유동운은 몽유병자처럼 허퉁거리는* 걸음걸이로 자동차에 올라타자 일로 청운동 자기 집을 향하여 달리고 있었다.

"오오, 하늘이여!"

그는 완전히 허탈된 자기 몸을 쿠션에 돌팔매 하듯이 내던지고 빈사의 독사처럼 몸을 꼬면서 무섭게 신음하였다.

그 순간 그는 문득 자기 아내의 얼굴을 생각하였다. 정의를 위하여, 명예를 위하여 독약을 마시고 죽으라고 권하고 나온 자기 아내를 생각하였다. 그처럼 절대의 권력, 지상의 명령을 가지고 죽지 않겠다고 애원하는 아내에게 죽음을 강요한 자기 자신!

'아아, 나는 무슨 권리로 아내에게 죽음을 강요하였던고……? 그렇다. 아내가…… 그처럼 사랑하던 내 아내가 죽기 전에 빨리빨리 집으로 돌아가자! 돌아가서 아내를 데리고, 귀여운 경일일 데리고 먼 나라로…… 법의 손이 뻗치지 않는 먼 나라로 도망을 가자! 그러나…… 그러나 내가 집을 나온 지가 벌써 한 시간— 그 사이에…… 그 사이에 그처럼 먹기 싫어하던 독약을 마시지나 않았으면…… 그렇다, 죽어서는 아니 된다! 어떠한 일이 있을지라도 죽어서는 아니 된다!'

이윽고 자동차가 멎었다. 유동운은 달음박질을 하여 아내의 방으로 달려갔다. 그는 미친 듯이 문을 두드리며

"여보, 문을…… 문을 열어주시오!"

---

* 허퉁거리다: 몹시 서두르면서 발을 자꾸 헛디디다. 허퉁대다.

하고 고함을 쳤다. 그러나 안으로부터 잠가져 있는 문은 좀처럼 열리지를 않는다. 그때 아내의 연약한 목소리가

"거, 누구세요?"

하고 안으로부터 들리었다.

"나요, 나! 빨리 문을 열어요! 빨리……."

그러나 문은 열리지 않는다. 하는 수 없이 유동운은 발길로 문을 박차고 안으로 뛰어 들어갔다.

"오오!"

하고 유동운은 기쁨의 부르짖음을 부르짖었다. 아내는 방 안에 우뚝 서 있었다. 창백한 얼굴이었다. 유동운은 기쁨에 넘치는 얼굴로 달려가자 아내의 몸뚱이를 꽉 부여안았다. 그 순간 아내의 몸뚱이가 갑자기 유동운의 품 안에서 무거워졌다.

"당신의 명령대로 약을…… 약을 먹었습니다…… 당신은…… 당신은 무척 기쁠 테야요……!"

그리고 부인은 방바닥에 쓰러지고 말았다. 쓰러지는 순간 부인의 손아귀에 쥐어졌던 조그만 약병이 때구루루 방바닥에 떨어졌다.

"오오!"

유동운의 목구멍으로부터는 마치 무슨 짐승의 울음소리 같은 것이 튀어나왔다. 그러나 시체는 말이 있을 수 없다.

"아, 경일인…… 내 아들 경일인 어디 있는고……?"

그렇다. 자기에게는 아직도 사랑하는 아들이 하나 남아 있지 않은가! 그 사랑하는 아들 경일일 데리고 먼 나라로 도망을 가리라 하였다.

그는 밖으로 뛰어나가서 미친 듯이 경일을 찾았다. 그때 최후로 남아 있는 단 한 사람의 하인의 말을 들으면 조금 아까 유동운 부인이 방 안으로 데리고 들어가는 것을 보았다고 하였다.

유동운은 다시 방으로 뛰어 들어갔다. 그리고 아내의 시체를 넘어 미닫이를 열고 다음 방으로 뛰어 들어갔다. 경일은 그 방에서 매일과 같이 하던 것처럼 보료 위에 누워서 낮잠을 자고 있다.

"오오, 경일아! 아버지와…… 아버지와 단둘이 먼 곳으로 가서 재미있게 살자, 응……?"

그러면서 잠든 아들의 몸을 덥뻑 쓸어안았다.

"에, 에, 엣……?"

아들의 그 조그만 몸뚱이는 얼음덩이처럼 싸늘하다. 볼을 비비어 보았다. 볼도 싸늘하다. 가슴을 헤쳐 보았다. 가슴도 싸늘하다.

"누구가…… 누구가 경일일 죽였느냐?"

유동운이가 그렇게 고함을 쳤을 때 경일의 글공부 하던 조그만 책상 위에 한 장의 편지를 발견하고 달려갔다.

　　　저는 좋은 어머니였습니다. 경일의 행복을 찾기 위하여 네 사람의 생

　　　명을 죽인 어머니올시다. 그리고 좋은 어머니는 아들을 어미 없는 고아로

　　　만들지는 않습니다. 그러기 때문에 나는 경일이를 데리고 갑니다.

"아아, 하늘이여!"

창자를 긁어내는 것 같은 부르짖음이 유동운의 목구멍으로부터 흘러나왔다. 우리 인생이 가질 수 있는 가장 가혹한 아픔과 슬픔을 동시에 맛보는 검사정 유동운!

그는 얼마 동안을 조그만 시체 앞에 펄썩 주저앉아서 손톱으로 자기 가슴패기를 무섭게 긁어댄다. 가슴에서 피가 흐른다. 그러다가 그는 벌떡 일어서서 뒤채 유민세 노인의 방으로 뛰어 들어갔다. 그 누구에게 위로의 말을 듣지 않고는 도저히 견뎌 배길 수 없는 유동운이었기 때문이다.

그러나 거기서 유동운은 노인과 함께 이야기하고 앉아 있는 국보 대사를 보았다.

대사는 반미치광이처럼 변한 유동운의 무서운 얼굴을 보고 한 걸음 뒷걸음질 치지 않을 수 없었다. 아니, 물러서려다가 다시 발걸음을 멈추고 우뚝 유동운과 마주 섰다. 유동운은

"당신은…… 당신은 뭘 하러 또 나의 집을 찾아왔습니까?"

하고 따지듯이 고함을 쳤다.

"그것은 당신이 오늘 법정에서 받은 것과 같은 천벌이 어디서부터 당신을 찾아왔는지 그 이유를 알려주고자 온 것이오."

"앗! 그 목소리는…… 당신의 그 목소리는 결코…… 결코 국보 대사의 목소리가 아니다!"

유동운은 한걸음 뒤로 물러섰다.

"그렇다!"

대사는 가발의 중머리를 벗고 검은 승려복을 벗었다.

"아, 백진주 선생이다!"

"검사정, 그것도 아니오. 좀 더 자세히 들여다보시오. 좀 더 자세히 생각해보시오……!"

"아아, 저 목소리는…… 저 음성은 결코 처음 듣는 목소리가 아닌 것 같다?"

"그렇소. 당신이 처음으로 이 목소리를 들은 것은 지금으로부터 이십삼 년 전 당신이 오정숙 양과 진남포 동명관에서 호화로운 약혼을 피로*하던 날— 그렇소, 그날의 기록을 조사해보면 알 것이오."

"국보 대사도 아니고 백진주도 아니라고……? 아, 그러면 당신이 바

---

* 피로披露: 일반에게 널리 알림. 문서 따위를 펴 보임.

로 그 무서운 복수귀……? 그러나 진남포서 내가 당신에게 무슨 죄를 지었다는 말이오……? 내가 너에게 무슨 못할 짓을 했다는 말인가……? 자아, 빨리 말을 해보아라!"

유동운의 정신 상태는 벌써 건전한 그것이 아니었다.

"가만히 생각해보시오! 당신은 나의 일생을 불행케 하고 나의 아버지를 굶겨 죽이고 그리고 당신은 나의 자유와 함께 사랑을 빼앗고 사랑과 함께 행복을 박탈하였다!"

"너는 누구냐……? 너는 대체 누구냐 말이다……?"

"당신이 해상 감옥 지굴 감방에 파묻어두었던 불행한 사나이의 유령이다!"

"아, 아, 알았다! 네가 누군지를 나는 인제야 알았다! 너는…… 너는……."

"그렇다. 나는 이봉룡이다!"

"오오, 이봉룡이……! 이봉룡이……!"

그러다가 유동운은 무엇을 생각했는지 갑자기 백진주 선생의 손목을 잡고 밖으로 나가면서

"자아, 이봉룡이, 이리 좀 와! 이리 좀 와서 네 복수의 결과를 보아라!"

하고 부르짖으며 앞채로 끌고 갔다. 법정에서 돌아온 유동운의 일신에 어떠한 변화가 생겼는지 백진주 선생은 아직 그것을 알지 못했다.

"자아, 봉룡이, 이것을 보아라! 네 훌륭한 복수를 좀 자세히 보아라!"

하고 외치면서 아내와 아들의 시체를 백진주 선생 앞에 손가락질하였다.

"오오, 신이여!"

두 개의 차디찬 시체를 바라보는 순간 백진주 선생의 입으로부터 흘

러나온 한마디는 신을 찾는 그것이었다. 그는 무엇이라고 형용할 수 없는 쓰라린 고통을 가슴 한복판에 아프게 느끼면서 어린애의 시체를 부여안고 영란의 방으로 뛰어 들어가서 안으로부터 문을 잠갔다. 영란이에게 먹이던 생명수를 경일이에게 먹여볼 심산이었다. 그때 유동운은 돌연

"아, 내 아들을…… 내 귀여운 경일이의 시체를 그놈이 가져가고 말았다! 이놈! 이 죽일 놈! 네가 가면 어딜 갈 테냐?"

하고 미친 듯이 외치며 백진주 선생의 뒤를 부리나케 따라 나가다가 무엇을 생각했는지 그만 우뚝 발걸음을 멈추고

"하하하하…… 하하하하……."

하고 미치광이의 웃음소리를 연발하였던 것이니 아아, 그것은 한 사람의 온전한 정신 상태가 완전히 뒤집히는 무서운 순간이었다.

얼마 후 백진주 선생은 영란의 방으로부터 시체를 안고 다시 밖으로 나왔다. 아무리 생명수랄지라도 완전히 숨이 넘어간 생명을 다시 회복시킬 수는 없었기 때문이다. 그는 공손히 어린애의 시체를 어머니 옆에 눕히고 밖으로 나가서 하인 한 사람을 불러 유동운이가 어디 있는가를 물었다.

그때 하인은 대답이 없이 잠자코 정원을 손으로 가리켰다. 아아, 거기에는 곡괭이로 미친 듯이 땅을 파고 있는 유동운의 뒷모양이 있었다.

"여기도 아니다! 여기도 아니다!"

하고 외치면서 유동운은 정원 일대를 여기저기 돌아가면서 무서운 기세로 파보는 것이었다.

백진주 선생은 천천히 유동운의 옆으로 다가가서 공손히 물었다.

"여보시오, 당신은 어린 애를 잃어버렸지만 나는……."

그러나 마이동풍, 유동운은 귀도 기울이지 않으며 땅만 씩씩 판다.

"오오, 미쳤다!"

"내가…… 내가 그 애를 꼭 찾아서 최후의…… 최후 공판 날까지는 꼭 찾아내서……."

백진주 선생은 놀랐다.

"오오, 미쳤다!"

그 한마디를 남겨놓고 그는 총총한 걸음으로 유동운의 집을 떠났다.

"충분하다! 이만하면 충분하다!"

그리고 그는 집으로 돌아오자 기다리고 있는 모인규를 향하여 말하였다.

"모 군, 준비를 하시오. 내일은 서울을 떠납시다."

"아, 그렇습니까. 그러면 인젠 이 서울에서는 아무런 것도 할 일이 없으십니까?"

"그렇소. 너무 지나치면 도리어 하늘의 뜻을 저버리는 것이 되니까요."

68. 회고의 항구

그날 저녁 백진주 선생은 하인 아리를 시켜 유민세 노인에게 한 장의 편지를 전한 후에 자기는 청량리 인애 부부를 찾아가서 작별의 인사를 하고는 그길로 모인규 청년과 함께 서울을 떠나 북행 열차에 몸을 실었다.

"아아, 서울이여! 신명의 뜻을 받아 내가 그대의 품 안에 들어온 지도 어언간 육 개월! 그리고 지금 신명의 뜻을 이루고 다시 그대에게 작별의 인사를 드리노라. 내 일생의 사업을 무사히 완수시켜 준 그대 서울이여, 잘 있거라, 서울이여!"

감개무량한 듯이 암흑을 달리는 차창을 반만큼 열어젖히고 백진주 선생은 멀리 감실감실 사라지는 서울 시가의 큰 등, 작은 등을 꿈꾸는 것처럼 바라보며 그렇게 중얼거렸다― 얼마 후

"모 군, 군은 서울을 떠나서 나와 함께 먼 곳으로 여행을 하는 것을 후회하고 있는 것은 아니오?"

하고 물었다.

"아니요, 그러나 영란 씨의 무덤 옆을 떠나는 것을 생각하면⋯⋯."

모인규는 쓸쓸히 대답을 한 후에

"그러나 저는 선생님과 약속을 하였으니까요. 시월 오일까지는 제 목숨을 선생님께 맡겼으니까요. 그러나 그 약속의 날이 지나면 제 생명의 대한 자유를 저는 가질 수 있는 것입니다."

"음―."

백진주 선생도 쓸쓸히 대답하였다.

이튿날 아침 두 사람은 진남포 역에서 차를 내렸다.

"모 군, 고향이란 언제든지 고향을 찾아오는 사람을 반가이 맞아 주는 것 같소."

"네, 아아, 내 고향 진남포!"

두 사람은 지나간 날의 쓴 기억, 단 기억을 이 거리 저 거리, 이 구석 저 구석에서 하나하나씩 골라내면서 부두를 향하여 걸어갔다. 수풀처럼 즐비한 배 돛대, 갈매기 떼, 나부끼는 비발도 등대― 헌병의 총부리가 등골을 떠밀어 전마선으로 데굴데굴 굴러 떨어지던 그 캄캄한 밤의 공포의 기억을 등대에 새로이 하는 백진주 선생이여.

"아아, 선생님, 가라앉았던 태양환이 기적으로 다시 항구에 돌아오는 날, 자결하시려던 권총을 던지고 뛰쳐나오신 아버지가 바로, 바로 여기, 여기에 서서 가라앉았던 태양환을⋯⋯ 침몰되었다던 태양환을⋯⋯."

하고 감명 깊은 지나간 광경을 회고할 때

"그때 나는 바로 저기 보이는 저 곳간 뒤에서 모 선생이 기뻐하시는 것을 보고 있었습니다, 아아……."

"아아……."

기억이 기억을 자아내고 감격이 감격을 새로이 하는 두 사람이었다.

그때 백진주 선생은 돌연 머리를 돌리며 물었다.

"모 군, 지금 저기서 출범하는 저 배가 어디로 가는 밴지 압니까?"

"아, 저건 중국 무역을 하는 상선인데 아마 대련으로 가는 배겠지요."

그러다가 모인규는 소리를 높이며

"아, 선생님, 지금 배 위에서 손을 내젓는 청년이 바로 저 송준호 군이 아니오니까?"

하고 외쳤다.

"그렇소. 그리고 이편 부두에는 또 누가 서 있는지 좀 자세히 보시오."

"아, 저 송춘식 씨 부인이 아닙니까!"

"그렇소. 자기의 살 곳을 찾아서 중국으로 떠나는 귀여운 아들을 전송하는 광경이랍니다."

"그러면 선생님은 미리부터 그것을 아시고 여기까지……."

그 말에는 아무런 대답도 없이 멀리 어귀로 빠져 나가는 상선을 언제까지나 바라보고 선 백진주 선생이었다. 이윽고 송준호를 태운 상선은 저 무서운 해상 감옥이 솟아 있는 절벽 밑을 지나 조그맣게 사라진다.

삼 년 전까지도 다시 세상 구경을 하지 못할 정치범들을 수용하던 해상 감옥— 그 무서운 해상 감옥이 철폐되어 지금은 밀수입자들을 감시하는 세관 관리들의 출장소로 되어 있다.

"모 군, 우리도 한번 전마선을 타고 저 바다 어귀로 나가볼까요?"

백진주 선생은 두근거리는 가슴을 진정시키며 그렇게 말하였다.

"아, 선생님, 저는 아버지 묘지로 가보아야겠습니다."

"참, 그렇겠군! 그러면 이따 다섯 시쯤에 나도 묘지로 갈 터이니 거기서 만나기로 합시다."

"네, 그러면—."

모인규와 헤어진 백진주 선생의 눈에는 그때 아들을 전송하고 난 계옥분이가 쓸쓸히 집으로 돌아가는 뒷모양이 보이었다. 그는 문득 전마선을 타려던 발걸음을 돌리어 부인의 뒤를 따르기 시작하였다.

머리를 고스란히 숙이고 한눈 한 번 팔지도 않고 옛날 봉룡이가 불쌍한 아버지와 함께 살던 비석리 오막살이집으로 들어가는 것이었다.

백진주 선생은 잠깐 동안 문밖에서 머뭇거리다가 마침내 안으로 들어갔다.

방 안에서 고즈넉한 울음소리가 들린다. 부인의 울음소리였다. 그는 가만히 문을 열고 방 안으로 들어섰다.

"부인!"

그는 조용히 불렀다.

"아⋯⋯?"

부인은 눈물 젖은 얼굴을 들고 놀라움과 함께 백진주 선생을 쳐다보았다.

"중국으로 떠나는 준호 군을 저도 먼발로 전송을 하였습니다."

"고맙습니다. 그러나⋯⋯ 그러나 인제 정말로 저는 외로운 몸이 되었어요."

"부인, 용서하십시오. 부인으로 하여금 오늘의 외로움을 느끼게 한 것은 오로지 제 죄올시다. 제 분풀이가 좀 지나친 것 같습니다. 용서하십시오."

"무슨 말씀을⋯⋯ 당신이 하신 일은 곧 하늘의 뜻이었습니다. 모든 죄는 제게 있습니다. 당신이 돌아올 때를 기다리지 못한 마음 약한 제가 모든 죄악의 씨를 뿌린 것이에요. 하늘은 누구보다도 먼저 제게 벌을 주실 것을⋯⋯."

부인을 위로하고자 왔던 백진주 선생은 도리어 부인을 극도로 슬프게 한 것을 마음속 깊이 뉘우쳤다. 차라리 오지 않았던 것만 못하였다.

"부인, 작별에 임하여 제게 무엇을 희망하시는 것은 없습니까?"

"네, 단 하나, 준호의 행복을 빌어주시기 바랍니다."

"그리고 부인 자신에 관해서는 그 어떤 희망을⋯⋯."

"제게는 아무런 희망도 없습니다. 다만 제 옆에 있는 두 개의 무덤을 위하여 저는 빌면서 살아가겠습니다— 그 하나는 벌써 옛날에 세상을 떠난 이봉룡 씨의 무덤, 또 하나는 그의 손에 죽은 송춘식의 무덤⋯⋯."

백진주 선생은 말이 없다. 말없이 한참 동안 부처님처럼 서 있다가

"후일 다시 한 번 만나주실 수 있을까요?"

그때 부인은 창문 밖 하늘을 우러러보면서 조용히 대답하였다.

"저 나라에서⋯⋯ 저 하늘나라에서⋯⋯."

그러고는 가만히 눈을 감았다. 눈을 감고 있는 사이에 백진주 선생은 발자국을 죽여가면서 밖으로 나왔다. 부인은 조용히 일어나 들창을 반만큼 열고 부두를 향하여 걸어가는 백진주 선생의 뒷모양을 언제까지나 바라보고 섰다가

"아아, 그이는 영원히 갔다!"

하고 쓸쓸히 중얼거렸다.

그길로 백진주 선생은 부두로 나가 전마선을 타고 어귀에 마성인 양 솟아 있는 해상 감옥으로 건너가서 그 옛날 포대 속에 든 자기 몸뚱이가 황해 바다 푸른 물을 향하여 무서운 속력으로 떨어져 내려가던 그 까마특특한 절벽 위에 우뚝 서보았다.

“아아……!”

말은 비록 짧았으나 실로 만감이 서린 의미 깊은 감탄사였다.

그는 곧 발꿈치를 돌려 수위의 승낙을 얻고 안으로 들어가서 한 사람의 유람객으로서 자기를 소개하고 내부를 좀 구경시켜 주기를 청하였더니 마침 적당한 안내인 한 사람을 발견하여 이십삼 년 전 자기의 온갖 자유를 구속하던 무서운 지굴 감방을 구경하게 되었다.

“이 여럿 있는 지굴 감방 중에서도 이십칠 호와 삼십사 호가 있던 감방이 제일 흥미가 있을 것입니다.”

하고 안내인은 백진주 선생을 땅속 몇 십 자나 되는 컴컴한 층층대를 앞장서서 안내하였다.

“우리도 자세한 것은 모릅지요만 이십칠 호와 삼십사 호에는 실로 이상야릇한 이야기가 있답니다.”

“이상한 이야기라고요……? 대체 무슨 이야깁니까……?”

하고 백진주 선생은 물었다. 독자 제씨도 알다시피 이십칠 호란 우월대사를 가리키는 것이고 삼십사 호란 이봉룡을 말함이다. 삼십사 호의 수인과 이십칠 호의 대사가 땅속에 굴을 파고 서로 왕래하다가 대사가 죽은 후 삼십사 호는 대사의 시체 대신 자기가 들어가서 탈옥하려다가 마침내 고기밥이 됐다는 이야기를 안내인은 쭉 하였다.

“그래, 그 삼십사 호 죄수는 설마 살아 나오지는 못했겠지요?”

하고 물었더니 안내인은

“살아 나오는 게 다 무엇입니까? 얼마 전에도 서울 검사국에서 조사원들이 나와 혹시 그놈이 살아 나오지나 않았나……? 하고 절벽의 높이와 바닷물의 깊이를 면밀히 조사해본 적이 있습지요만 살아 나오다니, 천만에요!”

‘응, 유동운의 짓이었구나!’

하고 심중으로 생각하면서 백진주 선생은 안내인을 따라 그가 십여 년 동안을 거기서 지낸 삼십사 호의 무시무시한 지굴 감방으로 내려갔다.

"손님은 안으로 들어가보시렵니까?"

"여기까지 온 김에야 들어가보고 가야지요."

"그러나 캄캄해서 들어가신댔자 아무것도 보이질 않는뎁쇼."

"괜찮습니다. 내 눈은 캄캄해도 잘 보이는 눈이지요."

"헤에, 그러셔요? 그러면 꼭 그 삼십사 호의 눈과 같습니다그려! 그 놈은 이런 캄캄한 데서 바늘이라도 분간을 했다니까요. 그러나 저는 그런 훌륭한 눈을 갖지 못했으니까 올라가서 등불을 켜갖고 옵죠."

"수고를 하십니다."

그러면서 안내인에게 지폐를 몇 장 쥐어주었다. 안내인은 기뻐서 뛰어 올라갔다. 이윽고 백진주 선생은 안으로 들어갔다. 눈은 아직도 온전하다. 그는 자기가 거기서 십여 년 동안을 잔 침대용 널판자가 아직도 저편 벽 옆에 그대로 놓여 있었다.

"오오!"

하고 그는 십 년 만에 만난 자기의 애인처럼 널판자를 두 손으로 어루만져보았다. 그리고 그 널판자 침대 뒤로 뚫린 구멍— 우월 대사의 감방으로 통하는 비밀 통로에는 커—다란 돌이 막혀서 지금은 다만 옛날의 형식만을 남겨놓았다. 그리고 이편 벽 위에 인*박인 수많은 숫자는 그가 자기의 연세, 아버지의 연세, 옥분의 연세를 따져본 것이고 바로 그 옆에 묻은 시커먼 피는 그가 죽음을 결심하고 머리로 담벼락을 떠받았던 흔적이다. 그리고 또 그 맞은편 담벼락에는 다음과 같이 씌어져 있었다.

---

* 인印: 지울 수 없게 새겨진 자취.

오오, 하늘이여! 나로 하여금 기억력을 잃어버리지 않도록 보호하여 주십소사!

이것은 그가 세월의 흐름을 따라 복수의 일념이 점점 사라져버릴 것을 무서워하여 일부러 써놓은 글이었다.

그때 안내인이 등불을 켜가지고 내려왔다. 그는 너무 과분한 돈을 받은 것을 황송히 생각하며 다음 이십칠 호인 우월 대사의 감방으로 안내를 한 후에

"선생께서 이 해상 감옥 지굴 감방에 대하여 많은 흥미를 가지신 듯싶으오니 제가 이십칠 호의 유물을 한 가지 보존해둔 것이 있사온데 그것을 기념으로 선생께 드리겠습니다."

하고 우월 대사가 옥중에서 저술한 저서를 내놓았다. 그것은 여러분도 아시다시피 대사가 입던 셔츠에다 깨알만큼씩 한 글자로 쓴 것인데 제목은 『조선 독립론』이었다.

"다른 것은 모두 경찰에서 압수하여갔지만 이것이 어떻게 된 셈인지 경찰의 눈에서 벗어나 아직도 저 침대 밑 구멍 속에 있는 것을 제가 우연히 발견하였지요. 경찰의 눈에 띄지 않도록 비밀히 보존하여주십시오."

"감사합니다. 절대로 염려 마십시오."

막대한 보수를 안내인에게 주고 백진주 선생은 곧 해상 감옥을 나와 진남포로 돌아왔다. 그러고는 모인규가 기다리고 있는 묘지로 가서 오늘밤으로 이곳을 떠나자고 하였다. 그러나 모인규는 사오일 더 이곳에 머물러 있어야 하겠다고 말하였을 때

"그러면 군과 약속한 날이 시월 오일— 시월·사일 아침에 군은 부두로 나가 진주환이라는 배를 타시오. 그러면 선장은 군을 시월 오일 아침까지는 진주도라는 섬으로 안내할 것이니까 거기서 나는 다시 군을 기다

리고 있을 터이오."

"잘 알았습니다."

이리하여 백진주 선생은 모인규와 헤어져 부두로 나가서 기다리고 있는 진주환을 타고 일로 상해를 향하여 출발하였던 것이니

"자아, 빨리 가자! 그렇지 않으면 장현도를 놓칠지도 모르니까—."

"네, 잘 알아 모셨습니다."

하고 대답한 것은 진주환의 선장 정수길이었다.

69. 희망의 수평선

백진주 선생이 진주환으로 상해를 향하여 진남포를 떠난 이튿날 오후 상해 교역 은행 지배인을 찾은 한 사람의 중년 신사가 있었다. 그 신사는 백진주 선생의 서명이 있는 오백만 원의 영수증을 지배인 앞에 내놓으면서

"곧 현금으로 좀 지불하여주시면 고맙겠습니다."

하고 정중히 말하였다. 육 개월 전 서울 서대문 은행에 대하여 백진주 선생에게 무제한 대출을 위탁하였던 상해 교역 은행이기 때문에 지배인은 영수증을 잠깐 들여다보자 곧 행원을 시켜 현금 오백만 원을 신사에게 지불하였다.

"고맙습니다."

신사는 무척 오만한 태도로 그렇게 말하고 은행을 나섰다.

"자아, 아직도 내게는 오백만 원이란 대금이 남아 있다. 이것만 가지면 장현도는 다시 한 번 일어설 수가 있지 않은가! 흐, 흥……."

그렇다. 그는 분명히 장현도였다. 자선 사업 단체의 돈 오백만 원을

갖고 상해로 도망해온 장현도였다.

그는 하늘이 무너져도 장현도만은 뚫고 나갈 자신이 있다는 얼굴로 때마침 은행 앞에서 기다리고 있는 택시를 잡아타고 자기가 투숙한 카세이 호텔로 가기를 명하였다.

택시는 불살*같이 달린다. 장현도는 상쾌하다. 죽었던 목숨이 다시 살아난 것 같았다. 그러나 택시는 손님이 명령한 대로 카세이 호텔로 가는 것은 결코 아니다. 택시는 황포강 강변으로 빠져나갔다. 그러나 상해의 지리에 어두운 장현도는 그저 마음이 상쾌하기만 하다. 얼마 후 택시는 황포강에 임한 어떤 커─다란 양옥 앞에서 멎었다.

"손님, 다 왔습니다. 내리시지요."

운전수는 얼른 뛰어내려 문을 열고 공손히 허리를 굽혔다. 한 손으론 문을 열고 한 손으론 권총을 쥐고─.

"엣……?"

후닥닥 놀라는 장현도에게

"속히 내립시오. 그렇지 않으면 이놈이 요동을 한답니다!"

그 무서운 협박에 장현도는 부들부들 떨면서 부르짖었다.

"너는 대체 누구냐?"

"내 이름은 진수일…… 수령의 이름은 방우호!"

"뭐, 방우호……?"

그것은 언젠가 자기 사위가 될 뻔한 송준호가 붙들리어갔다던 그 무서운 상해의 뒷골목 대장이 아닌가. 그러나 다음 순간 결국 일이십만 던져주면 될 것이라고 최악의 경우를 생각하면서 하는 수 없이 진수일이 인도하는 대로 빌딩 컴컴한 지하실로 끌리어 들어가는 몸이 되었다. 그

───

* 불살: 부살. 불화살. 화전火箭.

것은 작년 성탄제 날 밤 송준호가 감금되었던 바로 그 지하실이다.

그러나 대체 어찌 된 셈인지 그 지하실에 잡아넣어둔 채 만 사흘 동안을 한 번도 돌아보아주지 않는 그들의 심산이 어디 있는지 통 알 수가 없었다. 생명만 구한다면 돈 몇십만 원쯤 언제든지 주어도 괜찮겠다고 생각한 장현도였다. 아니, 그보다도 위선 사흘 동안을 물 한 모금 마시지 못한 그의 창자였다. 그의 온 본능은 인제는 살아 나가겠다는 것보다도 물 한 모금, 빵 한 조각을 얻기 위하여서는 몇천 원, 몇만 원을 내던져도 아깝지 않으리라고 생각하면서 그는 굳게 잠근 육중한 문을 하루 종일 두드렸다.

나흘 만에 진수일이가 맛난 빵을 쩝쩝 뜯어 먹으면서 굶주린 창자를 움켜쥔 장현도 앞에 나타났을 때처럼 그는 단 한 조각의 빵이 사람을 그렇게도 행복하게 할 수 있는 위대한 힘을 가진 것을 절실히 느낀 적은 없었다.

"먹을 것을…… 먹을 것을 좀 갖다 주십시오. 돈은 얼마든지 내겠습니다."

"네, 무엇이든지 청하시는 대로 갖다 드리겠습니다. 닭고기를 가져올깝쇼? 쇠고기를 가져올깝쇼?"

"닭고기를 좀 갖다 주십시오."

진수일은 곧 달려가서 김이 문문* 나는 먹음직한 통닭 한 마리를 갖다 주었다. 장현도는 굶주린 짐승처럼 왈칵 달려들어 닭고기를 뜯어 먹으려 하였을 때 진수일은 재빨리 그의 손을 막으며

"대금을 지불하시오."

"아, 대금…… 대금은……."

| * 문문: 냄새나 김 따위가 많이 느리게 피어오르는 모양.

하고 그는 주머니에서 일금 천 원을 꺼내주었다.

"천 원이면 아직 구만 구천 원을 더 내셔야겠습니다."

"아니, 닭 한 마리에 그럼 십만 원이란 말이오?"

"네, 그렇습니다."

"음…… 그대들의 하는 짓이 이거라는 말이냐……? 음…… 그럼 이 닭은 그만두고 빵을 갖다 다오! 빵은 얼마냐?"

"여기는 균일제를 취하고 있습니다. 그러니까 역시 십만 원입죠."

"빵 한 조각에 십만 원……? 음…… 잘 알았다! 잘 알았다! 나를 죽여라. 그러지 말고 나를 죽여라!"

하고 부르짖었다. 굶어 죽으면 죽을지라도 빵 한 조각에 십만 원을 지불할 생각은 도저히 없다.

그러나 제아무리 황금에 눈이 어두운 장현도랄지라도 굶주린 창자를 십만 원이라는 화폐로 불릴 수는 없는 일이다. 그는 하는 수 없이 한 접시 십만 원씩을 내고 하루 동안을 연명하였다.

"자아, 당신은 대체 나에게서 얼마나 한 금액을 요구하는 것이오?"

하고 이튿날 수령 방우호를 불러서 물었다.

"오백만 원입니다."

"오백만 원……? 음, 그럴 것 없이 나를 이 자리에서 죽여라!"

"그러나 우리 수령은 결코 사람의 피를 보는 것을 즐겨 하지 않으십니다."

"아니, 수령은 네가 아닌가?"

"아니올시다, 제 위에 수령이 또 한 분 계십니다."

"그러면 그 수령을 좀 만나게 해다오!"

그러나 방우호의 수령이라는 사람은 좀처럼 쉽사리 장현도 앞에 나타나지는 않았다. 닷새가 지나고 열흘이 지나고 하는 동안에 물 한 모금

에도 십만 원을 내지 않으면 아니 된 그의 주머니에는 인젠 단돈 오만 원 밖에는 남지 않았다.

'어떤 일이 있을지라도 이 오만 원은 남겨두어야 한다!'

돈이 아니면 살 수 없는 그는 오만 원이라는 돈을 주머니에 가지고도 만 사흘을 굶어 지냈다. 눈이 쑥 들어가고 살이 쪽 빠져버린 장현도 앞에 어떤 날 방우호의 수령이라는 사람이 돌연 나타났던 것이다.

"앗, 당…… 당신은 백진주 선생……?"

"아니다. 나는 백진주가 아니다! 이 얼굴을 자세히 보아라. 지나간 그 옛날 그대가 태양환의 회계를 보던 그 옛날을 다시 한 번 생각해보면 알 것이다."

"앗, 그러면 당, 당신은……."

"그대의 밀고장으로 말미암아 아버지를 굶겨 죽이고 아내를 빼앗기고 생명과 자유를 영원히 빼앗긴 이봉룡이다!"

"오오!"

장현도는 그만 방바닥에 쓰러지고 말았다.

"자살한 송춘식과 발광을 한 유동운에게 비하면 그대에게 대한 하늘의 징벌은 아직도 약하다. 그러나 나는 그대를 용서하여주마. 나의 복수가 약간 지나친 것 같기 때문이다. 빈민들을 구제할 자선 단체의 돈 오백만 원은 내가 서울을 떠날 때 그대를 대신하여 갚아주고 왔다. 그러니까 그대가 그처럼 놓기 싫어하는 오만 원이라는 돈은 그대에게 그대로 줄 터이니 그대가 가고 싶은 곳으로 마음대로 가도 좋다."

그리고 백진주 선생은 어디론가 표연히 사라지고 말았다. 그날 저녁 장현도가 방우호의 지하실로부터 해방이 되어 거리로 나올 때 그는 문득 한길 가 유리창에다 자기 얼굴을 비추어보고 깜짝 놀라지 않을 수 없었던 것이니 아아, 장현도의 새까맣던 머리털이 하—얗게 백발이 되지 않았는가!

바로 그즈음 모인규는 진남포서 진주환이라는 배를 타고 만 하루를 걸려서 황해 한복판에 조그맣게 떠 있는 진주섬으로 올라갔다. 그리고 선장 정수길이가 안내하는 대로 마치 진시황의 아방궁과도 같이 호화로운 지하 궁전으로 들어갔다.

그것은 바로 약속의 날 시월 오일, 모인규가 영란의 뒤를 따라 자살을 할 운명의 날이었다.

기다리고 있던 백진주 선생은 모인규를 반가이 맞이하며 물었다.

"모 군, 오늘이 며칠인지 압니까?"

"오늘은 시월 오일! 제가 이 세상을 떠날 날이올시다. 그런데 선생님, 여기가 대체 어디오니까?"

"여기가 소위 천국이라는 뎁니다."

"오오, 천국!"

하고 모인규는 갑자기 깊은 비탄에 잠기며 부르짖었다.

"여기가…… 여기가 만일 천국이라면 영란 씨가…… 나의 사랑하는 영란 씨가 있을 것이 아니오니까?"

그때 저편 문이 열리며 모인규 청년 앞에 홀연히 나타난 것은 틀림없는 유영란의 어여쁜 자태였다.

"모 군, 지금 영란 씨가 모 군을 반기어 맞으려는 것입니다."

"오오! 영란 씨!"

"인규 씨!"

두 젊은이가 부여안고 흐늑흐늑 느껴 우는 양을 백진주 선생은 물끄러미 바라보았다.

"그런데 선생님, 이것이 꿈이오니까? 생시이오니까……?"

백진주 선생은 가장 만족한 얼굴로 모인규를 바라보면서

"꿈인지 생신지 그것은 후일 영란 씨에게 자세히 물어보시오. 그리고 영란 씨의 설명이 모 군에게 믿기지 않을 때 그 설명을 보충하기 위하여 이 불로주를 한 병 드릴 테니 그것을 모 군 자신이 마시어서 시험해보시기 바랍니다."

그러면서 백진주 선생은 어여쁜 장 속에서 조그만 약병 같은 것을 하나 꺼내어 모인규에게 주었다. 그때 영란은

"선생님, 저는 오늘 선생님에게 한 가지 특별한 청이 있습니다."

"아, 무슨 청이든 내 힘으로 되는 일이라면야……."

"네, 선생님의 힘으로 충분히 되시는 일이에요."

"그래, 무엇인데……?"

"선생님을 아버지처럼 존경하는 동시에 선생님을 애인처럼 사랑하는 한 사람의 어여쁜 순정을 무조건하고 받아주실 수는 없을까요?"

그 말이 채 끝나기 전에 아까 영란이가 들어온 저편 문이 방싯 열리면서 천사처럼 나타난 것은 강춘앵 그 사람이었다.

"오오, 춘앵이!"

하고 부르짖으면서 마치 하늘의 계시를 받은 것처럼 백진주 선생은 몸을 일으키었다.

"그렇다! 영란 씨의 충고를 솔직하게 받아들여도 좋을 그러한 시기가 나에게도 온 듯싶다!"

그러면서 백진주 선생은 춘앵의 손을 사양 없이 잡았다.

그것은 정녕 아버지가 딸의 손을 잡는 그것은 아니었다.

이튿날 아침 모인규와 영란은 자기네 머리맡에 한 장의 편지가 놓여 있는 것을 보았다. 그 편지에는 백진주 선생의 글씨로 다음과 같은 글월이 적혀 있었다.

모인규 군과 유영란 양에게—.

　　이 편지를 보는 대로 진주환의 선장 정수길이가 안내하는 대로 곧 인
천으로 돌아가라. 거기에는 전신 불수인 유민세 노인이 손녀딸의 결혼식
을 축복하려고 마중 나와 있을 것이다. 그리고 서울에 있는 나의 소유인
주택과 이 진주섬 동굴 속에 있는 모든 재물을 그대 양인에게 양도하는
것이니 영란 양이 아버지, 어머니, 외조부, 외조모로부터 상속하는 재산
은 전부 서울의 빈민을 위하여 제공하도록. 이것은 나의 간절한 부탁이
다. 자아, 그러면 나의 지극히 사랑하는 젊은이들이여! 행복한 삶을 얻으
라. 그리고 영란 양이여! 그대가 어제 나에게 준 한마디의 충고를 나는 한
량없이 감사히 생각하면서 붓을 놓는다. 젊은이여! 기다리라, 그리고 희
망을 가지라!

편지를 읽고 난 모인규와 유영란은 밖으로 뛰어나가 정수길을 불렀다.
"여보, 선장, 백진주 선생은 어디로 가셨습니까?"
"그리고 춘앵은……?"
하고 두 사람이 물었을 때
"저기 저 수평선 위를 보십시오."
하고 정수길은 멀리 바다 위를 가리켰다. 황해와 하늘이 맞닿은 감감
한 수평선 위에 흰 돛을 단 한 척의 범선이 감실감실 보인다.
"아아, 가셨다!"

|번안 소설과 원작의 주요 등장인물|

■ 주인공

이봉룡李鳳龍: 에드몽 당테스

백진주白眞珠 선생＝백금동白金童: 몽테크리스토 백작＝자코네

홍길동洪吉童: 신드바드Sindbad

국보 대사國保大師＝허국보許國保: 부소니 신부

허달준許達俊: 로마의 톰슨 앤드 프렌치 상사商社의 대리인인 영국인

함일돈咸一敦: 윌모어 경

■ 이봉룡의 주변 인물

이형국李亨國: 루이 당테스(에드몽 당테스의 부친)

계옥분桂玉粉: 메르세데스(카탈루냐Cataluña 인 정착 마을의 처녀, 에드몽 당테스의 약혼녀)

우월 대사愚月大師: 파리아 신부(이탈리아 로마의 추기경樞機卿 가문의 후예인 스파다 백
　　작의 마지막 비서, 이탈리아 통일 운동가, 이프 성Chateau d' If의 죄수)

박돌朴乭: 가스파르 카드루스(에드몽 당테스의 이웃에 사는 양복장이, 훗날 퐁뒤가르 여
　　관의 주인이자 범죄자)

박돌의 부인: 마들렌 라델＝카르콩트(가스파르 카드루스의 부인)

■ 백진주 선생의 주변 인물

강춘앵康春鶯: 하이데(자니나Janina의 파샤Pasha 알리 테베린과 바실리키의 외동딸, 자니나
　　의 옛 공주, 콘스탄티노플Constantinople의 상인 엘 코르비에게 매매된 노예)

배성칠裵性七: 베르투치오(몽테크리스토 백작의 집사, 코르스Corse[Corsica] 인, 베네데토를
　　기른 양부)

배성칠의 형수: 아순타(베르투치오의 형수)

배선동裵善童: 베네데토(제라르 드 빌포르와 바롱 당글라르 사이에서 나온 사생아)

정수길鄭水吉: 자코프(밀수선 죈아멜리 호의 선원, 훗날 몽테크리스토 백작의 심복)

아리阿里: 알리(몽테크리스토 백작이 부리는 흑인 노예, 누비아Nubia 인)

방우호芳愚虎: 루이지 밤파(이탈리아 로마의 양치기 소년이자 훗날의 산적 두목)

진수일陳秀日: 페피노(루이지 밤파 휘하의 산적 가운데 하나)

■ 모 상회의 사람들

모영택毛榮澤: 모렐(모렐 상사의 주인, 파라옹 호의 선주)

모인규毛仁奎: 막시밀리앙 모렐(모렐의 아들, 알제리Algérie 기병 대위)

모인애毛仁愛: 쥘리 모렐(모렐의 딸, 훗날 엠마뉘엘 에르보의 부인)

고영수高永秀: 엠마뉘엘 에르보(모렐의 사위, 쥘리 모렐의 남편)

광삼光三: 페늘롱(파라옹 호의 갑판장)

■ 유 검사정 일가

유동운劉東雲: 제라르 드 빌포르(마르세유Marseille의 검사 대리, 훗날 파리의 유력한 검사)

유민세劉民世: 누아르티에 드 빌포르(제라르 드 빌포르의 부친, 발랑틴의 조부, 이전의 자
코뱅Jacobins 당원이자 원로원元老院 의원, 카르보나리Carbonari 당원)

유동운의 부인: 엘로이즈(제라르 드 빌포르의 두 번째 부인)

유영란劉英蘭: 발랑틴(제라르 드 빌포르와 그의 전처 르네 드 생메랑의 딸)

유경일劉京一: 에두아르(제라르 드 빌포르와 엘로이즈의 아들)

오붕서吳朋書: 마르키즈 드 생메랑 후작(제라르 드 빌포르의 이전 장인이자 발랑틴의 외
조부, 왕당파 귀족)

오붕서의 부인: 생메랑 후작 부인(제라르 드 빌포르의 이전 장모이자 발랑틴의 외조모)

오정숙吳貞淑: 르네 드 생메랑(제라르 드 빌포르의 첫 번째 부인, 마르키즈 드 생메랑의 딸)

김金 서방: 바루아(누아르티에 드 빌포르의 하인)

차車 의사: 다브리니(빌포르 가에 드나드는 의사)

한韓 선생: 데샹(빌포르 가의 공증인)

■ 송 참의 일가

송춘식宋春植=송만식宋萬植: 모르세르 백작(이전의 페르낭 몬데고, 메르세데스의 사촌
오빠, 훗날 프랑스 육군 중장이자 원로원 의원)

송춘식의 부인=계옥분: 모르세르 백작 부인(이전의 메르세데스, 페르낭 몬데고의 부인)

송준호宋準豪: 알베르 드 모르세르 자작(모르세르 백작 부부의 아들)

■ 장 두취 일가

장현도張鉉道: 당글라르 남작(파라옹 호의 회계, 훗날 파리의 대은행가이자 하원 의원)

장현도의 부인＝심봉채沈鳳彩: 바롱 당글라르(국왕의 시종侍從 살비외의 딸, 육군 대령 드 나르곤 후작의 미망인, 훗날 제라르 드 빌포르의 정부情婦이자 당글라르 남작의 부인)

장옥영張玉英: 외제니 당글라르(당글라르 남작의 딸)

S 여사: 루이즈 다르미(외제니 당글라르의 친구이자 음악 교사)

■ 서울의 상류층 귀족

신상욱申象旭 판사: 커넬 데피네 장군(누아르티에 드 빌포르와의 결투 끝에 죽은 왕당파 장군)

신영철申永徹: 프란츠 데피네 남작(커넬 데피네 장군의 아들)

임성묵林聖默: 보샹(프랑스 파리의 유력 일간지《앵 파르시알》의 편집 주간)

조봉구曹鳳九: 뤼시앵 드브레(프랑스 내무대신의 비서관, 바롱 당글라르의 정부情夫)

홍일태洪日泰: 라울 드 샤토 르노 남작(알제리의 콩스탕틴Constantine에서 막시밀리앙 모렐에게 구조된 귀족)

홍만석洪萬石＝돌쇠 영감: 바르톨로메오 카발칸디 소령(루카Lucca 태생의 사기꾼)

홍선일洪善一＝배선동裵善童: 안드레아 카발칸디＝베네데토(이탈리아 피렌체Firenze의 카발칸디 가의 후손으로 행세하는 범죄자, 제라르 드 빌포르와 바롱 당글라르 사이에서 나온 사생아)

■ 그 밖의 인물이나 이름만 언급되는 인물

C 여사: G…… 백작 부인

강병호康秉浩 목사: 알리 테베린(자니나의 파샤)

강병호 목사의 부인: 바실리키(알리 테베린의 아내)

고영택高永澤: 스파다 백작(이탈리아 로마의 추기경 가문의 후예)

김달金達, 박우일朴宇一: 루이 지크 보르페르, 에티엔 뒤 샹피, 클로드 르샤르팔(비밀결사 보나파르트 파 클럽의 회원)

나응주羅應柱: 드 나르곤 후작(육군 대령, 바롱 당글라르의 전 남편)

두팔斗八: 당글라르 가의 마부

안보연安寶妍: 올리바 코르시나리 후작 부인(바르톨로메오 카발칸디 소령의 부인)

안창호安昌浩: 나폴레옹Napoléon 1세

왕수평王樹平: 자니나의 은행가

장곡천長谷川 총독: 루이Louis 18세

장유길張有吉: 엘 코비르(콘스탄티노플Constantinople의 인신 매매 상인)

최성문崔盛文: 드 보빌(감옥 순시관이자 훗날 파리의 양육원 수납과장)

아인 김내성 약전[*]

조영암[**]

월탄月灘 장자長者나 말봉末峰 장자들과 같이 어깨를 나란히 겨누면서 그것도 월탄은 전래의 재산이 있는 터요 말봉은 말봉대로『찔레꽃』이후 계속되는 여류 작가적 인기로 말미암은 바이겠지만 현재 이십여 개의 판권을 소유하면서 다달이 중판을 거듭하고 있는 문단 희대의 귀재 김내성.

김내성은 아직 자기의 글 속에 하다못해 수필 하나에라도 자기의 일생 내력에 대하여 말해본 일이 없다고 한다. 그러므로 김내성에 대한 독자들의 이 글에 대한 흥미는 더욱 커질 것을 필자는 상상하면서 당대의 인기 작가 김내성의 살아온 부분의 인생만을 여기다 얘기해보려는 것이다.

보통 정도의 항용 어느 나라에도 존재할 수 있는 그런 고정된 유형의 소설가가 아니요 더욱 탐정 소설을 쓰게 되면 다른 문학은 손댈 수 없는

---

[*] 원래의 제목은 '김내성'으로 되어 있으나 편의상 '아인 김내성 약전'으로 바꾸었다. 이 글에는 사실과 다른 점이 적지 않게 포함되어 있으나 특별한 경우가 아니라면 그대로 두었다. 또한 맨 끝에는 김내성이 발표한 작품 목록이 간략하게 덧붙여져 있는데, 빠지거나 잘못된 부분이 많아 생략했다. 이에 대해서는 상세하고 정확한 〈연보〉 및 〈작품집 목록〉을 따로 제시하여 모두 바로잡았다.

[**] 조영암趙靈巖: 1918년 강원도 고성高城 출생. 시인. 주요 저서로『북한 일기』,『소월素月의 밀어密語』,『고금소총古今笑叢』,『신 임꺽정전新林巨正傳』 등이 있다. 1960년대 이후 승려이자 역술인의 길을 걸었다.

것이 탐정 소설가의 전형적 자기 편력인 것인데 김내성은 탐정뿐 아니고 이제 『청춘 극장靑春劇場』 전 5부를 가지고 새로운 장편 형식을 시험하여 커―다란 성공을 거두었을 뿐 아니라 유능한 비평가 백철白鐵, 곽종원郭 鍾元, 조연현趙演鉉, 임긍재林肯載 등으로 하여금 격찬을 연발케 한 것은 우리가 김내성을 홀로 탐정 소설가라고만 낙인을 찍을 수가 없는 최대 의 이유가 되는 것이다.

가령 우리 문단에 탐정 소설을 쓰는 사람이 몇 사람이나 되느냐 하면 그것은 한 손가락으로밖에 꼽을 수 없는 일종 괴이한 현상이다.

이렇듯 무엇으로나 뛰어난 김내성. 내성은 맹호출림猛虎出林이라는 평안남도平安南道 대동군大同郡 남곶면南串面 월내리月內里에서 이 나라가 일본의 손에 송두리째 넘어가기 전해 바로 1909년 5월 29일 고고呱呱의 산성産聲을 울렸다.

내성의 먼 가계는 잘 알 수 없고 막연히 따지면 일천 년 전에는 혹시 신라의 왕족이었었는지 모른다.

내성의 아버지 김영한金榮漢은 빈농의 삼남으로 그가 장성하여 분가 할 적에는 불과 가마니 한 개, 거적 한 자리, 좁쌀 서 되로 분가를 당했다 는 것이다. 그러나 김영한은 원래 근검하고 또 과격했으며 자주 독립 정 신이 강했기 때문에 이 마을에서 얼마 가지 아니하여 자수성가하는 데 성공하였으며 나이 오십 가까워서는 소지주小地主가 되었다. 이때까지 김영한은 아들 하나 딸 셋이었는데 돌연 아내가 죽고 나이 오십에 다시 재취한 이가 내성의 어머니 강신선康信仙이었다. 신선은 아주 미인 형으 로 내성이 예술가적 기질을 유전 받은 것이 있다면 그 어머니였다고 하 는 것을 들으면 확실히 강신선은 미인이었던 듯싶다. 영한에게 재가한 것이 스물다섯 살, 여기서 이남 일녀를 낳으니 내성은 김영한의 장남이 었다.

얼마 후 김영한 일가는 대동강의 하류 지방인 달읍섬 남촌南村이란 곳으로 옮겼는데 이 달읍섬이란 곳은 풍광이 명미明媚하여 산자수명山紫水明한 곳이었다. 강서江西와 대동의 낙랑 고분樂浪古墳이 이천 년 푸른 낙랑의 문화를 자랑하는 고장이었다. 내성은 이런 자연의 위대한 혜택 속에서 소지주의 아들로 비교적 귀엽게 유복한 유년 시대를 보냈다. 더욱 내성이 귀염을 받으면서 성장한 이유로는 늦은 아버지 김영한이 늦게 얻은 아들일뿐더러 그 어머니 강신선이 여간한 미인이었기 때문이다. 미인은 미인 자신뿐 아니라 그의 소생자所生子까지도 남편으로 하여금 귀엽게 만드는 것이다.

열두 살까지 서당 방에서 한문을 배우다가 서당을 뛰쳐나와 당시 효남 공립 보통학교에 들어갔는데 내성의 키가 제일 작았다.

이때는 학생을 강제로 모집하던 시대였으므로 일 학년이 열일곱 명이었는데 내성만 내놓곤 전부 장가가고 아들딸 있는 아버지 학생들이 대부분이었다. 첫 학기에 내성은 월반越班하였는데 이 관계론지 이곳 효남 학교를 사 년 졸업할 때에는 성적이 과히 좋지 않았다.

학교에 가기 전해 열한 살 때 아버지는 돌아갔지만 돌아가기 직전에 만득의 아들 내성에게는 혼인 문제가 대두하는 것인데 하루는 어떤 영감을 보고 절을 하라기에 덥적 절을 했더니 그가 바로 딴사람 아닌 장인 될 영감이었던 것이다.

이보다 조금 앞서 열한 살 때 그해가 바로 우리 민족의 독립 운동사상 영구히 기념해야 할 기미년 오월에 김영한은 단독丹毒(일종의 패혈증)에 걸려 죽었다. 단독은 무서운 병으로 유명한 역사상 인물로는 병자호란의 국치를 설욕하려는 효종 대왕도 이 병으로 돌아갔고 근대의 절개 높은 민족 운동자며 사학가史學家인 호암湖巖 문일평文一平도 이 병으로 죽은 것은 너무도 유명한 이야기거니와 김영한도 얼굴에 종기가 난 것이 점점 커지면서 얼굴 전면에 퍼져서 죽은 것이다.

세 남매를 남겨놓고 김영한이 간 다음 어머니 강신선은 유자遺子 삼인을 기르기에 심력을 다하는 중 특히 내성이 조금씩 커가면서 도박을 배워 밤을 새면서 돈을 잃어버리는 일이 있어서 근심을 했다. 이 투전이란 것은 술과 계집과 그다음 잡기로 치는 것인데 내성은 술과 계집을 배우기 전에 벌써 두 걸음 앞서서 도박을 배운 것이다.

흰 눈이 소리 없이 내리는 밤 촌집 깊은 골방에서 지금 한창 가보야 따라지야 하고 있을 무렵인데 어머니가 문을 두드린다. 내성은 가슴이 덜컹하였으나 문을 여는 어머니의 봄바람과 같은 얼굴을 보고 적이 안심을 하면서 집에 돌아온즉 어머니는 벌써 학교 교과서를 부엌 아궁에 태워 없애고 정색하고 엄숙히 꾸짖는 것이었다.

"홀어미라고 네가 깔보느냐."

하고 질책하던 모습은 영원히 잊을 수 없노라고 내성은 십팔 년 전 어린이 잡지에다 「잊히지 않는 얼굴」이라 하여 이때의 그 성자와 같은 어머니를 묘사하였고 그 뒤 일본 와세다 제이 고등 학원에 들어갈 적에도 입학시험 작문에다 「잊을 수 없는 사람」이라 하여 또다시 어머니를 추모하였다.

열세 살 되던 해 가을에 오곡백과가 누렇게 익어갈 무렵 내성은 예의 절 한 번 한 노인의 딸을 맞이하여 아내를 삼으니 내성이 열세 살이요 아내가 열여덟 살이었다. 다섯 살이나 나이를 더 먹은 아내는 불학무식인데에다가 맘씨가 곱지 못하였고 시어머니와 매일같이 다투기만 하였다. 내성은 이때 이 나이 많은 아내에게 이성으로서의 매력을 느껴본 일이 없다고 한다. 이때 다시 내성은 평양으로 옮겨 약송 공립 보통학교를 우수한 성적으로 마쳤다.

1925년 4월, 꽃피고 아름다운 시절 평양 공립 고등 보통학교에 들어가니 한 해 윗반에 지금은 이북으로 도망간 소설가 김남천金南天이 있었고 사 년쯤 선배로 역시 소설가 이석훈李石薫이 있었다. 이석훈은 육이오 때 붉은 군대에게 납치되어 평양으로 갔는데 살았는지 죽었는지가 분명치 않다. 이때 이 학년엔 퍽 우수한 인물들이 많았다. 삼 년 후배로는 일제 때 여류 시인 노천명과 남경과 상해로 학병 위문을 떠났다가 혼자 살짝 연안延安 김두봉金枓奉을 찾아간 일본 말 잘하는 김사량金史良이 있었고 『개선문』을 번역한 채정근蔡廷根 등도 한 핸가 이태 윗반에 적을 두고 있었다.

이때부터 내성의 문학에 대한 막연한 동경과 싹이 트기 시작하는 것인데 직접적으로 영향 받은 것은 와세다 출신의 일인 교수 와타나베 이키조渡邊力造의 감화가 컸고 맨 처음으로 읽은 책이 셰익스피어의 『로미오와 줄리엣』이었다. 이때 이 희곡에서 사랑의 신비 불가사의한 것을 내성은 비로소 느꼈던 것이다. 탐정 소설 『지고마Gigoma』를 읽고 닥치는 대로 셰익스피어, 톨스토이, 도스토예프스키, 입센 등을 난독亂讀하면서도 한옆으로 탐정 소설 읽는 것을 무상의 취미로 하였다. 빅토르 위고의 『레미제라블』을 읽고 감격하여 며칠 밤을 뜬눈으로 새웠으며 『몽테크리스토 백작』을 읽고 작약雀躍하였다. 이것은 후일 『진주탑』이라 하여 번안하여 내성 베스트셀러 속의 하나가 되었다. 학교에서 경영하던 잡지 《대동강》의 편집 위원이 된 것도 이때였다.

또 이때를 전후해서 동인지 《서광曙光》을 내었는데 삼 호가량까지 내었다가 없어졌다. 여기 동인으로 후일 문단에 두각을 나타낸 사람은 내성 한 사람뿐이었다.

더욱 내성으로 하여금 탐정 소설에 한층 더 큰 매력을 느끼게 한 동기는 당시 평고平高의 영어 교사 다쓰노구치 나오타로龍口直太郎란 사람의 영어 수업 시간을 통 잘라먹어가면서 이야기하는 코난 도일의 탐정물이야기며 더욱 『얼룩얼룩한 끈타불』 등에 이르러서는 손에 땀이 흐르고 영혼이 마비되는 황홀경이었다. 일본의 세계적 탐정 소설가 에도가와 란포江戸川亂步가 미국의 위대한 세계적 탐정 소설가 에드가 앨런 포의 이름으로 상사음相似音을 따서 모방했다는 유명한 이야기도 이때 다쓰노구치 선생에게서 들었다.

열일곱 살 되던 해에 풍증風症으로 앓아누웠던 어머니가 드디어 숨을 거두었고 「사랑의 비명」이란 창작을 처음 썼다.

1930년 봄에 평고를 나오니 형식적 조혼 생활에서 명랑을 잃고 우울하고 침통하고 가장 내성적內省的인 성격을 알게 모르게 몸에 지니게 되었다.

중학 일 학년 체조 시간인데 선생이

"색시 있는 사람은 손들어라."

하니 내성이 '이거 큰일 났다. 아이고, 부끄러워' 하면서 손을 드니 오직 혼자뿐이었고 여러 학생과 선생이 한꺼번에 웃었다. 그 뒤 한두 달 지나서 알고 보니 자기 반의 삼분지 일이 처자 있는 사람들임을 발견하는 동시에 '세상'이란 것을 처음으로 배웠다. 중학 삼 년 때 성적이 일호였고 점점 우울한 성격이 늘어갔다. 사소한 보이지 않는 윤리감, 도덕감, 하나의 무능력한 여성에 대한 막연한 동정심은 내성에게 하나의 크나큰 자아 고민을 증장시키는 동시에 그것은 내성의 문학적 출발의 위대한 계기가 되었던 것이다. 루소의 『참회록』을 읽고 감명을 얻는 연륜 늙은 중학생이기도 하였다.

합의 이혼이라고 하지만 중학생 모자를 쓰고 평양 지방 법원 재판정에 서는 젊은 내성은 그 시대가 봉건적 인습의 잔재로서 물려준 조혼의 폐습을 몸에 새겨 고민하였다. 그러므로 정식 이혼이 성립된 날 내성은 마치 탈농조脫籠鳥와 같은 자기를 발견하였다고 한다.

하늘과 땅에 일대 자유인의 입장에 서서 바야흐로 큰 뜻을 먹고 일본으로 건너갔다.

일본 가는 데 대해서는 형제가 모두 반대했으나 단연 뜻을 굽히지 않고 내가 믿는 대로 돌진했다. 마쓰에 고등학교松江高等學校에 입학시험을 치렀으나 낙제, 와세다 제이 고등 학원에 무난히 들어갔다. 문과 이 년을 거쳐 학부 독법과獨法科에 들어가서 변호사가 되려 했으나 한 학기 다니고 나니 아주 싫어져서 법과에 적을 두고 문과 강의만 골라 들었다. 모 일본 여자가 내성을 짝사랑하고 국제결혼을 신청했으나 응하지 못한 이유는 결혼에 멀미 난 신경이 채 아물지 않았기 때문일까.

1933년 봄에 일본 말로 시작試作했던 「타원형의 거울」이란 탐정 소설을 당시의 탐정 전문 잡지였던 《프로필》지에 응모하였더니 그것이 당당히 당선되었다. 그때 사진과 작자의 말까지 끼워서 잡지에 냈고 오 원의 원고료를 받고 흥분하여 잠이 잘 오지 않았다.

이 「타원형의 거울」이 내성의 처녀작이라 할 수 있는데 이 작품은 그해 《프로필》지에 발표된 탐정 소설 중에서 가작에 뽑혀 단행본으로까지 되어 나왔다.

이때 내성은 또 일본 말로 「탐정 소설가의 살인」이란 백 매의 탐정 소설을 써서 《프로필》지의 특별 현상에 응모하였더니 이것이 또 당선되었다. 이 소설은 후일 《조선일보》에 우리말로 번역되어 「가상 범인」이란 제목으로 발표되었다. 동인끼리 탐정 구락부俱樂部를 만드는 등 활동이 많았다.

일본에는 이 시기에 탐정 소설계에 두 가지 조류가 대치하고 있었으니 그 하나는 에도가와 란포의 변격 탐정 소설파變格探偵小說派요 고가 사부로甲賀三郎의 본격 탐정 소설파本格探偵小說派였다. 이 두 탐정 소설의 대치, 마찰, 알력은 격심한 바 있었다.

내성은 이케부쿠로 구지대구區로 이마와 머리가 훌렁 까진 독두禿頭의 일종 니치렌종日蓮宗 승려 같은 에도가와 란포를 방문하여 열 시간 이상의 담화를 하였다. 열 시간 이상이나 처음 찾아간 조선인 학생을 대한 에도가와의 폭넓은 인상이 지금도 생각나는 때가 많은 중 이것은 후장後章에 가서 쓸 얘기지만 지금도 에도가와와는 서신 왕래가 있다.

내성의 탐정 소설도 처음엔 본격 탐정 소설 수법을 써왔으나 나중에 귀국 후에는 변격 탐정으로 바꾸었다. 일본 있을 때 당시의 탐정 작가 구키 단九鬼澹이 내성의 소설을 격찬해줄 뿐 아니라 장래가 유망하다고 하였다.

1936년 와세다 독법과를 명색으로 졸업하고 김영순金泳順과 결혼하니 졸업하던 해 봄 오월 달, 푸른 하늘 새로운 생명들이 약동하던 때였다. 내성이 스물여덟, 영순이 스물하나. 서울 가회동에 두 칸 방을 얻어 가지고 비둘기 살림을 시작하였으나 취직은 죽어라 하고 되지 않고 고등 룸펜으로 이태 동안 서울의 거리를 헤매고 싸다녔다. 일본이 대륙을 침략하려고 서두르는 품이 점점 농후해가던 무렵이었다. 경성 제국 대학을 졸업하고 나와야 월급 자리 하나 없는 조선 놈의 신세였다.

빌빌 놀고먹는 조선 놈의 팔자 한탄을 하고 있는 판에 연희 전문학교 경제학 교수인 고故 노동규盧東奎가 '일본서 하던 그 담뱃값 벌이라도 왜 안 하느냐?'고 권하였다. 게다가 그때만 해도 탐정 소설은 이 나라에 없었으니 잘만 하면 탐정 문학의 개척자가 되는지도 알 수 없는 일이라고 생각되었다. 그래서 번역한 것이 일본서 제이 당선작인 「탐정 소설가의 살인」을 「가상 범인」이라 제호를 바꾸어서 노 씨 손을 거쳐 당시 《조선일보》 사회부장이던 홍종인洪鍾仁을 통해서 문예부장이던 벽초碧初 홍명희洪命憙의 아들 홍기문洪起文에게 수교手交했다. 노 씨와 홍 씨가 다 평고 출신이었기 때문이다.

그러나 탐정 소설이 무엇인지 이해할 수 없었던 그 당시 조선의 저널리즘에선 더구나 그것을 실어줄 리가 없었다. 석 달인가 두 달인가 그 원고가 홍기문의 책상 서랍에서 뒹굴고 있을 무렵 마침 「타원형의 거울」이 일본서 단행본이 되어 삼십 부가량 보내왔다. 이 책을 노동규에게 돌려주었더니 그것이 크게 계몽적인 역할을 했음인지 문예부 차장 이원조李源朝의 통지로서 《조선일보》에 연재할 것을 통지해왔다. 그 후 사십 일 동안 《조선일보》 발행 이래 맨 처음으로 탐정 소설이란 소설을 연재하였다.

이로 말미암아 다소의 문명文名을 알리게 되었고 원고료 칠십오 원을 받았을 때엔 그렇게 크게 흥분하지도 않았다.

내성은 사실 이 소설이 《조선일보》에 발표되기까지는 소설로서 입신해보려는 근본적인 생각은 없었다. 그저 막연히 어떻게 살아가는가 하는 것이 당면한 생의 과제였다. 그것은 그 당시의 조선 청년 대부분이 이 암담과 절망의 언덕을 배회하지 않으면 안 될 시절이었던 것이다. 《조선일보》에서는 잡지를 경영하였는데 함대훈咸大勳, 이은상李殷相, 노춘성盧春城 등이 《조광朝光》에 쓰시오, 쓰시오 하는 바람에 백 매짜리의 「광상 시인狂想詩人」을 실었다. 이즈음으로부터 창작에 점점 자신을 얻게 되었다. 잡지 《소년》 지에서 정현웅鄭玄雄(지금은 공산당을 따라 북으로 간), 윤석중尹石重들이 정식 원고 청탁서를 보내어 연재물을 부탁 받았을 때엔 여간 기분이 좋은 것이 아니었다. 여기 응해 쓴 것이 장편 탐정 소설 『백가면白假面』이었다. 제호부터 무시무시하게 붙이었고 이것의 창작에 심혈을 기울였다. 심혈을 기울이면 대개 성공하는 모양으로 일 회분을 써서 보냈더니 《조선일보》에 대문짝만 한 광고가 났고 그달부터 연재되어 일 년 동안 계속하였다. 거리에서 정현웅을 만나면 『백가면』의 인기 최고조에 올랐음을 절찬해주었고 원고료는 한 장에 이십오 전씩이었다. 그때 푼수로는 후한 원고료였다.

『백가면』은 끝나는 즉시로 단행본으로 출판되었고 이것이 우리말 단행본의 맨 처음이었다.

이로부터 탐정 소설 작가로서의 내성의 지위는 점차로 확고불발確固不拔한 것이 되어가고 있었으며 문명은 적이 높아져갔고 이곳저곳에서 주문이 왔다. 《동아일보》에서도 소년 탐정물 청탁이 왔으므로 『황금 굴』을 탈고하여 보냈더니 이 개월 동안 연재되었다.

다소의 문명을 얻고 원고료가 차츰 늘고 하니 시인 노산鷺山 이은상의 알선으로 조선일보사 출판부에 입사하게 되었다. 1938년 12월이었다. 함대훈과 함께 《조광》을 편집하였다. 이 편집 생활은 이후로 삼 년 동안이나 계속되었다.

이 동안 『마인魔人』을 《조선일보》에 연재하였다. 사원이란 명목으로 원고료는 절반밖에 주지 않았다. 성인 탐정물로는 세상에 처음 묻는 장편이었다. 『마인』의 인기도 대단한 것이었다. 문단 유사 이래 탐정 소설의 장편이 신문에 연재되는 효시이었다. 그때 돌연 맹장염에 걸려 입원하며 『마인』의 판권을 《조선일보》에 일금 삼백 원에 팔아버렸고 『마인』으로 말미암아 아직도 문단적 지위가 서먹서먹하던 것이 확고불발하게 되었다.

이렇게 『백가면』이 팔리고 『마인』이 팔리고 해도 생활은 여전히 곤궁할 뿐이었다.

첫딸 문혜文惠가 출생했다. 첫딸은 살림 밑천이라 하여 웃었다. 맹장염을 전후해서 아내 영순이 결핵성 관절염으로 대학 병원에 입원 치료하게 되었다. 내성의 창작 의욕은 이러한 객관적 충격을 받으면서 맹렬히 일어났다. 이때를 전후해서 발표한 것으로는 《신세기新世紀》에 「무마霧魔」를, 《조광》에 「연문 기담戀文綺譚」과 「살인 예술가」를 발표하고 연속적으로 《농업 조선》에 「이단자의 사랑」, 「백사도白蛇圖」, 「제일 석간第一夕刊」

과 「복수귀復讐鬼」, 《문장文章》에 「시유리屍琉璃」(후에 「악마파惡魔派」로 개제) 등을 발표하니 내성의 작가적 지위는 반석의 위지位地에 나아가고 있었고 그중 「시유리」는 가장 예술적 향기가 높으며 다른 사람이 미루어 대표작이라 부를 뿐 아니라 자신도 역시 대표작으로 자임하고 있는 형편이다. 『마인』은 한 회분에 원고료 일 원 오십 전으로 쳐서 받았는데 그다음 웅초熊超의 권유로 《매일신보》에 장편 『태풍颱風』을 연재할 적에는 한 회분에 팔 원씩 하다가 나중엔 십 원씩 받았다. 일백육십 회나 실렸다. 이렇듯이 원고료의 기준이 다달이 올라가는 것은 역시 내성의 작가적 중량과 인기에 있는 것임은 두말할 것 없는 일이다.

그의 중량이 이렇게 늘어가고 인기가 높아갔건만 이 동안 내성은 한 사람의 여인과도 연애 사건을 가져보지 못하였다. 그저 백철, 계용묵桂鎔默, 정비석鄭飛石 등과 어울려 다니면서 막걸리 집이나 드나들면 고작이었고 전형적 현모양처인 영순을 거느리고 있으면 배포는 유해지는 것이었다.

신문 연재물이 끝나면 언제든지 그대로 버려지는 내성이 아니었다. 《매일신보》의 『태풍』도 무서운 인기 끝에 단행본으로 되어 초판 팔천 부가 일 개월 만에 매진되어 그때 돈으로 기천 원이란 거금이 굴러들어왔다. 그러나 조금 있다가 자기 매너리즘에 빠져버리는 동시에 창작에 대한 정열을 상실해버리는 것이었다. 이러한 시기는 누구에게도 있는 것으로서 오히려 내성에게 뒤늦게 찾아왔던 것이다. 본격적인 생명 발현으로서의 문학, 인류 역사에 크겐 몰라도 이바지할 수 있는 문학, 작게 봐서 자아의 발전과 탐구로서의 역량 있는 그러한 예술 형태(문학 형태)— 이러한 고민과 모색은 탐정 소설의 매너리즘에서 오는 하나의 필연적인 탐색처요 귀결점인 것이었다.

그러는 동안에 모색과 고민과 방황하는 의식을 안고 소개疏開와 심장병 치료를 겸해서 찾아간 곳이 함남咸南 안변군安邊郡 석왕사면釋王寺面 학익리鶴翼里였다. 학익리는 일명 학익골이라고도 하는 설봉산雪峰山 중의 유수 신비幽邃神秘한 곳으로 왕시往時 무학 왕사無學王師가 수도하며 배회하던 산속이었다. 이곳에서는 향기 높은 석왕사 송이松栮와 석왕사 곰취 나물이 다량으로 생산되는 고장이다. 써 얼마나 깊은 산속임을 짐작할 수 있는 것이다. 여기에서 저 방대한 육천 매의 대장편『청춘 극장』은 구상되었던 것이다.

내성의 문학이 탐정물에 고정되는 동안 완전히 객관 묘사에 치중하여 인생의 내면생활에 일어나는 수많은 파동과 변천을 그리기에 어려움을 느낀 것이었다. 현대 조선의 청춘들이 도피하고 있는 고민과 열락과 생동과 부침을 있는 그대로의 생태生態대로 그려보자 하는 것이『청춘 극장』의 의도요 구성 요소였다. 이 작품을 쓰기 위하여 학익골의 고요하고 유수하고 은은한 자연은 내성으로 하여금 정려 침사靜濾沈思의 기회를 가져다주었다.

『청춘 극장』을 구도構圖하는 데 최대의 조언자는 물론 학익골의 대자연이었기도 하지만 아내 김영순은 둘도 없는 조언자이기도 하였다.

일본 제국주의의 전쟁 말기에서 전쟁 속으로 용맹 과감히 뛰어들어가는 조선 청년들의 고민하는 모습들이 나와야만 되는 이『청춘 극장』의 집필은 일본 제국주의가 조선을 지배하고 있는 시절에 집필을 계속하고 있었다는 것은 하나의 문학적인 충동과 자극이 아니면 도저히 아무나 감행할 수 없는 예술적 창조 행위인 것이다. 이러한 점으로 봐서 내성의 문학이 하나의 역사적인 성격까지를 농후하게 띠면서 자연 발생적인 높은 예술의 방향芳香을 풍기게 되는 중대한 소인이 되는 것이다. 학익골 깊은 골짜기에 물소리 은은히 흘러가고 풍악을 아뢰는 소나무, 바람 소리에 섞여오는 새소리는 산속의 기화요초琪花瑤草들과 함께 밤을 도와 붓을 달리는 『청춘 극장』을 도와주었던 것이다. 만일 일본 제국주의가 영구히 멸망하지 않는다 하는 것을 가상한다면 『청춘 극장』도 영구히 햇빛을 쏘이지 못하고 말았을 것이다. 예술은 언제든 자기 스스로 지닌 높은 향기를 남이 보거나 안 보거나 간에 보유하고 있으면 그만일 것인가.

삼백 매 가량의 원고가 씌어졌을 때 돌연 참으로 상상 밖으로 일본 천황은 포츠담 무조건 항복 선언에 서명하였던 것이다. 이에 원고 보따리만을 걸머지고 삼팔선을 서서히 넘어 알몸으로, 그러나 『청춘 극장』의 원고만은 소중하기 이를 데 없이 보관하고 상경하여 성북동城北洞에서 빈곤의 일 년이 지났다. 이 성북동 집은 소설 『태풍』의 인세로 당시 육천 육백 원이나 주고 샀던 것이었다. 이때 비로소 십 년 동안 전전 유랑하던 셋방살이를 면하게 된 이야기는 먼저 기록지 못했다. 『마인』을 쓸 때엔 명륜동明倫洞에서 셋방살이를 했고 『백가면』을 쓸 때에는 돈암동敦巖洞에서 셋방살이를 하였다. 소위 소설이란 것을 가지고 밥을 먹고사는 것도 이 땅에선 어려운 노릇인데 집까지 산다는 것은 더한층 어려운 노릇이 아닐 수 없다. 이러한 방대한 인세印稅는 춘원春園 이래의 초유의 사실일 게다.

해방 직후의 혼란기의 서울에서 괴로운 빈곤이 계속되는 동안 일시 개벽사開闢社에 입사하여 《개벽》 속간에 힘을 썼고 쥐꼬리만 한 월급도 받다가 호구지책에 보탰다. 이곳에도 두 달 후에 퇴사하고 말았다. 《신문화新文化》지에 「민족과 책임」이란 단편을 썼더니 공산당인 소설가 채만식蔡萬植이가 민족을 말했다고 통렬히 공격해왔다. 단편 「유곡지幽谷誌」를 부산에서 발행하는 《중성衆聲》에 발표, 「부부 일기」를 써서 일편 방송을 하기도 하며 겨우 최저의 생활을 유지해갔다. 중편 소설 「행복의 위치」를 탈고하여 부인 잡지에다 실었다. 탐정 소설의 껍데기를 점차로 벗어가는 경향이 엿보이기 시작하였다.

그러자 『진주탑』을 방송하기 시작했다. 불란서 백일 정치百日政治 시대의 배경을 삼일 운동에 인용하여 하나의 『몽테크리스토 백작』을 창작적으로 번안한 것인데 일 년 반 동안 계속해서 인기가 절정에 도달하였다. 백조사白潮社에서 이것을 출판하게 되어 이때에야 겨우 빈곤을 면하게 되었다.

이러는 한편 『청춘 극장』을 집필, 때마침 《한국일보》에 관계하는 시인 주요한朱耀翰을 만나 동 지同誌에 연재, 과연 열광적인 독자의 반향이 있었고 문단의 주시를 받게 되었다. 한편으로 연재하면서 한편으로 청운사靑雲社에서 출판하여 낙양洛陽의 종이 값을 올리다가 육이오의 비극을 만나 미처 탈출하지 못하고 석 달 동안 죽을 고생을 다 겪었다.

일사 철수 후엔 부산에 알몸으로 와서 단칸 셋방에 꾹 틀어박혀 『청춘 극장』 제4부와 제5부를 탈고하니 총 페이지 수 이천 페이지에 원고용지 육천 매의 거대한 저작이었다. 시간적으로 일제 말기의 고민하는 조선에 취재하였으며 공간적으로 중화 대륙에까지 광활한 공간을 점유하는 이 거편은 무수한 독자층을 이끌고 있으며 한국의 현대 문학이 손꼽을 수 있는 귀중한 재산 목록을 차지하고 있는 것이다.

1952년 춘 사월, 『청춘 극장』 제5부 완성을 축하하는 의미로 전 문단이 총동원되어 부산 국제 구락부釜山國際俱樂部 이 층 홀에서 성대한 출판 기념회를 여니 참집參集한 문단인이 백여 명이요 선배, 후진, 노소 남녀가 입추의 여지없이 몰려들어 출판 기념 유사 이래의 호화로운 잔치였다. 실로 설봉산 학익골에서 착상하여 삼백 매를 쓴 지 약 팔 개 년 만이었다. 안으로 도운 공이 큰 아내 김 여사도 문혜文惠, 도혜道惠, 유헌有憲, 세헌世憲 등 사 남매와 같이 나란히 사진을 찍고 문단 최대의 애처가 내성은 감격한 어조로 성황 이뤄줌을 사례하였다.

말이 적고 묵중한 인상을 주며 항시 내면적인 성찰을 게을리 하지 않

는 내성은 지금 제이의 거작 『대망大望』을 구상하면서 유유히 부산의 거
리를 소요 활보하고 있다.

—조영암, 『한국 대표 작가전』, 수문관修文館, 1953.

제국의 상상력에 대한
통쾌한 복수

_박진영

여명의 개항장에서 나고 자란 청년 배꾼. 땀 흘려 일한 만큼의 몫을 거두어 그날그날의 분수를 지켜가는 것 말고는 아무런 욕심도 어떤 꿍꿍이도 미처 배우지 못했다. 거친 바다를 터전 삼아 살아온 청춘에게는 한 척 장삿배와 늙은 아비가, 찝찌레한 바닷바람과 사랑하는 연인이 꼭 하나이자 또한 전부일 따름. 설사 옥좌의 주인이 바뀌고 나라가 무너진다 한들 멀리서 들려오는 한갓 풍문이 아닐 수 없다.

새 세기와 함께 태어나 갓 열아홉. 꿈같은 소년 시대를 거쳐 바야흐로 더 큰 세상으로 한 걸음 내디딜 찰나. 바다 건너에서 영웅이 일어나 좁은 반도 땅을 크게 한번 뒤흔들었다가는 저물었다. 그 틈새에 빠져 천 길 낭떠러지 아래로 곤두박질친 것은 운수가 조금 모자라서일는지도 모른다. 또는 시샘과 미움에 눈먼 동무들의 뒷장난질 때문일는지도 모른다.

하지만 타고난 명운을 탓하거나 한때의 혜살로 돌리기에는 너무나도 버거운 세월을 견뎌야만 했다. 빈틈없이 십사 년. 그나마 시신 없는 망령의 모습으로만 되돌아올 수 있었다. 그새 시대의 호걸들은 온데간데없이 전혀 다른 역사가, 아무도 예견할 수 없었던 새 막이 오르려는 마당이다. 짐작건대 그렇게 세상은 거듭 뒤바뀔지라도 삶은 여전히 이어질 것이다. 말짱한 영혼은 진작 바다 밑바닥에 장사 지낸 채 밤그림자가 되어 돌아온 한 사람을 빼고는 말이다.

한 세기 전에도 꼭 그런 젊은이가 있었다. 아니, 불과 사반세기 전에도 쏙 빼닮은 운명에 시달린 자가 또 있었다. 그러니 후미진 반도의 아들이 사나운 신탁을 본떠 거듭났다 해서 그리 이상할 것도 아닐 뿐더러 앞으로 언제 어느 곳에서 다시 출몰한다 해도 또한 어찌할 수 없을 터다.

실은 바다 건너편의 핏줄을 물려받았으되 어느새 동방까지 긴 여정을 밟아 온 벽안碧眼의 방랑자. 제국의 바닷사람이었으되 동아시아를 거쳐 식민지의 서창西窓에 이른 비운의 신사. 나폴레옹Napoléon(1769~1821)의 시대에 태어나 쑨원孫文(1866~1925)의 시대와 도산島山 안창호安昌浩(1878~1938)의 시대까지 휩쓸려 내려온 시간 여행자. 가뭇없이 사라졌다가는 위험천만한 고비판마다 시대와 무대를 가로질러 어김없이 되살아 나오는 그의 이름은 대체 무엇인가?

받아쓰기와 고쳐 쓰기

본이름을 잃은 자는 세상에서 부르는 이름도 여럿인 법. 마르세유Marseille의 에드몽 당테스Edmond Dantès는 한때 단 도모타로團友太郎로 불리기도 했고 상하이上海의 장준봉이기도 했다가 어느 결에 진남포鎭南浦의 이봉룡으로 변신했다. 불가사의한 개명의 모험만으로도 간단치 않은 삶을 떠돌아 온 셈이니 그 시차와 거리부터 하나하나 되짚어보지 않을 수 없겠다.

에드몽 당테스가 본디 태어난 곳은 프랑스 남부의 지중해 연안이요 나폴레옹이 엘바Elba 섬을 탈출한 1815년 2월 28일 밤에 벼락같이 이름을 잃었다. 인간의 시간을 마비시키는 이프 성Chateau d' If의 저주에서 풀려난 것은 꼭 열네 해 만인 1829년 2월 28일의 밤바다 한복판에서다. 그러고는 스스로를 우러러 '구세주의 산'이라는 배짱 두둑한 세례명과 백작의 작위를 내렸으니, 한낱 바위섬이로되 머잖아 온 유럽을 쥐락펴락할 보물섬 몽테크리스토Monte-Cristo의 주인인 까닭이다.

자신을 천명의 도구라 일컫는 이 도발적인 위인을 창조해낸 원작자는 프랑스 낭만주의 문학의 거장이자 대문호 알렉상드르 뒤마Alexandre Dumas(1802~1870)다. 이미『삼총사Les Trois Mousquetaires』(1844)를 통해 타고난 입담을 한껏 뽐낸 바 있는 알렉상드르 뒤마는 바로 뒤이어『몽테크리스토 백작Le Comte de Monte-Cristo』을 연재하면서 손꼽히는 대중 작가로 떠올랐다. 1844년 8월부터 1846년 1월까지 파리의 정치 일간지《주르날 데 데바Journal des Débats》에 연재된 대작『몽테크리스토 백작』은 순식간에 전 세계의 독자들을 매료시켰고, 꼭 백 년 뒤의 신생 한국에서 사슬의 시대를 회고하는 라디오 방송 소설로 부활했다.

그렇다 하더라도 이국의 기상천외한 주인공이 느닷없이 한국인 앞에 나타난 것은 아니다. 다만 일본식 이름을 가진 데에다가 태생지에서보다 한결 우울하고 음산한 느낌으로 다가왔을 뿐이다. 실상 지금 우리 시대의 한국인에게도 몽테크리스토 백작이라면 조금 낯선 편이나 아마도 '암굴왕巖窟王'이라면 누구라도 선뜻 무릎을 치며 어린 시절 숨죽여 책장을 넘기던 풍경 한 자락쯤 떠올림 직하다. 불과 얼마 전까지만 해도 원제보다는 바로 이 제목으로 즐겨 불렸으니 말이다.

1901년 3월부터 이듬해 6월까지 일본의 대중 일간지《요로즈초호萬朝報》에 연재된『암굴왕』은 메이지 시대明治時代 최고의 인기 번안 소설 작가 구로이와 루이코黑巖淚香(1862~1920)의 대표작 가운데 하나다.『암굴왕』은 원작에 비하자면 분량이 적잖게 줄어들었지만 중심적인 뼈대와 흐름에는 전혀 손대지 않은 번안 소설이다. 다만 등장인물의 이름만 일본식으로 바꾸었을 뿐 그 밖의 고유 명사나 역사적 배경 등도 모두 그대로 두었으니 사실상 번역이나 다름없다. 이를테면 『몽테크리스토 백작』의 일본식 받아쓰기 판인 셈이다.

이에 비하자면 한국의 번안 소설은 겉보기에도 훨씬 신화적이고 장엄하게 바뀌었다. 바다를 지배하는 신이자 태양계의 마지막 행성 이름이기도 한 『해왕성海王星』. 번안 소설의 전성기라 할 수 있는 1910년대를 이끈 삼대 전문 번안 작가 가운데 한 사람인 하몽何夢 이상협李相協 (1893~1957)은 그렇게 몽테크리스토 백작에게 새 옷을 입혔다. 그뿐이 아니다. 『해왕성』은 아예 프랑스 소설도 일본 소설도 아닌, 속살까지 전혀 색다른 소설로 재탄생했다. 기실 『몽테크리스토 백작』의 밑그림과 『암굴왕』의 줄기를 고스란히 물려받았으되 받아쓰기를 거부하고 새로운 상상력의 날개를 달았기 때문이다.

이상협은 주인공 장준봉이 헤쳐 가야 할 가시밭길을 제국주의의 발호와 고통스러운 식민지화의 태풍 속에서 난파당한 동아시아의 근대사로 바짝 끌어당기면서 번안 소설의 진가를 유감없이 발휘했다. 쉬 어깨를 견줄 만한 예를 찾아보기 어려울 정도로 독창적인 상상력을 발휘한 『해왕성』은 말하자면 시간과 공간의 원격 이동을 넘어 '지금, 여기'의 역사성에 대한 재발견과 전면적인 고쳐 쓰기로 나아간 과감한 파격의 소산이었다.

고쳐 쓰기에서 다시 쓰기로

이상협의 『해왕성』은 1916년 2월부터 이듬해 3월까지 당대 유일의 한국어 일간지 《매일신보》에 연재된 번안 소설이다. 실은 『암굴왕』을 경유하면서 얻은 바 물샐틈없는 짜임새와 세련성을 한편의 장기로 삼으면서 또 다른 한편으로는 한국의 번안 소설이 축적해온 창의적이고 이색적인 빛깔을 입혀 빚은 걸작이 바로 『해왕성』이다.

요컨대 1815년 나폴레옹의 재기와 몰락을 배경으로 숨 가쁘게 펼쳐지기 시작하는 에드몽 당테스 혹은 단 도모타로의 대모험은 『해왕성』에 이르러 1894년 동학 농민 운동과 청일 전쟁의 암운이 저미하는 국제도시 상하이에서 출발하여 1917년 반식민지 중국의 수도 베이징北京에서 한 매듭을 지은 장준봉이라는 역사적 개인의 구체성으로 절묘하게 변환된다. 이상협은 독자를 압도하는 대하드라마 곳곳에 역사적인 주석註釋을 은밀하게 숨겨둠으로써 세계 문학의 고전 가운데 하나를 명실 공히 한국 소설로 되살려냈다.

무단 통치 시기의 한국인에게 통 큰 상상력과 숨은 역사의식을 함께 선보인 역작 『해왕성』은 그런 점에서 번안 소설의 시대가 일군 신개지新開地이기도 하다. 한국의 번안 소설이 쟁여둔 역량과 가능성을 보여주었을 뿐 아니라 비옥한 새 터전의 전망까지 마련할 수 있었기 때문이다. 거기에서 열매가 열리기까지는 다시 삼십 년, 그새 혹독한 단련을 거치고 나서야 비로소 민낯을 드러낼 수 있었지만 말이다.

1910년대 후반의 한국 소설이 보유한 잠재력을 새로운 지평에서 다시 캐낸 것이 다름 아닌 아인雅人 김내성金來成(1909~1957)의 번안 소설 『진주탑眞珠塔』이다. 『해왕성』이 멈춘 바로 그 자리, 삼일 운동 전야의 개항장이자 정책적인 신흥 도시 진남포에서 낯선 운명을 짊어진 이봉룡은 이제 태평양 전쟁 발발을 코앞에 둔 서울 한복판으로 발바투 달려간다. 이상협이 장준봉으로 하여금 동아시아 근대사의 피맺힌 역로를 훑어가게 만든 데에 비해 김내성은 한국의 식민지 역사를 질러가지 않을 수 없는 생생한 역사적 개인 이봉룡을 창조했다.

이상협의 『해왕성』이 제국에서 배태된 원작을 능동적으로 되받아 쓰면서 도리어 식민주의의 야만성과 위선에 날카로운 흠집을 남겼다면 김내성의 『진주탑』은 해방과 부활의 열정 속에서 제국의 낡은 상상력에 대한 통쾌한 복수를 감행하기에 이른다. 쓰라린 역사를 되돌아보는 분노와 탄핵의 목소리가 거리낌 없이 내뱉어지기까지 꼭 한 세대를 더 기다려서야 시대정신과 상상력에 대한 다시 쓰기로 나아갈 수 있었던 셈이다. 오랫동안 숨기고 눌러온 한국인의 열망과 비원悲願을 적나라하게 내세우며 신생의 꿈을 노래할 대서사시는 그토록 힘겹게 태어났다.

다면적인 작가 아인 김내성

식민지 시대 초창기의 『해왕성』을 착실하게 뒤좇은 해방기의 『진주탑』은 그래서 태생적으로 양날의 칼과 같은 처지다. 원작 못지않게 물샐틈없는 짜임새와 날렵한 속도감, 그리고 기적적인 반전의 묘미를 잃어서는 안 된다. 이봉룡은 여전히 배신과 원한으로 시작해 탈출과 복수, 응징과 파멸로 나아가는 장쾌한 영웅 신화의 주인공이기 때문이다. 그런가 하면 에드몽 당테스나 단 도모타로와는 달리, 그리고 장준봉에 비해서도 한결 철저하게 당대의 현실 감각과 역사의식으로 재무장할 수밖에 없다. 바야흐로 대전환점에 선 한국의 청사진 속 주연 배우로 출연해야 하기 때문이다.

그러니 해방기의 한국인에게 짜릿한 전율과 카타르시스를 안겨준 첫 선물 『진주탑』이 라디오 방송 연속극으로 공전의 인기를 누렸다는 사실, 게다가 그 작가가 바로 김내성이라는 사실이야말로 결코 우연일 수 없는 일이다. 이봉룡의 고단한 편력이 지닌 매력을 한국적 감수성의 틀에 담아 대중매체로 실어 나를 수 있는 작가란 그리 흔치 않은 터다.

김내성은 한국 최초의 추리소설 전문 작가다. 추리소설이라는 전인미답의 영역에 대한 뚜렷한 관념과 전문적인 작가 의식을 지니고 작품 활동을 펼친 소설가로서는 김내성 외에 달리 찾아보기 어렵다. 김내성이 문단에서 활약한 것은 1930년대 후반부터 1957년에 작고할 때까지 스무 해가량이다. 그런데 이 가운데 추리소설에 집중한 것은 실상 등단 이후 몇 년 정도에 불과하다.

이미 일본의 추리소설 작가들과 어깨를 견줄 만한 신예로 눈길을 끌었지만 곧바로 귀국하여 새로운 도전을 시작한 김내성은 한국 추리소설의 개척자이자 단연 독보적인 존재일 수밖에 없었다. 십여 편의 단편 추리소설은 물론이거니와 명탐정 '유불란劉不亂'을 내세운 본격적인 장편 추리소설 『마인魔人』으로 일약 명성을 떨치기 시작했다. 그리고 후속 장편소설 『태풍』에 이르기까지 잇따라 성공을 거두었으니 이때가 곧 김내성과 한국 추리 문학의 절정기라 해도 좋다. 그러나 김내성은 정점에 올라선 채 추리소설 창작을 사실상 접다시피 했다.

아닌 게 아니라 해방을 맞이하자마자 김내성의 문학은 꽤 가파른 굴곡을 보인 동시에 매우 빠른 속도로 변신해갔다. 서양에서 손꼽히는 명작 추리소설을 잇달아 번안해서 내놓기도 했지만 '유불란'은 다시 등장하지 않았다. 식민지 시대부터 어린 독자들의 사랑을 한 몸에 받아온 모험 소설은 여전히 김내성 득의의 영역이었으나 해방 직후의 새 세대가 처한 현실 문제에 더 관심을 기울이기 시작했다. 예컨대 청소년 문학의 원조 격이라 할 수 있는 『쌍무지개 뜨는 언덕』에서는 가난과 불행 속에서도 늘 미소를 잃지 않고 꿈과 희망을 품고 살아가는 소년 소녀들의 세계를 그려냈다. 단편 소설 면에서도 줄곧 중산층 시민의 일상생활에 초점을 맞춘 창작으로 나아갔다. 그런가 하면 1950년대 젊은이들의 사랑과 결혼을 둘러싼 갈등과 그 밑바닥에 깔려 있는 복잡한 심리의 기복을 묘사한 신문 연재소설을 통해 당대 최고의 인기 작가로 떠올랐다. 말하자면 대단히 이질적인 성격의 작품들을 한꺼번에 선보인 셈이다.

그뿐이 아니다. 김내성은 활자 매체와 음성 매체의 양대 매스미디어를 오가며 다양한 연령층의 독자들과 함께 호흡한 드문 작가 가운데 한 사람이기도 하다. 해방 직후부터 라디오 방송 연속극의 작가로 큰 성공을 거두었기 때문이다. 게다가 1950년대에 창작한 작품들 대부분은 곧바로 영화나 텔레비전 드라마로 제작되었으니 영상 매체에서도 끊임없이 갈채를 받아 온 작가다. 추리소설의 선구자이자 모험 소설 및 청소년 문학의 인기 작가, 당대 최고의 신문 연재소설 작가, 그리고 라디오와 텔레비전 연속극, 영화의 원작자 김내성.

그래서 『마인』의 작가와 『청춘 극장』의 작가, 『실낙원의 별』의 작가와 『쌍무지개 뜨는 언덕』의 작가, 또는 『똘똘이의 모험』이나 『황금 박쥐』의 작가와 『몽테크리스토 백작』의 번안 작가가 모두 한사람이라는 것을 알아채기란 쉽지 않다. 지금 우리 시대의 한국인들이 김내성을 기억하는 키워드도 으레 각양각색일 수밖에 없는 노릇이다.

그런데 이 가운데에서도 해방기를 거쳐온 세대가 기억하는 김내성의 이미지는 뜻밖에도 벽초碧初 홍명희洪命憙(1888~1968)의 『임꺽정林巨正』과 나란히 놓인 『진주탑』이다. 최초의 장편 라디오 연속극 『진주탑』이 장안의 화제였던 덕분이기도 하려니와 아직 소설이라든가 문학이라고 이름 붙일 만한 새로운 것이 충분하지 않았던 때문이기도 하다. 게다가 긴 호흡을 필요로 하는 장편소설이야말로 기대하기에 이른 시점이었다. 그만큼 『진주탑』은 열광적인 지지와 각광 속에서 등장했고 독자들의 기대역시 한껏 높았다.

라디오, 번안, 그리고 소설

식민지 시대 내내 『몽테크리스토 백작』의 인기는 식을 줄 몰랐다. 1년 2개월 동안이나 연재된 대작 『해왕성』은 1920년에 처음 단행본으로 출판

된 이래 1925년과 1934년에도 출판사를 바꾸어 판을 거듭했을 정도로 인기가 높았다. 일본어로 번역된『암굴왕』역시 널리 읽혔다. 하지만 막상『암굴왕』이 한국어로 번역된 흔적은 찾을 수 없다.

한편 1932년에는 춘사春史 나운규羅雲奎(1902~1937)가 이끈 극단 신무대新舞臺에서 연쇄극連鎖劇으로 제작하기도 했다. 연쇄 활동사진 극 혹은 키노드라마kinodrama라고도 불린 연쇄극은 무대에서 표현하기 어려운 야외 배경이나 활극 장면 등을 영화로 미리 찍은 뒤 연극 공연 도중 스크린에 영사하는 독특한 형식이다. 연쇄극은 기본적으로는 변형된 연극 형태이지만 새로 대두한 제7의 예술 장르와 적극적으로 접속하고자 했다는 점에서 중요한 의의를 갖는 장르다. 실제로 나운규는『암굴왕』에서 각본과 감독을 맡았을 뿐 아니라 직접 주연으로 출연하기까지 했는데, 바다를 배경으로 한 초반부의 장면들이 실경實景으로 제시되었다.

그리고 해방기. 김내성은『몽테크리스토 백작』이나『암굴왕』이 지닌 가능성이랄까 매력을 알아챘지만 곧장 번역으로 나아가지 않았다. 진작 이든 필포츠Eden Phillpotts(1862~1960)의 추리소설『빨강 머리 레드메인즈The Red Redmaynes』를 번역한 전력도 있었건만 군이 번안의 길을 택한 것이다. 해방기의 김내성이 기대한 것은 오히려『해왕성』이 거둔 성취의 계승과 참신한 효과였으며, 새로운 매스미디어를 통한 상승효과였다.

실제로 번안 소설『진주탑』은 라디오 장편 연속극으로 먼저 출현했다. 방송이라는 청각 매체를 위해서라면 번역을 고집할 필요가 없었을 뿐만 아니라 비효율적이기까지 했다. 성우의 목소리를 통해 청취자의 감각에 익숙한 방식으로 파고들기 위해서는 만족스럽게 종결되지 않은 한국의 식민지 역사, 이제 겨우 한 해가 지났을 뿐인 '지금, 여기'의 현실을 환기할 수 있도록 재가공하는 방법이 최적일 수 있었다. 김내성의 안

목과 감각에 따라 이루어진 이 선택은 물론 성공적이었다. 1946년 9월 3
일부터 매주 화요일 저녁에 전파를 타기 시작한 『진주탑』은 식민지 시대
의 르상티망ressentiment에 대한 공공의 해원解寃과 정화淨化를 불러일으
키며 대중을 라디오 앞으로 모여들게 했다.

번안 소설 『진주탑』과 대중문화의 매혹

사실 김내성은 해방 전부터 라디오 방송극이 지닌 특장과 호소력을
꿰뚫고 있었다. 추리소설이 각종의 음향 효과와 함께 육성으로 전달될
때 자극적인 기대와 긴박한 속도감을 한층 배가할 수 있다는 것은 분명
했다. 이해 4월에는 이미 해방 직후의 대표작 「부부 일기」가 당대 최고의
스타 복혜숙卜惠淑(1904~1982)의 목소리로 낭독되었으며, 7월부터 방
송되기 시작된 어린이 연속극 『똘똘이의 모험』 역시 선풍적인 인기를 끌
며 장편 라디오 연속극의 시대를 열어가고 있었다.

특히 『똘똘이의 모험』은 어린이 연속극으로는 최초인 동시에 장편 연
속극으로도 단연 효시가 되었다. 이 작품은 라디오 방송이 마무리되자마
자 곧 영화로도 개봉되어 큰 성공을 거두었다. 당대 최고의 전문 삽화가
이자 극작가, 영화인이었던 석영夕影 안석주安碩柱(1901~1950)가 각색
을 맡고 이규환李圭煥(1904~1982)이 메가폰을 잡은 『똘똘이의 모험』은
9월 7일부터 국제 극장國際劇場에서 하루 만여 명의 관객이 입장하는 진
기록을 세우며 모두 15만 명이 관람했으니 당시로서는 보기 드문 흥행작
이었다.

바로 그런 마당에 후속타 『진주탑』이 성인을 대상으로 한 라디오 방
송극으로는 처음 등장한 셈이니 김내성으로서는 단연 전성기를 구가한
시절이었다. 번안 소설 『진주탑』은 이듬해에 단행본으로 출판되었고 바
로 그해에 재판을 찍을 정도로 인기가 높았다. 한국 전쟁 직후에 이미 세

번씩이나 출판사를 바꾸어가며 11판을 넘어섰으며, 1960년대 중반까지도 여러 출판사의 베스트셀러 목록 가운데 하나로 남았다. 그런가 하면 1958년에는 박광현朴廣鉉(1928~1978)의 붓을 빌려『그림자 없는 복수』라는 제목의 극화劇畫로 탈바꿈하여 선보이기도 했다. 박광현의 극화는 이른바 삽화체插畫體 만화를 개척하고 대중화시킨 신호탄이 된 것으로도 유명세를 탔다.

한편 1949년 7월 마지막 주에는 악극樂劇으로 각색된『진주탑』이 국도 극장國都劇場 무대에 올려졌다. 악극단 예도藝都가 기획한『진주탑』은 황정순, 김연실, 고설봉 등의 연극계 배우들과 김미선, 김선숙, 김백희, 신카나리아 등의 악극계 배우들 50여 명이 출연한 대규모 공연이었다. 공연은 전편과 후편으로 구성되었으며, 서울 중앙 방송국(지금의 한국방송KBS) 전속 경음악단輕音樂團이 연주를 맡았다. 악극『진주탑』의 공연은 김내성의 소설이 대중문화의 영역에서 발휘할 수 있는 역량과 전망을 시험하는 데에서 한몫을 단단히 해냈다.

한국 전쟁 직후인 1955년에는 마침 프랑스와 이탈리아의 합작 영화『몽테크리스토 백작』이 국내에 개봉되어 인기를 끌었다. 당대 최고의 미남 스타 장 마레Jean Mercure(1913~1998)가 주연으로 등장한 로베르 베르네Robert Vernay(1907~1979) 감독의 영화다. 실제로『진주탑』이 한국 영화로 거듭난 것은 1960년대에 들어서다. 1960년 10월 국도 극장에서 개봉된 김묵金默(1928~1990) 감독의 영화『진주탑』에는 김진규, 조미령, 황해 등이 출연했다. 또한 1968년 10월 세기 극장世紀劇場에서 개봉된 최인현崔寅炫(1928~1990) 감독의『암굴왕』에는 남궁원, 김지미, 허장강, 남정임, 문희 등이 출연했다. 두 편의 영화 모두 김내성 소설을 원작으로 삼은 전략이 주효奏效했다.

그리고 김내성의 원작이 탄생한 지는 40여 년이 흘렀고 마지막으로 영화화된 지도 근 20년이나 지난 1987년, 이번에는 텔레비전 드라마로 다시 한 번 리메이크되어 매일 아침 시청자들의 심금을 울렸다. KBS의 일일 연속극『진주탑』에는 차두옥, 금보라, 연규진, 안대용, 이일웅, 전원주, 김진해, 임혁 등 지금까지도 안방에서 종종 만나곤 하는 내로라하는 탤런트들이 출연했다.

이처럼 오랫동안 소설과 만화는 물론 라디오 연속극과 악극, 영화, 그리고 텔레비전 드라마에 이르기까지 다양한 매체와 장르를 넘나든 궤적은 여느 작가, 여느 작품에서는 좀체 찾아보기 힘들다. 원작『몽테크리스토 백작』이 지닌 대중적 인기는 물론이려니와 한국식으로 개조하여 새롭게 재탄생했을 때 얻을 수 있는 긴 생명력 역시 결코 얕잡아 볼 만한 것은 아니었다. 김내성은 이 점을 일찌감치 간파했던 셈이다.

식민지 역사의 대장정

이야기의 밑감을 슬쩍 갈아 치운다는 것. 그것은 단순한 변주變奏가 아니라 전혀 다른 상상력을 바탕으로 삼은 새로운 협화음協和音의 창안을 뜻한다.

예컨대 대뜸 첫마디부터 그렇다. 십 년에 걸친 총독 정치 체제의 밑바닥을 치뚫고 나온 삼일 운동. 엘바 섬을 빠져나온 나폴레옹이 리비에라Riviera의 칸Cannes에 상륙한 날, 또는 망명지 하와이에서 비밀 결사 흥중회興中會를 조직한 쑨원이 광저우廣州에서 혁명을 기도한 날은 바야흐로 전 민족적인 항쟁의 물꼬를 튼 3월 1일로 선포된다. 한국인의 검질긴 저항과 승리를 향한 폭풍우는 어찌 피해볼 도리도 없이 이봉룡 개인의 몸과 영혼을 휩쓸고 지나간다. 그렇게 세계사적 사건의 주인공은 시공간의 차원을 절묘하게 가로질러 한국 근대사의 한복판으로 뛰어들 수밖에 없다.

아무런 영문도 모른 채 생매장된 지 열네 해 만인 1933년. 한창때의 꽃다운 마도로스는 그 짐승의 시간을 땅굴 속에 파묻고 박쥐가 되어 살아 돌아온다. 그새 총독부에는 다섯 명의 주인이 드나들었고, 제국의 연호마저 두 번이나 바뀌었다. 우연찮게도 이해 독일에서는 아돌프 히틀러 Adolf Hitler(1889~1945)가 집권에 성공하여 총통 겸 수상이 되었다. 일본 역시 괴뢰 만주국滿洲國의 승인 문제를 꼬투리 삼아 국제 연맹League of Nations에서 탈퇴했고, 쇼와昭和 천황 히로히토裕仁(1901~1989)의 장남인 아키히토明仁 즉 지금의 헤이세이平成 천황이 태어난 해이기도 하다.

그리고 보면 순박한 뱃사람 이봉룡의 유폐와 부활이야말로 전 세계적인 파시즘의 극성기를 향해 달려가는 와중에 빚어진 역사적 사건인 셈이다. 평범한 한국인의 삶과 운명을 순식간에 갈라버린 이 역사가 우발적일 리는, 우연일 리는 없는 터다. 과연 숨은 영웅 안창호는 서대문 형무소에 투옥되었으며, 큰 뜻을 품은 한국인들이라면 너나없이 영락과 파탄을 되풀이하며 신음하게 된다. 반면에 식민지의 이등 신민二等臣民들은 화려한 욕망의 끈을 놓치지 않기 위해 더러운 명예와 권력을 낚아채고 부를 세습하기 시작했다.

그리하여 『진주탑』의 전반부는 1933년 9월 5일, 옛 주인 일가에 대한 백주술白呪術과도 같은 축복으로 일단락된다. 그것은 역사 속에 내던져진 초라한 개인과 그가 잃어버린 십사 년에 대한 최소한의 명예 회복 절차일 뿐이다. 사무친 원한을 되돌려주려는 앙갚음이라면 팔 년이나 더 기다릴 필요는 없으리라. 또다시 사라진 주인공이 낯선 이름으로 돌아온 1941년이란 그래서 의미심장할 수밖에 없다.

20세기의 홍길동이 서울에 입성한 것은 1941년 3월 25일. 오랫동안 벼려왔던 칼날을 품고서다. 언제라도 터져버릴 듯한 분노와 깊은 원한이 잠겨 있건만 궁극의 심판을 위해서 추호의 빈틈도 없이 단죄와 응징의 낙인을 새겨 넣기 시작한다. 뿔뿔이 흩어져 어느 것이 씨실이고 날실인지 분변하기 어려운 그물은 천천히, 그러나 일사불란하게 얽히고 짜여 마침내 소름 끼치는 필연성과 하늘의 섭리를 선명히 드러내 보이게 된다. 그래서 불과 반년 만인 9월 5일이면 복수의 대장정은 사실상 종료되며, 10월 5일 신명의 뜻으로 축성된 대업은 마침표를 찍는다.

바로 이해에는 이른바 내선 일체內鮮一體 정책의 마지막 단계를 상징하는 창씨개명創氏改名이 봄과 여름 내내 이어졌다. 급기야 12월에는 일본이 진주만Pearl Harbor을 기습 공격하여 태평양 전쟁을 일으키고 한국 땅을 포함한 전 세계를 광란의 시대로 몰아갔다. 말하자면 서북의 평범한 한국인이 신의 대리인이 되어 걸어간 역정이란 곧 기미년의 삼일 운동부터 태평양 전쟁 발발에 이르는 한국의 식민지 역사 그 자체다. 한낱 이봉룡이 역사적 개인이자 주인공이 되는 진정한 이유도 여기에 있다.

세 겹의 복수

장엄한 진혼곡의 지휘자로 나선 식민지의 노예는 자신의 운명에 대한 복수와 한풀이에서 멈추지 않는다. 그의 수난과 편력은 따지고 보면 식민지 내부에서 날카롭게 맞부딪치는 힘과 그 모순에서 빚어졌기 때문이다. 겉보기에는 영웅과 악당의 두 축이 맞서고 있을 뿐이지만 한 꺼풀 아래에는 이민족의 군홧발에 짓밟힌 한국인과 제국에 결탁하여 기생한 식민지 지배 세력이 치열한 투쟁을 벌이고 있다. 백진주 선생이 노리는 한판 승부는 그런 점에서 역사적 대결이다.

청년 이봉룡을 나락으로 쓸어 넣은 자들은 개인의 출세와 영달을 위해 죄업을 쌓았지만 정작 그들의 파멸을 부른 것은 바로 자신들이 한평생 저질러온 갖가지 악덕들이다. 이를테면 만주에서 민족주의자를 참살한 대가로 승승장구한 친일 귀족 송춘식은 그 피붙이의 입으로 정체가 발각되고 끝내는 자신의 부인과 아들에게 죗값을 추궁당한다. 독립 운동가의 핏줄을 거부한 제국의 공복公僕 유동운은 일가의 몰살을 뜬눈으로 지켜보다가는 결국 자신이 목 졸라 묻었던 사생아의 입으로 처단된다. 관동군關東軍에 빌붙어 식민지 민중의 고혈을 빨아먹은 반동적인 정상배 장현도 역시 자신이 축재한 자본에 의해 쓰러진다.

그러고 보면 숙적들이 자행해온 반민족적 행각과 꽁꽁 숨겨둔 배륜背倫의 욕된 삶에 비하자면 주인공을 모함하고 밀고한 패덕이란 단지 한낱의 실마리일 뿐이다. 제국의 앞잡이가 되어 민족을 팔아넘기고 벌인 한바탕의 기만극. 심지어 2세들조차 모멸감을 견디지 못하고 등 돌려 버린 죄악. 그래서 그들의 본색을 폭로하고 징치하는 일이야말로 식민지의 아들딸들에게 맡겨진 민족적 과업이요 신성한 소임일 터다. 주인공은 그 대리인이자 조력자로서 맡은바 책무를 다할 뿐이다.

요컨대 주인공이 펼치는 숭엄한 죄율罪律의 파노라마는 무고한 인생을 갈가리 찢어놓은 악행에 대한 처벌을 넘어 부도덕한 삶에 대한 혹독한 징계와 치죄로 나아간다. 그리고 종국적으로는 비뚤어진 물줄기를 바로잡아 장강대하長江大河를 잇기 위한 민족사적 소명으로 승화된다. 이 점에서 다시 쓰기로서의 『진주탑』은 역사의 복수에 대한 계시이자 율령律令이며, 미완의 역사 공간 해방기에 재해석된 예언자적인 윤리이기도 하다.

해방기의 윤리적 감각

원작이 제시한 복수의 본바탕이 삶의 질서를 회복하고 바른길을 되찾아가는 역정 가운데 하나라면 김내성의 『진주탑』은 역사의 진실을 드러내고 민족 공동체의 정체성과 윤리를 회복하기 위한 시대적 모색을 덧

씌웠다. 고단한 세계 일주를 감행한 몽테크리스토 백작의 입을 빌려 '지금, 여기'의 현장을 조감하는 일이 한갓 피해 의식이나 보상 심리에서 맴돌아서야 안 될 터였다.

잘 알려져 있다시피 한국의 해방기란 아직 아무것도 채워지지 않은 빈 공간일 뿐이었다. 장쾌한 역사의 심판이 내리기는 요원해 보일 뿐만 아니라 끔찍한 상쟁의 비극으로 치달은 상처투성이의 기억만 남겼다. 오랫동안 잃어버린 나라를 처음부터 다시 세운다는 일이 그리 간단할 리 없었다.

사슬에서 풀려난 지 일 년. 소탕해야 할 것과 복구해야 할 것을 갈라야 했고 그 너머를 재는 안목이 요구되었다. 전면적인 숙정肅正과 쇄신은 냉혹하고 철저해야 했으며 그럴수록 정교하고 세심하게 주의를 기울이는 미덕도 뒤따라야 했다. 이를 발판으로 삼아서만 새로운 시대의 재생과 건설 사업에 나설 수 있었다. 그러나 실제로 잔재 청산의 염원은 묵살되기 일쑤였고 새 출발은 지연되었다.

당대의 한국인들이 『진주탑』에 가득 찬 거침없는 질타의 목소리에 흥분과 몰입을 주저하지 않았던 것은 바로 그 때문이 아니었을까? 현실에서는 도저히 이루어지지 않을지도 모르되 문학이라면 상상된 미래조차 눈앞으로 바짝 끌어당길 수 있지 않을까? 원작에 대한 대담한 다시 쓰기를 통해, 그리고 한 걸음 더 나아가 오욕의 과거사를 바로잡는 정직한 시선을 통해 한국인들이 밟아온 고통스러운 삶의 역사를 생생하게 되돌아보고 미래에 대한 전망을 확보하는 일. 이를테면 그것은 해방기 특유의 낭만성과 현실성이 절묘하게 어울린 시대정신이었으며 역사적 상상력의 진수였다.

짐작건대 한국인의 무의식 속에 각인된 복수란 『몽테크리스토 백작』과 『해왕성』, 그리고 『진주탑』의 역사적 기억이 한데 뒤섞여 유전된 것일는지 모른다. 한국인이라면 예컨대 『진주탑』의 대단원을 곱씹어보지 않을 수 없을 터다. 다음 세대에게 새 역사를 맡기고 물러나는 영웅의 뒷모습. 『해왕성』의 주인공이 동방으로 떠나는 장면을 이어받아 또 한 명의 몽테크리스토 백작이 이 땅에 나타났다가는 어디론가 홀연 사라졌다. 그렇다면 희망의 수평선 너머로 출항한 주인공이 언제 어디에서 어떤 이름으로 귀환할지도 한 번쯤 가늠해볼 일이다. 그가 되돌아오는 날이야말로 어두운 시대를 뚫고 새로운 비전을 꿈꾸어야만 할 위기의 시대이리라. 『진주탑』이 오랜 세월의 힘에도 쉬 녹슬지 않을 수 있었던 이유, 그리고 지금 우리 시대에 『진주탑』을 다시 읽게 되는 이유다.

한국의 번안 소설은 혼란과 위기의 길목마다 등장해서 문학사의 새 지평을 열어젖히곤 했다. 그래서 번안 소설이 풍미한 뒷자리마다 어김없이 장편 연재소설이 갱신되고 위세를 떨쳤으며, 문학의 접변接變 능력과 대역帶域을 크게 넓힐 수 있었다. 식민지 시대 초창기의 시대 양식으로 급부상한 번안 소설은 연극과 의기투합하면서 근대 문학이 봉착한 막다른 골목을 정면 돌파해 갔다. 해방기의 번안 소설 또한 시대 현실에 적극적으로 반응하면서 현대 대중문화의 새 장을 넘겨다보았다.

추리소설 전문 작가 김내성의 급격한 변신에 한몫을 다한 번안 소설 『진주탑』은 해방기에 거둔 소중한 문학적 결실 가운데 하나다. 그것은 한국의 번안 소설이 지닌 저력을 재발견해 낸 독창성의 소산이었으며, 한국 문학이 뚫고 나가야 할 현실주의적인 힘과 시대적 가치에 대한 모색의 산물이기도 했다. 또한 다양한 갈래의 매체를 타고 유연하게 재생산되면서 장차 새로운 토질에서 성장하게 될 대중문화의 시금석이 되었다.

세기를 넘어 지구의 반대편으로 건너온 복수의 대서사시. 제국의 중심 유럽에서 동아시아의 반식민지로, 다시 식민지 한국으로 건너온 역사 시대의 영웅 신화. 늘 새로운 상상력과 서로 다른 감수성으로 한국인의 가슴을 파고든 『진주탑』이 지금 우리 시대에는 과연 어느 쪽으로 눈을 돌리고 있는지도 찬찬히 음미해볼 일이다.

1909년 5월 29일 (음력) 평안남도 대동군大同郡 남곶면南串面 월내리月內里에서 출생. 부친
　　　김영한金榮漢과 모친 강신선康信仙의 이남 일녀 중 장남. 본관은 청주淸州.

1914년 (6세) 동리의 서당에서 한학을 공부하기 시작.

1919년 (11세) 평양 대동강변의 육로리陸路里에서 어린 시절을 보내던 중 남문통南門通
　　　거리에서 삼일 운동을 겪음. 부친 김영한이 단독丹毒에 걸려 68세를 일기로
　　　사망.

1920년 (12세) 평양의 효남 공립 보통학교에 입학.

1921년 (13세) 부친이 생전에 정해둔 다섯 살 연상의 부인과 조혼.

1923년 (15세) 효남 공립보통학교를 졸업한 뒤 평양의 약송若松 공립 보통학교로 전학.

1925년 (17세) 평양 공립 고등 보통학교에 진학. 모친 강신선이 풍병風病으로 사망.

1929년 (21세) 조혼한 부인과 8년 만에 합의 이혼.

1930년 (22세) 평양 공립 고등보통학교 졸업.

1931년 (23세) 와세다대학早稻田大學 부속 제이고등학원第二高等學院 문과 입학. 유학 기간
　　　내내 우시고메 구牛込區(지금의 신주쿠新宿) 와카마쓰초若松町 63번지 니시무라
　　　초사쿠西村長作의 집에서 하숙 생활. 법학 공부보다 문학에 심취하여 서구의 고
　　　전 명작과 일본 추리소설을 두루 섭렵하면서 본격적인 문학 수업 시작.

1933년 (25세) 와세다대학 법학부 독법학과獨法學科 진학.

1935년 (27세) 일본의 추리 문학 전문지《프로필》과 대중 잡지《모던 일본》에 일본어
　　　로 창작한 세 편의 단편 소설「타원형의 거울」,「연문 기담戀文綺譚」,「탐정
　　　소설가의 살인」이 잇달아 당선.

1936년 (28세)《프로필》과《월간 탐정》에 수필「쓸 수 있을까!」및 평론「탐정 소설의
　　　본질적 요건」발표.『신작 탐정 소설 선집』1936년 판에「타원형의 거울」재
　　　수록. 와세다대학 졸업 후 귀국. 원산의 누씨여자고등보통학교樓氏女子高等普
　　　通學校 및 서울의 중앙보육학교中央保育學校 출신 재원才媛인 김영순金泳順과
　　　재혼하여 종로구 가회동에서 신혼살림 시작.

1937년 (29세)「탐정 소설가의 살인」을 한국어로 개작한「가상 범인」을 연재하면서 한
　　　국 문단 최초의 추리소설 전문 작가로 등장. 명탐정 '유불란劉不亂'을 내세운

첫 번째 작품『백가면白假面』을 비롯하여「광상 시인狂想詩人」,『황금 굴』발표. 장녀 김문혜金文惠 출생.

1938년 (30세) 첫 번째 단행본『백가면』출간. 일본 문단 등단작「타원형의 거울」을 개작한「살인 예술가」및「백白과 홍紅」,「연문 기담」, 수필「아사쿠사淺草 극장가」발표.「동서 대항 엽기 좌담회」에 참여. 조선일보사 출판부 기자로 입사하여《조광朝光》의 편집과 각종 좌담회 주관.

1939년 (31세) 장편 추리소설『마인魔人』을 절찬리에 연재한 뒤 곧 단행본으로 출간. 추리소설「이단자의 사랑」,「무마霧魔」,「시유리屍琉璃」,「백사도白蛇圖」및 아서 코난 도일Arthur Conan Doyle의「얼룩무늬 끈의 모험The Adventure of the Speckled Band」을 번안한「심야의 공포」, 평론「탐정 소설 수감隨感」, 수필「승부勝負」,「광인 일기」,「문자의 환영幻影」,「백가성白哥姓」발표. 모던 일본사 창립 10주년 기념호로 간행된《모던 일본》조선 판에 수필「종로의 범종梵鐘」발표. 종로구 명륜동 3가 65번지로 이사.

1940년 (32세) 추리소설「복수귀」,「제일 석간第一夕刊」,「의적 그림자 후일담」, 수필「지킬 박사와 하이드 씨─탐정 소설과의 관련성」,「창백한 뇌수腦髓」, 평론「탐정 소설론」발표. 이든 필포츠Eden Phillpotts의 장편 추리소설『빨강 머리 레드메인즈The Red Redmaynes』를 번역한『홍두紅頭 레드메인 일가』출간. 라디오 방송 소설 작가로 활동 시작. 조광사에서 퇴사. 장남 김자훈金子薰 출생.

1941년 (33세) 모리스 르블랑Maurice Leblanc의 대표작『에기유 크리즈Aiguille Creuse』를 번안한『괴암성怪巖城』연재. 화신백화점和信百貨店 4층 문구점 책임자로 근무. 장남 김자훈 사망.

1942년 (34세) 장편 추리소설『태풍』연재. 차녀 김도혜金道惠 출생.

1943년 (35세) 추리소설「매국노」연재. 라디오 방송 소설 선집『방송 소설 명작선』에 단편 소설「수놓은 송학松鶴」과「어떤 여간첩」수록. 성북구 성북동 208의 12번지로 이사.

1944년 (36세)『태풍』과『황금 굴』출간. 두 차례에 걸쳐 연극『흰 독수리』(연출 신고송) 상연. 맥박 불안정으로 경성제국대학 병원(지금의 서울대학교 병원) 제3내과(과장 시노자키篠崎 교수)에서 치료 시작.

1945년 (37세) 건강 악화로 처가가 있는 함경남도 안변군安邊郡의 석왕사釋王寺 뒷산 학익리鶴翼里에서 요양. 새 장편소설『청춘 극장』을 구상하고 200자 원고지

300매 분량의 초반부 집필. 개벽사開闢社에 입사했다가 곧 퇴사.『황금 굴』을 다시 출간.

1946년 (38세) 왕성한 창작 활동과 인기 라디오 방송 작가로 전성기 구가. 해방 후의 혼란상과 중산층 시민의 일상생활을 그린 단편 소설「행복의 위치」,「부부 일기」,「유곡지幽谷誌」,「혼혈아」,「민족과 책임」,「사상범의 수기」,「하선夏蟬」,「인생 안내」발표. 매주 화요일과 목요일 어린이 시간에 최초의 어린이 연속 방송극인 동시에 장편 라디오 연속극의 효시가 된『똘똘이의 모험』(연출 현재덕) 방송. 알렉상드르 뒤마Alexandre Dumas 원작의『몽테크리스토 백작Le Comte de Monte-Cristo』을 과감하게 한국식으로 개작하여 번안한 장편 라디오 연속극『진주탑』을 매주 화요일 저녁에 방송. 단편 소설「부부 일기」가 복혜숙卜惠淑의 목소리로 낭독된 뒤『방송 소설 걸작집』에 수록.『똘똘이의 모험—박쥐 편』상권 출간.『백가면』을 다시 출간. 연극『마인』(연출 김시권) 상연. 영화『똘똘이의 모험』(감독 이규환) 개봉. 차남 김유헌金有憲 출생.

1947년 (39세) 식민지 시대에 발표한 추리소설 다섯 편을 수록하고「해제解題」를 붙인 첫 번째 창작집『광상 시인』과 해방 직후에 쓴 단편 소설들을 따로 모은 두 번째 창작집『행복의 위치』를 잇달아 출간.『진주탑』을 전 2권으로 출간. 아서 코난 도일의 단편 소설 다섯 편을 번역, 번안한 소설집『심야의 공포』출간. 단편 소설「여인 애사女人哀史」발표.

1948년 (40세) 해방 전에 연재하다 중단된『괴암성』을 수정하고 완결 지은 번안 소설『보굴왕寶屈王』출간. 세계 최초의 장편 추리소설인 에밀 가보리오Emile Gaboriau의 대표작『르루주 사건L' Affaire Lerouge』을 번안한 장편소설『마심 불심魔心佛心』출간. 단편 소설「혈장미血薔薇」및 평론「대중 문학과 순수 문학—행복한 소수자와 불행한 다수자」발표. 성북구 돈암동 69의 10호(지금의 동선동 4가 234번지) 자택을 구입하여 이사.

1949년 (41세) 장편소설『청춘 극장』을 연재하기 시작하고 1부「청춘의 전설」을 단행본으로 출간. 추리소설 다섯 편과 평론「탐정 문학 소론」을 수록한 세 번째 창작집『비밀의 문』출간. 포르튀네 뒤 보아고베Fortuné du Boisgobey의『철가면』을 번안한『비밀의 가면』을 연재한 뒤 단행본으로 출간. 해방 후 청소년 문학의 대표적인 걸작 가운데 하나인『쌍무지개 뜨는 언덕』연재 시작. 단편 소설「결혼 전야」, 「벌처기罰妻記」, 「신비의 화첩―인생 곡예사」 발표. 국도 극장에서 악극樂劇『진주탑』(연출 유리촌) 공연.

1950년 (42세) 『청춘 극장』의 2부「사랑의 생리」와 3부「민족의 비극」 출간. 수필「삼일 운동과 나의 소년 시절―평양 남문통南門通의 추억」, 「아인슈타인 박사와 탐정 소설」 발표. 삼남 김세헌金世憲 출생. 한국 전쟁 발발 직후 피신하지 못하고 서울에 남아 은신.

1951년 (43세) 부산 동대신동東大新洞에서 피난 생활 시작. 『청춘 극장』의 4부「폭풍의 역사」 및 네 번째 창작집 『부부 일기』 출간. 평론「소설과 모델론―작품 세계와 현실 세계」 발표. 심장병 악화.

1952년 (44세) 『청춘 극장』의 5부「대지의 심판」 완간. 부산 국제 구락부釜山國際俱樂部에서 성대한 출판 기념회 개최. 새 연재소설『대망大望』을 구상하고 곧이어 장편소설『인생 화보人生畵報』 연재 시작. 수필「나의 아내를 말함―무제기無題記」 발표.

1953년 (45세) 『인생 화보』를 전 3부로 출간하고 대중 소설로 급격하게 전환한 데에 대한 소회를 밝힌 글「나와 창작 태도」를 덧붙임. 첫 번째 창작집『광상 시인』의 제목을 고쳐『괴기의 화첩畵帖』으로 다시 출간.『꿈꾸는 바다』 출간. 존스턴 매컬리Johnston McCulley 원작의 소설『검은 별』 연재. 수필「소설 제목 도난기」 발표.

1954년~1955년 (46세~47세) 김내성의 창작집과 장편소설 10종 재출간.

1954년 (46세) 세 편의 장편소설『백조의 곡曲』, 『사상의 장미』, 『애인』을 동시에 연재.『검은 별』을 단행본으로 출간.「소년 철가면」 연재. 수필「한의학에 대한 관심」, 「나의 초기 작품 시대」 발표.

1955년 (47세) 『애인』 전 2권 및 『사상의 장미』 상권 출간.『황금 박쥐』 연재. 단편 소설「연문 기담」이『명랑 소설 칠인집』과『비석飛石 문학 독본』, 『전시戰時 소설집』에 재수록. 여원사女苑社에서 주최한 '박인수朴仁秀 사건 모의 공판'에서 재판장 역을 맡았으나 치안 당국의 제지로 중단. 대한영화배우협회의 금룡상金龍賞 제정 준비위원회 발기 준비위원으로 참여.

1956년 (48세) 『사상의 장미』 하권 출간. 장편소설『실낙원의 별』 연재 시작.「도깨비 감투」 연재. 평론「탐정 소설론」, 「현대 지성인의 고민―선善 의식의 통일과 모럴의 탐구」, 「경험과 진리―사유와 대비하여」, 「작가의 역량과 문장력」발표. 국도 극장에서 영화 〈애인〉(감독 홍성기) 개봉.

1957년 (49세)『백조의 곡』과『황금 박쥐』출간. 평론「신문 소설의 형식과 그 본질」, 수필「연애와 사회」발표. 하와이의 한국인 단체에서 발행한 순 한글 주간 신문《국민보國民報》에『사상의 장미』재수록. 영화 〈마인〉(감독 한형모), 『실낙원의 별』(감독 홍성기),『인생 화보』(감독 이창근) 개봉.

1957년 2월 19일『실낙원의 별』연재 도중 뇌일혈腦溢血로 사망. 임종 직전에 영세領洗를 받았으며, 명동 성당에서 장례식이 거행된 뒤 도봉구 방학동 천주교 묘지에 안장. 4월 7일에 묘비 제막식 거행. 장녀 김문혜가 김내성이 남긴 창작 노트를 바탕으로『실낙원의 별』종반 부분을 완결 지어 전 2권으로 출간. 새 장편소설『고독의 강』을 구상했으나 뜻을 이루지 못함.

1958년 김내성 일주기 추도식을 겸하여 경향신문사에서 장편소설을 대상으로 제정한 〈내성문학상〉 시상식 개최. 제1회 수상작으로는 정한숙鄭漢淑의 장편소설『암흑의 계절』선정.『쌍무지개 뜨는 언덕』출간. 유작「아내는 마땅히 죽어야만 했다」게재. 평론「탐정 소설론」이《국민보》에 재수록. 영화 〈실낙원의 별〉 후편(감독 홍성기) 개봉.

1959년 김내성의 2주기 추도식 및 제2회 〈내성문학상〉 시상식 개최. 소설가이자 극작가, 대중가요 작사가인 유호兪湖가 수상자로 선정. 영화 〈청춘 극장〉(감독 홍성기) 개봉.

1960년 제3회 〈내성 문학상〉의 수상작으로 박경리朴景利의 장편소설『표류도漂流島』선정. 장편소설『사상의 장미』를 영화화한 〈지상에서 맺지 못할 사랑〉(감독 김성민) 개봉. 영화 〈진주탑〉(감독 김묵) 개봉.

1964년 김내성의 소설집과 장편소설 8종 재출간.

1965년 영화 〈쌍무지개 뜨는 언덕〉(감독 손전) 개봉.

1966년 동양 방송TBC(지금의 KBS 2TV)에서 연속극 〈인생 화보〉(연출 서석주) 방영.

1967년 영화 〈청춘 극장〉(감독 강대진) 및 〈애인〉(감독 김수용)이 각각 두 번째로 제작되어 개봉.

1968년 번안 소설『진주탑』을 영화화한 〈암굴왕〉(감독 최인현) 및 〈똘똘이의 모험〉(감독 김영식)이 각각 두 번째로 제작되어 개봉.

1969년 영화 〈마인〉(감독 임원식)이 두 번째로 제작되어 개봉.

1971년 동양 방송TBC에서 연속극 〈쌍무지개 뜨는 언덕〉(연출 독고중훈) 및 〈청춘 극장〉(연출 나영세) 방영.

1971년~1973년 김내성의 아동 문학 4종 재출간.

1975년 영화 〈청춘 극장〉(감독 변장호)이 세 번째로 제작되어 개봉.

1976년 동양 방송TBC에서 어린이 연속극 〈똘똘이의 모험〉(연출 심현우) 방영.

1977년 영화 〈쌍무지개 뜨는 언덕〉(감독 정회철)이 두 번째로 제작되어 개봉.

1982년 영화 〈애인〉(감독 박호태)이 세 번째로 제작되어 개봉.

1983년 부정기 간행물 《미스터리》 창간호에 단편 소설 「벌처기」 재수록.

1985년 문화 방송MBC의 텔레비전 단막극 '베스트셀러 극장' 〈악마파〉(연출 윤정수) 방영. 〈악마파〉는 김내성의 초기 작품 「시유리」가 창작집 『비밀의 문』에 수록될 때의 제목임.

1987년 한국 방송KBS의 'TV 소설' 〈진주탑〉(연출 한정희)이 일일 연속극으로 방영. 문화 방송MBC의 연속극 〈인생 화보〉(연출 김한영)가 두 번째로 제작되어 방영. 사보 《보령》에 추리소설 「광상 시인」 재수록.

1988년 계간지 《추리 문학》 창간 특집으로 「김내성 추리 문학」 편성. 김내성의 일본어 등단작 「타원형의 거울」을 번역하여 소개하고 추리소설 「무마」와 평론 두 편, 약력과 화보 수록.

1989년 한국 방송KBS의 텔레비전 단막극 'TV 문학관' 〈청춘 극장〉 방영. 《추리 문학》에 「가상 범인」 재수록.

1990년 《추리 문학》에서 장편소설을 대상으로 〈김내성추리문학상〉 제정.

1993년 김내성의 아동 문학 7종 재출간. 한국 방송KBS 2TV에서 '공사 창립 20주년 기획 드라마' 〈청춘 극장〉(연출 장형일) 방영. 텔레비전 드라마로는 세 번째, 연속극으로는 두 번째로 다시 제작됨.

1994년 단편 소설집 『비밀의 문』 재출간. 세 번째 창작집 『비밀의 문』에 실린 작품 외에도 김내성의 등단작 「타원형의 거울」과 첫 번째 창작집 『광상 시인』에 실린 추리소설 가운데 세 편을 추려 함께 수록.

1997년 부인 김영순 사망.

2002년 한국 방송KBS의 일일 연속극 'TV 소설' 〈인생 화보〉(연출 이상우)가 세 번째로 제작되어 방영.

2009년 아인 김내성의 탄생 백 주년을 맞이하여 장편소설 『진주탑』 재출간.

■ 창작 소설집

『광상 시인』, 동방문화사(1947)

『행복의 위치』, 백조사(1947), 해왕사(1949)

『비밀의 문』, 해왕사(1949), 청운사(1953), 진문출판사(1964), 명지사(1994)

『부부 일기』, 청운사(1951), 육영사(1954), 문성당(1957)

『괴기의 화첩』, 청운사(1953), 육영사(1954), 진문출판사(1964)

■ 번역 및 번안 소설

『홍두 레드메인 일가』, 조광사(1940)

『진주탑』(전 2권), 백조사(1947), 청운사(1952), 육영사(1954), 삼중당(1957), 진문
　　출판사(1964), 현대문학사(2008)

『심야의 공포』, 여명각(1947), 육영사(1955)

『보굴왕』, 평범사(1948, 1957)

『마심 불심』, 청운사(1948), 육영사(1955)

■ 장편소설

『마인』, 조광사(1939), 해왕사(1948), 청운사(1953), 육영사(1955), 삼중당(1956),
　　문성당(1957), 진문출판사(1964), 영한문화사(1986)

『태풍』, 매일신보사(1944)

『청춘 극장』(전 5권), 청운사(1949), 평범사(1950), 육영사(1955), 문성당(1957),
　　진문출판사(1964), 홍익출판사(1971), 고려문화사(1980), 영한문화사(1986),
　　동광출판사(1993), 정산미디어(2008)

『인생 화보』(전 3권), 청운사(1953), 육영사(1954), 문성당(1957), 진문출판사(1964)

『사상의 장미』(전 2권), 신태양사(1955), 진문출판사(1964)

『애인』(전 2권), 육영사(1955), 진문출판사(1964), 삼중당(1957), 영한문화사
　　(1987), 대길출판사(1992)

『백조의 곡』, 여원사(1957), 무등출판사(1971)

『실낙원의 별』(전 2권), 정음사(1957), 민중서관(1959)

■ 아동 문학

『백가면』, 한성도서주식회사(1938), 조선출판사(1946), 평범사(1951), 한진출판사
　　(1978), 화평사(1993)

『황금 굴』, 조선출판사(1944), 평범사(1945), 아리랑사(1971), 화평사(1993)

『똘똘이의 모험—박쥐 편』, 영문사(1946)

『비밀의 가면』, 청운사(1949), 화평사(1993), 한영문화사(1993)

『꿈꾸는 바다』, 새벗(1953), 육영사(1955), 한진출판사(1978), 화평사(1993)

『검은 별』, 학원사(1954), 중앙서적출판사(1968), 아리랑사(1973)

『황금 박쥐』, 학원사(1957), 중앙서적출판사(1968), 대광출판사(1972), 아리랑사
　　(1973), 화평사(1993)

『쌍무지개 뜨는 언덕』, 문성당(1958), 학원사(1962) 아리랑사(1972), 계몽사
　　(1973), 금성출판사(1984), 법왕사(1985), 화평사(1993), 청어람(2002), 맑은
　　소리(2002)

『도깨비감투』, 한진출판사(1978), 글벗사(1988), 화평사(1993)

■ 주요 선집 및 전집

『신작 탐정 소설 선집新作探偵小說選集』(소화 11년판), 프로필사ぷろふいる(1936)

『방송 소설 명작선』, 조선출판사(1943)

『방송 소설 걸작집』, 선문사(1946)

『명랑 소설 칠인집』, 창신문화사(1955)

『비석飛石 문학 독본』, 글벗집(1955)

『전시戰時 소설집』, 해병대 정훈감실(1955)

『한국 문학 전집(24)』, 민중서관(1959)

『현대 장편소설 전집(17)』, 동국문화사(1962)

『한국 장편 문학 대계(16~18)』, 성음사(1970)

『한국 문학 전집(18~19)』, 선일문화사(1973)

『한국 대표 문학 선집(14~16)』, 홍진출판사(1975)

『김내성 대표 문학 전집』(전 6권), 동창출판사(1975)

『한국 문학 전집(13~15)』, 신한출판사(1977)

『한국 장편 문학 대선집(9~11)』, 민중도서(1979)

『김내성 대표 문학 선집』(전 5권), 일종각(1979)

『김내성 대표 문학 전집』(전 10권), 삼성문화사(1983)

『탐정 걸작선探偵傑作選』, 고분샤光文社(2002)

『근대 조선문학 일본어 작품집近代朝鮮文學日本語作品集(2~3)』, 료쿠인쇼보綠陰書房(2004)

■ 영화

〈똘똘이의 모험〉, 이규환 감독, 안석주 각색(국제 극장, 1946)

〈애인〉, 홍성기 감독, 홍성거 각색(국도 극장, 1956)

〈마인〉, 한형모 감독, 유두연 각색(중앙 극장, 1957)

〈실낙원의 별〉, 홍성기 감독, 유두연 각색(국도 극장, 1957)

〈인생 화보〉, 이창근 감독, 이태환 각색(중앙 극장, 1957)

〈실낙원의 별〉(후편), 홍성기 감독, 유두연 각색(국도 극장, 1958)

〈청춘 극장〉, 홍성기 감독, 최금동 각본(국제 극장, 1959)

〈지상에서 맺지 못할 사랑〉, 김성민 감독, 송태주 각색(국도 극장, 1960)

〈진주탑〉, 김묵 감독, 이봉래 각색(국제 극장, 1960)

〈쌍무지개 뜨는 언덕〉, 손전 감독, 하유상 각본(아세아 극장, 1965)

〈청춘 극장〉, 강대진 감독, 임희재 각색(국제 극장, 1967)

〈애인〉, 김수용 감독, 이이령 각색(국도 극장, 1967)

〈암굴왕〉, 최인현 감독, 김강윤 각색(세기 극장, 1968)

〈똘똘이의 모험〉, 김영식 감독, 박옥상 각색(1968)

〈마인〉, 임원식 감독, 한우정 각색(국제 극장, 1969)

〈청춘 극장〉, 변장호 감독, 황영빈 각본(국도 극장, 1975)

〈쌍무지개 뜨는 언덕〉, 정회철 감독, 윤삼육 각본(중앙 극장, 1977)

〈애인〉, 박호태 감독, 박철민 각색(스카라 극장, 1982)

■ 라디오 및 텔레비전 연속극

〈똘똘이의 모험〉(서울 중앙 방송 라디오 어린이 연속극), 현재덕 연출(1946)

〈진주탑〉(서울 중앙 방송 라디오 연속극), 연출자 알 수 없음(1946)

〈인생 화보〉(TBC 연속극), 서석주 연출, 이성재 각본(1966)

〈쌍무지개 뜨는 언덕〉(TBC 연속극), 독고중훈 연출, 신명순 각본(1971)

〈청춘 극장〉(TBC 연속극), 나영세 연출, 이철향 각본(1971~1972)

〈똘똘이의 모험〉(TBC 어린이 연속극), 심현우 연출, 박찬성 극본(1976)

〈악마파〉(MBC 베스트셀러 극장), 윤정수 연출, 고성의 각본(1985)

〈진주탑〉(KBS TV 소설), 한정희 연출, 유열 극본(1987)

〈인생 화보〉(MBC 연속극), 김한영 연출, 이유정 각본(1987)

〈청춘 극장〉(KBS TV 문학관), 연출자 알 수 없음(1989)

〈청춘 극장〉(KBS 2TV 공사 창립 20주년 기획 드라마), 장형일 연출, 지상학 · 이봉
    원 극본(1993~1994)

〈인생 화보〉(KBS TV 소설), 이상우 연출, 홍영희 극본(2002~2003)

■ 시나리오

〈애인〉, 홍성기 각색(1956)

〈실낙원의 별〉, 유두연 각색(1957)

〈인생 화보〉, 이태환 각색(1957)

〈실낙원의 별〉(후편), 유두연 각색(1958)

〈진주탑〉, 임희재 · 서상효 각색(1960)

〈청춘 극장〉, 임희재 각색(1967)

〈애인〉, 이이령 각색(1967)

〈똘똘이의 모험〉, 박옥상 각색(1968)

〈마인〉, 한우정 각색(1969)

〈똘똘이의 모험〉, 이영일 각색(1974)

〈청춘 극장〉, 황영빈 각본(1975)

〈쌍무지개 뜨는 언덕〉, 윤삼육 각본(1977)

〈애인〉, 박철민 각색(1982)

■ 기타

〈흰 독수리〉(연극), 신고송 연출(1944~1945)

〈마인〉(연극), 김시권 연출(1946)

〈진주탑〉(악극), 유리촌 연출(1949)

〈그림자 없는 복수〉(삽화체 만화), 박광현(1958)

한국문학의 재발견-작고문인선집

진주탑—김내성 탐정 번안 소설

지은이 | 김내성
엮은이 | 박진영
기 획 | 한국문화예술위원회
펴낸이 | 양숙진

초판 1쇄 펴낸날 | 2009년 1월 15일

펴낸곳 | ㈜현대문학
등록번호 | 제1-452호
주소 | 137-905 서울시 서초구 잠원동 41-10
전화 | 516-3770
팩스 | 516-5433
홈페이지 www.hdmh.co.kr

ⓒ 2009, 현대문학

값 13,000원

ISBN 978-89-7275-515-9 04810
ISBN 978-89-7275-513-5 (세트)